# 香港文學大系

## 小說卷二

黃念欣 主編

商務印書館

# 香港文學大系一九一九—一九四九・小說卷二

主　編：黃念欣
責任編輯：洪子平
封面設計：張　毅
出　版：商務印書館（香港）有限公司
香港筲箕灣耀興道 3 號東滙廣場 8 樓
http://www.commercialpress.com.hk
發　行：香港聯合書刊物流有限公司
香港新界大埔汀麗路 36 號中華商務印刷大廈 3 字樓
印　刷：中華商務彩色印刷有限公司
香港新界大埔汀麗路 36 號中華商務印刷大廈
版　次：2015 年 7 月第 1 版第 1 次印刷

ISBN 978 962 07 4508 9

## 《香港文學大系一九一九——一九四九》人員名單

# 總序

陳國球

香港文學未有一本從本地觀點與角度撰寫的文學史，是說膩了的老話，也是一個事實。早期出現多種境外出版的香港文學史，疏誤實在太多，香港學界乃有先整理組織有關香港文學的資料，然後再為香港文學修史的想法。由於上世紀三〇年代面世的《中國新文學大系》被認為是後來「新文學史」書寫的重要依據，於是主張編纂香港文學大系的聲音，從一九八〇年代開始不絕於耳。[1]這個構想在差不多三十年後，首度落實為十二卷的《香港文學大系一九一九—一九四九》。際此，有關「文學大系」如何牽動「文學史」的意義，值得我們回顧省思。

## 一、「文學大系」作為文體類型

在中國，以「大系」之名作書題，最早可能就是一九三五至三六年出版，由趙家璧主編，蔡元培總序，胡適、魯迅、茅盾、朱自清、周作人、郁達夫等任各集編輯的《中國新文學大系》。「大系」這個書業用語源自日本，指有系統地把特定領域之相關文獻匯聚成編以為概覽的出版物：「大」指此一出版物之規模；「系」指其間的組織聯繫。[2]趙家璧在《中國新文學大系》出版五十年後的回憶文章，就提到他以「大系」為題是師法日本；他以為這兩字：

既表示選稿範圍、出版規模、動員人力之「大」，而整套書的內容規劃，又是一個有「系統」的整體，是按一個具體的編輯意圖有意識地進行組稿而完成的，與一般把許多單行本雜湊在一起的叢書文庫等有顯著的區別。[3]

《中國新文學大系》出版以後，在不同時空的華文疆域都有類似的製作，並依循着近似的結構方式組織各種文學創作、評論以至相關史料等文本，漸漸被體認為一種具有國家或地域文學史意義的文體類型。[4] 資料顯示，在中國內地出版的繼作有：

- 《中國新文學大系一九二七—一九三七》（上海：上海文藝出版社，一九八四—一九八九）；
- 《中國新文學大系一九三七—一九四九》（上海：上海文藝出版社，一九九〇）；
- 《中國新文學大系一九四九—一九七六》（上海：上海文藝出版社，一九九七）；
- 《中國新文學大系一九七六—二〇〇〇》（上海：上海文藝出版社，二〇〇九）。

另外也有在香港出版的：

- 《中國新文學大系續編一九二八—一九三八》（香港：香港文學研究社，一九六八）。

在臺灣則有：

- 《中國現代文學大系》（一九五〇—一九七〇）（台北：巨人出版社，一九七二）；
- 《當代中國新文學大系》（一九四九—一九七九）（台北：天視出版事業有限公司，一九七九—一九八一）；

➤《中華現代文學大系——臺灣一九七〇—一九八九》（台北：九歌出版社，一九八九）；

➤《中華現代文學大系（貳）——臺灣一九八九—二〇〇三》（台北：九歌出版社，二〇〇三）。

在新加坡和馬來西亞地區有：

➤《馬華新文學大系》（一九一九—一九四二）（新加坡：世界書局／香港：世界出版社，一九七〇—一九七二）；

➤《馬華新文學大系（戰後）》（一九四五—一九七六）（新加坡：世界書局，一九七九—一九八三）；

➤《新馬華文文學大系》（一九四五—一九六五）（新加坡：教育出版社，一九七一）；

➤《馬華文學大系》（一九六五—一九九六）（新山：彩虹出版有限公司，二〇〇四）。

內地還陸續支持出版過：

➤《戰後新馬文學大系》（一九四五—一九七六）（北京：華藝出版社，一九九九）；

➤《新加坡當代華文文學大系》（北京：中國華僑出版公司，一九九一—二〇〇一）；

➤《東南亞華文文學大系》（廈門：鷺江出版社，一九九五）；

➤《臺港澳暨海外華文文學大系》（北京：中國友誼出版公司，一九九三）等。

其他以「大系」名目出版的各種主題的文學叢書，形形色色還有許多，當中編輯宗旨及結構模式不少已經偏離《中國新文學大系》的傳統，於此不必細論。

## 1 「文學大系」的原型

由於趙家璧主編的《中國新文學大系》正是「文學大系」編纂方式的原型，其構思如何自無而有，如何具體成形，以至其文化功能如何發揮，都值得我們追跡尋索，思考這類型的文化工程的意義。在時機上，我們今天進行追索比較有利，因為主要當事人趙家璧，在一九八〇年代陸續發表回顧編輯生涯的文章，尤其文長萬字的〈話説《中國新文學大系》〉，除了個人回憶，還多方徵引紀錄文獻和相關人物的記述，對《新文學大系》由編纂到出版的過程有相當清晰的敘述。[5] 後來不少研究者如劉禾、徐鵬緒及李廣等，討論《中國新文學大系》的編輯過程時，幾乎都不出《編輯憶舊》一書所載。[6] 在此我們不必再費詞重複，而只揭其重點。

首先我們注意到作為良友圖書公司一個年輕編輯，趙家璧有編「成套文學書」的事業理想；同時，身為商業機構的僱員，他當然要照顧出版社的成本效益、當時的版權法例，以至政治審查等種種限制。[7] 從政治及文化傾向而言，趙家璧比較支持左翼思想，對國民政府正在推行的「新生活運動」，以至提倡尊孔讀經、重印古書等，不以為然。因此，他想要編集「五四」以來的文學作品成叢書的想法，可說是在運動落潮以後，重新召喚歷史記憶及其反抗精神的嘗試。[8]

在趙家璧構思計劃的初始階段，有兩本書直接起了啟迪作用：阿英（錢杏邨）介紹給他的劉半農編《初期白話詩稿》，以及阿英以筆名「張若英」寫的《中國新文學運動史》。前者成了趙家璧「理想中的那本『五四』以來詩集的雛形」，後者引發他思考：「如果沒有『五四』新文學運動的理論建設，怎麼可能產生如此豐富的各類文學作品呢？」由是，趙家璧心中要鋪陳展現的不僅止是歷史上出現過的文學現象，他更要揭示其間的原因和結果；原來僅限作品採集的「『五四』以來文學名著百種」的想法，變成「請人編選各集，在集後附錄相關史料」的比較立體的構想，再進而落實為「一套包括理論、作品、史料」的「新文學大系」。《史料集》一卷的作用主要是為選入的作品佈置歷史定位的座標，提供敘事的語境；而「理論」部分，因為鄭振鐸的建議，擴充為《建設理論集》和《文學論爭集》。這兩集被列作《大系》的第一、二集，引領讀者走進一個文學史敘事體的閱讀框架：新文學好比這個敘事體中的英雄，其誕生、成長，以至抗衡、挑戰，甚而擊潰其他文學「惡」勢力（包括「舊體文學」、「鴛鴦蝴蝶文學」等）的故事輪廓就被勾勒出來。其餘各集的長篇〈導言〉，從不同角度作出點染着色，讓置身這個「歷史圖象」的各體文學作品，成為充實「寫真」的具體細部。

《中國新文學大系》的主體當然是其中的《小說集》、《散文集》、《新詩集》和《戲劇集》等七卷。劉禾對《大系》作了一個非常矚目的判斷；她認定它「是一個自我殖民的規劃」（“self-colonizing project”），證據之一是《大系》按照「小說、詩歌、戲劇、散文」的文類形式四分法（“four-way division of generic forms”）組織「所有文學作品」，而這四種文類形式是英語的“fiction”，“poetry”，“drama”，“familiar prose”的對應翻譯，《大系》把這種西方文學形式的「『翻譯』的基準」（“‘translated’ norms”）典律化，使自梁啟超以來顛覆古典文學之經典地位的想法得成具體（crystallized）；所謂「自我殖民化」的意思是，趙家璧的《中國新文學大系》視西方為「中國文學」意義最終解釋的根據地。[9] 衡之於當時的歷史狀況，劉禾這個論斷應該是一種非常過度的詮釋。首先西方的文學論述傳統似乎沒有以「小說、詩歌、戲劇、散文」的四分法來統領「所有文學作品」。[10] 而現代中國的「文學概論」式的文類四分法可說是一種糅合中西文學觀的混雜體；其構成基礎還是中國傳統的「詩文」分類，再加上受西方文學傳統影響而致「文學位階」得以提升的「小說」與「戲劇」，統合成文學的四種類型。這四種文體類型的傳播已久；翻查《民國時期總書目》，我們可以看到以這些文類概念作為編選範圍的現代文學選本，在《大系》出版以前或約略同時，就有不少，例如《新詩集》（一九二〇）、《現代中國詩歌選》（一九三三）、《當代小說讀本》（一九三二）、《短篇小說選》（一九三四）、《近代戲劇集》（一九三〇）、《現代中國戲劇選》（一九三三）等等。[11] 趙家璧的回憶文章提到，他當時考慮過的「文類」是：「長篇小說」、「短篇小說」、「散文」、「詩」、「戲劇」、「理論文章」，[12] 而不是四分文類的定型思考。因此，這種文類觀念的通行，不應該由趙家璧或《中國新文學大系》負責。事實上後來出現的「文學大系」亦沒有被趙家璧的先例所限囿，例如：《中國新文學大系一九二七—一九三七》增加了「報告文學」和「電影」；《中國新文學大系一九三七—一九四九》的小說類再細分「短篇」、「中篇」和「長篇」，又另闢「雜文」集；《中國新文學大系一九七六—二〇〇〇》的小說類除長、中、短篇以外，增設「微型」一項，又調整和增補了「紀實文學」、「兒童文學」、「影視文學」。可見「四分法」未能賅括所有中國現代文學的文類。

劉禾指《中國新文學大系》「自我殖民」——完全依照西方標準（而不是中國傳統文學的典範）來斷定「文學」的內涵——更是一種「污名化」的詮釋。如果採用同樣欠缺同情關懷的批判方式，我們也可以指摘那些拒絕參照西方知識架構的文化人為「自甘被舊傳統宰制的原教主義信徒」。無論是哪一種方向的「污名化」，都不值得鼓勵，尤其在已有一定歷史距離的今天作學術討論時。近代以來中國知識份子面對西潮無所不至的衝擊，其間危機感帶來的焦慮與徬徨，實在是前古所未有。正如朱自清說當時學術界的趨勢，「往往以西方觀念為範圍去選擇中國的問題，姑無論將來是好是壞，這已經是不可避免的事實」；[13] 在這個關頭，有責任感的知識份子都在思考中國文化「如何應變」、「自何自處」的問題。無論他們採用哪一種內向或者外向的調適策略，都有其歷史意義，需要我們同情地了解。

胡適、朱自清，以至茅盾、鄭振鐸、魯迅、周作人，或者鄭伯奇、阿英，這些《中國新文學大系》各卷的編者，各懷信仰，尤其對於中國未來的設想，取徑更千差萬別；但在進行編選工作時，其相同的思路還是明顯的——就是為歷史作證。從各集的〈導言〉可見，其關懷的歷史時段長短不一；有只駐目於關鍵的「新文學運動第一個十年」，如鄭振鐸的《文學論爭集・導言》，或者朱自清的《詩集・導言》；也有由今及古、上溯文體淵源，再探中西同異者，如郁達夫的《散文二集・導言》。[14] 當然，其中歷史視野最為宏闊的是時任中央研究院院長的蔡元培所寫的〈總序〉。〈總序〉以「歐洲近代文化，都從復興時代演出」開篇，將「新文學運動」比附為歐洲的「文藝復興」運動；此時中國以白話取代文言為文學的工具，好比「復興時代」歐洲各民族以方言而非拉丁文創作文學。蔡元培在文章結束時說，「歐洲的復興」歷三百年，「我國的復興，自五四運動以來不過十五年」：

> 新文學的成績，當然不敢自詡為成熟。其影響於科學精神民治思想及表現個性的藝術，均尚在進行中。但是吾國歷史，現代環境，督促吾人，不得不有奔軼絕塵的猛進。吾人自期，至少應以十年的工作抵歐洲各國的百年。所以對於第一個十年先作一總審查，使吾人有以鑑既往而策將來，希望第二個十年與第三個十年時，有中國的拉飛爾與中國的莎士比亞等應運而生呵！[15]

我們知道自晚清到民國，歐洲歷史上的"Renaissance"是一個重要的象徵符號，是許多文化人的迷思；然而這個符號在中國的喻指卻是多變的。有比較重視歐洲在中世紀以後追慕希臘羅馬古典著述之「古學復興」的意義，認為偏重經籍整理的清代學術與之相似；也有注意到十字軍東征為歐洲帶來外地文化的影響，謂清中葉以後西學傳入開展了中國的「文藝復興」；又有從歐洲「文藝復興」時期出現以民族語言創作文學而產生輝煌的作品着眼，這就是自一九一七年開始的「文學革命」的宣傳重點。[16]蔡元培的〈總序〉也是這種論述的呼應，但結合了他對中西文化發展的觀察，使得「新文學」與「尚在進行中」的「科學精神」、「民治思想」及「表現個性的藝術」等變革相互關聯，從而為閱讀《大系》中各個獨立文本的讀者提供了詮釋其間文化政治的指南針。[17]

《中國新文學大系》的結構模型——賦予文化史意義的「總序」、從理論與思潮搭建的框架、主要文類的文本選樣，經緯交織的導言，加上史料索引作為鋪墊——算不上緊密，但能互相扣連，又留有一定的詮釋空間，反而有可能勝過表面上更周密，純粹以敘述手段完成的傳統文學史書寫，更能彰顯歷史意義的深度。

## 2 「新文學大系」的繼承

《中國新文學大系》面世以後，贏得許多的稱譽；[18] 正如蔡元培和茅盾等的期待，趙家璧確有意續編第二、第三輯。[19] 一九四五年抗戰接近尾聲時，趙家璧在重慶就開始着手組織「抗戰八年文學」的第三輯編輯工作，並邀約了梅林、老舍、李廣田、茅盾、郭沫若、葉紹鈞等編選各集。[20] 但時局變幻，這個計劃並未能按預想實行。一九四九年以後，政治氣氛也不容許趙家璧進行續編的工作；即使已出版的第一輯《中國新文學大系》，亦不再流通。

直至一九六二年及一九七二年香港文學研究社先後兩次重印《中國新文學大系》；[21] 香港文學研究社還在一九六八年出版了《中國新文學大系・續編》。這個《續編》同樣有十集，取消了《建設理論集》，補上新增的《電影集》。至於編輯概況，《續編・出版前言》故作神秘，說各集主編名字不適宜刊出，但都是「國內外知名人物」，「分在三地東京、星加坡、香港進行」編輯，以四年時間完成。事實上《續編》出版時間正逢大陸文化大革命如火如荼，文化人備受迫害；各種不幸的消息，相繼傳到香港，故此出版社多加掩蔽，是情有可原的。據現存的資訊顯示，編輯的主要工作由在大陸的常君實和香港文學研究社的譚秀牧擔當；[22] 然而兩人之間並無直接聯繫，無法互相照應。另一方面，二人各因所處環境和視野的局限，所能採集的資料難以全面；在大陸政治運動頻仍，顧忌甚多；在香港則材料散落，張羅不易；再加上出版過程並不順利，即使在香港的譚秀牧亦不能親睹全書出版。[23] 這樣得出來的成績，很難說得上完美。不過，我們要評價這個「文學大系」傳統的第一任繼承者，應該要考慮當時的各種限制。無論如何，在香港出版，其實頗能說明香港的文化空間的意義，其承載中華文化的方式與成效亦頗值得玩味。[24]

《中國新文學大系》的「正統」繼承，要等到中國的文化大革命正式落幕。從一九八〇年到一九八二年，上海文藝出版社徵得趙家璧同意，影印出版十集《中國新文學大系》，同時組織出版《中國新文學大系一九二七—一九三七》二十冊作為第二輯，由社長兼總編輯丁景唐主持，趙家璧作顧問，一九八四年至一九八九年陸續面世；隨後，趙家璧與丁景唐同任顧問的第三輯《中國新文學大系一九三七—一九四九》二十冊於一九九〇年出版，第四輯《中國新文學大系一九四九—一九七六》二十冊於一九九七年出版。二〇〇九年由王蒙、王元化總主編第五輯《中國新文學大系一九七六—二〇〇〇》三十冊，繼續由上海文藝出版社出版；二十世紀以前的「新文學」，好像都有了「大系」作為相照的汗青。這「第二輯」到「第五輯」的說法，顯然是繼承、延續之意。然而第一輯到第二輯之間，其政治實況是中國經歷從民國到共和國的政權轉換，在大陸地區社會文化曾經發生翻天覆地的劇變。「嫡傳」、「正宗」的想像，其實需要刻意忽略這些政治社會的裂縫。當然趙家璧的認可，被邀請作顧問，讓這個「嫡傳」的合法性增加一種言說上的力量。不過，這後四輯對其他「大系」卻未必有明顯的垂範作用；起碼從面世時間先後來說，比起海外各大系之承接「新文學」薪火，反而是後發的競逐者。

在這個看來「嫡傳」的譜系中，因為時移世易，各輯已有相當的變異或者發展。在內容選材上，最明顯的是文體類型的增補，可見文類觀念會因應時代需要而不斷調整；這一點上文已有交代。另一個顯而易見的形式變化是：第二、三、四輯都沒有總序，只有〈出版說明〉。《大系》原型的第一輯每集都有〈導言〉，即使是同一文類的分集，如「小說」三集分別有茅盾、魯迅、鄭伯奇的論述；「散文」兩集又有周作人和郁達夫兩種觀點。其優勢正在於論述交錯間的矛盾與縫隙，可以生發更繁富的意義。第二、三輯開始，同一文類只冠以一位名家序言，論述角度當然有統整齊一之效。再看第二、三兩輯的〈說明〉基本修辭都一樣，聲明編纂工作「以馬克思列寧主義，毛澤東思想為指針，堅持從新文學運動的實際出發」，前者以「反帝反封建的作品佔主導地位」，後者的主導則是「革命的、進步的作品」；毫不含糊地為文學史的政治敘事設定格局；這當然是第一輯以「新文學」為敘事英雄的激越發展；第二、三輯的理論集序文，大概有着指標的作用，據此可以推想：第二輯的主角是「左翼文藝運動」，第三輯是「文藝為政治（戰爭）服務」。

第四輯〈出版說明〉的文字格式與前兩輯不同，逗漏了又一種訊息。這一輯出版於一九九七年，形勢上無論出於外發還是內需，有必要營構一個廣納四方的空間：「對那些曾經遭受過錯誤批判和不公正對待，或者在『文革』中雖未能正式發表、出版，但在社會上廣泛流傳產生過較大影響的作品，都一視同仁地加以遴選」；「這一時期發表的臺灣、香港、澳門作家的新文學作品，一並列選。」於是少不了臺灣余光中的一縷鄉愁、瘂弦掛起的紅玉米；異品如馬朗寄居在香港的焚琴浪子，也得到收容。第五輯〈出版說明〉繼續保留「這一時期發表的臺灣、香港、澳門作家的新文學作品，一並列選」的句子，其為政治姿態，眾人皆見；尤其各卷編者似乎有很大的自由度決定他們對臺港澳的關切與否。因此我們實在不必介懷其所選所取是否「合理」、是否「得體」。

只不過若要衡度政治意義，則美國華裔學者夏志清、李歐梵和王德威之先後入選四、五兩輯，或者有需要為讀者釋疑，可惜兩輯的編者都未有任何說明。

第五輯回復有〈總序〉的傳統，共有兩篇。其中〈總序二〉是王元化生前在編輯會議上的發言；因此王蒙撰寫的一篇才是正式的〈總序〉。這一篇意在綜覽全局的序文，可與王蒙在第四輯寫的《小說卷・序》合觀；兩篇分別寫於一九九六年及二〇〇九年的文章，都表示要以正面、積極的態度去面對過去。王蒙在第四輯努力地討論「記憶」的意義，說「記憶實質是人類的一切思想情感文化文明的基礎和根源」，其目的是找到「歷史」與「現實」的通感類應。在第五輯〈總序〉王蒙則標舉「時間」；說時間是「慈母」，「偏愛已經被認真閱讀過並且仍然值得重讀或新讀的許多作品」；又說時間如「法官」：「無情地惦量着昨天」：

時間法官同樣有差池，但是更長的時間的回旋與淘洗常常能自行糾正自己的過失，時間的因素同樣能製造假象，但是更長的時間的反復與不舍晝夜的思量，定能使文學自行顯露真容。

《中國新文學大系》發展到第五輯，其類型演化所創造出來的方向、習套和格式已經相當明晰。不過，我們還有一系列「教外別傳」的範例可以參看。

## 3「文學大系」的「教外別傳」

我們知道臺灣在一九七二年就有《中國現代文學大系》的編纂，由巨人出版社組織編輯委員會，余光中撰寫〈總序〉，編選一九五〇年到一九七〇年的小說、散文、詩三種文類作品，合成八輯。另外司徒衛等在一九七九年至一九八一年編輯出版《當代中國新文學大系》十集，沿用《中國新文學大系》原型的體例，唯一變化是《建設理論集》改為《文學論評集》，而取材以一九四九年到一九七九年在臺灣發表之新文學作品為限。兩輯都明顯要繼承趙家璧主編《大系》的傳統，但又要作出某種區隔。司徒衛等編委以「當代」標明其時間以國民政府遷臺為起點，與止於一九二七年的趙編《大系》並非線性相連。余光中等的《大系》則以「現代文學」之名與「新文學」區辨。他撰寫的〈總序〉非常刻意的辨析臺灣新開展的「現代文學」與「五四早期新文學」之不同。相對來說，余光中比司徒衛更長於從文學發展的角度作分析；司徒衛的論調卻多有迎合官方意志之嫌。然而我們不能說《當代中國新文學大系》水準有所不如；事實上這個《當代大系》各集的編者大都具有文學史的眼光，取捨之間，極見功力；各集都有導言，觀點又起縱橫交錯的作用。其中瘂弦主編的《詩集》視野更及於臺灣以外的華文世界——從體例上可能與全書不合，但從概念上卻是當時的「中國」概念的一種詮釋；香港不少詩人如西西、蔡炎培、淮遠、羈魂、黃國彬的作品都被選入。余光中等編《現代文學大系》的選取範圍基本上只在臺灣，只是朱西甯在「小說輯」中收錄了張愛玲兩篇小說，另外（張）曉風編的「散文輯」又有思果三篇作品，但都沒有解釋說明；張愛玲是否「臺灣作家」是後來臺灣文學史一個爭論熱點；這些討論可以從此出發。論規模和完整格局，《當代中國新文學大系》實在比《中國現代文學大系》優勝，但後者的編輯團隊——余光中、朱西甯、洛夫、曉風——也是有份量的本色行家，所撰各體序文都能照應文體通變，又關聯到當時臺灣的文學生態。其中朱西甯序小說篇末，詳細交代《大系》的體例，其中一個論點很值得注意：

> 我們避免把「大系」作為「文選」，只圖個體的獨立表現，精選少數卓越的小說家作品中的菁華，而忽略了整體的發展意義。這可以用一句話來說，我們所選輯的是可成氣候的作品。如此「大系」也便含有了「索引」的作用，供後世據此而獲致從事某一小說家的專門研究資料蒐集的線索。[25]

朱西甯這個論點不必是《中國現代文學大系》各主編的共同認識，[26]但卻為「文學大系」的文類功能作出一個很有意義的詮釋。

「文學大系」的文類傳統在臺灣發展，余光中最有貢獻。在巨人出版社的《中國現代文學大系》以後，他繼續主持了兩次「大系」的編纂工作：由九歌出版社先後於一九八九年出版《中華現代文學大系——臺灣一九七〇—一九八九》，二〇〇三年出版《中華現代文學大系（貳）——臺灣一九八九—二〇〇三》。兩輯都增加了《戲劇卷》和《評論卷》；前者涵蓋二十年，共十五冊；後者十五年，十二冊。余光中也撰寫了各版《現代文學大系》的〈總序〉。在臺灣思考文學史或者文學傳統，難免要連繫到「中國」這個概念。在巨人版《大系・總序》，余光中的重點是把一九四九年以後臺灣的「現代文學」與「五四」時期的「新文學」相提並論，也講到臺灣文學「與昨日脫節」——對三、四〇年代作家作品的陌生——帶來的影響：向更古老的中國古典傳統和西方學習。他又解釋以「大系」為名的意義：「除了精選各家的佳作之外，更企圖從而展示歷史的發展，和文風的演變，為二十年來的文學創作留下一筆頗為可觀的產業。」他更曲終奏雅，在〈總序〉的結尾說：

我尤其要提醒研究或翻譯中國現代文學的所有外國人：如果在泛政治主義的煙霧中，他們有意或無意地竟繞過了這部大系而去二十年來的大陸尋找文學，那真是避重就輕，一偏到底了。[27]

這是向「國際人士」呼籲，也可以作為「中國」二字放在書題的解釋：真正的「中國文學」在臺灣，而不在大陸；這是文學上的「正統」之爭。但從另一個角度來看，對臺灣許多知識份子而言，「中國」這個符號的意義，已經慢慢從政治信念變成文化想像，甚或虛擬幻設；我們知道，中華民國於一九七一年退出聯合國，一九七二年美國總統尼克遜訪問北京。在司徒衛等編成《當代中國新文學大系》之前不久，一九七八年十二月美國與中華民國斷絕外交關係。

所以，九歌版的兩輯「大系」，改題《中華現代文學大系》，並加註「臺灣」二字，是國際政治形勢使然。「中華」是民族文化身份的標誌，其指向就是「文化中國」的概念；「臺灣」則是具體的地理空間。余光中在《臺灣一九七〇——一九八九》的總序探討《中國現代文學大系》到《中華現代文學大系》前後四十年的變化，注意到一九八七年解除「戒嚴令」後兩岸交流帶來的文化衝擊，從而思考「臺灣文學」應如何定位的問題。「中國的文學史」與「中華民族的滾滾長流」，是當時余光中和他的同道企盼能找到答案的地方。到了《中華現代文學大系（貳）》，余光中卻有另一角度的思考，他說：

臺灣文學之多元多姿，成為中文世界的巍巍重鎮，端在其不讓土壤，不擇細流，有容乃大。如果把……非土生土長的作家與作品一概除去，留下的恐怕無此壯觀。[28]

他還是注意到臺灣文學在「中文世界」的地位，不過協商的對象，不再是外國研究者和翻譯家，而是島內另一種文學取向的評論家。

究之，余光中的終極關懷顯然就是「文學史」或者「歷史上的文學」。在他主持的三輯「文學大系」中，他試圖揭出與文學相關的「時間」與「變遷」，顯示文學如何「應對」與「抗衡」。「時間」是「文學大系」傳統的一個永恆母題。王蒙請「時間」來衡量他和編輯團隊（第五輯《中國新文學大系》）的成績：

我們深情地捧出了這三十卷近兩千萬言的《中國新文學大系》第五輯，請讀者明察，請時間的大河、請文學史考驗我們的編選。[29]

余光中在《中華現代文學大系（貳）·總序》結束時說：

至於對選入的這兩百多位作家，這部世紀末的大系是否真成了永恆之門、不朽之階，則猶待歲月之考驗。新大系的十五位編輯和我，樂於將這些作品送到各位讀者的面前，並獻給漫漫的廿一世紀。原則上，這些作品恐怕都只能算是「備取」，至於未來，究竟其中的哪些能終於「正取」，就只有取決定悠悠的時光了。[30]

## 4 「文學大系」的基本特徵

以上看過兩個系列的「文學大系」，大抵可以歸納出這種編纂傳統的一些基本特徵：

一、「文學大系」是對一個範圍的文學（一個時段、一個國家／地域）作系統的整理，以多冊的、「成套的」文本形式面世；

二、這多冊成套的文學書，要能自成結構；結構的方式和目的在於立體地呈現其指涉的文學史；「立體」的意義在於超越敘事體的文學史書寫和示例式的選本的局限和片面；

三、「時間」與「記憶」、「現實」與「歷史」是否能相互作用，是「文學大系」的關鍵績效指標；

四、「國家文學」或者「地域文學」的「劃界」與「越界」，恆常是「文學大系」的挑戰。

二、「香港的」文學大系：《香港文學大系一九一九—一九四九》

## 1「香港」是甚麼？誰是「香港人」？

葉靈鳳，一位因為戰禍而南下香港然後長居於此的文人，告訴我們：

香港本是新安縣屬的一個小海島，這座小島一向沒有名稱，至少是沒有一個固定的總名……。這一直到英國人向清朝官廳要求租借海中小島一座作為修船曬貨之用，並指名最好將「香港」島借給他們，這才在中國的輿圖上出現了「香港」二字。[31]

「命名」是事物認知的必經過程。事物可能早就存在於世，但未經「命名」，其存在意義是無法掌握的。正如「香港」，如果指南中國邊陲的一個海島，據史書大概在秦帝國設置南海郡時，就收在版圖之內。但在統治者眼中，帝國幅員遼闊，根本不需要一一計較領土內眾多無名的角落。用葉靈鳳的講法，香港島的命名因英國人的索求而得入清政府之耳目；[32]而「香港」涵蓋的範圍隨着清廷和英帝國的戰和關係而擴闊，再經歷民國和共和國的默認或不願確認，變成如今天香港政府公開發佈的描述：

香港是一個充滿活力的城市，也是通向中國內地的主要門戶城市。……香港是中華人民共和國成立的特別行政區。香港自一八四二年開始由英國統治，至一九九七年，中國政府按照「一國兩制」的原則對香港恢復行使主權。根據《基本法》規定，香港目前的政治制度將會維持五十年不變，以公正的法治精神和獨立的司法機構維持香港市民的權利和自由。……香港位處中國的東南端，由香港島、大嶼山、九龍半島以及新界（包括二六二個離島）組成。[33]

「香港」由無名，到「香港村」、「香港島」，到「香港島、九龍半島、新界和離島」合稱，經歷了地理上和政治上不同界劃，經歷了一個自無而有，而變形放大的過程。更重要的是，「香港」這個名稱底下要有「人」；有人在這個地理空間起居作息，有人在此地有種種喜樂與憂愁、言談與詠歌。有人，有生活，有恩怨愛恨，有器用文化，「地方」的意義才能完足。

猜想自秦帝國及以前，地理上的香港可能已有居民，他們也許是越族葦民。李鄭屋古墓的出土，或許可以說明漢文化曾在此地流播。[34] 據說從唐末至宋代，元朗鄧氏、上水廖氏及侯氏、粉嶺文氏及彭氏五族開始南移到新界地區。許地山，從臺灣到中國內地再到香港直至長眠香港土地下的另一位文化人，告訴我們：

香港及其附近底居民，除新移入底歐洲民族及印度波斯諸國民族以外，中國人中大別有四種：一、本地；二、客家；三、福佬；四、蛋家。……本地人來得最早的是由湘江入蒼梧順西江下流底。稍後一點底是越大庾嶺由南雄順北江下流底。[35]

「本地」，不免是外來；香港這個流動不絕的空間，誰是土地上的真正主人呢？再追問下去的話，秦漢時居住在這個海島和半島上的，是「香港人」嗎？大概只能說是南海郡人或者番禺縣人；再晚來的，就是寶安縣人、新安縣人吧。因為當時的政治地理，還沒有「香港」這個名稱、這個概念。然而，換上了不同政治地理名號的「人」，有甚麼不同的意義？「人」和「土地」的關係，就會有所改變嗎？

## 2 定義「香港文學」

「香港文學」過去大概有點像南中國的一個無名島，島民或漁或耕，帝力於我何有哉？自從上世紀八〇年代開始，「香港文學」才漸漸成為文化人和學界的議題。這當然和中英就香港前途問題進行談判，以至一九八四年簽訂中英聯合聲明，讓香港進入一個漫長的過渡期有關。「香港有沒有文學」、「甚麼是香港文學」等問題陸續浮現。前一個問題，大概出於與「香港文學」、或者所有「文學」都無甚關涉的人。香港以外地區有這種觀感的，可以理解；值得玩味的是在港內同樣想法的人並不是少數；責任何在？實在需要深思。至於後一個問題，則是一個定義的問題。

要定義「香港文學」，大概不必想到唐宋秦漢，因為相關文學成品（artifact）的流轉，大都在「香港」這個政治地理名稱出現以後。[36]只便如此，還是困擾了不少人。一種定義方式，是以文本創製者為念：說文學是性靈的抒發，故「香港文學」應是「香港人所寫的文學」。這個定義帶來的問題首先是「誰是香港人」？另一種方式，從作品的內容着眼，因為文學反映生活，如果這生活的場景就是香港，當然就是「香港文學」。依着這個定義，則不涉及香港具體情貌的作品，是要排除在外了。再有一種，以文本創製工序的完成為論，所以「香港文學」是「在香港出版、面世的文學作品」。此外，與出版相關的是文學成品的受眾，所以這個定義可以改換成以「接受」的範圍和程度作準：「在香港出版，為香港人喜愛（最低限度是願意）閱讀的文學作品。」先不說定義中還是包含未有講明白的「香港人」一詞，而且「讀者在哪裏？」是不易說清楚的。事實上，由於歷史的原因，以香港為出版基地，但作者讀者都不在香港的情況不是沒有。[37] 因為香港就是這麼奇妙的一個文學空間。[38]

從過去的議論見到，創作者是否「香港人」是一個基本問題；換句話說，很多討論是圍繞着「香港作家」的定義來展開。有一種可能會獲得官方支持的講法是：「持有香港身份證或居港七年以上，曾出版最少一冊文學作品或經常在報刊發表文學作品」；[39] 這個定義的前半部分是以「政治」和「法律」論文學的一例，很難令人釋懷；[40] 兼且「法律」是有時效的，這時不合法並不排除那時的「非違法」。我們認為：「文學」的身份和「文學」的有效性不必倚仗一時的統治法令去維持。至於「出版」與「報刊發表」當然是由創作到閱讀的「文學過程」中一個接近終點的環節，可以是一個有效的指標；而出版與發表的流通範圍，究竟應否再加界定？是可以進一步討論的。

### 3　劃界與越界

我們在歸納「文學大系」的編纂傳統時，第一點提到這是「對一個範圍的文學（一個時段、一個國家／地域）作系統的整理」；第四點又指出「國家文學」或者「地域文學」的「劃界」與「越界」，恆常是「文學大系」的挑戰；兩點都是有關「劃定範圍」的問題。上文的討論是比較概括地把「香港文學」的劃界方式「問題化」（problematize），目的在於啟動思考，還未到解決或解脱的階段。

以下我們從《香港文學大系》編輯構想的角度，再進一步討論相關問題。首先是時段的界劃。目前所見的幾本國內學者撰寫的「香港文學史」，除了謝常青的《香港新文學簡史》外，[41]其餘都是以一九四九或一九五〇年為正式敘事起始點。這時中國內地政情有重大變化，大陸和香港兩地的區隔愈加明顯；以此為文學史時段的上限無疑是方便的，也有一定的理據。然而，我們認為香港文學應該可以往上追溯。因為新文學運動以及相關聯的「五四運動」，是香港現代文化變遷的一個重要源頭。北京上海的波動傳到香港，無疑有一定的時間差距，但「五四」以還，直到一九四九年，香港文學的實績還是班班可考的。因此我們選擇「從頭講起」，擬定「一九一九年」和「一九四九年」兩個時間指標，作為《大系》第一輯工作上下限；希望把源頭梳理好，以後第二輯、第三輯……，可以順流而下，進行其他時段的考察。我們明白這兩個時間標誌源於「非文學」的事件，卻認為這些事件與文學的發展有密切的關聯。我們又同意這個時段範圍的界劃不是確切不能動搖的，尤其上限不必硬性定在一九一九年，可以隨實際掌握的材料往上下挪動。比方説「舊體文學卷」和「通俗文學」的發展應可以追溯到更早的年份；而「戲劇」文本的選輯年份可能要往下移。

第二個可能疑義更多的是「香港文學」範圍的界劃。我們在回顧《中國新文學大系》各輯的規模時，見識過邊界如何「彈性」地被挪移，以收納「臺港澳」的作家作品。這究竟是「越界」還是隨「非文學」的需要而「重劃邊界」？這些新吸納的部分，與原來的主體部分如何，或者是否可以，構成一個互為關聯的系統？我們又看過余光中領銜編纂的《大系》，把張愛玲、夏志清等編入其中。前者大概沒有在臺灣居停過多少天，所寫所思好像與臺灣的風景人情無甚關涉；後者出身上海北京，去國後主要在美國生活、研究和著述。[42] 他們之「越界」入選，又意味着甚麼樣的文學史觀？

《香港文學大系》編輯委員會參考了過去有關「香港文學」、「香港作家」的定義，認真討論以下幾個原則：

一、「香港文學」應與「在香港出現的文學」有所區別（比方說瘂弦的詩集《苦苓林的一夜》在香港出版，但此集不應算作香港文學）；

二、（在一段相當時期內）居住在香港的作者，在香港的出版平台（如報章、雜誌、單行本、合集等）發表的作品（例如侶倫、劉火子在香港發表的作品）；

三、（在一段相當時期內）居住在香港的作者，在香港以外地方發表的作品（例如謝晨光在上海等地發表的作品）；

四、受眾、讀者主要是在香港，而又對香港文學的發展造成影響的作品（如小平的女飛賊黃鶯系列小說；這一點還考慮到早期香港文學的一些現象：有些生平不可考，是否同屬一人執筆亦未可知，但在香港報刊上常見署以同一名字的作品）。

編委會各成員曾將各種可能備受質疑的地方都提出來討論。最直接意見的是認為「相當時期」

一語太含糊，但又考慮到很難有一個學術上可以確立的具體時間（七年以上？十年以上？）。各項原則應該從寬還是從嚴？內容寫香港與否該不該成為考慮因素？文學史意義以香港為限還是包括對整體中國文學的作用？這都是熱烈爭辯過的議題。大家都明白《大系》中有不同文類，個別文類的選輯要考慮該文類的習套、傳統和特性，例如「通俗文學」的流通空間主要是「省港澳」（廣州、香港、澳門），「新詩」的部分讀者可能在上海，「戲劇」會關心劇作與劇場的關係。各種考慮，林林總總，很難有非常一致的結論。最後，我們同意請各卷主編在採編時斟酌上列幾個原則，然後依自己負責的文類性質和所集材料作決定；如果有需要作出例外的選擇，則在該卷〈導言〉清楚交代。大家的默契是以「香港文學」為據，而不是歧義更多的「香港作家」概念，尤其後者更兼有作家「自認」與他人「承認」與否等更複雜的取義傾向。歷史告訴我們，「香港」的屬性，從來就是流動不居的。在《大系》中，「香港」應該是一個文學和文化空間的概念：「香港文學」應該是與此一文化空間形成共構關係的文學。香港作為文化空間，足以容納某些可能在別一文化環境不能容許的文學內容（例如政治理念）或形式（例如前衛的試驗），或者促進文學觀念與文本的流轉和傳播（影響內地、臺灣、南洋、其他華語語系文學，甚至不同語種的文學，同時又接受這些不同領域文學的影響）。我們希望《香港文學大系》可以揭示「香港」這個「文學／文化空間」的作用和成績。

## 4 「文學大系」而非「新文學大系」

《香港文學大系》的另一個重要構想是，不用「大系」傳統的「新文學」概念，而稱「文學大系」。這個選擇關係到我們對「香港文學」以至香港文化環境的理解。在中國內地，「新文學」以「文學革命」的姿態登場，其抗衡的對象是被理解為代表封建思想的「舊」文化與「舊」文學；為了突出「新文學」，於是「舊」的範圍和其負面程度不斷被放大。革命行動和歷史書寫從運動一開始就互相配合，「新文學」沒有耐心等待將來史冊評定它的功過，文學革命家如胡適從《留學日記》、〈文學改良芻議〉、〈建設的文學革命論〉到《五十年來中國之文學》，都是一邊宣傳革命、實行革命，一邊修撰革命史。這個策略在當時中國的環境可能是最有效的，事實上與「國語運動」同時並舉的「新文學運動」非常成功，其影響由語言、文學，到文化、社會、政治，可謂無遠弗屆。[43] 十多年後趙家璧主編《中國新文學大系》，其目標不在經驗沈澱後重新評估過去的新舊對衡之意義，而在於「運動」之奮鬥記憶的重喚，再次肯定其間的反抗精神。

香港的文化環境與中國內地最大分別是香港華人要面對一個英語的殖民政府。為了帝國利益，港英政府由始至終都奉行重英輕中的政策。這個政策當然會造成社會上普遍以英語為尚的現象，但另一方面中國語言文化又反過來成為一種抗衡的力量，或者成為抵禦外族文化壓迫的最後堡壘。由於傳統學問的歷史比較悠久，積聚比較深厚，比較輕易贏得大眾的信任甚至尊崇。於是通曉儒經國學、能賦詩為文（古文、駢文），隱然另有一種非官方正式認可的社會地位。另一方面，來自內地——中華文化之來源地——的新文學和新文化運動，又是「先進」的象徵，當這些帶有開新和批判精神的新文學從內地傳到香港，對於年輕一代特別有吸引力。受「五四」文學新潮影響的學子，既有可能以其批判眼光審視殖民統治的不公，又有可能倒過來更加積極學習英語文學及文化，以吸收新知，來加強批判能力。至於「新文學」與「舊文學」之間，既有可能互相對抗，也有協成互補的機會。換句話說，英語代表的西方文化，與中國舊文學及新文學構成一個複雜多角的關係。如果簡單借用在中國內地也不無疑問的獨尊「新文學」觀點，就很難把「香港文學」的狀況表述清楚。

事實上，香港能寫舊體詩文的文化人，不在少數。報章副刊以至雜誌期刊，都常見佳作。這部分的文學書寫，自有承傳體系，亦是香港文學文化的一種重要表現。例如前清探花，翰林院編修，官至南書房行走、江寧提學使的陳伯陶，流落九龍半島二十年，編纂《勝朝粵東遺民錄》、《明東莞五忠傳》等，又研究宋史遺事，考證官富場（現在的官塘）宋王臺、侯王廟等歷史遺跡；他的所為，和葉靈鳳捧着清朝嘉慶二十四年刊《新安縣志》珍本，辛勤考證香港的前世往跡有甚麼不同？一個傳統的讀書人，離散於僻遠，如何從地誌之「文」，去建立「人」與「地」與「時」的關係？我們是否可以從陳伯陶與友儕在一九一六年共同製作的《宋臺秋唱》詩集中，見到那上下求索的靈魂在嘆息？他腳下的土地，眼前的巨石，能否安頓他的心靈？詩篇雖為舊體，但其中的文心，不是常新嗎？[44] 可以說，「香港文學」如果缺去了這種能顯示文化傳統在當代承傳遞嬗的文學記錄，其結構就不能完整。[45]

再如擅寫舊體詩詞的黃天石，又與另一位舊體詩名家黃冷觀合編「通俗文學」的《雙聲》雜誌，發表鴛鴦蝴蝶派小說；後來又是「純文學」的推動者，創立國際筆會香港中國筆會，任會長十年；又曾辦《文學世界》，支持中國文學研究；影響更大的是以筆名「傑克」寫的流行小說。這樣多面向的文學人，我們希望在《香港文學大系》給予充分的尊重。這也是《香港文學大系》必須有《通俗文學卷》的原因之一。我們認為「通俗文學」在香港深入黎庶，讀者量可能比其他文學類型高得多。再說，香港的「通俗文學」貼近民情，而且語言運用更多大膽試驗，如「粵語入文」，或者「三及第化」，是香港文化以文字方式流播的重要樣本。當然，「通俗文學」主要是商業運作，產量多而水準不齊，資料搜羅固然不易，編選的尺度拿捏更難；如何澄沙汰礫，如何從文學史的角度與其他文類協商共容，都極具挑戰性。無論如何，過去《中國新文學大系》因為以「新文學」為主，把影響民眾生活極大的通俗文學棄置一旁，是非常可惜的。

《香港文學大系》又設有《兒童文學卷》。我們知道「兒童文學」的作品創製與其他文學類型最大的不同是，其擬想的讀者既隱喻作者的「過去」，也寄託他所構想的「未來」；當然作品中更免不了與作者「現在」的思慮相關聯。已成年的作者在進行創作時，不斷與自己童稚時期的經驗對話，時光的穿梭是一個必然的現象；在《大系》設定一九四九年以前的時段中，「兒童文學」在香港還有一種「空間」穿越的情況，因為不少兒童文學的作者都身不在香港；「空間」的幻設，有時要透過在香港的編輯協助完成。另一方面，這時段的兒童文學創製有不少與政治宣傳和思想培育有關。部分香港報章雜誌上的兒童文學副刊，是左翼文藝工作者進行思想鬥爭的重要陣地。依照成年人的政治理念去模塑未來，培養革命的下一代，又是這時期香港兒童文學的另一個現象。可以說，「兒童文學」以另一種形式宣明香港文學空間的流動性。

## 5 「文學大系」中的「基本」文體

「新詩」、「小說」、「散文」、「戲劇」、「文學評論」，這些「基本」的現代文學類型，也是《香港文學大系》的重要部分。這些文類原型的創發與「新文學運動」息息相關，是由中國而香港的「現代性」降臨的一個重要指標。[46] 其中新詩的發展尤其值得注意。詩歌從來都是語言文字的實驗室；尤其在移走可以依傍的傳統詩詞的格律框之後，主體的心靈思緒與載體語言之間的纏鬥更加激烈而無邊際。朱自清在《中國新文學大系・詩集》的〈選詩雜記〉中提到他的編選觀點：「我們要看看我們啟蒙期詩人努力的痕跡。他們怎樣從舊鐐銬解放出來，怎樣學習新言語，怎樣尋找新世界。」香港的新詩起步比較遲，但若就其中傑出的作家作品來看，卻能達到非常高的水平。[47] 這可能是因為香港的語言環境比較複雜，日常生活中的語言已不斷作語碼轉換，感情思想與語言載體互相作用的頻率特別高，實驗多自然成功機會也增加。相對來說，小說受到寫實主義思潮的引導，而香港的寫實卻又是中國內地小說的再模仿，其依違之間，使得「純文學」的小說家難以無障礙地完成構築虛擬的世界。例如理應展現香港城市風貌的小說場景，究竟是否上海十里洋場的複製，就需要推敲。與包袱比較輕的通俗小說作者相比，學習「新文學」的小說家的道路就比較艱難了，所留下繽紛多元的實績，很值得我們珍視。

散文體最常見的風格要求是明快、直捷，而這時期香港散文的材料主要寄存於報章副刊，編者重回「閱讀現場」的感覺會比較容易達成。《大系》的散文樣本，可以更清晰地指向這時段香港的世態人情，生活的憂戚與喜樂。由於香港的出版自由相對比中國內地高，報章檢查沒有國內嚴苛，只要不觸碰殖民政府「當局」，成為全中國的「輿論中心」是有可能的。報章上的公共言論，有時也會超脫香港本地的視野；香港報章轉成內地輿情的進出口。所以說，「香港」作為一個文化地理的空間，其功能和作用往往不限於本土。《大系》兩卷散文，少不免對此有所揭示。類似的情況又可見於我們的《戲劇卷》。中國現代劇運以動員羣眾為目標，啟蒙與革命是主要的戲碼；這時期香港的劇運，不計由英國僑民帶領的英語劇場，可謂全國的附庸，也是政治運動的特遣。讀《香港文學大系》的戲劇選輯，很容易見到政治與文藝結合的前台演出。然而，當中或許有某些不求外揚的藝術探索，或者存在某種本土呼吸的氣息，有待我們細心尋繹。至於香港出現的「文學評論」，其來源也是多元的。越界而來的文藝指導在中國多難的時刻特別多；尤其抗日戰爭和國共內戰期間，政治宣傳和鬥爭往往以文藝論爭的方式出現；其論述的面向是全國而不是香港；這就是「全國輿論中心」的貢獻。[48] 然而正因為資訊往來方便，中外的文化訊息在短時間內得以在本地流轉；由此也孕育出不少視野開闊的批評家，其關注面也廣及香港、全中國，以至國際文壇。這也是「香港」的一個重要意義。

## 6 小結

綜之，我們認為「香港」是一個文學和文化的空間，「香港」可以有一種「文學的存在」；「香港文學」是一個文化結構的概念。我們看到「香港文學」是多元的而又多面向的。我們以一九一九到一九四九為大略的年限，整理我們能搜羅到的各體文學資料，按照所知見的數量比例作安排，「散文」、「小說」、「評論」各分「一九一九—一九四一」及「一九四二—一九四九」兩卷；「新詩」、「戲劇」、「舊體文學」、「通俗文學」、「兒童文學」各一卷，加上「文學史料」一卷，全書共十二卷。每卷主編各撰寫本卷〈導言〉，說明選輯理念和原則，以及與整體凡例有差異的地方和差異的理據。編委會成員就全書方向和體例有充分的討論，與每卷主編亦多番往返溝通。我們不強求一致的觀點，但有共同的信念。我們不會假設各篇〈導言〉組成周密無漏的文學史敘述，所有選材拼合成一張無缺的文學版圖。我們相信虛心聆聽之後的堅持，更有力量；各種論見的交錯、覆疊，以至留白，更能抉發文學與文學史之間的「呈現」與「拒呈現」的幽微意義。我們期望這十二卷《香港文學大系一九一九—一九四九》能夠展示「香港文學」的繁富多姿。我們更盼望時間會證明，十二卷《大系》中的「香港文學」，並沒有遠離香港，而且繼續與這塊土地上生活的人對話。

## 三、餘話

最後，請讓我簡單交代《香港文學大系一九一九—一九四九》編輯的經過。二〇〇九年我和同事陳智德開始聯絡同道，組織編輯委員會，成員包括：黃子平、黃仲鳴、樊善標、危令敦、陳智德以及本人。又邀請到陳平原、王德威、黃子平、李歐梵、許子東擔任計劃的顧問。在籌備階段，我們得到李律仁先生的襄助，私人捐助我們一筆啟動基金。李先生對香港文學的熱誠，對我們的信任，在此致上衷心的感謝。經過編委員討論編選範圍和方針以後，我們組織了《大系》各卷的主編團隊：陳智德（新詩卷、文學史料卷）、樊善標（散文卷一）、危令敦（散文卷二）、謝曉虹（小說卷一）、黃念欣（小說卷二）、盧偉力（戲劇卷）、程中山（舊體文學卷）、黃仲鳴（通俗文學卷）、霍玉英（兒童文學卷）、陳國球（評論卷一）、林曼叔（評論卷二）。編輯委員會通過整體計劃後，我們向香港藝術發展局申請資助，順利通過得到撥款。因為全書規模大，出版並不容易，我們有幸得到聯合出版集團總裁陳萬雄先生的幫忙；陳先生非常熱心香港文化事業，一直關注香港文學史的編撰；經過他的鼎力推介，《香港文學大系一九一九—一九四九》由香港商務印書館出版。期間總經理葉佩珠女士與副總編輯毛永波先生全力支持，《大系》編務主持人洪子平先生專業支援，讓《大系》順利分批出版，編委會成員都非常感激。此外，我們還要向為《香港文學大系》題籤的鍾育淳先生敬致謝忱。《大系》編選工作艱巨，各卷主編自是勞苦功高；搜集整理資料的細務，有賴香港教育學院中國文學文化研究中心的成員：楊詠賢、賴宇曼、李卓賢、雷浩文、姚佳琪、許建業等承擔，其中賴宇曼更是後勤工作的總負責人，出力最多。我們相信，《香港文學大系》是一項有意義的文化工作，大家出過的每一分力，都值得記念。

二〇一四年六月三十日定稿

## 註釋

1 例如一九八四年五月十日在《星島晚報》副刊《大會堂》就有一篇絢靜寫的〈香港文學大系〉，文中說：「在鄰近的大陸，臺灣，甚至星洲，早則半世紀前，遲至近二年，先後都有它們的『文學大系』由民間編成問世。香港，如今無論從哪一個角度看，都不比他們當年落後，何以獨不見自己的『文學大系』出現？」十多年後，二〇〇一年九月廿九日，也斯在《信報》副刊發表〈且不忙寫香港文學史〉說：「在編寫香港文學史之前，在目前階段，不妨先重印絕版作品、編選集、編輯研究資料，編新文學大系，為將來認真編寫文學史作準備。」

2 日本最早用「大系」名稱的成套書大概是一八九六年十一月出版的《國史大系》。日本有稱為「三大文學全集」的《新釋漢文大系》（明治書院）、《日本古典文學大系》（岩波書店）、《現代日本文學大系》（筑摩書房），都以「大系」為名，可見他們的傳統。

3 據趙家璧的講法，這個構思得到施蟄存和鄭伯奇的支持，也得良友圖書公司的經理支持，於是以此定名《中國新文學大系》。見趙家璧〈話說《中國新文學大系》〉，原刊《新文學史料》，一九八四年第一期；收入趙家璧《編輯憶舊》（一九八四；北京：三聯書店，二〇〇八再版），頁一〇〇。

4 在此「文體類型」的概念是現代文論中“genre”一詞的廣義應用，指依循一定的結撰習套而形成書寫傳統的文本類型。作為一個文體類型的個別樣本，對外而言應該與同類型的其他樣本具有相同的特徵；對內而言則自成一個可以辨認的結構。中國文學傳統中也有「體」的觀念，其指向相當繁複，但也可以從這個寬廣的定義去理解。

5 〈話說《中國新文學大系》〉，以及〈魯迅怎樣編選《小說二集》〉等文，均收錄於趙家璧《編輯憶舊》。此外，趙家璧另有《編輯生涯憶魯迅》（北京：人民文學，一九八一）、《書比人長壽》（香港：三聯書店，一九八八）、《文壇故舊錄：編輯憶舊續集》（北京：三聯書店，一九九一）等著，亦有值得參看的記述。當然我們必須明白，這是多年後的補記；某些過程交代，難免摻有後見之明的解說。

6 Lydia H. Liu, "The Making of the 'Compendium of Modern Chinese Literature,'" in Liu, *Translingual Practice: Literature, National Culture, and Translated Modernity-China, 1900-1937* (Stanford University Press, 1995), pp. 214-238; 徐鵬緒、李廣《〈中國新文學大系〉研究》（北京：社會科學文獻出版社，二〇〇七）。

7 據國民政府一九二八年頒佈的《著作版權法》，已出版的單行本受到保護，而編採單篇文章以合成一集則沒有限制；又一九三四年六月國民黨中央宣傳部成立圖書雜誌審查會，所制定的《修正圖書雜誌審查辦法》第二條規定：社團或著作人所出版之圖書雜誌，應於付印前將稿本送審。第九條規定：凡已經取得審查證或免審證之圖書雜誌稿件，在出版時應將審查證或免審證號數刊印於封底，以資識別。均見劉哲民編《近現代出版社新聞法規彙編》（北京：學林出版社，一九九二）頁一六〇、二三二。

8 據趙家璧追述，阿英認為「這樣的一套書，在當前的政治鬥爭中具有現實意義，也還有久遠的歷史價值和學術價值」。〈話說《中國新文學大系》〉，頁九八。

9 *Translingual Practice*, 235.

10 自歌德以來，以三分法——抒情詩（lyric）、史詩（epic）、戲劇（drama）——作為所有文學的分類才是「共識」。西方固然有"familiar essay"作為文類形式的討論，但並沒有把它安置於一種四分的格局之中。事實上西方的「散文」（prose）是與「詩體」（poetry）相對的書寫載體，在層次上與現代中國文學的四分觀念並不吻合。現代中國文學習用的四分法，在理論上很難周備無漏，需要隨時修補。參考陳國球〈「抒情」的傳統：一個文學觀念的流轉〉，《淡江中文學報》，第二十五期（二〇一一年十二月），頁一七三—一九八。

11 這些例子均見於《民國總書目》（北京：書目文獻出版社，一九九二）。

12 〈話說《中國新文學大系》〉，頁九七。

13 朱自清〈評郭紹虞《中國文學批評史》上卷〉，載《朱自清古典文學論集》（上海：上海古籍出版社，一九八一，頁五四一）。

14 觀夫郁達夫和周作人兩集散文的〈導言〉，可以見到當中所包含自覺與反省的意識，不能簡單地稱之為「自我殖民」。

15 蔡元培〈總序〉，《中國新文學大系》，頁一一。又趙家璧為《大系》撰寫的〈前言〉亦徵用「文藝復興」的比喻，說中國新文學運動「所結的果實，也許不及歐洲文藝復興時代般的豐盛美滿，可是這一羣先驅者們開闢荒蕪的精神，至今還可以當做我們年青人的模範，而他們所產生的一點珍貴的作品，更是新文化史上的瑰寶。」《中國新文學大系》，頁一。

16 參考羅志田〈中國文藝復興之夢：從清季的「古學復興」到民國的「新潮」〉，載羅志田《裂變中的傳承——二十世紀前期的中國文化與學術》（北京：中華書局，二〇〇三），頁五三—九〇；李長林〈歐洲文藝復興在中國的傳播〉，載鄭大華、鄒小站編《西方思想在近代中國》（北京：社會科學文獻出版社，二〇〇五），頁一——四八。

17 蔡元培有關「文藝復興」的論述，起碼有三篇文章值得注意：一、〈中國的文藝中興〉（一九二四）；二、〈吾國文化運動之過去與將來〉（一九三四）；三、《中國新文學大系・總序》（一九三五）。幾篇文章對「文藝復興」或者「文藝中興」的論述和判斷頗有些差異，第一篇演講所論的「文藝中興」始於晚清；但二、三兩篇則專以「新文學／新文化運動」為「復興」時代；又頗借助胡適的「國語的文學，文學的國語」的論述。然而胡適個人的「文藝復興」論亦不止一種：有時也指清代學術（如一九一九年出版的《中國哲學史大綱（卷上）》〔北京：商務印書館，一九八七影印〕），頁九——一〇）；有時具體指新文學／新文化運動（如一九二六年的演講："The Renaissance in China,"《胡適英文文存》，頁二〇——三七）。他曾認為 Renaissance 中譯應改作「再生時代」；後來又把這用語的涵義擴大，上推到唐以來中國歷史上幾次大規模的文化變革。有關胡適的「文藝復興」觀與他領導的「新文學運動」的關係，參考陳國球《文學史書寫形態與文化政治》（北京：北京大學出版社，二〇〇四），頁六七——一〇六。

18 姚琪〈最近的兩大工程〉，《文學》，五卷六期（一九三五年七月），頁二二八——二三二；畢樹棠〈書評：《中國新文學大系》〉，《宇宙風》，第八期（一九三六），頁四〇六——四〇九。都非常正面；又趙家璧〈話說《中國新文學大系》〉指出《大系》銷量非常好，見頁一二八——一二九。

19 茅盾回憶錄中提到他把《大系》稱作第一輯，「是寄希望於第二輯、第三輯的繼續出版」；轉引自趙家璧《書比人長壽——編輯憶舊集外集》（北京：中華書局，二〇〇八），頁一八九。

20 〈話說《中國新文學大系》〉，頁一三〇——一三六。

21 李輝英〈重印緣起〉，《中國新文學大系・續編》（香港：香港文學研究社，一九七二再版），頁二；〈再版小言〉，無頁碼。

22 常君實是內地資深編輯，一九五八年被中國新聞社招攬，擔任專為海外華僑子弟編寫文化教材和課外讀物的工作，主要在香港的上海書局和香港進修出版社出版。譚秀牧，曾任《明報》副刊編輯，《南洋文藝》主編，香港文學研究社編輯等。

23 參考譚秀牧〈我與《中國新文學大系‧續編》〉，《譚秀牧散文小說選集》（香港：天地圖書公司，一九九〇），頁二六二—二七五。譚秀牧在二〇一一年十二月到二〇一二年五月的個人網誌中，再交代《續編》的出版過程，以及回應常君實對《續編》編務的責難。見 http://tamsaumokgblog.blogspot.hk/2012/02/blog_post.html（檢索日期：二〇一四年五月三十日）。

24 羅孚〈香港文學初見里程碑〉一文談到《中國新文學大系續編》說：「《續編》十集，五六百萬字，實在是一個浩大的工程，在那個時時要對知識分子批判，觸及肉體直到靈魂的日子，主編這樣一部完全可以能被認為是替封、資、修『樹碑立傳』的書，該有多大的難度，需要多大的膽識！真叫人不敢想像。誰也沒有想到，這樣一個偉大的工程竟然在默默中完成了，而香港擔負了重要的角色，這實在是香港在中國新文學運動史上一個重要的貢獻，應該受到表揚。不管這《續編》有多大缺點或不足，都應該得到肯定和表揚。」載絲韋（羅孚）《絲韋隨筆》（香港：天地圖書公司，一九九七），頁一〇一。又參考羅寧〈《中國文學大系續編》簡介〉，《開卷月刊》，二卷八期（一九八〇年三月），頁二九。此外，大約在香港文學研究社籌劃《大系續編》的時候，在香港中文大學任教的李輝英和李棪，也正在進行另一個《中國新文學大系》的續編計劃，由中大撥款支持；看來構思已相當成熟，可惜最後沒有完成。見李棪、李輝英〈《中國新文學大系‧續編》的編選計劃〉，《純文學》，第十三期（一九六八年四月），頁一〇四—一一六。

25 《中國現代文學大系‧小說第一輯》序，頁一九。

26 曉風的序「散文」從開篇就講選本的意義，視自己的工作為編輯選本，明顯與朱西甯的說法不同調，見《中國現代文學大系‧散文第一輯》，頁一—四。

27 《中國現代文學大系》，頁一一。

28 《中華現代文學大系（貳）——臺灣一九八九—二〇〇三》，頁一三。

29 《中國新文學大系一九七六—二〇〇〇》，頁五。

30 《中華現代文學大系（貳）——臺灣一九八九—二〇〇三》，頁一四。

31 〈香港村和香港的由來〉，載葉靈鳳《香島滄桑錄》（香港：中華書局，二〇一一），頁四。現在我們知道「香港」之名初見於明朝萬曆年間郭棐所著的《粵大記》，但不是指現稱香港島的島嶼，而是今日的黃竹坑一帶。見郭棐撰，黃國聲、鄧貴忠點校《粵大記》（廣州：中山大學出版社，一九九八），〈廣東沿海圖〉，頁九一七。

32 又參考馬金科主編《早期香港研究資料選輯》（香港：三聯書店，一九九八），頁四三—四六。葉靈鳳又提醒我們，根據英國倫敦一八四四年出版的《納米昔斯號航程及作戰史》（*Narrative of the Voyages and Services of the Nemesis*），早在一八一六年「英國人的筆下便已經出現『香港』這個名稱了」。見葉靈鳳《香港的失落》（香港：中華書局，二〇一一），頁一七五。

33 香港特區政府網站：http://www.gov.hk/tc/about/abouthk/facts.htm（檢索日期：二〇一四年六月一日）。

34 參考屈志仁（J. C. Y. Watt）《李鄭屋漢墓》（香港：市政局，一九七〇）；香港歷史博物館編《李鄭屋漢墓》（香港：香港歷史博物館，二〇〇五）。

35 許地山《國粹與國學》（長沙：嶽麓書社，二〇一一）頁六九—七〇。

36 《新安縣志》中的《藝文志》載有明代新安文士歌詠杯渡山（屯門青山）、官富（官塘）之作。我們今天應如何理解這些作品，是值得用心思量的。請參考程中山《舊體文學卷》的〈導言〉。

37 例如不少內地劇作家的劇本要避過國民政府的審查，而選擇在香港出版，但演出還是在內地。

38 上世紀八〇年代以來，為「香港文學」下定義的文章不少，以下略舉數例：黃維樑〈香港文學研究〉（一九八三），收入黃維樑《香港文學初探》（香港：華漢文化事業公司，一九八八二版），頁一六—十八；鄭樹森《聯合文學・香港文學專號・前言》（一九九二），刪節後改題〈香港文學的界定〉，收入黃繼持、盧瑋鑾、鄭樹森《追跡香港文學》（香港：牛津大學出版社，一九九八），頁五三—五五；黃康顯〈香港文學的分期〉（一九九五），收入黃康顯《香港文學的發展與評價》（香港：秋海棠文化企業出版社，一九九六），頁八；劉以鬯主編《香港文學作家傳略》（香港：市政局公共圖書館，一九九六），〈前言〉，頁iii；許子東《香港短篇小說選一九九六——一九九七・序》，載許子東《香港短篇小說初探》（香港：天地圖書公司，二〇〇五），頁二〇—二二。

39 《香港文學作家傳略》，〈前言〉，頁iii。

40 在香港回歸以前，任何人士在香港合法居住七年後，可申請歸化成為英國屬土公民並成為香港永久居民；香港主權移交後，改由持有效旅行證件進入香港、連續七年或以上通常居於香港並以香港為永久居住地的條件，可成為永久性居民。參考香港特區政府網站：http://www.gov.hk/tc/residents/immigration/idcard/roa/verifyeligible.htm（檢索日期：二〇一四年六月一日）。

41 謝常青《香港新文學簡史》（廣州：暨南大學出版社，一九九〇）。

42 夏志清長期在臺灣發表中文著作，但他個人未嘗在臺灣長期居留。又《中華現代文學大系（貳）——臺灣一九八九—二〇〇三》由馬森主編的小說卷，也收入香港的西西、黃碧雲、董啟章等香港小說家。

43 參考陳國球《文學史書寫形態與文化政治》，頁六七—一〇六。

44 參考高嘉謙〈刻在石上的遺民史：《宋臺秋唱》與香港遺民地景〉，《臺大中文學報》，四十一期（二〇一三年六月），頁二七七—三一六。

45 羅孚曾評論鄭樹森等編《香港文學大事年表》（一九九六）不記載傳統文學的事件，鄭樹森的回應是：「雖然有人認為《年表》可以選收舊體詩詞，但是，恐怕這並不是整理一般廿世紀中國文學發展的慣例。」《年表》後來再版，題目的「文學」二字改換成「新文學」。分見《絲韋隨筆》，頁一〇〇；鄭樹森、黃繼持、盧瑋鑾編《香港新文學年表（一九五〇——一九六九）》（香港：天地圖書公司，二〇〇〇），頁五。

46 英國統治帶來的政制與社會建設，也是香港進入「現代性」境況的另一關鍵因素。

47 鄭樹森等在討論香港早期的新文學發展時，認為「詩歌的成就最高」，柳木下和鷗外鷗是「這時期的兩大詩人」。見鄭樹森、黃繼持、盧瑋鑾編《早期香港新文學作品選》（香港：天地圖書公司，一九九八），頁三——四二。

48 參考侯桂新《文壇生態的演變與現代文學的轉折——論中國作家的香港書寫》（北京：人民出版社，二〇一一）

# 凡例

一、《香港文學大系一九一九—一九四九》共十二卷，收錄一九一九年至一九四九年之香港文學作品，編纂方式沿用《中國新文學大系》以體裁分類，同時考慮香港文學不同類型文學之特色，分別為新詩卷、散文卷一、散文卷二、小說卷一、小說卷二、戲劇卷、評論卷一、評論卷二、舊體文學卷、通俗文學卷、兒童文學卷、文學史料卷。

二、作品排列是以作者或主題為單位，以作者為單位者，以入選作品發表日期先後為序，同一作者入選多於一篇者，以發表日期最早者為據。

三、入選作者均附作者簡介，每篇作品於篇末註明出處。如作品發表時所署筆名與作者通用之名不同，亦於篇末註出。

四、本書所收作品根據原始文獻資料，保留原文用字，避免不必要改動，部分文章礙於當時報刊審查制度，違禁字詞以X或□代替，亦予保留。

五、個別明顯誤校、字粒倒錯，或因書寫習慣而出現之簡體字，均由編者逕改；個別異體字如無法顯示則以通用字替代，不另作註。

六、原件字跡模糊，須由編者推測者，在文字或標點外加上方括號作表示，如「不以為〔然〕」；原件字跡太模糊，實無法辨認者，以圓括號代之，如「前赴（　）國」，每一組圓括號代表一個字。

七、本書經反覆校對，力求準確，部分文句用字異於今時者，是當時習慣寫法，或原件如此。

八、因篇幅所限或避免各卷內容重複，個別篇章以〔存目〕方式處理，只列題目而不收內文，各存目篇章之出處，將清楚列明。

九、《香港文學大系一九一九——一九四九》之編選原則詳見〈總序〉，各卷之編訂均經由編輯委員會審議，惟各卷主編對文獻之取捨仍具一定自主，詳見各卷〈導言〉。

# 導言

黃念欣

執筆之時，正值香港動盪時刻，動盪時刻，難免會問「文學何為？」本小說卷所呈現之一九四二至一九四九年的香港，較諸今天，不是一個加倍困頓和艱險的時刻嗎？然而文學沒有須臾離開見證的責任，今人回看，更應仔細追認這些作品回應目下香港之可能。《香港文學大系》既以十二卷「大系」為系統，復以一九一九年新文化運動與一九四九年新中國成立為起訖，當中為「香港文學」溯源、正名，甚至定義自身文化特質等文學史意圖，實在毋庸迴避。在小說中追跡香港文學起源，是編選《香港文學大系・小說卷二》（一九四二—一九四九）的基本問題之一，這起碼是我個人的理解。

然而所謂香港的關鍵時刻，一八四二、一九六七、一九八四、一九九七，以至二〇一四，選擇甚多，各有背後理據。那麼一九四二至一九四九於香港有何代表性？一個有代表性的時代是否又等於一個能產生有代表性的小說的時代？關於第一個問題，曾有英國歷史學者分別撰文論述一九四二至一九四五及一九四五至一九四九兩個時期，如何成為確立香港身份的關鍵階段（critical phrase）。前者以淪陷期英國與日本對香港管治權的交涉為研究對象，[1] 後者以戰後英國與國共兩黨周旋為分析重心。[2] 這些政治上的波譎雲詭能否反映在文學作品裏？而反映了如此「身不由己」的香港時刻是否就是具代表性的香港文學作品？正是本選集要回應的第二層問題。

一九四二至一九四九年的香港，前半為日據淪陷時期，因報禁與言論自由的審查，此時文學作品一直評價不高；後半為國共內戰時期，延續抗戰期間南來文人以香港為宣傳陣地的「過客論」與「平台論」，若以本土價值為宗，此時期文學的代表性自然亦不高。[3]不過，檢視一國或一地的文學起源，往往不一定在文學名正言順、大有可為的時代發生。在文學存在的基礎受到質疑和限制之時，也可以是該地文學定義其自身的抵抗力或包容力的時刻。一九四二至一九四九即使不是香港文學發展中不辯自明的關鍵時機，通過詳細的辨析與呈現，也能在表面上不堪回首的亂離歲月中，發現可堪記取的面貌和意義。

在介紹本卷小說的編選特色前，我希望簡單交代作品的來源和範圍。盧瑋鑾教授曾在《國共內戰時期香港本地與南來文人作品選（一九四五——一九四九）》的〈編選報告〉中提及編選過程中遇到的六大困難，包括出版物眾多且名稱混亂、刊物出版匆忙而期號錯漏、編者背景及緣起交代不明、書刊印數不多因而能見不全、作者筆名眾多、報紙材料尤其不齊備。[4]這些問題在本卷編選過程中自然仍須面對，惟感激大系的編輯團隊在二〇一二年中開始上載原始報章雜誌及單行本材料於電腦雲端硬碟供各卷編者閱讀，當中包括七十九部單行本、[5]二十六份報章[6]及五十份雜誌[7]的全文掃瞄。在此基礎上，編者可以因應需要而加入上載資料範圍以外的作品，在指定年份中取捨個人認為具閱讀價值、藝術價值或歷史價值的篇目。本卷工作由二〇一二年開始，至二〇一五年初才告完成，除了編者個人工作效率問題外，期間與編委會來回溝通所引起的省思，亦為稍漫長的編選過程帶來一些有關香港文學起源論與主體性的啟示。

陳國球教授在大系總序中提及兩個編選的關鍵，要言之即「香港／非香港」的身份探尋，與「文學史／非文學史」的源流呈現，當中涉及的香港文學定義、「南來作家」歸屬，與香港文學主體性的思考，前人亦有精闢論述。[8] 本導言希望在這些討論成果之上，加入日本學者柄谷行人於《日本現代文學的起源》提出的兩個概念，即「風景之發現」和「顛倒之視覺」，分析《小說卷二》所見的香港文學「起源」現象。所謂「風景」，柄谷指出那是一種「認識的裝置」，與一國或一地文學之興起及面貌密切相關，由主觀的心象所建構，但一旦形成即如同長久客觀存在的外在特質，並且可以在相反的潮流中找到自身的根據：

風景一旦成為可視的，便彷彿從一開始就存在於外部似的。人們由此開始摹寫風景。如果將此稱為寫實主義，這寫實主義實在是產生於浪漫派式的顛倒之中。現代文學的寫實主義很明顯是在風景中確立起來的。因為寫實主義所描寫的雖然是風景以及作為風景的平凡的人，但這樣的風景並不是一開始就存在於外部的，而須通過對「作為與人類疏遠化了的風景之風景」的發現才得以存在。[9]

以上引文容或有理論化之嫌，但放諸一九四二至一九四九年之「香港文學風景」，也許可以讓我們反思，實不宜輕易把一套「四十年代香港小說」的標準先驗地加諸作品之上，例如淪陷期文學空間緊縮而凋零、國共內戰期間政治宣傳性凌駕於文學性，以及南來北往作家所帶來的「不純正」或「非本土」的焦慮等。多留意作品中呈現的反向力量，即如文言創作、非本地作家、非本地發表或內容非關香港的作品，對定義香港文學可產生積極作用。正如引文中的例子，在浪漫派的顛倒視覺中發現寫實主義的形成，並通過抽離而獨立的閱讀，確立一時一地的文學風景。

例如平可（岑卓雲）於一九三九年在《工商日報》連載的長篇小說《山長水遠》，[10] 基本上符合一九四二年淪陷前的小說公式：通俗長篇連載、章回鉤連明顯、摩登男女交往、都市職場較勁，部分內容甚至可視作五十年代「經紀拉」小說的先聲，也有接近書生式人物作觀察者混雜其中。加上作者身兼編輯與報人的工作，更見創作與文學生產之複雜關係。要檢視「四十年代香港小說風景」，這種先設的參照框架十分重要，但柄谷「風景論」之啟示在於，風景之發現往往不在「常態」景物中得之，它包含觀賞者視覺之變化，也包含客觀景物之變化，幾經淬練、命名、反覆觀賞而確立，亦即所謂「顛倒之視覺」之產生。一九四二至一九四九之香港故事，景致蒼茫、雜味紛陳，所得之風景危峨恬淡、純樸嶙峋，實在不一而足。

## 風景論之一：「山城雨景」之意在言外

本卷首篇小說為〈山城雨景〉，小說內容講述一名假洋鬼子香港士紳在殖民地腐朽生活之荒唐及沒落，文筆直敘而近俗，著者羅拔高可謂不見經傳，乍看平平無奇。然而，這篇寫於一九四二年，復收錄於一九四四年同名小說集《山城雨景》的作品，卻得到兩位在淪陷期文望甚高的作家之品題與「拱照」——由香港華僑日報社出版的《山城雨景》先有葉靈鳳的〈葉序〉，復有戴望舒的〈戴跋〉。[11] 查羅拔高何以得到葉、戴之「厚待」？先見方寬烈〈淪陷時期一些留港文人的作品〉一文，提及羅拔高本名盧夢殊，「香港日陷時，在歷史悠久的《華僑日報》擔任採訪主任，一九四二年曾代表香港報界到日本東京參加『大東亞新聞工作會議』。」[12]此外盧夢殊亦為一九四五年僅出版兩期的《香島月報》總編輯，[13]兩期月報中均載有戴望舒及葉靈鳳之文章。[14]筆者曾向盧瑋鑾教授請教有關盧、戴、葉之間的關係，盧教授指出盧夢殊在出席東京「大東亞新聞工作會議」之後，任日治時期《華僑日報．僑樂村》及《香島月報》的編輯，儼然戴、葉兩位的上司。上司出版小說集，自然容易得到〈葉序〉和〈戴跋〉的幫襯。何以說「幫襯」？且看兩位作家「言不及義」的序跋即可知。

約九百字的〈葉序〉先花上五百多字敘述香港山城的惱人雨天使人狼狽不堪，然後話鋒一轉，「那麼，今年的山城雨景，該沒有甚麼值得令人欣賞的了。其實不然，有很多東西點綴着這雨景，使人值得欣賞。這些新點綴品之一便是這《山城雨景》中所描寫的鄔先生之流。」所謂鄔先生之流，是靠鬻爵而來的英式士紳，在日治時期正要開始的一九四二年香港，自然落魄非常。在風雨飄搖的英、日政權交替，葉靈鳳索性點明「我相信《山城雨景》的作者和我一樣，在雨中特別注意鄔先生之流，並不是幸災樂禍，而是欣喜這些渣滓正在被淘汰，正如點綴這雨景之一的塌屋，可是祇有舊的殘破的才要坍，一座基礎穩固的新屋是從不受風雨威脅的。」舊統治者敗走，新統治者基礎穩固一如新屋，而序言的作者與小說的作者皆暫且托身山城，聊避風雨，正好借題發揮，遂把選集中另外的小說都冷落了。〈戴跋〉更妙，以大半篇幅介紹二十年前（一九二〇年代）盧夢殊在上海文壇中的「健談」之名，及「羅拔高」之稱號與盧氏獨好點心蘿蔔糕一味之原因，以此介紹一位小說作家，可謂「乏善足陳」。不得已談到盧夢殊的小說，戴望舒表示「人到中年，是往往深悔少作了。我自己就有着這種感想，而認為那些膚淺的詩句至今還留在世間是一件遺憾。而這種遺憾，夢殊卻並沒有。他現在所出版的，卻是他的成熟的作品：《山城雨景》。」二十年前盧夢殊在上海文壇的確小有文名，[15] 但到底其小說是真正成熟了而無悔少作之憾，還是只是無悔少作之恥呢？在戴跋中沒有寫到小說具體如何，只在篇末說「世人啊，在《山城雨景》之中鑑照一下你們自己的影子吧。」攬鏡自照，戴氏彷彿如此說。

並讀兩篇序跋，大致可得出俗諺所謂「水鬼升城隍」而文人只得無奈品題的故事大綱。然再讀羅拔高《山城雨景》〈自序〉及其小說，這本印上「香港佔領地總督部報導部許可濟」的作品，序言中第一句就是「人在那時似乎另外多了一張臉孔」，有淚痕有苦笑，而作者自言寫小說也不過是「換衣、換食」，「人還是那樣地走向衰弱的一條路去」，謹借序言「誌我遺憾」，並不覺其意氣風發。

本小說卷以〈山城雨景〉為首篇，除了因為發表年期最早，亦因為這篇小說裏裏外外均體現淪陷時期香港文學的曖昧態度。小說寫英治時期的鄙先奢侈淫逸之風，及時移勢易則人財兩空、流落街頭，頗快人心。在日治時期發表有關英治時期香港之不足，自然是十分「正確」的題材，然而這時勢的更迭，又有沒有前景之預言性？如何側面抒發日治下的悲傷？往往亦是這一時期小說中憂安參半的特徵。

同樣發表於日治時期的小說還有黃藥眠〈淡紫色的夜〉。此篇同樣把批判的矛頭指向「西歐」

的水兵，寫良善的舞女露絲在打算與情人離港往上海前夕，被兩個西班牙水兵蹂躪以至謀殺的慘狀，筆法比〈山城雨景〉更具寫實力度，階級的對立與戲劇性亦見黃藥眠的左翼色彩。值得留意是小說中殘暴的水兵仍是來自西方，並不能反映出一九四四年「當下」的狀況。關於日治時期香港市面情況，都要在一九四五後出版的作品如侶倫回港後發表之《無盡的愛》，或一九四七年傑克（黃天石）的《一曲秋心》，才有比較直接的描寫。

## 風景論之二：「南荒泣天」之古／今對照

承上文所及，淪陷時期發表的香港小說若從「太平盛世」的文學角度觀之，大可以從現實性、技巧性、實驗性或作家個性方面論述其不足，亦有言之成理的地方。然而若從「風景論」觀之，即發現柄谷行人所謂「在怎麼看都不愉快且超出了想像力之界限的對象中，通過主觀能動性來發現其合目的性所獲得的一種快感」。[16]此一時期的小說的別有懷抱、意在言外，未始不是香港文學歷程中一個值得記取的階段性精神面貌。這種面貌往往借助歷史的距離，製造語言或語境的詮釋空間。簡單者如疑雲生在《大眾周報》發表的一系列文言文短篇小說，像〈千金扇〉、〈美容有術〉、〈張冠李戴〉，這些千字左右的短篇具有博君一粲的諧部趣味，更重要的是文言文所附帶的脫離現實感，從而有比較抽象或安全的解讀空間。如〈千金扇〉寫動盪時期人情流徙轉瞬即逝，有筆記小說古風，亦製造與當下政治環境的距離，淡化時事色彩。

惟另一種距離則由歷史小說體裁而產生，即葉靈鳳在《香島月報》連載的〈南荒泣天錄〉。故事以錢謙益、柳如是、鄭森的故事，敘寫明清之際的遺民狀況。此小說連載兩期後即因日本戰敗後《香島月報》停刊而告終，讀者無法完整得知葉靈鳳對錢謙益的最終態度。但錢氏既為南京降清的「貳臣」，同為反清復明運動的樞杻，聯結遺民義士，如此「複雜」的身世與立場，不難在淪陷期的香港找到可堪比附的例子。曾寫《吞旃隨筆》的葉靈鳳可有在最後的淪陷歲月中借古喻今？答案幾乎是肯定的。至於戴望舒的小說創作則另選一路，與昔日在上海帶着「丁香般的哀怨」和「初戀之味」的女主人公異地重遇，然而一轉眼「矜貴的花枝」變成「腳伕般的老闆」的點綴，人只能在疲倦的喘息中越加瘋狂。此一短篇固然可以是漂零女子的寫實悲歌，但也不妨看作戴氏對精緻的上海現代派之悼念。這些文言短篇、歷史小說或具上海風貌的作品，或許沒有與香港直接相關的具體情節，但通過「顛倒之視覺」，又可發現它們與與淪陷期香港的政治與出版環境之間的必然關係。

## 風景論之三：「還鄉記」之離／散異境

所謂國共內戰時期，是從香港光復至中華人民共和國立國前後，即一九四五年八月至一九四九年年底。踏入此一時期，大批文化人因局勢動盪南來香港，形成了一九四七至一九四九年在港文藝活動突然蓬勃。惟期間許多文學作品帶有濃厚的政治色彩，因為國共雙方均在利用香港作為活動基地。[17]人口的頻繁遷徙造就了許多與離鄉、返鄉或移居有關的題材，即今天學界所謂「離散」(diaspora)文學，在四十年代的香港比比皆是。

陳殘雲的〈還鄉記〉寫於一九四六年，記述羅閏田父女由馬來亞經新加坡及香港返故鄉廣州，「回去看看勝利的祖國，看看八年來被傷害的家鄉」。小說寫到過境香港時檢查員要收取加快行李檢查的過路費，惹來「亡國奴！亡國奴！」之嘆，令人聯想到一九二七年魯迅〈再談香港〉中「英屬同胞」查關的臉色。不過魯迅謂香港檢查員的臉色是青色的，但到廣州那邊的，「臉上是有血色的」。[18]然而，二十年過去，陳殘雲〈還鄉記〉中的國家勝利了卻比十年前還紛亂，廣州的檢查員比香港的更凶，還有更幻滅的是昔日親友伯庭叔、新貴李鄉長、覬覦自己女兒的丁連長等待歸鄉的華僑。小說透過南洋歸僑夢想之破滅，展示光復後國民黨治下廣州的黑暗，故鄉頓成冷酷異境，待要返回南洋卻又有不能捨棄的老父老母。當中對戰後國民政府的控訴，自有不能忽略的政治訊息。值得留意是，離散題材的重點，往往不在人的「離」與「散」，卻在離與散的「族群」之間的聯繫與凝聚的可能。

本卷另有一篇節錄自一九四九年司馬文森《南洋淘金記》的作品。同是離散題材，背景轉到一九二八年廈門至菲島輪船上的「過番」青年，即帶有不同的報告文學性質，把焦點拉遠至戰前中國人往南洋發展的辛酸史。《南洋淘金記》以章回體寫成，如本卷節錄之首二回「苦難多唐山難過 淘金去遠渡南洋」及「見面禮打踢罵關 弱國人血淚暗吞」，細緻記述中國沿海城市青年過番的手續，亦有前述〈還鄉記〉中「弱國人」在入境時所受的欺侮。這些苦難在不同的時空環境下出現，除了見證中國積弱歷史的漫長，亦可從「顛倒之視覺」照見四十年代的香港，如何在這些離散的題材中，寄托左翼作家結束漂泊，結束腐敗政府，蘊釀投入新中國的渴求和願望。

**風景論之四：「一曲秋心」照見之內面／自白**

文學作品所呈現的作家內心，包括內在自我、個人心理等自白，一向是現代文學發展的重要指標，體現「純文學」和「嚴肅文學」的發展趨勢。柄谷行人在《日本現代文學的起源》中更直言「可以說日本的『現代文學』是與自白形式一起誕生的。」[19] 綜觀四十年代的香港文學，透視內心，以第一人稱寫就的小說並不發達，與戰前受新文學與現代派影響的時期比較更是明顯遜色。循着前述淪陷期文學與國共內戰時期文學的理解方向，可以歸因於政治安全需要及寫實宣傳需要兩端，而得出四十年代文學作品以通俗連載與反映現實為主的結論。事實上，在編選本卷過程中的確讀到較多先連載後單行出版的長篇小說，而報刊連載的節奏亦強化了小說的通俗傾向——情節延宕、悲喜參半、巧合偶遇的長篇發展。連載長篇小說佔去四十年代報刊文藝版的不少篇幅，亦佔據了不少作者與讀者的精力和時間，這種情況在本卷中亦希望有所反映。

本大系設有「通俗文學」一卷，其中黃天石（傑克）的作品不可或缺，但本卷仍節選黃氏的《一曲秋心》，乃因當中具備獨特的文人小說意義。黃天石身兼報人、教育家、小說家、詩人的身份，[20] 與小說主角秦季子背景十分相近。故事發生於三十年代末的香港，結束於香港淪陷期間。

大學文學系主任秦季子與出污泥而不染的舞場女子張雪艷相戀，惟到談婚論嫁之時秦季子重病一場，二人終告分離。未幾香港淪陷，張雪艷返回上海，秦季子攜前妻之女往廣州，思憶半生所結識紅顏知己，遂作〈秋心曲並序〉一篇，結語「秋心如海，夢裏留春春宛在。莫問春秋，秋去春來總是愁。／春殘酒醒，明波盪漾桃花影。惜取餘春，心上溫存夢裏人。」全書散發鴛鴦蝴蝶氣息，才子佳人，好事多磨，戰火不斷，寥落平生。張雪艷一段似是無疾而終，二人之間偶然的齟齬亦時見拖沓。不過《一曲秋心》事實上對舞場環境及生活細節仍是相當寫實，記錄了當時文人與舞女關係中相對正常與真誠的一面。然而更重要的是，秦季子的背景與黃天石的相似程度之高，令這部言情小說罕見地帶有言志抒懷的色彩。例如書中寫秦季子有育有二女，為元配妻子所生，第二任妻子則無子嗣。後又寫及喪女之痛，與次女相依為命。[21]此外黃天石雅好古典詩文、能通日語，曾到日本考察，亦與書中秦季子經歷相同。[22]於是書中多次寫到秦季子推卻替日人擔任文化傀儡的情節，直可見作者心跡，但對於眼前局面之無奈，又見書生百無一用之嘆，例如秦季子被迫與幾個日本商人見面後心中思忖：

> 自己是一個書生，空自杞人憂天，至今還一事做不出來；那些鬧昏了頭的政治販子，卻無緣無故的把自己看做眼中釘，今天封你一個漢字號，明天加你一頂紅帽子，定要將你逼上梁山，雖然腳根站得定，但想施展抱負可就難了〔……〕我只好學信陵君的醇酒婦人，度此亂世了！[23]

這種自我感嘆，為《一曲秋心》中的舞場賦予紀實以外的意義。同樣在大專任教、寫作流行小說、辦報、為文化界知名人士、婉拒日人招攬、復經歷喪子與亂離之痛的秦季子與黃天石，都在說明舞場確是三、四十年代文人進退維谷，惟有自比信陵君的寄情之處。戰火中的愛情與家國之義，往往亦互為表裏，此番意義，可超越一般流行小說只滿足讀者消費公式情節和人物的用心。

同樣帶有通俗意味的是黃谷柳於一九四七年起在《華商報》連載的長篇《蝦球傳‧春風秋雨》及〈劉半仙遇險記〉。《蝦球傳》被茅盾稱為「在華南最受讀者歡迎的小說」，曾改編電影及電視劇，此中人物情節的典型性亦有多番討論，可說是四十年代最為一般讀者所認識的香港小說。《蝦球傳》有〈春風秋雨〉、〈白雲珠海〉和〈山長水遠〉三章，最為論者所注意的是〈春風秋雨〉。此章背景集中於香港，起首即以紅磡船塢一帶，少年蝦球賣果醬麵包謀生而展開一部頑童歷險式的故事。小說敘述蝦球與同黨王狗仔到鯉魚門接收戰艦上水兵的貨物，得蜑家女亞娣關懷照顧，跟走私頭子鱷魚頭當跑腿。後認識「身在香港，心在祖國」的新界自衛隊丁大哥，埋下後來蝦球離開香港返內地尋找丁大哥並加入游擊戰的伏線。之後蝦球在鱷魚頭家被捕入獄，出獄後曾短暫到兒童福利會投靠，最後還是流落街頭當扒手。可是一次扒手經歷令蝦球大受震動，與友伴牛仔說「我不再留在香港現世了，我即刻就要走回中國去」，遂翻過獅子山，走回祖國，開始下一部「白雲珠海」的廣東歷險記。

〈春風秋雨〉中記錄了香港「偏門」小人物的地下世界，尖沙咀、觀塘、屯門、新界等各區地貌亦一一呈現，使《蝦球傳》的本土性在四十年代的香港文學作品中非常突出。另外「頑童歷險」的模式亦進一步加強了小說解讀上的本土性——孑然一身的少年在鱷魚潭一般的香港謀生，結果路路不通，最後決定翻過山頭，回到祖國——如此心態不只是街頭少年蝦球的心態，也是一眾在香港打滾的中國人的映照。小說中描述粵港兩地流通之便捷，亦見當時所謂香港本土身份未必如今天清晰。相對進入廣東地區後以內地為主要背景的〈白雲珠海〉和〈山長水遠〉，就明顯沒有香港的〈春風秋雨〉受歡迎。在日後香港文學正典化的過程中，《蝦球傳》一再被談論，亦開展了重視描寫香港地標或香港人心態的作品。黃谷柳的價值，某程度上與尖沙咀到獅子山這一帶的香港地貌合而為一。

本卷另收錄黃氏同期創作的中篇〈劉半仙遇險記〉首三章，此作在歷險情節與趣味均不遜《蝦球傳》，小說寫廣東鳳凰崗上一個算命師父被聰明的游擊隊利用的故事，但背景一旦離開香港，革命的邏輯亦變得簡單而少了文學的曖昧性——劉半仙最後仍須深明大義，放棄迷信，與廣大群眾投身解放，寄望新中國的來臨。對比蝦球處處碰壁的深刻困惑，醒悟「天堂」的不可能，可見黃谷柳在「香港題材」面前發揮了特殊的文學能量。他曾在港生活後再返內地投身游擊的經歷與蝦球有共通處，亦能產生了柄谷行人所謂「自白」和「內在」的性質，強化了文學的主體性。

## 風景論之五：「無盡的愛」之異國／本土對照

有關香港文學的本土性和主體性，自然不能不提侶倫。一九一一年於香港出生的侶倫，向來是香港文學拓荒作家的代表。侶倫的作品一般分為早（一九二八至一九三九）、中（一九三九至一九四八）、後（一九四八以後）三期，[24] 早期作品中以《黑麗拉》為代表的浪漫唯美風格廣為論者注意，亦為二三十年代滬港文學影響留下豐富的一筆。至於後期作品則以一九四八年於《華商報》副刊「熱風」開始連載的《窮巷》為標誌性的起點，引發後來一連串有關侶倫寫實主義轉向的討論。本卷希望從中期作品入手，以中篇小說《無盡的愛》呈現侶倫在早期異國情調與後期民族與民生疾苦題材中的掙扎與調和，並思考「異國書寫」構成香港文學風景之一的可能。

《無盡的愛》寫於一九四四年夏天，當時作者正避亂廣東省，[25] 至和平後返港再於一九四七年十二月由香港虹運出版社初版發行。[26] 作者自言小說「以日寇攻陷後的香港作背景，企圖表現一個以愛與仇交織的鬥爭故事」；構思方面則先由一篇捷克小說啟發，當中寫及一個捷克女子英勇抵抗納粹德軍的故事，然後再有侶倫的友人轉述一僑居香港的異國女子拯救戰俘營中的愛人的題材。於是侶倫便加入幻想，寫出一部虛實交織的小說，當中「小說主角是真實的，故事內容卻是虛構的；但故事背景卻是真實的，香港淪陷時期的社會狀態也是真實的；日本軍國主義者的橫蠻和殘暴也是真實的。」[27] 關於《無盡的愛》的真實性和虛構成分，有論者認為小說中許多地區描寫和民生細節可作淪陷期香港記錄和寫照，但亦有提及情節上戲劇化或想當然的地方。[28] 在侶倫的寫實主義與浪漫精神兩端以外，編者亦希望在此提出《無盡的愛》在異國情調與民族主義外表下的開放性。

《無盡的愛》女主角亞莉安娜為葡萄牙籍女子，小說敘事者「我」是中國人，二人於九龍城地攤初遇時即對答如流，並未提及使用甚麼語言。據推斷二人應該以英語交談，但重點是這種理所當然地以中文書寫外國人經驗的方法，不單在侶倫個人早期作品如《黑麗拉》、〈西班牙小姐〉中可見，至舒巷城的《巴黎兩岸》甚至黃碧雲的《溫柔與暴烈》中仍見此「以中寫外」的一脈。更重要的是，這些作品所呈現的異國情調（exoticism），反而往往有濃重的本土指涉。以《無盡的愛》為例，侶倫在八十年代的再版序中仍明確指出小說的目的在於反抗軍國主義，但他的方法，卻是透過對歐洲小國如葡萄牙、西班牙的認同，聯合對抗日本軍國主義或英國帝國主義。《無盡的愛》寫中國人戴克幫忙營救亞莉安娜的葡國未婚夫巴羅；〈西班牙小姐〉中的中國人同樣得不到西班牙少女愛莎的愛，因為她受母親安排要嫁給一個英國中年富商。可見在一九四四年避亂廣東省窮鄉僻壤的侶倫，不一定要以中國同胞的故事發出痛恨的呼聲，華洋雜處的香港，同樣留給他不能磨滅的淪陷記憶。《無盡的愛》的收結寫「我」在彌敦道上目送載着亞莉安娜的囚車離去，心底呼喊出一聲「亞莉安娜，你勝利了！」這不單為亞莉安娜勇敢毒殺日本憲兵部隊長而歡呼，更是對曾參與義勇軍援港抗日的歐洲小國戰士的致意。身為義勇軍的未婚夫巴羅雖然在小說中露面不多，但卻罕見地留下一筆義勇軍為港犧牲的記載。簡言之，《無盡的愛》說明在侶倫的文學世界裏，民族與政治思想的認同可以超越種族，而香港的異國書寫亦不止於獵奇與想像。

不過侶倫這種異國題材隨着二戰結束而漸漸減少。本卷同時收入侶倫一九四八年於《文藝生活》發表的短篇小說〈私奔〉，內容講述一對逃租夫婦深夜「私奔」的經過。當中細緻的心理刻劃以及弱小者的卑微仍是侶倫的手筆，但寫實化的轉向過濾了早期多文化與浪漫化的元素，看點和寄意便有所收窄，這篇亦可看成是後來《窮巷》長篇卷軸式創作的先聲。值得留意是〈私奔〉

刊登於左翼色彩濃厚的《文藝生活》雜誌，與內地報告文學作家周而復的〈治河〉刊於同一期，這一方面可見侶倫創作轉向氛圍之一二，同時亦可想像當時香港讀者群面對何等多樣化的文學選擇。

## 風景論之六：「鍛煉」中的經典與實驗

前文提及與侶倫〈私奔〉同樣刊載於《文藝生活》雜誌的有周而復的〈治河〉。冶河發源於山西省，流入滹沱河，位處今天石家莊一帶。一篇關於山西省境夜間行軍打日本鬼子的小說，在一九四八年的香港，同樣有「異地」之感，可以引起何種共鳴？本卷選入報告文學作家周而復的〈治河〉，旨在反映戰後香港文學報刊上經常出現以內地戰事為題材的小說，除了報導前線戰役之實況，這些小說中積極樂觀、正面無畏的軍人形象，以及節節勝利的戰果，亦同時在激勵國共對壘時期另一波的政治宣傳。

〈治河〉其實是周而復大型寫實創作計劃的一部分，由此可以想到四十年代在港的不少南來作家，借寄身這小島的短暫安穩時刻，開展了不少長篇代表作，或一些獨特的嘗試。為人所熟知的有蕭紅的《呼蘭河傳》與《馬伯樂》。而蕭紅的〈小城三月〉、許地山的〈鐵魚底腮〉、茅盾的〈一個理想碰了壁〉皆曾入選劉以鬯編選之《香港短篇小說百年精華》。但這些作品是否應進入「香港文學大系」？本卷收入最後的三篇小說，試圖以行動說明，從「風景論」的角度，南來作家的作品在四十年代香港出現，是有其獨特的意義。秦牧的〈情書〉與侶倫的〈私奔〉異曲同工，標題似關乎兒女私情，實則訴說形形色色在香港底層打滾的小市民生活，逃租或長期與內地家人書信失聯。小說寫婦人榮嫂到縣城托寫字先生寄信予兩個月前到香港找生活的丈夫。榮嫂的絮絮叨叨化成公式化的文言家書。內地生活的艱難、兩地分隔下的牽腸掛肚，都在榮嫂的口述中呈現。惟更重要是執筆的寫信先生之刪減和套式，彷彿也是內地與香港之間音訊不全、誤會重重的隱喻。最後信件在香港的「翠香茶樓」寄存了十多天，終於為一個「咕哩」（苦力）模樣的人領去，疲倦的瘦臉在讀信後泛起一絲笑意。此中離散的親情，既是社會上普遍狀況的縮影，也寄喻了當時內地人對五光十色香港的想像，以及實際情況的落差。

茅盾在一九四八年九月開始在香港《文匯報》連載長篇小說《鍛鍊》，根據一九七九年《鍛鍊》〈小序〉所言，該書原是五部連貫的長篇小說的第一部，計劃中的第二部寫保衛大武漢之戰至皖南事變為止；第三部寫太平洋戰爭爆發及國民黨特務活動；第四部寫國民黨與日本圖謀妥協與民主運動之高漲，進攻陝甘寧邊區；第五部寫抗日戰爭「慘勝」至聞一多、李公樸被殺：

這五部聯貫的小說，企圖把從抗戰開始至「慘勝」前後的八年中的重大政治、經濟、民主與反民主、特務活動與反特鬥爭等等，作個全面的描寫。可是剛寫完第一部，即《鍛鍊》，就因為中國共產黨已經不但解放了東北三省，且包圍天津、北平，欲召開政治協商會議而佈置了我們在香港的民主人士經海道赴大連。[29]

茅盾於一九四八年底離港，五部曲的宏篇鉅製亦自此中斷。不過從上述原作構想的追述，可見香港原來曾是如此浩瀚的寫作計劃之起始點，即使內容背景未必直接與香港相關，但離港以後，作家竟也再無完成此作的機會。〈小序〉中所謂「不勝感慨繫之」，可以想像。

本卷節選《鍛鍊》的第一至第三節，大致可見茅盾全景式寫作的用心，當中以上海富家少女蘇辛佳因在傷兵醫院演說而被扣留開始，父親和其他親友正心焦地尋找營救疏通之方法，只有辛佳的好友嚴潔修勇敢地到拘留所探望。而嚴潔修父親是機器廠的總經理，大伯則是國民黨簡任官，在蘇、嚴兩位年輕人被扣留之際，大伯嚴伯謙卻好整以暇，大談撤廠到漢口和重慶的不智，而主張拿取政府津貼而把廠房物資暫存租界，令青年工程師周為新大感不滿。

小說開首即展開多線發展，角色橫跨了不同世代的人物，同時對三十年代上海局勢有多面的反映，包括不同政治陣營與社會階層對戰亂的看法以及生活的應對。單看蘇辛佳與嚴潔修在拘留所中的對話，刻劃細緻緊張；但筆鋒一轉，又見上層權力人物無暇理會青年一代，只在戰事中道貌岸然地鑽營的嘴臉。如此筆法，實可見茅盾以五卷長篇小說為中國現代史描畫長卷的雄心。不過正如茅盾所言，局勢的發展令這部史詩式鉅構失去了存在的理由和條件，最終無法落實。

不過一九四八年六月的《小說》月刊上的另一篇小說〈驚蟄〉，最終仍為茅盾在離港前留下頗為實驗性的一筆。此一短篇以寓言體寫成，主角有豪豬先生、黃鼠狼、蝙蝠、烏鴉、紡織娘、金鈴子和螞蟻等，然而豪豬先生是個走「中間路線」、不斷期待新一輪政治協商會議的「自由主義者」；黃鼠狼則是無惡不作的打手，期望靠原子彈的謠傳發租借防空洞的財，政治意味之濃，令人想到奧威爾的《動物農莊》。短短一篇小說，對「自由主義者」豪豬之針砭力度最大：

> 豪豬先生在兩年前，幻想着一個「和平，榮華」的境界。當時他的推想是這樣的：大局和平了，他個人就有榮華可享。在豪先生的字典上，「和平」二字的註釋跟普通字典頗不相同。「和平者，政治方式解決問題之謂也；何謂政治方式解決問題？即在左右相持之時，自由主義的中間份子有舉足輕重之勢，因而身價百倍之謂也。」[30]

和平、共榮、協商、自由……這是香港的理想還是對香港的警惕呢？最後豪豬先生並沒有獲得舉足輕重之勢，卻仍饒有深意期望可以「找些知識份子」計劃重彈老調：「比方那些金鈴子，就可以組織一個歌詠社，那些蟋蟀呀，蚱蜢呀，當然是體育團體的份子了。」知識份子的文藝工作隨時有被政治利用的可能，茅盾在香港可以有如此反思；一九四九年前夕的香港，亦如「驚蟄」下騷動起來的森林，有着各種政治立場的聲音對峙交鳴。森林講求不同層階生物的相依共存，與《鍛鍊》的全景式描寫不無共通的用心。而茅盾對豪豬的隱喻雖有諷刺，但亦寄托了自由主義者的左右為難之勢，如此感慨，在香港書寫，尤為深刻。

何謂香港文學？香港文學何為？在大系各卷成書以後，這肯定仍是要繼續追尋的問題。重讀一九四二至四九年的香港故事，已知香港問題，遠不只是本土問題，也不是中國問題；所以本卷之選輯亦盡量不作放大鏡式搜索，在字裏行間找尋本土標記；亦以不以南來作家之大勢以概括此時的文學成績，而是期望在「風景」之中發現，透過客觀的文字山水，以及觀賞者之步移推敲，可以開闢一方新天地。感謝大系編委會在漫長編選過程中的自由與包容，以及系統的資料整理與協助。本卷篇目及導言承盧瑋鑾老師賜教、編委會同仁惠示高見，另研究生丘庭傑、李薇婷協助校對及查找選文資料，在此謹一併致謝。

**註釋**

1 Kent Fedorowich, 'Decolonization Deferred? The Re-establishment of Colonial Rule in Hong Kong, 1942-45', *The Journal of Imperial and Commonwealth History*, 28:3(2000): 25-50.

2 WM. Roger Louis, 'Hong Kong: The Critical Phase 1945-1949', *American Historical Review*, October (1997): 1052-1084.

3 鄭樹森教授曾於《國共內戰時期香港本地與南來文人作品選（一九四五—一九四九）》的〈編選報告〉中總結：「國共內戰時期的本地作家及南來文人的作品，既是香港的，也是中國的；但後者的意義更大，故這時期一定要放在比較宏大、比較寬廣的脈絡來看，才能突顯其真正意義。」並提到此一時期的香港如過去上海，扮演與中國內地進行互動對話的角色，有呼籲國內讀者群眾顛覆國民黨的作用，因此「這段時期的作品肯定是政治性強，但藝術性較弱。」見鄭樹森、黃繼持、盧瑋鑾編《國共內戰時期香港本地與南來文人作品選（一九四五—一九四九）（上冊）》（香港：天地圖書有限公司，一九九九），頁三十六。

4 見鄭樹森、黃繼持、盧瑋鑾編《國共內戰時期香港本地與南來文人作品選（一九四五—一九四九）（上冊）》（香港：天地圖書有限公司，一九九九），頁五-六。

5 當中包括詩集、散文集、文學評論集、兒童文學及通俗文學選集，其中與通俗文學與小説相關的一九四二至一九四九年單行本包括：侶倫《無盡的愛》（中國：友誼，一九八五）、傑克《奇緣》（香港：大公書局，一九四九）、《癡兒女（上、下）》（香港：大公書局，一九四八）、《表姊》（香港：基榮，一九四九）、平可《山長水遠（上、下）》（香港：進文書店，一九四六）、江萍《馬騮精》（香港：南方書店，一九四九）、羅拔高《山城雨景》（香港：華僑日報社，一九四四）、陳殘雲《小團圓》（香港：南方書店，一九四九）、《風砂的城》（香港：文生，一九四六）。

6 當中與一九四二至一九四九年小説選相關的香港報章及副刊包括：《南華日報・前鋒》（一九四二）、《南華日報・椒邱》（一九四二）、《香島日報・日曜文藝》（一九四五）、《香島日報・綜合》（一九四五）、《大公報・方言文學》（一九四八）、《新生日報・新語》（一九四五）、《新生日報・生趣》（一九四五）、《新生晚報・生趣》（一九四五—一九四八）、《香港日報・香港文藝》（一九四四）、《工商日報・市聲》（一九三四—一九四七）、《工商日報・説匯》（一九四七—一九四九）、《文匯報・文藝周刊》（一九四八—一九四九）、《華僑日報・文藝》（一九四四—一九四五）、《華僑日報・文藝週刊》（一九四七—一九五四）、《華僑日報・華嶽》（一九三八—一九四二）、《華商報・茶亭》（一九四八—一九四九）、《星島日報・星座》（一九四五—一九四九）、《星島日報・文藝》（一九四七）、《香港時報・淺水灣》（一九四九）。

7 當中與一九四二至一九四七年小説選相關的文學雜誌包括：《文藝生活》（香港：文藝生活社，一九四八—一九五〇）、《海燕文藝叢刊》（香港：達德學院文學系，一九四九）、《小説月刊》（香港：生活書店，一九四八）、《新東亞》（香港：大同圖書印務局，一九四二）、《香島月報》（香港：香島日報社，一九四五）、《大眾文藝叢刊》（香港：生活書店，一九四八）、《大眾周報》（香港：南方出版社，一九四三）、《光明報》（香港：新民主出版社，一九四六）。

8 如鄭樹森〈香港文學的界定〉、黃繼持〈香港文學主體性的發展〉及盧瑋鑾〈「南來作家」淺說〉，見黃繼持、盧瑋鑾、鄭樹森編《追跡香港文學》（香港：牛津，一九九八），頁五三-五六、九一-一〇二、一一三-一二四。

9 柄谷行人《日本現代文學的起源》（北京：三聯書店，二〇〇三），頁十九。

10 這裏所指並非黃谷柳《蝦球傳》卷二之《山長水遠》。又雖然平可的《山長水遠》曾於一九四一及一九四八年出版單行本，但於一九三九—一九四〇年之《工商日報．市聲》首度發表，算是溢出了本大系小說卷二之年份範圍，因此即使內容與形式頗具代表性，並未入選本書。

11 葉靈鳳〈序山城雨景〉，見羅拔高《山城雨景》（香港：華僑日報社，一九四三），無頁碼，於目錄頁中作〈葉序〉。戴望舒〈跋山城雨景〉，見羅拔高《山城雨景》，無頁碼，於目錄中作〈戴跋〉。戴文另見於《華僑日報．僑樂村》，一九四四年八月一日。

12 方寬烈：〈淪陷時期一些留港文人的作品〉，《作家》（香港：香港作家協會，二〇〇五），總第三十七期，頁三十七。

13 《香島月報》（香港：香島日報社，一九四五）僅出版七月的創刊號與八月的第二期。出版者署名胡山，編輯者為盧夢殊，並於每期撰寫「編者的話」，並分別於創刊號及第二期發表〈東亞政局概論〉及〈從東亞說到世界〉二文。

14 《香島月報》創刊號載有戴望舒〈李卓吾評本水滸傳真偽考辯〉及葉靈鳳連載小說〈南荒泣天錄〉之一。第二期載有堯若（戴望舒）短篇小說〈海的遺忘〉及葉靈鳳〈南荒泣天錄〉之二。

15 近有研究者整理傅彥長（穆羅茶）一九二三至一九三六年間的日記，在傅氏可稱得上「往來無白丁」的記錄中，單一九二七一年，盧夢殊在日記中出現十五次，是傅彥長「關係最密切的朋友，也是他參與組建的上海音樂會和晨光美術會的成員」。見張偉〈一個民國文人的人際交往與生活消費——傅彥長其人及遺存日記〉，《現代中文學刊》（上海：華東師範大學，二〇一五年），總第三十四期，二〇一五年第一期。

16 柄谷行人《日本現代文學的起源》，頁一。

17 見鄭樹森、黃繼持、盧瑋鑾編《國共內戰時期香港本地與南來文人作品選（一九四五——一九四九）（上冊）》，頁四－五。

18 魯迅〈再談香港〉，見《而已集》，《魯迅全集》第三冊（北京：人民文學出版社，一九五六）頁四〇〇－四〇六。

19 柄谷行人《日本現代文學的起源》，頁六九。

20 黃天石曾任香港《大光報》總編輯，創辦香港新聞學社、中國書院，出任「香港中國筆會會長」，辦《文學世界》雜誌，戰後著有大量流行小說，生平參見秋笛〈黃天石留影桑榆間〉，《爐峰文藝》第三期，二〇〇〇年七月，及黃仲鳴〈兒女情多風雲氣小——黃天石小說探索〉，《香港文學》總第三四八期，二〇一三年十二月號。

21 關於秦季子的相關背景，見黃天石《一曲秋心》，頁六八－六九，頁一二二。

22 關於黃天石的相關生平，除前述秋笛及黃仲鳴文章外，另見甘豐穗〈開到洛陽尤似錦 豈因一貶損繁華——探索作家傑克的履跡〉，《作家》第六期，二〇〇八年八月。內有關於黃天石長女黃劍珠所作舊詩，並十八歲辭世之背景。

23 黃天石《一曲秋心》，頁六。

24 見盧瑋鑾〈侶倫早期小說初探〉，《八方》（香港：八方文藝叢刊社）一九八八年六月，頁五六。後來有關侶倫的研究亦有沿用此分期，見潘錦麟〈侶倫與香港文學〉，陳炳良編《考功集》（香港：香港嶺南學院中文系，一九九六），頁二六〇。

25 見侶倫〈序〉，《無盡的愛》（北京：中國友誼出版公司，一九八五），頁一。「作為這本小說題名的一篇小說《無盡的愛》，是在太平洋戰爭期間內寫的，那是日軍佔領香港後第三年，我在廣東省偏僻縣份的農村裏當小學教師的時候，因一點感觸寫成了這個作品。〔……〕一九四四年夏季，我用了大約三星期斷斷續續的課餘時間寫成了這篇小說。」

26 見溫燦昌〈侶倫創作年表簡編〉，《香江文壇》（香港：香江文壇編輯部）總第十六期，二〇〇三年四月，頁二二。

27 侶倫〈序〉，《無盡的愛》，頁一－二。

28 見黃振威〈日治時代的香港——談侶倫的中篇小說《無盡的愛》〉，《香江文壇》總第十六期，二〇〇三年四月，頁十七－十八。

29 茅盾〈小序〉，《鍛鍊》（北京：文化藝術出版社，一九八一），頁一。又篇名《鍛鍊》在簡體字版作「鍛煉」，惟茅盾親題之封面書名及《文滙報》連載之版頭均作「鍛鍊」，本卷亦作「鍛鍊」。

30 茅盾〈驚蟄〉，《小說月刊》第一卷第一期，一九四八年六月三十日，頁五。

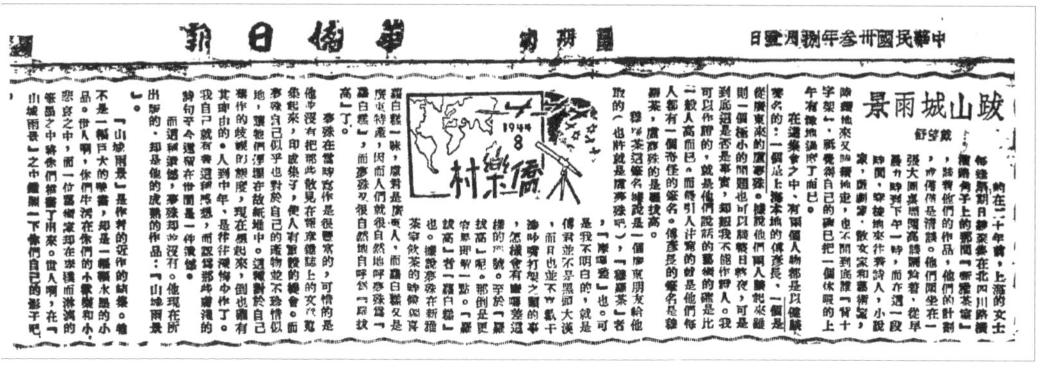

中華民國卅參年捌月壹日　副刊　華僑日報

# 跋山城雨景

戴望舒

約在二十年前，上海的文士每逢星期日都聚集在北四川路橫濱路角子上的那間「新雅茶室」，談着他們的作品，他們的計劃，或傳佈着消息。他們總坐在一張大圓桌周圍高談闊論着，從早晨九時到下午一時，而在這一段時間，穿梭地來往着詩人，小說家，戲劇家，散文家和藝術家，陸續地來又陸續地走，也不問到底誰「背十字架」，祇覺得自己的確已把一個休暇的上午有價值地消磨了而已。

在這集會之中，有兩個人物都是以健談著名的：一個是上海本地的傅彥長，一個是從廣東來的盧夢殊。據說他們兩人談起來雖則一個極小的問題也可以談幾日幾夜，可是到底這是否是事實，卻懶我不能作證人。我可以作證的，就是他們說話的藝術的確是比一般人高而已。而特引人注意的卻是他們每人都有一個奇怪的綽名。傅彥長的綽名是雞翻茶，盧夢殊的是羅拔高。

雞翻茶這綽名據說是一個廣東朋友給他取的（也許就是盧夢殊吧），「雞翻茶」者，「廢話蛋」也。可是我不明白的，就是傅君並不是黑頭大漢，而且也並不常亂干涉吵嘴打架之類的事，怎樣會有雞翻茶這樣的稱號。至於「羅拔高」呢。那倒是更容易理解一點。「羅拔高」者「蘿白糕」也。據說麥殊在新雅茶室飲茶的時候必喜蘿白糕一味，麥殊是廣東人，而蘿白糕又是廣東特產，因而人們就很自然地呼麥殊為「蘿白糕」，而麥殊又很自然地自呼為「羅拔高」了。

1944
8
僑樂村

麥殊在當時寫作是很豐富的，可惜的是他並沒有把那些散見在報章雜誌上的文字蒐集起來，印成集子，使人有閱讀的機會。而麥殊自己似乎也對於自己的產物並不珍惜似地，讓牠們淨埋在故紙堆中。這種對於自己寫作的歧視的態度，現在想起來，倒也確有其理由的。人到中年，是往往懊悔少作了。我自己就有着這種感想，而認為那些寫過的詩句至今還留在世間是一件遺憾。

而這種遺憾，麥殊卻並沒有。他現在所出版的，卻是他的成熟的作品：「山城雨景」。

「山城雨景」是作者的近作的結集。雖不是一幅巨大的畫書，卻是一幅幅水墨的小品。世人啊，你們生活在你們的小歡樂和小悲哀之中，而一位藝術家卻在淋漓而淋漓的筆墨之中將你們描畫了出來。世人啊，在「山城雨景」之中觀照一下你們自己的影子吧，

• 羅拔高（盧夢殊）《山城雨景》封面，一九四五年七月

• 戴望舒為羅拔高（盧夢殊）《山城雨景》所寫之跋，載於《華僑日報·僑樂村》，一九四四年八月一日

• 《香島月報》創刊號封面，一九四五年七月

• 葉靈鳳〈南荒泣天錄〉，載於《香島月報》創刊號，最初擬為「長篇小說」連載，最後只兩期而結束

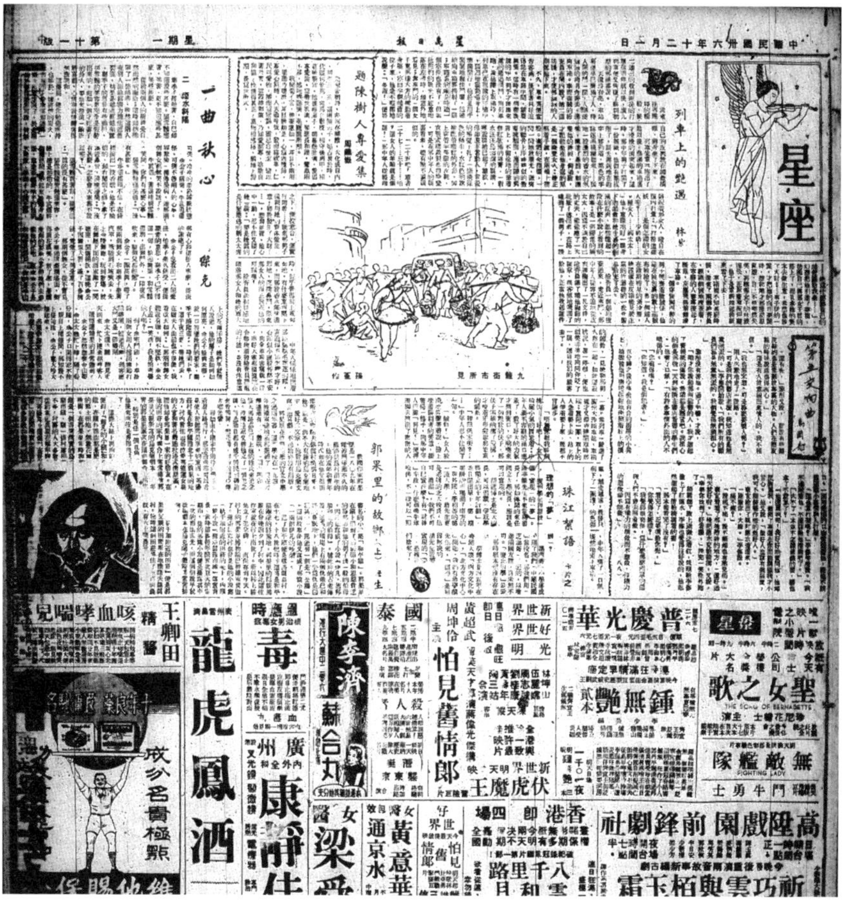

中華民國卅六年十二月一日 星期一 星島日報 第十一版

星座

一曲秋心 傑克

列車上的艷遇

題陳樹人專愛集

郭果里的故鄉（上）

珠江絮語

九龍街市所見

● 傑克〈一曲秋心〉連載於《星島日報・星座》，一九四七年十二月一日

# 情書

• 小說 •

秦牧

「寫什麼呢？」縣城城隍廟側的寫字先生「臥雲居士」側着頭問，他已經架起銅邊眼鏡，在信紙上面寫起「亞榮夫君愛鑒」六個字，現在正等候顧客寫字攤對面來齊的鄉下婦人陳述這信應寫的內容。「臥雲居士」業務範圍很廣，除了寫信，還兼營「詳解靈籤」，「擇日看命」，「買賣契約」，「婚喪禮帖」。……他，人並沒有名字，所表現的然聞，現在縮處在這鬧市的一角擺攤子，滿嘴黃牙，自然，這是鴉片煙膏的藥膏，從銅邊眼鏡裏他射出一種看透一切，對一切感到淡漠的眼神，他挺直身體蹲在破籐椅裡，捻着鬍鬚，一面等着那婦人開腔，一面煩燥地在心裡想道：「這筆生意又是難做的了。」

榮嫂挑菜進城賣，賣完了！就下了決心私自寄一封信給丈夫，她現在把籮筐扁擔都放在牆角，低頭想着要說的話，那個盤着頭巾，老實，結巴嘴，上顎掉了兩個牙齒的丈夫的影子在她腦裡清晰地出現了，她嘆一口氣，說道：「先生，你就這樣寫吧！說自從你離開以後家中大小都還平安，就是記掛着你，你來信說，對婆婆要孝順，我又不是沒分寸的人，叫做她年紀老，愛多說話，我—就讓她，不過老實講一句哪，亞榮亞榮，你亞媽眞是有時沒理講，好像前天吧！我在炒菜，她一踏進廚房就罵我「敗家精」，說我一燒燒四條柴，出力抽去兩條，你想想，兩條柴怎麼架得起來？幽壁二嬸送糕來，雖說他家二叔過世了！但也已過了百日做了百日忌，給小孩吃一件，她又鬧了半天，不過量大福大，我也不去頂她就是了！阿鸞腿生瘡，舂了幾次扁柏給她貼，現在好點了！就是老毛病，老是發昏，榕樹腳的二先生說是血虛。大仔肚子多毛病，三天兩天拉爛屎，說是濕熱，現在瘦一點了！我已經托人寫了張紅紙條貼到榕樹上，契給榕樹爺。」說着，看見臥雲居士並沒有寫半個字，祇把筆在拇指甲上按着，察看那鷄狼毫的毫毛，她畏怯地說了一聲：「先生，就這樣寫吧！我不會講哪。」臥雲居士打了一個呵欠，就寫道：「一日不見，如隔三秋，家中大小平安、阿媽大兒雖有小病，而幸托天之佑，已漸告痊，賤妾自知孝順婆婆，夫君可釋錦念。」寫後，畢剝一聲彈了一下指甲，翹一翹下巴道：「怎樣啦？」

榮嫂在他寫時呆呆望着他的筆桿，神往於丈夫現在的行蹤，二個月前那一個黑夜，丈夫背個包袱到香港去了！香港是怎樣一個地方？在她腦子裡還是個花花世界，男男女女都愛裝扮，這似乎是個發光的有香味的城市，亞榮就住在街尾一間樓房歇腳……，禁不住臥雲居士一問，她定一定神道：「這樣說吧！



日子艱難自然艱難，不過下田的事，你不在，我也可以担當得起，現在佃李家的那一畝七，就種菠菜，芥菜和黃蘿蔔，祇是李家想賣田，要來吊佃，你走後，鄉公所又要錢又要米，本來吃是夠吃！就是這點艱難，那隻豬，現在也有四十斤了！將來賣了還地租，或者也夠的，三月三日大家插秧，我想兩塊田有一塊還是種不好，我要叫隔壁的七嬸來帮手。現在就是祇掛你，唉，也不知道你在外頭怎樣了？人出去三個月，就祇接到一封信，你說心焦不心焦，我說吔，阿榮阿榮，什麼錢都可以省，這寄信的錢省不得，家裡老的老，小的小，一家都牽腸掛肚。」說到這兒，不禁眼眶一熱，立刻用藍布衫的下幅揩着眼睛，又淸了一下鼻涕，甩到地面去，心想現在他可不知道怎樣了？是穿得整整齊齊坐在人家舖子裡當夥計呢，還是在做小買賣？他做的湯圓是好吃的，但香港人也愛吃湯圓麼？敢情是變了心？敢情是病了？她眼睛微紅，吞一吞口水，繼續道：「就是牽掛他，叫他在外要小心，「一條虫有一片葉」，一個人祇要不懶，飯總有得你吃，不過也不要太拖磨了！出外人，有錢就寄幾個回來，誰家不想要幾個錢，現在雖說我一個人辛辛苦苦，一餐乾一餐濕有得吃，若然外頭有幾個錢回來帮補，屋頂可以修修，免得下雨天時就像個水潭一樣，唉，就不知道你在外頭怎樣，婆婆托人寫信要你回來，你可千萬別聽她，她老人家，就祇想見兒子，那會思前想後，她給你的信說鄉下現在已經平靖了！那裏會平靖呀！又在抽丁，這一次抽得更兇，老二，坤兄，廉叔都拉去了！」頓了一頓想起丈夫也許會因爲她規勸他不要回來而懷疑，有一陣極淺的紅暈泛上她黧黃的面頰，她說：「一家團圓，有說有笑的，誰不想呀！叫做這種年情，沒辦法，鄉下大家都在說，龍脈走了！天變地變，就希望眞是變得成，到時你平平安安回來，我們燒豬還神。」臥雲居士仍在捻着鬍鬚，他想起了悅來棧新到了一批煙膏，是正式的雲土，他又想着他妻子究竟一天買菜賺着他儲蓄了多少錢，並不很注意這位顧客的囉嗦，聽到這兒，卻不禁輕輕點頭，蹺起鞋拖，頓頓腳，又振筆疾書一大段話，在他看來，祇不過是簡單的幾句罷了：「耕事賤妾自知打理，在外小心爲要，有錢望多寄家用，現下鄉中不靖，夫君仍宜在外奮門。」寫完了，又向榮嫂道：「講話講簡單點，這不是兩口子在房裡聊天，是信呀！告訴他附地不安，有錢寄回家來，鄉下家裏有什麼事，一便一，二便二，說一聲，就得了，明白嗎？」

「我們鄉下人不會講話」，榮嫂歉然地破涕一笑，想起寫字先生指點的話，就沉吟道：「你和他說鄉下就是鬧大派丁派糧，聽昔山出了老虎，自從他出了門以後一連咬死兩個人，我們割山草現在不敢走得那麼深入去，有人說，這是上天放下來收拾人的，有人說，四鄉男人走得多了，沒人打獵，虎就來了！山草割得少倒沒關係，就是那些兵呀，一過境住到你的堂屋裏來，看見灶頭沒山草，椅子也破來燒，那隻三腳椅，本來請木匠亞錦兒配隻腳就好用的，好死不死，給那些保安隊劈去當柴火燒，三更半夜，你又怎敢出房來瞧一瞧呢？那條狗也給紅燒了！他們一來，我把豬

• 秦牧〈情書〉，《文藝生活》第四十七期（一九四八年四月十五日）

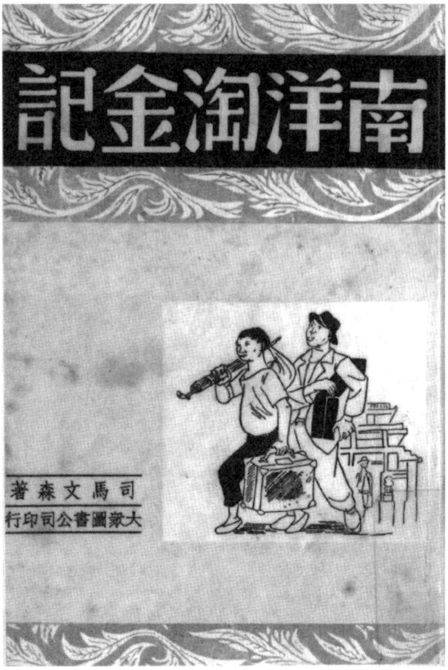


司馬文森《南洋淘金記》，香港：大眾出版社，一九四九年

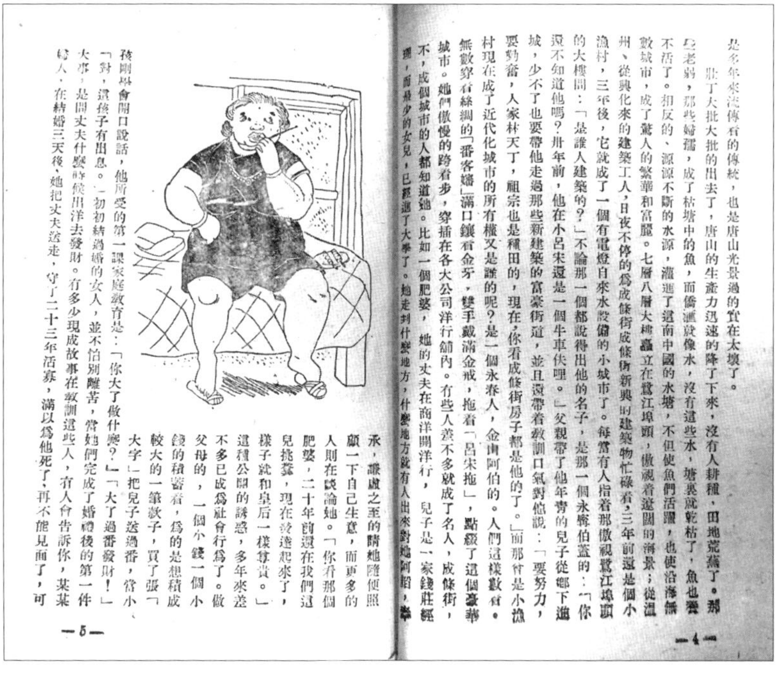

是多年來流傳看的傳統，也是唐山光景過的實在太壞了。

壯丁大批大批的出去了，唐山的生產力迅速的降了下來，沒有人耕種，田地荒蕪了。那些老弱，那些婦孺，成了枯塘中的魚，而僑滙就像水，沒有這些水，塘裏就乾枯了，魚也要不活了。相反的、源源不斷的水源，灌進了這南中國的水塘，不但使魚們活躍，也使沿海無數城市，成了驚人的繁華和富麗。七層八層大樓矗立在鷺江埠頭，傲視着遼闊的海景；從溫州、從興化來的建築工人，日夜不停的爲成條街成條街新興的建築物忙碌着，三年前還是個小漁村，三年後，它就成了一個有電燈自來水設備的小城市了。每當有人指着那傲視鷺江埠頭的大樓問：「是誰人建築的？」不論那一個都說得出他的名子，是那一個永寧伯蓋的：「你還不知道他嗎？卅年前，他在小呂宋還是一個牛車伕哩。」父親帶了他年青的兒子從鄉下進城，少不了也要帶他走過那些新建築的富豪街道，並且還帶着教訓口氣對他說：「要努力，要勤奮，人家林天丁，祖宗也是種田的，現在，你看成條街房子都是他的了。」而那曾是小漁村現在成了近代化城市的所有權又是誰的呢？是一個永春人，金由阿伯的。人們這樣數着。無數穿着絲綢的「番客嬸」滿口鑲着金牙，雙手戴滿金戒，拖着「呂宋拖」，點綴了這個豪華城市。她們傲慢的跨着步，穿插在各大公司洋行舖內。有些人差不多就成了名人，成條街，不，成個城市的人都知道她。比如一個肥婆，她的丈夫在南洋開洋行，兒子是一家錢莊經理，而最少的女兒，已經進了大學了。她走到什麼地方，什麼地方就有人出來對她阿諂，奉

—4—

承，謙虛之至的請她隨便照顧一下自己生意，而更多的人則在談論她。「你看那個肥婆，二十年前還在我們這兒挑糞，現在發達起來了，樣子就和皇后一樣尊貴。」這種公開的誘惑，多年來差不多已成爲社會行爲了。做父母的，一個小錢一個小錢的積蓄着，爲的是想積成較大的一筆款子，買了張「大字」把兒子送過番，當小孩剛學會開口說話，他所受的第一課家庭教育是：「你大了做什麼？」「大了過番發財！」「對，這孩子有出息。」初初結過婚的女人，並不怕別離苦，當她們完成了婚禮後的第一件大事，是問丈夫什麼時候出洋去發財。有多少現成故事在教訓這些人，有人會告訴你，某某婦人，在結婚三天後，她把丈夫送走，守了二十三年活寡，滿以爲他死了，再不能見面了，可

—5—

《南洋淘金記》由黃永玉插畫，生動刻劃「番客嬸」的形象

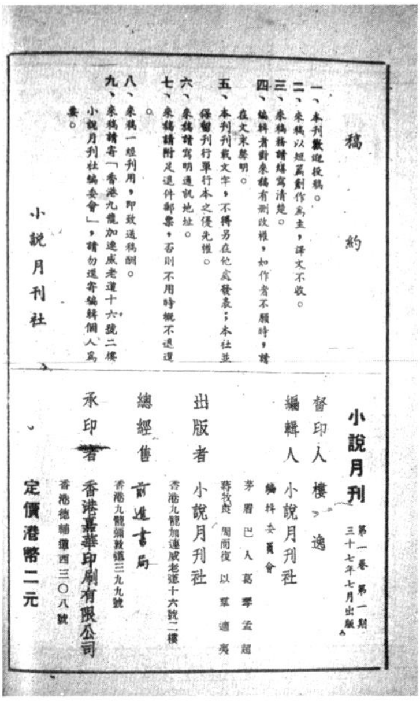

稿約

一、本刊歡迎投稿。
二、來稿以短篇創作爲主，譯文不收。
三、來稿務請繕寫清楚。
四、編輯者對來稿有刪改權，如作者不願時，請在文末聲明。
五、本刊刊載文字，不得另在他處發表；本社並保留刊行單行本之優先權。
六、來稿請寫明通訊地址。
七、來稿請附足退件郵票，否則不用時概不退還。
八、來稿一經刊用，即致送稿酬。
九、來稿請寄「香港九龍加連威老道十六號二樓小說月刊社編委會」，請勿逕寄編輯個人爲要。

小說月刊社

小說月刊 第一卷第一期 三十七年七月出版

督印人 樓適夷
編輯人 小說月刊社
編輯委員會 茅盾 巴人 葛琴 孟超 蔣牧良 周而復 以羣 適夷
出版者 小說月刊社 香港九龍加連威老道十六號二樓
總經售 前進書局 香港九龍彌敦道三九九號
承印者 香港嘉華印刷有限公司 香港德輔道西三〇八號
定價港幣二元

小說

第一卷第一期

中華民國三十七年七月一日

•《小說月刊》第一卷第一期封面，一九四八年七月

•《小說月刊》第一卷第一期稿約及出版資料，一九四八年七月

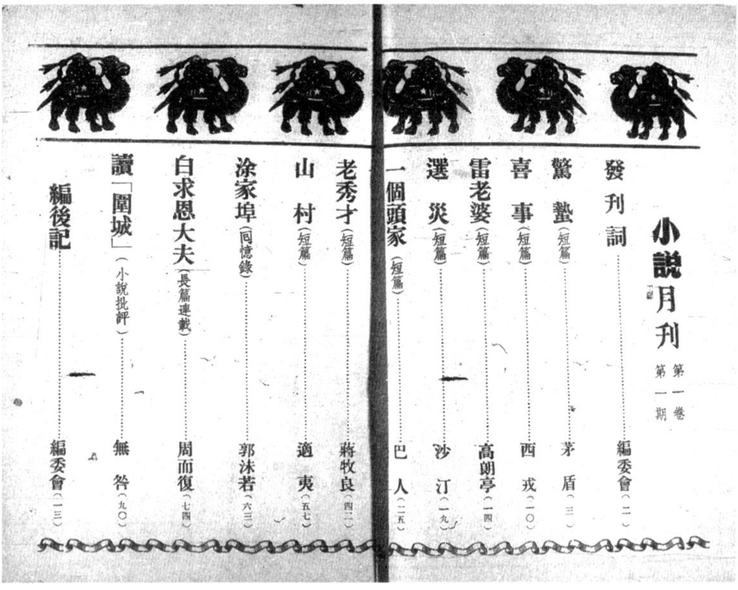

小說月刊 第一卷第一期



•《小說月刊》第一卷第一期目錄，一九四八年七月

# 目錄

# 羅拔高

## 山城雨景

山城連日下着一陣一陣的小雨，如同過不了年的人們，老在嗚嗚咽咽地。氣候跟着寒冷了許多，鄔先生雖則加上從英國帶回來的那件大衣尚還覺得有點瑟縮。看寒暑表，已是降至四十多度了。馬路比較昨日的驟然靜寂了好幾倍，成為這裏兵燹之後最蕭條的一刻。這一刻，或許是人們的心脈全停止了；也或許是人們進入了睡眠的狀態。是的，人們每夜就這麼地勒緊褲帶兒去做不覺曉的春眠，讓兵燹之後的市街寂靜地死去。然而，這，衹是歷史上底一刹那而已——人間的一個悠悠的長夜而已。以後，便又熱鬧起來，如像人們迴復了他們的心脈，也如像春眠者給黃鶯兒驚醒了似地回轉他們的覺醒。但，這覺醒，是惶惶然的，同時也是茫茫然的，給市街鬨動了許多人，男的，女的，老的，少的，跟前一天那樣底穿梳般往來奔忙，挾着舊報紙，破布囊，也有不少携着籐骨書籃在東張張，西望望，莫名其妙地是為了生活呢，還是為了無聊要在閑忙的地方消遣些兒時候。

這之後，天剛下過了一場小雨之後，天的臉譜是黯淡的，也是悒鬱的，如像人，經過了一回嗚咽之後，在滿是淚痕的臉孔上總露不出一絲笑容來，心底悽酸，依然在心底裂縫裏涔涔然流出那所餘無幾的血液，這年頭，不但是天了，……然而，天，我們是不曉得它是有甚麼懷抱的，我們應該說人，人給突然的轟隆驚醒了，而對於這個時代也開始了認識，眉頭就鎖得像保險箱一樣的緊密，拉長面孔全沒有些兒愉悅的衷懷，甚至於……至少是沒有以前那麼渾渾噩噩底做人的態度。為的是，米啊！無論如何是他不能忘懷的一個嚴重的問題！其次，錢呢！也是想不出一個稍許健全底開源節流的辦法。其實，他們是要掙扎生存而却無從掙扎了。

然而，這不是一般的，你不能說整個香港的人們都跟你一樣「米啊！錢啊！」地鬧得頭昏腦脹，甚至於鬧出一家子的人命來。香港的人們，尚還有許多在優悠自在着的呢！你憂米嗎？他却存好了一倉子；錢罷？他也是一叠一叠的數不清楚到底有多少數目。但，祇有一件是威脅到他們嚇得屁滾尿流，要比轟着大砲的時候還厲害，這便是「大牛」在馬路上跑不動了，人看見了儘是搖頭，彷彿它就是第一次世界大戰後的馬克。後來，這威脅總算免除了許多，可黑市一直到現在還低折得教他們肉麻以至於頭痛，常常捧着一叠一叠的在發急，幾等於上海俗話說的「哭出污來」。好在他們現存的數目還多，到頭來倒也並不在乎似的花着了。因為他們回轉心來，認這些廢東西，沒在身邊倒教自己來得乾淨，而且，另有一個原因就是他們要悠閑——悠閑裏的享樂和享受。

這時候，在大砲轟過了的這時候，社會益發畸形了，除非你不想花錢，要是吧，就甚麼也很容易弄得到手的；好比女人，女人就多着啦！然而，你可放得下胆子去玩嗎？尤其，私家車和「的士」是不曉得到那兒去了，走路眞的累人，斜道一上一下的走上半個鐘頭，比給打了一頓還要辛苦。這樣，誰又有性兒到外面去玩呢？

不到外面去玩也罷，橫豎自己的姨太太是多着，關上門來儘足以色情地享樂得不知所云。祇是，色跟食是一樣的，不換上一兩樣新鮮的口味兒總難配得上少爺們或許是老爺們的胃口。不過，時代是不同了。時代要叫你認識一下它的眞形，它的眞形到底是獰惡的呢還是韶秀。但是，你得知道，它的面形是兩面的，你如果倒霉碰到它底獰惡的一面，那就有許多陰影會包圍你的週遭，不給你嚇得心胆俱裂是不肯罷手了；而要你過不去也是常有的事啊！可是，它這獰惡的一面原是給人類雕塑出來的。自從上帝造出人類，人類就具備着這種雕塑時代底獰惡的一面的好身手。人類的歷史早已告訴過人們，無如人們的理智給物慾埋沒了，同時眼睛也給遮蔽了，雖則面前已經展露着時代的獰惡的面型，而他們也照樣地忘懷了歷史的告訴，不但忘懷了歷史的告訴，抑且全然沒有省覺似地一任時代底獰惡的一面向人類大肆摧殘，等到摧殘到自己的身上來，而自己已然是它的俘擄，任它為所欲為了。所以上帝造出人類，人類却在間接中造出時代的獰惡的一面而去塗炭生靈和自己。這便是人類的矛盾，也就是現實的矛盾。這種矛盾在人類裏，現實裏是永遠存在的，若要矛盾的免除，除非人類全部都已覺醒，才再不會吃時代獰惡的一面的虧；不然的話，矛盾跟着時代一直轉移，人類以後怕就沒有噍類了。無奈，這個免除矛盾的問題太大了吧，這兒是沒有能耐來把它解決的，便是說，我本人已經給物慾——「米啊！錢啊！」——埋沒了理智了，同時也給物慾遮蔽了眼睛了，更同時，在這一次大砲的「轟隆」就早給時代獰惡的一面連幻夢都揉碎得一乾二淨了，所以根本就沒有解決這個重大問題的可能，如像今日鄔先生一樣，祇可能反上大衣領來，在馬路上去觀賞這山城的雨景，其實心裏有的是怔忡啊！

社會如今是換了樣啦，人類也隨着有一個截然的改變了。你能夠相信以前是很舒適而現在還是一樣的不？若然的話，你是不能在浮面觀察的，你要把你的眼力透視到他們的內層，那你至少可以觀察得到他們神經或者形狀的變態了。他們的神經或者形狀的變態無疑地是由於受了過份底戟刺而來的；自然，百年好景的香港，除了一次大罷工給他嘗過東亞人的味兒之外一向都是逸樂的，豫暇的而且色情的；它的天氣永遠那麼地常春，人們就為了這常春的引誘與迷惑便跟着逸樂的，豫暇而且色情起來，形成一個眞正香港人的典型了。

這才是眞正的香港人呢，如像鄔先生那麼的。在這之前——已是好幾十年之前了，他的父親遺留下來很不少的動產和不動產，他便悠閑地而且滿不在乎地拿點兒錢獻給當地的政府，捐上那麼一個「爵士」的頭銜，加上自己原本是富紳，一有了頭銜就變成了「爵紳」了。「爵紳」有的是錢，同時也有的是勢，鄔先生在那時自然要有一所青花石古典派大洋房築在某一個山坡了。在鄔先生當時的富厚與勢位上，不祇要有，而且要富麗堂皇連浴室也得砌上名貴的大理石，這才是夠得上「架勢」呢！而浴池更是要大，要闊，要美觀，要別緻，也要新韻，更要有踏步，有階層，能夠給「爵紳」和他的姨太太們或許是甚麼姑娘們一起入浴，可以那麼的泅泳一回，這才稱得起「爵紳」住宅底典型的建築。而且，這還不算，爵紳住宅的典型建築最是少不得的是門前兩副古代羅馬武士底銅甲冑來代表中國的「神荼鬱壘」。室內的陳設更不必去說它，總之說來也無法說得淋漓盡致，除非拿着攝影機去逐部逐部的攝出來；但，我相信，攝影機縱然萬能，也有許多地方實在難以顯映的，比如情調，趣味，氣氛，就不是攝影機所能傳繪出來的了。

鄔先生在那青花石古典派大洋房裏一住就住上好幾十年，從少年以至中年，以至不久以前的老年。中間雖曾經一部份改建和擴充，那是為了情調，趣味與氣氛，和人口增加了的原故，大體還是一樣的。

尤其有了這兩具銅甲冑嵌在大門口的左右更森嚴得怕人！偷兒那敢給它看上一眼，何況大院子裏還豢着幾匹正種的大狼狗。大狼狗是不跟人客氣的，狺的一聲咬上來，鋼鐵一樣的利齒至少要咬脱你的大腿四兩肉。給狗咬傷了你能不能向牠的主人辦交涉呢？鄔先生有的是錢，同時也有的是勢，假如你自認倒霉便算你識趣了，要不然，給洋狗咬傷之後還要給你吃那麼的幾隻「洋火腿」呢！這樣你纔知道鄔先生的「威風」——眞正香港人的氣燄！然而這樣你就做了一個「悔氣二元論」者了，大腿去了四兩肉，屁股給踢得左一塊青，右一塊腫，假如鄔先生當時也在場，他會很自然地擺出「爵紳」的派頭向你冷冷地露出一絲笑容的，同時也會説，「太便宜了你這小子了。」那你除了拉長面孔之外又有甚麼話説呢？

但是，這些，鄔先生是不理的，他那裏來的這許多工夫，橫豎替他「捧大脚」的人多着啦，祇要鄔先生屋子裏哼上一聲，便有人出來很合鄔先生的意思的予以辦理了。你得知道，鄔先生是愛悠閑的，鄔先生是個人的享樂主義者啊！

鄔先生的生活大概是早上起來就吃晨餐，晨餐的菜單是隔晚編定的，吃完之後是稍息，仰在一隻沙發上「聽」報紙，要是報紙的消息引不起鄔先生的興趣的話，他便伸一下懶腰，給姨太太們或者其她扶擁入了浴室，玩那麼的個把鐘頭，再坐在整容室裏設法泯滅面額上底縐紋的深刻性。那是在鄔先生在年紀大了的時候了。鄔先生在世路上甚麼都很如意的，衹是歲月的殘酷是不肯給他一個長久的青春，一上了相當的年齡就替他換上另外一張臉譜。這臉譜給予鄔先生很大的麻煩，每日總要花上一兩個鐘頭化裝的工夫，可依然沒法掩蓋得了鄔先生在容色上的衰老。這是鄔先生所引為一件最大的憾事！

鄔先生在整容了之後便已到了午飯的時候了。這午飯的菜單也是事前編好了的，名貴豐富而且富於維他命，維他命一連兼有着 ABCDEG，據説已然有了 Z 了。是以鄔先生年事雖高，但除了容色有着一點遺憾之外，為了每日有這麼多的維他命來營養，倒還保持着老年人的健康。這健康，已經很夠鄔先生在一切上頭的享樂了。

吃過午飯之後，鄔先生便打扮成一個典型英國紳士般的高等華人，坐在一輛私家車到市街去逛那麼一會。鄔先生最喜歡在這個時候去訪女友，在女友的臥室裏來一忽兒短短的午覺。女友自然會軟在他的身旁，如此這麼地百樣溫存，千般旖旎了。尤其像今天這麼下着毛毛雨的時候更可人意。在這樣的天氣裏，臥室之內，溫暖如春，加上人受了雨意而改換了的衷懷，無疑是最適宜于享受室內這麼的情調底一刻的。

下午四時半或者五時的時候，鄔先生照例在香港大酒店去喝下午茶。喝下午茶的時候伴着鄔先生的女友是照例隔兩天換一次的，有時，也輪到他那位最年青的姨太太伴在一起喝咖啡。如果鄔先生在喝下午茶時吃的是「多士」，鄔先生便要「多士」烘得衹是一點微黃，和紙一般的薄，讓牛油可以透進背層了。那時候，喝下午茶的時候，是鄔先生在香港大酒店裏擺紳士架子的辰光。

香港大酒店是普通的華人進不得去的。

下午茶以後，鄔先生便要出現在石塘咀的俱樂部裏了。石塘咀那家俱樂部裏「爵紳」之流的人物很多，但多數兼做大商家或者洋行買辦和甚麼行的司理之類的兩棲動物，總不及我們這位鄔先生。我們這位鄔先生有的是悠閑，逸暇。因為他們盡是在算盤珠子的走動上翻觔斗的，我們這位鄔先生却沒有這種市儈式的繁忙，辛苦；衹是「滋油」於色情方面底個人享樂主義。

鄔先生在石塘咀那家俱樂部裏有着一個私人的房間，陳設又另是一種名貴，精美，而不像別人那麼的一派俗氣。鄔先生在拿着手杖向房間走進時就自然有人來曲意奉承了。鄔先生在裏面稍息一陣之後便到客堂去玩一兩手橋牌，跟身份相當的人在橋牌上消遣點兒時候。鄔先生是不喜歡賭錢的，他的理論是「一喜歡賭錢就不高尚了」。鄔先生是高尚的，他的履歷不衹是富家子，年青的時候也曾讀過好幾年書，更到英國去進過大學。他的英文的根柢是很了得的，但中文可早已全忘記了。這原故是鄔先生對於中文的見解「一點也沒有用處的，那及英文的優美，高尚」。所以鄔先生在青年的時候就高尚了，一直高尚到現在。到現在，鄔先生便更高尚了。高尚到連賭錢都不喜歡，力行他自己的理論「一喜歡賭錢就不高尚」。因此，鄔先生自懂得到石塘咀以來，三十多年中從沒有人見他賭過錢，除非玩兩手橋牌。

「玩兩手橋牌並不是賭博啊！」又是鄔先生的見解。

鄔先生在玩一兩手橋牌的當兒已經有人替他飛去了一張花箋了。花箋上所寫的那個美麗而誘人的名字在鄔先生那張特製的花箋上是每日寫着的；所以替他寫那張花箋的字的人也寫得非常熟練，眞是龍蛇飛舞，寫成一手變體的米南宮底十七帖，要讀書人無從認識，可石塘咀「吃拖鞋飯」的人們就每個都懂，一眼看去便知道那張花箋寫的是那一位姑娘。那位姑娘據說是牌子紅得跟她的嘴唇一樣的美麗。

在現在的不久以前，鄔先生在石塘咀裏玩了一兩手橋牌之後而去玩的那位姑娘有人說已經是第五位了。第一位的姑娘和鄔先生在初是很要好的；那時鄔先生從英國回來了不久，回來了不久又榮膺了「爵紳」的頭銜，在年少新貴當中更是英華發露的時候。他的年青，正對着她也年青；年青對年青就惺惺相惜起來了，每於酒闌燈炧，非互相擁抱着跳進熔爐裏去融成一片是不能稱心的。結果，由於鄔先生的慷慨，便並不吝嗇地滿足了老鴇的慾望，而那第一位姑娘便很舒服地做了鄔先生的「上爐香」了。可是兩人的愛是根據色情底洪潮來做水準的，在過了不多久之後，在鄔先生再在石塘嘴的俱樂部裏玩過一兩手橋牌之後，又發現到第二位「馬格烈特」了。這位「馬格烈特」在鄔先生的眼睛裏看來不祇是年青，貌美，還有誘人的情致呢！而且，在酒闌燈炧的刹那之間，更給鄔先生樂得把靈魂兒都要悠悠地飛騰了去。

於是，鄔先生便很快地把那第一位的「上爐香」忘懷了，再給那第二位的「馬格烈特」插上另一隻香爐，供養得像一樣寶貝似地在青花石古典派大洋房裏的一間很精緻的香閨裏頭。然而，好景不常，第三位又花枝招展地給送進去了。這樣，便成了「一隻盌不響，兩隻盌叮噹，三隻碗破爛」地在青花石古典派大洋房裏構成一個三角陣地演起眞刀眞槍的三本「鐵公鷄」來。那一場的戰爭——就祇那一場戰爭罷，一直從起釁到混戰的時候，鄔先生始終在戰潮裏面打着轉，竭力斡旋和平。可是醋瓶子是鬧翻了，積憤之下，那有和平可言，終於連鄔先生的悠閑也無法加以維持，結果在捲入漩渦之中連帶地給打得頭青面腫。好容易平靖了下來，而局面就立然從三隻盌的破碎之中進入了死寂的狀態；那是第一位的姨太太靜悄悄地在深夜裏和一個俊僕乘着月色迷朦，踏上了他們底愛情之路了；第二位收拾好了許多細軟，逃出去做「翻閹豬」；而那第三位呢，月容花貌帶了花，等到平復了來，臉上已經很不規則地敷設着幾條火車軌了。鄔先生於是大失所望，整整有好幾天過不到舒服的日子，像腸胃的消化不良似地。

但是幾天之後也就沒事了；因為鄔先生甚麼都看得開，放得下。放得下自然連第三位也打發走了。這不能怪鄔先生的無情，誰叫你給人在臉上劃了幾條這麼難看的火車軌？並且，青花石古典派大洋房裏夜壺式的姐兒還多着啦，誰個不苗條？又那個不標緻？要那麼幾條火車軌做甚麼？所以，從這方面說來，就完全不是鄔先生的無情，而實在是火車軌給她底異樣的悔氣罷了。悔氣，除了下堂之外是無可再事戀棧的。因此，那青花石古典派大洋房裏便一起空了三隻香爐。

然而，這，於鄔先生是沒有甚麼影響的；鄔先生有的是錢，同時也有的是勢，甚麼美貌的女人弄不到手呢？而第四位石塘咀的姑娘便又給鄔先生在玩了一兩手橋牌子之後玩上來了。

那第四位姑娘是那時石塘嘴裏榮膺首席的紅牌翹楚，年紀才十六歲有半，蛋臉生來當然是羣芳中首屈一指的，應酬工夫從龜鴇的率心訓練之下更是明珠走玉盤似的面面俱圓。鄔先生在第一次玩她的時候眞是「驚喜欲狂」，認是世上難逢的一位粲者。他自認足跡踏遍了半個地球，至少到過英國，在英國曾因色的追求跟朋友上過繁華甲天下的法國的巴黎去；但巴黎的女性怎比得上那第四位姑娘的美麗和嬌媚呢？何況，她祇有十六歲半的年紀，正如枝頭含苞待放的玫瑰，雖則她已跌落了火坑，在生之掙扎和接受那種的體驗中已給摧殘得有多少憔悴；但，這憔悴，在鄔先生的眼裏看來是她的魅惑性底成功的因素啊！這是說，她在生之掙扎中所得的某種經驗多了，曉得怎樣捉得住男人，曉得運用各種不同的手法去捉各種不同的男人，連鄔先生也給捉到裙底下去。

鄔先生跟她第一次玩過之後便在石塘咀成了新相識了。由於這樣的色的迷戀，性的迷戀，鄔先生的支票便一張一張又跟以前的一樣毫不吝嗇地飛進她的手袋裏去，同時更給鄔先生忘記了許多女友，也忘記了家裏許多夜壺，祇一心一意地貫注全部精神體力來呈獻與這一位驚為天人的粲者。可是，這位粲者在性的一方面是有一個很深的慾壑的，雖則鄔先生已然竭盡可能總也不能給她得到一個滿足，尤其粲者的「哼」是不由得鄔先生在這一方面有所吝嗇的，但，有時候，粲者也會讓鄔先生做一回戰勝的英雄，自己居於戰敗的地位，然而她那樣的做上一次作態的假惺惺，便是她向鄔先生「開刀」的前奏了。等到假惺惺做完，刀就一下子橫撇過去；鄔先生那時候在某一方面上是英雄了，可也怎當得起那橫撇的一刀呢？不過，這一刀撇到鄔先生的身上來，鄔先生的感覺是很舒服的，同時也很願意的。這樣，便不由得不抽起累得要死的身子，飛給她一張又是一個相當數字的支票了。

然而，這一來之後，第二步又要難為了我們這位鄔先生了。原來，粲者眼見那橫撇過去的刀口已沾滿了鄔先生的鮮血了，支票上底相當的數字，便又迫上一步作第二個要求，要求鄔先生給她再來一次金錢以外的滿足，關於這，鄔先生原本是沙場慣戰的一位老英雄，聞戰無不鼓舞的，但是，自從碰到了她——那小妮子，小妖精，便時時殺到筋疲力盡，氣喘汗流也還不曾得到一個平手，倒害得我們這位老英雄——鄔先生頭暈眼花起來，要回到青花石古典派大洋房裏請出他底清客們來授給甚麼錦囊妙計。可是，錦囊妙計是算錯了，知己而不知彼，反讓那小妮子開了心花兒之外仍是佔了上風，非教我們這位鄔先生動彈不得總不肯罷手。比如這一次罷，這一次，我們的鄔先生原可以要翻白眼的了，但她另有企圖，便哼上那麼一聲自認失敗；自認失敗就是給與鄔先生得到了最後的勝利底光榮，準備達成她那橫刀撳過去的目的，實在是安排好了她的另一種詭計。現在，詭計已然得售了，在這方面鄔先生依還是老英雄，她便「哼」的一聲橫刀撳過去。這一刀，鄔先生是無法招架的，所以在喘息未完之時下一個死勁抽起身來寫那麼一張有相當數字的支票。

支票寫完，鄔先生照例本就可以跟前一夜一樣擁着她睡一回好覺了；然而，那小妮子，小妖精怎肯就此干休呢？於是又「哼」起來了。那「哼」，簡直把鄔先生整個兒蘇麻起來，為了她，老命是可以不要了。可是，那樣啊，鄔先生眞的不能動彈了。在喘息了好一會的時候，眼睛還不歇地在爆裂出許多星星的火花；人雖然很舒服地躺在床上，却好像在打着旋，耳鼓裏塞進幾百隻秋蟬在鳴叫得天翻地覆；他的大動脈那時暴跳得嚇人，人像快要死去了的樣子。但，一經她在身旁異樣的溫存，摩撫，倒又給鄔先生感到「假如就那麼地死去了罷，誰能否定我不會風流呢？」因此，他就怡然地睡去了。

這之後，鄔先生對那粲者益發愛得比自己的生命還利害了，在物質方面，盡量填滿了龜鴇的慾壑又跟以前的一樣載她回到青花石古典派大洋房裏去專寵地來共同享樂以後的辰光。的確，在現在的不久以前，誰都見到他倆不時的給私家汽車送到香港大酒店的一樓去喝下午茶，擺「爵紳」的架子的；然而，像這麼的作風，在鄔先生的一方面看來，有那一個能夠判斷他保全得多久呢？不要說鄔先生是「爵紳」了，就算一個平凡的人罷，也是在無論甚麼時候都會衝動地見異思遷的，何況我們這位鄔先生。我們這位鄔先生根本就是一個最近代化的個人主義享樂者！

這樣，鄔先生在性的方面雖則並不能滿足那位粲者——小妮子，小妖精的要求，而，他却不能因這小妖精的不能滿足而去減却自己的慾望的。這就是他不能放棄他的女友，也不能夠把他的最近代的個人享樂主義的範圍加以緊嚴的收縮，所以除了那粲者——小妮子，小妖精，現在是他最年青的姨太太之外，他還是跟以前一樣對於女性的接觸差不多跟着地球的轉移一樣順利地進展着的。是以，鄔先生把那第四位藏進了青花石古典派大洋房裏去之後不多久，又發現到現在那第五位的姑娘了。這位姑娘給與我們這位鄔先生的是有着一個熊掌與魚之感，與家裏的那位眞稱得起雙絕，如果把她當貨色似地搬進青花石古典大洋房裏，如像家裏那第四位一樣底，這在我們這位鄔先生並非沒有可能的，因為我們這位鄔先生在這一方面原本是最豪爽不過的人，絕對沒有一點吝嗇。衹是，他已然多了一番顧慮了，多了以前那樣一番顧慮了；醋瓶子一給鬧翻，就連自己也鬧得頭昏腦脹，面上面且一塊青，一塊腫，好幾天見不得人；或許，那是說不定的，一個不留神，連那熊掌與魚都給饞咀的貓兒攫了去。

為了這麼的顧慮，鄔先生對於這第五位新人便寧願讓她在石塘咀而不敢轉一下藏嬌的念頭，衹這麼地每天晚上玩過一兩手橋牌之後再去玩她一兩手。這樣的玩她雖則並不會得到整個長時間的暢快，有時要是形格勢禁起來還免不了害得自己牙癢癢地；但，從細想想總比藏進家裏好多的呢！好多的原因是自己有的是悠閑，豫暇，並不像其他在算盤珠子的眼孔裏翻觔斗的「爵紳」，偷點空兒跑出來學人家享樂，還得提防家裏那匹老母獅，說不定會闖進來打得落花流水。我們這位鄔先生就沒有這些的耽心，忙迫的，要享樂時衹管享樂，自己又是具備做人的最優厚的條件，有錢，有勢，悠閑，豫暇與絕對自由，除了那回鬧翻了醋瓶子之外。

因此，我們這位鄔先生便是香港一位最得天獨厚的「爵紳」了！

鄔先生在石塘咀玩了那第五位之後自然是會坐着私家車回青花石古典派大洋房裏的。那兒有年青貌美的那第四位姨太太在等着，也有那誰個不苗條，那個不標緻的夜壺式的姐兒等着。他，汽車一停在大門口，管門的大漢便在很禮貌地恭候着了；幾匹正種的大狼狗也搖尾吐舌地在恭候着了；書室裏會妙製藥品的清客們也奴顏婢膝地在恭候着了；而在樓上恭候着的無疑地是夜壺式的姐兒；至於在那精美絕倫的臥室裏的呢，就是那位擒縱自如的年青貌美的姨太太了。

鄔先生的架子不衹是在外面擺得十足的，就在回到青花石古典派大洋房裏的一剎那也是擺得十足：一踏入大堂，遠遠對着書室裏的清客們橫掃一眼，點點頭，便悠閑地踏盡了大理石的樓梯，再向夜壺式的姐兒笑一笑，隨卽並不停步地踱到姨太太的臥室。於是，年青貌美的姨太太迎上來啦，丫環大姐也擁上來啦；擁上來便接過手杖，給換上睡衣；這麼的亂了一陣，鄔先生的大腿便承着姨太太底軟棉棉的屁股了。姨太太在嗅他從咀裏發出來的酒香，在擰他的耳朵，在撫他的額上底深刻的縐紋，在吻他底熱烘烘的面頰；往下就把整個身子壓住鄔先生的胸膛，哼着，怨懟他不應該這麼深夜才回家來。深夜嗎？其實已是早上三點鐘了。姨太太於是撒嬌，鄔先生於是環抱着她表示歉意：姨太太可不聽，鄔先生的語氣便更來得柔和；姨太太這才回嗔作喜地要他服藥丸來提提神，培培氣和補補力。鄔先生是不能不依的。

鄔先生底這種藥丸是由書室裏面的清客們虔誠地秘製的，效力非常宏偉，曾經得過鄔先生幾次的獎金，也曾經得過姨太太幾次的賞賜；所以，清客們在青花石古典派大洋房裏給鄔先生當作上賓般看待，尤其姨太太對他們特別垂青，優禮有加，直使他們在「受寵若驚」之餘，益發加工加料地去虔誠秘製。鄔先生這時給姨太太把藥丸用纖手送進他的咀裏，加上一盞人參湯，再投給一個微笑。為了這種魅力的推動，藥丸底功能便立刻發生，一股熱氣直透鄔先生的丹田，更兼姨太太的浪態嬌聲，和棉一樣的輕柔，脂一樣的嫩滑的嬌軀底偎倚磨擦，鄔先生就再也按耐不住了，陡的亢奮起來，使用餓虎擒羊底姿勢來完成他這一日的個人享樂主義底最後的一課。

這最後的一課修完之後，鄔先生真的筋疲力盡得像死去了般疲憊啦。然而，鄔先生到了相當的時候，是會復甦的，有錢人家怕甚麼斲傷呢！補品既多，飲食上的維他命又來得個豐富，加上清客們虔誠秘製出來的藥丸底效力的宏偉，鄔先生便在這一方面是用之不竭了。所以，鄔先生在第二天起來還是那麼精神奕奕地。

為了精神奕奕的永遠保存，鄔先生在那個人享樂主義的長期上也就永不會衰竭了。鄔先生既然有了這麼的確保無虞，勇氣自然地隨時可以表現。真的，我們這位鄔先生是個人享樂主義者羣中的享樂之聖啊！這可以說明我們這位鄔先生的勇氣底磅礴的概勢了。而且，我們這位鄔先生的勇氣不特在適合的環境裏面可以表現出來，就算在光滑的大理石的浴池裏面，有時也可以發揮盡致的。這，別人或者認是奇蹟，然而，我們這位鄔先生就當作家常便飯了。這又是我們這位鄔先生得天獨厚的地方。

鄔先生在這種玩意兒上是多方面的，除了浴池之外還有海的玩意兒，游水棚的玩意兒。海的玩意兒眞是曠達遼闊！他和女友們乘着自備的遊艇蕩於中流，從海的闊，天的空裏和女友們恣情放意地玩，那波濤的衝擊，和那游艇的盪漾，完全是尖銳地增加了我們這位鄔先生在這種玩的方面底勇進的姿態美。這種勇進給與鄔先生是忘形，給與他的女友們是放誕！但，給與太陽的却是不敢正視，給與海風的也是不敢偷窺，而給與同艇的人——那舵工或者水手呢，自然，是應該迴避的了。

有人說，鄔先生這艘游艇是「劏雞艇」啊，但是，我們這位鄔先生無論如何是不肯承認的。至於游水棚的玩意兒又怎樣呢？那是有運動性的。游泳不就是運動嗎？我們這位鄔先生便寓玩意於游泳了。其實，露骨地說，這玩意兒是在游泳之後的游水棚裏的。

此外，鄔先生的玩意兒還多着呢！可是，我並不是在這兒替我們這位鄔先生寫這種流水賬的呀，我還是把它帶住好吧。

不過，這之外，我就不能把我的禿筆收緊了；為的是，我們這位鄔先生可說的事多啦。比如，在雨景裏的我們這位鄔先生，他的姿態底出現便要使我認為是一個大奇蹟了。

今天，天下過了一場小雨，氣候更加冷起來了，人們都懷着「天也沉瀣一氣地給與這兒的人類一個冷的殘酷！自從一八九二年以來所未曾有過」。其實，寒流的侵襲是不可避免的，天也是無可如何的。就算天罷，它自己也在哭喪着臉呢！不是嗎？才嗚咽過了一回，這刻還沒有睜開它的眼睛啊！怕是今天再也沒有它開眼的時候了。但是，它對於這兒同一命運的人羣是很同情的，同情到替人類做下了滅蠅的運動，蠅子都給它凍結起來了。可它這個滅蠅運動未免來得殘忍些罷，連好些人也都給它送入了「冷却所」了。然而，它還是對於人類有同情的，同情到像貓哭老鼠般下了幾滴眼淚，祗是，下了幾滴眼淚之後却又更加冷起來了，連我們這位鄔先生也瑟縮地在馬路上出現。

鄔先生——這位個人享樂主義者之聖的我們的鄔先生，他在馬路上出現眞是出人意表的呢！沒有私家車，沒有女友，更沒有以前那麼的悠閑。幹嗎他降貴紆尊地跟一般大眾一樣的用兩條大腿走路呢？他的面上的縐紋加重地深刻了，唇際而且長出白髭，兩鬢也敷上了白髮，就算面色罷，尤其灰敗得沒有些兒的血色。他的維他命那兒去了？

鄔先生還有出人意表的，是滿有氣力的直挺的腰身已經彎成弓樣了！天柱折了，隆起背部像背了一隻包袱；而人又是這麼的疲弱衰老！大概是害過了一場大病吧？不然的話，怎會弄成這麼的樣子呢？就算為了外強中乾而削伐過步，也是不至如此的啊！

我糊塗了，我實在疑心他是受了病魔的糾纏。

但是事實却又出乎我的意料。

他原來受了戰神底賜與啊！我們這位鄔先生啊，原來你也跟我們一樣的遭遇到同一的命運！

我開始對於我們這位鄔先生同情了，同情他從個人享樂主義者羣中跌進我們的階層，無所軒輊地做同一的受難者。幸而大家都能夠把生命保存，留得這五寸氣來看今後的新世界。但是我們這位鄔先生如今也再不承認是「爵紳」了。他說，以前的幻夢如今是覺醒啦！覺醒了便是一個老頭了！比如出了象牙之塔，象牙之塔已是坍倒了，還去說它幹嗎！

這話也許有他的理由的，但鄔先生總還是「爵紳」啊！無疑，人是改了樣了，看上去儼然是一個衰老得像病患者似的老頭，可祇是改了樣而已，人，總還是人，即鄔先生也總還是「爵紳」吧！這是並沒有分別的。

我們這位鄔先生在兩個多月前眞的做夢也想不到自己會隆起背部走在馬路上做了一個衰翁呢！雖則口袋沒有像我們這麼的乾癟樣兒，但兩餐還要自己料理，這對於我們這位鄔先生無論如何總是一種辛苦吧！

「然而能夠親自料理已夠僥倖啦！怕將來連料理也不會那才糟糕呢！」鄔先生淒然地說上這一句話。

不錯的，人生的過程終會走上這一步的，或許；但以後的事誰去管他呢，眼前是現實，面對着的也是現實，現實所給我們這位鄔先生的也太殘酷了吧！我對於我們這位鄔先生又悠然地加上一種同情了。然而，鄔先生，我們這位鄔先生却反而投給我一個冷笑。

「別這麼罷，朋友，在時代突變的裏頭，如果你走避不及的話，總會遭遇到這麼一個現實的。

你不必以為它對某一個人太殘酷了。其實，所謂殘酷，在你體驗過之後也就沒有甚麼了。說不定，它反而會燃起你的生命之火，加強你的生之掙扎呢！」

鄔先生對於我給他的同情不但不表示接納，反而說出一篇大道理來，倒給我怔住了，心裏在說，鄔先生到底是鄔先生啊！

我無言地對着鄔先生，鄔先生也拿着「張伯倫」支撐住腰部對着我。天又哭起來了，風在蕭蕭，雨在蕭蕭。

鄔先生隨手撐開「張伯倫」，我呢，拉低帽簷遮住近視眼。

我問起鄔先生這兩個多月的情形。

「完了」他搖搖頭，苦笑地。

「……」我又同情起來。

「車是不見了，」他說，「房子還在着呢，可沒有能耐再住了，要上斜坡，跑山道，誰有這腿勁？」

他從袋口裏取出一枝老刀牌。

「怎麼？三個九不呼了嗎？」我呆着問。

「唔，以前是的，現在，這種香煙可眞配我的胃口吓！」

鄔先生嚓的劃上火柴燃點起來，呼了一口。

我又感慨起來，記得前些日子，鄔先生要吸煙，事先自己是不動手的，有人扭着屁股趕來遞給他，也有人挺起奶子來替他燃着。

「不祇沒有腿勁，」鄔先生呼了一口煙之後，「也懶得去住了。那裏的一切——人，物……呵！呵！……人……物！」

鄔先生拉長面孔仰起頭來，也張大嘴巴，皺紋密佈而灰敗的面容露出一絲無可如何的苦笑。

「呵呵……她，她……她們，都跑了。……都跟了他們……他們——清客，賬房，堂差，花王，廚子，汽車夫……等等。」

鄔先生依還是拉長了面孔，依還是吊着一絲無如何的苦笑。

「她們跟隨着他們都很好呀，席捲了的！怕全已歸鄉了。」

鄔先生再呼上一口煙，煙一半從鼻孔裏噴出來，在寒流的空氣裏氤氳着。

「你得相信」，鄔先生皺起額紋望着我，雙眼閃着灰色的光芒；「現在祇賸我這老頭。」

語音重濁而帶凄音，我楞起來了。

「唔，……時代轉變了呢！你們年青人，努力罷，為着社會，為着人羣！……啊！啊！……我別說前事是應該的。……再會吧！」

鄔先生的腿移了移，走了，向西走了，面孔還是拉長地，還是含着苦笑地。

我癡癡地望住他的背影，他的背影也一樣隆然，已全部消失了他以前的優美底姿態了。

他去了不久，大約過了五分鐘，十分鐘，也許是十五分鐘罷，鄔先生又拿着「張伯倫」走轉來了，另一隻手指是吊着幾根青菜。

我又撫然起來！

這時候，天依然是嗚咽着，風在蕭蕭，雨在蕭蕭。

而鄒先生，我們這位鄒先生呢！還在風雨蕭蕭底下面奔走着他那短促的前程！

三一．二．十四．

選自羅拔高《山城雨景》，香港：香港華僑日報出版社，一九四四

# 疑雲生

## 美容有術

胡僑生自歐美研究化學工業歸國，集巨資設工廠，規模頗大，容工人數百。所製化妝品，自謂能與舶來抗衡，而銷途不暢，虧蝕日巨，化妝品多數不耐久藏，且有因季候而更遞，胡以業務不振，惕然憂之。問計於知交，及商塲巨子，曰：「吾工廠之出品，其不佳乎？抑推銷之手段未盡至也」。聞者亦唯唯否否，蓋一商品之能否流行，其原因並不簡單，尤非局外人所易斷，故亦無能下一斷語者。其友某生，獨獻議曰：「向者，外國化裝品廠多在百貨商店設一美容室，以廣告宣傳，此事可師也。」胡曰：「諾，當卽進行」。三月後，各大百貨商店，皆有胡之工廠化裝品陳列處，並有美容屋，亦聘有女職員一人，專司為女顧客化妝，而介紹其選用工廠之出品，一一步趨以前外國化妝品廠在百貨商店設施之後塵，而營業仍萎頓無起色，胡乃告某生曰：「如君言，已在百貨商店設美容屋矣，仍無振作之狀，何也？」某曰：「姑與子參觀之。」乃與胡巡視各美容室訖，歸而作批評之語曰：「吾已知其癥結矣！子以女職員為女客化妝，須知女子之性至妬，如在座者為一美婦人，則容貌寢者，方自慚形穢而不肯近，望望然去之，然君所企望者，則一切女性，皆用化裝品，尤其是貌寢者，乞憐於脂粉之不暇，今如是設施，是驅醜女而遠顧客也，若夫男性，自命高尚者，多不能駐足，恐人加以漁色之批評，是男性之顧客亦疏遠，只有鄉愚村婦，駢踵呆望於側，而君之女職員又以為其狀不雅觀，下帷障之矣，如此，又烏足收廣告宣傳之效？」胡蹙然曰：「然則又如何？」某生曰：「事可為也，先罷為女性美容之舉，再將美容室略事改革，使盡向升降機口及樓梯上落處，以納受衝煩，則上下之人，無不畢瞻，周圍之短帳，尤應撤去。」胡曰：「既聞命矣，然此尚非廣告之術。」某生笑曰：「即此已值不菲，言人所不能言，如再奢求，則非五元六味和菜，面對白檯布雙蒸酒不言矣。」胡大笑曰：「酒食易耳，何待宣諸口？」即宴某生於酒家，某生遂借前箸代籌，款款深談中，定下宣傳妙計。胡心領神會，大悅，拊某生之背曰：「君，我之智囊也，當即日聘君為工廠之顧問，何如？」某生笑曰：「姑先試為之，事亦可以失敗者。」胡乃用某生之計，向報章大肆宣傳，謂其工廠之化妝品，能化媸為妍，移老作少，并定日在百貨商店之美容室面試，至日，選廠中男工之年少貌美者，使至美容室，令女職員為之化妝，將男作女，另以一宣講員在旁解釋化裝之程序，及各化妝品之用途，如街頭賣武者相拍和，曰：「今用某種化妝品矣，能使肌肉潤澤，易於傅粉。」又曰：「今又用某種面粉矣，其優良在不過白而不剝落，與肌肉緊附無痕。」又曰：「今又用唇脂矣，此唇脂之優點又如何？」人以其將男性當眾作女性化妝，皆感興趣，百貨店之戶限為穿，後須召警，以持秩序，各處美容室皆然，遂大收宣傳之效，出品大為人所樂用，銷途日廣，胡喜無極，謂某生曰：「尚有第二個錦囊乎？」某生曰：「有之。」胡又宴之於酒家，設饌至豐，虛心求教。某生笑曰：「以大經理坐美容室受職員化妝，宣傳力必更廣耳。」胡大笑，盡歡而罷。

選自一九四三年香港《大眾周報》第一卷第一期

# 千金扇

孔教仁與蘇潔繁相戀有年，未結婚者，時間問題耳，值世亂，各隨家人他徙，時方盛暑，孔手持素箑，即援筆題二十字於上即贈蘇，曰：「刧後知何似，貞堅葆此心，欲知松柏節，風雲最能禁。」蓋恐女他日有變也。別後忽忽經年，大局粗平，而女消息竟絕，孔大悵惘，日彳亍遊通衢，冀有消息，於時售雜架者特別多，孔遂厠身其間，思以廉值得貴物，經一檔，見有女郎，方揮紙扇，撲撲然，蓋又是一年夏季矣，孔見扇，心動，故與購物，而得其置扇檔上，認之，果為己所贈蘇潔繁者，題句尤在，然已黯舊破裂矣。則謂女郎曰：扇亦售乎，女郎笑曰，自用品，不售也，且亦不值錢。孔曰，不然，如汝肯售，當優汝值，女郎笑曰，一舊紙扇，先生將何取？孔云愛其上題詩及書法佳也，女郎黠甚，反覆視玩，曰，售便售，價五金，孔曰，嘻，一破舊扇，而值五金，一金何如？女郎曰，我固亦不願售，汝乃求我，不要便罷，又持扇撲撲而搖，孔戀戀不能捨，則曰，五元便五元，但有條件，須告我此扇所自來，女郎曰，母親與我，孔曰，汝母親安在，女郎曰，明日當在此，孔乃與之約，明日來此問母親，乃付五金持扇去，女郎目送之，以為痴人也。明日孔來，女郎果與母共坐，問扇來歷，女母曰，在電車上拾得者，餘無所知，孔嗒然，大失所望，於是又日懷扇四出，遇有女郎類蘇潔繁者，輒趨前睸之，然往往非是，一日候電車站前，在日光下，持扇遮陽光，一汽車掠過，因人稠而驟緩行，車中一女郎，似見孔之扇而有所感覺，遽探首出，孔視之，彷彿蘇潔繁，豐容盛鬋，風致嫣然，勝於別前也，而車走雷聲，電車亦至，遂不及細認，甚至汽車之牌號亦不及記憶，茫茫然歸，念蘇潔繁，其貴矣乎，今日而能有自用汽車乘坐，非富則貴矣，疇復念故人哉。又念假如車中人果為蘇潔繁，則必常乘坐汽車，出入通衢，遇之至易，假以時日，何愁不得也，一日，果又遇之於百貨公司之門，諦視獨眞，蘇潔繁也，蘇潔繁方偕一男子，自汽車下，其行不疾，故孔能細辨之，蘇潔繁亦見孔，略一瞻顧，卽與男子挽臂去，孔入在騎樓底下，張扇如求乞狀，以待其出，路人過者，視紙扇上語，無天涯淪落之言，無窮途求助之語，究不知其何意也，久之，蘇潔繁果復與男子出，見孔，低首不敢視，先入車廂，男子繼之，砰然一聲，車門闔合，遂絕塵而去，孔長嘆久之，以扇擊掌曰：蘇潔繁，欲知松柏有節，風雪最能禁，今何如矣，因心灰意懶，不復追踪，偶讀報，見有籌備慈善賣物會者，乃持扇往見主事人，遊說之曰，此扇，為貴婦所有，失之而欲得者屢矣，今大會試索兼金，渠當不吝重價以相易，人嗤其妄，孔力證其言可靠，且謂須宣傳得力，張大其詞，則千金不難致也。主事人猶未置信，孔曰，我願以身為質，我今捐此物出，寗為圖利耶，辦事人乃許試辦，公議取百金，孔少之，曰，貴婦無如是瑣瑣者，必千金，會中辦事人以為奢，議五百，孔又力爭，謂不納吾言，噬臍何及，眾以孔聲情激越，許之，開幕之日，獨陳此扇中央，觀者駢踵嘖嘖稱奇，逾午，果有人持千金市去，不留名，僅署其券曰無名氏而已。

選自一九四三年香港《大眾周報》第一卷第二期

## 張冠李戴

李立民與張冠倫同居，二人本非友，以同居關係而相識。李來早張二月，居樓前，張與李均為憑欄，每暇，輒出騎樓，倚樓下瞰。對樓則紅窗碧幔，似為巨家，有少女，亦常憑欄，貌娟美。張與李常睨之，女落落大方，未嘗避也。久之，女忽厭見李，每憑欄，見李出輒避入。李竊竊為異，念女何以避己？己未常向女作正視，恣讕言，則女之防己也，至無因。然女終以此避李矣。李過樓下有菓壳墮肩頭，仰視之，女也。以為女以坊鄰之誼，擲之以為戲，因仰首一笑。笑容未斂，而泥塊雨下，蓋女取花盆上之泥土以擲之也，急低首速行。又念何忤於女，而受此奇辱。嗣後，不輕易見女矣。旬日後。午間偶以飢餒，入酒家，則友人孔仲規與男女數人雜坐，其中一女，正對樓女郎也。孔見李，曰：「二人來耶？」李曰：「然。」孔拉椅曰：「不如就此。」李目女未敢應，而女遽拂袖而起。孔急挽之，不可；已及門，孔又追之。女曰：「我不能與無人格者同席，勿強我。」終於退出。孔復返與李談，曰：「余正欲為汝介紹，而王小姐遽避席，眞敗興。」李曰：「是為王小姐耶？我但知其住於我家對樓。最近，不知何故，而怒我甚，見我面輒避，我甚悔此來也。」孔笑曰：「原來汝早認識之，是為我戚。」李曰：「否，我並未曾認識之，不過以坊鄰之誼，時有覿面，今始知其氏王也。」孔曰：「渠小字曼紅，為人幽嫻沉僭，一好女兒也。」李曰：「我終不解王小姐見怪之由，能為我見容，一探其眞相，使我得自知其罪可乎？」孔笑曰：「或者片時以輕薄之顏色，貪饞之眼光，在對樓相望，使之難堪。不然，彼何以云：謂汝無人也？」李曰：「均無之，是以願知其罪。」孔曰：「諾，容為汝解釋。」他日，告李曰：「王小姐謂汝數以情詞抵之，滿紙邪淫，不堪卒讀，故斷定汝為無人格，而不樂與汝周旋也。」李曰，「冤哉！我今始知王小姐姓名，何有此事？所云種種，皆非李某所為，得毋有誤乎？願面見王小姐。以解釋其事。」孔曰：「王小姐怒甚，不願見汝。」李又懇之，強而後可。歷旬日，始謂李曰：「王小姐性甚剛愎，不可說詞。星期日，我約渠在郊外酒家午膳，汝來，我強挽之，由汝自陳說，非我再能為力矣。」李乃諾。星期日午，如時到酒家，則王小姐果在。見李入，又起座，孔強挽之。李即侃侃陳詞曰：「王小姐素有慊於鄙人，鄙人殊不自知其罪，今願以片言言釋於小姐之前。」王小姐默默無語，李又曰：「孔先生云，小姐怒我數以情詞冐瀆，今請小姐辨我書法如何？」即向侍役取紙筆，大書二十字曰：「涇渭分清濁，魚珠亂假眞，張冠防李戴，冤抑眼前人。」王小姐亦悟，驗其書法，果與抵己之函相逕庭。抑李在揮洒之間，而成一絕，詩才敏捷，至可佩也。因改容謝過，孔乃洗盞更酌，為之盡歡。王小姐為李言投情書者事，李悟曰：「得毋為後樓張冠倫所為耶？口氣似之，彼常甚慕小姐。」王小姐曰：「即與君同憑欄而面目猥瑣者耶？」李曰：「然」。孔笑曰：「然則眞張冠而李戴矣。然李今雖戴張冠，然無不合，不過王小姐一向指鹿為馬，不免令李先生難堪耳。」王小姐又赧顏謝過。李曰：「不如是，何以見小姐之堅貞？」孔笑曰：「正如是，亦見君之能堅忍。」飲至日晡而散。厥後李竟遷居，而日與王小姐遊。識者早知有情人必成眷屬矣。

# 黃藥眠

## 淡紫色之夜

這是在南方的一個小島上，一般人都認為它是被戰爭和災難所忘記了的幸福之城。所有一切幸福的人一跑到這裏，都更加幸福了，生活好像要在幸福的輭床上跳起舞來。

在南方，每年冬天就好像只來這裏打一個盹就走過去了。柚子花的香氣，羌花，素馨花、丹桂花的香氣四時不斷的在空中飄着，花店的玻璃窻裏堆着紅色的，紫色的，淡黃色，橙黃色的鮮花，璀燦得像錦緞一般。碧桃和紅杏開過了以後，有荼薇花有紫荊花在點綴着暮春，馬纓花在樹梢頭垂着玲瓏的纓絡，接着是槐花與芙蓉，至於尖竹桃和薔薇是由春到秋，不知疲倦地永遠在晴和的日光下吐出嬌艷的風姿。就是當別的地方，已經是木葉黃落，百花無色的時候，而在這裏芍藥和山茶還是照舊的在微寒的空氣中含笑。此外還有，這裏一朵那裏一朵的常綠樹，永遠是那麼青葱，閃着滑油油的光輝，它們點綴在猩紅的、微黃的、淡青的、粉紅的疏疏落落的別墅旁邊，排列在光滑得可以照人的馬路旁邊，簡直就像玉做成的裝飾，更增加了它們的美麗。在山頂在市區邊緣上的美麗的住宅區裏，每一個窻子都跳躍着愉快的笑聲，和歡欣的音樂。

島的四周是碧綠的海水，海水上面浮着一粒粒珍珠般的小點，它們在閃動，但有時微濕的霧氣從南面吹來，又把這些小東西撫摸得沉沉欲睡了，於是接着而來的，就是一陣輕塵般的細雨。

不過一般的說來，這島上的天氣是晴明的。蓋在這碧海上空的圓圓的天穹，就像用半透明的青石所凝溶出來的細磁，極目望去，沒有一點塵埃。有時進出口的輪船，在它上面輕輕地呵一口氣，但不一會又不見了，一片青天還是那麼瑩澈和空明。

在風和日朗的日子海水給太陽曬得懶洋洋地發笑了，小小的一二片三角形的白色風帆，裝了滿肚子的風，就像鵝毛般那麼輕，浮在白色的微波上，沙鷗展開了狹長的翅膀，繞着它們翩翩飛舞。每當黃昏，玫瑰色的紅霞把海和天都染得那麼一片沉醉，於是這夕暮的紅光抹在玲瓏的別墅的額上，蘸在羅漢松的樹尖上，裝飾在印着許多花格的窻幔上，而住在這島上的幸福者呢，憑欄遠眺、看着這一個個好像綠鷺絨繡成的浮在海上的小山，千百艘的海上的歸帆，閃着千百盞燦然的燈光，看着那都市裏面黃昏中泛起來的紅霧，和最先吐出來的紅寶石似的霓虹燈，自然也就更加沉醉了，他們腦子裏所考慮的是：今天要到那一家酒店裏晚餐和到那一家舞廳裏跳舞。

曾經有一個外國作家在這裏經過過，他對於這幸福的小島的印象是，這裏有着最多的東方的美女。

的確這裏是多美女，而且也需要許多美女。這裏是美女底花園。

美女的養成大概是這樣的。因為這裏需要美女，許許多多十一二歲的小女孩就被貧窮的父母由鄉下帶到這幸福的島上來了。這些可憐的小女孩，大都是面黃肌瘦，頭上梳着黃頭髮的瘦小的辮子，那瘦長的小頸很像一枝稻草稈，只要輕輕地一捏，就要斷了。因為賣相不好，而貧窮的父親又大都是背着多年的債務急於脱手，於是就以最低廉的價格賣給這裏專門以美女謀生的婦人。

幸而這個買美女的主人是有一部份資本而又是準備做上等生意的人物，那麼，從此這些女孩就被收下來，舒適地豢養着，早上起來隨便念點 ABCD，早餐後學學打打橋牌，此外就什麼事也不大十分做了。下午她們的義母開始教她們怎樣擠眉弄眼，教她們拉長着嘴唇皮作者不露齒的微笑，教她們走路時候，要怎樣扭弄腰肢，教她們怎樣按着拍子在光滑的地板上踏着狐步。她們每天早上吃着牛油和麵包，如果樣子生得好看，還要受到義母們特別優待，加上乾酪、牛奶，因為吃得好好，天天沒有事做，雖然免不了打罵，但也就肌肉一天天豐腴起來，皮膚漸漸的變得潔白和細嫩，牙齒變得晶瑩而光澤，手上的繭漸漸的脱落了，愁苦而多縐的臉上代替以飛揚的微笑。經過了三四年的光陰，她們於是果然變成了美女，她們是專門給幸福者們再加添一些幸福，至於她們後面的不幸，血和眼淚，那誰去管牠呢？

當她們開始會揚起手來向人叫聲哈囉，而她的胸前的兩個細小的乳峯已微微地突出帶有一些誘惑力的時候，那位義母又開始選擇了，她們把那些脾氣暴燥的，舉動粗野的，說話不夠溫柔的，先拿出來給人包月，然後就拿來零售，再然後就把她們像牲口般轉賣出去，可是手邊總留下一二個最漂亮的，待到有好機會時才把她像放小鳥般放出去。於是，她們開始以貴婦人的姿態出現在美麗的時裝店裏，帶着滿身巴黎香水的氣味走進花室，走進夜總會，走進咖啡店，走進充滿着香烟和酒味，粉氣和油脂的舞塲，燈光一時變成淡青，一時變成淡紅，每隔十幾分鐘就變過一種情調。她喝着法國的葡萄酒，吃着澳洲的火腿，美國的鮮橙，非洲的蜜棗，穿着蘭開夏織的羊毛的內衣，披着日本製的輕蕩的羅衫，兩個乳峰的窩處，掛着黃金的胸口針，耳邊和指上閃着深藍的假寶石。每當樂壇上音樂奏起來的時候，她們就帶着微微的笑意，向那些伸出手來的外國人高等華人頷一頷首。甜蜜的語言就伴隨着狂歡的音樂，像游絲般。送進了對方的耳鼓。溫柔的觸覺，有節奏的舞步，迷人的音樂，醉人的香氣，有顏色的燈光，再加上甜蜜的語言，這些醉人的一切使舞場上一對對的人，都被慢慢地從現實世界推向到遠處，推向到迷離的夢境，推向到無憂之鄉。

夜深了，追求的恩客們駕着雪亮的流線型的汽車等候在舞廳的門前，而舞廳裏的人們，也漸漸由沉醉而感到疲倦，旅館裏的溫柔的床，正適合於她們的睡眠。

美女們的生活就這樣一天天痛苦而又愉快的度過去。但這樣的黃金時代也不會是很長久的，三年五年過去了，面頰上的粉和胭脂越擦越多，血管裏的血越變越冷，肌肉一天天瘦削下去，義母們的態度也越來越嚴峻，幸福是慢慢的從她們的身旁溜去了。於是有些聰明的，自己逐漸覺得危險，趕快搭上一個有錢的男子結婚，有些是本來並不美麗，更加以年老色衰，逐漸的墮落到和她們過去的同儕一樣，站在馬路上，向行人喊哈囉，還有些呢，則還是正當盛年的時候，突然遇見了意外的打擊，而猝然死去。正如一片紫蘿蘭的花片遇到了暴風被吹入到泥溝裏，因此在人們心中便不免喚起了一重憂傷的惋惜。

不過，在有些幸福者，和有些從遠方來的富翁看，這些女人之來到這世界裏，其任務就是專門給幸福者們再加添一些幸福，至於她們後面的不幸，血和眼淚，仇恨和悲傷，那有誰去管呢？

這是正當島上的初春的早上，天上紅色的金鯉似的紅霞才剛剛被海風吞去，海濱的那些住宅的窗子已微微地敞了開來，紅紗燈還沒有熄，它那溫柔的顏色還隱約露出昨天夜裏的迷離的夢意。

這時H旅館的憑海的一間房子裏正坐着一對青年男女在那裏早餐，那男的頭上有着微微蜷曲的頭髮，一個平正的輪廓分明的鼻子，垂直地懸在紅潤的長長的面孔中間。他的長長的上半身親切地傾向着坐在他對面的穿着淡紅色旗袍的女人，點漆的眼睛一直就凝視着她，嘴唇邊蘊釀着微笑。而那個女人呢，好像嬌羞得抬不起頭似的，眼簾垂着，長長的睫毛在她的眼眶下面投下了像細羽似的陰影。無名指上戴的藍寶石的戒指，偶然在燒得熱燙的磁盤上輕輕地觸了一下，發出了輕微的叮然的響聲。

——喂，露絲，你為什麼不抬起眼睛來看我呢？

那女的把眼皮捲起來，縐成了很細的縐褶向對方定睛凝視了一下，又低了下去。

——怎麼？

——我不願意看你。

——為什麼？你不愛我？

——不，我是愛你的，但，布爾，你等一會就要遠行啦。

——啊，那有什麼關係呢，我就會回來的。

——但我很難過似的！露絲側着頭裝着愛嬌。

——啊，不，你不要這樣，我昨天問你的，你現在覺得怎樣，如果你答應的話，我這次到上海去就開始佈置一下，下一次來我就帶你一道去。

——啊，不，我不願意，露絲眼睛半開半閉地微顫着眼皮，輕輕地搖了搖頭。

——那為什麼呢？

——我就不願意，我捨不得……

——你捨不得？捨不得誰呢？你的母親？

——不，我沒有母親！露絲用手帕輕輕地抹着口唇的邊緣，而又小心地不讓手帕抹去她的口紅，俯着頭側側地斜視着，心裏實在有點慌亂。

——那你捨不得什麼人呢？布爾把刀叉放在盤中央，輕輕地舉起玻璃杯呷着水。

——不，我沒有什麼人……

——那是為什麼呢？

——那個地方太遠啦！

——太遠？離廣東太遠嗎？

——不是，離H港太遠呀！露絲只好臨時想出這一個理由答應着。

——哈，哈，哈，你是捨不得H港？H港有什麼好留戀的？上海比這裏好玩了……

——但我是生長在廣東香港的人，離開了牠我就住不慣啦！

布爾走了過來，挨着露絲的身邊坐下，用手攀到她坐的椅子背上，然後把頭沉下去，翻過來向上地朝看着她微笑着。

——露絲，怎麼樣？你？……

——啊，你不要老問我，我心裏亂得很。

——為什麼？……你瞧，我們來時就在上海租下一間房子，我們就這樣組織一個小小的家庭……

——……我沒有資格呀！

——不，你不要說這樣的話，我同你雖然不過同住了一個多星期，但我知道你是很善良的，將來到上海去，再學一點什麼技術……

——我知道你們都是這樣說說玩玩的……

——眞的不是，你要相信我，我是不會騙你的，我絕對不會看不起你，我也是窮苦出身的人呀……在輪船上做了六七年工，現在我也想成立了一個家庭了……

——但你要去找一個太太才好呀……

——我相信你是會變成一個好太太的，你想，你也不能夠老是過這樣的日子呀……布爾伸出手去撫摩着她的背。

露絲從來沒有聽過這樣溫柔這樣誠懇而又體貼的話，而且這些話又恰好打中了她心裏面的隱衷，她不自覺的流下了眼淚，但還是嗚咽地說：「你們男人說了一句『再見』就什麼也沒有了的……」

——不會的，露絲，我知道我要娶你是得花一點錢的……

——布爾，你眞的……露絲不自覺地緊抓着布爾的手帶着眼淚用半信半疑的眼光凝視着他，然後又露着感謝的神氣……

——當然是眞的，你想想看，我也不是一個浮滑的少年呀……

嗚——海港外面一陣陣汽笛的聲音，布爾鬆了鬆手，看一下自己的手錶，首先搴開了窻幔跑到洋台上去，地板上拂過了太陽的一片紅光。

——喂，露絲，你來看，他用手向房子裏招着。

一艘兩個烟囱的輪船，正在啟碇，碼頭上有許多人在揮着五顏六色的手巾，從船尾巴下面滾出了許多翻騰的水泡。

——喂，露絲，兩個鐘頭以後，我的船也要開了。你也來送我嗎？布爾的手攬着露絲的腰。

露絲點點頭睞睞眼睛。剛才那一陣又是相信又是懷疑，又是悲傷又是感激，又像是眞愛又像是假愛的感情的風暴還在她心裏起伏，但是這幾年的生活也使到她學會了控制自己的感情，偽裝自己的感情，所以表面上她又是若無其事了。

——現在你應該相信我是在眞的愛你了。

露絲沒有話說，只是把下口唇向上一冒，把頭貼在布爾的胸前輾轉了一會，頰上泛起了幾乎看不出的笑渦，然後伸出她那長長睫毛的眼睛，仰看着那一半給太陽晒着的布爾的臉孔。

——那麼現在我們算決定了，我回去上海收拾一下，你也在這裏準備準備，開支是要節省一下的，我們可以先到去看一下，如果你眞的住不慣，那我也可以搬來香港……在這裏開一間無線電的器材商店……

——布爾，你不會騙我罷？

——你還說，我騙你幹什麼呢？……他順手把露絲摟在懷裏。

露絲仰頭看着布爾，然後耳朵貼在他的胸前，低聲說「布爾，我很怕……你是不是很快就會回來呀？……」

「——是的！我很快就會回來的，」布爾的眼睛很和靄的帶着撫慰的神氣看了看伏在胸前的露絲，然後又把眼睛望到遠處的海上，低沉地說：「五六年的流浪生活也應該結束了……」

布爾吻她的頭髮，兩隻手放在她的肩上，但當看見剛才那條船駛出港外去時，他就用手指着那給淡白色的霧隱着的水平線，用下頷磨擦着露絲的頭髮喃喃地說「你瞧，等一下子，我就要向這個方向去了……」

露絲一直等到下午五點多鐘才回來，一身覺得懶懶的，她在席夢思的輭床上，使勁地伸了伸腰，從枕邊拿出了一個小圓鏡照了照自己，用小指抹去嘴邊的白點，又抹了抹前額和眉毛，好像要拂去什麼似的，然後回頭向床的對面望去，她看了看衣櫃上面的大鏡裏，自己睡眠的姿態，她扭動着頭髮蓬鬆的頭，她想起了枕旁邊一個男人的影子，於是她的眼睛又移到那牆上。那裏一張是她前個月才照的半身像，像下面插着一張入時的布爾的小像：布爾穿着花格呢的西裝，領帶上有一點模糊的白影，她知道那是玻璃的反光，而且那領帶上的針正是她親手給他結上去的，她想到布爾，她想，這時他應該在船上忙着拍發無線電罷，他是她所碰見的許多男人中最溫柔的一個，最能夠體貼人的一個，對她，他總是保持着那種有禮貌的態度；但一時她又覺得那不是自己，而是另外一個女人，布爾同另外一個女人在電影的銀幕上。於是她迷惑了，眨了眨眼睛，定了定神，忽然她好像想起了什麼似的，伸手從頭床櫃的抽屜裏拿出了一個小盒子，那小盒子裏是放着一枚布爾送給他的小撇針，這小撇針雖然不值得很多錢，但是她玩弄着牠似乎是覺得很可愛似的，她聯想到布爾送給她時，吻着她的前額的那種誠懇的姿勢。她想起了電影上的一個什麼男明星的一個名字。

「他這個人是可靠的……」

最後她這樣想。他不是說過，「過了五六年的航海生活的人，是很希望有一個安定的生活嗎？」他不是一個普通的客人，想到這裏，她心裏不覺有點甜甜的愉快，那是他從來都沒有經驗過的。但好像是一陣怕羞似的，她把自己的雙手放進自己的被窩裏面用力的磨擦起來。她鼻子裏忽然聞到一股香氣。真的，現在她才注意到在她的床頭櫃上的一個綠色的小瓶子裏，正插着有紫蘿蘭和丁香。淡青色的紗幔後面透進了斜陽的餘光，在地板上刻鑲着細緻的花紋，隱約聽得見公共汽車在隔一條馬路上轟隆隆的聲音，這聲音，她是在很甜蜜的夢中醒過來時聽過的，那時她的頭正是睡在布爾的臂上啊，櫃台上放的古銅色的小座鐘，滴析滴析地響着，鐘旁邊一個裸體的小銅人側着頭在靜聽。她舉目一看，一切都好像各安於其位地安靜。露絲又打了一個呵欠，翻了翻身，她注意到床頭掛的耶穌的聖像；他在低着頭俯瞰着她，似乎對她充滿着憐憫，其實這聖像也是布爾掛在那裏的，最先她覺得很不習慣，但是現在她也覺得她是可愛的了，因為在寂寞和憂鬱的時候，她可以從那張像上而得到安慰，她注視着他，她看見這個老人慈和地微笑着，他似乎是隨時都準備着給不幸的人以同情。於是連她也微笑起來，她把五個手指伸進頭髮裏輕輕地抓了一下，她想她現在出來做這樣的事情已經有五年多了，比她年紀大的姊姊們都已紛紛出嫁，現在她自己也應該打算打算這種事情了，她微微地歎息了一聲，她又在發愁義母那方面一定又是要睜起那一雙沒有眉毛的眼睛大大的敲一筆竹槓的，自己可以勉強籌一千多塊錢，布爾恐怕至少要籌兩千，這個負担不會太大嗎？他籌了這些錢以後，是否還可以籌錢來開商店呢？……

她的思路是沒有一定的，不知從什麼時候起她的眼睛已慢慢的移到天花板上，「唔！這天花板太舊了」這一個觀念悠然在他腦子裏閃了一下，如果要同布爾同住的話，不搬過新房子，也得把房子重新髹漆一下才是，而且傢俬也太舊了喲。但是，他不是説，開支要節省一點嗎？……

啄啄……有人叩門的聲音。

「進來！」露絲心裏想，這大概是義母家的工人來要什麼東西了。

門輕輕地打了開來，一個頭髮燙得鬆鬆，好像要飛了起來似的，矮個子的女人進來了。她的一對眼睛向上吊起，高高的顴骨下面配置下了一張濶嘴，一張塌下去的獅子鼻，迫緊在口唇的上邊，兩隻鼻子，朝天開着，滿面的胭脂和粉，毫不負責的塗了許多，眉毛雖然給剃得很細，但是毛脚依然還是露出來。

她一進來，骨溜溜的眼珠子先向房子四週探看了一下，然後向牀上躺着的露絲叫了一聲「喂，七姊」就走到牀沿邊，她上身着的是猩紅色的短套衫，下面穿的是深綠色的齊膝的短裙。看樣子她已經是廿五六歲了，但她的打扮好像還是十五六歲的洋娃娃。這是她同一義母的最醜的一個姊妹。

「你走來幹什麼？」露絲一見了她，滿面就露着不高興的樣子。

「那客人……布爾走了？」這位瑪加列對於房主的不歡迎的表示，完全不在乎的匆忙地問。

「你怎樣知道？」露絲硬繃繃地反問着。

「是你的工人告訴我的……那是眞的走了……」

「我的工人告訴你？……眞是要命……」露絲縐起了眉頭。

「七姊，我告訴你，我那裏來了兩個西班牙客人，他們要我找一個最美麗的女子……」

「眞是……你這個尷尬貨，誰要你介紹什麼人，你所往來的還不都是那些不三不四的……你趕快走……」露絲閉起眼睛揚着手下着逐客令。

「……不，這兩個都是有錢的……」瑪加列瞠目看看露絲，連忙聲辯着。「她們說，只要漂亮，不在乎錢……」她一笑，臉上的粉都幾乎要一粒粒的掉下來了。

「那麼你自己不好了嗎？……」

「但我只一個人，不夠，還要一個……我已把他們帶來了！」

「你這個人，眞是要你的命……你趕快帶他們走，你說我出去了，」露絲臉孔發青，坐了起來，用手拍打着纏在她脚上的被面。

「但是，七姊，這是好生意，比布爾還好……」瑪加列在彷徨無主中，正想解釋下去，而兩個又高又長的客人已闖進房子裏來了。

「哈囉……」最先進來的是穿着灰色西服，鼻尖高高地凸出像山峰似的男人。他向牀上的露絲揚着手畧畧地招呼一下，就回頭向後面走的那個粗野而高大的男子做了個鬼臉說，「不壞啊！」他滿面都是鬍鬚，烏黑得可怕，可是從頭頂上鬆了起來的疏疏的頭髮却露出裏面的黃白的肉色，兩個肩頭向上翹起更顯示出他的卑陋。

那後面走的一個，一進來，眼睛就瞪住了坐在牀上的露絲，他也無暇向他的同伴作答了，他穿的是赭黃色的花格的西裝，他的頸巨大得像一條肉柱，一條銀色的領帶很鬆的像條蜴蜥掛在胸前，露絲低着頭，用手整理着自己的衣袖，裝着沒有看見他們。

「這是我的姊姊……」瑪加列介紹着，臉上露着尷尬的神氣。

「哈哈！你的姊姊，是瑪麗？是安娜？是露絲？……很好很好！」

「是露絲！」馬加列補充了一句。

「哈哈哈，露絲，好名字」，那個穿赭黃色的西裝的男人，馬上坐在牀沿邊，把露絲的手拿到口唇邊，但立卽又給露絲縮回去了。

「啊，不要這樣，先生，我是有丈夫的……」

「你有丈夫？……」

「但他已經走了……」瑪加列又說明了一句。

「哈哈，他已經走了，你今天晚上就應該換一個了，」那人伸手挽着露絲，就在她的頸上吻了一吻。

在這同時，那一個穿灰色西裝的，他在房子裏畧畧的審視了一週；拿起那個座鐘看一下，又拿起那個烟盒看一下，於是就坐在沙發上，開起留聲機來，當他看見那個男子吻着露絲的時候，他拍着手喊着：

「佐治，你好運氣，你今天碰見美人呀！……」

「美爾，你也好運氣呀！」那個坐在牀上的男子笑着說。

「不，我這個是太難看了……」說完，他從袋子裏取出一瓶酒仰起頭就向口裏骨碌倒了下去。當他嘴唇邊都還滴着酒的餘滴的時候，他勾動着手指向那個站在房子中間似笑非笑的瑪加列說，「你來你來」。

電燈被開了開來，紅紗燈的週圍垂着流蘇，收音機裏的舞曲公齊公齊地響着，美爾和瑪加列已在房子裏亂舞起來。

露絲趁着那個被稱為佐治的去接美爾手中的酒瓶，忽忙跳下了床，赤足向房門奔去，但當她還沒有把門把扭開來，她已給佐治拉住了。

「唉，你不能走，你走，你的命就沒有啦……」佐治高高地提起酒瓶，指着她的前額；肥厚的嘴唇裂了開來，圓圓的眼睛向前突出，他那胸前的一條紅領帶簡直就像一條蛇。露絲驚叫了一聲，就差不多暈了過去，佐治用手臂一挾，把她擲囘到床上。一面把酒瓶裏的酒向嘴裏灌着。

這時美爾已坐囘到沙發裏。

「喂，佐治，我看你一個人弄不掉她吧，要我來幫幫你的忙喲！」

「唔，那不要你管……我自然有好運氣！」

「但是我這個太難看而且太笨了……我也不要她了！」美爾指着那靠着他的左肩，嘴唇邊露着笑容的瑪加列說。

佐治好像一個雄鷄飲了水以後般，拉長了脖子，對於美爾的提議想了一想撅着嘴，然後說，「好，你也來一個好運氣，那你就叫你這個滾吧……」他一手指着喉嚨了。

「喂，瑪加列，你可以回去了……」美爾口唇的兩端向下彎着，兩隻多筋的手從太短的袖口外伸了出來像兩隻鷄爪爬蓋在膝蓋骨上面，滿面的鬍子使得他的臉孔看起來格外發黑，濃而且粗的眉毛下面，深藏着兩隻眼睛，就好像是躲在深邃的古洞裏的妖怪，吐射着光芒的毒火。

「我？你要我回去，那麼我們一道去好了！」瑪加列因生意沒有做成哭喪着臉。

「我不要你了，你趕快走……」

「為什麼？……本來是約好的……」瑪加列撅着嘴，驚愕而又不平地問，口唇邊還是殘留着那一種尷尬的微笑。這種笑是她從小就學出來的。

「唔，為什麼？因為你太醜，我們不要你……」

「但是……你們兩個人，她只一個……」瑪加列無可奈何地指着那伏在床上微微地呻吟的露絲……

「那用不着你管，你這狗蛋！」佐治用多毛的手揩乾了唇邊的酒，就從後面，一把捉住了瑪加列的右臂，像老鷹捉小鷄般，一直把她摔到房門外去。

「但是我的錢，你要給我……」瑪加列哭罵着在門外喊。

佐治沒有理她，順手把房門「洛唧」一聲鎖了起來。對着美爾狂笑着。「好了現在是我們的世界了！」

這一夜露絲完全在昏迷狀態中被蹂躪着。她的手腳好像給什麼縛住，胸前給大石般的東西壓着，她一時看見那一雙毛絨絨的手，裂開來的肥厚的嘴唇，那一條蛇一樣的紅色的領帶，她一時又看見那滿面髫子的黑色的臉孔，那陰毒的眼睛，那鋸齒般的牙齒……

那是第二天下午五點多鐘左右了，露絲還是躺在床上沒法子起來。

衣裳穿得很整潔的工人再把稀飯送進來，向床上偷送了一眼，但露絲搖了搖頭，表示不要，眼睛裏淌着淚。

「姑娘，你不要這樣，你總得吃一點東西呀！」

不知怎的，這樣一說，倒反而使露絲更加傷心，竟嗚咽地哭起來了。

工人在床沿邊站了好久，狡獪地眨着眼睛，好像想要說出一句適當的話來安慰她似的。最後她才說出一句「那麼我去請三姨來好不好？」

露絲點了點頭，一面用小手帕揩着眼淚。

工人輕手輕腳地跑了出去，房子裏照舊是冷冷靜靜的，房子裏的東西雖然給工人收拾乾淨了，但是在露絲眼中看來，一切都好像變了，房子裏的每一件東西都突了出來，刺痛着她的神經，耶蘇的像雖然早已恢復了原來的位置，但在她的腦筋裏，始終好像還是倒翻轉來。鏡角下放的布爾的像更使她感到難過，她想這是對他的侮辱。她不敢抬起眼睛來看一看在鏡子裏自己的容貌。花瓶裏的紫羅蘭花是凋殘了，那小座鐘發出來的聲音，好像老是「打，打，打，」的鬧着。

許久沒有想起來的自己的母親和從前鄉下的情形又突然浮在面前。她想起了那個面色發黑，挑東西挑得太多而背脊隆起的父親，她想起了那個面頰扁平而寬濶，手巴掌很粗糙的母親，她想起了舊家時的一幅圖畫。

那時她還是十一歲，一天當她抱着小弟弟剛從廚房裏出來的時候，一個穿長衫的中年紳士跑進來要找尋父親，不知怎的，平時最容易生氣的父親，這次變得異常地胆怯，躲在柴草間裏不敢出來。而那個紳士呢，在廳子裏指手劃脚，大聲大氣地說了好些難聽的話，母親向他陪着不是，聲音說得很低，而且老是向他彎着上身，好像拜菩薩似的，最後他走了，父親從柴草間裏爬了出來，但又不知道什麼緣故，母親才向他說了幾句話，父親就瘋狂地憤怒起來，眼睛發赤，舉起旱烟管，沒頭沒腦的向母親身上亂掃。母親跳着號叫着。那天夜裏，母親沒有吃飯，一直哭到半夜，而她呢，她是年紀最大的女兒，則緊緊地伏在母親的身旁，連看也不敢看一下父親的面孔。

第二天一早父親就跑出去了，母親若無其事的把她牽過來，紅腫的眼睛裏含着淚，看了看她撫摩着她，口裏說着疼愛的話，然後替她打上了兩條辮子，給她穿上了新年才穿的衫褲，說要帶她到外頭去。

她跟母親坐一條船，渡過了天連水，水連天的大海。風浪大極了，母親躺在艙底下嘔吐着，而她自也因為年紀小，就哭了起來。

她記得她最先到這H港，是住在一位親戚家裏的，她和母親都睡在地板上，母親似乎忙得很，一天到晚都出出進進的，回來就同那個親戚的老太婆低聲地説着話，眼睛不安地閃着，有時暗地裏兩顆黃豆般大的眼淚從她的眼睛裏掉了下來。那時候她也不懂得她為什麼哭。

過幾天，母親把她帶到一家很華麗的客廳裏去見一位似乎見過面的中年婦人，她面上塗着很厚的粉，手上戴着很多的金飾，頭髮梳得閃亮，她牽她的手問了好些話，而母親坐在那裏却表現得非常之跼促和不安。最後母親起身告辭，並走前來摸着她的頭說：

「阿昭，你就好好的留在這裏，媽媽過幾天再來看你，你好好的聽這位媽媽的話，她是很疼你的！」說完，母親翻過臉去就抽身走了。當她哭着喊着要跟母親一道出去的時候，那個中年的婦人却閃着狼一般的眼睛，叫一個男子，把她抱到房子裏去關了起來。從此以後，她就從來沒有再看見自己的母親，也從來沒有聽見他們的消息，而這個中年婦人就變成了她現在的義母。

她想到這裏，不由得更哭得傷心起來。本來這幾年她對於那個十多年前出賣自己的父親和母親，已經逐漸感到冷淡了，不過，這一次她又覺得他們都是十分善良而且可愛，特別是那個面黃黃，頭髮很散亂的母親。最後她索性把被牽了上來蒙着頭，她自己簡直整個身體都浸在淚水裏面。門輕輕地被敲了幾下，一個時裝少婦輕輕地跑了進來，她穿着紫紅色底子上面畫有金圈的旗袍，外面套上了一件深灰色的外套，頭髮梳得很光的，只有髮尾上倒捲起來；她的這種裝束非常之雅潔，粉白的臉孔上畫着兩道韶秀的長眉，這是露絲的三姊，在去年才嫁給一個有錢的商人的。她走上前去把睡在床上的露絲搖了醒來。而後者這時却張開了惶惑的眼睛看着她，因為她正夢見着自己的母親，所以她眞以為是母親來了。

「怎麼的？露絲……」三姊說。

露絲突然想起了當前的現實，於是又嗚咽起來。

「那個瑪加列完全是一個尷尬貨，我那裏從來就不要她來！」三姊說。

「……都是工人告訴她的……說布爾走了！」

「那女工亦太多事，就是喜說話……那麼，那兩個傢伙呢？……走了嗎？」

「沒有……」露絲滿面眼淚的搖着頭。「他們今天晚上還要來呢！」

「那麼，你怎麼辦呢？……」

「有什麼怎麼辦？……」露絲唉着氣低沉地說。

「那麼，你應該趕快走開啦！」

「走到什麼地方去？……」露絲好像小孩子般張眼望着她。

「唉，你這個人，雖然見了這樣多世面，還是和小孩子一般，一有起事來，什麼主張也沒有，那麼你不是可以到外面去開一間旅館嗎？暫時躲開幾天……」

露絲揩着面上的眼淚，靜靜地聽着她的說話。

「你這個人也眞是太輭弱，你不會抵抗一下嗎？你不會大聲喊起來嗎？……」

「……隔壁住的是一個聾子老太婆……她是什麼也不……」露絲又哭了起來。

「那麼你自己用的工人，她總不會不管的……」

露絲垂着眼淚，一句話也沒有說，最後才補說了一句：「……她也是呀！」

「我看你的工人大成問題，也許她和瑪加列還打通了呢……」三姊看了看手錶，就急忙起身

「……七點半鐘了，我也得趕快回去免得那老頭子回來，看見我不在，又要嚕囌……而且那些流氓，碰見他們是很難得脱身的，你趕快起來梳洗梳洗準備出去吧……」

露絲給她一說，似乎也比較振作起來，把手背到腦後去整埋自己的頭髮，手有點顫。

三姊走到門邊又回頭問了一句：「你零用的錢總不會沒有吧？……」

「有的……」露絲點着頭。她坐在床上，聽着三姊下樓的腳步聲，一直聽到什麼也聽不見了。

一陣寒冷又襲上心頭。

頭腦總還是昏沉沉的，當她看見對面鏡櫃子裏的憔悴的面容，連自己也不覺吃驚，只短短一天，她完全變了樣子，眼眶下有着浮腫的藍痕，而且在眼角邊，她已經清楚看見自己的衰老了的皺紋。

她剛剛把衣服穿好要出門，但是使她心慌的雜沓的腳步聲又在樓上響了。

果然房門被推了開來，那個打紅領帶的佐治又走進來，他後面除了那個粗糙得像給人斫斷了的松樹幹般的美爾以外，還跟着兩個水手，他們的面孔像生了紅疹般那麼紅，整個身體都像雄牛般茁壯，他們帶的平頂水手帽子，在露絲看起來，頭上好像生了角。

「喂，你瞧這就是我的好運氣！」佐治裂開了厚肥的嘴唇笑，一面向他們介紹着。

「哈哈哈……祝你的運氣萬歲……」他們每個人都從袋子裏掏出了一瓶酒，而且把夾肉麵包香腸，從紙包裏打了開來，四個人就圍坐在那張小圓桌上，像虎狼般吞食起來。

房門早就給鎖起來了，露絲只得沉在沙發上，用手掩着自己的臉孔，她心裏簡直像一團茅草般亂，耳朵嗡嗡地在響；她也聽不見他們說些什麼，她只看見許多可怕的一個個紅得像血球般的面孔，頭的上方有突出的角似的面孔，在幌來幌去。

有些人的性格是給粗野的環境，越磨鍊越粗野，越狡獪，但有些人的性格却給粗野的環境，越磨鍊越輭弱，越纖細，好像一條柳枝般隨着風向轉來轉去，露絲的性格就是屬於後者。

她任由他們拉來拉去，在房子裏旋轉着，她忘記了這是跳舞，她自己覺得好像磨坊裏的牛。她喘着氣，眼睛在發花。

當她被放下來的時候，她也本能地喝着酒。

「哈哈哈……」她看見許多嘴在張開着，「好運氣」，「美麗的母狗……」這些狂叫的話，在她模糊的意識的霧中好像閃電似的打擊着她的神經。她整個面部的筋肉都僵硬化了，她自己也忘記了自己是笑還是哭。

這樣吃着，喝着，舞着，叫着，一杯杯白的紅的酒灌進到喉嚨裏去，那四個人簡直好像還原到野獸，兩個水兵撲在地板上，兩手兩脚爬着做狗叫起來，而那個美爾則拉長着頸發出雞啼的聲音，佐治用手掌掩着嘴唇鼓起眼睛「嗚嗚」做着梟鳥的叫聲，同時還拉着露絲的手臂說：「喂，你來，做做貓叫，做做貓叫！」

當露絲氣憤地扭着身子表示不願的時候，他們呵呵大笑起來，於是四個人都捏緊鼻子裝出貓叫的聲音。

一直鬧到十一點鐘敲過了，那兩個水手才搖幌着身體告辭了出去。沉重的舌頭從口唇縫裏發出了幾句話；

「今天你們好運氣，明天就讓我們來吧……」

佐治把門鎖上，舌頭舔着嘴唇，眼睛釘着露絲一句話也不說，然後用猛虎擒羊的姿勢把露絲按到床上去。

「哇……」露絲本能地慘叫起來。

「唔，你這母狗！」佐治咬着牙齒罵着，肥大的手掌掩住了露絲的口，然而這時露絲的右手却被解放出來了，她的手正觸着那床頭的小花瓶。

「唔，你為什麼不抵抗一下呀！」三姊的話在她的腦筋裏一閃，「不如死了吧！」她自己橫着心，嘩啦一聲，花瓶在佐治的頭上狠狠的打下去了。

血和水流在露絲的胸前，流在床褥上，流在地板上。

那個坐在沙發上兩隻手捧着頭壳，嘴裏在那裏翻來覆去唱着「朗朗，朗阿哥……」的美爾急忙跳了起來，幫助他的伙伴。

「揍死她！」佐治頭上滴着血，口唇縫裏迫出了這一句話。

於是他們兩個人就同搬動石頭般，把露絲抬了起來從洋台上向外拋擲出去。

房子裏的空氣驟然冷落下來，那兩個兇手互相對看了一下以後，似乎頭腦也比較清醒了，美爾跑出洋台上向下面望了一望，平滑的馬路上反映着路燈的白光，一二輛小汽車，正在這平滑的馬路上溜了過去。

「完了！」美爾回頭低聲地向那個扭着頸子用手整理着領帶的佐治說。

「我們趕快走吧……」

於是這兩個罪犯躡手躡腳地走了出去。

那睡在工人房裏的工人，事實上還沒有睡。她時時都打開房門來側耳偷聽着。她只模糊地聽見哇的一聲，以後就什麼也聽不見了。半個鐘頭以後，她大胆地走到露絲房門口聽了一聽，然後又從鎖孔裏張了又張，房子裏的燈光還是沒有滅，但房裏顯然是沒有人了，於是她徐徐地把門推開，她看見床上和地板上的血，房子裏沒有人，她知道什麼事情都完了，這類的事，在這島上是時常發生的，她站在房子中間想了一想，然後以迅疾的手脚把露絲床頭的小手提箱拿了過來，她側着耳朵再傾聽了一下，聽見還是沒有聲音，於是她就張着倉皇的眼睛，輕手輕脚地跑回到自己房子裏去，小心地把那個小提箱藏了起來。

當野狗跑進廳房裏把鍋子裏的東西，通通吃光了以後，不是時常有小耗子從地穴裏爬出來，偷吃那地面上狼藉的殘餘食物麼？這工人也正是同小耗子一樣啊。

第二天露絲的房子裏跑來了她的義母，還有兩個警察。警察照例向那個耳聾的老太婆，和工人問了一問也就算了。而她的義母則搖着頭表示惋惜，心裏面當然更痛惜着每個月二百元租金的損失。她還流了兩滴眼淚，然後就僱了一輛搬運車，把所有傢俬箱籠全搬走了。

當天晚報上登載一條某神秘婦人自殺的消息，馬路上的血被洗乾淨了，於是H港裏面的幸福的人還是照舊過着幸福的日子，美女源源不斷地從內地送來，製造美女的機關還是繼續製造，自然這幸福之島是永遠不會缺少美女的。

三個星期以後，正當黃昏時分，一艘輪船向H港駛進來了。這時甲板上早就有一個人在那裏不耐煩地走來走去，嘴角透露着幸福的微笑，那人就是布爾。

船已經進了港，碼頭上接船的人已開始向船上的人揮手了，但布爾從望遠鏡中找來找去竟找不到露絲，「怎麼的，沒有接到我的電報？」他心裏失望地想着。

船一靠岸，天色已經入黑，布爾馬上跑到露絲的住所；但當門打開來的時候，一個面生的男僕人走了出來，對他睜着驚異的眼睛。

「我找這裏一位露絲姑娘！」

「我們這裏沒有這個人。」那僕人冷淡地搖了搖頭。

「不，我知道，她是住在這面前的房子裏的，我三個星期以前曾經來過……」

「沒有，恐怕搬走了！……我們是前個星期才搬來的……」說完，那個門就無情地關上了。

布爾失望地走了出來，他無意識地跑進酒吧間，無味地喝着酒，他心裏想：「她到那裏了呢？是走了，是變了，還是嫁了呢？」

酒吧間，許多的中國的外國的男男女女，出出進進，無綫電收音機裏廣播着從美國，從馬尼拉，從印度傳來的音樂，但他完全沒有聽見，他眼睛注視着杯裏的紅酒，和酒杯邊緣上一粒粒的氣泡，他腦子裏混亂地想着，一時他好像覺得露絲正坐在他的對面，向他微笑，但他抬起眼睛一看，對面坐位上只有黑漆皮的墊子發着微微的閃光，座位是空的。他微微地歎了一口氣，又低着頭喝着酒，他注視到壁上的一位女人的肖像，他想起了從前露絲翻過頭去看那張像時候，那個粉白的蓮藕般那麼嫩的頸項，她那吐露着微香的雲一般的鬈髮，和從她晶瑩的牙齒中間，飄過來的微語。於是他忽然好像聽見露絲在什麼地方說話了。他騰起眼睛茫然囘顧，然而這又是失望，那說話的却是另外一個女人，她正掛在一個外國伴侶的臂上，裝着愛嬌。在從前，這種樣子他是看慣了的，但這一次，他却精神上受了閃電般的打擊，他感到一種不祥的預兆。

喝了一杯酒又一杯酒，一直喝到那酒吧間的人都通通出去，音樂雖然還是在奏着，但酒吧間的侍者都早已懶洋洋地打着呵欠；大家對於這位孤獨的客人都加以詫異的眼光。最後，一個侍者，很有禮貌，把頭俯近他的身傍，低聲地說：「先生，我們的營業時間已經過了。」

布爾踉蹌地從酒吧間跑了出來，他的耳朵裏好似還聽見露絲最後對他說的話「布爾，那就趕快囘來吧，我等你……」

他重新走過露絲的住所，他站在那住所旁邊一個給樹木遮得陰森森的教堂前面的石階上，他仰望着從前露絲所時常出現的窻子，那窻子裏的燈已經熄滅了，黑漆漆的，月光從教堂的尖頂旁邊斜射進來，玻璃窻上的鐵框子，在窻子的右下方投下了虛沖的細影。他站在那裏，聽着教堂前面許多樹叢發着莎莎的磨擦的聲音，他想起了從前和露絲並肩的站在窗前，抬頭看着月亮，低頭看着這樹尖上銀色的閃光，聽着從樹葉低下小鳥兒扇動着翅膀的聲音，鐘聲從教堂裏悠然地敲着，於是他幻想着那上面的窗子裏，露絲還在那裏睡着，因此他向着窗子狂叫了起來。

「露絲，露絲……」

一會兒從窗子裏面伸出一個男子的頭壳，月亮從他的頂上反射過來，發出微白的圓光，他最先向下面傾聽了一下，當他清楚地聽見下面叫的不是他的時候，他伸出手來搖了一搖，於是又縮了回去，窗子裏依舊是黑漆漆的空空洞洞的，從濃鬱的樹葉縫隙裏篩下來的多角形的，慘白色的月影，刻劃在給屋簷深深地吞進去的教堂的門上，這時布爾重新回復到自己，他覺得一切都絕望了，他急速地跨下了那個石階，走回到馬路上，那燒得白熱的街燈，發出了紫藍色的光，使得這個夜景更加凄厲和悲慘。

布爾無目的地在馬路上亂走，但當他轉過一個彎，在柱頭下的暗影旁邊，他聽見有一個女人向他招呼着「哈囉」的聲音，這聲音是怪熟悉的，他回頭仔細一看，那女人正向他作着尷尬的微笑。唔，那是瑪加列，時常到露絲那裏去借錢的，他的心裏一觸，即趕忙跑上前去。

「啊，你是瑪加列……露絲到那裏去了？你說！」布爾捉住了她的手臂好像碰見了自己的親人。

「啊，露絲？……我不知道！她不在啦！」瑪加利照舊微笑着，眼睛不自然地轉動。

「她不在？她到什麼地方去了，你告訴我！」布爾捉着瑪加列的手臂猛烈地震撼着。

「她到什麼地方去？……她死啦……」瑪加列給他追問得緊，只得帶着有點不耐煩的神氣說。

「她，她死了！她怎麼會死的？你告訴我！」布爾的聲音有點啞，他把瑪加列的手臂抓得更緊了。

「啊，怎麼會死？人總是會死的呀……」瑪加列淡然地說着。

布爾的手馬上鬆了下去，頭一直垂到胸前，當他抬起頭來正想問一些什麼的時候，兩個男人的影子又從馬路上掠過，瑪加列似乎對於這個老是追問着她這種麻煩問題的男人感覺到討厭，馬上向那兩個男子追上前去。「哈囉」，她對他們喊着，那兩個男人停了下來，瑪加列走前去同他們說了兩句話，於是三個人手牽着手地走了。

布爾獨自一個人留在馬路上，他好像是在發夢，「啊，死了，怎麼會死的呢？是什麼原因呢？」那一夜，他一直在這紫藍色的街燈下，孤零零地來回地走着，他覺得在世界的這一個角落裏是多麼充滿着不可解的神秘啊！

但如果有人去把鐵幕揭開來，這「神秘」似乎也就一點都不神秘，而是太殘酷了。

十二月十四日上午於桂林

選自黃藥眠《再見》，香港：羣力書店，一九四九

# 戴望舒

## 五月的寂寞

彳亍於五月的鋪道上，藍色的風從海上飄來，畢直的鼻子上面的眼珠也藍了。黃昏打山頂流下來，沉沉的暮靄壓在炊烟的屋脊，壓在電車廂裏，在酒吧的黃色燈下，在男子的帽簷邊，在女人的白鞋尖。黃昏是匆忙的麼，寂寞就跟着匆忙的行人擦過她的白外衣，直擦進她的心；疲倦了啊！散步於五月黃昏之鋪道上。

匆忙的黃昏把匆忙的行人之脚尖帶到那兒去呢？

想着想着，疲倦像担子似的壓到身上來，該到那裏去放下這担子啊，還是去喝一杯冰凍的「初戀之味」吧！

地下室般的咖啡座貯蓄了白電管的暖氣流，跟笨大的沙發一般沉重；被叫作「初戀之味」的菓汁從麥管流到嘴裏來，初戀之味是那麼涼冰冰的麼？心裏像指間的烟捲那末迷迷糊糊起來了。

「小姐，可否給我洋火……」

跟從淡黃色的液體瞧上去：一個黑而結實的方臉，紅色的領結，光亮的眼睛與闊大的嘴巴，那麼稔熟的，那裏會過呢？

「噢！你不是……？」光亮的眼睛張大了。

「你不是……？」她差點失儀的跳起來。

「三年間就把愁綴在眉毛上了嗎？」燃着了烟捲在說。

「為什麼不說把愁擺在前額上呢？」心在想：我走了吧！我走了吧！

「過我那邊坐一會好不好？」

紅的領結就把白的外衣帶着到一枝僅作裝飾用的柱燈下面，那裏有一個穿着流行的黑綢衣褲的男人。

「這是……那是……，彼此都是老朋友啊！」

她坐下來，叫一杯咖啡。

「你不是喝着初戀之味麼？」那麼調皮地。

「現在我需要咖啡了。」

濶大的嘴巴笑了：「他有的是咖啡園啊！」眼光自然落在黑衣褲的男人臉上。

她笑了又默然。眉毛上又綴着憂鬱的花。

「幹嗎有了丁香般的哀怨？施施，珊珊，璞璞，她們呢？」闊大的嘴巴還有着從前的愉快。

「丁香般的哀怨是流行性的，不是嗎？」說着的時候，眼睛裏有着咖啡的沉鬱與初戀之味的茫然。

黑衣褲伸一下腰，粗率的說：「到什麼地方吃晚飯去，這裏沒甚味兒。」

五月的斜陽替他們在柏油路上畫了三個拉長的人像，一直畫到有着大飾樹的飯店門口，消失了。

在飯桌上，他們交換了三年間彼此的故事，她教他知道：昔日只配供餐在大經理大老闆案頭的瓶子裏的矜貴的花枝，而今也多被毀棄于街頭；並沒有枯萎，並沒被遺忘，祇是：花是太多了，瓶子是太少了。他奇怪的想：香水跟胭脂跟媚笑的混合物也有不景氣的嗎？裝飾了大都市的風景線，把小鬍子，晚禮服，夜總會，鷄尾酒作為職業的女人也失業了嗎？

然而她也知道一些事：他碰到好運道，輕輕鬆鬆的過活；可是他的朋友超（也是她自己的超。）也結了婚，做了兩個孩子的父親。她也知道：坐在她右手邊的黑衣褲的男人，就是他的老闆，擁有望不盡的田畝的老闆。

她心裏想：老闆是這麼粗的像脚伕般的麼？脚伕也有着一個華麗的瓶子，需要一點矜貴的花枝的麼？

於是她嘗試的在酒杯上把自家作為花枝般亂顫，把香水跟胭脂跟媚笑的氣息噴到那脚伕臉上，脚伕粗獷的笑了。瞇了眼睛，張大嘴巴，搖搖擺擺的大聲數説着他的田園，他的將熟的禾稼，無限數的禾稼。

酒灌到肚子裏，酒精燒着臉，燒着了心，他跟她是老朋友了。

從飯店裏出來，紅的領結聰明的走了。白外衣的袖子就搭到黑短衫的臂彎裏，低微的笑聲在黑夜的路上溜過。

在墨綠色的窗帷裏面，他穿了跟黝黑的臉絕不相稱的淡黃睡衣，躺在大沙發裏。聽着洗手間的水聲混着銀鈴般的歌唱從小窗子透出來，臉上有了得意的笑。

心裏想：從前祇可隔着一塊大玻璃的櫥子張望着的花朵，今天却插到自家床頭的瓶子裏來啦！

她呢，披着紫色的睡袍踱出來，一條蛇似地；在沙發的笑臉給這裸體畫般的胴體誘惑的熱起來，心在漲着，眼放着光，給她看到她就滿意的笑了，水一樣的眼珠似乎在說：

「脚伕般的老闆原也需要一點矜貴的花枝哪！」

燈滅了，在瘋狂的喘息中她幻想着：望不盡的田畝，金色的禾稻，白色的屋子，舒服的床，散步于五月之黃昏的黃泥路上，沒有匆忙的行人，祇有慢步的鷄與盤旋的烏鴉。

「把疲倦的担子放到那裏吧！黃昏的寂寞該從我的身旁擦過，像我不相識的人一般吧！可是，這是可能的嗎？」

這麼想着：疲倦的担子彷彿又壓到身上，於是，她咬一下口唇，喘息中更瘋狂起來。

署名堯若，選自一九四五年七月十五日及二十二日香港《香島日報・日曜文藝》

## 葉靈鳳

# 南荒泣天錄

一

江南七月的天氣，殘暑將盡，金風送爽，顯得格外雅淡宜人。南都人士，在四月初接得從北方逃難南下的京官所口傳的消息，知道闖賊入京，大行皇帝已經殉國，一時人心惶惶，覺得國破家亡的慘禍，大有就要迫在眉睫的模樣。可是自從福王就了大位便覺得國家大業總算又有了承繼。雖說滿人已經入關，却也不見長驅南下，反而西破闖賊，替大明報了弒君之仇。同時，史閣部屯兵江北，壹柱擎天，似乎壹時也絕了滿人覬覦江南之念，因此喘息初定的南京人士又覺得眼前漸漸光明起來，加之滿朝新貴，冠蓋雲集，頗有中興氣象，市面反而比春天更繁盛了。大家都覺得，北京既然淪陷，從今以後，南京才是大明天子的京師了。對着這壹種的變遷，南京小百姓壹面感得自己肩頭上的責任，壹面在心頭上也感到壹份光榮。在這新秋的午後，指着躺在陽光裏的金碧浮動的紫金山，南京人總要忍不住向新從北方逃難來的異鄉人誇耀地說；「你看，氤氳浮動，氣象萬千，金陵王氣正長着哩」！

虎口餘生的難民，想到崇禎皇帝慘烈的死狀，京城文武百官迎了闖王，接着貼了「順民」的黃紙又迎接清兵的醜態，雖然心上感到一陣黯淡，可是覺得眼前的景色和天氣，確實值得暫時陶醉。尤其是秦淮河和貢院一帶，岸上秦樓楚館，熙熙攘攘；河中畫船如梭，笙歌如沸，不愧是一個六朝金粉的著名勝地。加之九流三教，士農工商，都以這個地方為吞吐出納之所，於是這一帶就成了一個遊樂聚會的中心。在這七月的午後，晒着懶洋洋的已經沒有熱意的陽光，誰都不約同的向這邊走來。

這幾天，南京人士都盛傳京中來了一個異人。這人是一個相士，是新近從北京逃難到南方來的，也有人說他是眼見北方氣數已盡，王氣鍾於金陵，特地南下的。這人到了南京以後，就在貢院旁的空地上搭了一間板房，掛起一幅舊白布招牌，潑墨淋漓的寫着「王鐵嘴相天下士」七個大字，開起測字相面館來。

貢院前有的是數不清的相面先生和測字先生。南京人對這新來的王鐵嘴本不看在眼裡，可是從外地逃難來的人，尤其是從北京逃來的內庭太監們，一聽見王鐵嘴到了就不禁竊竊私議，互相議論着許多關於他的古怪的故事。這些故事有些流傳到百姓耳中來了，於是一傳十，十傳百，凡是到貢院前來玩的遊人，都一定要去看一看王鐵嘴。這幾天這一帶特別熱鬧，正是為了這個原故。

從內庭太監們口中流傳出來的關於王鐵嘴的故事，最使南京人驚心動魄的，就是下面所傳述的一個：

據說，在春初，闖賊漸漸迫近京師的時候，風聲鶴唳，宮中一夕數驚。有一晚，崇禎皇帝退朝回宮，一人咄咄書空，長吁短嘆，侍從們都知道一定消息更不好了，有一個老太監看得不過意，便愉愉地溜出後宰門，要想看一看民間的動靜究竟怎樣。他走過一家測字攤，想起不妨測一個字問問吉凶。便隨口說了一個「友」字，請測字先生替他測一測，測字先生問他欲問何事，他說想問問國家大事如何。測字先生凝神對「友」看了一會，眉頭一縐，搖着頭說：

「朋友，情形不很好哩！照字形看來，分明反賊已經出了頭了」。

老太監見兆頭不好，急忙改口說：

「先生，你聽錯了，我說的並非朋友之友，而是有無之有呀。」聽了這話，測字先生更將臉色一沉，搖着頭說：

「如果是有無之有，那更不好了。你看，「有」字的形象，簡直表示大明天下已經去了一半了」！

太監見他說得更不像話，又改口說：

「我所說的仍不是無有之有，乃是申酉之酉呀」。

「申酉之酉，這囘不會再錯了嗎」？測字先生仰了頭問。接着拿起案上的粉牌，蘸寫了一個大大的「酉」字，看了一會，在酉字上加了幾筆，湊成一個「尊」字，接着將上下加添的擦去，又變成了一個「酉」字。他突然臉色慘白，用着幾乎戰抖的聲音向老太監說：「酉乃尊字去頭去足之象。你問國家大事，天子為至尊，今至尊已去頭去足，國家大事尚可問乎」？

一聽這話，老太監的舌頭嚇得伸了出來幾乎縮不囘去。他不敢再逗留，抛了一錠銀囘身就走，悄悄的囘到宮裏，不敢向任何人提起，接着不久，果然就發生了三月十九的慘變，測字先生的話眞的一一靈驗了，事後老太監將這事經過漸漸向旁人洩漏出來。而這位料事如神的測字先生就是王鐵咀。

從太監們口中流傳出來的這類故事到了南京人耳中以後，大家都紛紛傳説王鐵咀的神異。雖然也有人説，這是江湖賣藝的慣技，故意串通了太監們來聳人聽聞的；也有人説他是滿清派來的奸細，特來探聽南中虛實的。但無論怎樣，王鐵咀到了南京不久，就這麼哄動了夫子廟的人，哄動了整個南京城。

這壹天午後，王鐵咀的舊白布招牌掛出了以後，板屋前面照例又站滿了慕名而來，看熱鬧的人。王鐵咀的相金價格，訂得相當的高：測字每字銀五分，相面每人五錢。而且用大紅紙寫着；每天以十人十字為限，額滿不收。因了價錢訂得太高，加之請教過的人，也並不覺得怎樣靈驗，所以儘管名聲大，也衹是趕來看熱鬧的人多，眞的肯掏腰包摸出幾分銀子來請教的人倒並不多。可是王鐵咀的生意雖然並不怎樣旺，但他那壹種氣派，正與關於他的種種傳聞相調和，使人覺得他果然是氣慨不同，另有來歷，顯然不是一個尋常的相面先生可比。因此又有人相信，他到了南京以後，至今還沒有驚人的舉動，也許是機緣未到罷了。

果然，這天從夫子廟回來的遊人，都紛紛傳説，王鐵咀到底名不虛傳，這天下午到底作了一件使南京人覺得驚異的事情了。據當時在場目覩的人説，這天的生意並不好，他正在含着板烟袋向週圍看熱鬧的人打諢，説抬橋的趙四氣色不好，勸他今後切不要讓老婆跨在他身上。又問開燒餅店的小狗子是否近來生意不好，小狗子點點頭説，近來燒餅的麵時常發不好，芝蔴又時常烘焦。王鐵咀笑着向週圍的人使了一個眼色説：列位可知道燒餅不好的原因嗎？請看看這位老闆迎風落淚的風火眼，原來他天天晚上將燒餅爐子搬到床上，貼着小徒弟的背心烘燒餅，怎樣不要烘焦呢？這幾句話，說得大眾都哈哈大笑起來，小狗子却紅着臉着說，王先生，你不要信口開河，你得留神你的招牌啦。王鐵嘴將臉一沉，拔出了板烟袋說：「我王鐵嘴若是信口開河，休說布招牌早已要給人撕爛，就是這張鐵咀怕也要早已給人家打成王歪咀了。可是我卅年來，走遍燕趙，道人吉凶，從來……」

王鐵咀剛說到這裏，恰巧有一個人這時從外面擠了進來。這人的氣力似乎很大，將兩旁的人都擠得紛紛讓開。王鐵咀的話正說得一半，一見這新擠進來的人，不覺突吃一驚，臉色突然變得重了。他嚥下沒有說完的話，站起身來，拱手向這新進來的人說：

「公子來得正好。正是，踏破鐵鞋無覓處，得來全不費工夫，今日得見公子，鄙人也不虛南來此行了」。

圍着的人看見王鐵嘴這般舉動，却一齊囘過頭去，衹見進來的人是一個二十幾歲的少年，太學生打扮，穿着幼勳臣品級的服飾，一望就知道是一位貴子。

有認識的人低聲的說，這正是新封南安伯鄭芝龍的世子，目前在國子監讀書的鄭森。

這位鄭公子，正是南京人一提起了他，就要滿口稱讚，羨慕不止的人物。他生得身材魁梧，相貌俊秀，而且小小的年紀，待人接物，彬彬有禮，同時更輕財仗義，好打抱不平，從不倚勢欺人，沒有壹點壹般世閥紈袴子弟的惡習。父親鄭芝龍又威鎮八閩，壟斷了南海利藪，家中富甲天下，福王登極後，鄭芝龍曾慷慨陳詞，說是以個人資產，抵抗胡虜，也儘夠國家用兵十年之用，叫史可法壹般老臣儘管放心，因此朝廷立刻晉封他為南安伯，算是酬答他的忠忱，有了這樣的殊榮，近來這位鄭公子走在街上，益發引起南京人的羨慕了。

「你看，鄭哥兒來了。錢尚書可說是眼老未花，這樣的家世，這樣的人材，叫我也搶着收他做門生呢」！

「聽說這是錢老頭兒的姨太太柳如是一再慫恿的，據說柳如是還有意要收他做乾兒子呢，可是鄭哥兒拒絕了」。

「不害羞，柳如是怕不懷好意，嫌錢牧齋老了不中用，要想吃童雞吧？到底鄭哥兒有骨氣，那樣的騷妖精叫我見了也生氣」！

這樣一向受人注意的鄭森，來到王鐵咀的相面館裏，引起王鐵咀那樣的一套招呼，本不足奇。走慣江湖的王鐵咀，憑着一雙久歷風塵的眼睛，壹望就知道進來的人有點來歷，本是很尋常的事。可是使人奇怪的是，王鐵咀招呼了鄭森之後，隨卽又拱手向周圍的觀眾說：

「列位請了，剛才進來的這位公子，諸位之中當然有不少人是相識的。可是我王某初到南都，人地生疏，雖然列位都是我的衣食父母！可是我大多數還未請教過姓名。就以這位公子來說，我還未敢斗胆動問官爵。但是我敢說，列位如果容我放肆的話，公子不以為唐突的話，我可以有壹兩句粗淺之言奉贈，藉以表明我王某並非全然靠了信口開河來騙飯吃的」。

壹旁圍着看熱鬧的人本來閑着沒有事做，壹聽了這話，便都興奮地附和着說：

「不會不會，你有話儘管爽快的說，我們相信鄭公子也不會見怪的」。

鄭森也微笑着接着說：

「久仰王先生的大名，今日是特來請教的。王先生如有甚麼偉論發揮，請不吝指示，好叫小子有所遵循，同時也可以使得眾位街坊醒壹醒耳目」。

聽了鄭森的話，王鐵咀將手壹拱，笑着回答：

「原來是鄭公子，豈敢豈敢！今日得蒙公子光臨，又得眾位街坊賞臉，真是蓬壁生輝，三生有幸。不瞞諸位說：我王鐵咀半生流浪，閱人多矣。就是先聖烈皇帝也曾微服親幸過。可是能有緣見到相貌生得像鄭公子這樣的人，今天還是生平第壹次。不是我信口雌黃，以我的眼力來看，方今國家多難，闖賊未平，胡虜又已入關。朝廷需材孔亟，以鄭公子的相格來看，若是有意進取，敢信十年之內，何止位躋公卿。衹是有一點……」。

王鐵咀說到這裏，停住了口，將鄭森上下打量了一番，這才接着說：

「請恕我斗胆妄言，鄭公子雖為太學弟子，衹是這一套儒生衣冠實非所宜。依我看來，鄭公子如果無意造福蒼生則已，否則早遲應該拋棄這撈什子才是……」

王鐵咀這樣的說，鄭森雖然並沒有甚麼表示，可是一旁看熱鬧的人聽了，却有人以為王鐵嘴未免說得太過份了，人叢中有人發出噓噓的聲音。聽見這聲音，王鐵嘴將目光向人叢中掃了一週，帶着怒氣說：

「列位以為我侮辱聖賢嗎？列位錯了！旁的不說，請看現今燕京靦顏侍奉新朝的袞袞諸公，文如洪承疇，武如吳三桂，那一個平時不自命聖賢之徒？其實那一個不是衣冠禽獸？列位不要以為我適才的話說得太過火了。老實說，依我的眼睛看來，這位公子決不是吃冷豬頭肉的人物，區區名教二字，決不能把他籠罩得住。我敢拼了腦袋和列位打賭，不出十年，這位公子必然要幹出一番驚天動地的大事業來，說不定東南蒼生的禍福，國家的安危，要都他一人承担着呢」！

始終在凝神傾聽着的鄭森，聽到這裏，不覺將眉頭一縐，他連忙從身邊摸出一錠銀子放到王鐵嘴的案上，笑着說：

「今天得蒙王先生指教，多多感謝。他日如有所成，皆王先生之所賜也」。說罷，也不待王鐵嘴回答，隨卽又回轉身匆匆從人中擠着走了。

望着擠出去的鄭森的背影，王鐵嘴將那一錠銀握在手裏，笑着向眾人說：

「信口開河的胡說，居然也能騙得這玩意兒，這筆沒本生意倒幹得。既然今天酒菜之資有了着落，我也樂得去鬆鬆老骨頭了」。說着，隨卽舉手向眾人一拱。

「諸位有空，明日請早罷」。

二

國子監的宿舍，恰在雞鳴山脚下。鄭森從夫子廟回來以後，王鐵咀的話，始終縈繞在他的心頭不能忘去。入夜了，月光射着窗上的明瓦，閃閃的發光，更加使他不能入睡。他打開宿舍的窗，雞鳴山躺在秋夜皎潔的月色下，連山上松樹的葉子也似乎像銀針一樣的在發亮。月光從窗口射進來，照亮了半間房，西邊牆上正掛着一口倭刀，這是七歲離開日本回到中國來時，他母親親手交給他的。也許是當時自己年紀太小的原故，或是分離得太久了，母親的模樣，在他的記憶裏已經有點模糊起來。可是每天一見到掛在牆上的這口刀，他總要想起遠在遙遠的東方，遠在日本平戶的自己的母親。

「孩子，好好的回到中國去罷。母親不能照應你，這也是無可奈何的事。如果有一天幕府的將軍們肯允許我離國跟隨你父親的話，我們就可以見面了。父親的志向，你小小的年紀怕未必能瞭解，等你長大了自然會明白的。這口刀，是你外祖父的傳家寶，現在交給你，當母親不能在你身邊的時候，田川氏的傳家寶自然會鎮壓着一切想侵犯你的邪惡。中國天下已經很不太平，正是男兒有作為的時候，若是鄭家兒郎能作出一些光耀門楣的事業，就是在外國的母親聽了也是高興的」。

借了月光，望着掛在西邊牆上的這口倭刀，母親臨別時所說的這一番話，隨着在記憶裏模糊了的她的面影，這時又浮上他的心頭了。

母親的話，在當時聽了確是不能全然理會，但隨着自己年歲的增長，眼看天下大勢如此，想到父親的出身和事業，母親的話和將這一口寶刀交給他的用心，他漸漸能領悟了。因此今天下午在夫子廟聽了王鐵咀那一番話，不覺又觸動了他的心事。王鐵咀的話，像螞蟻一樣的癢癢的咬着他的心，使他怎樣也不安睡。

「父親也許有父親的志向，就是叔伯們也各有自己的打算。但是我鄭森是頂天立地的血性男兒，是不能欺神明，也不屑乘人之危的。眼看中原鼎沸，為了國家，為了蒼生，我鄭森即使肝腦塗地，粉身碎骨，也決定義無返顧。祇是……。」

他這時不覺又想到王鐵咀今天所說過的話了：「祇是我鄭森若儘是捧着幾堆破書躲在太學裏，祇怕老死窗下，也未必能有益於國家吧」？

臥室的一角發出了蟋蟀的聲音，借着月光望過去，牆脚的青磚破處，有一隻老鼠探出了半身，正在躊躇不定的想要鑽出來。

「鼠子敢爾」！鄭森將脚一跺，這小動物嚇得唧的一聲又縮進去了。

有許多事情浮上鄭森的心頭。他知道大約今夜不能入睡了，又加之月光是這樣的明淨，辜負了未免可惜，率便性掇了一張紫檀圓凳到窗口，一隻脚擱到凳上，右手托着下巴，對着窗外的月色，靜靜的沉思起來。

他很喜愛月光，尤其是月光下的夜景。他記得小時在日本，牽了母親的手，在千里之濱海灘上散步的情形。月光照在海上，夜潮來了，海水像魚鱗一樣的閃爍。回到祖國後，這許多年，便不曾有機會再見到那樣靜謐可愛的海，也不會有機會再見到母親。他有時心上感到一陣寂寞。年輕，富貴，功名又擺在他的眼前，他該沒有甚麼不滿足了，然而在他年輕的心上總有一種缺欠，一種寂寞。他不知道這種寂寞的原因，是由於許多年不曾見過海，還是許多年不曾見過母親，或是這兩者的混合。

他記得母親會含笑向着他說：「我并不是你的母親，大海才是你的母親。你也不是我的兒子，你是大海的兒子」。

指着千里之濱的一塊大石，母親曾告訴他，他就是生產在這塊石頭上的。他不信，扭着小頭問：「石頭那裏會生產孩子」？母親微笑着拍着他的小頭說：「癡孩子，事情是這樣的；母親懷着你，已經足月快將臨盆了，有一天偶然到這海邊來玩，低了頭在這一帶拾貝殼，也許是過勞力了，忽然肚痛起來，來不及回家去，便在這塊大石上生了你，後來幸虧打魚的蔡原伯伯看見了，才趕快回家去叫你的父來抬我回去哩」！

「還有」，母親又指着東邊岩石上那幾家草屋說，「據住在那裏面的鄰居說，恰在我生你的時候，他們曾遠遠的看見有一條大魚從海裏跳上來不見了，他們都說你是魚變的，你看，你並不是我的孩子，我也不是你的母親。你是他的孩子，他才是你的母親啦」！

母親用手指着海。映着蒼空，瞭闊的海上有着一線一線的白色浪花，不停的向岸邊奔來，似乎在向岸上的人招着手。

「眞的，他才是我的母親嗎」？七歲的鄭森仰起頭來問。他突然掙脱母親的手，拔脚向海邊跑去。

「癡孩子，幹甚麼？小心跌破你的頭呀」？母親趕緊站起身來，一手將他拖住。

「你説她是我的母親，我去找我的母親，我去找我的母親呀」？鄭森頑皮的笑着回答。聰明過人的他，即使在這小小的年紀，也知道怎樣捉弄人了。母親不開口，衹是無言的將他摟緊，歡喜得眼淚幾乎滾了下來。

這一切情景，都像昨天的事情一樣的浮上了他的心頭。

這一晚，鄭森沒有安睡，第二天早起，照例向東遙拜遠在海外的他的母親，用過早膳之後，因了昨天的事使得自己的心神很不安靜，便決定去晉謁他的老師錢謙益，想藉了詞翰的薰陶，來安定自己紊亂的心緒。

好幾天沒有去拜訪這位名重江南的騷壇盟主了。聽見同窓說，他老先生近來興緻頗佳，整天在家與柳夫人互相唱酬。

「先生前月晉陞宮保兼禮部尚書，看樣子不久也許要拜相了，怪不得近日這麼高興啦」！

跨了一匹小白馬，緩緩的策轡從城南向城北走來，鄭森的心裏這麼想着。他很敬重這位先生，每逢心裏有甚麼煩惱的時候總是到先生的家裏去求慰藉。先生對他很鍾愛，許為得意子弟之一，就是師母對他也另眼看待，前次還用了碧玉盤盛着自己親手釀製的蜜餞出來勸客。先生有意要收他為義子，有人説這是柳夫人的主意，甚至還有一些其他的流言傳入他的耳裏，但年少豪放的他，對着這一切，都像拂開蛛網一樣的一笑置之腦後了。

錢牧齋住在朱雀橋附近。新起的尚書門第樓映着秋天上午的陽光，格外顯得金碧輝煌，可是風流放誕的錢尚書，這時却伴了曉妝初罷的年輕的夫人，正在後花園的一間精室裏推敲新寫的詩稿。作為入室弟子的鄭森，以南安伯世子的身份，到了尚書第，下了白馬，並不待門客的通報，也不打從正門走，却從直通後花園的一道側門走了進去。

鄭森知道先生的書室是在花園東面的一角，這是一座一連三楹，面臨小池的精室，四週種着垂楊，池旁圍繞着芙蓉。錢牧齋為了寵愛年輕的夫人柳如是，特採取了金剛經的如是我聞的經義，將這一間書室榜作「我聞精舍」。鄭森穿着花徑向這裏走來時，女婢早已向尚書通報，尚書夫婦已經立在我聞精舍的階前等候他們的心愛的弟子了。

「大木，今天這麼早就來了，打斷老夫的詩興，敢是衍期已久的交趾瑪瑙盞已經從海舶帶到了嗎」？

錢牧齋拂着雪一樣的鬍鬚，微駝着背，扶着一個小婢的肩頭，向着緩緩走近來的鄭森這麼高興的問，身材偉岸的鄭森，走在狹隘的鵝卵石砌成的花徑上，從遠處看來，顯得格外英俊挺秀。就是為了這一種逼人的氣派，他最初向錢牧齋執贄為弟子時，錢牧齋就給他取了「大木」這個名字。

「不是，家叔說祇要風順，下一個月一定可以到了。我今天是特地來給先生和師母請安的」。鄭森說，隨即向尚書夫婦施了禮。

「鄭公子今天來得正好，請安則不敢當」，站在錢牧齋身後的柳如是曼聲叵答，隨即還了一個萬福：「先生昨天郊遊，得了一首新詩，今早正在這裏推敲哩」。

「若是這樣，學生今天又可以開開眼界了」。鄭森眼睛望住地上說。他的鼻中嗅到了一陣幽雅的香氣。不知這香氣來自荷畔的芙蓉，還是發自柳如是的身上，使他覺得心旌有一點動搖，因此說話時眼睛望了地上不敢抬起來。

「老夫耄矣，後生可畏，我覺得河東君的和詩勝過老朽之作多多了……來罷，我們大家再來推敲一下，我希望大木要當仁不讓，不要任娥眉獨擅勝場才是」。

「那裏的話」，鄭森說：「學生那裏敢班門弄斧」。

「那麼，你同老夫一樣，也甘心拜倒石榴裙下了嗎」？錢牧齋說：回頭望着站在後邊的柳如是，掀鬚哈哈大笑。柳如是被說得羞紅了臉，向鄭森望了一眼，隨卽低頭廻身就走，口裏一面說道：

「你這人越發倚老賣老，我不同你說了」。

「也罷，大木，我們也一同進去坐罷」。扶着小婢的肩頭，錢牧齋點頭向鄭森招呼。

我聞精舍的東廂，是錢牧齋的書室，臨池的一面，有一排長窗，嵌着從紅毛國運來的五色琉璃，照映得室內光彩陸離。紫檀的書案上，正擺着玉版壓花灑金箋，這正是江南艷稱的柳夫人所手製的精品。錢牧齋拿起兩幅，遞給鄭森道：

「你讀罷。這是我的初稿，這另一幅是河東君的和作」。

鄭森恭敬的雙手接了過來，走近窗下，將詩箋高高的舉起，祇見第一幅上寫着「秋日攜內出遊」幾個行草。他知道這就是錢牧齋的詩稿了，於是就挺起了胸，高聲朗誦道：

「綠浪紅闌不帶愁，參差高柳蔽城樓，鶯花無恙三春侶，蝦菜居然萬里舟：照水蜻蜓依鬢影，窺簾蝴蝶上釵頭，相看可似嫦娥好，白月分明浸碧流」。

「好」！錢牧齋得意的點着頭說：「東南騷壇，老夫餘河東君外，實目無餘子矣」。

鄭森再看第二幅，則寫的一手簪花妙格，當然是柳如是的和詩了。鄭森不覺將聲音放低，用着一種十分柔和的調子念道：

「秋水春山淡暮愁，船窓笑語近紅樓；多情落日依闌棹，無藉浮雲傍綠舟。月幌歌闌尋塵尾，風床書亂覓搔頭；五湖烟水常如此，願逐鴟夷泛急流」。

念了，回頭看柳如是，柳如是正在凝神望着鄭森讀詩的後影，看見鄭森回過頭來，連忙將頭低下了。

鄭森讀完了詩，便恭敬的將詩箋放回書案，然後向錢牧齋作了一個揖道：

「先生乃當今詩禮泰山北斗，學生得列門牆，已經榮幸萬分，何敢妄贅一辭。學生今天特來晉謁，除了向師座請安之外，還有一點小事要向先生請求指教」。

「有甚麼事呢，請坐下來細談。敢是令尊又帶信來催促你回閩去完婚嗎」？錢牧齋說，指着書案對面的一張紫檀嵌螺甸的大椅叫鄭森坐，鄭森謝了謝，隨即很莊端的在錢牧齋對面坐下。

「鄭公子那裏會為了這樣的兒女私情而勞心的」？這是柳如是的聲音，她已經坐在錢牧齋身後的一張宮凳上。說話時偶然搖動了頭，頭上鳳釵的小金鈴發出了私語一般的蟋蟀細響。

「是的」，鄭森點頭說：「匈奴未滅，何以家為？何況像我這樣輕的年紀，六經未通，報國無期，更那裏敢有家室之念。閩中對我的親事已許久不提起了，大約因為氣氛緊張，海師日夜操練，家父遂沒有閒情來顧及兒女的親事了。今天所以要來向先生請教的，實因為近來外間流言遽起，從燕趙避難南下的官民傳說紛紜，而朝中又似乎政出多門，文武積不相能，雖然表面上南都風月，似乎頗有中興氣象，但耳聞目覩，却另有許多事情使人寢食不安」。

聽了鄭森的話，錢牧齋將眉頭一縐，悠悠的問：

「那麼，大木，你究竟聽到了甚麼風聲呢？難道清師又有南下的消息嗎」？

「也沒有什麼確實的消息聽到，正反都是那一派流言罷了。我所憂慮的，倒是大敵當前，君父之仇未報，今上新立，為人臣者應如何朝警夕惕，勵兵秣馬，誓滅胡闖，還我河山，乃竟粉飾太平，沉酣風月，萬一賊兵南下，我不知滿朝新貴，究竟將作何打算」？

「作何打算嗎」？始終在凝神諦聽着的柳如是，這時不覺冷笑一聲插起咀來。「我看滿朝新貴，已有燕都諸君子的典範可循，大約早已打定腹案，準備額上貼起黃紙做順民了」！

「河東君應該為詩書留情，不必這麼糟踏衣冠呀」，錢牧齋回過頭來說，他的面色突然有點沉鬱了。

「我當然是指那毫無心肝之徒而言。至於像我家錢尚書，我當然不敢妄加揣測的」。柳如是說。

「那麼，我倒要問問你了，萬一有變，你知道我將作何打算呢」？錢牧齋問。

「當然不用說，不能成仁則取義你還有其他的路可走嗎」？這是柳如是的冷冷的回答。

「不然」，錢牧齋將頭一搖，隨即朗聲吟道：

「此去柳花如夢裏，向來烟月是愁端；畫堂消息何人曉，翠暮容顏獨自看！萬一有變，老夫唯有擁河東君，入首陽，採薇蕨，終老溫柔鄉，他非所計矣」。

「虧你老臉不害羞」；柳如是將下嘴唇一撇，似乎很鄙夷的說，但是同時却抬起眼暗望着鄭大木：「虧你在學生面前居然說出這樣的話，今日在座的幸虧是端凝持重的鄭公子，若換了他人，萬一將這樣的話流傳出去，傳入他人耳中，豈不是又要飛短流長嗎」？

「正是大木在座，我才這樣放言的」，錢牧齋說，「依我看來，南海利藪，富甲天下，日閩粵地勢險要，利於扼守，萬一江南有變，我是主張遷都海外，以南荒魚鹽之利來生聚教養，徐圖再舉的。所以今日朝中對於南安伯倚重甚殷，我看也是這個道理。到了那時，就是老夫也擬擔經作投荒之計，權作鄭氏的座上客。不過到時大木還認不認我這個老師，我倒不敢斷言了」。

「萬一胡虜猖獗到這個地步」，鄭森說，他的臉色很莊嚴，似乎在披露自己的懷抱，又似乎在回答錢牧齋的話：「學生惟有以平日讀聖賢書所得，君親書友所教，肝腦塗地以報國家，也非所計，亦非所敢計也」。

「到底是鄭公子快人快語」，柳如是說，隨卽輾然一笑，指着錢牧齋說，「他老了，有點胡塗。古人說，率土之濱，莫非王土，伯夷叔齊義不食周粟，歸入首陽，難道首陽的薇蕨就不是周朝的嗎？所以我的打算就不同。依我的婦人之見，除一死之外，實別無他途」。

「算了算了，儘是說這煞風景的事做什麼」？錢牧齋似乎聽得有點不耐煩了，從坐椅上站起身來說，「大木，我們到外間去看芙蓉罷，聽說這裏的芙蓉還是從湘江移來的呢」。

從我聞精舍側面，有一道耳門通着屋外的小池，橫過跨在池上的古木橋，池心有一座四面通敞的小亭。他們三人來到亭上，錢牧齋指着池畔初開的芙蓉說：

「你看這樣好花，在江南都是少見的」。

池畔，在濃密的垂楊陰中，幾叢芙蓉已經開得像盞樣的大，映着池水，像是宿醉初醒的美人一樣，嬌艷之中帶點朦朧，使人覺得有蕭疏曠放之感。

「如此風光，老夫實願終老林下，與河東君作伴，置毀譽於度外矣」。

扶着柳如是的肩頭，錢牧齋慨然的說。

滿懷悲憤的鄭森，聽了錢牧齋這一番逍遙的話，心裏實在不以為然。他對於這位詩人的詞翰才華，是久已尊重的，前次來到南京，就執贄在他的門下，便是佩服他的才學。自從弘光即位，起用他為禮部尚書，最近又聘他為經筵講官後，似乎更得人望，可是今天所說的話，尤其在立志報國的鄭森聽來，實在很不中聽，倒是章臺出身的柳如是，平素雖然喜歡濃妝艷抹，招搖過市，很引起南京人的閒話，但是她今天對於老尚書苟且偷安意見的諷刺，却引起了他的欽佩和同情。

「看不出一個青樓出身的女子，居然還有這樣見識和氣節。她雖然憐才愛風雅，甘為夫子妾，我倒覺得一樹梨花壓海棠，為她惋惜呢」！

從尚書第出來，策馬在大街上緩緩的行着，他心裏不禁這麼想。因為自己年紀輕，覺得像柳如是這樣一個有才學，有見識，而又年輕漂亮的女子，居然肯甘心侍奉像錢牧齋那樣的衰翁？實使他有點不能理解。俗語姐兒愛俏，青樓出身的她，這樣的委身于白髮皤然的詩人，難道眞的傾倒於他的才華嗎？若果眞是這樣，柳如是這女子倒不是一個尋常女流了。……

趁着秋陽，鄭森這麼在馬背上涉於耽想的時候，忽然為眼前一片笑聲所驚醒了。他凝神向四週一看，這時已走到三山門後街，這一帶正是朝貴鉅室的後苑所在，街道於寬闊整潔之中又帶着清淨，青石板的大道，灑滿了秋天金黃的陽光，冷清清的不似前街那一帶終日呼街喝道，車馬喧鬧的混雜情狀。許多馬夫小使，以及門丁書僮，游手好閒之輩，便藉了這個地方作會合之所，賭博作樂，間或談着市上的言流，主人家的陞沉榮辱，乃至閨閣隱事，梅香姐兒的私情等等。鄭森適才所聽見的笑聲，便是從這一羣聚在牆下的人叢裏發出來的。這些人都仰望着牆上，牆上似乎貼着什麼揭帖一類的東西，這些人看了又說，說了又笑。鄭森本來閒着沒事，一時好奇心動，便勒馬向牆邊走來。這些人聽見背後有馬蹄聲走過來，回頭一看，見騎在馬上的人是勳臣打扮，有的更認得是在太學讀書的南安伯公子。便互相使了一個眼色，登時大家鴉雀無聲的垂着雙手向兩旁閃開了。

鄭森在馬上問道：

「你們笑的甚麼」？

眾人互相你望着我，我望着你的不敢開口，最後倒是一個比較年長的家丁打扮的人回答了：

「回稟公子，今早不知誰個大膽在這牆上貼了這張揭帖，說得不倫不類，所以小人們看了覺得好笑」。

聽了這話，鄭森隨卽翻身下馬，一個馬伕模樣的人走過來接了繮繩，鄭森向牆邊走去。水磨青磚的圍牆上，高高的貼着一張用白紙寫的揭帖，鄭森一看，揭帖上歪歪斜斜寫的是：

「北不永，南不光，眞人未出；

賊任牛，官任馬，異類同時！」

鄭森知道這揭帖所罵的是馬士英，他再抬頭向四週一望，認出貼揭帖的圍牆正是馬家避塵園的後牆，覺得這人真有膽量，同時私心也感到有一點痛快，便笑着向眾人說：

「官家已經再三告諭禁止訛言匿名揭帖，不知誰個居然這樣大膽，貼到宰相家的牆上來。我且問你們，你們既然大家看了覺得好笑，一定明白這揭帖所隱射的是誰了。」

眾人見鄭森看了揭帖也在好笑，同時又知道這位公子素來任俠仗義，從不倚勢淩人，其中有機智的便也大膽的回答：

「公子是讀書人，當然比小人們知道得多，一定知道所罵的是誰了。」

鄭森微笑着搖頭：

「正因為我是讀書人，所以弄不清楚什麼牛，什麼馬，要問，還是問我的白馬罷，他才是他們的同宗啦！」

一聽了這話，眾人都忍不住哈哈大笑起來，鄭森自己也忍不住笑了。他知道這許多人之中，一定會有馬士英的家人在內，但也顧不得那許多了。

在眾人的笑聲中重行跨上了馬，他想了一想，便斂住了笑容吩咐眾人說：

「我看你們還是乘早將這揭帖洗去罷。不然，衙門御史來到看見了，連你們都脫不了干係的。」

他知道馬士英近來在朝中氣燄迫人，耳目眾多，若是知道這揭帖，說不定會藉端陷害人的。但是想到福王新立，竟信任了這樣一個魏璫餘孽，由總督鳳陽，起用至東閣大學士兼兵部尚書，氣走了老臣史閣部，覺得揭帖上所罵的實在痛快。

「聽說近來又疏荐阮大鋮，密奏大計四款，說是皇子未生，應該向民間慎選淑女及淨身男子。這是甚麼時候，居然上這樣的條陳。不僅該罵，簡直該殺了！」

鄭森想到這裏，不覺全身用力將牙齒一咬，同時兩腿用力一夾，坐下的白馬領會了主人的心意，隨即撒開四蹄向前跑起來了。

選自一九四五年七月及八月香港《香島月報》創刊號及第二期

# 陳殘雲

## 還鄉記

陽曆九月初旬，在祖國，天氣有些初秋的涼意了。而在貼近赤道的馬來亞，太陽却像火燒似的，炙得人家的皮膚發疼，而且炙得人精神倦怠。在往常，這個季候中，總有不少大頭家回到香港過個寒天的。但此刻，經過日本鬼子三年多的殘酷的摧毀，大頭家的財產和經濟根基，都摧毀得差不多了，對「避暑」這回事，很少人還有餘情記起。

可是，另一種想念，即回去看看勝利的祖國，看看八年來被傷害的家鄉，看看死裏餘生的家人，誰也有的。無論大頭家小頭家，工人，女傭，都會想念得很殷切，羅閏田就是小頭家中的一個。

在別人想來，至少，羅閏田是個不愛家鄉的浪子，十九歲跟一位遠房親戚，飄出南洋，而今四十五歲了，才在十年前回過家鄉一趟。這一回，算是第二趟了。這次還鄉，和前次，自然是有不同的想法；前次，剛剛開了一間略具規模的雜貨店，又逢父親病重，才第一次抱起興頭歸家一轉。僅一個月，父親病癒，買了幾畝薄田，修理一下古老的破屋，算是安頓了老人家，就匆匆的回來。這回呢，倒抱着「葉落歸根」的心意，希望回到復活了的祖國，認真打一點根基。南洋到底是客居之地，有了錢，一樣受專制倒不在話下，就連萬一有遺產也要受到人家的限制。況且祖宗墳墓，兒女的讀書，和將來的出處，在在都是與祖國拋不開的。羅閏田帶着這個念頭，和自己的女兒玉玲同行。他之所以不帶老婆，不帶二十二歲的大兒子，和三個小兒女，就因為大兒子要料理店務，而玉玲十九歲了，還要回廣州唸高中。此外，讓自己踏定生意門徑，才把南洋的樹膠園賣掉，結束了店舖，乾乾淨淨的回家。這種擺佈，倒是十分完善的。

於是，就在陽光熾熾的中午，羅閏田滿心輕快的踏上輪船。玉玲是個未經世面的「峇峇女」——土生女——，沒有回過中國，連新加坡也是第一次經過，踏上這樣的輪船，自然有些興奮，又有些不安，在擠擁的人叢中，要勞父親不時的關照她。

黃昏時候，最後的鑼聲敲過了，船艙裏挨擠和喧鬧聲才慢慢平靜；但羅閏田買的是大艙位，客還擠得不得了，兩父女合起來，才佔得一張獨睡床的位置。人和人這麼貼近，是男人倒不算什麼，女人却不很方便。要是別人，像羅閏田這副身份，又帶了年紀不算小的女兒，起碼坐二台，或包個伙計房的。而羅閏田却如此吝嗇，無怪人們都說：「南洋伯的血汗錢，用斧鑿也鑿不出。」真不錯呢。

輪船離去新加坡的海岸，羅閏田帶着玉玲走上露台，靠着船欄了望。岸邊送行的人影，宏偉的建築物，高高豎着的椰子樹，漸漸地遠了，淡了，淡到模糊而至於完全望不見。於是玉玲抹一抹海風吹亂的頭髮，對父親說：「什麼時候到香港？爸。」

「噢，船剛開行就問泊岸，人家要罵你不懂事呢。」父親笑着回答，笑得厚肉的臉皮疊了幾條皺紋。這皺紋，好像說明着和他的實際年齡不相稱，也說明了他半生的勞碌。

「問不得麼？」女兒睜起明潔的眼珠，稚氣地，橢圓形的白皙而略帶胖態的臉頰，泛着欣喜的光彩。

「航船的規矩，只許問開行，不許問靠岸，該懂得呀。」

女兒聰慧地領悟父親的意思，把話頭咽住。隨即低下頭，把乳胸下的弄折了的藍花白底的女裙牽了一下，又仰着臉孔，轉了話題問道：「我們鄉下，媽説是滿地牛屎，又髒又臭，還有蚊蚋和跳蚤，是真的麼？」

「真倒是真，但並不可怕——」父親解釋着，怕女兒害怕似的，「你爺爺婆婆活到七十歲，又是在牛屎堆長大的。唐山人，哪個不在牛屎堆中過日子？」

「廣州呢，一樣又髒又臭吧？」

「不，廣州繁華透哩，女人們都大花大朵，穿金戴銀，吃什麼有什麼，玩什麼有什麼，哪有南洋這樣老實？」

「那廣州比怡保、吉隆坡、新加坡都要好了。」女兒立刻高興起來。

「還用說？」父親熱烈地，「廣州比十個怡保還要大，女學生跑滿街，整天熱哄哄的，你回去，管你高興透啦！」

女兒原來是帶着遙遠的夢想，帶着對祖國的謎一樣的追求，跟一切純真的僑生海外的女孩子同樣，對祖國早就有了潛然的戀念。因之，初中剛畢業那年，就嚷着要回大後方唸書，後來南洋淪陷了，才暫時斷了念頭；現在竟然挨過了一段悲苦的歲月，又竟然實現了這個夢想，自然是興奮不置。此刻，父親又提到女學生，又使她有了飄然之感。

「爸，你想，我進哪間學校好呢？」半晌，玉玲又笑着問。

「這個你不用着急，華僑子女，政府總會安排妥帖的。」父親有着誠實的想像和希望。又把這個想像和希望交給女兒，女兒心裏的夢幻的花朵，也就開得更美麗。

「我們在鄉下還是在城裏買房子？」女兒扭着脖子說。

「鄉下的房子重修一遍就得啦，爺爺年老，活不了多少時候。你們要在城裏唸書，房子還是在城裏好，況且除了自家住，還可收租。」

「啊……」女兒興奮得跳起來，想說什麼話又說不出。

船兒靜靜地駛出了棋樟山的海峽，暮色慢慢地昏暗了，細風柔和地吹着，吹得羅閏田的古銅色的臉色，有着涼快春天的感覺，吹得玉玲小姐的心坎上的一種神妙的東西在萌芽。玉玲是初次離家，初次乘船，初次接觸深藍色的太平洋的海浪，一切都感到新奇和有趣。亞熱帶的海上的薄夜，彷彿有一種溫柔的色彩，溫柔地塗抹着旅客的眼睛，這色彩彷彿又帶玉玲走進了忘我的境界。而羅閏田，對於這一切，似乎沒有直覺的感受，有的是歸國以後，一種希冀，一種事業上的新的盤算。

這時候，連接着海面的天空，星星浮了出來。一陣輕涼，羅閏田發覺沒有穿上夾衣。於是，伸手摸一摸衣袖遮不到的女兒的手臂，覺得凍，就關切地說一句：「上面很涼，回艙裏去吧！」轉身就想走。

「海水真有趣，我喜歡看，你先下去啦！」女兒像沉醉似的，不肯回去，仰起留戀的眼睛，看父親一下。

「風這麼大，容易傷風呢。」

「不，我不冷。」

父親原來不放心她一個人在這裏站，但又不想太逆意，也就留着她，自己走了。他對這個聰明伶俐的大女兒，向來就疼愛，而且從小就放縱慣了的，在她的面前，他從來就是一個和藹到比母親還要和藹的父親。

羅閏田下了露台，又拿了一件嫩藍色的呢外套來，給女兒披上，就又默然地走了。

艙裏被濃濁的空氣窒息着，橫七疊八的放滿行李和躺滿人，連人行路都被阻塞。復員後行走新港的輪船特別稀少，客也特別擠。二十多年前，羅閏田坐的「豬仔艙」，是那麼個樣子，十年前還鄉一次，又是那麼個樣子，現在還是一樣。中國人到南洋去，單就坐這幾天幾夜船，就像進牢獄似的，難怪別人都說，南洋人一塊錢，就等於一堆血呢——羅閏田攤開位子上的鋪蓋，疲倦的躺下來，忽然又想到自己。

記憶像濃烟一樣，在他腦海中迴旋着：首先，他憶起勝利之前，三年又七個月的那段暗淡的生活，那充滿着血迹的奴役，恐怖，受壓榨的生活。把那生活的每一個環節串織起來，夠得上是一幅血淚斑續的圖畫。裏面有妻女的遭受淫慾的獸兵的追逐；有用羅哩車一車車的搬走他店裏的麵粉、白糖、米、罐頭和海味；有借名搜刮他的錢財的漢奸和密探；有什麼「維持會」的各種強迫的募捐；有暗害、有肅清、有徵兵和徵工……算也算不清了。總括起來是，生命的賤和受難，財產的剝奪和面向饑餓的深淵……那時候，他日夜擔慮着，半生勤勞積聚的幾個血汗錢，萬一挨攪光了，一家大小就將活活餓死。因之，他用盡千方百計，保護自己的產業和流動資金。他把妻子搬到安全的山芭躲避，把金條、鑽戒和貴重的東西藏在地底，他故意裝窮，出賣樹膠園又用另一個名義買回來，用日本軍票套取「海峽殖民地」的舊鈔票；總之，一切苦心，都希望這份微薄的財產，能夠平安地渡過這朝不保夕的壞時勢。

直至勝利的歡聲突現出現，才像惡夢方醒似的，抹了一把大汗！從此，他的面前就像閃着雷雨過後的太陽。

「啊！」想到忘形的時候，他微微地嘆了一口氣，嘴邊又咧了一綫不自覺的笑痕。

接着，思憶又帶他走進更遠更舊的日子：那是年青時代，從唐山賣豬仔似的滾到南洋。他沒有讀過多少書，有的是一股旺盛的氣力，只能在雜貨店裏當伙頭。因為有勁，除了弄飯打雜以外，還得起落貨，背鹽背豆背米。對這份駝馬一樣的苦工，他不偷懶，又沒有怨言，於是在頭家們的眼中，爛頭田——他的諢號——是一個呱呱叫的伙計。

五年後，他討了老婆。又靠了妻子的私蓄，在怡保附近的山芭中，開了一間小雜貨店，又耕半「依吉」菜園。兩夫妻日夜勤勞，安貧守份，生活就在淡漠中過下來。

時間緩緩的拖過去，在十年之間，生孩子，奔波，勞頓，像沙漠長途中的駱駝，一步一步的走向草野與水源。他的小店子慢慢地從山芭搬到怡保，從賒欠到兌現，從零賣到批發，從擴充到積聚，而至成為這五萬人口中的，馬來亞的三等城市，比較給人認識的小頭家。

最後，他又從歷史的起點中，扯開了眼前的近景。眼前，災劫過後的滿地荒涼，紛亂，擾攘，馬來亞於這一年中，仍舊陷於大病初癒的病瘧者似的，半生不活。糧食被統制，樹膠受嚴格的統制，礦場無法復工，唐山貨來源阻滯，新興的美國貨瘋狂的傾銷，政府又限制了華僑的滙款，英國人的那個不愉快的面目——總之，縱然僥倖於淪陷期間不破產，但又有什麼作為？況且，水有水源，樹有根蒂，人有祖宗——於是，羅閏田有了「葉落歸根」底結論。

一個「五強之一」的國家，一種英雄式的榮耀，一幅黃金色的美景，就又流綫似的在他的眼前搖晃。

「唔，就是生意做不成，在鄉下過些太平日子，也好的呀，勞碌了二十多年——」他想得出神的時候，不經意地吐出幾句話。而忽然，發覺自己在說空話，又輕輕的笑起來。

「爸，你笑什麼？」玉玲從露台下來，看見父親獨個兒發笑，覺得奇異，就撒嬌的問。

「我想到你爺爺就好笑，他老人家，苦了一生，却有孩子心事，喜歡跟孩子講笑話。他看了你，總會滔滔的說一大套，牙齒都會說掉哩！」父親拐了個彎，笑着答。

「我又不是小孩子——」

「總是孩子氣呀。」

玉玲撅了一下嘴，脱掉鞋子，在父親的旁邊坐下。隨即無聊似的，在皮箱裏撿出一本巴金底《春》，翻了幾下，燈色很暗，看得不大清楚，隨手丢下。

「哦，這位姑娘，你是回省城讀書的麼？」當中，一個女人的聲音，打開了話題。玉玲回頭一看，是一位四十上下的穿了馬來紗衫的胖女人。

「是的。」玉玲凝視半刻，簡單地回答。

「四個月前，我的女兒也回到省城讀書去——」胖女人隨口說，「可是不知怎的，她總寫信來訴苦，嚷着要回南洋，說進了學校好像進了監牢一樣。」胖女人說話很急躁，一望就知道她心裏藏不住東西，真像一個典型的南洋「娘惹」，很難從人間中尋出悖理和污濁的事體。說着，她靜默了半晌，又朗聲地：「我真不明白，學校怎麼會像監牢？喔！」

「愛跳愛玩的孩子，學校管教得嚴，就說是監獄呢，我想。」羅閏田冷冷的望胖女人一眼，搭訕着。

「不呢，我們的小梅平日都靜得有規有矩！」

「那一定是功課趕不上……」

「更不是，更不是……她聰明透哇！」

「那就怪了。」

胖女人得不到答案，也就撇開不談。而玉玲，倒因此有些疑惑。要是，祖國的學校，真是監獄的變相，那她的多年夢寐的想望，就得落空了。「不會的，一定是她的小姐氣很重，過不慣嚴格的學校生活。」她自慰地想了一下。

這胖女人，在玉玲看來，倒是口直心快，又和善。在這長途航旅中，多一個人湊湊趣也好。

羅閏田也有這個想法，相當時刻啞默之後，羅閏田訥訥地說：「頭家娘，你住在新加坡麼？」

「不，在丹容馬冧。」胖女人爽快地回答，「我們頭家是開『佛朗』公司的，但錫米沒有價，還開不得工。我倒不知道，這世界要攪個什麼樣子！」

「那末，回唐山去，總比南洋好啦。」羅閏田帶着同情口吻。

「就是呀，我們回去，就是頭家的意思。」胖女人頓了一下，「人家都說，唐山比南洋好，這可是真的呀！」

「自然不假，我們打勝仗的哩！」羅閏田正直地，表示自己很懂得國內情況。實際上，「真」到什麼程度，他是模糊的，只是憑了自己的單純而主觀的想像。因此，很想在胖女人面前舉出一些「真」例子來；而想了半天，摸不着邊際，也就把眼睛轉回到女兒臉上。

女兒熱烈地瞪着胖女人，沒有說話。

「媽，榴槤糕？我要榴槤糕……」胖女人旁邊的那個大眼孩子，攀着她的手臂嚷叫着。

「哦，你又饞嘴哩，在船上，可比得在家麼？」胖女人輕輕的責備孩子，撫摸着他那疏落又細軟的頭髮。

「給你『羅地』，小寶寶。」玉玲翻開衣箱近邊的罐頭，捧了一把餅乾送孩子，胖女人謙謝着。

以後，玉玲和胖女人就混得像自己人似的，有談有笑。南洋女人的那種「一見如故」的開朗的性格，玉玲和胖女人都有，這不多不少減少了她們旅途上的寂寞。

夜，大約是很深了，但仍有人在扯淡，有人在玩紙牌，有人在吸烟，有人像暈浪而死了似的蒙頭睡覺。而機器的旋轉聲和浪濤聲，却不斷地響動着。

羅閏田倦怠地躺下，腦海裏的一些未來的顏色的景象，若隱若現地浮動了一陣，就默然地闔上眼睛了。

經過五天五夜的航行，輪船已進抵鯉魚門了。

那是陽光初照的清晨，海波泛出柔美的金光，海峽兩岸的山嶺，彷彿和海水相映，抹着一片淡綠而又點綴着淺黃的色調。那景致，和南洋截然相異的，就是缺乏了綠郁郁的樹林。但這一切，在羅閏田的心裏，挑不起異樣的感覺，他的想像，和自然界是聯不起來的。倒是玉玲這位敏感的南洋小姐，對自然底風貌，很容易有了不同的感觸，和從感觸中發出的對比。然而，這景象到底和南洋有什麼不同？她說不出，她只有直覺到有一點不大鮮明的特異。

那時，她和父親，都像別的旅客一樣，收撿了行李，走上露台上瞻望。早晨底風，帶着新秋的涼意，她披了薄外套，還感到一些寒意。

「玉玲，你穿了毛背心？」父親發覺她有些微顫，捏一捏她的肩膊，關切地說：「唐山不比南洋，很容易着涼呢。」

「我不冷！」玉玲搖動一下肩頭，硬着嘴巴說。

父親不再問她。看着岸上景物移動，小山、堡壘、漁家、破屋子、洋房，知道輪船已進入港灣了。那些移行着的景物，像他自己的生活小景一樣，一幕一幕的扯過去，有好有壞，從荒落到繁華。新的繁華景象又將出現在眼前了，如果這是一種象徵，就是一個愉快的象徵。真的，羅閏田是帶着一個夢想回來的，看了這種景象，就如接近了夢想的邊緣，臉色呈現了說不出的欣喜。

「這就是香港嗎？」女兒默望片刻歪轉頭，又驚喜地指着對面的高山嚷叫。

父親點頭，又想說什麼。

「啊！」女兒發出驚嘆，覺得奇異，這樣的從海邊拖到山頂的城市，她從來沒有預想過。因之，在她的眼底下，這是一個奇迹，她詫異這個奇迹，又愛這個奇迹。

「據說，香港從前也是中國的土地。」女兒熱情地說。

「是的。」父親擦擦眼睛，仰頭遙望。

「在香港讀書好呢，還是省城好呢？」玉玲又想到自己。

「在省城好，省城是自己地方。」

太陽慢慢地曬得暖和，曬得玉玲的臉色醬紅；剛才微感到的那股清涼的寒意，消去了，漸漸地覺得輕溫。她的藏在飽滿的胸脯內的一顆心，在溫煦而清新的空氣中跳躍着。她興奮而又愉快地，沉浸在新鮮的氣息中。

接着，尖沙咀碼頭的大鐘，香港滙豐銀行和其他巍峨的建築物，穿插於海中的小汽船，戰艦和大木船，都有規則而又零亂的出現着。接後，電車、汽車和行人，都模糊的望見了，輪船慢慢的靠近岸邊。但這些景象，在純樸的玉玲的腦海中，微隱着一種不調和的紊亂。

「下去吧，船泊岸了。」父親拉女兒回艙裏去。

這時，胖女人的行李，都撿拾妥當了。胖女人有四隻皮箱，兩隻籃子，又有沖涼鐵桶和食物包之類，東西多而零碎。倒不像羅閏田，只有三個皮箱和一個藤籃。

「啊喲，我急死啦，船快埋岸，倒不見你們下來！」胖女人碰到閏田父女，就大聲驚叫着。

「還有半個鐘頭，都登不得岸呢。」羅閏田說。

「我們一起住棧，好不好。」胖女人道。

「好呀，你行李多，又有小孩子，我們給你照顧照顧。」

「那就好啦！」胖女人高興着。隨即走過來，捏住玉玲的手，歡聲說，「到省城，我叫小梅和你認識，好麼。」

「有人做我的朋友，自然好哇！」玉玲微笑。

人們的嚷叫聲、搬東西的碰撞聲，沖斷了她們的對語。知道是船要靠碼頭了，於是玉玲跑到小窗洞一望，真的望見碼頭外排滿咕哩，和接船的人！碼頭內的檢查員，又都莊嚴地站着，便隨口說「到了！」就又馬上回到胖女人的身邊，心兒噗噗地發跳。

「慢些兒上岸啦，不要急！」父親小心地吩咐女兒，也順帶告及胖女人，好像顯示着自己，很有旅行經驗似的。

不久，咕哩們從艙口擠進來，擠得熱烘烘。原來這個悶氣的艙，已擠得人呼吸都吃力，現又加上幾十條氣喘喘的大漢，更擾得人頭痛。但結果，羅閏田和胖女人，都一齊僱請了咕哩搬運行李。

行李和人好辛苦的擠上碼頭，才舒一口氣，一個咕哩却在羅閏田的耳畔，低聲道：「先生，行李不要檢查吧，多花幾個黑錢！」

「花多少錢？」羅閏田有過十年前的經歷，很會意。

「小件十塊，大件二十塊，這是規矩……」那苦力說。

「我們都是當苦力的，通通十塊好啦！」

苦力向檢查員噥唧幾句，檢查員點頭。苦力就帶着笑臉折返。「得了，得了」的挽着皮箱就想走。但羅閏田叫他們慢些，轉臉徵求胖女人的意見。

「我又不走私貨，讓他們檢好啦！」胖女人氣憤地嚷着。

「太太，香港規矩，省不得的呀！」苦力勸胖女人。

「誰定出的規矩？呸！」胖女人脾氣發作，硬不肯貼錢。

最後，還是羅閏田自己給了。到出閘門的時候，羅閏田大搖大擺的跟住行李出去。而胖女人的箱子，却留下來翻檢。第一隻箱子的衣服，逐件逐件揚出來，連底褲和小手帕都像藏有秘密似的，細看一回，又不三不四的查問。二十分鐘，一隻皮箱還檢不完，孩子又給人擠得哭了，胖女人急得發跳。可是越急，檢查員就翻得越加懶洋洋。胖女人要罵又不敢出聲，好像要哭起來。

「還是花幾個錢吧！」苦力悄悄的勸說着。

「把我的東西翻得這樣亂，還要給錢？」胖女人狠狠然。

「沒有辦法，太太，總得要給的，這，這……」

「哼！」胖女人瞪着眼珠，哼了一聲。但檢查員的冷得可怕的臉孔，擺出毫不在乎的樣兒，在繼續檢查。胖女人氣得無可奈何，孩子又在哭喊，遂扁着嘴巴還三十塊錢。檢查員向苦力使個眼色，苦力會意，堅持要夠五十塊。結果，胖女人低首下心的答允了，全部行李才得搬出閘門。算起來，比羅閏田還吃虧，東西被攪亂，依樣要花錢。

「亡國奴，亡國奴！」之後，胖女人悻悻地罵了兩句。但誰也聽不見，聽得見的是黃包車夫的大呼小喊聲。

到達旅館，羅閏田已替她開定個單邊房子，她踏進房間，結了咕哩賬，抹了滿額大汗，就對羅閏田說：「哪兒來的烏烟瘴氣的世界呵，比日本人還壞！」

「十年前，都是一樣的，你沒經過麼？」羅閏田心平氣和地，「出門人，這些花費，總免不了的，特別是我們……」

「廣州可不比這兒吧？」女兒插嘴。

「那自然不同，」羅閏田莊重地，「廣州是自己地方，對外面歸來的人，總歸待得好的。據說還有招待所，哪會容許敲竹杠？」

「那就好啦。」胖女人剛才那股火氣，慢慢平息了。

移時，羅閏田轉回自己的房子，略略安頓一下。

洗了個澡，換了一套若干年前縫好的，不合時宜的西裝，羅閏田就跟女兒出街去。耳聞目見香港是塊繁華地，女兒也裝些模樣，臉頰上塗了一點不大勻稱的胭脂，又穿上了新縫的美國花布的旗袍。這一來，自然減少了熱帶女性的活潑氣，可也有幾分端莊的樣子。加上心情的輕快，父親的慰許，玉玲的感覺也就像輕飄的燕子。

然而，街，却是那麼喧囂和煩雜的，一切都充滿着生疏和奇異。女人們的爭妍鬥艷的服式，咖啡座的櫥窗，街頭的各式各樣的小販，都跟南洋相異，玉玲處身於此，情緒上多少有點震動。在街頭，她總貪婪而又小心地看着，每一種事物，和每一個人。好像覺得每一些事和人，都藏着看不透的秘密。

羅閏田最先就記得起逛遊幾個大公司；但公司裏的職員們的眼睛，却勢利而鄙視地瞪着他，好像拒絕他的到來。而他倒毫不在意，他這人，就像從來不懷疑別人對他有惡意，像他不會對別人有惡意一樣。在幾間公司裏兜了一轉，給女兒買了幾碼平價的粗呢絨，就胡亂地溜到一條擺滿地攤的小街。

回到旅店，是挨近吃飯的時候了。胖女人躺過午覺，剛爬起床，就瞧見玉玲趦進來。

「小寶寶，給你朱古力糖……」

「噢，多謝玉玲姐姐，說呀。」胖女人歡快地嚷着。

「香港多繁華呀，滿街都是人。」玉玲隨口讚嘆着。

「但討厭透啦，女人家總是忸忸怩怩的，裝樣子……」胖女人又有一堆話要往下說，但突然，羅閏田在鄰房，驚異地叫着：「玉玲，玉玲！」

玉玲急急走出，惶惑地問：「怎麼？爸！」

「啊，我的衣袋給人割穿了！」

「錢失掉了麼？」

「不！你媽媽給你的那顆小鑽石戒指，我忘掉放好，給摸去了！」

「哎喲……」玉玲心裏不自在，眼睛定神地望着父親，想哭，又哭不出聲。父親接着安慰她說：「失掉就算了，回省城，我給你買一顆……」雖然這樣說，却有幾分痛心。

胖女人跳過來，詫異地問：「小扒手割去的麼？」

「是吧，小扒手真厲害！」羅閏田氣怒地答。

店裏的女佣聽到客人失竊，趕過來，問了幾句，就又關照他們：「你們不要太隨便，香港的偷和搶，隨時隨地都有，打死人，倒是平常得很哩！」

胖女人伸伸舌頭，「哦！」了一聲，停住嘴。

彼此露着錯愕的神色，沉默着。

羅閏田忽然覺得自己太老實，太大意，不禁對自己有種輕微的責備，對盜竊的人，却又輕輕的饒恕了。在這樣的老實變成愚蠢的千奇錯雜的都市裏，他的存在，似乎缺乏了優越性——但他沒有這種感覺。他只想到自己，對什麼事情都應該小心，多一件吃虧的事，就多一種教訓。此刻，他屏息着惱氣想了一下，「唔，好在損失還輕！」接着，又轉臉問女佣人：「哪天有廣州船？」

女佣人答：「後天是佛山……」

「那我們就後天走好羅。」胖女人說。

當下，羅閏田就決定了乘佛山輪。尾樓船票並和胖女人的行李等，一起由旅店負責辦理。交帶妥當，羅閏田低嘆一口氣，倒臥在床上歇息。

開往廣州的佛山輪，清晨七點半鐘啟行。剛過七點鐘，旅店就把行李弄妥，給羅閏田找好了對號的座位，算是交代了任務。但羅閏田父女的位置，正躺着兩個青年軍人，他們在旁若無人的高談着；羅閏田尷尬地站了半響，候他們語音稍為中斷，他便謙遜的向他們說：「先生，這是我們的座位，請讓讓……」

「你急什麼？」臉孔發黑的一個，睜圓了眼睛，發氣似的高聲叱責他。

他不敢再回嘴，以為他們是送船的，船開行時就會讓出來了。於是他呆呆地站着，連望一眼他們都覺得胆怯似的，只得扭轉身子，打量船艙裏的擠挨的客人。

「喂，你有危險，當心呀！」當中，一個尖下巴的家伙，指着他的鼻端警告說。他一陣心跳，有些茫茫然。接後，那家伙又狡猾地道：「今年貴庚？從南洋發財回來吧？」他仍舊愕然。那人又說：「看個全相，指點你趨吉避凶！」却原來是個邋遢的江湖騙子，他才釋然。胖女人和玉玲，應着這奇怪景象，有點莫名其妙。

那家伙不得要領，閃着詭猾的眼色，溜去了。

鑼聲過後，賣報的，賣零食的都登岸了，黑臉孔的軍人也離去了，空下一個位子玉玲坐着。而旁邊那軍人，却安閑地躺着抽烟。羅閏田心裏疑惑，又囁嚅地說道：「先生，這位置是我的，請讓讓……」

「什麼是你的？我沒有錢？」軍人大聲說。

「這號碼，你看看……」羅閏田拿出票子給他看。

軍人眼尾也不瞧一瞧，負氣地說：「喜歡坐就坐，不坐就不坐，看什麼？」

「那我坐到什麼地方去？」羅閏田反而畏怯起來。

「沒地方坐，就投海好了！」

「啊！這位先生好野蠻！」胖女人聽得不耐煩，隨口哼了一句，但腔調壓得很低。

「丟那媽，我怎麼野蠻？」軍人暴跳起來，睜着紅紅的凶焰的眼珠，怒視着胖女人。

「嘿！枉你是軍人，不守規矩！」胖女人硬着嘴。

軍人像碰受到釘刺，刺痛了屁股似的，急躁得眼睛都冒出火來。可是，對着女人，他那股欺慣了老百姓的火勁，冒得不痛快。因而「委屈」了一陣，又把對象回轉羅閏田：「你這老契弟，看準我是什麼人麼？」

「喔喔，先生，道理是道理，怎麼怨得我？」羅閏田本着「大事化小事，小事化無事」的本意，謙和而自卑地解釋着。

那時，船已開行了，艙裏的客人，給這騷擾逗引着，都把疑問與不平的視綫，集中在那軍人身上。帳房裏的辦事人，知道了都來調解。問請原委之後，辦事人祥和地對軍人說：「官長，你沒有地方坐，我們找給你，大家相讓相讓……」

軍人的自尊心好像受到傷害，越加冒火，立刻站起身來，重重的踢了幾脚坐過的帆布椅，悻悻地說：「我們為國家打生打死，却要受你們亡國奴的氣，丟那媽！」

客人中有的輕蔑的發笑，有的發出「咄咄」的呼聲，有的卑視地「哼」了幾下，軍人更覺得是一種侮辱的襲擊。可是，他無法發洩，只好睜亮了睛睛，憎恨着所有的客人。辦事人怕鬧出壞事，極力向軍人道歉：「相讓相讓，官長，對不起，招呼不到，對不起……」

辦事人恭維又卑屈地拍和着，最後，一面拍着軍人的肩膊，一面笑嘻嘻地接他到餐房去。軍人覺得拗下去沒有好處，也就再對羅閏田警嚇一句：「到廣州，你看着！」然後喋喋不休地離去。留下來的，又是一片輕蔑的笑聲。

之後，羅閏田才懼畏地坐在自己的座位上，這種無端生有的招怨，他是做夢也不曾夢過的。他向來是個怕事，怕惹閑氣的人，但閑氣却偏偏落在他身上，使他覺得處人處事的苦惱。但正為此，他過去的對祖國的一番不折不扣的熱望，感受了若干冰冷。想不到祖國的軍人，竟會和日本兵一樣的跋扈呀。

「那絕種，恃勢嚇人，倒難為他穿了軍服！」胖女人憤氣未消，悄聲怒罵着，打斷了羅閏田的默想。

「憑什麼罵人家亡國奴？」玉玲從旁插嘴。

「算了，算了，出門人，總得忍忍氣……」羅閏田阻止了她們的横言。

船艙趨於平靜……

陽光從艙口射進來，海風吹進來。

昨夜，旅館裏隔房的住客，和妓女喧鬧到天亮，擾得羅閏田整夜失眠。因此今天，他眼睛有些疲倦，剛才的那頓怨氣平復之後，他就矇矇矓矓的合上眼皮，睡着了。

中間醒來過幾次，又到船欄去眺望過幾次，又睡着了。最後一次睡醒時，船已進入白鵝潭。珠江河上的濃濁的江水，芳村，花地，河南的樸素的屋宇，江岸上的樹和江邊的小艇，都顯露着和南洋，和香港，截然各異的景象。印在玉玲腦袋中的這個景象，是柔美、新異、幽靜和可愛的。玉玲望着輪船遲緩的向長堤駛進去，心胸有着說不盡的暢快。

「爸，你看，到啦……」玉玲叫着，圓潤的臉頰，笑得像開花。

父親順着女兒的快意，踱出船欄，笑着：「是的，到了。」同時又感嘆地：「和十年前一樣，沒變動，沒變動呀！」

「十年前就這個樣子麼？」女兒說。

「差不多，差不多……」父親頻頻點首。

胖女人想出來探望一下，但行李和孩子拖着她，她於是焦急地沉吟着：「怎麼辦？怎麼辦？」

「什麼？」羅閏田立刻折回，疑慮地望着她。

「行李這麼多，怎麼辦？」

「喂，泊碼頭，就有人搬呢。」

「可像香港那個樣，要黑錢？……」

「不用吧，自己地方……」

這才叫胖女人安心。這時，客人們都提了行囊，準備登岸的姿態。玉玲滿嘴笑意，從人堆裏擠回來，扶着胖女人的手臂，追問着：「伯母，哪一天去看小梅姐？」

「她會知道來找我們的呀，說不定來接船……」胖女人欣然地答道，「我還沒通知她今天來……」

一陣嘘嘈的人聲，苦力們一串串的跳進來，在人叢中大呼大叫的搶接人客的行李。及至發現胖女人身旁的一堆箱子，一擁就鑽來了五六條大漢，不待徵詢主人的允諾，他們就七手八脚的動手搬運。胖女人有點着慌，極力攔撓着，同時又發氣地提高嗓音叫：「不要動，不要亂動呢！」

「喂，我們自己有人搬，動不得！」羅閏田眼看這情景，怕關照不及，就大聲喝止。但他的聲音，阻不住任何人，他們故意鑽到羅閏田的面前，隔斷他和胖女人的顧盼，有人又把孩子碰撞一下，碰得孩子哇的發哭，便東一個西一個的背着箱子就走。

「啊呀，等着我，慢點走……」胖女人焦躁地，臉孔淌汗，拖着孩子在人叢中蹣跚地擠迫，一面擠，一面喊。

「在碼頭等你……」有人朗聲叫着。

羅閏田想追上去，但給人離隔着，自己的行李，又給大漢半拉半搶地接過去。沒奈何，只得跟着走。玉玲跟一個，他跟兩個，跟追到碼頭時，僥倖不失漏什麼。

在吊橋下歇了半響，望不見胖女人，倒望見那個軍人，正和查關員帶笑帶諂地咕嘮什麼。羅閏田心頭突然發熱，直至那軍人若無其事的閃出碼頭，他才放心。接着，又朝四周觀望了幾眼，仍不見胖女人的影子，便急忙離去。

經過關卡，查關員先瞟他一眼，才把皮箱逐個打開。衣物和零散的東西，翻得滿地；一些布料，新縫的衣服，和一張新毯子，和玉玲的毛背心，都給檢了去。

「先生，這是自己用的東西，從南洋帶回來的……」羅閏田畏懼地央求着。但查關員只是冷着臉孔翻，不瞅不睬。

「先生，這……這……」

「這個屁，帶私貨！」查關員突着眼珠叱喝他。

「不是私貨，先生……」羅閏田露着笑容懇求，瞬息間，在香港的那種情狀又掠過腦際，於是回頭想對搬夫説，但來不及，迫得直截地示意：「要多少飲茶錢麼？」

「快走，別阻着後面！」查關員裝着聽不懂，那靠邊的憲兵，意會地趕過來，催促他，並且喝令他。

羅閏田懊惱地走出碼頭，「唉！」深深地噓一口氣。

其後，在西濠酒店開好房，仍不見胖女人，羅閏田有點着急，覺着不能照料她而內疚。同時，他開始狐疑，開始幻滅，在南洋時的那種過於純真，過於奢望的幻滅。

「廣州的檢查員比香港的更凶，什麼道理？爸。」玉玲脱了外套，把皮箱重拾一遍，抬頭對父親道。

「唔……」父親答不出，顯出疲勞的衰老的神態。

玉玲把衣物檢點完畢，站起身，轉口說：「在城裏住幾天才還鄉？」

「我得尋伯庭叔，問問鄉間的情況，才決定。」父親說。

「哪個伯庭叔？」玉玲奇異着，很少聽到父親提起這個人。

「是我同宗兄弟，在西關開藥材店的。」

玉玲歇息着，模糊中，聽到門外的喧罵聲，推門一看，原來是胖女人，邊泣邊罵的走來。

「怎麼？伯母……」玉玲心坎遽然發跳，迎前詢問。

「嗚……嗚……」胖女人嗚咽着，答不出腔。玉玲驚異地扶她進房，她在床沿上坐下，還是抽噎着揩眼淚。

「小寶寶，媽媽做什麼？」羅閏田摸不着原由，不直接問胖女人，悄悄問孩子，孩子不懂答，吮着手指，想哭。

「皮箱給弄掉了……」胖女人顫聲道。

「啊！」羅閏田吃驚地，「誰弄掉的？」

「就是那些賊骨頭咕哩，拉拉推推的搶了去，追也追不及——」胖女人不再淌淚，眼珠給手帕擦得發紅，「其實叫我怎麼追？顧得這邊顧不得那邊，又要帶管孩子！」

「不喊警察嗎？」玉玲說。

「亂糟糟，喊也沒人理會，」胖女人重重地呼吸一下，「閘門外那些鬼警察，不是眼巴巴地瞪着麼？倒裝望不見，呸！蛇鼠一窩！」

「嘖！想來是有計謀的，當時我趕着去照顧你，又給人遮住——」羅閏田有點慚愧似的，把剛才的情景重提一下，「後來我們的行李也是拉拉搶搶的，我們盯得緊，倒沒什麼，但再後，檢查老爺說我帶私貨，連玉玲的毛背心都給檢掉了！」

「處處都像是強盜！」玉玲憤慨地。

「是呀，真是強盜世界——」胖女人站起身，氣怒地咒罵着，「又欺，又搶，哪有這種世代？我們頭家說，唐山好，唐山好，好得這個樣兒——」

「唉！」羅閏田想說什麼，又咽住。

「我得告訴我們頭家，不要回來才好，」胖女人賭着氣，「不然，回來了，行李搶掉倒不打緊，錢給搶光了那才晦氣！」

羅閏田不想加深她的憤怒，沉默着。

胖女人是一個直感的人，經受這種當頭的近於踐踏的損失，着實有點灰心，即回唐山置些物業，又能關照女兒讀書的這點願望，冷了一半。羅閏田呢，他到底是出身於半饑餓的鄉村的，又從偷扼拐騙的邪惡與勢利的社會中奮鬥起來，對這類事情原不算什麼。幻滅的倒是，國家勝利了而比十年前還紛亂。因此，事實一幕幕的在他面前出現時，不免有些空虛。想了一下，又是「唉！」

胖女人發了一回氣，羅閏田安慰她一番，就叫侍役帶她到定好的房子。好在她是個易於忘記憎恨，易生氣又易平氣的人，不會老是哭喪着臉。回到房裏，洗過臉，就帶着另一番感覺，去尋訪表姑奶，和在表姑奶家裏寄居過的女兒小梅。

同一個時間，羅閏田去找那個小時候一起玩過泥沙的伯庭。

黃昏，夕陽溫輕地射在珠江河上。珠江河面那種熙攘囂叫，構成一幅動亂的活景。小艇、電船，穿插着，「肇慶拖渡」、「往來容奇」等寫着紅字招牌的拖渡，開行又泊岸；汽笛聲、哨子聲、呼喊聲，混成一把繁複的音響，這音響，好像充滿着死亡和新生的兩種動力。玉玲伏倚在窗前，聽着、瞧着，腦筋被音響擊撞得有點麻亂。她還沒有辦法想像這個城市，是在新興，還是在毀滅？沒有辦法證明自己的想望，是滿足了，還是接近絕望的門檻？她的單純到近於潔白的心境，存在着的是茫然和空虛。

汽車聲不時沖斷她的夢想，俯首向街心一望，街，像一條灰色的流動着的帶子；其中有饑餓的病兵，有坐小包車的軍官，有在吉普車上讓美國兵摟抱的女人，有求乞的孩子，有被警察敲打的小販……這就是生活。唔，玉玲不知怎的，感到自己的內心有一種説不出的悲涼。

「……」沒有言語能表達她此刻的心境。

江上的殘陽，慢慢斂去了，一陣細風吹來，又使她發覺這不是熱帶，而是回到了秋天的故鄉啊。她瞬爾感受到微寒，隨即離去窗沿，把外套披上；看看腕上的手錶，六點半了，父親應該回來了——她想。

正這麼想，剛巧有人推門進來，是胖女人，和一位穿灰色旗袍的小姐，眼睛大，又明潔，臉頰圓得近乎平扁。玉玲想這就是小梅吧？正猜想間，胖女人笑着介紹，真是小梅。

「這是玉玲小姐——」隨後又介紹她，又望望小梅，「噢，不客氣啦，你叫她玉玲姐就是，她比你大一歲。」

玉玲有點腼腆，似乎覺得自己當不起這種稱呼。於是自謙着：「伯母，不配當姐姐呢，我不懂事——」

「不，我才不懂呢，」小梅高興地接嘴道，「媽媽說，你要回來升學，好哇，我們有個伴。」

「你們隨便談談吧，我到隔壁，撿撿那搶不掉的行李。」胖女人牽着小孩，扭轉屁股退出去。

玉玲讓小梅坐着。她們兩人，在別的場合，原來都很天真，不會拘謹；但現在，大家都覺得硬生生，活像都學到一些世故味。

「打算進哪間學校呢？玉玲姐——」小梅先開口。

玉玲立刻接上：「陌生得很，倒不知哪間學校才合適？」

小梅道：「都是差不多的，糊裏糊塗……」

玉玲道：「怎麼糊裏糊塗？不是說，公立學校很認真的？」

小梅道：「鬼話！就我們學校說，先生上堂像賣膏藥，賣完就走，你懂不懂，他全不理會。教室擠得像戲院，凳子破了沒人管。宿舍裏沒床舖，全像難民似的躺地板——這還說認真嗎？」

玉玲道：「哦！考起試來怎麼辦？」

小梅咭的笑了起來，掠一掠垂在耳邊的頭髮，才又諷刺似的：「只要你『愛國』就得啦，考不考試倒不是問題！」

「這話怎麼說？」玉玲摸不着話裏的含義。

「就是說，你要參加『愛國』遊行，你就是好學生，不考試，也跳班……」小梅的語氣中含隱着抑制的不平的情緒。

「啊！我知道了！」玉玲忽有所悟地，記起人家講過的話，在報紙也稍為涉獵過的一些報道。但那時候，不大關心，也就很模糊……

「做學生真像是坐牢，」小梅忍耐不住的往下說，「一挨下去你就明白了，名堂多得很，除非你是啞巴，是瞎子，又是白痴……」

「這樣讀書，不是沒意思麼？」

「是呀，所以我跟媽媽說，要回南洋去。」小梅的話越說越動感情，「其實玉玲姐，我初以為回到祖國很有趣，很自由，哪知全是空想，我失望……」

「那我不該回來了。」玉玲鬱悶地望着小梅。

「既然回來了，嘗嘗這個味道也是好的，而且會認識一些好同學。」小梅的話很有分寸，跟她的年齡和經歷，似乎不大相配，至少玉玲配不上做姐姐呢——玉玲正這麼想，小梅又道，「多認識幾個人，多懂一點國內的事情，總是有好處的呀。」

「那你為什麼要回南洋去？」

「是的，我心裏正在矛盾着。」

她們談得起勁的時候，羅閏田和伯庭叔，一面扯淡，一面推門進來。小梅瞥見連忙讓開，隨即點頭招呼一下，便怯怯地退出去。

「這位就是伯庭叔……」羅閏田告訴女兒。

「哦，長得這樣伶俐。」玉玲正彎腰鞠躬，伯庭叔就笑着讚嘆。這位伯庭叔，光頭，顴骨高，臉頰瘦又長，活像吃鴉片烟的。但很有幾分良善，特別是笑着的時候。

「她在城裏讀書，就得麻煩你關照了。」

「哪裏，哪裏……」伯庭叔謙遜着，「我跟你閏田吃雞屎吃到大，今兒像死裏逢生，大家快活碰頭，還能客氣嗎？」老實說，伯庭叔這番話，是有意吹噓的。原來，他是個頂勢利，頂會從別人的錢袋裏衡量感情的人，要是閏田仍然是二十年前那個寒酸樣子，他倒怕是冷面相向了。但閏田離鄉日久，鄉間人那種人情冷暖，早就忘却。

「是實在話，總得勞你指教她。」閏田微笑説，忽然又像觸起什麼，「話又説回來，剛才你説，廣州商場凋落，又加之苛捐雜稅，這麼説，是無事可做了。」

「我的意思是，要做也得等候機會，」伯庭叔冷靜地，「市面亂糟糟，今天檢查，明天戒嚴，哪能讓你放心做生意。」

閏田道：「這可管不着呀。」

「就算不管這些煩擾人心的雜事，哪家商店能維持下去？」伯庭叔詳細解釋道，「你瞧吧，流氓餓殍滿地，你買一包麵包，稍為大意就有人搶去。做工的沒工做，有得做也吃不飽，當公務員的也養活不了妻兒。那末，你想，這種景況，哪能想得出生意門徑？」伯庭叔說得滿嘴涎沫，隨後坐下來，又道：「哦！還有哪，這倒霉的國幣，就教你心焦，存着不用，天天貶價，拿來囤貨，貨囤得發霉臭沒人要。真是，唉，想不通，想不通！」

「啊，伯庭，我倒想開個旅店，怎麼樣？」

「開旅館好啦。」玉玲忽然插嘴。

「受氣，受氣！」伯庭叔搖頭道，「住房有評價，你不花黑錢，評得你虧本，花得黑錢來，『妹仔』比主人大。況且，唔，目下人心乖險，萬一招了個壞客，憲兵查着了，說你窩匪！」

「吓！」閏田想了半響，「從四鄉辦運谷米，這可以吧！？」

「那更不成，做官的人辦了個『聯營行』，把四鄉谷米都壟斷了，他們有財又有勢，怎麼容得你來爭？」伯庭叔做的是藥材生意，但因為有時候做一點別的買賣，也就各方面都熟悉內情，因此說得頭頭道道。當閏田聽得發呆，無話可說時，他又強調最初的意見：「總之，我勸你多住幾時，看準這個時勢，不然，倒真是要做了『南洋伯』啦！」

經過伯庭叔的這番分析，羅閏田的抱負，又像給潑一盤冷水。

「那我回鄉住一時再打算吧。」最後羅閏田苦惱地說。

「這是上策——」伯庭叔媚笑一下，「不過鄉下倒也不大太平，不宜多帶現鈔回去。」伯庭叔加意提醒他。

「錢都交中國銀行滙了，身邊沒多少。但滙票由你轉的，又得勞你關照一下。」

「得得得……」伯庭叔頻頻點首。

這時，胖女人推開門，想進來，瞥見有人客，就縮囘頭跟小梅和孩子出街去。

電燈亮起來，但亮得像一支壞蠟燭，又悶又暗。

當晚，羅閏田睡得很好，左右房間的妓女和嫖客的喧吵和罵俏聲，擾不醒他，也許白天煩經勞頓之故。

而深夜兩點光景，有人用力敲拍他的房門，他心頭一陣虛驚，門拍得更響。

「檢查，檢查！」那聲音發氣似地吆喝着。

「這樣晚，還檢查？」他想，連忙叫醒女兒，叫她穿囘衣服，就扭亮電燈去開門。「丟那媽，拍了這樣久還不開！」進來的是一個便裝和兩個警察，便裝的破口大罵，接後開始審問：「哪裏來的？」

羅閏田畏縮地答：「南洋囘來的。……」

「囘來幹什麼？」

「沒幹什麼，十年不囘家了。」

「在南洋，你做過漢奸沒有？」

「沒有。」

「這個女人是什麼人？」

「我的女兒。」

於是又轉向女兒問：「你叫什麼名字？」

「玉玲……」

「唔，玉玲，很像一個妓女名字……」

兩個警察悄悄發笑，玉玲臉孔一陣熱，不回答。羅閏田鼓着勇氣搶口說：「不要亂說，先生，她是我的女兒。」

那便裝家伙打量一番，似乎覺得說錯話，不再問。隨即叫羅閏田拿出證件，然後又把行李翻檢一頓，和白天查關員翻的差不多。他真不明白，他們當他帶走私貨呢，還是什麼的，擺出那個了不起的氣勢。

結果，那批家伙一無所獲，搖着身子隱去了。

「爸，那些人幹什麼的，一副凶焰的強盜相！」之後，玉玲氣怒的問父親。

「是政府裏的『暗牌』——偵緝——吧？看那個樣子——」父親低聲說。

「呸！暗牌，政府要這種暗牌來欺負人麼？」

「喔……你還是少說脾氣話好，政府的事，我們管不着，說不着，不然……」父親壓低着嗓子，記起伯庭叔跟他說過的話，「不然，人家說你……唔，這比不得南洋呀，要說什麼就說什麼……」

「這鬼世界，都是鬼！」玉玲狠狠地詈罵一句，然後帶着委屈似的，回床上躺睡。

清晨起來，羅閏田向店伴探問一下，才知這類檢查是經常有的，說是「防絕奸匪」，「奸匪」

是怎麼一類「匪」，他不曉得，只覺得這樣的「防範」，實則是擾人。

胖女人和小梅又來，同樣對昨夜的搜查，發出憎怨和怒罵之外，特向羅閏田父女辭別。

「頭家，我們先搬啦！以後你們到省城來，別忘了到我們家裏玩呀。」胖女人快嘴快舌地叫道，「說不定過多少時候，我們又回到南洋去；要不，你瞧，這裏搜查，那裏搶東西，氣死人呀！亂得不像世界，不像世界……」

「真想不到呀，這末亂——」羅閏田道，「明天我們也回鄉啦，以後，玉玲總會常常拜訪你們。」

「那就好了。」小梅笑道，「玉玲姐，你來考學校時，我伴你去。」

「謝謝你。」玉玲歡欣的握住小梅的手。

「好啦，再見！」胖女人高叫一聲，轉身就走。

房子裏很靜，江面上的汽笛聲，和窗下的馬路上的龐雜的聲響，又刺得羅閏田的腦海一片紊亂，他彷彿被一種單純的理想，帶進了空虛而紊亂的境界。

現在，羅閏田回到家鄉來了。

第一個心酸的印象，便是村頭那棵古老的大榕樹，已經不見，榕樹下失掉了談閑天的老人，有的却是一些連頭髮都餓得脫落了的孩子。榕樹近邊的房子都倒塌了，尚未塌破的也顯得頹敗，一種過分荒落的景象，和他想象中的十年前的景象，完全變了模樣。這很容易教人聯想到，日本人的時代，這鄉村是遭受過怎麼巨大的災難。

其實，差不多要叫他流淚的，就是母親已瞎了眼睛，父親尚幸健在，而腰骨却變得快要折斷了。他老人家住着的那所舊房子，彷彿是破落的廟堂似的，連凳子都不多一把，顯得特別清凄。據說，那兩條老命，如果不是一位撈番攤的堂侄子的不時接濟，恐怕早就化作泥土了。

此刻，羅閏田看到久別的雙親，雖不免自責與難過，却感到相當興奮。當他走進門檻，瞧見老父親坐在矮凳上抽旱烟，就要高聲叫喚的時候，先行的伯庭叔却搶着嚷叫：「二伯爺，閏田發財回來啦，發財回來啦……」

「呵呵……」老父親睜着狂喜的眼睛，說不出話。

「玉玲，你叫爺爺去。」羅閏田踏進廳間，歇住脚就說。

「爺爺……」玉玲叫着，瞎眼的老母親從房裏踱出來，玉玲瞧着，疑惑地問：「是婆婆麼？」

「是的，是你善心的婆婆呀。」伯庶叔插嘴。

「哦，閏田，幾個人回來呀。」老母親顫聲問道。

「就是我和玉玲——」羅閏田答。

母親又笑又落淚。

這時，左鄰右里的老婦人，和老頭子，都帶着驚奇的欣羨的眼色。陸陸續續的走來。有的幫忙去燒菜，有的去借椅子，有的靠着大門邊，對玉玲發出讚嘆的神色，「這大姑娘，長得好標致呢，二老爺福分厚！」

「怕人家搶着要年庚了。」

「福人有個相，閏田叔發了福，女兒也滿嬌貴。」

婦人家七嘴八舌的，給這個荒落的屋子，添增了嘻哈的喜氣。不久，凳子借來了，茶燒好了，老父親感激得幾乎要落淚。這二十年來，雖然他不至於過分被人冷視，而真正感受溫暖的，是這一次——比十年前閏田初度歸來的一次，更有意思，這也許是經過八年長更苦鬱的日子的緣故。

老父親微笑一下，說：「伯庭，又勞煩你……」

「沒什麼，」伯庭叔得意地，「閏田鄉路生疏，兼之近日時聞搶劫，怕他吃虧，所以我順便陪他回鄉一轉。」

「鄉間不平靜，兵有兵搶，賊有賊劫，這情景，城裏也曉得麼？」老父親慨嘆着說。

「怎麼不曉得？廣東隨處餓荒搶亂，報紙時有登載！」伯庭叔皺皺眉尖，表示自己知道很多事情。

「我們鄉裏大致平靜吧？」閏田問。

「不呢，前天村背那條小路，才拉了兩個人！」靠着門邊一個婦人搭嘴。

而另一個老頭子立刻糾正她：「不要亂嚷，人家是拉鴉片烟的，拉的是軍隊，被拉的也是軍隊。」

「軍隊也賣鴉片烟麼？」玉玲天真地追問。

「是呀，」老頭子答，「我們鄉裏的墟鎮，賣鴉片烟、開賭場的，都是軍隊，有槍呢。」

「別饒嘴吧，人家要叙叙家常——」伯庭叔阻止別人的瞎扯，門外的人也就縮住嘴了。

瞬息間，鄉長李德甫施施然的進來，站着的婦人和老頭子，都悄悄的溜去了。這不知是人們對鄉長早存畏懼，還是輕視，還是尊崇。

「呵，閏田，十年不見了，發財，發財……」李鄉長跨過大門就笑嘻嘻地恭維着，笑得又媚又親熱，「聽外面人說，你發財回來，所以急於來看看你，少年老友，難得難得……」

閏田對這位鄉長有點陌生，而他的態度那麼親切，想總是少時伴侶，也就笑着應答：「難得，難得……」稍頓片響，又不好意思似的，露出疑問的語態，「你是……」

「他是東頭村的李德甫，就是李鄉長。」伯庭叔機警地接上。

「就是牛屎德，趕一頭黃牛的。」閏田忽然憶悟起，輕笑着。

「是呀，那時候你叫爛頭田。」李鄉長很得意，那雙很會算度人的黃鼠狼似的尖眼睛，笑得發眯。

這之間，老父親覺得無尚光榮。連只懂得跟駐防的官長們，和有財有勢的人往還的鄉長也來拜訪，真是夢想不到的。於是他顯得特別壯健，當大家正在笑談中，他笑着站起來，「你們談吧，我到鎮上買些酒菜。」

「爺爺，我跟你去。」玉玲稚氣地笑着。

「你去吧。」閏田同意着。瞧着她和父親出門去。

李鄉長移動自己的位置，把屁股坐在閏田的對面，又道：「你這位大小姐，模樣兒精乖透了，說不定……」

「說不定要你做個媒，是不是？」伯庭叔玩笑地沖斷他的話。

「不敢，不敢！」李鄉長拖長着聲帶，「不過，閏田要是有這個意思，我心眼裏倒有個人。」

「還談不上，年紀輕啦，」閏田正經地，「這孩子頑皮得很，要讓她多唸幾年書。」

「也好，也好……」李鄉長隨和着。但實際上，他是希望她能夠出嫁，嫁給那位時常央求他做媒的丁連長的。而現在，這希望只有空留着。

伯庭叔看着李鄉長若有所思，便扭轉話題道：「近今世界亂紛紛，做鄉長的，也頗費心思吧？」

「不算什麼……」李鄉長謙遜着，「只是和平之後，人心還有點偏頗，麻煩的事，自然免不了。」

「我們鄉裏，靠近城市，總算平安吧。」閏田說。

「僥倖還有防軍，不然，也難說……」李鄉長微露苦惱，「淪陷期間，這兒是匪盜林立，間中也有『奸匪』混迹。目下雖說是復員了，但歪了的人心不易收拾。所以，劫軍車，偷搶日本人遺下的物資，抗征等等……還有。」

「我說的是，我們鄉里——」閏田重複說着。

「這個——」李鄉長沉思一下，「我正想跟你商量，我們鄉裏頗受壞人覬覦，不時有遭劫之虞。為防範得周密，必須加強自衛，要加強自衛，就要有槍……」李鄉長轉彎抹角才轉入正題，「所以鄉人的意思是，希望你能添置幾枝槍。」

「這可以考慮，可以考慮……」伯庭叔不待人家回覆，就代為答嘴。

「唔……」閏田聽別人提起錢，就像沒有興趣回答。

「鄉中的規矩，伯庭也總是清楚的。」

「是的，是的。」伯庭叔不置可否。

「慢慢說吧。」閏田有意推開。

李鄉長諂笑的臉面，帶有一種深潛的用意，惟怕意圖落空，他特意換了一種脅人的語調：「你隔別得很長久，鄉間情況自然不明了，要是明了了，你就會覺得買幾枝槍不是多餘的。你知道，像你這樣歸來的人，最容易刺人眼睛的。」

「是的，是的……」伯庭叔看閏田一眼，不敢下主意。

「說實在話，閏田，我完全為你設想。」李鄉長再說，「萬一碰到意外的事，我做鄉長的也沒有辦法。現今武力時勢，連槍都沒有一兩枝，倒是認真吃虧的。……」

閏田疑惑又苦悶，默不出聲。

「那末……」伯庭叔躊躇一下，「為安全計，買一兩枝也是必要的，閏田！」

「這是真心話呀。」李鄉長表示真誠的樣子。

「買倒不要緊，只是買到了交給誰？」閏田覺得無可避免，就又聽從了他的意見。

「我給你挑兩個胆子壯，又義氣的人。」李鄉長高興着。

「……」閏田想了一下，「過幾天，拜托你辦吧，德甫，」才又露着不悅之色，囑托伯庭，「要多少錢，由伯庭交給你好了。」

李鄉長點頭，眼睛放出微光。他這一着，確實來得聰明，一則槍多了自己的位置就更加鞏固，二則買槍的時候可揩點油水，三則表示了自己對閏田關愛備至。倒是羅閏田頗不痛快，一踏進門檻，就遭受到別人盤算。

一種善意的買賣，像告一個段落似的，彼此沉默着。

瞬間，老父親從鎮上回來，放下酒菜，興沖沖的笑着：「李鄉長，今晚喝杯酒，喝杯淡酒呀。」

李鄉長原來還想坐會兒，但經老頭子客氣一番，倒又忸怩起來，也就順勢請退。「不打攪了，我還有點事……」說着就走，但忽然又記起什麼，稍頓又道：「閏田，幾時到鄉公所吃頓便飯。」

「不想麻煩了。」閏田冷冷地。

「自己人，別說客套話。」李鄉長爽快地照應，「我跟丁連長約好就通知你。」然後帶着滿意的笑臉引退出來。

跟李鄉長撞面進來的又有兩個人，一個是中年婦人。老父親告訴閏田，她是八年前逃避兵役，而飄去外洋的長頸進的老婆。另一個是老婦人，爛賭蝦的母親。

「田叔，亞蝦連半個字都沒寄來，你看見他麼？他活得怎樣樣？為什麼不寄錢，又不寄信？連家鄉父母都賣掉麼？」爛賭蝦母親一趷進門，便急忙問道，問得很急，急得老眼珠都通紅。

「他麼？」閏田思索一下，臉色拉得陰沉。爛賭蝦早就給日本鬼斬死了，他想直白說出，但一想，又不敢往下說。

「他討了老婆沒有？」

「唔……」閏田還是含糊着。

「今年三十歲了，應該討老婆呀。」

閏田默默的點頭。

「怎麼啦，田叔，你是長輩，該責罵他回家一趟呢！」

「我沒見他三年了，」最後閏田撒一個謊推搪着。

「哦！」老婦人絕望地沉着頭，用袖子揩揩流淚的眼睛。

趁着片刻的靜默，長頸進老婆插嘴問：「我們那個，那個……說是寄了五萬元回來，可是真的？怎麼收不到！」

「是呀，亞進今年四月就寄了五萬元回家，我是知道的，怎麼收不到？」閏田清楚地回答，「我臨行時，他特別來看我，還怨你沒回條！」

「啊，怪了，怪了。」長頸進老婆奇異地叫着。

「是從銀行寄的，二十九塊叻幣換一萬元，我是清楚的，銀行沒通知你麼？」

「嗯，從前總是寄到鎮上的，現在怎的要寄銀行？」她怨責着，不知是怨責自己，還是怨責丈夫，「他真是個蠢子，銀行怎麼認得我？」

「也怨不得他，他不懂得家鄉情況呢。」

「唉，那怎麼辦？」她有點懊喪。

「叫伯庭叔替你查查吧。」閏田隨即轉詢伯庭。伯庭點頭，隨後又説：

「不過，銀行聽説常常將華僑滙款壓着，查得着查不着，也難説。」

長頸進老婆沒奈何地彎着腰，「麻煩你啦，伯庭老爺。」

接着，她和老婦人，閑閑雜雜的扯了一陣，一起失望地退去。

第二天早上，老父親親身帶領鄰人，到鎮上購置家用雜物，並準備重修屋宇，然後還個大願，請親戚故舊喝碗粗酒。當中，一個老婦人蹣跚進來，帶哭帶訴的向閏田申説：「閏田表叔，老大牛七年前就徵去當兵，現在還不見回來，老婆前年改嫁了，留下我這老命。唉，表叔，你發財回來，真有福，求你……求求你……」

閏田看着這個可憐的老婦人，心有所感，却又有些錯愕，他不認得這老婦人是誰。

「是你麼？表嫂！」老母親聽到這聲音，就知道是那位遠房親戚，於是説：「閏田，她是我們親戚，可憐透啦，你給他幾個錢就是。」

閏田順從母親的意思，立刻送她一點點錢。

接着，一個瘦黃的突眼孩子又摸進來。「亞伯，媽媽説沒飯吃，問你要錢？」

「又是錢——」閏田奇異着，盯着孩子發怔，「媽媽是誰？怎麼説沒飯吃？」

「是狗仔吧？」老母親疑惑地喊，「狗仔！」

「婆，媽媽叫我來，她哭……」

「唉！」老母親嘆口氣，告訴閏田：「他父親是你的堂侄，當什麼游擊隊打死的，剩得個孤寡妻兒！」

閏田又無可奈何地送他幾個錢。實際上，他是不輕易對苦難者憐憫與施捨的，而對眼前親戚們的慘淡，却不能冷面視之，因之淡淡中，他有些愴然的感觸。此外，他很害怕無依無靠的人都向着他。

孩子遊魂一樣的溜去了，他心頭發酸。

這樣的家鄉，唉……

回來的第七天，鄉裏的中秋節酬神建醮，閏田被耆老們推為齋主，又花費了一筆冤枉錢。此外，他的家人來人往，川流不息，無非是借錢捐款的事。那個無親無近的老人過世了，要他捐一副棺木，村後的風水圍牆修建了，學校興辦了，在在都是錢，簡直當他是搖錢樹似的，叫他無法應付，而使他陷於煩惱。他想什麼都不管，而事實上，在他的周圍好像埋藏着一種無可抗拒的壓力。

醮散的時候，他回到家裏，又噓一口悶氣。

那天，玉玲正要跟伯庭叔到廣州考學校。閏田也就趁着伯庭回城，交托他踏踏生意門徑。而伯庭始終認為處此動亂時勢，還是稍候時機好。

「不，生意總得要做，在鄉間，麻煩的事多得很呢。」閏田心裏很急，好像又把希望放在伯庭身上。

伯庭徐徐點首。

剛要出門的時候，李鄉長和丁連長迎頭闖來。伯庭笑談一番，又折回大廳。

「閏田，丁連長特來拜訪你。」李鄉長揚眉淺笑，然後介紹一遍，閏田連忙讓坐，又着玉玲倒茶。

「羅先生，李鄉長常常道及你，敬佩之至！」丁連長裝着端莊而溫和的態度，隨後斜看玉玲幾眼。

「丁連長……」閏田不安地，不知說些什麼，在錯覺中，他很容易聯想到佛山船上那個軍人……

「丁連長年少英俊，打仗剿匪都英勇，在地方上駐防，是地方之福……」李鄉長阿諛地笑着，笑得叫人討厭。

「過獎，過獎！」丁連長故示謙遜，好像自己不夠「英俊」似的，胸膛挺得筆直。為了掩飾儀容上的缺憾，不時假裝抹汗用手遮掩額頭的大瘡疤。其實，認真說來，他既不「英俊」，又不「年少」，倒是個三十來歲的大老粗。

「這位小姐是……」其後，丁連長又指着玉玲說。

「叫做玉玲，」閏田迅速接上。

丁連長眼巴巴的瞪了半響，但玉玲並不看他，反而心急似的離去客人，這使他精神上感到落空。原來，此番拜訪，是李鄉長的從中擺佈，可是，她冷冷的連看也不看，李鄉長的滑嘴巴，倒不知從何滑起。

「我們想先走了，趕十二時半的電船。」最後，伯庭告訴李鄉長要和玉玲進城，就辭去他們。閏田原想跟玉玲嘮叨什麼，但一想，又似覺無話可說。於是默然送伯庭和她出門口，回頭就對李鄉長說：「德甫，那兩枝槍，價錢是不是太貴一點？」

「不貴，」李鄉長旋即歪向閏田耳畔低聲說，「這就是丁連長的。」

閏田愕然，不想計較什麼。

而丁連長好像失落了什麼似地，心頭感到空洞。片刻，毫無情緒地站起來，「我先走了，再見！」就一個人大步的走了。

李鄉長又想起另外一件事，這就是與閏田有關的大廟清數的事情。首先，他又曲曲折折的拐了個彎，才把問題拐到閏田身上。

「是的，公家的債，總該要還。」閏田不大着意。

「你父親交大廟數時，還欠下四十五元，現在耆老們決定總清算了，我想先通知你……」

「我曾把賬目過眼一番，要還四十四担谷之間……」

「什麼？」閏田驚訝着，「四十多元，哪能算得四十多担谷？」

「大廟的規矩是，照當時的谷價計算，即四十五元等於七担半谷——」李鄉長詳細解說着，「由谷作底本，按年加息，息又作本，這樣一年一年加上去的——這是祖傳鄉規。」

「德甫，這未免太不公允吧！」閏田懷疑着，漲紅着臉孔。

「公家的事，公家的事……我全管不着。」李鄉長有意避開，「不過我和你從來就沒有三言兩語，所以私下通知你，照我看，規矩是不能改的，能事先還清了，倒是一筆乾淨，不然，數目公佈時，落得面子難過，你想是不是？」

「公家有這種規矩麼？」閏田心裏不痛快。

「你問問老人家去，是祖傳鄉例……」

這時，老父親剛進門來，閏田把此事詢問他，他家人家也感到模糊，啞默半天，才失聲地自語着：「清數規例，總得有減折呀！」

「怕不行吧？」鄉長搖頭搭上，「要有減折，從此鄉中就不成體統了，誰也可拖欠公家的錢……」

原來，李德甫把持大廟的租值，鄉里早有煩言，但他族大人多，又容納了幾個歸正的「大哥」，又巴結了區署和駐軍，因此，人們只好眼巴巴的忍受。這一點，老父親是知道的，他的善良怕事而至抵欺凌的一點弱者心情，使他習慣了事事謙讓。此刻，李德甫的登門相告，也許就是一種好意，即或是惡意吧，也無可奈何——老父親想了一會，又頻頻點頭：「是的，是的……」

「我想，幾十担谷不濟事，省得人家言長語短。」鄉長特意表示自己的善意和關切，然後又遠遠的拖到別的事情去。

「唔……」閏田悄悄的嘆一口氣。但鄉長好像很怕看到人家嘆氣似的，跟着，又深深呼吸一回，走了。

老父親睜着懊惱的眼睛望着兒子。

閏田慢慢地感受到一種不可知的力量的威脅。

當晚，他竟然失眠。他把回到鄉裏來的這段短暫的日子，重溫一下，覺得害怕和傷感。在他面前出現的每一個帶笑的或痛苦的臉，每一件事，都好像與他的錢有關聯。這樣下去——他想，他這幾個半生凝聚的血汗錢，怕會在不知不覺中……此外，在他腦海裏浮沉着的完全是紛擾。鄉間，輪船上，碼頭上，旅店裏，有的都是紛擾。一切紛擾，無盡止的紛擾，衝破了他在南洋時候的那個多彩的夢想呀！

於是，曾經安排好的，在廣州開一爿小商店，在鄉間買幾畝田，或建一間屋宇的那種預想，已經日漸消落，而至將陷於全部破滅的境地。「不知如何是好」的一種徘徊不安的思念，使他日趨痛苦。

此後，他不想出門，又不想讓人看他，一切捐款借貸的事情，他全部拒絕，曾經談議過的田畝、屋地，不想進行了。就如伯庭叔說的，看看城裏有沒有機會與門徑。

但一個星期以來，一種可怕的流言，又刺進羅閏田的心裏，這便是對他的洗劫或綁票。有人說，爛賭二的那股人馬又蠢蠢欲動，有人說，散兵游勇已開始在附近騷擾；有的人說，駐防的軍隊常常化裝向人勒索，有的人說，很多人不願徵兵逃去當土匪，有的人說……綜合起來是，劫掠南洋伯羅閏田的這類事實，是很可能的。因之，羅閏田更加惶惑，更感到生命和錢財的威脅。駭異中，他曾問及李鄉長那兩枝槍，李鄉長說是鄉公所備用，算了。羅閏田才發覺李德甫這個人的嘴臉，有點虛偽和狡猾。

就在謠言不絕的虛嚇中，李鄉長又突然顯露在羅閏田的眼前，可是他還是那個謙和而奸笑的樣子，說起話來，有意無意的露着驚異。

「閏田，外面的謠言你聽到吧？不好聽，不好聽……」

「……」羅閏田不想回答。

「時勢實在不大太平，防軍似乎顧理不及，鄉公所力量稍嫌單薄。閏田，你還是小心為宜！」

李鄉長說得很有勁，又表示憂慮的樣子。

閏田却擺個安靜氣勢，冷冷的道：「我又沒有什麼錢，土匪自然不會向我盤算的！」

「不是這樣說，有有冇人家不知道，但外間誰都說，你發財回來啦！提防一下是必要的。」

「不打緊，不打緊……」羅閏田硬着心腸。

「是的，不打緊，即使有個意外，我們鄉公所也得負責任！」李鄉長知道嚇不住，轉過口風，

「哦，有一件事情，很早就想跟你商量，這就是，就是……」

「就是玉賢祖那幾畝田是不是？」

「不，那批田不想賣了，我說的是，你那位大小姐……」

「她……」閏田摸不着頭腦。

鄉長眯笑一下，輕輕的道：「她，年紀不輕了吧，我想替她做個媒。」

「她還得讀書，婚嫁事還談不上！」

「不錯，不錯，」鄉長依然笑着，「不過，女孩子早晚要嫁人的，有個好對手，不妨替她打主意。」

「這世界，做父親的也作不得主。」

「可不能讓她太自由呀！」鄉長很有見地似地，隨後又照實道：「丁連長很喜歡她，你怎麼樣？」

「照道理，當兵的人她是不喜歡的，可是我作不得主。」閏田正直地表示自己的態度。

「這錯了，錯了，」鄉長解釋着，「現今世界，當兵的才有力量，才可撈錢，也才有偉大的前途！」他把「前途」那個字音放得格外響朗，然後又説，「説老實話，閏田，你有個當官長的女婿，話，説得響啦！」

閏田却不感興頭，冷淡的「哦」了一聲，又啞然。鄉長是個聰明人，觀察對方的容色，知道沒有希望，也就索性把這件事丟開不談。

閏田希望他稍坐一會就走，但他偏偏不走。經過一度較長的沉默，鄉長發氣似的，忽而又轉了沉重的語調説道：「鄉裏徵兵的事，你知道吧？」

「什麼？」閏田不明白這話的用意。

「沒什麼，我們鄉裏徵兵的事，在大廟抽簽，你的大兒子是第一期……」

「他還在外面，也得抽簽嗎？」閏田詫異地。

「國家法令，適合年齡就得抽，管你在外面內面麼？」鄉長擺出個嚴正態度。

「德甫，你弄錯了吧？華僑是不抽的。」

「抗戰初期好像……好像……」鄉長想不清，馬上轉回來，「現在是國民兵役，只要是國民，就得抽，華僑不華僑，政府管不着！」頓了一下，又和順地，「閏田，你原諒這不是我德甫個人的事，你不抽，人家就鼓噪，鼓噪起來，就說我徇情了，唉，公家事真難做！」

「要真是政府的法令，也沒辦法！」閏田馴順地，隨又透露一點憂慮的神色，「要是抽中了，他回不得來，怎麼辦？」

「能夠不抽，自然是妙極了。」

「不抽也行麼？」

「不行，不行！」鄉長立即阻斷，隨之又圓說着：「不過，跟區署裏說個明白，說你在抗戰期中捐過不少錢，有功祖國，也許通情得過。但還有一個問題是……」故意賣個小關子，斜斜的瞅閏田一眼：「是……不能平空領人家盛情呀。」

這個「盛情」裏面包涵什麼內容，羅閏田多少領悟到。為避免無謂的煩憂，忍痛地破費一點錢，是不可避免的，俗語所謂「破財擋災」。這麼想着，閏田隨口問道：「要送多少禮物麼？」

「目下百物騰貴，一點小禮物，大約總得花上十把萬吧。」鄉長和睦地，審視着閏田臉部的表情。

「啊！」閏田心胸一跳，泛着疑問的眼色。

鄉長忖度得出閏田吝嗇，就又補充道：「其實十萬塊錢少得很，不夠人家搓一晚麻將。要不是講情面嗎，誰願意領受這個意思？」

閏田苦惱了一陣，不說話。

鄉長站起來，拍拍屁股想走。接着，鴉片烟癮發作似的，打一個呵欠，又轉頭道：「怎麼辦，讓你自己考慮考慮吧。」

「還是照你的意思，去說說情吧。德甫！」閏田抑壓着不悅的情緒，強笑着。

「好的。」鄉長一面點頭，一面跨出門檻。

又像有一種痛苦的石塊，壓着羅閏田的心窩，壓得他快要流淚，快要患病似的倒下。回到祖國來，為什麼這樣多不如意的事？一想，他心灰、發慌和懊喪！

時間像鞭子似的在人家眼前閃過，閃得很慢，閃過一轉就像印下一條苦痛的鞭痕。兩個星期來，有多少鞭痕在羅閏田的跳動的心頭留下？數不清，別人數不清，他自己數不清。他只有一種難於訴說的悔怨，愚昧，和說是深又不深，說是淺又不淺的憎恨！他想不出應該憎恨誰，除了無形無影地逝去，而至破滅了的幻想。

一天又過去了。

又是中午，秋風在乾燥地吹，陰雲遮蔽了太陽，遮蔽了藍色的天幕，他悶悶的在天階徘徊。一種游動的思想，在腦海中隱現着：「我應該留在國內，還是乾乾脆脆回到南洋去？」有時休自己答：「家鄉雖不如意，總得挨下去呀，還有年老的父親，又是葉落歸根……」旋即又否定着：「不，我的年紀還不算老，應該在南洋多待幾年呀！」但無論怎麼想，他沒有辦法決定。

正想得入神，伯庭叔又突然出現在面前。他一陣清醒，把精神和視綫集中在伯庭叔身上。看他那個匆速的神態，總有什麼事情的，然而，閏田不問這個，先訴說一下自己心情上的苦悶。

「伯庭，鄉間的事，件件都頭痛，我真想——」

「德甫對你，不至於怎麼樣吧？」伯庭氣喘地道。

「難說，難說！」閏田又不想說出內心的苦衷。

伯庭知意，但不欲追問，他是領教過鄉長的手段的，而且，清楚了李鄉長的為人，而他以不管閑事為旨，也就向來裝聾扮啞。此刻，會心之餘，也無話可說，倒是心急於告訴閏田一件事：

「你滙中國銀行的二千萬元，通知書到了，特別回鄉告訴你……」伯庭說，像要提供一個意見，可是，閏田立刻打斷他。

「別喧嚷出去呀，不然……」

「我曉得，你放心！」伯庭會意着，「但我得提醒你，你要馬上把款子提出來，通通換作港幣。」

「為什麼？」

「前天港鈔才是六四，今天飛漲到八五，照情勢看，很快就突破十字，要不及時兑換，這筆錢慢慢地虧掉了。」

「哦！」閏田愕然。

「你滙國幣時怎樣算法？可吃虧？」伯庭親切的探詢他。

「十三塊半叻幣兑一萬，說是政府特別津貼華僑滙款的……」

「啊！傻了，傻了！」伯庭大叫着，隨即低頭暗算一下：「照正價說，坡紙一八二算，十三元半等於港幣二十四元五角七分，又照今天的港鈔算，這個數就有二萬零三百多了。那麼，你想想，滙二千萬元，就眼巴巴虧了一半！」

「真的麼？」閏田聽到伯庭提出這個數目字，心頭一跳，「你算清楚看！」

「這是明明白白的，還用算？」伯庭用着爽朗的聲調，「你再不換回港鈔，再過兩個月，又要折一半呢。」

閏田臉孔沉了一下，稍稍思索，覺得不錯，就又猛然省悟自己的愚蠢。他的心，越加來得陰暗和創痛，像創痛得快要爆裂的樣子。

「伯庭，我回來錯了。」閏田悔恨地望着伯侹。

「錯就錯在你滙國幣，你給銀行騙了。」

「想不到國家的銀行，也會騙自家僑胞！」

「不騙，銀行就得關門了，管你僑胞不僑胞！」伯庭也有些氣怒，「你不看，長頸進老婆那五萬元，四五個月都寄不到，這為的是什麼？你才滙一個月，倒算騙得有良心了。」

「總之，是我錯了。」閏田喪氣地，雙手捧着臉頰。

伯庭難過地靜默着。

「再說生意實在摸不到門徑，金融紊亂，貨物都通常有價無市；全市商場，差不多百分之八十虧本，哪能想出主意？」伯庭詳細地把市況説述一遍，就又感情的説道：「閏田，説真心話，我勸你還是把國幣兑了，吃點高利貸過日子好，別想什麼生意門路！」

「咄！」閏田仰着臉孔，不表示可否。但他心坎裏的悲感和沉痛，是從眼色中透視出來的，他真的一步步的走向失望和絕望。

「玉玲呢……」隨後，他轉了語腔，隨便問伯庭。

「為了考學校方便，她早已到那個小梅家去住，」伯庭慢慢答，「哦，説起玉玲，丁連長很有意，是不是？」

「又是德甫的把戲！」閏田冷冷的。

「德甫很會用那一套，敵偽時代，替日本鬼找花姑娘，後來新一軍來，他又隨處去替人家物色女人，真是……」伯庭用着不屑的口氣，「其實，丁連長這類人，都要不得！」

「要不得，要不得！」老父親從鎮上回來，聽伯庭叱罵丁連長，就忽有所感地，悄悄的接上嘴。

「二伯爺，人家要你的孫女嫁給他呢。」伯庭笑了一下。

「玉玲肯，我也不肯！」老父親撅起半邊嘴，「賣鴉片烟、開賭是他，禁烟禁賭又是他，賊是他，捉賊又是他。這樣的人，要不得，要不得！」

閏田懊惱地瞅住他們，不説話。

老父親坐下來，拿着旱烟來抽，隨後又淡然哼了一句：「今天鎮上又打死人！」

「為什麼？」閏田不經意地問。

「因為有一個人賭輸了，沒有錢，就去搶一家小粉攤，給鄉公所的自衛隊打死了。」

「……」閏田不在意地愣了一下，沒有回話。

「自衛隊怎好隨便打死人？」伯庭不平地。

老父親還想嘮叨什麼，但瞧見兒子站起身，踱進大廳，他就把話題咽住了。他有點奇怪兒子那種鬱悶的神態。

閏田又在廳中踱着小步，他悔恨自己的錯誤，同時，腦海裏那種偷、詐、欺淩、騙、饑餓、死、零亂、煩擾……一切不愉悅的事情苦惱着他，使他的神緒不寧。他實在直覺到自己過去的愚昧。而現在呢？他有的是空虛，和無法安排的彷徨和苦悶。

伯庭帶着不安的神色，瞪着他發怔。

第二天，閏田照着伯庭的主意，決定把國幣兌換，並且也答允了伯庭的請求，撥三百萬元當作伯庭那個藥材店的補充股本。於是，伯庭像完成一件大事情似的，輕快的回到城裏去。

但，同時，不知為了什麼，玉玲却一個人，頹然地跑回家來。那時，將近吃朝飯，閏田默默地坐在階前，像思憶什麼，而遽爾瞥見女兒，心裏一跳，吃驚地問道：「為什麼？你……」

「我不讀書了，我要回南洋去！」玉玲想哭，但哭不出聲。

「到底為什麼呀？」

「丁連長嚇我，他……」

「他怎麼啦？」父親心急着。

「他起初寫信給我，後來到小梅家找我，人家不睬他，他也來。他說要愛我，喔，還說是你答應的……」

「沒有，我沒有答應！」父親眼睛冒火，「混蛋，混蛋……」

「他的眼睛很凶，我不敢出街，怕碰上他！」

「不要害怕，他不敢怎麼樣的。」隨後父親安慰她，火氣慢慢平靜下來，「進了學校就好了。」

經父親這一提，倒又使玉玲難過。她考了四間公立學校都考不上，原因是缺乏人事，又沒有門徑去托人買一個學位，因此她灰心了。此刻，她不知怎麼回答好。

「考進哪一家學校麼？」父親又問。

「一個都考不着……」玉玲直截地答道：「要有做官的人寫條紙，不然，就得用錢買！」

「學校又不是做生意，怎麼用錢買？」父親不明白。

「你不知道，兩千多人考，取百把人，不花錢，又沒有做官的人，怎麼成？」玉玲說着，臉孔漲得通紅。一種少女的慚愧和負氣，使她陷進情緒上的悲抑和難耐。於是她賭氣着：「這些鬼學校，烏天黑地……」

「嗯！」父親愣住，又勸勉她：「公立學校既然這樣卑劣，讀私立學校吧，反正學校這樣多。」

「不讀，不讀，什麼學校都不讀！」玉玲衝動得胸脯發跳。

「事先又嚷着回來，不讓你回來就哭，回來了又不讀，怎麼對媽媽說？」父親輕輕的責備着。

玉玲的眼圈漾着潮濕的淚水，她真想痛快的大哭一場，但覺得父親不比母親，哭也哭得不痛快，也就極力壓抑着快要爆發的情感。

「我決定了，我要囘南洋去。」

父親不表示意見，內心却受了這個問題的激動。

「我和小梅一起去！」玉玲莊重地，希望得到父親的同情，「小梅已經進了學校的，都要走，何況我沒有進學校？」

「小梅為什麼要走？」

「她耐不住！學校對學生像對監犯，談話讀書沒有自由，出外，交朋友都沒有自由！這不是監犯是什麼？眼巴巴的進去坐牢，為的是什麼？」玉玲感情地提高自己的嗓子。

「有這樣的事？」父親搔着耳根疑問着。

「比這樣的事還壞啦，小梅說『保安司令已經記下名單，準備要拉人！』並且說，她也有份。爸，你想，讀書的犯什麼罪？要勞煩保安司令去拉人！」

「這這……」父親愕異着，說不出半句話。

「因此，不走幹什麼？」

「唔唔……」父親點頭，他的淳樸的心，原來也受到層出不窮的事實的傷害，也就不懷疑女兒是否說謊，因此同情地，「她媽媽讓她走嗎？」他立刻想起那個快嘴快舌的胖女人。

「她媽媽很氣，說她也留不下了。」

「哦，她也走？」父親隨即又沉思道：「難道唐山就容不得外面歸來的人麼？」而接後只是輕微的嘆一口氣：「唉……」

「所以，我決定跟她們走了，爸……」玉玲的態度很堅決，「不然，萬一那個流氓似的丁連長……」

父親啞然半刻，不知所措。繼之站起來，在廳間徘徊着，苦惱着，低思着……

一連串可怕的影子在晃動：貧困的頹敗的鄉村，骷髏似的饑餓的孩子和老婦人的臉形，一切虛偽與謊騙，李德甫的若軟若硬的狡詐和奪取，買槍、清數、誘和迫玉玲的婚事；廣州旅店裏的「皇軍」式的檢查，關員們的借勢搶奪，軍人的氣焰，商業上疲怠和崩頹，學校的黑暗……像映戲似的，一個鏡頭一個鏡頭出現。這些身經目看，不是誰人有意虛誣的事實，和他的在南洋時候所夢想，所希冀的，是一個截然各異的對比。於是他絕望，空虛；他徬徨、沮喪；他痛苦，憎恨；他直覺到過去的愚蠢和鈍感，他受了空頭吹噓的欺騙，他受了幻想的欺騙。

最後，他咬緊牙根的下了一個結論：這樣的祖國，這樣的家鄉，挨不下！挨不下呀！於是，他若有所觸地大叫着：「玉玲，好吧，走吧，我們都走吧！」

「你也走嗎？爸！」玉玲驚奇地瞪着父親的燃燒的臉。

「走，不走等人家欺負，等人家騙麼？」

「爺爺呢？婆婆？」

「……」

羅閏田愴痛地沉着氣，一種原始的依戀的感情，像紊亂的黑網似的，纏得他的心胸快要爆裂。於是他悲感地，倒在夕陽斜照的椅子上。

一九四六年十二月十四日於香港

選自陳殘雲《南洋伯還鄉》，香港：南僑編譯社，一九四七

# 黃天石

## 一曲秋心（節錄）

### 一　拒吻

大華舞廳內內外外的花店花籃堆得滿滿的，這是星期六的晚上，據說梁賽珍梁賽珠姊妹到港伴舞的全場舞女都打扮得艷麗奪目；寶氣珠光，衣香鬢影，舞客們却沉沒在香霧裏，給迷人的紅綠燈光和抖顫的夏威夷音樂陶醉了。

這一羣爭妍鬥媚的舞女中，特殊惹人注目的是張雪豔，她是大華的舞后，如今忽然來了這滬上一等紅星梁氏姊妹做她的勁敵，大家却替她耽憂，怕她舞后的寶座就在這一晚便倒塌了，她為爭踞這寶座起見，誰也以為她必然盛妝出場，可是出於意料地，她的裝飾比平時更樸素，身穿一件淺灰色薄絨長旗袍，襟上插一朵白色康耐心，足登素緞銀花平底鞋，襯着淺色絲襪；臉上脂粉不施，娥眉淡掃，薄薄塗了一些口紅，在千紅萬紫中間，像一朵空谷自開的白梅花，全場視線，不由得不被這朵白梅花所吸引了。樂聲起處，各個舞客爭向自己的目標攬腰起舞，右角沙發椅上走出一個英俊青年，身穿墨綠色薄絨西裝，領際繫着墨綠色素緞領帶，下穿淺灰絨袴，足登黃皮膠底鞋，走近張雪豔面前，微頷示意，張雪豔便亭亭然的站起來和他共舞。

那青年名喚秦季子，是大學文學系的主任，平時和張雪豔頗為相得，二人跳入舞池中心，秦季子笑說：「今晚你淡妝出場，風頭反你一個人佔盡，太聰明了！」

張雪豔答道：「我的模樣自知不適宜濃妝，隨便些倒還自然些」。秦季子道：「跳完這個舞，到我那裏坐坐好嗎？」張雪豔歉然道：「對不起！剛才坐下，便有小郎（註）（滬舞女呼侍役為小郎）來說音樂台右角那個穿長衫的客人叫去坐檯子：十一點到一點是汪老八先生預定下的檯子；一點後是西洋人預定下的檯子；今晚要玩到三點鐘才打烊呢。」秦季子心想，六個鐘頭的檯子，既全都有人捧場，自己倒不如早些回去睡覺。又明知汪老八在她身上化了將近萬元，交情還是泛泛的；西洋人在她身上化的錢至少好幾萬，也只是不即不離，沒甚接近的表示，這兩個都是對她痴迷纏纏的熟客，自己犯不着去爭，便道：「既如此，我改天再來。」張雪豔道：「好，明天早些來，今晚上早早回去休息。」這話說得很體己，他向來知道張雪豔綽號冰箱，對客人一副冷面孔，從不肯灌米湯，照這語氣，對自己總算還有些交情，心裏便有些迷迷惑惑。

一曲既終，秦季子依着張雪豔的話，打算回家便睡，可是走到街頭，冷清清的，聽到高樓上一片悠揚的音樂，心裏便依戀着不願回去。

這時正是春二月天氣，細雨如紛，吹在臉上涼涼的越不想睡，秦季子獨自一個兒，望着遠處的霓紅燈，慢吞吞的向東走去，張雪豔的一顰一笑，在他心上旋起旋滅，忽覺肩上有人輕輕搭上一隻手來。秦季子忙回頭看時，那人生得胖胖的，雖已五十多歲，因臉色紅潤，看起來還不過四十上下年紀，也算得一表人材，只是眼睛生的小些兒，和整個輪廓不大相稱，秦季子不覺皺眉，心想：「我正想避開他，偏又到處碰到他。」

原來那人姓牛，名喚武道，是個失意政客，表面上做些進出口貿易，實際上行動却甚詭祕，牛武道笑說：「怎麼這時候獨自一個兒在十字街頭打轉，張雪豔呢？」秦季子強笑道：「她坐㯄子去了。」牛武道瞇着眼睛笑道：「明天我們早些出來玩，我有許許多多的話，要告訴你。」秦季子猶豫不應，向前自行，牛武道跟着他走，邊走邊說道：「我們近來大家都很窮，應得打打主意，香港這地方確實好住，但一切都離不開這個錢字，譬如你做的那個張雪豔，漂亮極了，對你又殷勤，可是，老哥，不是得罪你的話，一個教授，怎能討得起一個紅舞星呢？」

秦季子抗辯地笑道：「我和她不過玩玩而已，那裏有心要討她回去？你說得太遠了。」

牛武道一派正經的說道：「不然！紅粉知己，千萬不可辜負這人，我從旁觀察，她對你着實有意思，你對她也不見得完全無心，老哥，說來說去，就是錢這個字，如果有了錢，你們的好事還怕不完成嗎？」

秦季子覺得和他辯也無益，便默然不語，牛武道又再三堅邀道：「明晚九點半鐘在中華舞廳，我已約定了鄭忠武，你務必要來。」

秦季子只得勉強答應了一個「好」字。

次日，秦季子依時踐約，到中華舞廳時，見牛武道和鄭忠武已先到等候，正在低聲密語，不知談些甚麼，鄭忠武的表情有些不耐煩的模樣，起身想要告辭，忽見秦季子來到，心裏喜歡，拉着手問道：「季子，怎麼這時纔來？我昨天和你說的話，可考慮過了。」

秦季子正待答話，牛武道緊緊拉着忠武說道：「我說季子一定來的，你不信，他不會我們，也要來會張雪豔」。說罷，便呼喚侍役打電話到大華舞廳叫張雪豔過來坐檯子，同時，替鄭忠武叫了一個，自己也叫了一個來伴舞。

秦季子坐在忠武旁邊，答道：「昨天早上，承你枉駕，不過這番好意，我實在不敢接受。」

鄭忠武滿臉失望地說道：「你太使我失望了，你瞧我這兩天急得人都瘦了」。季子瞧他，果然消瘦了好些，鄭忠武是當地氣象週報的社長，以善寫軍事論文著名，他生成一個瘦長條子，白淨面皮，嘴邊蓄着一撮稀稀疏疏的小髫子，近兩天更是目眶微凹，兩腮深陷，心中着實不忍，便宛轉推辭道：「你這個社長職務，我確不敢代理，文學和兵學，眞所謂隔行如隔山，決不能冒充內行」。

鄭忠武道：「你若堅辭，我只有兩條路可走：不是犧牲陸軍大學的學業；便是氣象週報關門大吉。」說着，見牛武道正和舞女談笑，便低低言道：「卽使犧牲陸大的學業，專心辦報，這裏的環境也實在太壞，國內當局懷疑我和日本人勾結，可是許多無聊的應酬又是避免不了的。」

秦季子見這裏不是談心之所，便設法把話頭結束道：「依我替你設想，寧可犧牲陸大升學，氣象報辦得聲譽很好，停刊可惜，天下無兩全之事，倒不如在香港玩玩再說，至於是非毀譽，又何必理它呢？」鄭忠武點點頭。

牛武道回過頭來打了兩個哈哈道：「你們又在談詩嗎？把兩位小姐冷淡了，快起來陪她們跳個狐步舞，剛才侍役回話，說張雪豔要十一點鐘才得空轉過來坐檯子，季子怕等得焦心了。」秦季子和鄭忠武便起身和那兩個舞女應酬了幾個鐘，等了好一會，張雪豔才娉娉而來含笑向眾人說了一聲「對不住」，坐下喝過茶，週旋數語之後，秦季子請她同舞，音樂台上正奏着「魂斷藍橋」的華爾茲，二人舞時，四目凝注、互相慕戀、飄飄然如在天上。秦季子覺得她近來的態度漸漸溫暖起來，約她消夜清談，沒有一次推却，見面總是有說有笑，不像以前的冰箱模樣，但想到她是一流紅舞星，熟客中如西洋人汪老八等揮金如土，尚且得不到她的眞心，自己相識的日子如此短淺，手段更不能這般闊綽，不免有些短氣。

這一晚上，張雪豔對他却越來越接近，跳了幾次舞後，在樂聲裏竟不知不覺的臉頰偎貼，熱情流露，舞罷歸座，牛武道少不免打趣幾句。

一直玩到散場，三個舞女的舞票，牛武道定要做東，全都給了。臨行又附着秦季子的耳朵說：「明天下午七點，到我九龍塘寓處晚飯，我有許許多多的話要向你說。」

秦季子先推說有事不得空兒，牛武道急得扳起臉兒道：「我是專為請你的，筵席都定好了，還特別約了忠武等幾個好朋友作陪，你務必要到」，秦季子見他如此殷勤，只好勉強答應。

牛武道喜道：「這樣才像是個朋友，明晚上我們散了席，再找張雪豔玩去，照今夜的情景，我從旁冷眼偷看，雪豔對你更好了，可是，話又說囘來，我們要想法子活動活動，多弄幾個錢。」

秦季子道：「她和我來往，倒不是為了幾個錢，夾心舞票之類的冤事，我也從未試過。」牛武道瞇着眼，一臉橫肉，越顯得浮腫，笑嘻嘻的說道：「你們小白臉，自然有這種艷福，我想她倒貼也願意，喂！她的工夫好不好，試過嗎？」秦季子見他語言粗鄙，越說越不成話，心中惱怒，半晌不語，牛武道乖覺，忙轉過話頭道：「且不說笑話，明天務必請早些，」握握手道別，挺起大肚子，柱着手杖，搖搖擺擺的去了。

明晚，秦季子依約赴讌，牛武道請了一桌客，一一介紹，鄭忠武因事沒有來，盡是些生客，中間還夾着島田太郎，清篠竺，松本龍三郎等幾個日本人在內。

那時正是七七事變不久之後，秦季子見了這些人心裏便冒火。牛武道附耳低言道：「我和這班人周旋，無非是騙他們幾個錢，近來貿易公司虧折太甚，不得不加充新股，他們都是東京大阪的大商人，和政治上沒有多大關係的。」秦季子氣得發昏。

牛武道又在那班日本人面前極口稱讚秦季子的學問經驗如何如何了不得。過去曾兩次遊歷日本，會說日本話，島田太郎問是那一年去的，是不是住在東京，秦季子假裝聽不懂，十二分勉強，按捺到終席，推說有事先自告別出來。

一路上心中暗想：「牛武道這小子，原來走進了鬼門關，怪不得近來大吃大用，昨晚上請跳舞，却包藏着這樣的作用在內，這種人以後非謹防疏遠不可！可怪的是當地政府，怎麼毫無耳目，由得這班人在這裏興風作浪。看來華南一帶，不久也快完了！自己是一個書生，空自杞人憂天，至今還一事做不出來；那些鬧昏了頭的政治販子，却無緣無故的把自己看做眼中釘，今天封你一個漢字號，明天加你一頂紅帽子，定要將你逼上梁山，雖然脚根站得定，但想施展抱負可就難了，然而天生我才必有用，每天在文字上做些正人心，崇氣節的工作，對於世道也不無影響，可是正在壯盛之年，賸餘的精力怎樣消耗呢？」想到這裏，不知不覺的早已換了公共汽車，踏上過海輪渡，只見一面明鏡似的圓月，高懸長空，清光下映，水面上盪漾着萬條金蛇，不禁凝望浩渺的大海深深嘆了一口氣，暗道：「我只好學信陵君的醇酒婦人，度此亂世了！」

秦季子幌進大華舞場，瞥見張雪艷正憂鬱地坐在舞位上，再向她背後一看，心裏暗暗稱怪！

張雪艷平日的表情，就是這般憂憂鬱鬱的，許多專心尋樂的客人，誰耐煩看她那一臉清愁，但也有另外一種人，正為了她一顰一蹙，替她難過；因難過而生憐惜之心，因憐惜而着了迷。

這時在秦季子眼裏，她的表情比平時愈覺憂鬱；更可驚異的是她背後坐着一個客人，把中華舞場的金筱梅帶來坐檯子，那客人不是別個，正是汪老八，汪老八是有名底張雪艷的忠實信徒，從來不做別的舞女，今晚叫的金筱梅，因臉龐兒和張雪艷很有幾分相像，綽號叫做假張雪艷，汪老八丟着真張雪艷冷清清的坐在那裏，及而和假張雪艷熱烘烘的打情罵俏，這事却有些蹊蹺。

秦季子先自驚異，轉念一想，便恍然大悟，這一定是汪老八和張雪艷鬧了蹩扭，一方面以跳槽為威脅，一方面借奚落為報復，想用這手段來廹使張雪艷屈服，剛巧張雪艷在一個陌生客人那裏坐了一小時檯子下來，滿場沒有熟客，汪老八故意在她背後低聲説、大聲笑，玩弄種種窘辱的花樣，那用意不但要使張雪艷心裏難過，更要使張雪艷因得罪好客人而飽受舞女大班的教訓，舞女大班對於拼命化錢，昏頭搭腦的瘟生，都認為好客人，汪老八便是舞女大班在人前時常稱讚的好客人之一。

張雪艷坐在這冷位置上，真是如坐針氈，臉兒一陣青，一陣白，十分難受，再看梁賽珍賽珠姊妹和其他的幾個紅舞女，都已坐檯的坐檯，出街的出街去了。

秦季子私自估量：「張雪艷的個性非常倔強，照汪老八這種手段，厲害是厲害了，但未必就能把她屈服，結果徒然引起反感，交情就此完了，平時張雪艷對自己總算不錯。豈能眼巴巴的看她受人窘辱！」一時動了打抱不平的念頭，便向侍役招招手道：「叫張雪艷來坐檯。」張雪艷窘得上天無路，入地鑽不進一個洞兒，忽聞有人叫她坐檯子，喜得像拉滿了的弓，弦兒突然一鬆，忙問是那個客，侍役指了一指道：「就是那位常來的秦先生。」

張雪艷見是秦季子，越發喜悅，忙提了手袋。笑吟吟的走過來，一旁坐下，秦季問她喝甚麼，張雪艷說：「茶」秦季子笑道「每次問你，總是喝茶，以後不再問你了」。張雪艷也笑道：「咖啡怕刺激，牛奶喝不來，鄉下人只會喝茶」。

汪老八見張雪艷給客人叫去坐檯，正懊喪着報復不成，再一望，却是秦季子，他和秦季子原就相識，早知道季子也賞識張雪艷，正是情敵相見，分外眼紅，不快不慢，秦季子的眼睛也正望過去，汪老八到此境界，自知吃了敗仗，黯然苦笑了一笑。

張雪艷自和秦季子相識以來，早就有好感；一則愛季子的人品，沒有一般舞客玩弄舞女的壞習氣；再則季子說得一口相當流麗的上海話，彼此容易交換情感；當下又因季子雪中送炭，替她報復了汪老八；心中十分感激，盡量地殷勤招待，冰箱立刻變成電爐了。

汪老八起先洋洋得意，這時隔着舞池，望見秦季子和張雪艷親昵的情形，彷彿一瓶醋，從頭頂直灌到脚底，週身酸溜溜的，手足失措，耳朵熱辣辣發燒，廻顧身旁的金筱梅，號稱假張雪艷，和眞張雪艷比較起來，無論容光神韵，都覺得黯然無色，一時如芒刺在背，烈火炙股，再也坐不住了，付過茶錢，帶着金筱梅便走。

秦季子無心跳舞，和張雪艷只管談心，見汪老八已走，便笑問道：「你和汪八先生一向好好的，今晚似乎鬧了蹩扭。」張雪艷淺笑道：「其實也算不得甚麼，說起來，芝蔴綠豆般的事，想不到汪八先生就會生我的氣。今天下午，他打電話約我到香港大酒店茶舞，我恰巧不得空，辭謝不去，誰知今晚他帶了金筱梅來氣我。」

秦季子道：「正因為他太愛你了，才會有這反應。」

張雪艷心平氣和的說道：「平時汪八先生待我原也不錯。」秦季子見她逆來順受，絕無怨言，暗暗佩服她的涵養功夫。

坐了一會，覺得無聊，秦季子想到別的舞場去玩玩，徵詢雪艷同意，張雪艷無可無不可，提起手袋道：「你喜歡到那裏，我陪你去。」秦季子道：「昨天中華的音樂還不壞，我們去坐坐，好嗎？」張雪艷道：「那是新近到的一班菲律濱樂隊。」

於是二人來到中華舞場，不料才坐下來，瞥見汪老八和金筱梅正坐在對面，汪老八不知道他們是無心而來，只當是跟踪追擊，氣得一佛出世，二佛涅槃，撇下金筱梅，賭氣一溜烟走了。

張雪艷忍不住笑道：「真巧！偏會到處遇着汪老八先生。」秦季子道：「本來事出無心，他或許會誤會我有意向他示威，我對他着實抱歉。」張雪艷暗地想，「這人真厚道，換了別的舞客。看見情敵在自己手上失敗，一定心滿意得，那裏反會感覺抱歉？」於是越發敬重季子的為人。

戀愛到了最高境界，便是能了解到內心美，所謂人格的擁抱，是超出肉體以上的一種境界，二人這時，儘管談心，不但把跳舞忘却，連音樂也懶得聽了。

看看快將散塲，秦季子便約張雪艷上酒樓消夜，開了一瓶啤酒，點幾個熱葷，慢慢喝着，張雪艷向不喝酒，今晚心裏快樂，居然也喝了半玻璃杯。

下樓時，酒樓已打烊了，秦季子把她扶上汽車，對司機説，一直開往跑馬地，他和張雪艷住在一條街上，只隔幾十個門牌號數，車經黃泥涌道，只見跑馬地的廣塲上，綠草如茵，鋪滿月色，彷彿遍地都是水銀，秦季子給這美麗的夜景吸引住了，嘖嘖讚嘆道：「好月色！我想叫司機先把汽車開回去，我和你到草塲上散散步，再送你回家，你的意思怎樣？」

張雪艷柔聲地答道，「你喜歡散步，我便陪你。」

二人下車，才走了十幾步，只見一顆濃綠的大樹陰下，擺着一把雙人鐵椅子，空無人坐，秦季子喜道：「我們就在這裏坐着談談，好嗎？」張雪艷含笑點頭。

二人並肩而坐，月色從密密的樹陰罅裏透漏下一片清輝，照在張雪艷的素臉上，正在酒後，薄薄起了兩朵紅暈，比染了胭脂還美麗，胭脂雖紅，紅得死色，血氣泛上肌膚，透露出來的天然紅潤，正如清晨曦露下的盈盈花瓣，又鮮又艷，秦季子恍惚對着一枝名花，只覺得世界上最美的事物就在這片刻間了。

凡是初戀的男女，自然而然的想彼此接近，接近之後，又如膠似漆的不願分離，二人坐在這鐵椅子上，越談越有勁兒，不覺談了一個多鐘點，已是快交深夜四點鐘了。

秦季子給月色誘惑得癡迷迷的，張雪艷的鬢髮有意無意之間，偶而拂着他的臉頰，實在有些情不自禁，便握着她的纖手，低聲問道：「你容許我吻你一下嗎？」

在季子心想，二人的情感到了這種境界，他又彬彬有禮，先徵同意，一派歐洲紳士派的作風，料想張雪艷不會拒絕，誰知結果竟使他大大失望，張雪艷含笑搖搖頭道：「不」！

這一個「不」字，把秦季子氣得渾身冷了半截，登時說不出話來，心想，怪不得西洋人在她面前冤送幾萬，更怪不得汪老八白送一萬八千，原來風月場中，根本沒有眞情可言，她們的媚態柔情，那裏是對你眞有甚麼意思，不過如廣東俗語所說的：「跪地喂母豬，看錢分上」，自己過去交際的盡是些名媛閨秀，是便是非便非，沒有夾雜着金錢臭味在內，如今才認識風月場中女子手段的毒辣。

張雪艷見季子突然不出聲，知道他心裏一定惱怒，可是一個紅舞女，或者一個和異性社交的老手，對於男子的喜怒哀樂，這一類嘴臉，看得慣了，你笑也好，哭也好，在她看來，本是平常得很的事，你們那些少見多怪的男人，才會大驚小怪，當一件事來傷腦筋。你們化冤錢是活該，你們失戀自殺也是活該，一個情場百戰的女子，她的狠心，她的毒手，比一將功成萬骨枯的軍閥們還狠毒幾倍。

秦季子眼見許多好朋友，遭了女性的暗算，所以他身入情場，便先來一個謹防之心，他的戀愛哲學是：「愛是給與，根本不願意對方的酬報，但也決不願意對方把自己當做上海人所說的阿木林壽頭之類辦理，單相思這一類傻事，他向就反對，你即使美得和西施一樣，如果你對我並不愛好，你去做你的西施，於我有甚麼相干，我睡半個鐘頭午覺，不比想你舒服得多嗎？戀愛條件的成立，必須像外交術語所說的互惠條約，這並不是功利主義，因為不如此，戀愛何從成立？」

秦季子這人，在處世方面，萬事讓人三分便宜，決不爭執，如果你定要逼到他無路可走，那麼，他也會提醒精神，保衛自己的生命，這時他見張雪艷的戀愛戰略，來得太狠，這分明如孫子兵法所說的：「致人而不致於人」。她是用讓敵深入的戰術，把秦季子誘到身陷重地，然後來一個四面包圍的殲滅戰。

秦季子想到這裏，不覺心驚胆戰，坐在自己身旁的，那裏是甚麼如花似玉的美人，簡直是張牙舞爪的猛獸，她那裏是愛上了自己；她的目的是剝自己的皮，吮自己的血，本來一個女子，連貞操都不顧，抛頭露面的出來，眼裏所見到的，除了金錢，還有甚麼？你若有錢，用不着客氣，玩弄她，蹂躪她，一聽尊便；你若沒錢，而疾心妄想，自居賣油郎，要獨佔花魁女，此今古之所以為奇觀也！

張雪艷那裏知道季子想些甚麼，只當他怒氣未息，舞女任你紅，總不敢得罪舞客，她並不是怕你，她怕吃鴨頭怕淋硝鏹水，這一來，便會像寧波朋友所說的「阿拉吃弗消。」她見季子交叉着手，怔怔地望着隔馬路的一帶樹林，五分鐘不言不語，心中倒反害怕起來，不知他在打自己的甚麼主意，一時着慌，只好自我轉彎道：「你喜歡的話，吻我的臉頰是可以的。」

秦季子原也只想吻她的頰，並沒想到和她接吻，這時却熱情全冷，心裏冷笑，你會耍花樣，難道我不懂得弄手段，我之所以懶得用權術，無非想長命百歲，多活幾年，不願意巧奪天工，若是眞要鬥決法，你勝我敗，還在未知之數，不過一個人活在世界上，眞會享受的，是享受眞正的人生，誠意的待人，不但古聖昔賢對我們的教訓如此；人與人之間，肺腑相見，不是人生最大的快樂嗎？何況交朋友而沒有眞心；便五倫有虧，對愛人而還要花樣，簡直是一生都假。這般做人，枉你一世，當下便神色堅毅的答道：「不！」

一位小姐，請求一位先生吻自己的臉頰，那位先生竟會說出一個「不」字來，所謂女性的尊嚴，也就掃地盡了，當初是秦季子氣得說不出話來，這時把張雪艷氣得咯都着嘴，兩個驕傲人，你不遷就我，我也不遷就你，拚了五分鐘，十分鐘，十五分鐘光景，冷冰冰的，一些沒有轉彎的餘地，最後秦季子莊容說道：「時候不早，我送你回去罷。」張雪艷說：「好」。

張雪艷的脚步走得很慢，她想，從黃泥涌道到山村道這條路上，秦季子或許會回心轉意，回復到對自己的愛，可是季子的自尊心很強，對觀察很深刻，他覺得張雪艷這類女性，那裏配得上他當作用情的對象。我秦季子今天並非沒錢，要用錢的力量糟蹮你們女子，眞是易如反掌，不過為了尊重你們女性的人格，才不肯用物質來引誘你們，那裏知道你們這班典當了靈魂的人，用十倍二十倍的重金都贖不回來，結果定要把靈魂斷當，你叫我有甚麼方法呢？

秦季子一路悲天憫人的想他的人生哲學，不覺已到山村道舞女宿舍門前，他用英語向張雪艷道了一聲晚安，昂視闊步的逕自回家。

這一晚上，秦季子翻來覆去的鬧到天亮，才朦朧了一忽兒，忽然有人將他推醒，擦擦睡眼，却是他的太太，便抱怨道：「我睡眠不足，你怎麼偏要吵醒我。」秦太太道：「書局打電話來，怕有甚麼公事。」秦季子只得昏昏起身，打了一個呵欠，來到寫字檯畔，拿起話筒，却是一個女子聲音，問道：「你是秦先生嗎？」

秦季子昏頭搭腦的點點頭，秦太太笑道：「你在電話裏向人點頭，對方能瞧見嗎？眞是千古奇聞」！說得秦季子也笑了起來，忙在話筒裏答道：「我是季子，你是那一位。」那邊却問非所答的說道：「秦先生，你得積些陰功！」那邊道：「你把阿美弄得這樣痛苦，自殺不成，還要墮落，不太忍心了嗎？」原來秦季子教讀之餘，還向書局裏賣些稿子，電話裏那位女性，是他的忠實的讀者，所謂阿美，是季子新著的劇本《戀之味》中的女主角，這劇本只刊了上集，還沒有出下集，這位忠實的讀者，看戲落淚，思古担憂，怕阿美結果太慘，大天光便打了這個電話來，秦季子聽她說得有趣，便道：「依你的意思，又怎麼辦？」那邊答道：「我請求秦先生，定要把阿美和宋安設法團圓。」秦季子道：「好！就依你的主意。」那邊還絮絮不休道：「那麼，秦先生答應我了，務必要這樣辦，不可失信。」秦季子見這位讀者，忠實得着實可以，只得在電話裏連珠砲似的答應：「好，好，好！」便收了綫，秦太太問起情形，季子照實說了，引得越發大笑，這一笑，笑得季子渴睡都醒了，自念再睡也睡不着，朝東的玻璃牕已曬滿了太陽，便走進浴室，洗臉洗澡，用過早點，伏案撰快要出版的論文集，向午時分，玲玲玲的電話鈴又響，秦太太舉起話筒，沒好氣的應道：「你等着！」秦季子見太太臉色不對，暗自忖量：「糟糕！這大概又是一個女子打來的電話了。」

## 二　煙水斜陽

秦季子從太太手裏接過電話筒，才說了一個「喂」字，那邊緊接着說道：「今晚九時，我在哥羅士打酒店舞廳等你。」秦季子笑道：「原來是佘公子，九時我的工作還沒完，十時準來。」那邊說：「十時也好，我等你。」砉然收了綫。

秦季子才明白他太太生氣的原因，佘公子不打電話則已，一打電話，便是約季子出去玩，太太們最討厭是約自己的丈夫出去玩耍的朋友，所以她一聽到佘公子的聲音便生起氣來。

這晚上，秦季子依約到高羅士打酒店，見佘公子已先據一桌，喝茶等候，這佘公子名喚雨龍，生得身材矮小，少年白頭，本是貴家公子，留美得過經濟博士，人倒沒有甚麼，只是生性愛打小算盤，一條草都要把它算盡，侍役過來招呼，問秦季子喝甚麼，佘公子代答道：「茶喇」。秦季子含笑點頭道：「也好。」心中明白，大概他要做東，一壺茶可以吃半天，最經濟莫過於此，佘公子道：「今夜我們可以盡量玩玩，這裏有韃韃舞，一會再到大中華，我昨晚買到了便宜舞票。」

秦季子愕然道：「甚麼叫做便宜舞票？」佘公子道：「近來舞場生意冷淡，那些舞女大班，碰到熟客便拉生意，昨晚上舞女大班老嚴，問我為甚麼好幾天都不去玩，我說若能打折扣，我便常來，老嚴說，你若一次買一百塊錢的舞票，便給你一個九折，我說九折太少，如果七折，我便多買些也可以，老嚴只與我開玩笑，一口應承，那裏知道上了我的大當，我當眞買了四百塊舞票，七折成交，你想，他們和舞女是對拆生意，去了一半，舞場裏不是只得兩成嗎。」

秦季子忍不住笑道：「舞場本是化錢地方，你的經濟學怎麼用到這裏來？」佘公子正色道：「你那裏知道，越在化錢地方，越該懂得經濟，否則照他們闊老的用法，銅山也會倒崩，你想，四百塊七折，我佔的便宜便不少，這一百一十塊錢，留來我和你一會兒可以大玩特玩，白白送給他們，他們會多謝我嗎？」

秦季子道：「這話也有道理，可是既出來玩，目的求個痛快，像你這般帶着一把鐵算盤到化錢地方來，處處計算，根本便不痛快了。」佘公子聲辯道：「賺他們的錢，便是最痛快之事。」秦季子一想，這人的中心思想是佔便宜，和他多辯無益，徒失友情，便不再說甚麼。

二人看過韃韃舞，覺得無甚意思，同到大華舞場。佘公子身上有的是便宜錢，馬上帶了兩個舞女來到大華，乘興要季子叫張雪艷坐檯子。

秦季子因和張雪艷新近決裂，根本大華都不願來，雪艷的臉都不願見，可是在這種場合，又不便過露痕跡，恰巧雪艷有別的客人叫去坐檯，心中念聲阿彌陀佛，希望她一直坐到打烊，這場麻煩便可避免了。

張雪艷早就遠遠的望見季子，同樣的害怕着心病，招呼不是，不招呼也不是；只好把眼睛故意望着別處，然而望久了，又自覺態度不自然：借意和叫她坐檯的客人談談原可遮掩一時，却不便過於親熱，怕秦季子誤會她在他面前示威，左思右想，都不是辦法，窘得不知怎樣才好。

秦季子望見雪艷局促不安，自己更覺局促，忽聽得背後有人嘻嘻的笑道：「雪艷給別人叫去了，你吃醋嗎？」

回頭看時，却是牛武道，挺起大肚子，瞇着小眼睛，一味向他傻笑。季子本不願見這人，「人有三分見面情，」相見不得不敷衍幾句，便問道：「你是幾時來的，在這裏請坐。」牛武道指着背後一排沙發椅道：「我早就來了，一班朋友都在那裏。」秦季子迴顧時，却是兩個日本人叫了好幾個舞女坐檯，正玩得熱鬧。

牛武道瞧季子的神色，知道他不肯過去，便一屁股坐下，向佘公子略略招呼，低聲對季子說道：「我常說，在舞場玩是要錢的，有了相好，便該把她早日討回家去，放在這裏老張可以叫，老李也可以叫，自己眼巴巴的望着，總有些不好過」，季子默然不答，牛武道拍拍胸脯道：「若是我有錢，你老哥之事，不成問題，我現在正拚命活動，公司的新股已招足了，將來賺了錢，咱們兩弟兄大家用，十個張雪艷也把她討過來，不成問題，不成問題！」

秦季子聽得不勝煩膩，故意起來和佘公子帶來的舞女跳舞，舞罷歸座，牛武道還守着，拉七扯八的胡說。

秦季子正不耐煩，佘公子叫道：「張雪艷的客人走了，你還不叫她過來坐檯嗎？」牛武道也迫着說：「趕快叫她來，稍遲又給別人叫去了。」你一言，我一語，也不問季子同意不同意，吩咐侍役把張雪艷叫了過來，坐在季子身旁。

秦季子搭訕着，自己却不知道說些甚麼。張雪艷應着，笑着，更不知道應些甚麼，笑些甚麼。從前兩個人的精神是自然而然的融洽；這時却彷彿隔了一條鴻溝，雖然這兩人在別人面前都盡力想法遮蓋裂痕，結果是越遮蓋越顯露，秦季子的語音有些顫抖，張雪艷的笑容更完全是假裝出來的。宛如一個才死妻子的伶人，要他來扮演一齣新婚喜劇，心情和表情衝突得無法調和。

這僵局，儘你勉強維持，也等於一爐熄的炭火，你若再添上幾塊煤炭連那一星微火也該熄滅了，於是兩人終於弄得說無可說，笑無可笑，冷冷的進於靜默狀態。

佘公子稱奇，牛武道道怪，可猜不透兩人的心事。靜默像一種傳染病，連那兩個舞女都斂笑不說話了。

牛武道瞪着眼注視雪艷。笑問：「你們有甚麼心事？」

張雪艷勉強笑道：「沒有甚麼。」

牛武道搖頭不信，在袋裏摸出一枝香煙，他是不抽煙的，却有聞煙之癖，拿了湊近鼻管，邊嗅邊問：「沒有甚麼，怎麼會大家都不說話呢？」

張雪艷低着頭，強笑道：「眞的沒有甚麼」。

張雪艷儘管勉作笑容，臉上總是訕訕的，牛武道料想這熱鬧湊不起來，起身告退，臨走牽纏着季子約他明天晚飯，秦季子心緒正惡，那有心和這種人應酬，淡淡的謝絕了。

佘公子也看出二人鬧蹩扭，怕季子坐久難受，便提議走的意思，秦季子巴不得這一句，給過舞票，和雪艷道別，出到門外，一陣夜風吹來，整個兒都輕鬆了。

佘公子一團高興，帶了那兩個舞女，和秦季子坐着汽車，飛馳到石塘嘴去，先上金陵舞廳，玩到散場，就在舞廳下面的酒家擺了一間廳座，開懷暢飲。這晚佘公子因舞票七折，賺了百多塊錢，竟做了一個全東。

那兩個舞女，從不曾見佘公子擺過這豪闊場面，樂得眉花眼笑，散了席，撒嬌撒痴的要佘公子帶她們去參觀他的住宅，原來佘公子是當地有名殷戶，住的是半山上的花園洋房，她們早就聽人說過，他的房子是如何如何漂亮，佘公子餘興未盡，就一口答應她們的要求，秦季子躊躇道：「時間不早了，這半夜三更，帶她們去，在嫂夫人面前也不很便，我看改天如何？」那兩個舞女聽說有理，倒不堅執，佘公子道：「笑話！我是怕老婆的人嗎？」

到了佘宅門前，下車按鈴，兩個女佣人摸出鑰匙打開鐵閘，經過花園，到客廳大門又是一道鐵閘。佘太太還沒睡，聽見丈夫回來，忙下樓來招呼客人，遞煙遞糖果的異常週到。

佘公子忽然想喫金山梨，佘太太趕忙上樓，隔了幾分鐘，佘公子口渴得忍不住，親自上樓催問，那知說不上幾句話，佘公子竟大吵嚷起來。

那兩個舞女，面面相覷，暗想大概是太太呷醋了。

只見佘公子氣忿忿的回到客廳，頓足說道：「眞正豈有此理！」舞女急忙問道：「是不是太太因了我們向你發脾氣？」佘公子搖頭道：「這些，她倒不敢」，舞女放了心，又問：「那末，為的是甚麼呢？金山梨吃完了嗎？」佘公子道：「也不是。」

秦季子正打量着客廳裏的陳設。疎疎落落擺着幾把白銅沙發椅子。和幾張茶几，別的東西一樣都沒有，牆上空空的，也沒書畫，只掛着一幅可注意的玻璃鏡框，寫的是：「交遊滿天下，知心無一人，」不覺大笑起來。

佘公子一肚子氣，給他一笑，莫名其妙地問道：「你笑甚麼？」

秦季子道：「我笑你，笑的理由慢慢再告訴你，我現在要問你的是，你和尊夫人吵鬧，是為甚麼事？」佘公子搔搔頭皮，說道：「公是公，私是私，我和內人訂得明明白白的，一切家用之外，另外給她十五塊錢做零用，像香皂牙膏之類，由她自辦，剛才我上樓，發覺她用我的牙膏。」

秦季子忍着笑，問道：「她怎麼會用你的牙膏呢？」佘公子道：「她説她的牙膏用完了」，秦季子道：「當真用完了嗎？」佘公子道：「用是用完了，不過到將近完的時候，早該去買，不該用完了還不買。拿了我的牙膏，隨便就用，這是我的牙膏，我的錢買的呀！早知如此，我又何必給十五塊錢呢？」

佘公子説得振振有詞，自己覺得理由很充足，這樣的理由，大概打官司打到倫敦大理院裏去包贏似的。

佘太太因夫妻吵鬧，不好意思下樓見人。躲在樓上啜泣，叫女工把那盤修好了的金山梨兒捧下來待客，秦季子撿了一塊，邊嚼邊笑指道：「你説知心無一人，照你這種作風，連太太用了你一些牙膏都斤斤計較，那裏會有知心人呢？天下的錢，是天下人的，根本不歸那一個所有，如果你定要説是你的，也只是暫時聽你支配，你死了，留給兒子，何況你快到半生，還沒兒子，你又留給誰呢？你的煩惱，依我想，都是自己找來的，你的毛病，就壞在一個『我』字上，我的錢，我的房子，我的財產，乃至我的一切。你固然表現得特別深刻，特別滑稽可笑，細想下去，世間之人，和你也沒多大分別，因這我字作祟，世界便亂得一團糟，但物質要佔有，精神也要佔有，話只有我的對的，主張也只有我的對的，人類大多數的人，都為了打不破這『我』字，在那裏發神經病，豈獨你呢？」

這番話，把佘公子説得目瞪口呆，想不出反駁的話，支吾言道：「現今的世界這樣呢？」

秦季子道：「世界這樣，不能改造嗎？」

佘公子聳聳肩，似乎表示這問題太大，等於要他去托塔一般困難，半笑不笑的問道：「怎樣改造呢？」

秦季子莊容道：「有辦法！」

佘公子道：「我就沒有辦法了，你說有辦法你去改造！」那兩個舞女聽了佘公子的話，表示同情的怪笑，她們似同樣的相信，世界就是這樣的世界，而且永遠是這樣的世界，決不能夠改造，若有人說世界能改造，那是和大家的心理作對。最有力量的刻薄話，無過於叫他去改造，他又有甚麼辦法去改造世界呢？

秦季子早看透了這班人的心理，說是徒費唇舌，不說是知而不言，便慨然道：「這是你們的錯誤——最大的錯誤，你們在自身利害的關頭，會把『我』字看得這樣重；在眾人利害的關頭，為甚麼把這『我』字看得這樣輕呢？權利是把『我』放在第一位，義務應該把『我』放在第幾位呢？你們太聰明了，把改造世界的責任，卸在別人身上，等世界改造好了，你們來享福，是不是？假如人人這樣想，那麼，誰願意做笨人？誰不願意做聰明人呢？誰願意去燒飯？誰不願意來喫飯呢？」

秦季子的話，說得再淺顯不過了，佘公子當然懂得，就是那兩個舞女何嘗不懂，然而靈性汩沒得太久的人，懂得也等於不懂，眞理擺在面前，却畏難不敢去做，懂和不懂有甚麼分別呢？

話題歸結到嚴肅，大家都靜寂了，秦季子看腕錶，已是深夜三點多鐘，向那兩個舞女示意，便起身告辭，佘公子喚司機備車，親自送兩個舞女回宿舍，秦季子失笑道：「你和太太吵甚麼？這時所耗費的電油，就不止打瓶牙膏的錢了」。佘公子固執地答道：「那是另一問題」。

忽忽過了半月，一天，秦季子在國泰舞廳和佘公子相遇，談不上幾句，佘公子鄭重其事的說道：「報告你一個消息，張雪艷回上海去了」。秦季子暗想，去了不是由她去了麼？打爛了的沙煲，箍也箍不過來，便淡然道：「去了和我有甚麼相干」？佘公子道：「我也知道你近來對她淡了，不過告訴你一聲」。秦季子默然，佘公子又一本正經說道：「我又有一個消息報告你，大華來了一個新舞女，名喚黑牡丹，長得很俏儷。舞技也不壞，聽說是花底，從前在石塘嘴叫做蓮英，這幾天生意很紅，有幾個洋行大板給她迷得頭暈暈的。凡是花底出身的都夠手段」。

秦季子笑道：「左一個報告，右一個報告，你吃飽了無憂米，專替舞塲做特務工作。」佘公子道：「你要不要去看看？」秦季子道：「也好」。

二人來到大華舞塲，佘公子遙指一個身穿黑地大紅花印度綢的舞女說道：「就是此人。」秦季子細看那黑牡丹，修短合度，眉目俏麗，鬢邊插朵紅玫瑰，風韵着實不錯，剛從一個胖客人那裏坐檯下來不久，秦季子上前和她跳了幾個舞，黑牡丹先是撩撥他說話，既而偎臉貼頰，十分奉承，比起張雪艷的冷冰冰來，黑牡丹簡直是熱烘烘的一團。

從此秦季子到了大華時，常和黑牡丹玩在一起，黑牡丹坐的位置正是以前張雪艷的舊位置，她的生意也和張雪艷一樣的好，總算是一流紅舞女了。

那天，秦季子悶得慌，約了黑牡丹到香港大酒店屋頂花園餐舞，玩了兩小時光景，喫喫跳跳，說說笑笑，倒也頗不寂寞，論起黑牡丹的風格，不及張雪艷文靜；單就外表而論，風頭氣派，並不輸人，在黑牡丹心眼中的秦季子，也甚適合，一則季子是當地的常客，二則年齡是箇中年人，大抵舞女們的心理，都喜歡做當地客人，不喜歡做過路客人，過路客人任你有錢，一晚上化銷一萬八千，第二天他也許到上海，更許到美國，那裏去找他呢？在過路客人方面，一種是逢場作戲，聊遣客中枯寂，既無時間，也無心緒，向一個舞女纏綿下去；另一種是既化大錢，難免急求，這類事情，却急求不得。因此，她們寧可做當地客人，今晚跳幾個舞，明晚坐一次檯，就生意眼來看，老主顧比較長久，吃鷄蛋總比吃鷄好，至於中年人好處，有經驗的舞女都會想到，年青小夥子多數是失匙夾萬，由爹媽手裏哄來的幾箇零用錢，難免左支右絀，揮霍不靈，難道要她們胭脂花粉錢都白貼給你嗎？就算是一位闊少，闊得像舊戲裏吏部天官的公子王金龍，當初是一杯香茶白銀三百兩，闊哉綽矣，然而曾幾何時，變成關帝廟裏的人物，玉堂春只好起解會審去也！小夥子中看不中吃，老頭子有的是錢，却又中吃不中看，彎腰曲背，老態龍鍾，會給姊妹們恥笑，姐兒們是既愛俏，又愛鈔，這個標準，只好求之於中年人。這是閒話，當下二人由大酒店出來，到皇后大道轉角，黑牡丹瞧瞧腕表道：「才只九點鐘呢，我陪你玩一晚，先去看粵劇。」秦季子心想，她在玩花頭了，意思是想把今晚上的檯子，全都由他承包，所謂承包，所謂看戲，不過是一個題目，看戲之後，甚於至根本不看戲，都不成問題，問題是你高興怎樣玩，便怎樣玩，這樣一個紅舞女，只化這些代價，在別的舞客，正是求之不得，可是秦季子的寄情歌舞，別有懷抱，那裏是真想在銷金窟裏做個蕩子，這一來，心便灰冷，覺得黑牡丹的流品不高，比起張雪艷來，真不可同日而語，黑牡丹見秦季子沉吟不語，追問道：「你陪我去看戲，好不好？」秦季子婉却道：「我還有事。」

黑牡丹像冷水澆背，谷都着嘴，自思這人好不知趣，她究竟是個紅舞女，平時舞客們追求她的，只要她肯接近別人，無不百般遷就，那裏有她提出要求，反遭拒絕之理，恰巧經過一間印度綢緞舖門前，光管雪亮，玻璃櫃子裏陳列着一匹匹花色奪目的女裝衣料，便站定了徘徊不去，撒嬌撒痴的笑道：「剪幅衣料給我喇！」

這個花樣，風月場中叫做「開刀」，「開刀」者，向客人身上弄些油水之謂也，「開刀」講刀法，也和武藝一般，對方若是個瘟生壽頭，一刀斬下去，便血淋淋的人頭落地，兩眼朝天，假使對方是個精明人，你斬下去，他會招架，那也有一個名堂，叫做「托刀」，就是說，你斬過來，我托過去，更假使對方的武藝比你高強，他輕輕一托，你的刀便馬上折為兩段，秦季子見她開口向客人要東西，把她的流品估計得更低，便微微一笑道：「沒有甚麼好的，時間已到，我送你回舞場去。」

黑牡丹經此一托，托得她眼前金星亂迸，呆若木鷄，那把大刀再也舞不起來。

秦季子把她送進舞場，見那常來的胖客人，早已約定了幾個朋友，坐在黑牡丹的位置背後，眼巴巴的恭候着，瞧見他和黑牡丹並肩而入，臉上突然變色。

秦季子心裏好笑，「你看一條龍，我看一包膿」。這醋從那裏吃起？但想到舞客們的心理，總是怪模怪樣的，叫了幾次檯子，便自我催眠的把這舞女當做禁臠，全不想到他身上穿的，頭上戴的，要多少人供養，纔打扮的她這般花枝招展，供你片刻玩弄，假如你會想，這片刻玩弄，也就是夠你所出的代價了，你却人心不足蛇吞象，定要把她當做你的，更要把她的心也屬於你的，你纔滿足，拿出一文錢，想吃一隻肥鷄，豈不是天下之妄人乎？

那胖客人當真酸溜溜的吃起醋來，黑牡丹就坐已有十來分鐘，胖客人並不叫她坐檯，却和別的舞女去跳了，這時佘公子笑嘻嘻的過來說過：「我早就在左角那張檯子上，見你和黑牡丹進來，你們那裏去玩？胖子吃醋了。」秦季子歉然道：「這客人把我當做假想敵，好不誤會，我和黑牡丹到大酒店餐舞，有甚麼關係？」佘公子道：「你倒說得輕鬆，胖子約她茶舞，好幾次都推却，剛才見你和她回來，如何不氣？」秦季子道：「你怎麼知道他約她茶舞？」佘公子道：「我怎會不知道？你不是封我為舞場特務嗎？」

秦季子私忖，我們在外邊玩耍的人，固然不應甘作瘟生，但也不可過於精細，尤其對於風塵中人，她們的目的是出來賺錢，豈能使她們吃虧？今天黑牡丹失了生意，顯然受了自己的影響，這舞女雖不是理想中人，然而那是另一問題，她的損失應得補償，便叫黑牡丹過來坐檯。

這一着，黑牡丹想不到，她以為秦季子托刀之後，再不肯在她身上化錢了，那裏知道秦季子寃錢雖不肯化，場面上的錢却決不言較，當下佘公子說起胖客人吃醋之事，黑牡丹冷笑道：「那才傻呢？妓女眾人妻，客人水流柴，大家心裏明亮些，我們舞女身分，雖非妓女之比，其實同樣是拋頭露面的生活，吃甚麼乾醋？」佘公子忽道：「妒忌為甚麼叫吃醋？這話出在那本書上，可有典故？」

秦季子說道：「喫醋是有典故的。」黑牡丹笑道：「我只當是一句俗話，怎麼還有典故？這倒有趣，你快說！」秦季子道：「却說明太祖間，有個開國功臣，名喚常遇春，南征北剿，所向無敵，天下平定之後，高官厚祿，是不必說了。可是有一件遺憾，他們倆夫妻感情雖好，却沒有一個啤啤仔。那位常老將軍，在戰場上倒威風凜凜，進了閨房便小心翼翼。有一天，明太祖在宮中賜宴，問起兒女之事，常老將軍低頭長嘆。明太祖勸他納寵，當老將軍只得把太太的脾氣奏明，明太祖怒道：「不孝有三，無後為大，嗣續為人生大事，你一輩子做妻子的忠實的丈夫，却甘願為祖宗不孝的子孫，眞不成話！」常老將軍伏地戰兢，訴說對太太實在沒有辦法，明太祖越覺可惱，拍案言道：「你對一個婦人都沒辦法，對國家大事還會有辦法嗎？」常老將軍叩頭如搗蒜。明太祖道：「也罷，我替你做主，你且起來。」常遇春聽說有天子作主，叩頭謝恩而退。次日，常太太奉旨宣召上殿，明太祖先是溫顏相勸，說常遇春半生戎馬，膝下也該有些安慰，想賜一個宮女給他為妾，傳宗接代，如此說了一大套，常太太始終不肯點頭，明太祖說得舌敝脣焦，常太太仍是一味固執。你想，專制時代的皇帝，說話就是聖旨，當下龍心冒火，龍臉翻青，指着御案上早就預備好的一箇碗蓋，勃然道：「你這婦人，自私狡妬，不近人情，若不再聽朕之言，快把這碗毒藥飲了回家便死。」好一位常太太毫無懼容，慷慨奏道：「臣妾情願賜死，決不給常遇春納妾！」說罷，揭了碗蓋，當堂一飲而盡。回家之後，並沒有死。原來明太祖預備好的不是毒藥，是一碗醋。本意想拿一個死字來威嚇她的，不料這位太太視死如歸，把皇帝老子都激得眼光光了。皇帝尚且沒有辦法，你我又有甚麼高見呢？不過女人呷醋，倒還風雅，若是舞客呷醋，其味等於中山鹹蝦醬了」。這段故事，說得彼此大笑。

此後，黑牡丹在秦季子面前，便服服貼貼，不敢胡亂開刀，有時還得約看電影，請喝咖啡，敷衍一番。秦季子當然時常推辭，因為她們舞女，不同名媛閨秀，是為了正當社交，你來我往，落落大方，她們的目的，多數是兜攬生意，其味索然，那裏談得上應酬呢。

轉眼過了數月，秦季子又結識了一個寧波舞女，名喚桃妃。這桃妃姿色中人，却跳得一身好舞，眞乃身輕如燕，步步工穩，就技論技，不媿上乘，秦季子重脚不重臉，既無野心，不找煩惱，覺得有這樣一個舞伴，免得拉黃包車，攬大石頭，倒還有些意味。可是接觸多了，桃妃漸漸透露一些體己話兒，那時，跳舞之際，桃妃忽道：「我明天便頂王瑪麗的那房摩登傢私，這話正想告訴你」。

秦季子肚內尋思，你頂傢私，於我何涉，何必告訴我呢？但這話不便說出，只隨口應道：「那套傢私好不好呢？」桃妃道：「又好，又便宜。」秦季子笑道：「既好而且便宜，頂過來就是了。」在季子言出無心，說滑了嘴，不料桃妃接着說道：「你既歡喜，我便把它頂過來。」話中之味，彷彿頂傢私這件事，完全是為了季子才頂的。

秦季子覺得口風不對，很想說，「這是你的，我有甚麼喜歡不喜歡！」這話到嘴邊，却覺未免太掃興，傷了桃妃的自尊心，便沉吟不語，桃妃笑嘻嘻的說道：「明天就請你到半島酒店玫瑰廳跳茶舞」，秦季子愕然道：「你請我？」桃妃道：「是的，我請你。」秦季子道：「怎的要你請我吃？」桃妃又笑道：「你請我，我可以不去，我請你，你就不能不去！一位小姐請先生，先生為了禮貌也得到場。」秦季子推辭道：「怎好叫你破費？」桃妃道：「若怕我破費，你請我便了。」

秦季子聽她如此說，無法再推，只好答應下來，桃妃又囑咐代約佘公子同去，秦季子也答應了。

次日秦季子和佘公子依時踐約，桃妃已先在等候了，玩了一會，佘公子向秦季子耳邊低聲說道：「我看桃妃對你大有意思」。秦季子蹙額道：「我想也是，不過……」佘公子道：「不過甚麼，你這人，就是這樣！既喜歡拈花惹草，却又畏首畏尾，向來只是你批評我。現在我也要批評你幾句，這種黏性脾氣，我看了都傷腦筋。」秦季子覺得兩人只管低聲私語，在女子面前太不禮貌，便把話截止，和王瑪麗共舞，王瑪麗邊跳邊說道：「明晚請你到我家裏吃便飯，我和桃妃弄幾樣上海小菜請你。」秦季子有個怪脾氣，不愛到舞女家裏去玩，便再三推却，王瑪麗却再三邀請，大有不答應不休之勢，秦季子又只得允諾。

到會賬時，桃妃果然爭着付錢，秦季子很覺過意不去，佘公子忽向那侍役瞪了一眼，說道：「你可聽見他說些甚麼？」秦季子道：「沒留意。」

佘公子道：「他在罵你哩？」秦季子道：「罵我？我又不曾得罪他。」佘公子道：「他說，這男人，茶舞要女子會賬，恐怕是拆白黨。」秦季子倒並不惱怒，微笑着埋怨桃妃道：「你出錢，累我受罵，眞是何苦？」說得大家都笑起來。

明天午後，秦季子到銅鑼灣王瑪麗家裏，走上二樓，却見桃妃獨自一人，身穿藍緞繡花晨褸，坐在梳妝台前，對着大圓鏡慢慢搽口紅出神，她在鏡中望見人影一幌，先自吃驚，定神見是季子，歡喜得跳起來，摸出一個金烟盒敬煙，親自把火機打着，輾然道：「怎麼這時才來？」秦季子瞧腕表，才五點十五分光景，心想吃晚飯並不算遲，桃妃把下唇的口紅染上一層，説道：「瑪麗等得你心煩，出街瞧電影去了。」秦季子道：「她不是説親手做上海菜請我嗎？」

桃妃道：「她見你這時不來，以為你不會來了，我却相信你説過的話，不會失約，在家老等你，她拉着去看電影，也不去。上海小菜，阿拉也會弄，阿拉做出來，還要好，你試試看。」

秦季子見瑪麗不在，小坐一會，便告辭道：「我來坐坐，不一定要你們請吃飯。」

桃妃急得拉着他的手道：「那怎麼成？説了請你，令你空肚囘去，斷沒這個道理！」説時，不勝幽怨，秦季子見她態度眞摯，粉頸低垂，悽悽惶惶的，頗有幾分動人憐愛之處，便道：「我是為省事起見，免你麻煩，一個人下廚，多麻煩呢！」桃妃鼓起小腮兒道：「麻煩不麻煩，是我自己找的，我喜歡找麻煩，又怎麼樣？」

秦季子聽她撒嬌，笑言道：「那麼，你不怕麻煩，我就在這裏吃你的飯。」

桃妃這才囘嗔作喜，釋了他的手，脱去晨褸，裏面穿的粉紅色白柳條薄綢睡衣，雪嫩的脖子圍着金鍊，胸前懸掛一個金鎖片，秦季子失笑道：「你們浙江人，小孩子才帶鎖片，怎麼你還帶着？」桃妃嬌嗔地向季子做了一個鬼臉道：「阿拉不是小孩嗎？」説罷，捲起袖子，便準備下廚房做菜。

秦季子道：「你，要去弄菜嗎？我倒想出一個主意來，你的目的，無非想和我吃飯談談，其實吃飯不必一定在家裏，在外喫也是一樣，你雖説不怕麻煩，我總覺替你麻煩」。

桃妃捲起的袖子又放了下來問：「你想怎麼樣？」

秦季子道：「已化妝好了，只差穿件衣服，我說，你跟我出街。」

桃妃喜孜孜的應着，忙拉開衣橱，換過新裝，把頭髮梳了又梳，又拿起香水瓶子，向衣領間重灑一遍，這才提起皮手袋，喚女傭囑咐道：「我和王小姐都不回來喫晚飯，煑你一箇人的米就夠了。」

秦季子起立，正待下樓，桃妃忽道：「且慢，你還沒詳細看過這房傢私呢，這些東西原來是王瑪麗的，昨天都頂給我了，你看好不好？」

秦季子看那些傢私，式樣還新，輝煌有餘，清雅不足，大概是上海木匠做的，點頭道：「還好」。出到馬路上，桃妃問到那裏去，秦季子想了想道：「常到的地方沒甚麼意思，你別問，跟我走就是了，不會把你賣掉的。」

桃妃跟着季子，由銅鑼灣搭電車，直到筲箕灣，最後一站纔下車。客人帶舞女出來，不是到燈紅酒綠之塲。便是到水秀山明之地，從不會來到筲箕灣這種地方，楞着問道：「你怎麼帶我來到這裏？」秦季子道：「你不喜歡這裏嗎？」桃妃道：「不是不喜歡。太特別了。」秦季子道：「妙在特別，玩意玩得自由自在，人人擠在一處，有何意思？這裏既不是名勝，屋宇也只是些平民建築，講到吃，海鮮還好，但不及香港仔的名氣大，然而我却高興來了。」

二人走進一間酒樓，佔了一個當窗座位，只見夕陽西沉，烟水浩渺，海面漁船櫛比，正在晒網；二人點了幾味菜，要一瓶啤酒，相對暢飲，你勸我一杯，我勸你一杯，喝得陶陶然。

桃妃醉了，放開喉嚨，狂歌「好花不常開」，兩眶充滿了眼淚。秦季子也不勝悲愴，人生百年一瞬，女子的青春，尤其短促的可憐，正像一朵不常開的好花；男人的精神可寄託在事業方面，永遠受人的崇敬，女孩子年老色衰，往往給人拋棄，別說人生，連生命都沒個着落，怪不得她們悲哀。

這時季子也已微醺，拿起筷子，敲着桌子拍板。

一曲既終，桃妃忍不住滴下淚來，秦季子勸慰道，「桃妃，何必難過，今天我們要歡歡喜喜的過一天。誰流眼淚，罰誰乾一杯，我現在罰你一杯，同時陪你一杯。」

桃妃抹乾眼淚，強笑和季子碰杯，一飲而盡，抽咽道：「你叫我怎麼不難過呢？一個女孩子，天天給人侮辱，摧殘，那些沒頭腦的女子，看見我們吃得好，穿得好，捧場的人又多，今天有這位公子報效，明天有那位哥兒殷勤，好快活呀！那裏知道這些男人，用金錢的力量，來蹂躪我們女子的肉體和靈魂，他們那裏有甚麼好心腸呢？我做了舞女，才知道舞女的苦楚，這是無邊的孽海呀！」

秦季子聽她所說，竟是一個有靈魂的女性，唏噓道：「你說得是，一個人踹錯了脚，是要千辛萬苦才翻得轉身呀！老實說，不是得罪你們風塵中人，你們女人犧牲貞操，拋頭露面的出來；等於男子喪失氣節，出賣朋友，做漢奸。」

桃妃的心，彷彿打了一針，清醒了許多，她是相當愛慕秦季子的，便微露她的心事道：「我頂了這房傢私，生活得自由些，你說是不是」？季子早就明白她的意思，然而他的戀愛哲學，認為兩性結合，不是玩的，要專一，要純潔，一些不雜金錢利害的觀念，才有價值，因此，做朋友是另一問題，結合却必須慎重，揩女人的油，是輕薄行為，色情狂者，性神經衰弱者！眞懂得戀愛的人，第一是尊重對方的人格，詩經上說，如兄如弟，為甚麼夫妻會不兄不弟呢？合體關係是不隨便的，你既討得她回來，決不該玩弄她，你要把她當做一個大姊姊，或者一個小妹妹，所謂如兄如弟，就是患難相扶之意，女人固然有色衰的時候，男人難道沒有才盡的時候嗎？你先色衰，我便將你拋棄，我先才盡，你也將我拋棄，那麼，相互之間，純粹是貪便宜的結合，貪便宜的結合，沒有便宜，便利盡交疏，所謂如兄如弟，這話多麼深刻呀！叫你們夫婦之間，不要太為自己的利害打算，同時要為對方的利害打算呀！他感覺結合要慎重，便不肯隨便向桃妃表示，他要更澈底了解桃妃的為人，」一時想得忘其所以，把着酒杯出神，桃妃將手帕向他眼前一颺道：「喂！你在想些甚麼」。

秦季子猛省，探索哲理，是閉門靜思時的事，這時眼前對着女人，不該這般獃氣，便抱歉地說道：「請你原諒，我一時想到人生問題上去了。」桃妃不樂道：「甚麼人生問題，人死問題，這些我都不懂，我問你的話，你可聽清楚了？我方纔說，頂了這房傢私，生活住得自由些，你說是不是？」秦季子強笑道：「我聽清楚了，」桃妃道：「既聽清楚，怎麼老不作聲呢？」秦季子道：「這當然是自由得多了。」

這答話，只答覆了表面，並沒答覆到她的話中之話。桃妃暗忖，這人好蠢，如果你是一個風月塲中的老手，應該體會我的心事。我既開門，又向你招招手，還不顯明麼。難道眞要我開口，叫你進來嗎？秦季子的話，不落邊際，是有他的苦心，他是替桃妃留些餘地，舞女哄人是哄慣了的，口頭儘管說得甜蜜，心裏的話，究竟對不對口呢？這却不能不多番試驗，才能證明。

二人各有各的心事，空氣因寂靜而沉悶，桃妃忍耐不住，話便越來越顯明，索性談到身世問題，表示做舞女的痛苦，和急求歸宿之意。

秦季子心裏害怕，怕她的話纏到自己身上來，果然桃妃連上海還有若干財產的話都一併說了。原來桃妃從前是一位大亨的姨太，三兩年後，這大亨別有所戀；桃妃先是要生要死，後來看看大亨的心再也挽囘不轉來，便要了一筆贍養費，下堂求去，秦季子對她的身世遭遇，都很同情，然而要他討這樣一個人囘去，却沒有這個勇氣，所謂勇氣，倒並不是憎嫌她的出身，他覺得和桃妃沒有一種自然的愛情，在舞場裏，他可以做一個很標準的客人，化錢，擺場面，甚至給她一些精神上的安慰，也決不吝惜，但是要他超越了這個限度，便覺為難。

桃妃見他半晌不語，更覺鬱悶，一連喝了幾杯酒，催問道：「傢私已頂過來了，舞女這種生活也決不想再幹，下個月，囘到上海去清理清理，你能和我一同去，就更好了，否則我去個把月便囘來，你的意思怎樣？」

秦季子被迫得緊，十分窘急，含糊應道：「我沒有甚麼意思。」

桃妃看風頭不對，氣急道：「人家好好兒向你說眞心話，你怎的吃起豆腐來？」

秦季子道：「不是吃豆腐，我實在沒有甚麼意思。」

桃妃氣極，嬌嗔道：「好，好！你沒有甚麼意思。」立卽喚侍役再拿一瓶酒來，拚命痛飲，秦季子勸也勸不住，陪笑道：「你還要上舞場伴舞，喝多了，怕不好。」桃妃舉杯骨都骨都地又一口氣乾了，冷笑道：「你還憐惜我嗎？今晚拚了一醉，醉了回家睡覺，至多老板把我開除，也就完了，有甚麼大不了事，這碗舞女飯我早就不想吃了，回到上海去，阿拉不見得就沒飯吃！」

秦季子聽桃妃這般說，料想她難過已極，待要安慰幾句，又怕愈安慰麻煩愈多；只得呆呆的陪她喝了兩杯，桃妃的酒量極大，越喝面色越青，來是是春風滿面，這時一臉都是秋氣，她對季子簡直有些怨恨了。

季子並非不知道她這種心理，可是在他的想法，一個人說是要負責任的，尤在戀愛方面，不能當做兒戲，敷衍一個女子，騙取她的愛情之後，然後又把她拋棄，在他看來，簡直是罪惡了。他寧可桃妃這時怨恨，却不願給桃妃以後怨恨，直率的因拒愛而被恨，良心上是沒有痛苦的；虛偽地把對手方面弄得精神恍惚，結果給他或她一個失望，那就不能不受良心上的譴責了。他抱定了這樣一個信念，便自信對桃妃的態度是對的。

落日像血焰似的隱沒到山背後去，海面的淡煙暮靄，蒼蒼茫茫，交織成一幅美麗底黃昏的圖畫。秦季子面對大海，只覺得桃妃給他一種遼闊的空虛之感。

這是秦季子在舞場裏的又一種經驗，不久，桃妃和另外一個舞客同居了；又不久，桃妃和那舞客拆散了，當桃妃在別一方面獲得戀愛的滿足時，曾向季子表示過驕傲；當桃妃在那一方面終於歸根到空虛時，又向秦子表示着愧悔；在季子是始終淡淡然，始終在淡淡然裏面保持着過去的交誼，桃妃對他的愛與恨，也就在這淡淡然裏面漸漸消逝了。

逛舞場的目的找尋刺戟，以淡淡然的心情在舞場裏混，所以尋求的根本不是刺激也根本刺戟不起甚麼來了。秦季子自覺心情過於沉着，世味不懂不好，太懂也不好，帶幾分昏頭昏腦做人，甚麼都覺得新奇，像一個初入世的孩子一樣，見到皮球在地下滾，便會眼珠的溜溜的跟着它轉，世界是多麼廣大呀！見到一切都納罕，無數的希望，不斷的追求，生命力便活潑而旺盛起來，如果一切都看到幕後去，還有甚麼意味呢？秦季子看了黑牡丹這一種型，和桃妃那一種型，彷彿參禪似的，把舞女的心理，了解了一大部分，佛說：「作如是觀」，世事原不過如是而已，他遊來遊去，如魚在水，十分自在，但這不過是世界的一小角落，角落雖小，花樣却多，秦季子自以為看完了，其實所見的還只是一個小角落裏的最小一個角落，在他面前所展開的幻景，越來越寬闊，一幕一幕的人生經驗，使他心驚，目眩，傷腦筋，流眼淚，始終感到自己是一個幼稚得很的小孩子，他要在恆河沙數的人類中，探索更神秘的人性，一種米，養出百樣人來，不但臉譜不同，人心更差別得厲害。

一晚上，他正在家辦公，寫字枱上的電話，忽然響起來，接起話筒問：「是誰」？那邊道：「喂！你是秦先生嗎？」他細辨是張雪艷的聲音，不覺一怔。

秦季子應是，那邊吃吃笑道：「你認得我的聲音嗎？」秦季子惘然道：「你不是到上海去了嗎？甚麼時候回來的？」那邊道：「今天中午才到，」秦季子道：「在那一家做？」那邊道：「在中華你出來白相，好嗎？」秦季子私忖，這分明是來找生意經的，幫她一些小忙，坐兩個鐘頭檯子，有甚關係，便爽脆地答道：「好！十點光景是我辦完事便來看你。」那邊道：「謝謝你，最好是早些來。」秦季子道：「能早便早來。」那邊又再三叮嚀，才收了綫。

秦季子向不肯把住宅的電話告訴任何舞女，張雪艷怎麼會知道這電話的號碼呢？他想了想，一定是佘公子搗的鬼。辦完事，到中華舞廳，果然見佘公子坐在一角，探頭探腦的張望，在等候他，秦季子笑指道：「你搗甚麼鬼，把我的電話號碼，隨便告訴她們」。佘公子道：「她一來便問我，想見見你，電話是我撥的號碼，你們老朋友，不應該叙叙嗎？」秦季子坐下，要了一瓶汽水，慢慢啜着，却不見雪艷，佘公子道：「她給客人帶着出街去了。」秦季子和張雪艷發生了裂痕，便不甚把她放在心上，今晚這個電話，明明是找他出來捧場，在與不在，更不在心了。

玩到十二點鐘，仍不見張雪艷回到舞廳，便自回去，到第三天聽說張雪艷因與舞廳老闆為了合約糾紛，憤然又回上海去了。

時間飛快，又過了半年，秦季子公餘多暇，雖照舊當在舞場消遣，可是過眼烟雲，無所粘戀。那天是春寒二月的晚上，季子獨自一人，來到國泰舞廳，和熟舞女們跳了幾次舞，忽覺一雙明亮的眼睛，從舞池中心遠遠地射過來。秦季子像中電似的，突然一呆，只見張雪艷正在伴舞，她身穿一件半新不舊的地花綢長旗袍，裝束樸素，風韵淡雅，比前微覺清瘁。她和季子的視綫接觸時，不覺嫣然一笑。季子也只好微笑，心想，不是冤家不聚頭，她怎麼又來了呢？轉念彼此既鬧過蹩扭，以後不睬她就是了。

這樣過了半月，遇見過好幾次。秦季子怕麻煩，在張雪艷向他回眸媚笑之時，便故意側着臉兒，眼睛向別處凝望，偶不留意，和張雪艷的視綫接觸，她總要向他笑一笑，這一笑裏面，像是應酬，又像是對他抱歉要求，消釋前嫌，季子也無心去猜度。他近來的心情，不僅沉着，兼且沉鬱，覺得風月場中，並無眞情，像張雪艷這種紅舞女，一天周旋着許多王孫公子，富宦巨賈，對男子是面面俱圓，處處都假，自己犯不着再去牽纏。

有一天，在升降機中相遇，恰值散場，大家擠在一塊兒，張雪艷嬌喚道：「秦先生」，眼波盈盈，似乎正想攀談幾句，秦季子只從鼻子裏「唔」了一聲，眼又望向別處，張雪艷心中雖氣，惱却沒奈他何。

## 三　綠波曾照驚鴻影

秦季子不是甘願沉浸在脂粉叢中，過那頹廢的生活，可是這樣一個時代，這樣一個環境，生活在都市裏的人，一方面要實行他的自由意志，從事於他所認為發揮人生價值的工作；另一方面要調劑〔他〕的精神，增進他的工作效率，每天經過十小時的煩重的賣腦工作之後，神疲胃悶，這機器不得不抹些油，兼且在他工作完畢之時，已是夜深人靜，電影院散了場，朋友們也都睡覺，除了舞場的夜生活正緊張熱鬧，更沒別的去處。

大家笑他跳的是衛生舞，他承認這話，有個時期，他犯着胃呆病，冒着風雨都得到舞場去跑一趟，悶頭悶腦地一連串跳了十個八個舞，出一身汗，回家便呼呼睡着了。

無所沾染，沒有煩惱，也有些舞女向他吃豆腐，也有些舞女打他小主意，在他是任你風狂絮亂，他衹是微拈花笑。

可是人間的事，未必能想像得這般如意。

是斜風斜雨的一個春宵，他驅車到國泰舞廳，已深夜十二時了。燈光如夢，冷清清的只有三二十個舞客，舞女的位置大半空着，音樂臺上，洋琴鬼瞌睡似的奏着慢狐步舞，舞女們因客人都不跳，只好舞女和舞女互跳，維持這冷落的場面。

秦季子瞥眼見張雪艷沒精打采的坐在自己的位置上，和其它舞女一般。她這次重來，生意不如前次好了，一則貨腰賣脚的生意，也和別的生意同樣的受不景氣影響；二則舞客多數是急功好色，誰耐煩在這隻冰箱底下慢慢的添柴。張雪艷雖貌美技嫻，這落落寡合的態度，却令人可望而不可即。但凡古來名妓，多數是守身如玉，帶幾分傲氣，她們不能如普通風塵中人，一搓就圓，一捏就扁，你要選擇她，她更要選擇你，一位深明中國社會情形的外國朋友說：「外國人嫖妓，和中國人嫖妓，作風兩樣，外國人嫖得很乾脆，一來便是肉體結合，任你怎樣紅，付過代價，這若干時間內，便可佔盡她的一切，中國人嫖得很嚕嗦，尤其像上海的長三堂子，香港的大寨老舉，以及舞場的一流舞女，她們倡的口號是『賣唱不賣身』『賣舞不賣身』所以在中國嫖妓，等於在外國談戀愛了。」對閨秀們談戀愛，倒還爽脆些，和風塵中人談戀愛，她們是見多識廣，情薄心深，你不容易得到她的心；你得不到她的心，那麼百萬纏頭，換來的盡是虛情假義，有何意思呢？北京人說得好，狀元出在八大胡同，意思是說，你能在這地方，把握得住千變萬化的妓女的心，翻得過筋斗來，你這副鬼聰明，還不夠中狀元嗎？

當下秦季子見張雪艷脈脈含愁的坐在那裏，心裏不覺一軟。

然而秦季子是個負氣之人，他想既經決裂，也就拉倒，何必再牽纏下去呢？便和那熟舞女喚做桂嬋的跳了三個舞；跟着又和另一熟舞女喚做愛麗的同樣跳了三個舞。

張雪艷勃然變色，心想，你這種行徑，分明是在氣我。又見季子和愛麗舞時，說說笑笑，頗覺親暱，心裏更為難過，她對季子，當初一見便有愛好之意，不過做舞女的，她們見男子見得多了，不像少女們，一經鍾情，便不顧頭，不顧脚的，一心一意的相向，她們是步步為營，防線守得非常嚴緊，不容易攻得進去，即使她先愛上了你，也把自己的感情暗自克制，擺成恍佛迷離的局面，使你看不清楚，偏這秦季子生性負氣，對於女性們轉彎抹角的心理，揣摩不來，他一生是走直線的人，在戀愛方面也是一樣的走直線。這時張雪艷見季子眞的把自己淡忘了，又悲又妬，自念當時不肯給你接吻，並非不愛你，這是女孩子的害羞心理，你若是拿出你們男子的勇氣，擁抱着我接吻，難道我還會拒絕你嗎？難道我還會不像綿羊一般投在你的懷抱裏任你撫愛嗎？可是你這草包，自尊心太大了！一生氣，翻臉不認人，如今索性連見面之情都沒有了，她既恨季子的無情，又自怨自艾，當初不會應付，失掉這樣一個人！

她實在是愛好季子的在許多舞客裏面，只有季子給她的印象最深刻，儘管負氣決裂，她還是覺得季子可愛，但是季子的表示已顯明的不再把她放在眼裏了，她難過得幾乎想流淚。

到季子和愛麗末次共舞時，張雪艷不能更忍，攬着鄰座的舞女美琪起舞，緊隨在季子的後面，聽他和愛麗說些甚麼話。

舞罷，侍役忽來叫張雪艷坐檯子，這時距打烊不過半小時光景，四顧也不見甚麼熟客，提起手袋問道：「那個客人叫我？」侍役遙指道：「那位戴眼鏡的秦先生。」

張雪艷聽説是秦季子叫她坐檯，眞是夢也想不到的事，將信將疑道：「你沒有弄錯嗎？」侍役笑道：「怎麼會弄錯呢」

張雪艷一路忐忑，跟着侍役，走到秦季子面前，果然是他叫的，張雪艷這一喜，喜得眉心解結，笑逐顏開，臉上突然有了光彩，秦季子和顏悦色的説道：「請坐，喝甚麼？茶，我替你代説了」，説得雪艷笑了起來，向侍役點點頭。

張雪艷見季子風采如昔，態度溫和，心裏既惶恐是彷彿一件打失了的寶貝又找到了，怕一不謹再會打失；感激是季子雖和別的舞女跳，却叫自己坐檯，可見對自己還是另眼相看，一時感想複雜，笑吟吟的不知説些甚麼才好。

秦季子見她的茶已端來，便先開言道：「請喝茶，別來可好？」張雪艷舉杯喝了一口，嫣然道：「好，你好！我看秦先生比以前豐滿，氣色也更好了。」

秦季子摸摸自己的面頰，含笑説道：「你看我比前好些嗎？」

雪艷又向他端詳一番，點點頭道：「臉色紅潤多了。近來舞場裏不多見你，想是少熬夜，身體便好起來。」

説着，替季子加注了一些茶，殷勤伺候，態度比前親熱，在季子方面，這次重叫張雪艷，倒不是餘情未斷，為色所迷，他有他的打算，他明白張雪艷這種紅舞星，不容易做得上，她的舞票，計算起來，比自己的每月總收入，還要多一兩倍，眞要做她，自己的經濟力量，實在夠不上，並且張雪艷的性情傲岸，手腕高強，像西洋人汪老八這班人，整千整萬的報効，還得不到她的眞心相向，自己審情度勢，那裏是她對手，更何必再鬧屢戰屢敗的笑話，兵法上所說的「知己知彼，百戰百勝，」在舞場這種地方，勾心鬥角，也和上陣打仗，同樣的像粵諺所說「險過削頭」。他叫張雪艷的意思，只希望維持一種相當的交誼，在應酬場合，叫她來陪陪茶舞宴會，那落落大方的風度，比起一般普通舞女，處處表現小家子氣，弄得舉座不歡，高明多了。

張雪艷那裏知道他這種心事，然而不管他的心事怎樣，鬧過蹩扭的客人，還叫她來坐枱子，當然是未能忘情，她對秦季子原就愛好，當年拒吻，並非不愛季子，差別之點，其實只是一個思想和習慣問題，秦季子的頭腦，純粹西洋化，需要熱情；他以為一對痴兒女，在月明之夜，濃陰底下，談到兩情融洽處，正好擁抱接吻：對着這樣一個背景，還不懂欣賞人生，那簡直是一塊木頭了，否則根本並無愛情，只是玩弄手段而已。張雪艷是一個東方式的女性，不但她的臉蛋，天生成善病工愁的模樣，那副心胸，也畏怯靦覥，她聽季子提出接吻，心想這是多麼難為情的一件事情，答話當然是一個「不」字了。過去兩人誤會的原因，大概如此。這時雖不能說已煥然冰釋，普通的友誼總算恢復了過來。

秦季子見舞場生意冷淡，音樂和燈光都帶着瞌睡意味，他們兩人是久別重逢，舊歡重拾，精神正極振奮，坐在這樣的環境裏，太不調和，便瞧着腕表說道：「快散塲了，你遠道來到，我今晚和你喝杯酒，表示歡迎之意。」

張雪艷笑說不敢當，却已提着手袋，站起來了。

秦季子帶着雪艷，重到他們最後所上的那一家酒家，照舊要了一瓶啤酒，四個熱葷，想起往事，彼此都不勝感慨，好在眼前的如花人兒無恙，季子便舉杯替她祝福，雪艷也還敬了。直喝到酒酣耳熱，纔下酒樓，秦季子照舊送雪艷回去，經過跑馬地時，也照舊下車步行，安排着一幕戀愛的歷史重演。

這一夜，情景大不同了。

那晚是一天明月，春氣融和；今晚是風雨淒迷，薄寒蕭瑟。二人從黃泥涌道轉上山村道，酒氣漸過，季子心上先就有些空虛之感，經過雨氣朦朧的路燈底下，只聽得張雪艷微嘆道：「做人眞像做夢一般」，秦季子道：「你突然有了甚麼感觸呢？」張雪艷放慢脚步，把秋褸領子翻過來，掩護着頸部，續言道：「想起過去的事，不是在做夢嗎？日子過得眞快，年紀一天天大了！世界這麼亂，將來的日子又怎麼過去呢？」雖只幾句話，彷彿一枝針尖秦季子心上輕輕一刺。不知道應該怎麼樣去慰她，更不知道應該怎樣排遣自己？世界這樣亂，將來的日子又怎麼過下去呢？這不僅是張雪艷的問題，簡直是每一個人的問題了！他把這兩句話，在心上盤旋，人生前途，眞有茫茫然，本來是春天，這時兩人的心，似乎都感染着秋氣，馬路上靜寂如死，只有這兩人整齊合拍的脚步聲響。一會，到了張雪艷門前，秦季子等她按過電鈴，有人出來開了門，才道聲晚安，仰面承着涼涼的雨粉回去。從此秦季子和張雪艷的交誼漸漸重溫。我説溫，還沒到熱的程度，雙方像抬着一件玻璃的珍貴品，以最矜持的步伐，氣也不敢喘的前進，恐怕一不留神，這珍貴品便會跌在地上，清脆地碎了。所謂戀愛經驗這句話，確然要經過了戀愛，才會有經驗。季子沉着應付，雪艷更不敢任性，你尊重我，我尊重你，舞女舞客之間，這樣的神態是少有的，在旁人眼裏，雪艷對季子既百般遷就，這分明是愛的表示，然而季子卻懷疑，這算得是愛嗎？除了跳舞，連握手都沒有，愛從那裏說起呢？並且季子這一方面，熱愛的時期已經過去了，這是許多有過戀愛經驗的女性，都會懂得的一個道理，他追求你的時候，你不妨躲避，一次，兩次，乃至三次，這會引起他對你的興奮，如貓捕鼠，一捉，就捉到了，他的利爪將無所用其技，無所用其技，他對你的興味，便減低了，可是到第四次，你仍給他撲個空，他覺得你太狡滑，或者懷疑你根本無誠意，他便會厭倦起來。譬如貓已疲勞，即使耗子儘管在牆洞裏探頭探腦，甚至遠遠的經過牠面前，牠覺得再撲橫豎是空，又何必白費氣力，再撲這個空呢？我說的次數，當然只是一個假設，這得看對方的個性，怎樣去把握，對方若是一個自尊心極強的男子，你向他躲到第二次，他便向你「古特擺」了。

秦季子正是這一典型的男性，觸覺性非敏銳，要把握這樣的人，說難就難，說易就易，他不會隨時熱，逢人熱，到他熱時是眞熱，你在這樣一個時候，坦然接受他的愛，便一鼓而擒，逃不出你的掌握。

張雪艷當初不明白，以為男人總差不多：你避，他追；你迎，他退。那裏知道季子這人，生就一個古裏怪氣的頭腦，甚麼都講自然，你向他講戀愛技術，簡直說是對驢子彈琴，英國人有首詩，大意彷彿這樣：「一個女子對你說『不』，她的意思是『或許』，一個女子對你說『或許』，她的意思是『是』，一個女子對你說『是』，她就『不是』女子了。」所謂不是女子，即是說不像一位小姐，小姐是時不分古今，地無限南北，總是扭扭揑揑的，在「不」與「或許」之間，已經告訴你「是」了，你定要她羞答答的親口肯定地說出一個「是」字來，你纔相信，豈不是天下的大草包嗎？秦季子便是這樣一個大草包，你不向他說得明明白白，他便將信將疑，四更三點，在月亮底下雙雙談情，那已經是門戶洞開任君出入，你想接吻，別轉臉兒去就是，可是這書獃子，偏要來一個歐洲紳士樣的禮貌，問可不可以接吻，假定眞有這樣一位小姐，把唇兒湊上去，說：「你來罷！」豈非大煞風景之事！到張雪艷含笑說「不」，他竟會糊裏糊塗的發脾氣，換了別的女子，碰到這種獃子，從此拉倒，各行各路，難道你有寶不成？然而天下偏有許多怪事，這張雪艷儘有西洋人汪老八之流，在她身上化寃錢，殷勤得跑舞場等於上衙門，她却不甚放在心上，對於這既不化錢，反鬧脾氣的秦季子，倒另眼相看，喫糖太多想辣椒，一種新鮮刺戟，也許就是一種新鮮趣味。

二人重逢之後，秦季子因立定主意，不願再向張雪艷身上用情。他把雪艷只當做應酬場中的一塊招牌，一星期中偶爾到國泰玩玩，若見她沒有生意，便叫她坐點把鐘檯子；若見她正有熟客坌塲，和別的舞女去跳，也同樣的興興頭頭。總之，在他眼內，把雪艷看得可有可無，他的熱情，早就消逝了。

但雪艷對他，總是遇事遷就，她摸到了季子的脾氣，雖則書獃子，却為人硬朗，絕無機心，說話只有一句，是與不是，不能騙他，他化幾個錢，只是閒消遣，沒有在那個舞女身上想揩些油，也沒有對那個舞女特別好或特別壞。她暗中窺察，這直性脾氣，和自己却合得攏來，然而季子對她，始終是不熱不冷，無法恢復他以前的熱情。

天氣漸漸熱了，舞女們都換了夏季的新裝，有兩家新開的舞廳，為招徠生意，都裝置着冷氣，淺水灣頭，突然熱鬧起來，成為他們納涼的夜花園。

那晚將近散場，秦季子正和佘公子在大華舞廳偶然會合，佘公子新結識一個舞女，喚做曹霏，臉蛋還長的不錯，因身材太矮，生意清淡，忽經佘公子賞識，有心要他的生意纏着要到淺水灣去納涼。

佘公子是個無可無不可的人，那時同桌的一個舞客，喚做小陳的，是舞場相識不久的朋友，近來不知從那裏賺了一筆錢，新置一輛汽車，專愛當義務司機請舞女們兜風。佘公子心裏盤算，有這樣一個寶貝，大可利用。自己的汽車可以不必去開，節省些汽油，便和小陳半眞半笑的談判道：「我們大家來合作，到淺水灣去乘涼，你出汽車，秦先生出錢請吃雪糕，好不好？」小陳瞪着眼道：「你呢？」佘公子道：「我出舞女。」所謂出舞女，根本便是一文不出，打烊之後，舞女就不算檯子錢了。

小陳的目的，只要他那輛汽車裏載有女人，明知給佘公子佔了便宜，也答應了。佘公子道：「不過我只能出一個舞女，你們的你們自己想辦法。」小陳看錶，還有半小時才散場，他前幾天叫過坐檯的美琪，正坐着沒有生意，便喚侍役叫來坐檯子，佘公子問秦季子怎樣，季子躊躇道：「我約不出甚麼人來」佘公子道：「你在這裏的熟舞女有好幾個，怎麼會約不出人來，莉莉，蔑蔑，朱麗葉，還有那個黑牡丹，這些人隨你高興，包管一約就來。」

秦季子道：「可是我不想約她們」，佘公子納悶道：「你不想就難了，其實，依我想，玩玩有甚麼相干？」秦季子搖搖頭，佘公子道：「我也知道你的脾氣，嫌她們流品不高，風頭不健，是不是？」

秦季子給他道着心事，微笑點頭，佘公子道：「你若如此固執，除非叫張雪艷。」

秦季子道：「我也不想，今晚又不會叫她坐檯，怎麼好意思約她來玩？」

佘公子道：「現在距離打烊，不過二十分鐘，算一個鐘點的檯子錢，實在太不合算，不過你們平日頗有交情，打個電話約她試試如何？」

秦季子道：「你要試，你去打電話，於我無干！」

佘公子悶悶不樂道：「你這人，就是這般固執，在你不高興的時候，把別人的檯都拆了」，秦季子不以為然地笑道：「奇了！我何嘗拆你的檯？這不是我固執，是你自己固執，興趣是人各不同，時各不同，你高興的時候，未必我就高興，你今天高興，未必明天也高興，你高興你的，我不高興我的，井水不犯河水，我既沒有強迫你陪我不高興，你為甚麼定要強迫我陪你高興呢？」

佘公子被他駁得無話可答，氣憤憤的把頭亂搖，唉聲嘆氣道：「打個電話，有甚麼關係呢？她來也罷，不來也罷，散場之後，陪你玩玩，又不用給舞票，這是不花錢的事。」秦季子聽他又在那裏打小算盤，不覺失笑，正欲再駁，小陳怕他們二人傷了和氣，便叫美琪伴季子跳舞。舞罷歸座，見佘公子從電話機旁匆忙走來，說道：「我已經打了電話給張雪艷，她現在正在坐檯子，我說請她陪你到淺水灣去乘涼，她要你親自說話，話筒還掛着。」

秦季子不悦道：「你這搗亂份子，老是胡扯。」佘公子低着頭喝茶，喃喃道：「我不理，她要你去説話，話筒還掛着，別耽擱時間。」秦季子心裏恨他多事，却沒法，慢吞吞的挨近電話機，提起話筒，「喂」了一聲，那邊問道：「你是秦先生嗎？」

秦季子認得是張雪艷的聲音，應了一個「是」字。雪艷道：「剛才佘先生説，你們要到淺水灣去，是不是？」秦季子道：「他們要去，我倒沒有甚麼意思。」張雪艷道：「你去不去呢？」秦季子道：「他們定要我去，只好陪他們去了。你有沒有功夫一起去玩玩呢？」張雪艷道：「現在正坐檯子，散場後便沒事了。」秦季子道：「他們也要等到散場後才去。」張雪艷：「好，那麼，我陪你去玩。」秦季子想不到她答應的這般爽脆，那時他對雪艷，還有些戒心，雖發覺她對自己特別遷就，也只以為把自己當做一個好客人，不敢妄想到其他之事，便抑制着自己的感情，説道：「你有空去嗎？很好。我來接你呢？還是你自己來呢？」張雪艷道：「我自己來好了，這裏到大華只有幾步路，散場後，你就在大門口等我。」季子應好，便收了綫。佘公子瞪着眼，他的態度比季子要緊張得多，急忙問道：「雪艷去不去呀？」秦季子點點頭。佘公子才算安心，抹了抹額汗道：「去就好了。萬一不去，你一定會罵我。」秦季子笑罵道：「你這討厭傢伙，太多事了！這種時候，打電話約她，實在不近人情。」佘公子笑嘻嘻的説道：「我是看準了的。她近來的神態，對你另眼相看，即使有別的客人約她消夜，她也會拒絕人家的。總之：這樣一個紅舞女，陪你玩，不要錢，你還不願意嗎？」秦季子聽他又談到經濟算盤上去，便懶得睬睬。

散場後，秦季子等才出門口，只見張雪艷急急忙忙的趕來了。佘公子叫自己和季子的汽車先回去，一羣人都擠在小陳那輛汽車裏飛馳向淺水灣進發。

那時正是仲夏天氣，一路上嬋鬢迎涼，荷衣消暑，溫溫笑語，好不熱鬧。因為車上的座位太擠，張雪艷軟綿綿的靠在季子懷裏，季子的態度非常莊肅，在他的想法，只是對於一個女朋友應有的愛撫而已。

他們在淺水灣的雪糕亭門前停車，各人叫了自己愛吃的東西，談談笑笑，一直坐到四點多鐘，才散。

秦季子和張雪艷雖沒大說甚麼話，可是兩心相印，不說話比說話的情感還容易了解。有時四目互注，有時微微一笑，在這表情之下，兩個人都心死了。

從此之後，一星期中有幾次到淺水灣深夜乘涼，張雪艷無論甚麼客人約她消夜，都一概推辭，陪着季子。季子自念，舞女都是講錢，不講心的，這張雪艷不講錢而講心，也就夠難得了！

佘公子叫的曹霏霏，當初為了生意，在乘涼時候，也陪着到淺水灣去過兩三次。後來見佘公子家資雖富，手頭太緊，隔一兩晚，跳三兩個舞，除了舞場抽去一半，所剩下的不過一元幾角而已，這樣的客人，一些油水都沒有，心便漸次淡了。

有一天晚上，佘公子跳了三個舞，又要求她去乘涼。曹霏霏問非所答的說道：「天氣熱了，舞場的生意越來越清淡。這一星期，才坐過一次檯子，有時還要吃全鴨。」所謂吃全鴨，便是一張舞票都弄不到手的意思。佘公子聽她口氣，分明是叫他坐檯了，擺擺場面。心裏捨不得出錢，推宕道：「我買的七折舞票，偏又用完了。」曹霏霏知他生性慳吝，心中雖氣，不便怎樣發作，冷笑道：「請你幫幫忙，你總是這樣推三托四的，你眞有心幫忙，票子用完了，再去買便了。」

佘公子看風頭，料想今晚不坐檯子，恐怕約不出來。跳完這個舞，又去和舞女大班商量，照七折再買一百塊錢票子，那舞女大班搖頭道：「上次便宜給你了，怎麼又來？」佘公子涎着臉道：「你看生意這般冷淡，克己些做個七折生意，你們還是賺錢。」舞女大班正因生意清淡，心緒不好，見佘公子歪纏，便把眼睛一瞪道：「由它冷淡，關門也好，七折舞票的生意是決不做了。如果這班客人，盡是你老兄這般一把鐵算盤，舞場早就關門大吉了！」

佘公子碰了一鼻子灰，悄悄地退囘原座，老老實實向曹霏霏説了，曹霏霏面露不悅之色。

佘公子因和秦季子小陳都已約好，沒人陪着，面子上不好看，便一再央求，曹霏霏心想，你這人太不識相，舞女出來，陪客人玩，胭脂花粉，都得化錢，那裏有陪你白玩之理，便冷淡地道説：「對不起！今晚媽咪在家燉了鷄汁，定要我囘去喫，改天再玩罷。」説罷，向着別的客人笑臉相迎的去了。

佘公子不勝懊喪，見小陳和美琪正唧唧噥噥的談着；秦季子雖因張雪艷在別處坐檯，沒有叫別的舞女，可是事前早就約定，決不會變卦，估計起來，還有兩個舞女，陪同前去，不致過於寂寞，自己樂得省錢，和她們吃吃豆腐，把這一夜混了過去。這樣的盲佬布袋，自開自解的精神，想了一會，倒也心安理得。

忽見美琪坐不到一小時的檯子，突然囘到自己的位置上去。小陳氣憤憤的説道：「這女人，另外有溫客了。」佘公子問怎麼説。小陳道：「今夜她不肯陪我們去，説是小姊妹約了散場後打牌，我不信這鬼話，一定是那個客人約好去酒店開房間。她擺架子，我便從此不叫她了。」說罷，還自氣惱，恰值一個剛從外邊坐檯回來的舞女喚做拉菲的經過面前，向小陳笑了一笑，這拉菲却還風騷。

小陳是在別的應酬場會認識拉菲的。這時因美琪不肯陪同乘涼，心中一急，見拉菲向他笑，暗想，不如叫她來坐檯，氣氣美琪也好，便一把拉着拉菲，說：「坐下來。」

拉菲嚇了一跳，問他做甚麼。小陳道：「叫你坐檯子。」拉菲翹起嘴唇，向美琪暗指說：「不怕你的美琪呷醋嗎？」小陳道：「她和我鬧翻了。」拉菲不信，佘公子作證道：「小陳說的是實話，你不妨坐下來。」

拉菲望着美琪故意把臉兒別向他處，像是賭氣模樣，便道：「既如此，我就坐下來陪你們。現在剛從外面回來，還沒淨手。」說罷，要走。佘公子拉着她的手道：「你聽著，還有一個附帶條件。坐完檯子，陪我們去消夜乘涼好不好？」

拉菲皺了皺眉，說道：「我剛才陪客人在酒家消夜，東西吃不下去了。」

佘公子道：「吃不下，陪我們坐坐，不一定要你吃，省些錢也好，乘涼時請你喫杯雪糕。」

拉菲他囉唆，將手擺脫，點頭胡亂應道：「好，好。」

拉菲淨過手，過來坐檯子。她和小陳本是熟識，應付得很好。一直坐到散場，秦季子先到國泰門口去接張雪艷；小陳以為拉菲是穩去的，一路同下電機，出到門外，見一輛舞女接送車正開到。拉菲忽然變了卦，要上那輛車回宿舍。急得小陳一把拖住道：「你不是答應了陪同我們去玩的嗎？」拉菲笑却道：「我早就說過在酒家消夜吃飽了。改天罷。這時飽得肚子疼，要回去吃蘇打片。」佘公子也來攔阻，不給拉菲走，定要她去吃杯雪糕。拉菲翻臉道：「去不去是我的自由，你們怎好相強，我的肚子已經疼得難忍，怎能再吃冷品呢？」

正鬧得不可開交，秦季子和張雪艷步行來到。佘公子嘴裏還嘰哩咕嚕的講理，說拉菲答應過去，臨時又說不去，眞對不起人。秦季子背着手暗自好笑，悄悄地牽着佘公子的袖子，勸道：「你眞是一個獃子！這種事怎好認眞？舞女為了生意，敷衍客人的面子，不叫你過不去，其實，說了去，不去又怎樣？又不曾訂過合同！」

佘公子却固執得很，嚷道：「你太好說話，拉菲說過去的，不去不成！」

這時那輛舞女接送車，不但司機等得不耐煩，車上那班舞場姊妹尤覺心焦。拉菲一壁擺手叫司機等她；一壁又和小陳佘公子爭論，張雪艷見路上圍觀的越來越眾，太不成話，便出來排解道：「我看還是給拉菲回去的好；至於你們愛熱鬧，一會兒，我打電話找露比來陪着乘涼就是了。」

小陳和佘公子見雪艷出來調停，而且又保證找人相陪，這場糾紛才算了結。

拉菲突出重圍，急忙跳上接送車，備受姊妹們責備，怨她不該和這種歪纏的客人爭論。拉菲又在車上和她們爭辯起來。

消夜時，張雪艷打了一個電話，要接露比出來乘涼，露比一口就答應了。

秦季子剛站在電話機旁，彷彿聽到話筒裏傳出一派平劇的音樂，不覺問道：「露比愛唱京戲嗎？」張雪艷見旁無他人，低語道：「這孩子，現在和我同住，身世可憐得很，她並不是愛好京戲，唱是更不會了。去年她愛上了一個當地大學生，彼此已談到結婚問題。露比是個好孩子，為了生活才做舞女，做了舞女才知道更不成其為生活！每晚都在枕邊和我談，急於要尋求歸宿。她結識了這樣一個人，當然是一心一意，死心塌地對這個人。誰知道世事時常會虛幻得令你不相信。有一天，那大學生送了一架留聲機給她做紀念，以後便從此不見面，連信息也一些不知道，你說奇怪不奇怪？」

秦季子道：「果然怪得很！露比難道不會親自去找他嗎？」張雪艷道：「怎麼不去找他，信不知寫了多少，却沒有一封回信。到大學去找尋，門房回說名冊上沒有這個學生。」秦季子懷疑道：「那麼，這大學生對她有無惡意呢？」張雪艷道：「據露比自己所說，和我們旁人觀察，這人對露比確是體貼備至，一些沒有壞意。兩個人性情都很和平，也從沒有衝突過，秦先生，你是聰明人，試想想，這到底是怎麼一回事？」

秦季子想了半晌，也猜不透這個悶葫蘆。張雪艷道：「露比這人，痴情得很！隔離快一年了，却還癡心不死，自己安慰自己，說那人總會回來的，現在或許有甚麼不得已的事，不願給她知道。每天除了伴舞以外，總是呆坐在家裏，開留聲機，把那人所送的片子，翻來覆去的唱。聽得我非常厭倦，因為同情她的遭遇，不忍出聲，露比是個非常忠厚的可憐人！」

兩人正相對唏噓，佘公子笑嘻嘻的走過來道：「消夜已經擺好了。你們只顧談情說愛，全不替我們兩條寡佬想想。喂！露比肯不肯來呀？」張雪艷告訴他一回兒開車去接。佘公子見所消耗的是小陳的汽油，而小陳熱於接送舞女這類事情又是最興頭的，便不再說甚麼。

喫過消夜，把汽車開到山村道，張雪艷親自下車，進去接露比。佘公子坐在車頭，東望西望，忽然拍拍小陳的肩膊，指着車窗外面道：「你瞧！這是誰？」

小陳看時，只見電燈桿旁邊，歇着一挑餛飩担子，篤篤篤的敲着竹筒，一個卸了妝的舞女，髮蓬面黃，身穿一套薄綢睡衣，足拖木屐，蹲在地下大嚼餛飩麵，吃了一碗，又添一碗，連湯都喝得涓滴不留。吃完起立，用手抹抹嘴，付過錢，正想走進舞女宿舍，偶然抬頭一望，瞥見車廂裏的幾個人影，羞得低了頭飛奔入內，原來這舞女便是拉菲。小陳又惱又笑道：「這傢伙，騙我們在酒家已經吃飽，回家要吃蘇打片，却餓鬼似的蹲在地下大嚼餛飩麵。」

佘公子道：「這便叫做賤骨頭，以前石塘嘴的妓女，客人叫她們陪同吃，總裝成推飽話醉的模樣，其實，在上席前後，她們在妓寮裏所吃的只是些鹹魚頭炒豆豉之類的東西而已，」說得大家笑了。

秦季子道：「她們的生活既這般艱苦，何若挺起肚皮裝胖子？這心理眞叫人難明。」佘公子道：「那都是鴇兒們從小教成的，免得她們席上貪嘴，給人恥笑。」

說時，張雪艷已和露比手挽手兒的出來。秦季子本認識露比，這天因雪艷說起她的故事，暗裏留心打量，年紀不過二十歲光景，身材健美，態度天眞，如果生在良好的家庭裏，不是一位千金小姐嗎？然而她的命運已變成這樣！一個經過失戀的女子，心理狀態更會因過度的刺戟而逐漸陰鬱，消沉，露比的性格本極爽朗，這一年來，天天在留聲機唱片裏憧憬着想念不知去向的愛人，那爽朗的性格也無形中籠罩着一層陰影。

雖是一個夏夜，香港的海洋氣候，平時就沒有大陸性的大冷大熱。那天天氣陰涼，又過了夜半，雪糕亭上乘涼的客人，只佔兩三桌。張雪艷生性沉默，一向不愛説話；露比和小陳佘公子向無交情，彼此相望，沒有甚麼可説的話兒。秦季子靜聽那一陣陣怒濤拍岸的聲響，只覺得風寒水冷，意味凄清，想起自己和張雪艷的未來之事，不知如何了局；好在他近來的想法，也不像從前的一團熱情，只是一種泛泛然的來往，根本不想有甚麼了局。不過照旁人的看法，張雪艷對他總算遷就已極，一個電話，隨傳隨到。就像今晚的情景，別人出了錢還找不到人相陪。他却不化一文，坐對麗人，更約了她的姊妹來陪自己的朋友，若不是傾心相向，又豈肯這般相就呢？難道她眞的動了愛好之念嗎？

秦季子定神呆想，發覺張雪艷的眼珠不時向他臉上旋轉，無意之間，四目相接。相互地微微一笑。這種情景，他們兩人還迷迷糊糊，互猜對方的心事。旁人却已看得十分清楚，小陳牢騷説道：「老佘，我和你叫的那些舞女，都是『水攪油』，攪來攪去，還不是水是水，油是油嗎？我看秦先生和雪艷，才是天生的一對兒呢！」佘公子點頭道：「他們本是老朋友，當然不同」。小陳打趣道：「你們倆甚麼時候請吃喜酒呢？」秦季子覺得這話對雪艷過於唐突，趕忙怒目相止。那知張雪艷絕無不悦之意，臉上薄薄泛了兩朵紅霞，把頭低了，嫣然一笑，微抬星眼道：「你呢？」這表情，何等風趣大方，眞是玲瓏心竅，冰雪聰明，寥寥兩個字，把小陳反攻得目瞪口呆。

露比是早睡慣了的，在這清涼境界，忍不住打了兩個呵欠。秦季子便提議回去。在車廂裏，張雪艷懶洋洋地斜靠着季子。季子黯想：「她對我，究竟是真的愛好，還是假的愛好呢？何不試她一試！」

秦季子對於舞女談戀愛的三部曲，分析得相當清楚。第一個步驟，她肯時常陪你消夜談心，納涼訴怨，便有三分光景的意思了。第二個步驟：白天是她們休息的時候，她肯陪你出街玩耍，便有五分光景的意思了。第三個步驟已有一半以上的把握，漸漸到了戀愛純熟時期。現在秦季子所要試探的是第二個步驟，悄悄地問道：「明天我想白晝約你出來玩玩，不知道有空兒嗎？」張雪艷悄悄地答道：「有空兒，你喜歡甚麼時候？」秦季子道：「正午十二點鐘，怎麼樣」？說罷，自覺這個時間約得不大適合。她們過慣夜生活的人，往往鬧到天亮才睡覺，十二點鐘也許正在酣眠，便補充了一句道：「正午恐怕過早些，是不是」？張雪艷道：「不！我起身很早，十二點鐘可以出來了」。

二人約定之後，秦季子見露比矇矇矓矓的靠在車廂裏，怕她睡着受涼，便編些故事給她聽。果然這方法很有效驗，露比聽到情節緊張處，鼓起那對大眼睛，精神徙的抖擻起來。季子默計那輛汽車快到跑馬地，故意把故事加些穿插，到張雪艷門口時正說到那女主角因誤會翻臉，男主角剖心莫白之時，便閉口不說，急得露比不肯下車，接二連三地問：「後來怎樣呢？後來那位小姐能不能諒解那位先生呢？」秦季子却笑着催促她下車，回去早些睡覺，露比還帶幾分孩子氣，嬌憨地跺足道：「你不說完，叫人心癢癢的，怪難受，要你陪我們一起回去，把故事講完才走。」

秦季子笑道：「再天再講，話還長呢，你現在精神抖擻，我倒說得疲倦起來了。」

露比還要糾纏，見雪艷推她下車，便帶笑帶嗔的說道：「好！秦先生，你明天不說，我便叫雪艷以後不和你好！」秦季子一笑，小陳已把車開走。

明天正午，秦季子打電話給張雪艷，雪艷親接，問在甚麼地方相會。秦季子道：「你站在門口等着，我着來。」

秦季子和雪艷原住在一條街上，走路不幾分鐘便到了，把電鈴一按，張雪艷親自開門出來，問他可進去坐坐，秦季子回說，這時就走，張雪艷見季子沒有開汽車來接，微覺詫異。問他到甚麼地方去玩。秦季子道：「隨便逛逛，沒有甚麼目的地，你可吃過午飯？」張雪艷道：「我十一點鐘便吃過飯了。現在不餓，你呢？」秦季子道：「我也吃過了。」二人邊走邊說，走到電車亭前，剛有一架往屈地街的電車停在那裏，秦季子讓她先上車，走到上層，招呼張雪艷坐下，旁邊本還空着一個位置。秦季子却不坐，獨自坐在單人位置上。原來季子自經雪艷拒吻之後，雖然常在一處玩，總是規規矩矩的，把張雪艷當做一個極可尊敬的女朋友，他覺得這種友誼夠珍貴了，切不可再玩糟。

在秦季子的根本想法，對張雪艷是毫無企圖。他愛好張雪艷，完全是一顆真心。他愛好張雪艷那種孤標傲世像雪裏梅花一般的姿韻，差不多以藝術的心情來欣賞這個人。當初雪艷拒吻，曾把他氣得發抖。他的氣惱，倒並不是張雪艷是否愛他的問題，愛與不愛，純屬個人的自由，我不愛你，你有甚麼法子硬要我愛你呢？他懂得尊重自己的自由，同時也懂得尊重別人的自由，他反對一般人的戀愛念，「你不愛我，我便恨你，甚至破壞你，毀滅你。」他認為這種作風太下流了。愛不愛你是一個問題，他或她的本身價值之可愛與不可愛是另一問題。他氣惱張雪艷是氣惱她玩弄手段。然而只是氣惱而已，並沒報復的念頭。近幾月來，彼此之間接觸多了，了解也深了，他發覺這完全是誤會。張雪艷不但尊敬他，處處更表現愛好她。他固然沒有把張雪艷當做舞女看待；張雪艷也沒有把他當做舞客看待。他在雪艷身上實在沒有化甚麼錢，一星期內坐一兩次檯子，一個月計算起來不過百把塊錢，和舞場折半拆賬，雪艷所得只有幾十塊錢而已。近來吃消夜，她也不肯上大酒樓，怕季子多化錢，總說不餓；不過為了願意多和季子接近，兩個人便到小西餐館去吃一碟牛排火腿蛋之類的東西，談一兩小時，講錢的舞女，誰肯把全部時間化在這樣一個客人身上呢？這種心事，季子也看出來了，心中自是感激，他是一個比較客觀的人，把過去誤會的因素詳細分析，才恍然大悟這是一個思想問題。自己從小所受的是英國人的教育，頭腦未免過於洋化，雖然對於性愛的看法是十分嚴肅，但和東方女性的傳統習慣便完全兩樣了。這次和雪艷恢復友誼，他看清楚了雪艷的個性，純粹東方女孩子的靦覥作風，倒十分敬重起來。他認為愛這個人，應當敬重這個人的習慣，因此一舉一動，十分鄭重，怕雪艷誤會他輕薄，損害了這珍貴的感情。這時坐得老遠的另一種意思，除了怕雪艷難為情外，還怕她碰到熟客，影響了她的生意。雪艷是聰明人，看出他的用心。可是心中奇怪，他今天帶自己出來，不坐汽車，却坐電車，究竟到那裏去呢？她生性沉默，却也忍不住問道：「我們現在到那裏去玩？」

秦季子道：「不是玩，去看一位女朋友的病。」

張雪艷一時摸不着頭腦道：「女朋友？」心中忖量，你既有女朋友，不該帶我出來！你帶我去看你女朋友的病，置我於何地？我以前只當你對我是一心相愛，因此犧牲無數熟客的邀約，天天和你玩在一起，誰知你竟是一個博而不專的人，把你的女朋友在我面前炫耀，尤其無禮。如此看來，我對你的心，簡直是枉用了！氣得臉色突變。

秦季子却全不覺得，點頭道：「我的女朋友病了，說起來你也認識的。」張雪艷道：「我怎麼會認識你的女朋友呢？」秦季子道：「就是女招待阿馨，你怎麼會不認識呢？」張雪艷聽說是女招待，心裏更不自在，淡淡的答道：「女招待多得很，誰去記她們的名字，是阿馨，還是阿芬阿芳？」

一會，電車到灣仔軒鯉詩道的一車站停了，秦季子和張雪艷一同下車，在馬路上，秦季子一路仰首看門牌，走到一家車衣店門前，站定說道：「對啦，就在這三樓上。」張雪艷心想，他去看女招待的病，要我跟着同去，把我當作甚麼人？便越想越氣，可是既已來到，又不能不隨同上樓，免得他笑我小氣。留下秦季子在前，張雪艷跟在後面，上得三樓，季子敲門道：「這裏有沒有一家姓董的？」裏面有個老太婆應道：「那一位姓董的？」將門上的一塊五六寸長方的小木板拉開，向外望了一望，見季子裝束整齊，便不再盤問，把門開了，向後指指道：「尾房。」

張雪艷跟着秦季子入內正值後面廚房在燒飯，一室煙霧騰騰的，又雜着牆角落那裏一煲正滾得沸騰的一股藥味，氣味異常難受。室中擺些亂七八糟的雜木舊傢具，盤上東掛一件女衣，西掛一塊毛巾，舊書報堆得一二尺高。張雪艷不覺皺眉。

床上躺着一個女人，大熱天氣，上半身還蓋着一條綫毯，那女人，頭髮蓬鬆，容顏憔悴，可是輪廊秀美，眉目如畫，雪艷覺得非常面善，忽然想起這阿馨還是年前見過的，那時她在金龍當女招待，紅得發紫，許多達官貴人，都向她追逐。但阿馨對他們只是要些花槍，有時故意把兩個情敵約在同一時間，等他們大鬧一場，她却笑吟吟的站在一旁瞧熱鬧，她另外有一個愛人，喚做董大廷，是季子的好朋友，以前在廣州開過大酒家，由賓主關係而到戀愛關係，那人年已四十，生有十個兒女，廣州淪陷，全家破產，在香港教授英文為生，照旁人的看法，阿馨愛上這麼一個落魄的中年人，太不合算，然而戀愛根本是無條件的。阿馨喜歡他人物風流，舉止瀟灑，而對她又是一番眞情。雪艷曾聽秦季子說過他們要同居，以事不關己，沒有放在心上，這時想起季子的話，看光景，阿馨和那董大廷已賦同居了。

阿馨因犯貧血症感染瘧疾，臥床已二十多天，董大廷為了生計，一天在外教書，兼做些經紀生意，忙忙碌碌的不得片刻空閒，晚上忙事偷閒，來看阿馨的病。不到一小時，便匆匆忙忙的走了。阿馨自煮自食，又沒用人，整天躺在病牀上，悶慵慵的，好不寂寞。忽見秦季子到來，已自喜歡，再見張雪艷也跟着來探病，高興得從床上直跳起來。

秦季子忙制止她不要起身，阿馨不聽，把線毯踼開，拖着鞋，一壁倒茶奉煙，一壁笑道：「張小姐，請坐，好久沒見你，比前豐潤了，近來好嗎？」張雪艷坐在一張小木櫈上，應道：「很好，聽說你病了，特來探望。今天好些嗎？」阿馨皺眉道：「還不是一天發冷發熱的，今年交了背運，不是這樣病，便是那樣病。」說着，見秦季子負手而立，看月份牌上的畫中美人，原來室中就只一隻櫈子，慌忙把線毯摺疊起來，拉整了被單，忸怩笑道：「我們這地方眞不成樣子！櫈子也不多一隻，又骯髒，好在秦先生和大廷是好朋友，不會見笑，就請在床上坐罷。」

秦季子怕她不安，忙在床沿坐下，見阿馨還站着說話，便把身體略移，叫她也坐下來。

阿馨笑道：「今天不知是甚麼風，把張小姐也吹了來。眞使我高興極了，舞場裏很熱鬧罷？」張雪艷道：「一天氣熱，跳舞的人少了，大家到海邊去游泳。」。阿馨道：「不過小姐不同別人，大概是一樣的應酬不暇。」張雪艷道：「我的生意也淡了，跑舞場的人總不過這幾個。」

阿馨嘆道：「可不是？從前我在酒家當女職工，常客來往的還是這幾批。世界不景氣，賺錢眞不容易。廣州淪陷之後，大家都向這邊擠，聽說人口已增加到一百多萬。天天鬧屋慌。大廷的一家人前月也都來了，在紅磡只租得個小房間，我住得還比他太太舒服，着實不安。」秦季子聽他說話，十分賢惠，便道：你過的生活，也總算很節省了。阿馨道：「不節省實在過不了生活，大廷在廣州的產業，已全部完了，一家的油鹽柴米，就不容易維持，何況十個孩子，三個已入學念念書，大廷鎮天奔忙，所得總入不敷出。這幾天，秦先生也許不曾會面，瘦得更不成話了，偏是我不爭氣的藥煲，天天還要化他一塊幾毫，有時想起，倒不如死了！減輕他這一部的負担。」說到這裏，兩眶充滿了眼淚，先自極力忍着，可是那裏忍得住，索落落的流淚滿面。張雪艷也覺悽然，安慰了一番。阿馨拭淚道謝，秦季子起初見阿馨之時，容光逼人，是個血氣充盈的少女，不料和董大廷同居才不過幾個月，變得瘦骨嶙峋，一身是病，憂患磨人四個字實在可怕。

談了一回，怕阿馨坐得太久，抵受不住，便向雪艷示意，起身告辭。阿馨堅留道：「何不多玩一回兒，我病中正愁寂寞，見了兩位突覺精神煥發，病好了一半。」張雪艷道：「你這時還得好好休息，改天大好了，我再陪你長談。」阿馨只得送到樓梯口才別。

出到街上，在雪艷想，也該還有些餘興，像看電影，吃午茶之類的事，便問道：「現在我們往那裏去呢？」

秦季子道：「你想到那裏去？」張雪艷道：「你愛到那裏去，我陪你。」秦季子道：「我是甚麼地方不想去了，你今天起得太早，不如回去休息，睡個午覺。」張雪艷道：「我並不疲倦，你若沒興致再玩，送我回去也好。」

二人同上愉園電車，照舊是張雪艷坐在雙人位置上，季子坐在單人位置上，午後天熱，搭客稀少，二人倒可隨便暢談。張雪艷嘆道：「這位小姐實在難得！」秦季子道：「你說阿馨嗎？我也覺得像她的綺年玉貌，如果肯降低一些志氣，嫁給官僚，資本家做姨太太，吃着是不憂的。如今嫁給大廷，人已中年，家累又重，她竟肯這樣的挨窮喫苦，毫無怨言，確然是人間異跡。」張雪艷又問了一些阿馨身世，不覺已到終站。季子送了她回家，自去辦公。

從此張雪艷對季子，更不當舞客看待，季子的第二步試驗，總算成功，他覺得雪艷的脾氣，不像以前倔強，在他面前，總是百般柔順。鄭忠武牛武道佘公子這班朋友都表示羨慕之意。鄭忠武勸他道：「紅粉知己，不可多得，你何不早日討她回來，免她再受風塵之苦？」秦季子道：「你這人，就是這樣多情。」鄭忠武道：「一個人沒有情感，也就枉為人了。我一生人，便專憑情感做事，有時連我太太都拗不過來。我曾向太太坦白直說，生平有兩個怪癖：一是追求，一是做詩，我見了可愛的女孩子，便不知不覺的要去追求；到了無可奈何之時，便不知不覺的會念「仄仄平平仄仄平」，哼起詩來，這都是情感發洩的自然要求，殺我頭也改不過來！」秦季子笑道：「你有你的怪癖，我也有我的怪癖，我覺得追求是不必要的，兩性之間完全要重在自然吸引。談得合脾胃也自然會彼此接近，用不着去追求，談得不合脾胃，也自然會彼此距離，追求又有何用？」鄭忠武道：「但是女性多數是處於被動地位的，你不追求，她怎麼會接近你呢？」秦季子道：「不然，戀愛要自然，自然才美，勉強便不美了。」鄭忠武道：「就照你這說法，我看雪艷對你，很願意接近，有甚麼不自然呢？」秦季子默然無語。鄭忠武道：「事情要速戰速決！」秦季子心中估計，雪艷對自己果然不錯，但嚴格而論，除了形跡較密，我既畏怯，她更矜持，只能說是較好的友誼關係，如果定要把這當做戀愛，豈非自作多情？便淡然答道：「你說得未免過早，我和她只是一個比較接近的朋友而已，那裏談得上別的問題」。鄭忠武笑吟道：「不識廬山眞面目，只緣身在此山中。」說罷，因氣象週報等他發稿，便和季子作別，逕自回社去了。

秦季子細味這兩句詩，心上有些恍恍惚惚，旁人却說雪艷對自己好，究竟是不是眞好呢？我且再試她一次。

那晚上，董大廷因前幾天季子來探視阿馨的病，自己不在家裏，親自過來道歉。季子見他手挾公事包，身穿一套白斜紋布的舊西裝，襯衣領際已有些破損，那條領帶也褪了色、足下的黃皮鞋黯然無光、雖新理過髮，却臉色青青的比前憔悴多了。

他本是香港大學出身，性愛整潔，風度翩翩，這時看起來，簡直像個小洋行的跑街。季子知道這是經濟原因，便約他寫些文章，介紹給書局出版，弄些稿費。董大廷唏噓道：「你的感情雖好，可是我整天的教書做經紀，鬧得頭昏眼花，家裏孩子又鬧，那裏收拾得起心思寫作呢？」秦季子憮然道：「這是實情，你的環境眞沒法寫作，不過以你的英文程度，翻譯想不甚吃力。」董大廷道：「翻譯倒不難，多少貼補些收入也好。」秦季子嘆息：「這次抗戰，後方炸彈炸死人：我們在這裏，雖嗅不到火藥氣味，但那經濟的炸彈，炸起來沒個防空洞躲避，也就着實吃不消了。」董大廷道：「我尤其該死，在這時候，還弄出兩頭家，天天要維持伙食，已就夠受，何況一個在紅磡，一個在灣仔，早晚朝見這兩位太太，跑都跑得累死！」

秦季子不勝同情，帶笑帶慰的說道：「有權利，自然有義務。你討到這樣一位賢惠的如夫人，知慳識儉，艷福如仙，吃些苦，雖苦都是甜。」董大廷笑道：「我也只有照你的說法，哄哄自己，然而現實自現實，愛情究竟飽不了肚子。有人說戀愛是有閒階級的玩意兒，沒錢如何會有閒？像我現在這種黃連樹底下彈琴，正所謂阿Q精神了。喂！阿馨告訴我，據說雪艷近來對你也很好，她若不是眞愛你，決不肯白天跟你出來閒逛，要就早些，用不着長期抗戰，雙方都損失」。

秦季子正因鄭忠武批評他當局者迷，心裏有些恍惚；再經董大廷一說，更覺惝恍；自念和雪艷來往了這許久，連友誼和愛情，還迷離莫辨，確然滑稽可笑。這時已吃過了晚飯，彼此沒事，和大廷同往舞場去看雪艷。時候還早，見雪艷正閒着，便叫她來坐檯。她因去探視過阿馨，和大廷分外相熟。

坐了半小時光景，季子知道大廷懸念着阿馨，又見雪艷兩個熟客等候轉檯子，微露焦躁之色，便叫侍役來算賬。張雪艷道：「不再跳一次舞嗎」？季子心想，正有話要向她說，便起身共舞。

舞時，問她明天有沒有空兒，雪艷問甚麼時候，季子自念前次約她正午，太不近人情，便問午後四點鐘好不好。雪艷道：「好！你喜歡甚麼時候便甚麼時候，我明天白日都得空，隨你的便。」季子道：「那麼，就準定四點鐘罷。」

次日，秦季子大清早便起床，趕忙把當天的事辦完。四點鐘時，在街上借了一個電話打給雪艷，誰知接電話的是個老媽子，道歉地說道：「你是秦先生嗎？哦！張小姐吩咐下，有要事出街去了，改天奉陪。」秦季子氣得冷了半截，把手中的聽筒都幾乎想丟掉。

說起來是極平常的事，可是秦季子的想法不同，他覺得張雪艷不該把他當作一般舞客，要弄手段，他對雪艷，並無企圖，既無肉體要求，更沒說過半句不禮貌的話，這種約會，她若不願，何妨拒絕，用不着既經答應，臨時失約，這分明是吃豆腐。過去的曲意逢迎，只是做生意經一種手法。這樣看來，舞女究竟是舞女，一點眞心都沒有。你尊重她們，眞如上海人所說的，「洋盤」「壽頭」之類，是你自尋煩惱。譬如菩薩，若然是個真神，便上坐堂皇，接受你的膜拜；若然是個假神，你拜他幾拜，便拜得他頭暈，自己倒下來了。法國茶花女裏所說，不可把妓女看得過於尊重，嫖客化幾文錢，好比香水浴小狗，這眞是經驗之談，張雪艷對他何嘗是眞好嗎？若果眞好，斷無失約之理，甚至電話都不來接，可見她心中並沒自己這麼一個人。廣東人有句諺語，猴子是養不熟的，和舞女談情，等於想把猴子養熟，結果給你一個大失望！

因為當天的工作早就辦完，越發感覺空虛，找朋友談心，這種憂鬱的表情，自己在鏡子裏見了都頭痛；看電影是更無興致了，獨自來到中環，茫茫然的沒個着落，在馬路上步行，洋酒店喫茶，都會碰到熟人。他是最怕碰到熟人的人，照今天這樣的情緒，再要見人應酬，簡直是苦上加苦了。

天地雖大，這身體竟不知道安頓在甚麼地方好？秦季子沒頭沒腦的走，好在沒有碰到熟人。也許別人早就看見他了，見他這等匆忙，以為趕着去辦甚麼了不得的大事，不便向他招乎。正行間，當前忽來一人擋住去路。那人腸肥腦滿，身穿一套新裝的白色沙士堅筆挺西裝，一搖一擺的提着手杖，一把將他拖住，笑嘻嘻的說道：「好幾天不見你，忙着趕赴張雪艷的約會嗎？」這人正是牛武道，季子在此時遇此人，正是雪上加霜，一句話也說不來，只有苦笑。牛武道那裏知道他的心事，硬拉着要請他吃茶吃飯，糾纏不清。秦季子堅拒道：「對不起，我這時正有要緊事。」牛武道瞇着眼笑道：「我知道了，不用瞞我，定是雪艷約你在皇后酒店開房間。」秦季子經他一說，如夢方醒，才知已到了上環。牛武道續言道：「你有好事，我也不阻你，不過……」向四面望望，把秦季子拉到一旁，附耳言道：「現在有一筆大錢要送給你，準定後天午後兩點鐘，我到府上來找你談談，你千萬等候！」秦季子一則心中煩惱，二則看了武道那種鬼頭鬼腦的樣子，怕途人生疑，急於要擺脫這人，便胡亂應道：「好，好！」說罷，掙脫了武道的手，向上環街市轉彎處加速脚步，連走帶跑的出到海濱，找到一間小館子歇脚，要了一瓶玉冰燒狂喝。

帶着七八分醉意，幌進國泰舞場，準備和張雪艷大鬧一塲。

音樂正開始，秦季子便獨自據着一張桌子，叉着手，坐在張雪艷空位置的背後。心裏彷彿一團烈火在燃燒，要了一瓶汽水，一口氣喝完，等了半個鐘頭，才見張雪艷郎裏郎當的提着手袋，和露比一路進來。

她一見季子，微露詫異之色，她是從不曾見過季子這樣早便跑到舞場裏來的，忙含笑打個招呼。季子只微微點頭，等她一坐下，也不顧音樂已奏了大半，上前挽腰便舞。

這時秦季子一臉怒容，又多喝了些酒，神色非常可怕，張雪艷慌忙陪笑道：「今天眞對不起！」話還沒說下去，季子氣岔岔的說道：「你來便來，不來便不來，用不着向我吃豆腐，」張雪艷宛轉言道：「眞對不起！今天失約，實在有要緊事情」。秦季子盛氣說道：「甚麼要緊事情；約好的不算事情嗎？你到明是向我吃豆腐！」張雪艷意想不到平時柔情如水的秦季子，忽然會這樣惱怒，他這神情，完全如上海人所說的「尋相罵」而來的，便一再陪笑道：「我怎麼會向你吃豆腐呢？」秦季子道：「你還說不是吃豆腐嗎？不過，你這個人，太不識好歹！我約你出來玩，又沒別的意思，來不來倒不成問題，你昨晚上一口推我就算了，掉甚麼花槍？吃豆腐也得看人！」秦季子滿懷怨憤，向雪艷身上盡情發洩。他覺得這樣一個女子，自己枉自尊重她，過去把她估價太高。

實際上她那裏懂得抬舉呢？正再說下去，樂聲停了。

回到位置上，却見佘公子不知甚麼時候來到，慌慌張張的說道：「到處找你，都不見，原來你在這裏。」秦李子道：「找我幹嗎？」佘公子道：「我約了立法院的胡委員，這人不知道你會過沒有？」秦季子道：「不認得。」佘公子道：「因為他快將到蘇俄去當大使，我約了他在金陵跳舞，請你陪同玩玩。」

秦季子沒好氣的答道：「你眞胡鬧！我那有功夫替你去陪官？」佘公子道：「他很想見你。」秦季子道：「可是我不想見他。」佘公子從沒見過季子這般生氣，無緣無故的碰了一鼻子灰，搔搔頭皮，沒有話說。第二個樂聲又起，秦季子又出去和張雪艷跳了。他耳不聽音樂，只顧向雪艷發洩怒氣。女孩子多半是自尊心強烈的，換了別一個人，早就按捺不住，會像粵諺所謂的「阿聾送殯，懶聽你這枝死人笛了」。可是張雪艷一則自知失約理虧，二則二人的感情基礎極為深厚。她由得季子責罵，只是笑微微的受着。那知季子見她笑，越發憤怒，以為她沒有把失約當做一回事，更沒有尊重自己的感情，便恨恨地說道：「虧你還笑得出來！」張雪艷心平氣和的解釋道：「今天失約，自知萬分對不起你！但是為了一件萬不得已的要事，要請你原諒！過去你約我，我從沒有超過一分鐘時間，是不是？」秦季子氣急地說道：「你說，你說！」

張雪艷不慌不忙的笑道：「我說了出來，你不但會原諒我，更會替我高興。今天午後兩點多鐘，我嫂嫂生了一個女兒。」秦季子這時，酒氣未退，一味橫蠻，不信道：「胡說！你嫂嫂昨天不生，明天不生，偏要揀定這個時刻，在我約你的今天生孩子。」

秦季子的話，越說越沒道理，但雪艷因他過去對自己太好，無論怎樣重的話都逆來順受，依然笑吟吟的說道：「眞的，不騙你！你若不信，明天請來瞧瞧。那孩子可愛得很，面孔活像我的哥哥。」秦季子將信將疑道：「眞有這回事嗎？」張雪艷道：「我怎麼騙你呢？你不信時，明天我陪你到養和醫院去看。因為哥哥前月到上海做生意去了。家裏人少，我不得不親送嫂嫂進院去。我是萬不得已才失你的約，你能原諒我嗎？」

秦季子默不作聲，心想，這也許是真的了。那時樂聲已停，見佘公子還呆坐在那裏等候，自覺剛才對她的態度，因在氣頭上未免過激；雪艷失約的原因既已問明，心氣漸漸和平，叫侍役來，問佘公子喝甚麼茶。佘公子搖頭道：「幾毫子一杯茶，不喝了，留到金陵去喝。」季子知他生性慳吝，也就一笑置之。

佘公子道：「你今晚怒氣沖沖的，惱了一街人，是不是和雪艷鬧了彆扭？」

秦季子道：「説來話長，我一吓再告訴你。」佘公子道：「你再跳一個舞，和我一起到金陵舞場去玩玩怎麼樣？」秦季子一則聽雪艷已解釋明白，氣漸平了，再則自覺剛才對佘公子的態度未免盛氣淩人，便道：「我和你同往金陵去玩玩也可以，你何必限定我只跳一個舞呢？」佘公子遙指右側燈光不甚明亮的一個角落裏，言道：「我倒不限定你，不過你是向來體諒雪艷的，那位熟客是不到舞場則已，來到這裏，非叫雪艷坐檯不可，他檳榔樹一條心到底！你又何必和雪艷跳個不休呢？」

秦季子便着他所指的方向望去，原來是西洋人，這西洋人的脾氣確很古怪，他在舞場裏玩，只叫雪艷一人，一星期要來五六天，一來便坐幾點鐘的檯子，前前後後在雪艷身上化的錢有好幾萬了。據雪艷説，此人品行端正，確是個好客人，雪艷儘管向他發脾氣，他一味陪小心，總算是個難得之人，秦季子見了此人，便向佘公子含笑點頭。到下一次舞時，張雪艷還千對不住，萬對不住的請季子原諒，秦季子心氣稍平，還帶些悻悻之態説道：「我現在沒有功夫和你辯論，要到金陵去跳舞。你剛才解釋的話若是眞的，散塲之後，我們再說個明白。」張雪艷道：「好！我在樓下等你便了。」秦季子道：「我不准你和別的客人出去消夜。」這話，簡直像專制帝王的口吻。

在別的女子一定會大不高興，不難和秦季子大鬧一塲，否則一聲不响從此絕交了。但張雪艷却一點不生氣，她却道季子因愛才會氣成這樣，她也愛着季子，不忍季子為她無惱，心裏不但不恨季子，還覺得這人眞有些小孩子脾氣，天眞得可愛，便順着他的脾氣，笑道：「好，好！你不准我去，我甚麼地方都不去，甚麼人約我消夜都不去，就是了。不過你到一點鐘的時候，準定要來找我。散塲之後，我獨自一人在街上徘徊，太不雅相。」秦季子見她這般溫柔，怒氣全消，舞罷，便和佘公子直往金陵舞廳。

佘公子的朋友胡委員，是個新式政客，在美國踱金回來，當了幾任簡任官，這回擢升大使，已是特任階級，人倒謙虛，可是談不出甚麼道理，一切是非，都在唯唯否否之間。秦季子對於這樣的人，最不感覺興味，便隨便叫了一個舞女坐檯消遣，一直玩到快散塲。秦季子因與雪艷有約，先自告辭，汽車開到國泰門口剛巧散塲，張雪艷正站在一羣舞女裏面等候。

秦季子開了汽車門，讓雪艷上車，兩人都無意消夜，汽車便直往跑馬地而去。

車中，張雪艷得意地誇張她嫂嫂才生下的那個小女孩如何像她哥哥，要季子陪同她到養和院去瞧瞧。季子却無心聽她這些，似惱似笑的問道：「你嫂嫂明天會不會再生一個孩子呢？」

雪艷道：「你這個人，眞胡說！今天才生，怎麼明天又會生呢？」秦季子道：「你嫂嫂明天既不會生，我約你出來玩玩如何？」雪艷道：「我自從認識你以來，從來沒有一次推諉過不陪你，也從來沒有失過你的約，或者遲到過一次，今天是事出偶然，你怎能怪我？」說時黯然。

秦季子不肯再過火便道：「那麼，我約你明天午後四點鐘，你再不准失約了。」張雪艷賭氣道：「隨你約甚麼時候，我便甚麼時候來，你當我是時常失約的人嗎？」說話之間，已到了雪艷門前。

明天，秦季子依時打了一個電話，這回是張雪艷親自接的，誠惶誠恐的說道：「我已經換好衣服等你了！」

秦季子道：「你在門等着，我就來接你」，那邊道：「好」。季子的電話是在街上打的，當下便趕回去，命司機備車，開到雪艷門前。

雪艷已站在門口等候，上了車，問季子到那裏去，季子躊躇道：「香港仔好不好？你也許玩膩了。」雪艷道：「你愛到那兒便到那兒去，我是處處都一樣。」季子道「那麼，就到香港仔去罷。」

汽車繞着半山的柏油路駛行，一路斜陽古木，新蟬在晚會裏高唱。張雪艷忽笑道：「我現在知道你了。」秦季子愕然道：「你知道我甚麼？」張雪艷道：「我們雖然相識了幾年，你却從不肯告訴我你做的你甚麼職業。」秦季子道：「沒有問過我，我何必無緣無故的告訴你我做甚麼的呢？」張雪艷道：「可是現在不用你告訴了，你不告訴我，有別人告訴我，他們說你是個大學教授呢？」季子道：「你聽誰說？」雪艷道：「客人裏面也有認識你的，姊妹裏面也有認識你的，不過你不認識他們罷了」。

秦季子笑了一笑，張雪艷歎然道：「你是大學教授，我却肚子裏沒有半點墨水，想起來眞滑稽。我實在配不上跟你一起玩。」原來張雪艷從小失學，連自己的姓名也寫不來，季子早就知道，可是讀書和思想，完全是兩件事，雪艷雖一字不識，說起話來，却文雅得很，態度也雍容高貴，像個飽受教育的女子，當下季子安慰道：「讀書不讀書，沒有甚麼關係，我見許多讀過書的人，處事毫無分寸；不讀書的人倒還明理，與其和讀書而不明理的人來往，倒不如和不讀書而明理的人來往，何況我們天眞爛漫的玩在一起，只要彼此心裏覺得自然就好了難道還要在學問上分甚麼階級嗎？」

張雪艷點頭道：「你說得是，不過我總覺得認識幾個字的較好，譬如大家喜歡看你著的書，單獨我連看也看不懂，豈不是一件恨事？」秦季子道：「那麼，你是愛讀書的了。」雪艷道：「我怎麼不愛讀書，只因家境不好，才弄到失學，小時在馬路上看到那些女學生，挽着書包，心裏多麼羨慕，現在年紀大了，不好意思進學校，給人識笑六十歲學吹打，若有人肯教我，就好了。」

秦季子道：「那容易得很，你請位先生補習補習便是了。」雪艷愛嬌地說道：「我那裏去請先生？你肯教我，便是我的先生了。」秦季子笑道：「你肯用功，我教你也可以，怕你沒工夫，不用心。」

二人一路說笑，不覺來到香港仔，秦季子見時間還早，正是吃午茶的時候，這裏沒有洋酒店；吃晚飯未免過早，下車躊躇，忽見六七個艇妹，蜂擁而至。一片「叫艇呀，叫艇呀！」之聲，震得人頭暈，一時靈機偶動，心想，雪艷天天在燈紅酒綠塲中，玩得夠膩煩了，何不叫隻小艇，和她放乎中流，消受那海上風光，豈非別有風味？

想定主意，把這番意思，和雪艷說了，雪艷點頭贊成。

秦季子揀一隻整潔的小艇，自己先跳下去，回頭見雪艷站在石級上，俯視海面，似乎有些胆怯，便伸手扶她下船。二人相對坐定，艇妹問開到那裏去？季子指着蒼烟斜照那個方向道：「你隨便撐到風景好的地方去便了。」艇妹便搖着櫓，慢慢向西前進。

這時斜陽西墜，天際一抹五色的彩霞，在每一秒鐘裏發生無窮的變幻，越變越變得美麗。你比它做錦緞，錦緞的顏色是死的，沒有這樣活鮮鮮的光輝，你比它做胭脂，胭脂的顏色太單調了，沒有這樣濃淡相稱的異彩。任你是天才的詩人畫家，你不能描繪出它的千萬分之一的美麗來。

這霞光萬道的奇艷背景，襯托得張雪艷像一個神話裏的仙女。她那天穿一件白沙士堅的長旗袍，白絲襪，白鯨皮鞋，一手支在席子上，斜彎着雙腿而坐，全身都是雪白，她臉上沒有抹一些脂粉，膚色嬌嫩，天然紅白，和天上的雲霞一樣顯現她的自然美，海風微微地飄拂着她的鬈曲的頭髮，不時的舉起纖手整理。秦季子在一搖一幌的艇子裏，坐對佳麗，看得呆了，暗自思想，舞女只宜在半暗不明的燈光下看，如今看雪艷却白晝比晚上更美，這才是真美，張雪艷被他看得不好意思，低垂粉頸，故意望着悠悠的綠波，頹然微笑。

秦季子見她不勝嬌羞，不便儘向她獃望，便把視線移向遠處，看那一羣白鷗，在莽蒼蒼的煙水裏飛向天盡頭。流年似水，人生有幾次對着那如花美眷呢？當季子想得出神之際，雪艷也在偷眼悄看，只見季子穿着一套熨得筆挺的白斜西裝，領際繫着一條淺紫色素地領帶，足登白襪，白帆布鞋，樸素之中自有一種瀟灑氣象，心裏正暗暗傾慕，忽然季子的眼光轉過來，二人四目相接，一種說不出的愉快情緒，不約而同的又是微微一笑。秦季子道：「你喜歡在這種地方多玩玩麼？」張雪艷頷首道：「年來夜生活過得太沉悶了，到這裏來，簡直是另外一個世界。」

署名傑克，選自一九四七年十一月十一日至一九四八年一月八日香港《星島日報・星座》，

一九五三年由香港世界出版社結集單行本

# 黃谷柳

## 春風秋雨

### 一　競爭的失敗者

在船塢的附近，蝦球的生意碰到了勁敵，他的果醬麵包和牛油，奶油麵包都很少人過問了。有一担牛腩粉担的生意搶過他的前頭，一毫有淨粉，二三四毫有牛腩牛雜粉。不久這牛腩粉担的生意又給一個白粥攤搶去了，白粥半毫起計，油條、牛脷、油香餅、鬆糕也是半毫一件，猪腸粉、白糖糕、豆沙角是一毫起計，工人們有一毫錢就解決早點了。在這種生意競爭的下面，蝦球失敗了，但他不願意他媽媽知道他的慘敗，他想盡了一切的方法，把他的麵包賣出去，他找到往日的熟客，求他們幫忙，次他碰到一兩個較為知己一點的工人，就向他們哀求說：「你們照舊食麵包吧，不然我媽媽就會捱餓了！」那些工人却不高興聽這種哀訴，他們答道：「賣不去，吃麵包當飯餐還不是一樣，你眞笨！」後來他碰到了一些身上連半毫錢也沒有的工人，向他們兜賣麵包，他們問：「賒不賒？出糧時結賬。」蝦球想一想，答道：「好，好漢一言為定。」這樣一來，他的生意又好起來了，居然賣得一塊不剩，但他回家去却交不出賬來。他自己編了一套鬼話去騙他的媽媽，說什麼一個同行朋友的媽媽病了，他借了錢給他，講明一星期交還。這樣，他的謊話越扯越荒唐，每天都得另編出一個交不出賬來的原因，而把賒賬的眞實死不吐露。第三天，他媽媽再不受騙了，她狠狠地打了他一頓，他咬着牙齒忍受，他媽媽有一個老毛病，每一次打他，最初是非常兇狠，但是打了這個慣常直立不抵抗的兒子幾分鐘，自己的手就慢慢軟起來，到了最後，她就丟下手上的木棍，自己哭起來了。蝦球最怕他媽媽這最後的一哭，更怕聽她對她自己身世的哀訴：什麼丈夫在十六年前蝦球沒出世就做猪仔去了金山啦，什麼她的大兒子在十年前，給鄉長「兩丁抽一」抽去當兵啦、還一口咬定他把生意本賭輸精光，害得她有一天要跳海死啦……蝦球聽了這些含淚的哀訴，心裡就非常難過。但他也有一個怪脾氣：做事多，説話少，甚至受了什麼委屈，也不願意解釋明白。他媽媽也摸慣了他的脾氣，第四天一早，就悄悄地跟在他背後，偵察他的行動，她看見他的生意好得很，一二十個工人先後圍攏來吃麵包，工廠的汽車還沒響，麵包就賣光了，一個個工人拍拍屁股走開，她高高興興走近蝦球，第一句話就説：「蝦球，把錢拿來！」蝦球攤開雙手，露出一副難過的神色説：「媽，沒有錢，今天是四號，他們要十五號才有錢結賬呢。」

他媽媽聽了這句話，氣得目瞪口啞，「拍」一聲打了他一巴掌，再一手抓着他的衣領，用勁拖他回家去。

他跟他媽走了十幾步路，突然站定了，用一種哀憐的眼光望了他媽一眼，然後用右手一格，就把他媽握着他衣領的手格開，卽刻轉身向相反的方向奔跑，讓他媽的哭叫聲留在遠遠的後邊。

蝦球，這個十六歲的孩子，從今天開始就過他獨立的生活了。這個五色繽紛的世界顯在他的面前，他感到幾分迷惑。當他經過一陣狂奔之後。休息在漆咸道的一片草地上，他就想：晚上睡在這裡的石板上，不必出租錢，至於吃飯，等機會吧，我總不信會餓死。他也想到他的媽媽，同樣相信她不會餓死。他以為他走了出來就是對他媽媽的一種幫助，家裡從此少他一個人吃飯了。這樣一想，好像前途頓顯光明似的，他站起來，朝尖沙咀的方向走去。

尖沙咀的九龍倉碼頭，有一艘美國大輪船剛靠岸。接客的人們擠滿了碼頭鐵欄外邊一帶地方，蝦球也湊熱鬧擠進人堆中去。輪船的艙面上站着幾十個華僑乘客，他們有些用望遠鏡向接客的人堆中照望，接客的人有不少手上打開一張白紙，上面寫着碗口大的姓名，不住地向頭上搖幌，當船上的人發覺他自己的姓名就跳躍幾尺高，不住揮動手帕和帽子，跟岸上的親友招呼，蝦球覺得非常有趣。他想，如果船上有一個竟是我的爸爸，他怎能認出我來呢？我又怎能認出他來呢？他好奇地擠出到碼頭邊，對着海上的各種船艇發呆，有幾張小艇灣到大輪船的旁邊，船家們豎起高高的竹竿，竿上套着小網，向船上的人客討錢。他覺得這樣掙錢眞是容易，恨不得自己也握有一枝這樣的竹竿，伸上去向美國來的人客討錢。

一張小艇靠近他的脚下，有一個人從艇裡跳上來。蝦球高聲喚他：「王狗仔！」這人抬高他的尖下巴，睜開濃眉毛底下的一雙三角眼，他在人叢中找到了蝦球。他問蝦球：「還賣麵包嗎？」蝦球向他開玩笑道：「你不來收規，我也不賣了。」王狗仔釘了他一眼，走近他的身邊時，在他身邊說：「跟我來！」蝦球跟了他擠出人堆，走到巴士車站的背後，王狗仔站住端相了他一回，然後問他：「你跟誰來？你做誰的馬仔？」蝦球答：「我自己一個人來。」他又再問：「你做誰的馬仔？」蝦球答：「什麼馬仔？我不懂。」王狗仔聽了笑一笑，說：「你這外行，一個人怎能撈得起世界，你就做我的馬仔吧！」王狗仔問他身上可有錢？卅六元，三元六毛，三毫六分都行，蝦球把他的口袋翻轉來，掏出了一張半毫的三分六，問王狗仔：「要不要？」王狗仔接過來，然後鄭重對蝦球說：「從今以後，你就算是我的人了，有飯大家吃，有難大家當，如若變心，白刀進去，紅刀出來。一言為定了。」蝦球正不知道怎樣答他才好，王狗仔已從袋裡掏出一張五元鈔票，塞在蝦球的手上，說道：「你拿去吃飯，正午十二點在剛才的碼頭邊等我！我們今晚出海釣魚。」說罷自己就擠進人叢中去了。

## 二 做了「馬仔」

蝦球手上接了王狗子的五塊錢，眞是又驚又喜，覺得果然天無絕人之路。還能夠出海釣魚，這才有趣哩！他不再去關心碼頭接客的熱鬧景象了，他走到九龍倉的背後，走進一間潮州人開的熟食店裡，用手指點着三樣不知菜名的熟食菜，吃了三碗飯，結賬才去了一元〇五分。蝦球在肚子裡打了一個底：菜是每樣二毫，飯是每碗一毫半，下回吃飯就有數了。

蝦球出來半島酒店一帶打轉，時時留心車站鐘樓的大鐘，他一面蹓躂，一面懷念他的恩人王狗仔。在好幾個月以前，王狗仔是他的麵包檔三個收規人中的一個。每一個收規人都代表了看不見而感得到的一種可怕勢力。人們都情願每天讓這些收規人拿去三毫五毫，或一元八角，買來一天的平安。做買賣的人，沒有一個不是「有主歸主，無主歸廟」各有依託。在三個收規人當中，蝦球比較喜歡王狗仔，因為他多少還有一點情義，當生意淡冷的一天，他就特別寬容不收了，其他兩個可不行，只有多收，從不減少。自從王狗仔忽然到別地發財以後，蝦球就時常想起這個寬厚的剝削者，因為新換的收規人比王狗仔壞得多了。他又想起「馬仔」這個怪稱呼，到底是什麼東西呢？馬是給人騎的，難道他把我當馬騎嗎？但不管怎樣，吃飽飯再說。他打定主意，就跟王狗仔做一個時期馬仔吧，看他怎樣待我。

大鐘樓的鐘聲敲了十二點，蝦球剛走到郵局的門口，他快步趕到碼頭去。王狗仔在艇上罵他：「我以為你死了？」他跳上小艇去，船家女用手上鈎竹向碼頭一頂，小艇就盪出去了。艇上除了船家佬船家婆和船家女三人外，還有一個用繩索套住了的船家仔，兩三歲模樣，很有趣。王狗仔的臉色很不好看，蝦球只好跟船家仔玩了。

「蝦球！」

蝦球抬起頭來望一眼喚他的王狗仔，他那一雙三角眼的眼很難看，滿眼紅筋，像是幾夜不曾睡過，又像是喝了燒酒一樣。王狗仔繼續說道：

「蝦球，我們今晚要出鯉魚門去釣魚，你會游水嗎？」

「我會！」

「跳水會不會？頭先下或脚先下都行。」

「我跳得紅磡碼頭一樣高。」

「會不會爬繩上樹？」

「可以爬樹，不會爬繩。」

「從吊繩上爬下來會不會？」

「這個容易！」

他拍一下蝦球的肩膀，叫道：「好傢伙！你夠格跟我釣魚了！」

小艇從尖沙咀划到灣仔的海面，足足要三個鐘頭，因為在中途王狗仔還做了幾次生意。當小艇盪到海軍船塢的海面，王狗仔叫艇家婆用鈎竹搭上了一艘小軍艦尾巴的風眼，王狗仔站出艇面來向戰艦上一個水兵用英文叫道：「威士基？威士基？」說罷再伸出三隻手指來，水兵搖搖頭，他又多出兩隻手指，水兵就轉身囘去了。王狗仔向艇家女喊道：「亞娣，快把艇仔拿出來！」亞娣從艇旁抽出一枝竹竿，竹竿頂上結有一個小網袋，王狗仔一手掏出了鈔票，一手接過竹竿，就向軍艦伸上去。竹竿剛伸到艦面，那水兵就敏捷地放一包用紙包好的東西在網袋上，王狗仔很快的放下來，背轉身打開紙包瞥了一眼。認明了瓶上沒有開過口，就把一張十元鈔票包好的送上去。水兵收了鈔票，他就順手把艇頂開，連聲「星茄！星茄！」就鑽進艇裡來。半點鐘後，他又向一艘法國商船的廚役收買了一大桶吃剩的牛扒，才花了兩塊錢。再後到一艘美國兵艦旁邊，他用每冊一元的價錢賣出了一打中國春畫，看見水兵們擠在一堆欣賞圖畫，蝦球也偷看了一眼畫冊，不禁臉就紅了起來。小艇灣到灣仔碼頭。王狗仔命令蝦球提着那桶牛扒，跟着他上岸。他們到了修頓球塲對過的小巷裡，有一家熟食檔口出六塊錢全部收買了他的一桶牛扒。那兩瓶威士基酒，他交到了春園街轉角的一個小販的家裡，告訴那小販的女人道：「五嬸，五叔囘來你告訴他，我今晚出海釣魚，天黑以前叫他送三百塊錢到亞娣艇來？」說罷放下酒就走了，蝦球跟在他的後邊，心裡覺得很奇怪，就問王狗仔：「王大哥，釣魚要這樣大的本錢？到菜市去買兩毫錢的鷄腸就行了。」王狗仔笑道：「鷄腸是釣小魚，我們釣大魚啊。」蝦球道：「赤柱有大沙魚出現，我們是不是釣沙魚？」王狗仔閉了嘴，不多講了，因此，蝦球依然摸不着頭腦。王狗仔走到一家寓所的樓梯門口，叮囑蝦球道：「你回艇上去，我上三樓梯房六姑處，五叔來找我時你就帶他來，記住門牌！」蝦球默記在心，自己回去了。艇上祇有亞娣一人看守，艇家仗艇家婆都上岸去了。

亞娣問他：「王狗仔呢？」蝦球道：「他到六姑那裡去了。」亞娣自言自語道：「這個傢伙，一世做女人奴！」蝦球問：「我們今晚出海釣魚是不是？」亞娣道：「你釣過嗎？」蝦球道：「我釣過的，我是用蚯蚓用鷄腸來釣，我們今晚用什麼來釣？」亞娣望了蝦球一眼，然後笑問道：「你叫乜名？」蝦球答：「蝦球。」亞娣問：「幾歲？」蝦球答：「十六。」亞娣問：「坐過牢沒有？」蝦球答：「沒有」亞娣問：「家裡有什麼人？」蝦球答：「一個媽媽。」亞娣想了一想，再問他：「你同王狗仔有親戚嗎？」蝦球搖搖頭。亞娣就對他說：「蝦球，你回家去吧！釣魚很危險！」

蝦球告訴亞娣：「我不怕危險。」亞娣望着他笑了一笑就不作聲了。

## 三　出海

傍晚時分，當蝦球坐下來跟艇家一齊吃飯時，那時小販五叔走到碼頭邊叫：「亞娣！亞娣！」亞娣對蝦球說：「他就是五叔，你帶他去見王狗仔吧，我留菜給你。」蝦球就走上岸去，引五叔去找王狗仔。五叔見了王狗仔他們就談起生意經來。有許多暗語蝦球莫明其妙，也不去考究它。

六姑是一個中年婦人，她裝扮得很風騷。穿件短到肚臍的淺紅內衣，一條藍短褲，見客人來也不避忌。她瞇着眼睛望蝦球，然後對王狗仔說：「你這個乾兒子不錯呀！帶他去釣魚太可惜了，萬一有什麼三長兩短……」話沒說完，就給王狗仔喝住了。五叔把鈔票點給王狗仔，自己就走出來。臨行時對王狗仔說：「白蘭地再多也要，紅砵和毡酒少要點，威士基的價錢還可再高一點，最近兵房查得嚴，很少貨出。」王狗仔送他出門口，互道「順風」而別。王狗仔回到房裡來時，六姑高舉雙手，吊在他的頭脖上，王狗仔將她推開，丟下五十塊錢就走了出來。

到街上，王狗仔問蝦球：「你吃飯了嗎？」蝦球答：「亞娣留菜給我。」王狗仔說：「算了吧！我們喝杯酒去！」他就帶蝦球踏進大三元的卡位去吃飯。

舊曆二十幾，月亮出得很遲。在艇上，蝦球很快就睡熟了。他不知道什麼時候開船。他吃了出世以來最豐富的一餐晚飯，又喝了一杯雙蒸酒，回來便倒頭甜睡入夢。他見到了他的媽媽賣麵包，又見到那些欠麵包債的工人還錢給他媽媽。他的媽媽收到錢，就寬恕了他，他高興極了。正在這時候，他給亞娣搖醒了。他問：「什麼事？」亞娣交給他一件背心。叫他馬上穿起來。那件背心前後上下有十幾二十個口袋，夾口用綁帶，而不用鈕扣，他好生奇怪。亞娣說：「快起來！他們在外邊。我們到了橫欄燈塔附近，快天亮了。」球蝦穿好背心起來。亞娣說「你等下跟王狗仔爬上船去，他收到白蘭地就給你放下背心袋裡吊下來，你一次可以帶兩打，小心點不要滑跌。萬一碰到水師船，你不要慌，不要緊。你出去王狗仔會吩咐你，我給蝦女換了衣服就出來，她晚上賴尿了。」蝦球搖搖幌幌摸出去，一陣冷風撲到他的面孔。天是漆黑的，海也是漆黑的，伸手不見五指。艇家婆在那邊擺舵，艇家佬跟王狗仔在一邊。附近有輪船機輪開動的聲音。王狗仔見蝦球穿好背心出來，就拍拍他的肩頭說：「蝦球我們等下就上船去釣魚，你跟在我的後邊爬繩梯上去，到上面一切聽我吩咐。聽見槍聲不要害怕，曉得嗎？」蝦球點點頭。冷風吹得他牙齒打戰，再加上心裡恐慌，連尿也急出來了。

機輪聲漸近了。王狗仔手上拿了一把點燃的香，不住向左右上下搖幌。一艘輪船的身形已經看見了，從船頭船尾和船桅頂上的燈光，可以猜度這艘輪船的大小。王狗仔問艇家佬：「九叔，你看見電手筒的暗光嗎？我眼矇，看不清楚。」又回過頭來對蝦球說：「你看船尾！看見電筒亮三下嗎？你看清楚！亮三下就得米（意即順利）亮五下就是水緊，（意即有人監視）看清楚點！」蝦球就伸長脖子留心看。亞娣也擠出來，手臂上掛了一綑繩，片刻，船尾果然有電筒暗光亮了三下，蝦球緊張起來，叫道：「王王王王大哥！電筒三三三下！」王狗仔向艇尾叫：「九嬸！轉舵！」九叔和亞娣用力划船，向輪船腰部靠過去。近輪船時，九叔丟開划子，拿起竹篙，當小艇靠近船尾時，他就準確地勾住了輪船旁邊的風眼，亞娣就把一綑麻繩用勁拋上輪船上邊，上邊的人就把繩結牢了。這小艇就貼在輪船旁邊，跟輪船緩緩地航行了。船上的人問：「是那個雜種？」下邊的王狗仔，就答：「和記王狗仔，是一哥叫我來的！」上邊吊下了一掛繩梯，王狗仔一手拉着蝦球叫道：「蝦球，跟我上來！」他自己就踏上去了。蝦球握着繩梯，遲緩不敢上去。亞娣推他：「快點，蝦球！不要怕！」他一邊發抖，一面一步步攀上去。輪船上早已放好了幾堆東西，王狗仔跨上去時，有一個人對他說：「照收五件！」王狗仔問：「散裝的有沒有？」那人罵道：

「他媽的！把公司貨裝好再說吧！」他們就用繩把五件東西吊下來，下邊九叔亞娣就接着放進艙底裡。蝦球跨上去時，就幫王狗仔綑吊東西，不到五分鐘，五件貨都下完了。那人就帶王狗仔蝦球進艙裡去，經過梯口時，有人在那裡站着，那人就對站着的另一個人說：「你帶他們去，我看艙面。」他們下去了五分鐘光景，前面的海中心掃過來一道探射燈的白光，看艙面的人就直奔下來，在艇上的九嬸就念「阿尼陀佛！南摩觀世音菩薩保佑！」王狗仔在下邊收買了不少散裝的東西，大半塞給蝦球，自己只帶一些。他突然聽見有人在他的耳邊說「王狗仔，水緊！快走！」他就推了蝦球一下，自己直奔上艙面，跨下吊繩就逃回艇上去，他剛站定，就聽見水師汽艇「啪啪……」的聲响了。蝦球上艙面時因為慌張過度，路又黑，一連跌了幾交，爬起來摸到船欄邊，找到了吊繩，背轉身，預備跨下去。這時王狗仔拿出小刀來割斷了纜繩，想把小艇頂開，亞娣用吊鈎鈎住輪船的風眼說：「死人！蝦球還沒有下來呀！」王狗仔就把她的手一托，接過她的竹篙，用勁頂開小艇，小艇就離開輪船沒在黑暗的海上了。水師汽艇的探射燈，依舊橫射過海面，找尋它的目標。

蝦球跨在吊梯上小心一級一級下來，可是將到海面，一回頭嚇了一跳，他竟看不見小艇蹤影。

## 四　折了翅膀

蝦球吊在繩梯最後的一級上，經過短時間的驚慌和哭號，他漸漸鎮定下來。浪花衝擊着船舷，反濺在他的臉上衣服上。他害怕吊梯會脱落，把他拖下海裡去，就鼓起勇氣，再往上爬。

他的特製背心前後袋裡放有兩打重贅的洋酒，他沒辦法，脱掉背心，只有淌着冷汗，一級級挨上去。他終於爬上去了，一跨上船，他就給一個人按倒在船面甲板上，那人喝他：「睡倒！死鬼！你不看見探射燈嗎？」兩分鐘後，他就給那人拉起來，叫他跟他跑。他跟那人下了船艙，經過統艙直往船尾跑，到了一個密擠擠的堆滿了衣服毛氈枕頭的小房間，那人指着一個床位對蝦球說道：「你躺在這裡，不要亂跑。等海關查過船後，我再放你出去。你叫什麼名字？」蝦球道：「我叫蝦球。我是王狗仔的馬仔。」那人説道：「王狗仔今天運氣不好，恐怕會過不得關。他太沒良心，丟下你，把你駭壞了，是不是？脱下你的背心，喝杯白蘭地提提神吧！」説罷就從蝦球的背心裡抽出一瓶洋酒，搖幾搖，用力一碰，瓶塞就跳開了。一陣酒香充塞了令人窒息的房間。那人用口盅倒了半盅酒，喝了幾口，就遞給蝦球道：「你的臉色發青，嘴唇發抖，喝這個正好。快喝！酒是可以壓驚的。」蝦球聽那人的話把小半盅酒灌進肚裡去。他問那人道：「大哥，這艘船什麼時候泊尖沙咀碼頭？」那人笑道：「我們不泊碼頭，我們泊昂船洲。你不要害怕，我會叫一隻小艇送你上岸。你要在那裡上岸？」蝦球答：「到紅磡上岸。」這時，他渴望見一見他的媽媽了。那人勸他：「那你不如在荔枝角上岸，搭六號巴士到尖沙咀，再搭五號巴士就快得多了。」蝦球問：「我帶這些酒上去不怕嗎？」那人說：「那你就是打算送給警察了，他們不會多謝你，還把你拉去坐監牢呢。」蝦球發急問道：「那怎樣辦？」那人説：「怎麼辦？你上岸去叫王狗仔來拿吧。」蝦球問那人：大哥你貴姓！我叫王狗仔來找你。」那人答：「你説亞佳哥他就曉得了，我們是老朋友。」説着説着，蝦球喝下去的酒發作了，他頭昏眼花，坐也坐不牢。亞佳丟給他一條毛氈，他就擁着毛氈躺了下來，醉了。

不知道過了多少時候，起重機的聲音把他嘈醒，他睜開眼睛，房間裡的電燈還在亮着。他的放洋酒的背心已經不見了。他坐得不耐煩，就悄悄地摸上艙來，却已經是太陽西下的時候，他碰到一個年輕小工人問他：「你看見亞佳哥嗎？」那小工指着海上一隻小艇說：「你看！他坐艇上岸去了。」這一下蝦球大吃一驚，不知如何是好。

幸虧蝦球人急智生，他一把拉着那小工，塞一塊錢在他的手上，央求他：「老友，送你一塊錢飲茶，你同我叫一隻小艇，我也要上岸去。」那小工望他一眼，回頭說：「你跟我來！」蝦球跟那小工走到扶梯口，小工出去招一招手，兩隻小艇就爭着來搶生意，講好一塊錢靠深水埗，蝦球就下了小艇，一路划上岸去。他回轉身來認明這艘輪船的顏色，樣式和烟囱的標記，默記在心上。到了深埗，趕搭二號巴士到尖沙咀，再轉五號巴士到紅磡。

蝦球抱着一種抱愧的心情回到舊居，他急急要看到他媽媽。他實在很愛她，經過這兩天一夜的隔別，在他好像是離開家幾個月那麼長久。他決心要在媽媽面前認錯了。他想：無論媽媽怎樣強硬，總能原諒他的吧？當他上樓時，他媽媽正在冷巷搖紗，她一面搖紗，一面也想念他的兒子。她自己自小就在挨打中長大的，她就用同樣的方法管教她的兒子，巴望他也能在她的鞭撻中長成，所以即使在打兒子時自己一面淌眼淚，還是非打不可，即使咒罵時心裡並不是懷着仇恨，還是非咒罵不可；貧窮壓榨得她的感情日漸粗糙，使她忘記了在蝦球身上的有創傷的皮膚裡還包裹着一顆溫厚善良的心。當她一眼看見蝦球走進來站在她的面前喚一聲「媽」時，她就放下手搖機站起來，用着慣常嚴厲的口氣罵道：「你長了翅膀了！你會飛了！怎麼又爬回家來？好漢不吃回頭草，你還有面子回來？走呀！怎麼又不走了？」蝦球冷不防這一串咒罵罵得眼前一陣昏黑，心房的血液往腦上衝。在這至親的媽媽面前，要不是讓她打一頓給她發洩心頭的悲憤，就要打她一拳來報她給予他心靈上的創傷，他不知道該怎麼辦，當他媽媽再罵的時候，他就回轉身衝下樓梯，奔到馬路上去，眼眶裡含着眼淚，在心裡發誓永遠也不再回家來了。他永遠也不願接受這種纏雜在打罵中間的母愛了。

他忍着肚餓，到灣仔去找王狗仔的相好六姑。六姑正在房間吃晚飯，蝦球一進去她就用一副笑臉歡迎他，問他吃飯沒有，蝦球搖搖頭，六姑就去拿碗筷來。蝦球一邊吃飯，一邊把釣魚的經過告訴六姑，這女人一直笑着聽他，一點也不覺得驚奇。末了她說道：「我早說王狗仔不該帶你去吃這樣的風浪呀。現在別管他了，蝦球，別發愁，人不是容易餓死的」。這又出乎蝦球意外，不知道她和王狗仔為什麼會有不同的看法。

## 五　今晚那裡過夜？

蝦球想了想，對六姑說：「船上那個佳哥扣下我的兩打白蘭地，他叫要王狗仔去才給拿回來，這事怎麼辦？」六姑回答說：「這件事容易，萬一王狗仔出了事，亞娣的艇是不會進牢的，你坐電車到筲箕灣去看一看，到天后廟邊去問問那個賣魚腸粉的人，他會告訴你找到亞娣艇，你找到亞娣，就僱她的艇上灣仔來，再去請五叔一道去交涉，亞佳不會不還給你的，他們長年交易，騙你的兩打酒有什麼好處呀。」蝦球道：「我不如現在就去找五叔？」六姑道：「這也好，今晚你通知五叔，明天再去找亞娣。」蝦球就走出房門口，六姑替他開樓門，在門口拍拍他的肩頭問他：「你今晚在那裡過夜？」蝦球給這一問問啞了，他沒有想到他今夜睡在那裡。他一逕下樓，沒有回答六姑這句話。他摸上小販五叔的家裡，五嬸問明情由，一開門就把他抓進房間裡去，手脚上下在蝦球的身上亂打亂踢一通，使蝦球不易招架。五嬸一邊打他一邊咒罵王狗仔，説他沒有良心，當初跟五叔大家發過誓，無論那個失手被擒，都不要連累朋友，誰料王狗仔出海失手，又帶警察到五叔家裡搜出還沒出手的貨物，連五叔都給抓去了。五嬸把蝦球看成王狗仔的同黨，打他一頓洩憤。蝦球有理無處伸説，只好一面抵抗，一面開門走出來。他撫摸一下挨打的臉，理理他的頭髮，就一步步的走向修頓球場。

這裡是一個奇異的世界：在這裡活躍的人是兒童、少年、壯丁、少女、少婦……難得看見一個老人。在這裡，飢餓的魔鬼跟隨着每一個人，追逐着人堆中的失敗者，人人都用焦燥的眼睛互相期望着，窺着伺着。藥販夫婦演化裝戲唱曲敲鑼來招引觀眾；而扒手們就在觀眾的週圍浪蕩，警探又出巡在扒手們的身邊，私娼們又用機警的眼睛釘看着警探步行的方向；一些在店裡受了整天工作重壓的工人店員，又到這裡來尋找暫時麻醉的機會……蝦球在這裡一帶繞了十幾轉，他不曾發現任何一種適合他生存的方式。他走出告士打道海邊去，他在轉角處碰見盛裝的六姑站在騎樓邊。六姑的手拉住他，央他幫幫忙，教他一句灣仔通行英語，叫他到海邊去跟那個半醉的水兵説：「標蒂夫格爾，溫那，端蒂法夫打拉！奧茄？」任何一個水兵都能意會，這意思就等於：「漂亮姑娘，一晚，二十五塊錢，要不要？」蝦球明白這是什麼一回事情，他想了一下，終于拒絕了六姑給他的一塊錢，繼續走他自己的路。可是，一句話記起來了，今晚睡在那裡？

蝦球走到海邊碼頭，給一陣海風吹醒了頭腦，他想起要到筲箕灣去找亞娣，即刻轉身去搭電車，車到終站，他跳下來就往海邊走。他經過一條像內地縣城一個式樣的小街，兩旁有矮矮的店舖，燈光通明，招引不少艇上的顧客，蝦球留心辨認，沒有一個是他所要找的人。到了海邊，向艇家問了十幾個人，也找不出亞娣來。他走到小街盡頭的古廟旁邊，也不見有什麼賣魚腸粉的人，最後他問到最末的一隻艇家，那人向艇後大喊：「亞娣！有人找你。」可是走出艇頭來的亞娣却不他是所要找尋的那個亞娣。他失望極了，也疲倦極了。他走進廟裡去，想看看有沒有地方可以過一夜，在裡面四處張望，終於給廟祝公趕了出來，廟祝公在後邊罵他道：「想發財就到番攤賭檯去，你摸錯門口了。」蝦球也懶得去跟他爭吵，他走出來站在岸邊，望着九龍半島那邊的燈火，想起他的嚴酷的媽媽，又想想自己的一連串的失意事，他痛恨極了，但沒有地方發洩他的憤怒。他一眼看見左邊海岸上有一間像是看更房似的小房間，裡面堆叠着幾大綑草料，沒有人看守，他就悄悄地走進去，躺倒在草堆上，順手拉一團草堆蓋在自己的身上，當作取暖的毛氈。他聽見海水擊打岸邊的聲音，聽見呼呼的風聲，他閉上眼睛想想他今天自早到晚的遭遇、傷心、怨恨、失望、憤激種種情緒揉做一團，終於他自己在暗地裡笑了。他想起了妓女六姑的一句話：「別發愁，人不是容易餓死的」，他覺得很有道理。他自己安慰自己一番，不多久就沈入睡鄉了。

第二天一早醒來，蝦球嗅到了一股難聞的糞臭，原來這是一個臨時堆糞待運的地方，他跳起來走出去，還聞到臭味，再看看自己的衣服，竟也給糞沾污了。這時晨光照耀，海水閃着誘人入浴的光芒，蝦球決心洗一個澡，順帶也洗滌自己的污衣服，馬上就脱光了身，跳下海裡去。游了幾轉，就回頭洗他的衣服，洗完涼在堤壩的石板上，又游出去。清澈的海水，可以讓在岸上的人玲瓏地看見一個潛水游泳的人。

亞娣一早聽見説昨夜有一個十五六歲的孩子找他，她疑心也許會是蝦球，這兩天她實在惦記着他。她街頭巷角去找他，果然給她找到了。她在岸上貪婪地欣賞他的發育得很結實的身體和矯捷的手，他潛下去在水裡打圓圈又翻上來，當他仰泳時，亞娣紅着臉側了頭不看他，直到她給蝦球看見高聲歡呼：「亞娣！」才回過來了。

## 六　鱷魚家庭

亞娣笑着對蝦球説道：「蝦球，你是不是從沙魚肚子裡鑽出來？」蝦球游近岸邊來，飽飽地看了亞娣一眼，他十分高興看見亞娣這付笑容。他回答道：「前天晚上，我差點掉下海裡去了。」亞娣道：「可不是，我要接你，王狗仔却一心想自己逃命，他多忍心，結果還是逃不了，眞是天公有眼。」蝦球問：「你們沒有上警署去嗎？」亞娣道：「怎麼沒去，但不要緊，將來審案時去做做證人就完事了。他請我的艇裝東西，我管得了他裝的是什麼鬼東西。」蝦球道：「抓去了王狗仔，我的馬仔就做不下去了。你的艇上請散工嗎？我幫你打雜好不好？」亞娣笑着搖搖頭道：「我們艇上沒這個規矩，我們請不起岸上的人，岸上的人也瞧不起我們。」蝦球道：「我瞧得起你就成了。」亞娣道：「我作不得主，你問我爸爸吧。你來找我幹什麼？」蝦球這才想起白蘭地酒的事來，就一五一十把原委告訴亞娣聽。亞娣想了一想，回答他：「你快起來，我們的艇給人請去油麻地避風塘裝米，也許我們有時間到昂船洲去看看。」蝦球道：「你替我摸摸我的衣服乾了沒有？」亞娣俯身摸了一下他的衣服，抬頭說道：「你在水上多玩半點鐘就乾了，我的艇靠在大樹腳邊，你快點來！」說罷就走回去，還回頭來向蝦球裝個怪臉。

亞娣回到大樹腳下，把情形告訴她的父母親九叔九嬸，九叔道：「我們到油麻地避風塘裝米，正用得着散工，你叫蝦球落艇來吧。回頭順便走上品珍茶樓看看那個鱷魚頭飲完茶沒有？你告訴他我們即刻開身。」亞娣很高興她爸爸答允蝦球下艇，即刻飛跑去告訴蝦球，見他剛穿好那件濕衣服，就把請他下艇幫幫的事講明白了，蝦球好不歡喜。他跟亞娣走上品珍茶樓，去找那個鱷魚頭。事先亞娣跟蝦球講明白這個傢伙就是請她的艇的大老板，財雄勢厚，濶氣得很，但人人在背地都喚他做鱷魚頭。蝦球問亞娣：「為什麼不叫沙魚頭鹹魚頭偏叫鱷魚頭呢？」亞娣道：「誰曉得，你有胆量親自問問他吧？」說着他們已經到了那個鱷魚頭的面前，蝦球一看，那人相貌堂堂，裝扮得跟香港最有體面的西裝紳士一個模樣，四十歲左右，有一雙機警的眼睛，一隻發紅的高鼻子。亞娣講明了即刻就開艇，鱷魚頭點點鼻子道：「大姑娘，忙什麼？坐下吃個大飽吧！——這是你的弟弟？」亞娣笑笑並不否認。鱷魚頭又道：「長得跟他姐姐一樣健康呢！念過幾年書？」蝦球答道：「念過三年書，先生有什麼照顧？我跟你做工好不好？」鱷魚頭道：「你姐姐肯不肯呢？」亞娣道：「我肯。」

鱷魚頭沉思了片刻，又打量蝦球一眼，就說道：「好吧，我家裡還需要一個人跟我送信傳話，你就跟我做幾天事吧。亞娣，你回去把艇開出，我們回頭到油麻地養生米店再見。」亞娣聽說鱷魚頭公館裡有不少「鼠」回來的東西，她想到蝦球能進去也很好，她可以籠絡他又「鼠」一點東西出來送給她。他們三人飽嘗了一頓點心，就結賬下樓，分別趕程。

鱷魚頭的家是在尖沙咀的住宅區，佔着一間很寬敞的洋房的二樓全層。一廳三房，設備精緻，沒有受到戰爭時日敵的損害，這完全得靠鱷魚頭居住看守之功。所以業主在戰後回來，看見杯碟俱全，家具無恙，十分歡喜，就讓鱷魚頭一直往下去。業主把這座洋房的樓下和三四樓租給了一些上等家庭，他們服飾講究，出入汽車，這使得夾在他們的中間素來不大講究服飾的鱷魚頭，不得不力爭上游，弄得衣履整潔，髮光可鑒。他的那位不明來歷的嬌嫩小老婆和兩個順德婆媽，更是金玉手飾，出入耀眼。有一點不相稱的就是：除了少數幾個來訪的貴客外，更多的訪客都是一些衣冠不整，牛鬼蛇神之輩。王狗仔就是其中的一個。他也算是鱷魚頭的一個得力幹部。這次橫欄燈塔外面的失手，也算得是鱷魚頭一次小小的損失。

他的大客廳大得可以擺五桌酒席，現在擺滿了大小沙發，數目超過業主的所有。牆角放着兩具大型的長短波收音機，對角的桌上有電話。頭房是客房，中間房是鱷魚頭姨太的寢室，隔壁是獵獲物的儲藏室，再過去就是浴室和工人室……全屋主僕一男三女，男主人鱷魚頭有時三兩夜不回來，他就叫蝦球來打打雜，看看門口，也有他的道理。他在油麻地開有一家養生米店，門市生意不大好，但却賺了很多錢。鱷魚頭一路帶蝦球過海來，審問他前晚王狗仔失事的經過，蝦球照實說明，連亞佳收去了白蘭地酒的事也對他說了。鱷魚頭一到養生米店，就打一個電話給鴻昌行船館的主事何老四說：「你叫人通知夏灣納船上的亞佳，叫他快把兩打白蘭地送到我家裡來！豈有此理，他想起我的尾注！」蝦球跟鱷魚頭走進米倉去，那裡一袋袋的米堆得山一樣高。蝦球伸伸舌頭，心想要吃好久才吃得完啊。

蝦球跟鱷魚頭坐「的士」回到鱷魚頭的公館來，他幾乎緊張慌亂得把開門的年輕婆媽叫做「少奶」。當眞正的少奶穿一件粉色的睡衣走出客廳時，蝦球又變成啞巴似的不會說話了。

## 七　把人身當賭注

鱷魚頭對蝦球道：「往後家裡的事，你就聽少奶吩咐。」轉頭又對她姨太太道：「他叫做蝦球，原來是王狗仔新收的馬仔，人很精靈，我帶他回來使喚。以後亞喜專責洗熨，亞笑買菜煮飯，蝦球就管雜務。」他說話時，少奶就用她的眼光打量蝦球。她覺得他額角開展，眉目清秀，可惜面上少點血色，身體倒還長得結實。少奶最後看到了他脚上那雙破膠鞋，就笑對鱷魚頭說道：「你的主意很好。家裡人少，有時眞靜得可怕。你一出門就像個沒尾飛鉈，有時敲鑼也找不到你。」又側過頭來對蝦球說道：「蝦球，你等下出去剪髮，買兩套衣服，一雙皮鞋，再回頭來洗一個澡。我叫亞喜給錢你。」鱷魚頭就大聲叫：「亞喜……」亞喜應聲而出，她是一個二十多歲的婆媽，背後拖着一條長辮子，面目皙白，不施脂粉。她是少奶的心腹傭人，兼掌家用雜支財政。鱷魚頭對她說：「你給蝦球五十塊錢出去買衣服。他以後在家裡打理雜務，洗熨以外的事情你教他做。」亞喜歡笑應是。她望了蝦球一眼，然後對他道：「蝦球，你來拿錢」說罷就轉身進去，蝦球跟了她進去。

鱷魚頭這時打了一個呵欠，少奶斜了他一眼，問他：「昨晚到那裡去亂攪？」鱷魚頭應道：「還有心情在玩，險些給王狗仔累死了。」少奶問：「是不是澳洲的火鷄飛走了？你生日的菜單，我已列上火鷄一味了。」鱷魚頭道：「澳洲火鷄二百幾隻，在船上雪櫃藏好，飛不掉了。只可惜王狗仔在鯉魚門外失手被擒，損失不少洋酒，王狗仔眞沒有腰骨，他竟帶警察去捉了陳老五，昨晚到五嬸處安慰她一番，送她三百元才把她勸服。」少奶道：「老五會不會招供出我們來呢？」鱷魚頭：「你放心，他的老婆兒女還要吃飯呀。」停了半晌，少奶問：「洪哥，我們什麼時候才收手不幹」？鱷魚頭靠在沙發上，從他那紅鼻子的鼻孔中噴出一口香烟，然後闔上眼睛，想他的主意。少奶又追問他：「洪哥，我們不如早點洗手上岸吧！」鱷魚頭丟掉香烟，站起來，插兩手在褲袋裡，來回走着，忽然走過來直站在少奶的面前道：「洗手上岸？好！等我那四百桶汽油和三千九百袋米弄到手，我們就放下屠刀，立地成佛！」少奶聽了這話高興極了，她聽說一大桶汽油足五百加倫，四百桶，該好多錢啊！想這到筆錢，即刻站起來，伏在他的胸前道：「到那時候，我們初一十五就食齋念經，求菩薩保佑；我們還可以捐點錢出來做做好事，修修陰德，你說好不好？」鱷魚頭道：「我們何必食齋念經？馬專員說得好：我們算得什麼，比起那些竊國大盜來，我們不過是小偷吧了。」說曹操，曹操到，馬專員坐的汽車在下面响了「嘟……嘟嘟！」的暗號。

馬專員有很多職銜，他的最重要的一個官職還不是「專員」，奇怪的是這裡的人震於什麼接收專員之名，偏變用「專員」來稱呼他，他也懶得去更正。他跨出了汽車門，習慣的摸摸他的大肚皮，抽抽他的西裝褲。陽光照射着他的眼鏡閃閃亮，他的臉頰上的厚肉鼓脹得幾乎要爆裂開來。鱷魚頭迎上去問候道：「馬專員，你早！」馬專員第一句話就問：「太太起床沒有？昨晚虧得她在金殿教我跳舞，沒有出醜。她說我的舞術怎樣？可有進步？」鱷魚頭隨口應道：「她說馬專員跳得不錯呢！」馬專員一邊走上石級，一邊說道：「哈哈！她過獎了！臨老學吹笛，太遲了，太遲了！」鱷魚頭道：「那裡話，那裡話。」馬專員道：「老洪，昨晚你怎麼不來？你是不是不高興太太出來跳舞？」鱷魚頭連忙笑道：「現在是女權至上時代呀，我要管束也管束不了呀！」兩人就哈哈大笑起來。走到門口，馬專員道：「你聽說嗎？有一個舞廳老板討了一個舞女做太太，從此就禁止他的太太上舞塲。結果怎樣呢？這個封建丈夫終於跟他的跳舞太太分裂了。我說，今天是原子時代，原子核也會分裂，霧水夫妻還不是照樣分裂，你說對不對？」鱷魚頭覺得他這句話裡有刺，就答道：「專員的話不錯。今天什麼都會分裂，有時候腦袋也會跟脖子分裂。」走進客廳，洪少奶已換了一件湖水色旗袍站在那裡笑臉相迎了。馬專員坐下來捧着他的大肚子，笑着對洪少奶道：「我已經買到一種美國的瘦餅了。醫生說這種瘦餅比戰前的德國貨還好，這是假話。你說的那種日本貨我找不到。」鱷魚頭摸不着頭腦。他女人要他吃瘦餅幹什麼？馬專員又說道：「十個女人有九個主張我減少腹部的脂肪，我也覺得，大肚子跳起舞來不很方便，別的倒沒什麼。哈哈哈！」洪少奶願意他胡說八道，問他：「馬專員一早光臨，有什麼好消息帶來吧？」馬專員道：「我預備到啟德機場送朋友，順便來問問洪老哥，跟四大寇的聯絡工作做好了沒有？如果還沒有，我們的汽油生意不妨慢一點進行，橫豎是鎖在倉庫裡，不曾發霉的。」洪少奶問：「那裡的四大寇呀？」馬專員道：「你以為是香港尖沙咀的四大寇嗎？那些都是你洪哥的徒弟，指揮他們就得了，用不着聯絡。」洪少奶道：「唉呀，馬專員，你說話眞不爽快！」馬專員道：「你們女人有所不知，我是說內地的四大寇呀！那就是——軍官總，國大代，中央訓，青年從。不跟這四大寇取得聯絡，你一定寸步難行！」洪少奶對於這樣的說明，還是莫明其妙。她掠一眼鱷魚頭的嚴肅臉色，就不再問下去了。

鱷魚頭在佈置着他自己的交通路線，已經有不少時候了，還沒有十分成熟。他堅持不相信那些有特殊勢力的運輸行，他很清楚地知道：包運是他們，告密他們有份，檢查他們有份，沒收他們有份，拍賣和收買也有他們的份，這樣一攪，就弄得路人皆知，使得他的這種來路不明的貨物暴露在眾人的面前，對他是非常不利的。雖然照規矩運輸行可以簽同價的保單交給付貨人，保證萬一損失的補償，但這只能適用於普通走私逃稅的商人，不能適用於鱷魚頭。他在馬專員的面前不能自示無能，所以就發揮他的意見道：「我們自己的交通線，很快就可以弄妥當了。我在深圳調查過，軍官總是羣烏合之眾，他們各自為政，不能團結，所以吃了憲兵和關員的虧不少。但力量是不能輕視他們的，他們有經驗有胆識，少數還有武器，我已跟他們聯絡好了。至於青年從大部調往台灣，剩在後方和編進學校去的，他們另有任務，管不了廣九路的事。說到中央訓跟國大代，那是專員你給我開玩笑，我跟他們聯絡有什麼用呢？你自己出馬不是事半功倍嗎？你自己這二十年來就受了十二次訓，普天之下都是專員你的同學，朝上的人你去拉攏，地下的好漢我來羅致，我這個意思對不對？」馬專員聽了鱷魚頭這番話，覺得言之成理，無懈可擊，就點頭道：「我整天半島酒店啟德機場到處跑，做的也就是聯絡的工作呀。就照你的話分工合作進行吧。」說罷他想了一想，偷偷掠一眼洪少奶，然後微笑說道：「關於聯絡上層的工作，我想請洪太太助我一臂之力，洪太太肯不肯？」鱷魚頭笑道：「女人家懂得什麼？成事不足，敗事有餘。」馬專員道：「洪老哥，這個你又看錯了。交際聯絡，非有女人不行。兩個女人勉強可以跳交際舞，兩個男人就不行呀！」鱷魚頭也看出這個老傢伙到處想揩油，不但要揩公家汽油的油，也想揩朋友太太的油，他眞想當堂打他一個耳光，但他轉想，跟那些堆積如山的汽油和米比起來，把兩個女人的賠貼算得什麼呢？他就向馬專員笑道：「如有用得着內人之處，就全聽專員調動好了。」說時掠了少奶一眼。洪少奶是風塵中的明白人，她知道這兩個男人不過是拿她來當馬騎。去賭他們的運氣，她呢，既然居了這樣的地位，也甘願把自己當賭注押上去，不管誰賭贏，總有她的好處。主意既定，就假意謙辭道：「唉呀，我懂得什麼交際呢？不要拉我出去出醜吧！」馬專員聽了她的嬌滴滴的聲音，又釘看着她那一雙含笑的媚眼，那嘴角邊的機智的微笑，那潔白圓潤的長手臂，再看到她那豐滿的胸部，就不禁有點飄飄然了。

鱷魚頭含了一根香烟，故意跑進去找亞喜要火柴。這一下馬專員就認為這是談兩句私話的機會。

## 八　初戀

馬專員等鱷魚頭進去後，小聲問少奶：「昨晚你回來這樣夜，他高不高興？」少奶半晌不作聲，靜默了一陣，聽不見鱷魚頭的腳步聲，她才答道：「他今天早上才回來。」這句話在馬專員聽來是滿肚子的密圈，心裡暗自高興。他想對少奶說兩句體貼的、溫柔的、也帶點惋惜的安慰話，用來表示他的殷勤。一想，啊，有了，他就這樣對少奶說道：「一樹梨花壓海棠，真不知道虛度了多少春光！」少奶低頭不語，馬專員對於少奶的含羞不答，又在肚子裡加了幾個密圈。他看了看手錶，打算要到飛機場去了，就站起來，悄悄對少奶道：「今晚到大酒店去餐舞，我來接你。」然後向裡面大聲叫道：「喂，老洪，你怎麼放客人坐冷板凳？我要到啟德機場送朋友去了。」鱷魚頭在裡面正跟蝦球說話，他說：「你到養生米店去等亞娣，見到她就交三十塊錢給她做伙食，對她說，把艇灣在油麻地碼頭側邊，不要離開，聽候隨時要艇。還有，把這張紙條交給米店楊司理，你對他說，洪哥生日請客已決定加一味火雞，他就明白了。叫他今天把請帖發出。記得嗎？」蝦球答道：「我記得。」鱷魚頭就走出來送客。亞喜跟蝦球很談得來，蝦球出門時亞喜問道：「要不要留飯菜給你？」蝦球道：「不要留了，我會到榕樹頭去吃經濟飯。」當他走下石級時，亞喜又叮囑他：「當心汽車啊！」蝦球走下馬路，迎面碰見輪船上的亞佳哥，他坐三輪車來看洪哥，特自把那二十一瓶白蘭地送過來。蝦球笑對佳哥道：「你來的剛好，聽說洪哥後天過生日，請五桌人客，你也來喝一杯嗎？」佳哥道：「過兩天，我到西貢了。你替我多喝一杯吧，可不要一醉就不知道醒來。」蝦球道：「上過一次當，學乖了。你自己把酒送上去吧，我買東西去。」他走到佐敦道，賣衣物地攤的早市已經收市了，他折入吳松街，一路打聽布衣服的價錢。不多久就走到榕樹頭，這縱橫面積不到二十方丈的地方，包含着幾乎除了棺材以外就無所不容的各種營業，裡面有成衣店、海味店、鑲牙店、藥店、書店、咖啡店、算命攤、熟食攤、補衣攤、白粥攤、生果攤、此外還有一張空氣緊張的牌九賭檯和一張色子賭檯，蝦球在這裡得到了好奇心的滿足，他買了衣服鞋袜，還剩下三塊多錢，他徘徊在色子賭檯的旁邊，終於把這三塊錢放在「大」的方格上去，黑木蓋子打開來，玻璃蓋裡的三粒色子都是「六」。一共是十八點，不能比這個數目更大了，可是就因為是難得的「最大十八點」，贏的反是莊家而不是蝦球。他第一次遇到了這種不合理的詐騙，原來莊家規定：三點雖是最小，却不屬「小」的範圍，十八點最大，也不屬「大」的範圍。蝦球手上捏着他自己僅有的塊多錢，決不定再賭一注還是去剪髮好。

賭檯密擠擠地圍着一堆賭客，其中女賭客竟佔了一半以上，賭得又最兇。蝦球望着她們下注，驚訝她們大胆而奇妙的連環戰術。一個艇家女買「小」三十元，同時又買獨贏「九點」十元。四至九點屬「小」，十至十七點屬大，買一賠一；獨贏任何一點則買一賠八。那個搖色子盅的賭媒是一個二十歲上下的綣髮女郎，一邊搖盅，一邊跟左右的男伴打情罵俏，嬌聲怪氣，十分妖媚。蝦球眼不轉瞬地望着她，她搖了幾下色子盅，放下，用她的手在黑木盅蓋上輕輕拍兩下，然後看一眼檯面上的賭注。半晌，她叫一聲「離手！」即把黑木盅蓋揭開，跟着就嬌聲唱道：「二三四……九點小！」那個艇家女高興得發呆了，她一共贏了一百一十元，收到錢，就擠出去不賭了。有一個買「大」的傭婦，即刻脫下了一個金戒指押了六十元作賭本。蝦球自己只有一元零四毫，他悄悄地放一元在『大』上，開盅是「兩個一加五……七點小！」他輸了；最後他把僅剩的四毫放在「十二點」的獨贏上面，希望撈回三塊二毫拿去剪髮，那賭檯掌數的「荷厘」檢起蝦球的角票，照他的臉擲過來，罵道：「拿回去買涼茶！一元以下不受！」蝦球氣極了，他也不檢回那四毫錢，他狠狠地朝那人的臉上唾一口痰，拔脚就逃走出來，他跑了幾十步路，看見沒有人追他，他就大搖大擺走回養生米店。

楊司理接過蝦球給他的紙條，看後他就寫下一張字條回復鱷魚頭：「進萬頃沙泰生東莞粘一百八十担，五寸。據電扒中人云，大鑊關不易過，此次被追十餘裡，幸加開預備電機開足馬力逃脱。火鷄已叫蟹王七去提貨，但須有人在屯門接應。避風塘米日出貨十包左右，不需再僱艇，亞娣艇到擬俾蟹王七騎去青山灣。日本風聲頗緊，諸事小心。閱後付丙丁。又，存倉米已分別運交各熟客矣，希釋念。」蝦球收下回條，即進米庫去換過了新衣服，鞋袜，煥然一新。出來即見到亞娣的父親九叔，他交了三十元給他，問明他的泊艇地點，即跑去見亞娣。亞娣見蝦球衣履清潔，十分高興。蝦球對亞娣道：「我要去剪髮，但錢已用光了，你有錢嗎？借給我三元，我放這包衣服在你艇上作按。」亞娣聽見笑了起來，雙手握着他的臂膀，拉他坐下來，用她那雙聰明的大眼睛端相了他好一回，才說道：「我亞嬸上岸買菜去了，我只有一塊錢，給你吧，誰要你的臭衣服作按？」說罷就翻起她的衣襟，露出她腹部的白肌肉，從內衣小口袋裡掏出一塊錢來，他沒有即刻放下她的衣襟，當她的視線跟蝦球的害羞的眼睛接觸時，她問蝦球道：「你望什麼？」這一問，問得蝦球臉紅了。

蝦球自小就在連環圖的影響下長成，他很早就懂得了「愛情」。他夢寐中的愛情是這樣的：男主人公是一個出身貧苦家庭而後來創立了功業的英雄，女主人公是一個落難的公主，正待英雄來打救。可是在現實的社會裡，却難找到這種樣式的愛情來，王狗仔跟六姑，鱷魚頭跟少奶，九嬸跟九叔，五嬸跟五叔，以及他自己的媽媽跟他的爸爸，沒有一對是跟他的夢想相符的。當前這個亞娣，他對她的關懷發生好感，對她身上的肌膚也本能地感到好奇的喜愛，可是蝦球自己却慚愧起來，因為他自己不是英雄，而是一個向人借一塊錢的窮孩子。他覺得沒有資格消受亞娣的誘惑，他的臉紅，是纏夾着幾分慚愧的心情的。

亞娣這個吸海風騎海浪長大的女孩，却沒有這種想頭。她是直覺的，大胆的，她覺得要捕捉一個人，也正和捕捉一尾魚一樣，機會是一縱即逝的；好容易得到一次雙親不在艇上的機會，她就機敏地利用這個機會。她毫不猶移地把艇旁的横窗拉密，自己靠坐在神位的面前，拉蝦球的手放在她的胸前的衣服內面，無限深情地對蝦球道：「我看見你眼光光，我知道你想的。給你摸一陣吧，亞嬸就快回來了。」這舉動駭得蝦球的心怦怦跳，他把觸電似的一隻手抽回來，而這個野性的亞娣又把他的手捉住。結果，蝦球就像一尾好玩好看的金魚一樣，給人捉住，供人玩弄了。

蟹王七在行船館打完了八圈麻將，就接到楊司理的電話，叫他騎亞娣艇到青山灣去「提貨」，楊司理在電話中說道：「後天早晨，洪哥親自出馬到屯門接貨，後晚洪哥府上讌客，菜單已開有火鷄，千萬不要有一點差池。洪哥過生日，要給他一個好兆頭啊！」蟹王七放下聽筒，就叫了一輛三輪車，坐到油麻地碼頭來。他在碼頭上張開他的大喉嚨喊：「亞娣！」蝦球跑出來看見一個二十七八歲的男人，高個子，濶肩膀，粗眉大嘴，聲如洪鐘，一個標準的打手。亞娣跟着出來看見蟹王七就歡呼道：「七哥，什麼風把你吹到碼頭來呀！」蟹王七道：「你叫我來呀！你亞嬸說要招郎入舍，不肯把你嫁出去，我只好親自上門來了。」亞娣道：「彩！誰喜歡你這個爛蝦蟆吃！」蟹王七道：「你不管，世間上多少天鵝肉就是專給爛蝦蟆吃的」，說罷就跳下艇來。蟹王七前後左右張望了一下，就掏出一張五元鈔票交給蝦球道：「細佬，你同我上岸去買一罐帆船牌香烟。有剩你拿去飲茶。」蝦球沒有接蟹王七的鈔票，他望了這大漢一眼，說道：「你沒有脚嗎？」這句話大出蟹王七意料之外，他非常氣惱。亞娣向蝦球作會心的微笑，她很感激他留在艇上，避免了蟹王七的騷擾；但她還不曾懂得感激蝦球這種微妙的、複雜的、眞摯的熱情。

蟹王七從來沒有碰見過敢對他這樣倔強的孩子，他要把蝦球高高舉起來，拋到海裡去喝幾口鹹水。他走近蝦球，握着他的襟頭，問他：「你叫乜名？」蝦球怒視蟹王七，一聲不响。亞娣走過來排解，蟹王七一手把她推倒。蟹王七在蝦球的臉上打了一個响亮的耳光，蝦球就重重回報他一拳頭，正打中他的下巴，再飛起一脚，想踢蟹王七的肚皮，却給他握個正着，順手就把蝦球拖倒。亞娣起來拉蟹王七，他像一座山似的，動也不動。蟹王七捉住蝦球的手脚，蝦球死力掙扎，無法得脫，蟹王七就把他提起來，走出艇外，用勁拋他下海去。只見水花四濺。蝦球給浪花捲進海底裡去。

鱷魚頭坐了一輛「的士」到碼頭來，剛好看見這一幕投蝦球下海的打鬥劇，他自己忍不住笑起來。九叔九嬸也跟着回來了，大家就站在岸上看掉在海裡的蝦球游泳爬上碼頭來。蝦球見了鱷魚頭，也不訴苦，就從衣袋裡掏出那張楊司理給他的濕淋淋的字條，交給鱷魚頭道：「這是楊司理的囘條。」鱷魚頭道：「我知道了。你扭乾衣服上汽車來，我們囘去。」蝦球下艇去換衣服，蟹王七上岸來聽鱷魚頭吩附「提貨」的事情。亞娣對蝦球道：「濕衣服留下來，我給你洗乾淨，今晚太陽下山後你來拿。他打傷你沒有？」蝦球餘怒未息地答：「你去問他：我打傷他沒有？」蝦球包好他的濕衣服自己帶走，亞娣一手搶囘來，小聲在蝦球耳邊道：「你發蟹王七的脾氣，怎麼發到我的頭上來了？」蝦球想一想也是道理，就把濕衣服放下，跟鱷魚頭坐汽車囘去。

蝦球整天沒有吃飯，他一點也不覺得肚餓。他既快活，又憂愁；給人打，也打了人；更微妙而難於使自己相信的是：他是既給人歡喜，而他也同樣歡喜人了。他這一天的經歷，對他生命的意義來說，是僅僅次於他的呱呱降生的一天，此外，沒有任何一天對他比這一天更重要的了。過去，出現在他的夢寐中的惟一女性，就是那個撫養他成人的，嚴酷的，深愛着他的母親：而今呢，一個年輕的少女的面影深印在他的腦海中，只要他一閉眼就覺得她來到自己的面前撫愛他，和委婉地接受他的撫愛。這種撫愛，喚醒了他童年時受過母親撫愛的感覺，他想起自己的母親曾經多年的撫愛過自己，他就一古腦放下曾給母親鞭撻的怨恨，完全寬恕她老人家了。

他半夜裡做了許多怪夢，一個是把蟹王七一掌推到海裡去；一個是囘家給母親做生日；一個是亞娣替他換衣服……夢沒做完，給門鈴嘈醒了，他赤足匆匆跳下床跑去開門。在月影下面，他看見兩個人站在門口抱着親嘴，一個是大肚子馬專員，一個是洪少奶。他連忙又把門掩上。

## 九　火鷄遊屯門

鱷魚頭一連兩晚沒有回來過夜，他正在計劃「爆」一艘澳洲船的伙食倉。他調查清楚有很多火鷄、羊肉、牛肉、牛油，和考力奶粉運到香港，他打算最少也要「鼠」一部份出來，作為他生日的禮物，並且讌請他手下的數十得力幹部。佈置妥當，回到家來，已經過了午夜了。少奶比他先回一刻鐘，剛抽完一根香煙，她一邊下裝，一邊回憶馬專員吻她的粗魯行為，暗自好笑。鱷魚頭回來也不說什麼，只叮囑少奶五點鐘叫醒他，便倒頭睡了。

這天是鱷魚頭的生日，他起床後便叫醒蝦球叫他跟他出門，他們在佐敦道惠如茶樓喝了早茶，便叫了一輛「的士」，趕往新界青山屯門去。他這次親自出馬，有兩個目的：一個是接應蟹王七的火鷄，一個是跟青風鄉的自衛隊洽商運貨交通線的保護問題。他着手組織的三條交通線，一條是海線，兩條是陸線；海線經青山灣、大鏟、到東莞萬頃沙，這綫風險太大，但還沒失過手；陸線一經荃灣、屯門、元朗、上水到深圳，一經沙田、大埔、粉嶺到深圳；到深圳後又分成兩路，一路到東莞石龍，一路到惠州淡水，等到把各線的交通攬好，他就打算「爆」一兩次最大的倉，一鳴驚人之後，便掩旗息鼓，洗手上岸。

蝦球坐在汽車上不時微笑，他想起亞娣耳朵掛着的一對耳環，竟會是「朱義盛」的鍍金假耳環，他暗自好笑。亞娣昨天脫下那對假耳環給他看，說是他媽買來騙她的。蝦球就答允領到工錢給她買一對眞金的。鱷魚頭回過頭來看見蝦球獨自好笑，問他：「你笑什麼？發了神經病嗎？」一汽車經過屯門，一直駛至元朗，鱷魚頭另包了一部貨車，再駛回十九咪半的山邊停下來等候，兩人下車徒步走到屯門碼頭。

他們叫了一隻小艇，緩緩地划出海去。早晨的太陽，輕吻着溫柔的海波。小艇迎着早潮，掛起了一片草蓆帆，向青山腳下海角紅樓的方向緩緩駛去。半點鐘光景，後面趕來了許多別的小艇，跟他們的艇駛向同一的方向；不多久，所有的艇都超過了他們的前頭，海上一片艇家的喧鬧聲，鱷魚頭問艇家道：「他們嘈什麼？」艇家老回答道：「不知道。」待過了一刻，艇家婆叫起來道：「喂！你看！海面上有紙盒！」眼利的蝦球，他已經看見前面的許多小艇就正搶着撈海面上的東西，他不等吩咐就脫了衣服，蹤身跳下海去，游近那紙盒，把牠捧了回來。鱷魚頭看紙盒的外面，已經猜中七八分，再打開來看，那裡面果然是一隻肥胖的澳洲火鷄！蝦球高興得拍掌大笑，叫道：「哈哈，一隻游水老番鷄！」他還沒闔上嘴，就給鱷魚劈面打了一巴掌。他捧着臉望見兩眼冒火，鼻子紅到鼻樑的鱷魚頭，咬着他的牙齒格格作响。

蝦球挨了鱷魚頭一巴掌，他摸不着頭腦；但他沒有功夫去研究打他的原因，前面海上一片歡笑聲吸引了他的注意：那些艇家，簡直是歡喜得發了狂了，他們迎着漲潮，搶着去撈海面上的火鷄啦、羊肉啦、醃猪肉啦，各種來路不明的東西。蝦球催艇家道：「快點趕上去呀！快呀！喂！你看！那不是一隻鷄嗎？紙盒已經破了！」說罷他就撲通一聲跳下海去，當他潛在水中時，他的手却觸到一隻載浮載沉的東西，他捧上水面來細看，竟是一隻火腿。蝦球向鱷魚頭尖聲叫道：「洪先生！是一隻火腿呢！」他好容易才把牠弄到艇邊，叫艇家提到艇上去。又回去抓回那隻鷄。鱷魚頭對於這三件潮水送來的禮品，一點也不感覺興趣。他現在很煩悶的，就是花一個銅板買回一隻牛，他也不會笑一笑了；可是，蝦球雖然挨了打，他還是高興得蹦蹦跳。

海面上艇家的喧鬧聲繼續了一兩個鐘頭，直到他們把這些淌來物撈拾得乾乾淨淨之後，才轉舵把艇開回屯門去。鱷魚頭在海上張望了一些時候，不見蟹王七和亞娣艇的蹤影，他想他們一定全軍覆沒了。但對於這些浮在海面上的東西，却不能解釋。莫非打死了人，翻了船，把所有的東西都傾倒在海上？他回到屯門來調查，也找不出有一些沉船的眞實證據。

青風墟上的猪肉牛肉今天跌價了，艇家把一大批澳洲雪藏火鷄、牛肉、猪肉……送到市場上來廉價拍賣，一塊錢一斤猪肉，四塊錢一隻大火鷄，家家戶戶爭着來買，好像是過什麼聖誕，人人都分到一份肉食似的，今天好像不是鱷魚頭的生日，反而係是青風鄉民的公眾生日了。

蝦球高高興興抬着一隻火腿，手上又提着兩隻火鷄，很神氣地跟着鱷魚頭走進青風墟市的小茶樓去。鱷魚頭自打發了貨車的司機駛車回去後，一直不曾說過一句話。蝦球心裡有一個計劃，他想把火腿留在洪錢館作請客用，那兩隻火鷄他却想請准鱷魚頭，讓他帶回去分給他的媽媽和亞娣。伙計開了茶，他替鱷魚頭洗茶杯，斟了茶，然後鼓起勇氣向鱷魚頭說道：「洪先生，這隻火腿帶回去給亞笑弄菜請客，這兩隻老番鷄給我好不好？我想帶回去給我的媽媽。」鱷魚頭還是不聲不响。

鱷魚頭寫了一張名片，叫蝦球送到廟街五號給那姓丁的自衛隊員，連那兩隻火鷄也一起送去，請丁大哥收下，並請他過來飲茶。蝦球對於鱷魚頭這一個順水人情，引起大大的反感，臉色即刻陰沉下來。鱷魚頭看在眼裡，罵道：「笨□！把火鷄送給自衛隊，火腿帶回去給你媽媽。」

蝦球高興得睜大他的眼睛，他知道鱷魚頭的話一句是一句，不會騙他。他連跳帶跑飛快去找到了那個從前打過游擊而今天是「新界」自衛隊員的丁大哥。

## 十　身在香港，心在祖國

丁大哥是一個三十歲左右的漢子，朱古力色的臉上閃着一雙目光深邃的眼睛，頭髮留的英國「紅毛」裝，修得短短的髮脚，越顯得年青力壯，精神飽滿。蝦球一路同他出來，一路跟他閒談。蝦球問：「丁大哥，你背的這桿步槍重不重？」丁大哥道：「不重，七斤左右。」蝦球問：「這槍拿來打水鴨還是打果子狸用的？」丁大哥笑道：「這是七九步槍，打強盜竊匪用的。自然，看到果子狸我也開槍。你吃過果子狸？」蝦球道：「吃過的，野味好吃得很呢。果子狸有點腥，跟洪先生送你的老番雞一樣。」丁大哥笑起來，他望了蝦球一眼，問他：「你現在幹什麼事？做工還是讀書？」蝦球道：「不做工，也不讀書，天天跟人家的尾巴跑。你做什麼？當兵還是當警察？」丁大哥道：「我嗎？不是當兵，也不是當警察。我們替英國人看守這個地方。人家叫我們做自衛隊。自衛隊，你懂嗎？」蝦球道：「我只聽說內地才有自衛隊，香港也有自衛隊？」丁大哥道：「香港從前沒有，自從日本鬼佔領香港又退走之後就有了。英國人還沒有回到這地方接收以前，週圍百里內的治安就是我們游擊隊維持的。」蝦球道：「一直還維持到現在嗎？」丁大哥道：「你這話眞叫我難答了。實在的情形是，我們把全部治安權正式移交給英國人，英國人又把我們一部份人收留下來，每人每月發百多塊錢餉，我們現在是一面幫地方老百姓維持治安，一面又是替英國皇家打工。」蝦球道：「你們的伙計中像我這樣小的有沒有？」丁大哥道：「從前打日本時，我們隊伍裡有許多小鬼，現在都四處走散了。」蝦球道：「什麼小鬼大鬼？」丁大哥笑道：「年紀輕的，我們都叫他們做小鬼。」蝦球道：「他們也能放槍？」丁大哥道：「當然能啦，他們能做很多的事，比大人還有本領。」蝦球聽了半信半疑，他們已走到小茶樓來了。

丁大哥見了鱷魚頭就道謝他的禮物。鱷魚頭問：「他們幾位呢？」丁大哥道：「他們都放哨去了，我恰好休班。」鱷魚頭叫伙計弄一雞三味，開了啤酒，和丁大哥一邊喝，一邊話舊。原來丁大哥過去曾在廣九路附近王作堯領導的游擊隊裡幹過事，日軍侵佔時期鱷魚頭做走貨生意，經常通過王作堯的防區，貨物納了規定的稅，就受王作堯部隊的保護通過他的活動地區。大家公道往還，一向相安無事。那時他就認識了武裝游擊隊員丁大哥，一面相識，也說不上什麼交情。因為鱷魚頭所最關心的是他的貨物是否平安而迅速地到達目的地，而不是游擊隊裡的那一套政治道理。丁大哥所給他的惟一好感，就在他檢查時還相當客氣，並不苛刻而已。

大家喝完了兩瓶啤酒，談話就漸漸入港。鱷魚頭道：「怎麼？你打算長年在香港打皇家工嗎？」丁大哥道：「我不作這樣打算。我們被留下來，當時的情形是很複雜的。一方面是英國人初回香港，一切還在半軍事狀態，希望我們留下來鎮壓地方的宵小；一方面是國內和平談判斷斷續續，我們在廣東的隊伍又準備北撤烟台，我們也只得暫時得一個喘息的機會。可是到了現在，我們是身在香港，心在祖國，一有機會，就要回去的。」鱷魚頭道：「有人說英國人頂聰明，留下你們『以毒攻毒』呀！」丁大哥聽了這句話覺得受了莫大的恥辱似的，把他的酒杯狠狠向桌面一蹚，「砰」一聲濺瀉了半杯酒，跟着就罵道：「這簡直是吃屎屙飯的人說的。我們的確在打地方上的明匪暗匪，在匪看來，我們的確是很毒的；可是老百姓並不說我們毒，他們還燒炮仗歡迎我們呢。」鱷魚頭道：「算了，不提這些。近來可有做些生意？」丁大哥道：「那裡有功夫去做生意呀，英國人做事最講實際，發給我們好些子彈，叫我們作實彈射擊練習，下星期還要我們跟英國兵綠帽仔作射擊比賽呢。」鱷魚頭道：「什麼？英國人還教你們實彈射擊？」丁大哥道：「昨天我們還作兩百米達環靶實彈射擊練習，成績還不壞呢。下星期定給英國兵綠帽仔一點顏色看看！」說時他的朱古力色的臉興奮得發光。丁大哥說到射擊比賽，蝦球聽得津津有味，好奇地伸手去摸撫他的那桿步槍。說到這裡，鱷魚頭單刀直入說道：「好，你們練好射擊，有一天我兄弟要借重借重。」丁大哥道：「什麼？你老兄高升要提拔我們？但我們要首先弄清楚，你老兄的上司是誰？」鱷魚頭道：「你放心，我不帶你們到火線上去做冤死鬼，我們要在經濟的戰場上和敵人決一死戰，一戰而勝呢，哈哈！」他拍拍丁大哥的肩膀道：「洋樓、汽車、嬌妻、美妾、良田什麼都有了！——只要你們肯幫一幫忙。」丁大哥望了鱷魚頭老半天，很懷疑他的提議，問道：「我們只有五桿步槍，能幫你打一次勝仗？敵人一定是豆腐軍了！哈哈！……」這樣，不管別人是否眞的同意，鱷魚頭就把這五個自衛隊員打在他的「經濟戰」的算盤內了。因為時機還沒成熟，他不願把他的詳細計劃對丁大哥宣佈，就跟他日前到深圳去和軍官總隊的走私首領聯一樣，飲食應酬一番，就相約「後會有期」而別了。

回到尖沙咀，鱷魚頭果眞讓蝦球帶那隻火腿回去給他媽媽，叮囑他晚飯前回來，招呼客人喝生日酒。蝦球歡喜得心花怒放，托着那隻火腿到對街的木匠店裡，求木匠師傅把火腿鋸成兩半，用一小角火腿肉作為酬勞。這隻火腿，正像他的心一樣，分成兩半，一半分給媽媽、一半分給亞娣。

## 十一　羣雄宴

蝦球懷着一團高興回去看他的媽媽，他有絕大的信心預知媽媽這次不會罵他了，這半隻火腿足夠彌縫他們母子間的疏隔的感情。他的運氣很壞，他的孝心得不到預想的滿足。到家來才知道他媽媽因為今天沒有領到紗，所以過海到台山旅店託人寫信去了。寫信給誰呢？給那個永沒回信的爸爸？給那個打仗去了十年的哥哥？問同屋的人，他們都說不曉得他媽媽寫信給誰和幾時回來。他等得不耐煩，回遲又怕挨鱷魚頭罵，只好托下同屋的人交半邊火腿給他媽，說他有空就回來看她老人家。同屋的人都稱讚蝦球「撈起世界來了！」

他到油麻地碼頭去找亞娣，喊了半天，不見蹤影。他不曾知道，亞娣已給蟹王七騎艇出海去了。他只得把半邊火腿，帶回鱷魚頭公館來，在自己的床底下藏好。

鱷魚頭的客人陸陸續續來了。他的客人分成兩等：貴客招呼在少奶的寢室打麻將，其餘牛鬼蛇神之輩則招呼在大客廳，開兩付牌九，一付撲克，兩檯麻將，鬧烘烘像個市塲。酒席是「在山泉」大酒家包辦，派了半打女招待過來招待客人，弄得蝦球，亞喜、亞笑無事可做。六桌酒席，四十八位人客，不說食的菜餚，單講給這四十八人預備的水份就有白蘭地兩打，威士基兩打，從化三蒸十斤，各種汽水五打，金山橙一箱，外加上等福建名茶，每人平均應得的水份就超過五磅以上。內室的貴賓之中少不免有馬專員的份，他自己不抹牌，却自薦給連戰皆北的洪少奶做參謀。鱷魚頭週旋全屋，喜氣揚眉，早把火鷄的事忘記了。酒過三巡，外廳的好漢猜起拳來了，這一鬧，屋樑幾乎震掉。這時，又來了一位賓客，穿便衣民裝短衫褲，高個子，目光耿耿，蝦球開門，他就自作聰明，按照來賓的衣着等級招呼他到大廳去入席，這位來賓一進到大廳，全塲牛鬼蛇神就突然鴉雀無聲，個個肅立起迎，弄得蝦球莫明其妙。女招待替客人寬衣，蝦球看見這客人的皮褲帶背後扣掛着一具雙人手鐐，他才弄明白眾人肅然起敬的道理。趕緊奔入內室告訴鱷魚頭，鱷魚頭問明是誰帶他進大廳的？蝦球照實說明，鱷魚頭就左右手「撇拍」兩下打了他兩個耳光，然後就出去恭迎這位貴客到內室來，少奶親自勸酒，殷勤應酬一番。

快要上第十個菜時，蟹王七空手回來了，他首先來見鱷魚頭，鱷魚頭站起來，走出寢室，去打開獵獲物儲藏室的門，叫蟹王七跟他進去。十五分鐘左右，鱷魚頭自己一個人走出來，叫蝦球倒一杯酒進去給蟹王七。蝦球倒了酒拿進去，駭了他一跳：他看見蟹王七坐在地板上，鼻血牙血一齊流，頭髮蓬亂，好像給人扭着痛打了一頓似的。

蝦球並不把蟹王七丟他下海的事記恨在心上，他遞給他那杯酒，回頭又扭一把熱手巾給他，讓他揩拭乾淨一臉的血。蝦球的細心服務，頗叫蟹王七詫意。他喝下那杯酒，蝦球問：「還要嗎？」蟹王七點點頭，蝦球又去倒了一杯來。喝了兩杯酒，蟹王七就一五一十把到青山灣「提貨」的事告訴蝦球。他說天沒亮貨就提到了，不幸駛艇回屯門的途中，他們聽見一隻電船朝他們開來，他們慌忙中誤認是緝私船，為要消滅證據，就把所有貨物通通倒下海裡去，打的是「留得青山在，不怕無柴燒」的主意，可是誰知道那隻電船不是緝私船，並不來檢查他們。等到天亮，待要想法撈回一部份貨物，却已經給潮水捲去得無蹤無影了。他說他不怪鱷魚頭打他幾拳，只怨他不該打在他的鼻子上和嘴唇上。蝦球問：「那末，亞娣的艇灣在那裡？」蟹王七道：「還是那個舊地方。」蝦球心裡樂開了，問蟹王七道：「你要吃什麼東西？我給你端菜來。」蟹王七道：「我洗個臉，到客廳猜拳喝酒去。」蝦球道：「隨你的便。」蟹王七自己就摸出客廳去了。

蝦球一個人留在儲藏室內，他猛然想起那天亞娣咬了他一下的耳朵在他耳邊叮囑道：「小鬼，你有機會在鱷魚頭公館『鼠』一點東西送給我！」他就四處搜尋適宜於送禮的東西。房間內有一架大鋼琴，三個雪櫃，十幾包士敏土，幾綑有刺鐵絲網，一個手提留聲機，兩個大衣櫥，一個化裝櫃……這些東西沒有一件是可以偷出去的。蝦球爬上鑽下，打開一些抽屜、箱蓋，想找些容易掩藏的小東西，他尋到一塊精美異常的汕頭抽紗桌布，就疊好塞進褲腰裡，他想起在灣仔看見亞娣吃飯時盛菜的盤已崩破了一角，他替亞娣尋到了一件最好的替代品，那是外國人用來做墻飾的彩碟。他又打了那隻手提留聲機的主意：有機會就鼠出去賣掉，很可以打一對真金耳環了。……

亞喜到處找蝦球吃飯找不着，她看見儲藏室裡有燈光，門又不曾關密，就推門進去，順手掩上門，却不見室內有什麼動靜，也看不見人影。她小聲喊「蝦球！」蝦球正在裡面翻看那些衣櫃，聽見喊聲，就從桌底下爬出來。亞喜一見就恐嚇他道：「嘿！蝦球！你做的好事，我告訴少奶去！」蝦球慌了，一把拉了亞喜的袖口，央求道：「好姐姐，你不要告訴少奶，我沒做什麼。

洪先生剛才叫我送酒給蟹王七喝，他挨了洪先生一頓打。你看，地板上還有血哩！」亞喜道：「我不管蟹王七的事。」說罷就去摸蝦球的衣袋，沒有檢查到什麼，翻開他的衣襟，却看到塞在他褲腰裡的一方桌布，亞喜笑起來道：「一屋裡的貴重東西不偷，偷一塊桌布幹什麼？」

## 十二　一樣禮物兩樣心情

蝦球覺得亞喜為人並不惡毒，而且如今又人贓並獲，只好招認道：「好喜姐，我向你招認吧！我的確是要這兩件東西，一件是這塊桌布，一件是那隻菜碟。」他指着他放在鋼琴上面的那隻彩碟。亞喜問：「你要來幹什麼？」蝦球臉紅了一陣，終於說了：「我要送給一個朋友。她沒有桌布，菜碟又崩破了。」亞喜問：「什麼朋友？」蝦球道：「一個女朋友。」亞喜問：「多大年紀？」蝦球道：「二十歲，和你一樣大。」亞喜笑了，問道：「你跟她……」但她不知道怎樣說下去，她自己的臉也紅了。她改變了口氣，像大姐姐似的教訓他道：「蝦球，你不要忙着討老婆，時候還早呢，十幾歲就學人勾搭女人了？嘿，你這壞東西沒教育！」她一邊罵蝦球，一邊用報紙包好那隻彩碟和那方桌布，對蝦球說道：「快出來吃飯！」順手就熄滅了室內的電燈。兩人在走廊上走着時，亞喜塞那包東西給蝦球，說道：「死人精！拿去吧！」亞喜的心裡很愉快，她覺得她做了一件好事，幫了一個像她一樣年輕的女人的忙。但想到這女人有一個癡心的少年愛她，而自己沒有，不免有點寂寞之感。蝦球深深感謝亞喜這個好人，但他還不曾懂得：為什麼她肯讓他把這些東西送給亞娣，既然罵他「壞東西沒教育」為什麼又代他用報紙包好那些贓物？他想不通這中間的道理。

天一亮，當那些醉酒鬼們橫七倒八地在椅上鼻鼾如雷時，蝦球就帶着他的禮物，跑去看亞娣。九叔九嬸非常客氣而又高興，三番四次多謝他的禮物。九嬸翻來倒去地翻看那塊抽紗桌布，九叔則敲響那隻彩碟，讚歎道：「值錢的名貴東西呢！手緊時也可以拿到當舖當幾塊錢應應急。」亞娣收下那半邊火腿，斜了蝦球一眼，問道：「還有半邊那裡去了？」蝦球老實答道：「給了我媽媽。」亞娣道：「好一個孝子賢孫！」蝦球呆坐了一刻，沒有機會跟亞娣搭話，就告辭上岸。走了半截馬路，亞娣追了上來問道：「沒有別的東西了嗎？」蝦球道：「東西倒很多，但是拿不出來。」亞娣道：「值錢的東西有沒有？」蝦球道：「有一座像教堂上那座琴一樣大的鋼琴，有幾個餐室用的大雪櫃，你說值錢不值錢？我要請三個大力士去才搬得動。」亞娣聽了很失望。她回身就走。蝦球喊住她，他想請她吃一點什麼東西，但他口袋沒有錢。亞娣站住問道：「什麼事？」蝦球很着急，想不出要說什麼。他一眼望見亞娣耳朵上吊着的鍍金耳環。他想起儲藏室那個留聲機，就說道：「金耳環，我過幾天送給你。」亞娣聽了向他睒睒眼睛，走上前來捏了一下他的手臂，說道：「吃完晚飯我自己看艇，你來玩？」蝦球站着呆呆地目送亞娣回去。

蝦球一回來，亞喜就喚他到她和亞笑同睡的房間裡去，好奇地探問他送禮的經過。蝦球照實說明：她雙親很高興，她本人好像嫌火腿太少了。他又說明了這隻火腿的來歷和鋸開兩半的原故。亞喜調侃他道：「這樣你就是不對呀。對意中人要全心全意才行呢，怎麼可以分心一半給媽媽呢？」蝦球沒有話說。亞喜又逗他道：「叫她來這裡坐坐，讓我替她看看相，看是不是有福氣的人？」這時亞笑正從廚房走回來，亞喜對她道：「笑姐，我正考問蝦球的意中人呢。」大概亞笑也知道他的秘密了，她插嘴問道：「是怎樣的人家呀？家裡做什麼事的？」蝦球給她們逼問得逃不掉，只好直說道：「是艇家。」亞笑雙手拍响她的圍身裙，大笑起來道：「哦哈！……我道是什麼好人家，原來是蛋家女！蛋家女不嫁岸上人，別白費心機吧！用點心機做人，我給你做個媒，男人大丈夫，怕沒有老婆嗎？」一陣搶白，她又走回廚房去了。蝦球給亞笑潑了一盆冷水，咬着牙根不再說話，亞喜安慰他道：「蝦球，別聽她胡說。蛋家女也有嫁上街的，你有吃有喝，有住有穿，你怕她不來？」蝦球還是不答話。過了一回，亞喜又問：「她眞的長得好看嗎？臉很白淨嗎？」蝦球搖頭不語，亞喜死纏着他不放，又問他：「你看我的臉！我不擦脂粉，她的臉有我這樣潔白嗎？蝦球，說呀！我幫過你的忙，你當我是外人了？」蝦球望了亞喜一眼，他心想：說漂亮潔白，亞娣是比不上亞喜的，但亞娣却比亞喜健康而又迷人。如果亞娣命令他：你跳下海去吧！他就會毫不遲疑地跳下去；亞喜命令他呢，他倒要想一想該不該跳下去。但他不能也不想把心裡的意思表達出來，他這樣率直地說道：「人家風吹雨淋日晒，那裡有喜姐你這樣白淨呢？」這句話可惹惱了亞喜了，她一掌把蝦球推出房間來，說道：「蝦球你多偏心呀！你的蛋家女風吹日曬也還那麼漂亮呀！死人，你多飲幾口鹹水吧！」蝦球走後亞喜關了房門，在鏡上照照自己興奮過度而又氣得漲紅了的臉龐，她覺得自己未免做得過火一點，為什麼要動手把蝦球推出去呢？她又深深懊悔了。

蝦球懷着無名的惆悵出到客廳，他看見鱷魚頭獨自一個人坐在廳上下象棋。一個人下棋，這可奇怪了。他走近去看，棋盤上只有兩個「卒」，守着河頭的兩邊角。其餘的子一個都沒有，鱷魚頭用右手食指把右邊的「卒」橫行向左，用左手食指把左邊的「卒」橫行向右，等到兩個「卒」碰了頭，又把兩個「卒」撥回河邊兩角的原位。後來他又把兩個「卒」橫行移動，互相交換位置；再後又把兩個「卒」並在一起一同橫行。蝦球從來不曾見過沒過河的卒可以橫行的。

## 十三　玻璃褲帶第一功

蝦球站着旁觀了幾十分鐘，實在忍不住了，就問道：「洪先生，你下的是什麼棋呀？卒仔沒有過河可以橫行的嗎？」鱷魚頭獨自下這盤棋已經一個鐘頭有多了，給蝦球一問，才如夢初醒似的抬起頭來。他向蝦球道：「蝦球，你過來，這盤棋對你很有關係。你喜歡玻璃褲頭帶嗎？你要五百打一千打都有，只要你懂得這盤棋。」蝦球懷着極大的好奇心走過去聽鱷魚頭的教導。他解釋道：兵卒兩名守着海邊，一面是貨倉，一面是海。兩個兵卒有三種　查走路的方法，就像剛才他在棋盤上所做的樣式：一是兩人對走，碰頭時向後轉走回來；一是兩人對走，碰頭時側身走過去，到盡頭再回來；一是兩人並肩一邊閒談，一邊巡查。他們的步速是一分鐘六十八步的閒步。鱷魚頭已經知道這座貨倉由東端到西端有多少步的距離，他的着眼點是研究在怎樣的情形之下，才能夠使一輪滑車推一箱貨物從貨倉側面到海岸來，卸給在海邊接應的人。他出一個難問蝦球道：「你想用什麼辦法叫那兩個兵卒在走到東西兩端時多逗留三幾分鐘才轉回來？」蝦球想起灣仔的醉酒水兵，忽發奇想，大胆提議道：「叫人送那兩個兵卒兩瓶酒，開瓶請他們喝，逗他們談話，指手劃脚，眨眼就是五分鐘了。」鱷魚頭望了蝦球一眼，說道：「想不到你這小鬼也有一套，等我跟裡面的人商量看行不行。」蝦球問：「誰去接應？」鱷魚頭道：「我派一個人領你一道去接應，另外又派人在海上附近接應你。」蝦球問：「我怎樣走得近岸邊去呢？」鱷魚頭道：「有辦法。在艇上放下一個特製的平面竹排，竹排下面紮有十二個空心封密的火水油罐，你再穿浮水衣把竹排推到岸旁去等候接貨。」蝦球道：「這樣很危險，還有別的辦法嗎？」鱷魚頭道：「別的辦法多得很，但是這一回祗用得着這種辦法。」蝦球無話好說。早飯後，鱷魚頭打電話叫來一輛「的士」，獨自出門去了。洪少奶閒得無聊，叫齊下人們，開始抹牌。發三十塊錢給蝦球作賭本，十二圈打到煮飯時候，蝦球贏了十幾塊錢。飯後馬專員來坐，他就悄悄走出馬路來，他準知道沒有什麼事要他做的了。

蝦球走到碼頭邊，天已經黑齊了。他看不到亞娣，九嬸說她已跟九叔蟹王七兩人上街買東西。蝦球也不多坐了，就跑到上海街一帶遊逛，希望能夠碰見他們。他在一家金舖看準了一對耳環，店員開價二十九塊錢，他就買了下來，放下在口袋裡緊緊揑着。他回頭走到榕樹頭，穿進裡面去，那檔賭檔還在那裡。他在賭客的旁邊站了一刻，手癢癢地忍不住放五塊錢在「小」上，竟贏了。他伸手拿錢時，有人拍拍他的肩頭道：「蝦球，你這夠運！」回頭一看，原來是九叔。

蝦球問九叔：「亞娣蟹王七他們呢？」九叔道：「他們喝涼茶去了。」蝦球問：「剛才去嗎？」九叔道：「才去不遠」蝦球即刻塞五塊錢給九叔道：「九叔，我也喝涼茶去，你賭吧！」他擠出來，用打雀鳥似的眼睛，在人叢中去搜尋亞娣。他在平安戲院前後左右一帶繞了幾轉，找不到他們。又回到榕樹頭問九叔他們去的方向，九叔叫他到上海街去找，他又奔向上海街去，走了一刻鐘光景，蟹王七的高人一頭的目標，果然給他發現了。蝦球追上去，想喊他們，却縮住把話吞進肚裡去。他看見亞娣蟹王七兩人手掌揑着手掌，搖着，笑着，親暱地依靠着，這情景使蝦球兩手冰冷，額角沁出汗水來。他跟着，跟着，他痛苦極了，他竟不能跟這面前自己所愛的人說一句話，眼看着她跟別人肩並肩地靠在一起走路，一起打情罵俏。他們走盡了一條長長的上海街，已走到深水埔了，亞娣蟹王七兩人仍然往前走。他們走到白宮旅店的門口就放脫手，一先一後走進旅店，上樓。蝦球也跟在他們的後邊上樓。他的神經緊張得沒有餘暇考慮是否應該跟他們上去。到了四樓，茶房一見蟹王七就說道：「七哥，我留個四〇一騎樓房給你。」蝦球在轉角處站住腳，將身體倚靠在墻壁上，以免跌倒。他不知道他應該怎樣辦了。他不哭，也沒有眼淚，心頭只有恨、恨、恨。他忽然聽見亞娣清脆的笑聲，他給這笑聲刺得難堪極了，他瘋狂地奔上去，重重敲他們的房門，門開了：亞娣站在他的面前，露着驚訝的神色。兩人半晌說不出話來。蟹王七問道：「蝦球，什麼事？」蝦球也想不起要說什麼。他感覺到他的右手掌已把那耳環盒子握扁了，他記起那雙耳環，就掏出來擲在亞娣的腳上，狠狠地說道：「你的耳環！我送來了！」說罷就回頭衝下樓去。他拖着疲倦無力的身體走回去，對開門的亞喜也忘記道謝，咬着牙齒，摸到自己的床就倒下去。他想到自己沒出娘胎就給爸爸拋棄，六歲哥哥又出了門，剩下來留給他的只有苦命的媽媽的鞭撻，現在剛剛在一個年輕女人的懷抱中得到幾天溫暖，偏偏又是假的！一個人的心靈得不到半點安慰，長年挨餓、受罪、挨打、又為的什麼啊！……他伏在枕上竟幽幽地哭起來了。

一個星期以後的一個黑漆漆的晚上，蝦球奉命跟蟹王七放竹排到貨倉碼頭邊去接貨。這兩伙計各有心事，始終不交一言。後來把貨裝好，正在脫險的重要關頭，蟹王七全身浸在海水裡，露出流汗的頭。他害怕岸上開槍射中他。他在蝦球的聲邊說道：「小兄弟，現在如果槍聲一响，你我一定會給打死，我們不要到地獄還結下冤仇，你聽我一句話：不要惱我恨我！」蝦球只願划水，不願答話，蟹王七又道：「我從前因為吃醋，曾經殺過人。現在我悔恨得很！小兄弟，我知道你也能殺人，我不怕你殺我，只要你說不恨我！唉，我你亞娣都是苦命的窮人，我們今晚為什麼泡在水裡，還不是為了窮？千萬不要恨我，說過不再找亞娣就是了。」

蝦球聽見蟹王七在他耳邊講的一番誠懇的話，十分感動。不錯，大家都是苦命的窮人，不管在人間或地獄，都不該為女人結下冤仇。他心裡已經寬恕蟹王七了，却不說出來。蟹王七急了，發誓道：「我對着海龍王發誓：我如再去找亞娣……」蝦球截了他的話道：「別嚕蘇了，我不恨你就是了。你看！我們的艇過來了！」一隻小艇橫過來，遮過了他們，他們的竹排就跟小艇貼在一起，搖出海心去了。

同一個時候，大華樓頭的舞廳正奏着迷人的音樂。醉紅和淡綠色的燈光交熾着，影照在每一個舞客舞女的身上臉上。舞裡的人都像喝醉了酒似的，臉上熱得發燙。馬專員和洪少奶夾在擁擠的舞池中，緩緩地舞着。他們不願意跟着人潮自右向左旋轉，却滑到舞池中央，繞着小圈子。碰着人的時候，少奶用左手把馬專員的肩頭一壓，示意他止步。馬專員道：「我老是碰着那個傢伙，像和他有緣份似的。」少奶問：「他是誰？」馬專員道：「天下貿易公司的總經理。」少奶望了那中年人一眼，問道：「他跳得不錯呢，他姓什麼？」馬專員道：「姓魏。等下我介紹他和你認識。」一支樂曲完了，馬專員跟在少奶的後邊歸位，拉開椅子讓少奶坐下後他就越過舞池，到對面去請魏經理過來。洪少奶微笑請他坐下。馬專員向魏道：「洪太太稱讚閣下的舞術呢。」魏經理道：「見笑得很。請兩位指教。」馬專員道：「近來生意很好吧？」魏經理道：「多少有一點做做。只是同行競爭得利害，船上和貨倉的損失又大，這是一個餓狗搶食的世界，亂糟糟，做生意又辛苦又吃力！」這時洋琴鬼敲響他的樂器，馬專員聽到急速的「蓬拆拆——蓬拆拆！」的節奏，這是他最害怕的快華爾滋，樂得做一個順水人情，向魏經理道：「請不客氣，跟洪太太跳一個！」少奶仰首微笑，魏經理就站起來，向少奶微微鞠躬道：「請指教！」兩人走到舞池邊站定，有經驗的魏經理傾聽了兩秒鐘音樂，就帶少奶滑步舞出去。他正正規規地跳，不玩花步，不多轉圈，上下步的波浪姿勢很美妙，步調輕鬆，迎合着音樂的旋律，兩人都覺得很愉快。魏經理讚美少奶道：「洪太太你好極了！」少奶道：「你過獎了。」舞到另一個角落，魏經理問道：「府上住那裡？」少奶道：「尖沙咀。寶號有什麼新到的貨？」魏經理道：「今天到了第一批玻璃褲帶，明天上午才能提貨。」別人碰了他一下，互道「疏利！」一支樂曲又完了。

這是星期六的夜晚，洪少奶跟馬專員和魏經理跟他的女友方小姐，一直玩到深夜一點鐘，才道別乘最後一次天星輪渡海回來。鱷魚頭在家裡等消息，少奶回來因為太興奮不能睡，也陪鱷魚頭一起等消息。鱷魚頭問道：「今天的成績如何？」少奶問：「什麼成績？」鱷魚頭道：「我問你今天又認識了一些什麼大官貴人呀？」少奶道：「大官倒沒有，却認得一位天下貿易公司的總經理。他說運到一批玻璃褲帶，明天上午提貨。」鱷魚頭精神振作起來，問道：「他姓什麼？」少奶道：「姓魏。第一次認識，他就約我明天跳茶舞。」鱷魚頭道：「好一個閃電商人！你答允了他沒有？」少奶道：「我可沒答允他，馬專員却答允他了。」鱷魚頭憤憤道：「簡直豈有此理！馬專員他替你作得主？那麼讓他一個人跟魏經理跳去吧！」少奶很會轉風駛舵，笑道：「好極了！讓他們兩個男人跳茶舞去。」鱷魚頭道：「你們還談了什麼新聞？」少奶道：「新聞？沒有。那個經理很會講話。他說今天是餓狗搶食的世界。」鱷魚笑頭起來，批評道：「他還沒說得透澈。依我說：這是一個人頭狗，狗頭人搶食的世界。」少奶道：「你這話我不懂！」鱷魚頭道：「你當然不懂！因為你沒有腦，你是一個沒有腦子的女人。」少奶道：「屁話！」鱷魚頭道：「在這個世界上，有些人看來像個人，但其實他却是一頭狗；有些人看來像個狗，原來還是一個人；至於我，嘿！」少奶追問道：「你是什麼？你是神仙老虎狗？」鱷魚頭哈哈笑道：「我也不是人，也不是狗。我是一頭鱷魚！他們背地叫我鱷魚頭，眞是再恰當也沒有了。」少奶也笑了，說道：「像你這樣一個鱷魚頭也不錯呀。你再討幾房小老婆也有人嫁你。」鱷魚頭慢吞吞道：「我不錯？是的，我們鱷魚頭，是動物之中最不會吃醋的了。」少奶的心跳了一下，她懂得這句話的斤兩。她想了一想道：「聽你這話就有很大的酸味。算了吧，我往後不再出去跳舞了。」說罷摟着鱷魚頭索吻。

電話「咯！咯！咯！」响了。鱷魚頭推開少奶去接電話。蝦球發抖的聲音：「洪先生！風調雨順！」鱷魚頭放下聽筒走過去吻少奶，在她耳邊說道：「明天去茶舞，我也去。你介紹我認識魏經理，我要跟他談一宗生意。」少奶問：「什麼生意？」鱷魚頭道：「玻璃褲帶五百打，每打市價四十八元。他最好是閃電買下，不然的話，明天香港大街小巷到處叫賣玻璃褲帶，就頂爛他的行市了。」少奶一想，全明白了。她就摟着鱷魚頭的頸脖道：「洪哥，你眞本領！」鱷魚頭道：「不是我的本領，是蝦球的本領，他出了主意又出了力。」

## 十四　一帆風順

蝦球打完了電話就在養生米店睡覺，他的體溫漸漸增高，到天亮，發了一〇四度的高熱，病倒了。楊司理測了他的體溫，斷定他是感冒。他的確是感冒。但與其說是他的身邊皮膚受了毀傷，不如說他的心靈受了毀傷更恰當。他發狂地亂哼亂叫，在哼叫聲中夾着「媽媽」的呼喚和「亞娣」的名字，弄得楊司理莫明其妙。他打電話告知鱷魚頭，鱷魚頭在電話中大吼道：「即刻叫的士去接他的母親來！叫蟹王七即刻把那蛋家女拉來，要她哄好蝦球的病，她要多少錢照給！」楊司理放下聽筒抓抓腦袋，自言自語道：「一個人發燒，蛋家女可以哄得好？這是千古奇聞的醫術。」至於他的母親，誰曉得她住在那裡？怎樣叫神經錯亂的病人說出地點街道門牌來？楊司理只有打電話到行船館把蟹王七叫來，說明情由，蟹王七就去帶了亞娣來，到養生米店門口，蟹王七對亞娣道：「你進去好好哄好我的小兄弟蝦球，你要錢用鱷魚頭會給你。曉得嗎？往後你別再嚕蘇我了，我對海龍王發過誓，再跟你我就不得好死。」亞娣應道：「呸！死不要臉！誰嚕蘇你？」亞娣跟着楊司理進了房間，看見蝦球臉紅紅地躺在床上。楊司理對她說道：「你哄得他即刻退燒，我賞你一百塊錢！」說罷聳聳他的肩頭，掩門走了出去。

對於亞娣的到來，蝦球毫無感覺。亞娣用她的手她的臉去貼近他的滚盪的臉上，倒開水灌給他吃，喚他的名字，張開他的眼皮，向他的鼻孔呵氣，捏他的耳朵，撫摸他的心窩，輕聲向他認錯，罵自己生錯眼睛不得好死，最後，甚至於自己溷泣起來……這樣那樣地用盡了辦法，還是不能弄清醒他來。蝦球又發起狂來，坐起來叫道：「風調雨順！媽媽！火腿！……亞娣！你的朱義成耳環！哈哈哈！……丁大哥！開槍呀！老番鷄！……」亞娣把他按下去，用臉龐嘴唇去貼着他的嘴唇，制止他的狂叫。

鱷魚頭又打來電話，問楊司理可有請醫生，楊答他沒有交帶，鱷魚頭就罵道：「你眞累死人！這點常識都沒有？還用得着交帶？快請醫生！」楊司理一肚子氣，他叫來了一個西醫，就把亞娣趕出去。

亞娣含着眼淚，一直走到城隍廟裡去燒香，乞求城隍爺保佑蝦球脫災脫難，鬼魂離身。並且向城隍爺求乞饒恕她對蝦球的薄倖和無禮。

醫生替蝦球注射過後，他寧靜地睡了一覺。下午，鱷魚頭打發亞喜坐「的士」來接了他回去。亞娣來看他，撲個空。她走到鱷魚頭公館打門求見，亞笑出來開門，上下打量她一番，進去又把亞喜引出來一同欣賞這個蛋家女，最後就「嘭」一聲地把門關上了。

亞娣給亞笑亞喜享閉門羹，她在門口咒罵她們，也咒罵鱷魚頭。亞笑道：「這女人好兇啊！」

亞喜有點不忍心，她跑進去問蝦球道：「喂，你的意中人亞娣來看你的病，你讓不讓她進來？你要她來服侍你我就去開門。」蝦球清醒了許多，聽說亞娣來，他又回憶起了白宮旅店痛心的一幕，他叮囑亞喜道：「不要開門給她進來！」亞喜跑出去，亞笑道：「她走了。她一路罵我們是世間上最不要臉的女人呢。」兩人捧着肚子笑彎了腰。

在鱷魚頭愛惜幹部的精神影響之下，亞喜特別細心看顧蝦球，洪少奶也體念他玻璃褲帶一役的功勞，親自來問他好些沒有。並要接他的母親來看他，蝦球固執不肯。她也不再勉強。少奶看手錶已是三點十五分，就外出應茶舞之約去了。

大酒店天台的舞池狹而且長，定座的人多，座位又擺得擠，舞池越顯得狹小，人多擠攘得難以迴旋。馬專員老早用電話向胖子總管定了一桌靠壁第三個穹窿下面的座位，準時就先去等候了。三時十五分魏經理方小姐到，三時四十分洪少奶到，鱷魚頭因為要去佈置玻璃褲帶的事，四時正才到場。他們已跳了幾組樂曲的舞了。馬專員這回跳得最吃力，因為每一組音樂含有幾支不同舞步的樂曲，每曲終了，大家站在原地拍掌，沒人歸回座位，等候另一種舞步的樂曲開奏，又接着起舞。馬專員跟方小姐跳，自己領導無方，而又步法不熟，弄得滿頭大汗。他一眼看見鱷魚頭到來，才得救似的把方小姐引回座位，道歉一番。介紹寒暄一番之後，鱷魚頭就跟方小姐翩翩起舞。鱷魚頭不愧是一個高明撈家，三幾句話就探出了方小姐跟魏經理的關係和魏經理這次運到的貨物數量。鱷魚頭的舞術，顯然比馬專員熟練得多。他們跳了兩圈，經就看見魏經理跟少奶的一對了。少奶對魏經理道：「你看見嗎？洪先生跟方小姐跳在一起，馬專員有機會揩汗了。」魏經理道：「跟他這種胖胖矮矮的人跳舞，大家都很吃力，是不是？」少奶笑笑不響。過了一會，少奶道：「我聽說洪先生的朋友有一批玻璃褲帶運到，託他放盤，四十八元一打，你要不要？要吧？我這個駁脚經紀的運氣不知道好不好？」魏經理一提起生意，可不胡塗，他問道：「有多少？」少奶道：「最少五百打。」魏經理道：「喔，這麼多，怎麼銷得出去？」少奶道：「我聽洪先生說：發到馬路去叫賣，四個街邊零售小販才共分得一打。洪先生的朋友說整批賣不出，就發給街邊小販零賣，爛賤一點也不怕。」談到這裡，一組音樂終結了，大家拍了掌就歸回原位，少奶介紹魏洪兩人認識，彼此客套一番。

音樂再奏，鱷魚頭起來請少奶共舞，兩人交換了情報。鱷魚頭問：「他怎麼說？」少奶道：「他說：喔，怎麼銷得出這樣多？他不說要，也不說不要。」鱷魚頭道：「他的第一批貨有五份之一在我們的手上，他還有第二批貨，我們難不倒他。」少奶道：「那麼怎麼辦？」鱷魚頭看了看手錶；四時二十五分。他在少奶耳邊道：「我去打電話，你回去跟魏經理再跳。四點五十五分鐘你出天台外邊來看看、滿街都有人叫賣我們的玻璃褲帶了。」他帶回少奶交給獨坐盤算四十八元一打褲帶價格的魏經理，說到洗手間去一轉就回來。少奶就自動提議跳舞，他們舞出去，看見馬專員方小姐的一對已經上了軌道了。

四時五十五分洪少奶出去洗手，五時正她走出天台去吸一口清新空氣。她俯身向畢打街的馬路一望，果然看見有好些小販叫賣：「新到原子玻璃褲帶！五元一條！又平又靚！」回來在桌子底下碰了鱷魚頭一下，用眼睛說道：「你好利害！果然不錯！」鱷魚頭看懂了這意思。五時三十分，天下貿易公司的一個職員匆匆跑來找魏經理，劈頭一句就說：「少了七百打！」魏經理馬上臉色發青，站起來道歉匆匆告辭回去了，方小姐留下來，一直陪他們跳到終場。

經過這玻璃褲帶一役以後，鱷魚頭在他的「經濟戰」上連戰皆捷。蝦球病好後已斷了想念亞娣的念頭，成為鱷魚頭的一個「人細鬼大」的助手。他沒有時間回一次家。在兩個月不到的時間，他參加了幾次重要的「戰役」：

押運第一批汽油五十桶到萬頃沙；

接駁運出九龍飛機場士敏土車，最後一車「擱沙」，他僅以身免；

「鼠」得魚炮信管三千個；

騎二十五車麵粉到深圳交貨；

在新界鄉下分批廉價收購救濟包五百六十個；

……

計算起他的功勞雖然大，可是他自己並沒發財。他的全部財產不過是一條玻璃褲帶，百來兩百塊錢鈔票而已。憑了這些錢，也許可以買個把兩個貧窮少女的歡心，但談不到什麼「斬斷窮根」，成家立業。

他知道鱷魚頭、馬專員、楊司理等人正在進行一件極端秘密的大事。他僅知道一點點消息，楊司理接了好幾千袋米的定貨，指明日期送貨。大顧客是廣九和澳門的一些米行。這件大事開始佈置時，消息封鎖得密不透風，除了馬專員、楊司理、跟鱷魚頭三個人外，沒有一個人曉得詳細。亞笑，亞喜跟蝦球三人就瞎猜一陣，有的說這件事情太危險，難保不封屋拉人，給冬瓜大的胆也不敢去做；有的說這是明買明賣怕什麼？有的說就算是明搶或暗奪吧，山高皇帝遠，底下人分得勻也就好辦了，在下人竊竊私議的緊張空氣中，雙雙出入的是鱷魚頭跟馬專員；洪少奶反而給冷在一旁了。

## 十五　各自分飛

一個星期又過去了。屋裡靜寂得怕人。鱷魚頭神出鬼沒，來去匆匆，跟少奶交談三兩句不關緊要的閒話，換一套衣服，打一兩回電話，就又飛去了。亞喜對蝦球道：「你看，老爺近來連望也不望我們一眼呢。」蝦球也有同樣的感覺。三個工人閒得無聊，就在工人房裡玩紙牌，少奶提不起打麻將的勁，天天獨自出去探望朋友消悶去了。

香港的夏天的天氣是很特別的，突然括一回狂風下一陣暴雨，轉眼又是風和日麗，像專給燙熱的柏油馬路洗一個澡似的。這天正是刮這樣的狂風下這樣的驟雨，蝦球趕忙去關窗，亞笑剛趁晚市買菜回來、淋了一身濕，放下菜籃去換衣服。亞喜收回少奶的衣服，獨自在少奶房裡折疊放好。少奶應了魏經理的約，和幾個公司的職員眷屬，吃了中飯就同去快活谷看跑馬。

在香港，聳動二百萬市民聽聞的新聞層出不窮的；鱷魚頭老洪，他今天創造了一件。他是這件震驚市民的奇案的幕後導演人之一，因為在幕後，他始終不曾成名，成名的却是那一袋袋不會講話的「米」，那些可以養活幾萬人的米吞進了少數幾個人的喉嚨裡，已經有不少時日了，今天突然在喉管中間塞住，上下不得，這就是這件新聞的最精彩最緊張的地方……現在，新聞記者還不曾知道詳細情形，他們要等到警署的「司爺」先生抽得出空偷偷打出一個電話，才知道一點頭緒。現在，消息靈通的鱷魚頭知道十五分鐘以後他的養生米店就要被封，難保不同時來查封他的公館。他坐的汽車正以每小時五十咪的速度趕回去，下車後叫司機等着，他兇猛地拍門又按電鈴，駭得三個工人一齊趕出去開門。鱷魚頭的臉色是蒼白的。他一進了他的房間，拿出一個手提皮篋，就又衝出去。亞喜亞笑用身體塞住門口，慌張地問：「老爺！出了什麼事？」鱷魚頭一邊揩汗，一邊說道：「這不關你們的事。十分鐘後有人來封屋，你們趁早把拿得動的東西帶走吧！」亞喜哭了起來道：「少奶呢？」鱷魚頭道：「你何必躭心她，她餓不，日本鬼到香港也嚇她不死餓她不死！」說罷，丟下一百塊錢的鈔票三張給他們三個人，就衝下去坐汽車走了。

這時候，在快活谷的馬會公眾棚上，洪少奶買了五十塊錢獨贏的那頭取名叫做「東條」的馬，正用最高的速度作最後的衝刺，牠追上別的馬，少奶嬌聲緊張地喊：「東條！東條！乖乖！東條；好呀！」東條果然跑了第一。

鱷魚頭的汽車比馬跑得更快，他在中途換了幾次汽車，兜了幾個圈子，最後他下了亞娣的艇，叫九叔把艇依着省港內河航道划去。在艙裡，他把他身上兩桿左輪手槍連子彈皮帶解下來，深長地嘆了一口氣。

蝦球一手提了從儲藏室拿出來的手提留聲機，三番幾次催手腳慌亂的亞喜亞笑走，她們不聽，他就獨自走出來，可是，已經遲了。

馬路上駛到大小警車各一輛，警探跳下來包圍這座住宅。蝦球一踏出門口，就給一個警察抓到，即刻扣上手鐐，警察走一步，他就得跟一步，這無情的手鐐，把他跟警察連結在一起，不說逃走，連跳樓自殺的可能也沒有。警察們帶他進去搜尋鱷魚頭的蹤跡，最後又把他推上警車，帶回警署去。

蝦球從此就失掉自由了。

「鼠」了幾千袋米，幾百桶汽油，主使爆無數次貨倉，揩公家和私人無量的油的那些好漢們却逃走了。

蝦球進了赤柱監獄，跟他一同進去的有幾十名童犯，他們一律換上成人穿的寬大號衣，住成人的監倉，因為專為童犯而建築的監獄還沒有落成。在他的名字底下的犯罪紀錄是這樣的：

「偷竊手提旅行留聲機。身懷不明來歷鈔票三百元。」

監獄外面的世界，王狗仔補了他的缺。他期滿出獄了。他第一個去看的人是六姑。六姑景況日非，由尾房遷出了冷港的床位，生意冷落而又疾病纏身。王狗仔看見這種情形，心冷了半截，坐了半點鐘，搖搖頭，獨自開門出去，永不再上門來了。

王狗仔回到尖沙咀地區向他的「二哥」報到，這位「二哥」是那裡四大天王之一，已經五六十歲了，躺在床上有人送錢給他用。他指派王狗仔在九龍倉外碼頭一帶活動，指揮那些小扒手去摸金山伯南洋伯外江佬湖南頭……的荷包。他們在火車站九龍倉碼頭一帶鑑貌辨色，像打獵似的追蹤他們的目的物。有時候順利的話，一出閘門就得手了；有時候跟蹤了幾小時甚至幾天才有機會下手。得手之後，在十二小時過後就按該地區伙計的歷史輩級分派，不出頭出面的人分得最多，直接動手的人反而分得最少。至於那些不入行的「有力人物」，也依「見者有份」「知者有分」的例，酌量孝敬多少。這些人的錢來得易，也花得快。就算一萬幾千元美金，三兩天就花得乾乾淨淨了。像蝦球這樣大，甚至比他還年輕三四歲的一羣孩子，就是王狗仔的部下。而王狗仔的同級輩的同事們，又各自帶領他們的部下，在同一的地區分別活動。他們即使偶然有幾次小衝突，並沒有妨碍他們「同勞同煲」的團結。

三個月之後，蝦球給放出來了。他在牢裡做了三個足月的散工，慈悲的監牢還支付給他三十塊錢工錢，出獄時交給他拿去做本錢自尋生路。有一位好心腸的先生還寫給他一封介紹信，叫他到舊市塲附近的什麼兒童福利會主辦的什麼兒童俱樂部去見一位先生，說那裡有麵包發、有書讀、有球玩、有故事聽，蝦球不相信世界上會有這樣一個兒童的天堂樂園。他念念不忘那個對他有一飯之恩的妓女六姑，他在監牢裡同囚犯們談起世間上的好人，六姑也算是一個。他一出獄，就去找她。

## 十六　難友的慰藉

六姑睡在床上不能起來，她看見蝦球，像見了自己親弟弟一樣高興。她聽說蝦球正從獄中出來，一出來就來探她，她感激得流淚了。她看見蝦球長大了許多，原來他在獄中度過了他的十七歲生辰。蝦球問道：「六姑你病了多久了？」六姑道：「我從做生意的一個月就病到現在，一年多了，最近才嚴重到不能起床。」蝦球道：「不叫醫生來看？」六姑道：「何必請醫生？我自己久病成名醫了。」蝦球道：「吃藥嗎？」六姑道：「打針吃藥都沒有用，除非不幹這種生意。」蝦球道：「那末就不幹吧！」六姑快樂地笑起來了。她撇開不談自己，問蝦球道：「你怎樣打算？你也不幹吧！」蝦球問：「我不幹什麼？」六姑道：「不幹那些偷鷄摸狗的勾當呀」蝦球想了一想，他不知道應該幹什麼和能夠幹什麼。六姑道：「回家照舊賣麵包吧！」蝦球搖搖頭道：「不發達，就永不回家。」六姑道：「等你發達，你媽媽進棺材了。」蝦球默然。但他還是不想回去。六姑道：「你認得什麼朋友嗎？我是說好朋友，不是說王狗仔那一類壞蛋。」蝦球道：「王狗仔怎樣了？」六姑道：「他出獄後到過這裡一次，就不再來了，那個沒心肝的傢伙！」蝦球道：「你說好人？我認得的好人就是你，你招呼過我吃飯，但我還沒答報過你呢。」六姑道：「唉呀，蝦球，你眞會說話，叫人開心。我算得是什麼好人？」蝦球道：「還有一個，也是好人，他住在新界青風墟。」六姑道：「鱷魚頭老洪是不是？」蝦球道：「他也算是好人？可不曾想到過。他逃走時老婆也不要，我們也不理呢！」六姑歎道：「俗語道：夫妻好比同林鳥，大難臨頭各自飛。蝦球，你也經驗了不少風雨了呢，聽你說話，一付大人的口氣！」聽到這樣的贊美，蝦球也笑了。他說道：「六姑，我來看你，我想送你二十塊錢買東西吃。我身上還有十塊錢作零用，我想去青風墟看一看那個自衛隊丁大哥，然後又去找我的舊伙計蟹王七。他們總會想辦法給飯我吃。你說是不是？我記牢你的一句話哩：人不是容易餓死的！——是不是？」六姑聽了蝦球這番話，喉嚨忽然酸梗起來，她呼吸急促，乾綳的嘴唇向兩邊拉長，好久好久，她才能哭出聲來，把蝦球駭了一跳。他慌張地喊她：「六姑！六姑！你那裡不舒服？要叫醫生嗎？」六姑搖搖頭。一哭出聲，她的心胸就舒暢得多了，她向蝦球道：「蝦球！謝謝你的好心。人不是容易餓死的；但是病，病，病死是不難的。蝦球，你的心腸好，你不該學下流，你，你要向上做人，保重身體才行啊！我，我不行了，錢你留自己用，我，我是死定的了！」說罷她又嗚咽地哭起來。

蝦球還是放下了二十塊錢，離開了六姑的床位。他坐上了向新界開駛的十六號巴士時，六姑那付死灰色的面孔，還留在他的腦際。巴士開動時，王狗仔一眼看見蝦球坐在車頭位，跑上來追逐汽車說道：「蝦球！回頭來找我呀！……」蝦球向他招招手，車已開遠了。

到了青風墟，自衛隊駐紮的地方已面目全非。那個地方已改成木料店，有幾個工匠在那裡鋸木板做家具。蝦球進去問一個老板模樣的老頭子道：「老伯，從前住在這裡的自衛隊搬到那裡去了？」老頭子道：「你問他們幹甚麼？有話就留下，有信就交下。他們走了許久了。」蝦球道：「我沒有話要留下，也沒有信交下，請你告訴我，他們搬到那裡去了？」老頭子道：「他們回家鄉去打游擊了。你是他們的什麼人？」蝦球想了一想，他騙老頭道：「我是丁大哥的兄弟，你能告訴我丁大哥到那裡去了？」老頭道：「他走時說去惠州葵涌，現在還在不在那裡，可不曉得了。」蝦球記下這個地名，離開木料店，一路心裡念：葵涌葵涌葵涌……。出到馬路來，他看到一羣年輕漂亮的學生小姐在馬路上散步，一面走，一面唱歌。他呆呆地站定用歡慕的眼睛望着她們，他心想：她們是些什麼人呢？這裡怎麼忽然來了這許多男女學生？他坐在一間路邊小食店買了一斤香蕉，一邊吃一邊和伙計搭話。他問道：「她們是那裡來的？」那伙計望了他一眼道：「你問她們嗎？她們是芳園的大學生。什麼地方來的都有。廣東、廣西、上海、南洋各處都有。講客家話的女人佔了一半。」蝦球道：「大學生。她們比我大不了多少歲呵。喏，那個女的我看最多十九歲。」一吃完了一斤香蕉，他才弄清楚：這一羣幸福的青年學生，比他高了四級，他自己的一級是初小。他不曾從高小，初中，高中踏進大學，不知怎的一來，却踏錯了方向，走到街頭，匪窩、監獄……去了。而現在，他來到了這個汽車路口，一輛巴士又把他載回尖沙咀。

他迴避開王狗仔的引誘，拿了在獄中得到的一封介紹信，跑去見兒童俱樂部的一位先生。他一直等到下午七點一刻才看到一位新會口音的導師。那位導師問了他幾句話後，說道：「好，你往後天天下午七時就到這裡來玩。跟大家一齊玩，一齊唱歌，一齊打球，一齊聽講，一齊吃東西，都不要出一個錢。我姓劉，你叫我劉先生就行。」說罷伸手去摸他的衣袋褲頭，又說道：「很好。你沒有帶小刀，我們這裡不准帶利器，不准打架，知道嗎？」蝦球道：「知道。我晚上可以在這裡睡覺嗎？」劉導師道：「我們這裡不設寄宿。這裡是晚上工餘同樂的地方。白天你還得找工做呵。我們這裡有擦鞋童子，賣報童子，捲山楂片童子，洗衣服童子……呵，多得很，行行都有。蝦球，你跟我上樓來看你的同學們。」

## 十七　人間「天堂」

蝦球的「同學」們在樓上打乒乓、下軍棋、翻圖書、有的哼着歌曲，有的翻着筋斗，劉導師一上來，他們就停止了。蝦球大概一算，約模四五十個人，比他小的有，比他大的也有。墻壁上滿是掛圖，黑板上釘着一首白紙寫的新兒童歌。蝦球心裡暗自安慰自己：這大概是我們的大學了。

劉導師拿起他的指揮鞭走到黑板面前，對眾兒童們說道：「來！我們繼續練習這首新兒童歌！在沒有歌唱之前，我介紹一位新朋友給大家認識。——蝦球，你上前來！」蝦球怯生生地走過去，劉導師把他轉過來面向眾人道：「他的名字叫做蝦球！歡迎我們的新朋友！大家拍掌！」於是眾兒童們就拍起掌來。蝦球很不舒服地走下來，心想：你打我一巴掌我還好受些。他習慣了給人打耳光，在他們世界裡，只有打人耳光或者給人打耳光，這種拍掌歡迎的禮貌是沒有的。開始唱歌了，他跟不上去。並不是這首歌很難唱，而是他的心思很麻亂。他唱不下去。他沒有工作、他的肚子餓，他今晚不知宿在何處，他有一個不忍回去看一面的媽媽，他有一個艇家女朋友久不知道泊在那個碼頭，他有一些獄中的同難不知生死……這些就足夠擾亂他的心思了。那個劉導師當然不懂得這些，他只管張開他的喉嚨唱道：「新兒童！新兒童，我們是中國明天的主人翁！……」下面的一羣孩子就跟着唱：「新兒童！新兒童！我們是中國明天的主人翁！」

在蝦球旁邊有一個破了衣袖約模十四五歲的孩子，他拉拉蝦球的袖子，睞睞眼睛小聲道：「等下領了麵包我們鬆人！」蝦球望了他一眼，小聲問道：「你想到那裡去？你今晚有睡的地方嗎？」那孩子道：「到尖沙嘴去。騎樓底有很多地方睡。」蝦球道：「九點鐘才去好不好？今天我初來，要守規矩。你叫乜名？」那孩子道：「我叫牛仔。」劉導師拍拍他的指揮鞭喝道：「誰在講話？唱歌時不准講話！」

唱完歌，眾人分食麵包，每人兩塊，還有一點果醬。蝦球兩口就吃完了。這兩塊麵包嚥進肚子裡去，算是吃了東西，胃口如果不再苛求吃飽，那是再好不過的事。可是，蝦球不但不飽，而且更餓了。下一節是自由游戲，蝦球終於跟那個比他小兩三歲的牛仔「鬆」了出來。蝦球帶牛仔到九龍倉背後一檔他吃過飯的熟食檔，請牛仔吃了一頓豐富的飯菜。牛仔感激之餘，提議跟他結拜做兄弟，拜蝦球做「哥哥」，蝦球笑問牛仔的經歷，他自稱雙親亡故，曾上羅浮山上去學劍，和尚不肯教，後來就來香港做扒手，打荷包百無一失。蝦球哈哈大笑起來。他也自誇他的一番戰績。後來提到進過赤柱監獄，牛仔好像當作光榮記錄似的甘拜下風了。這兩個結拜兄弟，在尖沙嘴碼頭的坐椅，相倚靠過了一夜。

蝦球牛仔兩個難兄難弟在馬路上浪蕩了幾天他們忘記了那個「兒童樂園」的俱樂部，等到蝦球身上的錢花得精光，他們突然又想起它來了。為了兩塊麵包，他們又去一次，去接受「德智體羣美」五育的薰陶。這次是劉導師講道理的一課，他講的題目叫「有恒」。把有恒如何為成功之本的道理發揮了一番，順帶責罵蝦球牛仔兩人沒有恒心。蝦球心不在焉地胡思亂想，牛仔碰一碰他道：「劉先生罵我們兩個人呢！」蝦球才留心聽下去。劉導師道：「⋯⋯牛頓這個大科學家是什麼出身的？還不是跟你們一樣苦學出身？他還不是賣過報紙？⋯⋯可見一個人做事情一定要有恒心，成功無難事，只怕心不專。七十二行，行行出狀元，只要你們肯專心有恒、由擦鞋到開鞋店，由賣報到開報館，並不是難事！⋯⋯」講到這裡，牛仔對蝦球道：「我這一行做得好，可以開銀行，你説我能開銀行嗎？」蝦球忍着笑。劉導師繼續説道：「今天在街上叫賣麵包，將來開麵粉工廠做了麵粉大王，也毫不稀奇。⋯⋯」蝦球聽到這裡就忍不住「哈哈哈⋯⋯」大笑起來。

牛仔也跟着一道笑，他他自己這個小扒手竟敢想到要開銀行，蝦球却笑他的麵包生意失敗得太慘，而先生講的又成功得太容易。劉導師聽見他們笑，氣惱了，他喝道：「你們兩個壞蛋站起來！你們笑什麼？你們是來搗蛋的！你們是來騙食的！我們不能容許有藐視先生的人在這裡胡鬧！今天不准吃東西！一直等到你們眞心悔過！」

這一對難兄難弟在眾人之前站着受罰，動也不動一下。這樣的懲罰，在蝦球身上說，是他所受過的種種懲罰之中最輕的一種了。可是，他對於這種最輕的懲罰，反而感到最大的傷心，最大的失望。他的心靈上的樂園，他的大學，整個兒倒塌在他的眼前。在他的世界裡，樂園與天堂是沒有的。他像是一個覆舟待救的人，久久泳在海中，身疲力倦，遠遠看見一塊木板，以為可以把自己的身心浮托着不至沉淪；泳過去却是一片荷葉，浮他不起來。他碰碰牛仔的肩頭道：「我們走吧！不吃這塊麵包了。」牛仔早就想走了，經蝦球一提，他就一馬當先，大步走了出去，蝦球跟在後頭。

怎麼辦呢？人是不容易「餓」死的這句話在蝦球的腦裡一閃。他想起了那重病得快要死去的妓女，她當然對他們愛莫難助，但她的話始終對蝦球是一種鼓勵，他又掙扎上前了。

他加進了王狗仔的扒手集團。又領了王狗仔五塊錢，兩兄弟飽餐了一頓，把他們的身體和「技術」整個賣給王狗仔了。

## 十八　馬路絕技

一艘三萬餘噸的「熊貓」號大郵船在晨光照耀中緩緩靠泊尖沙咀九龍倉一號碼頭。輪船上二百多個金山歸客的心，和接客的親友們的心和大小扒手們的心同樣的緊張。貨倉閘門口，碼頭上、海面上、和輪船艙面上，但見人頭幌動，毡帽手帕搖曳揮舞。尖沙咀一帶的「神手」們，幾乎傾巢而出，找尋表演他們絕技的機會。他們夾在歡迎的羣眾中，等待財神的光臨。

蝦球牛仔兩人跟在王狗仔的後尾，四處穿插。牛仔略施小技，在一個接客者的身上，竊了一只袋錶，傳給蝦球，蝦球又傳給王狗仔。三人旗開得勝，十分高興。

輪船泊定了許久，乘客陸續上岸，多數都是上了年紀的老頭子，但却個個都長得神高神大，十分偉梧。除了一些西人夫婦之外，多數都是旅美十年以上的金山伯，現在旋歸故里了。他們每人都提着一兩件隨身携帶的行李走出閘門來，其餘存艙行李，次早來到行李倉來認取。一出了閘門，有親友的就給親友迎接去了，無人接的就各自去開旅店。

王狗仔暗示他的部下們，分頭尾隨跟金山伯們，相機行動，蝦球在牛仔同一隊，他們選定了一個面目黧黑，身材高大，約模六十歲左右的金山伯，就搶前去爭提他兩手提着的手提皮篋。另一隊的兩個孩子也想來爭取提行李，給王狗仔上前排解推開了。牛仔乘機碰了一下這老人的西裝褲後袋，搖頭表示無望。於是他們就跟了這個金山伯踏上過海輪渡，一直遙送他過海登岸，又尾隨他走上陸海通大旅店去。王狗仔給了蝦球牛仔每人五塊錢每人一包派力香烟，叫他們輪流看守旅店門口，等到他出來吃飯，再伺機動手。他自己又去指揮，他的部下去監視別的財神。寄寓陸海通的有七八個金山伯，他們進了旅店兩個鐘頭之後，在兩批出來吃飯。蝦球看準了他的財神已分別步後跟着他。一路走入電車路，金山伯們舉着遲緩的步子，東張西望，個個眉飛色舞，心想現在已經踏進家鄉門口邊了。牛仔手上捧着一疊報紙，向那位金山伯迎面走來，叫道：「華僑報！工商報！先生買一份出爐新聞啦！」金山伯俯首看看報紙的圖片，牛仔就抬高手用報紙遮了他的眼睛，另一隻手就摸進他的絨大衣內袋去，兩邊一摸，他就挾出了一本小日記冊。在旁邊的蝦球接過來跑開去一看，原來毫無用處。牛仔跑過來時，蝦球交帶他道：「即刻放回原來的口袋裡！不要打草驚蛇。」神手牛仔，轉一個彎，朝金山伯側面橫過去，那日記本就放回原來的口袋裡去了。

四個金山伯進大同酒家去吃飯。牛仔蝦球兩人一個借售報為名，一個用五塊錢作押借用了一具擦皮鞋工具，個金山伯，在女招待的殷勤招呼之下，喝起中國五加皮酒來了。王狗仔也指揮其他的神手佈置在左右一帶，張下天羅地網，預備要網下他們的美鈔。下午兩點鐘光景，這幾個金山伯醉薰薰的輕飄飄地走出門口來。在那位黑臉金山伯還沒有橫過馬路之前，蝦球就走過去碰掉他手臂上掛着的大衣，他彎腰去檢拾大衣時，神手牛仔已把他西裝內袋一包封固的大信封摸出來了。這個大信封袋即刻連同掩護的報紙，一同飛傳給王狗仔，王狗仔一個箭步，已踏上了電車，電車在上環繞一個圈向筲箕灣回駛，王狗仔在中環街市站下車，走進公共廁所去解大便。

王狗仔走出公共廁所的時候，容光煥發、嘴角含笑、他叫了一輛「的士」，向跑馬地飛駛，無目的地兜了一回風，然後就停在灣景酒店的門口，進去開了一個房間，就把房門關上，一直到燈光照耀的晚上，才返回尖沙咀來去看那個睡在床上抽烟的一哥。

蝦球牛仔兩人無心欣賞同伴表演絕技，他們即刻趕回尖沙咀來，等了許久許久，還不見王狗仔回來。他們去見最高級的一哥，一時說沒回來，一時又說出去了。直到深夜十一時，王狗仔才叫人把他們喊去銀漢大酒家參加慶功讌。在席上不得講起這件事，大家唯有一致拚命吃菜，拚命喝酒猜拳。王狗仔一大杯一大杯地來和蝦球牛仔兩人乾杯。並在他兩人的口袋裡，每人塞下一百塊錢，牛仔高興得跳起來，蝦球也十分歡喜，覺得王狗仔到底比鱷魚頭更能體貼部下。蝦球天天陪着他們花天酒地，既飽且醉，一連胡鬧了一個多星期，錢也花得差不多精光了，第二艘美國輪船又靠岸，他們出動並沒有大成績，跟蹤了一個金山伯三天之久，始終無從下手，只得廢然而返。第三次輪船靠岸時，蝦球就厭倦了這種生活。一來因為王狗仔他們總不肯宣佈得到款項的眞確的數目；二來他覺得這種勾當太過殘忍，假如偷竊來的是別人一生積蓄下來的血汗錢，不是比殺死這人還更殘忍嗎？他對他的結拜兄弟牛仔說道：「兄弟，我不願幹這樣的勾當了。」牛仔道：「為什麼？」蝦球道：「太殘忍了！」這是一句大人才會說的話，牛仔還不十分透徹地懂得，他望着他的大哥的厭惡的神色，就說道：「那末這回你歇一歇。王狗仔問起，我就謊說你病了。」蝦球摸摸他的口袋，暗自算一算，還剩下八十多塊錢，他忽然想起他的媽媽一天從早到晚搖紗才拿到一塊多錢，那麼把這幾十塊錢送回去，可以叫她老人家休息一個月不必辛苦勞作了。

他懷着一顆倦鳥知還的心，踏上了回紅磡去的歸途。

## 十九　跨過獅子山的山腰

蝦球腳步輕輕地踏上樓。他的心跳動得好利害。他想起六姑的一句話：「等你發達，你媽媽進棺材了！」她老人家不會這樣快死掉吧？他站在最後一級樓梯上，他沒有勇氣拍門。他靜靜地側耳傾聽裡面的人聲。

包租婆二嬸的熟悉的聲音震動着蝦球的耳鼓，她對他媽媽説道：「大嬸母，多謝你的火腿呀！你自己捨不得吃，還送給我們這樣多！」他媽媽答道：「我本來留下等蝦球回來吃的呀！天曉得他何月何年才回來呢？現在，趁——」蝦球不由自主地在門外大聲喊：「媽媽！」跟着就高興而兇猛地敲門。他媽媽，這五十多歲給長年勞動煎磨得臉色清黃的老人，她不相信她的耳朵。再靜聽時，門外果然是喊：「媽媽！」那的確是她日夜思念的兒子的聲音，她匆匆走過來開門了。

「媽，我回來了！」

「哦！蝦球！我記掛得你好苦喲！」

蝦球即刻塞五十塊錢在他媽手上，作為重逢的見面禮。他媽媽把他拉到尾房自己的房間來，一屋人用興奮的眼光，望着他們母子倆，一直目送他們走向房間去。

在房門口，這老人家在她兒子的耳邊輕聲説道：「你爸爸回來了！」蝦球非常驚喜，急急問道：「眞的嗎？爸爸怎會找到這裡來？」他媽道：「你曉得，我常常到台山旅店去打聽他的消息，託人寫了不知多少封信，他都收不到，虧得我留下住址在旅店老板那裡，你爸爸前天才查問到。」蝦球道：「這就好了。打了這麼多年的仗，大家都沒死，現在只差哥哥還沒消息——怎麼，白天關上房門幹什麼？」他媽媽道：「蝦球，你還不曉得，你爸爸一回來就病倒了，公醫局的醫生說他神經錯亂，發了神經病。剛才打了針，他睡着了。唉，沒有錢也吧，病倒也吧，總算自己把骨頭親自帶回家來了。你想想看，你爸去金山三十年，中間回來過一次就養你了，他還沒有等到看你出世呢！打這幾年仗，我們到處走難，他還當我們死光了呢。唉，蝦球，你進去喊他一聲爸爸吧！」說罷她就輕輕拉開房門，同蝦球走進房間去。

一個六十多歲的面孔黑黧黧的老人靜靜地躺在床上。閉着眼睛，高隆的顴骨，一付死一樣的絕望的神色……蝦球「唉呀！」一聲驚呼起來，幾乎仆倒在地上。他搓出雙手，扶住床沿，支持住自己的身體。他再一再二再三地辨認他的爸爸的面孔：一點也不錯，就是他十多天前在大同酒家門口碰掉他的大衣的那個金山伯！那就是他自己的爸爸！天啊！

他伸手去按摸這老人的額角，老人張開無神的眼睛望一眼他，又闔上眼。他用悽梗的聲音喚一聲，「爸爸！」老人又張開他的眼睛，望他一眼，他那雙無神的眼睛不認得他是誰，又闔上去了。

蝦球媽媽在蝦球耳邊道：「醫生才替爸爸打過針。你肚餓了吧？我弄飯菜來給你吃。你送到家來的火腿，我一直留到今天。才蒸了一點，又送了一點給同居的人。」說罷就走出房間進廚房去了。

老人在床上揉動他的厚嘴唇喃喃自語：「三十年血汗，三十年血汗，三十年血汗……」每一句話似係一把尖利的刺。刺進蝦球的心窩。蝦球駭怕極了，他用手蒙住老人的嘴唇。可是一開放手，老人又「三十年血汗，三十年血汗……」像念咒似的念出來，聲音微弱，但在蝦球聽來就像是巨雷的聲音一樣震裂他心胸，他搖搖幌幌地摸出了房門，走到廚房，告訴他媽媽道：「媽，我出去一會。」他媽應道：「我把火腿蒸在飯面上，飯就快熟了，不要走呀！」他還是照舊那句話：「媽，我出去一會。」他就摸下樓，走在馬路上了。

他讓一雙脚作主意，帶着他走。他的腦海裡好像想得很多很多，又好像什麼都沒有想到。

他走到尖沙嘴碼頭，倚在那岸邊的鐵欄杆上，抬起他那一雙無所不見又好像什麼都見不到的眼睛望着前面，深沉的，痛苦的神色，烙印在他的臉上。

一艘大輪船船身的油漆，已經給風雨剝蝕得斑駁退色了，工匠們又吊下踏板，從新油飾粉刷一新。秋天的白雲，飄浮在太平山的頂上；前浪逐後浪的海水，在他的脚下打着有節奏的拍子；海鷗自由地飛翔，撲攫着水上的小魚……大自然的風物給了這十七歲的孩子心靈一種怎樣的啟示呢？……他爸爸在加利福尼亞省農場辛勤勞苦積蓄了三十年的血汗錢，給他碰了一下，就完蛋了。牛仔竊取，或者他親手竊取，或者是別的扒手竊取，還不是一樣？損失的老人還不是一樣會瘋狂？……一隻水鳥攫啄了一尾小魚飛在半空中，蝦球就幻想這尾小魚就是他自己，就是他的爸爸。他「唉呀」一聲驚叫起來，沁出了一頭的汗水。……

他天天都在這裡站立好幾個鐘頭，他像是逃避懲罰般逃出他的家。有一天他的結拜兄弟牛仔尋到他，知道他傷心痛苦的原因，他就逕去找王狗仔和一哥，說明這種情由，王狗仔叫了蝦球去，說「憑良心」，給了蝦球帶回五百塊錢港幣，那數目恰好是他爸爸損失的百分之一。得到這筆小欵，他爸爸的神經病依然沒有醫好。

蝦球每天在外面浪蕩不回去過夜。他晚上就和牛仔一起睡在人家的樓梯脚下。白天像「撞暈鷄」一樣，毫無目的地到處亂跑，他受了這番大的打擊以後，心靈受傷太重，一時不易復元。牛仔天天陪着這個心神彷彿無精打采的結拜兄弟，也感染了蝦球的痛苦，心裡懷恨着王狗仔的無情，又懊悔他自己親自動手竊取蝦球爸爸的錢，難過得使勁咬着他的小嘴唇，竟咬出血來了。

他們走到紅磡船塢的附近，看見架空的煤斗，來來往往地輸運煤炭，兩人駐足着了一刻。牛仔指着站在柱架上解煤斗鈎的人對蝦球説道：「蝦球哥，你看！這個傢伙的工多容易做！我也會。」蝦球不響。過了一會，牛仔又道：「蝦球哥，你想做工嗎？這裡晚上有一個工人市場，有很多鄉下人出來應市。」蝦球大聲答道：「不做！」

牛仔知道蝦球不高興，就不再作聲了。

他們又往前走，已過土瓜灣，向九龍城方向走去。蝦球望着九龍城背後的那座獅子山，山頂的形狀好像一頭俯伏着的獅子，蝦球問牛仔道：「牛仔，你知道前面那座是什麼山？」牛仔道：「不知道。」蝦球道：「是獅子山。我上去砍過柴，蘿蔔頭在香港時，我爬山去過新界。再走不遠就是中國地了。」牛仔問：「你走到過中國地界嗎？」蝦球道：「沒有。我曾到過沙田。但現在我想回中國去。」蝦球説時態度很認眞，牛仔望着他，又望望那座獅子山，他也在心裡打他自己的主意。他扯一下蝦球的手道：「蝦球哥，眞的嗎？你會一個人偷偷走掉不帶我去嗎？」蝦球道：「你也去？」牛仔道：「不跟你；你叫我跟王狗仔一世嗎？」蝦球道：「但是我們沒有錢了，我的錢給了媽媽，你的又賭輸了。兩個人捱餓走路，不好。」牛仔道：「你不會回去偷你媽媽兩三十元做路費嗎？」蝦球笑道：「牛仔，你出的好主意。你下次再提一個偷字，我就踢你的屁股！」牛仔還賴皮笑道：「肚子餓，不偷吃什麼？」蝦球站定怒目望着牛仔，飛起一隻右腿，向牛仔屁股踢了一脚，大罵道：「我不要你這個小流氓跟我回中國去！你以為我回去還是做扒手麼？」牛仔看見他結拜哥哥這一付認眞的様子，就低下頭不再響了。

他們走到宋皇台畔，肚子已經很餓了，蝦球望見右側山還有一座竹棚蓋搭的屋子，門口掛着一塊「施飯站」的招牌，他叫道：「牛仔！那是施飯站，去看看開飯沒有？」牛仔跑進去一看，裡面擠滿了衣衫襤的婦人小孩們，有的坐在地上吃飯，有的正在列隊等候分菜飯。牛仔跑出來告訴蝦球道：「我們來得正好！飯還熱呢。」兩人去進去，門口內邊有一個坐在桌子前填寫表格的西裝中年人，他抬頭看見他們，問道：「你們幹什麼？」蝦球大聲答道：「來吃飯！」那人問：「飯票在那裡？」牛仔答：「我們剛來到，那會有飯票，先生你發給我們兩張吧！」那人問蝦球：「你多少歲？」蝦球答：「十七！」那人向他們一揮手，說道：「出去！十五歲以下才有資格在這裡吃飯。」說罷又低頭填他的表格。牛仔還想跟他吵，蝦球一把拉他出來，含着滿臉的忿懣道：「我們走！」

走到九龍城，他們兩人翻開了所有的口袋，翻出了七八張角票，通通拿去買了麵包。蝦球鄭重對牛仔道：「我不再留在香港現世了，我即刻就要走回中國去，你跟不跟我來？」牛仔道：「只怕你不帶我。」蝦球道：「你咬手指發誓！」牛仔眞的放一隻食指在牙床上想咬出血來，蝦球止住他道：「牛仔，得了！」兩人友愛地望了一眼，就朝獅子山走去。牛仔曾經一個人走上羅浮山去學劍，現在蝦球懷着類似這樣的心情，走回祖國去。他喜愛丁大哥手上的那枝步槍：可以射水鴨，也可以打強盜。他在心裡盤算：我一定要找到丁大哥，跟他學放槍。他是一個好人，他一定不討厭小孩子的吧？牛仔呢，他也不問蝦球究竟要到那裡去，總之，見路就走。他走路從來就是這樣的，他一個人無牽無掛，在這世界上，除了這跟前的結拜哥哥蝦球外，他再沒有第二個親人了。走着走着，太陽當中的時候他們走到山腰，太陽斜下的時候他們翻越過山背去了。

選自一九四七年十一月十四日至十二月二十九日《華商報・熱風》，一九四八年由香港新民主出版社結集單行本《春風秋雨》

# 劉半仙遇險記（節錄）

## 第一回　劉半仙鳳凰崗賣卦圖存　蕭有才觀音廟乘機佈局

話說鳳凰崗上有個大頭鼠眼的怪人，他的名號叫做劉半仙，他平日向鄉人自誇：他有一對千里眼一付順風耳，能見死人獄中苦樂，能知生人未來休咎；上至天文，下至地理，無所不通；畫符驅鬼，開方診症，樣樣皆能。他在鳳凰崗週圍數十里地穿插來往，憑他三寸不爛之舌，在耕田人面前混兩餐飯食。日子長久，他的名字就家知戶曉，耕田公耕田婆有個夜哭郎，都去問一問劉半仙是何緣故，求他卜支靈卦，看看犯了那一方的煞，好買付寶燭紙錢冋去驅邪。劉半仙從此生意興隆，收入不薄，他就不再流動奔波，擇定觀音廟的旁邊，賃一所小屋，掛起劉半仙的招牌，長川守在屋內，接理顧客的生意。他在大門口頂上書一張「劉半仙大哲學家精舍」的橫額，兩旁貼上一付門聯：「道氣遠超天地外，神光高射斗牛邊。」略識文字的鄉下人，走過他的門口，必定談一談劉半仙的這付對聯，覺得劉半仙既有「道氣」，又有「神光」，能夠呼神喚鬼，本領自屬不凡。

這一天正是陰曆二月十九觀音大誕，觀音廟裏香火鼎盛，善男信女遠道前來參神，少不免要到劉半仙那裏領教領教。這一來劉半仙就門庭如市，接應不暇了。

有個便衣游擊隊員名喚蕭有才，他褲頭上插支短槍，也雜在善男信女當中，到劉半仙的精舍來歇歇脚。他看見鄉人們這樣迷信，旣向死的觀音菩薩燒香祈福，又來尋活的劉半仙指示迷津，把自己的命運交託給這等廟宇神棍巫卜星相，實在沒有知識，也非常可憐。但蕭有才的任務是發動民眾反對三徵，組織武裝抗暴衛鄉，至於破除迷信，還不是他當前的工作，他只好坐在一旁，聽劉半仙對鄉人們信口開河，胡說八道。

劉半仙正在口沫四濺。對一個耕田佬道：「你到底要問什麼呀？我這裏牆上標有價目，你不妨看個明白。」耕田佬道：「我不認得字呀！我會看還來問你？」劉半仙道：「你眞是囉裏囉索，你到底是問鬼魂附身還是擇吉開張呀？到底是生養還是死葬，要迎娶還是看風水呀？」這耕田佬還是說不出來。游擊隊員蕭有才也好笑起來。他看那耕田佬，是一個頗結實的漢子，四十來歲，臉上的皮膚給晒成赤銅色。他閉着咀，作深思難言的樣子。劉半仙又道：「好，你聽清楚！文王易卦五萬，流年氣色十萬，普通談相十五萬，妻財子祿二十萬，摩骨相法三十萬，八字命理十萬，小批命理三十萬，詳批命理四十萬，大批命理五十萬，天地人盤一百萬，小兒盤煞十五萬，配合年庚二十萬，天星擇日另議。你聽清楚沒有？」那耕田佬還是不說出問什麼，只坐在一邊左思右想。劉半仙忍不住了，就罵道：「請你讓開位子！我要給別的人問卦，不要阻我的生意！看你傻頭傻腦，菩薩都給你氣死！」那耕田佬就讓出座位來，但還依依不捨地站在劉半仙桌子旁邊。他只聽見劉半仙向另一老婦人道：「……上格風，下格火，咳嗽咳出血，這是心火外溢，不要緊，不要緊。眞金不怕烘爐火，火燒痰化氣自和。正所謂上求天醫，下求地解，正病用藥解，邪病問菩薩。你孫仔的病，用神符化灰，沖七月七水服下，七七四十九日，百病全消，咳血自止。不要緊，不要緊！」那老婦人十分高興，問道：「吃了你先生的神符，還用吃藥嗎？」劉半仙道：「沒有錢，光吃神符就得了；如有錢，最好常常燉鷄或蒸魚給你孫子吃，內外夾攻，自然快好。」老婦人道：「過年過節劏隻鷄，年晚煎堆，人有我有；窮人那有錢常吃鷄肉呀！」劉半仙道：「那麼就把這裏的神符帶回去沖水服下就得了。」劉半仙收下了老婦人的錢，自己就點着烟斗，抽起旱烟來。這時顧客陸陸續續地走了，那耕田佬又坐到劉半仙的桌邊去問道：「劉大師，我請你替我下一支卦看，我該不該打租給蕭大爺，蕭大爺從城裏叫人送信來，説遲幾天派一連兵押船到鳳凰崗來收租谷，叫周圍百里的耕仔都預備好連年的欠租和去年晚造的租谷，不交就燒屋拉牛綁人，絕不客氣。但是，這裏游擊隊又派了人來説：不要打租給蕭大爺。我們眞不知怎樣好。説實在話，這年頭兵荒馬亂，收成不好，我們自己吃都不夠，那還有租交？不交呢？又怕燒屋鎖人，豈不是家破人亡！劉大師，你説怎麼好？」蕭有才在旁邊聽見這番話，他靠近去，聽聽劉半仙怎麼回答。劉半仙縐起眉頭想一想，然後説道：「這件事情，我不好替你作主。叫你不交呢，蕭大爺的人就會難為我，説我幫游擊隊；叫你交呢，游擊隊的人又會找我的麻煩，説我幫蕭大爺，這件事情，還是你自己作主吧！」耕田佬道：「我就是不知道怎樣好呀？劉大師，你替我問問菩薩吧！」劉大師於是就拿出一個烏龜殼來，放三個銅錢進烏龜肚裏去，搖幾搖，就把銅錢倒出來。蕭有才看見這玩意不覺暗自好笑。他笑這位劉半仙不愧是江湖騙飯吃的老手，知道游擊隊不好惹，不敢得罪。蕭有才心裡想：我且聽他怎樣利用菩薩來指點鄉下耕田人的迷津。劉半仙口中唸了半天，然後說道：「北方飛隻鳳，南方爬條虫，今年世亂米缸空，鳳凰崗外出人龍。」蕭有才洗耳靜聽，究不知他是指什麼。劉半仙又說道：「照菩薩的意思，他說這件事情不好替你作主，你們到鳳凰崗外正北五十里去找一個貴人，這貴人叫你交就交，叫你不交就不交。」耕田佬問道：「那貴人高姓大名，是怎麼一個模樣呀？我怎麼找得到他呢？」劉半仙就信口開河亂說道：「那貴人姓劉，名叫大步，他是眞命天子的化身，生得粗眉大眼，兩顴高高，儀表不凡。你有心查訪就不難找到他了。」劉半仙說罷就打一個長長的呵欠，表示他累了一天，不想再說話了。

耕田佬付了錢，再三多謝就走了。只剩下蕭有才和劉半仙兩個人。蕭有才坐到劉半仙的桌前去，立意跟這神棍開開玩笑，他笑向劉半仙道：「劉大師，同我看看氣色！你看看我的事業勝敗如何？」劉半仙道：「我很累了，明天早上再看看怎樣？早上氣色更清楚。」蕭有才道：「我要你現在看，明早我已上路去了。」劉半仙無可奈何，只好替他看看。他看這傢伙年紀輕輕，骨骼粗大，還有些斤両，但不知他是打鐵的還是犂田的，做走貨水客還是開染房的。他就問蕭有才道：「請問大哥發什麼財？做那行活路的？」蕭有才翻開他的上衣把他腰間手槍的槍柄露出來給劉半仙看，然後說道：「小弟是游擊隊敵後武裝工作隊隊員。」劉半仙看見手槍，他給嚇得面無人色。

## 第二回　問大計相士卜神機　談國事菩薩守中立

劉半仙看見蕭有才的手槍，他給嚇得兩脚發抖。他嚅嚅地對蕭有才道：「老兄，我沒得罪你呀！」蕭有才笑笑，然後掩上他的上衣，說道：「我們游擊隊不胡亂打人，你不要怕。」劉半仙道：「老兄，我沒有錢，我是憑一張咀，混兩餐飯吃的。」蕭有才道：「我不是土匪，我不要你的錢，也不害你的命。我告訴過你：我是游擊隊的武工隊員，我是來發動老百姓剷除地方上為首作惡的害虫的。你不公開幫蕭大爺，還算你聰明，你要是公開或祕密借菩薩的名義叫鄉下人打租給蕭大爺，你就變成害虫了，對害虫，我們是不客氣的！你記着！」劉半仙道：「老兄，我絕不敢得罪你們，我也不敢幫蕭大爺，你剛才是聽見的，我沒有叫鄉下人交租。」蕭有才道：「你還不算太壞。我清楚知道你的行為。我們天天都有人在你的旁邊，你要十分當心，不要對鄉人散佈有毒的謠言，不要欺騙他們。」劉半仙道：「我沒有騙他們，剛才那老婦人的孫子有病，我也叫她弄點滋養品給她孫子吃，她孫子是血氣兩虧才吐血的。」蕭有才道：「你叫人吞吃神符，這就不對了。神符也能醫好吐血的嗎？不過，這我也不怪你，神符雖醫不好她孫子的病，還不會吃死人。我要問你，你剛才說：『北方飛隻鳳，南方爬條虫，今年世亂米缸空，鳳凰崗外出人龍。』這究竟是什麼意思？」劉半仙靈機一動，他想討好蕭有才，就解釋道：「北方飛隻鳳，就是說北方有鳳來儀，地方就快太平了。南方爬條虫，就是說蕭大爺他一個人有幾萬頃田，像一條大虫一樣把全縣老百姓的米谷吞食精光了，所以才變得家家米缸空。至於說鳳凰崗外出人龍，就是說你們的隊伍一開到，朝代就變了，龍就是眞命天子的化身呀！」劉半仙的口才果然要得，他解釋得蕭有才也高興起來了。蕭有才問道：「劉大步又是誰呢？你叫鄉人去問劉大步出主意，到底有沒這有個人？」劉半仙道：「這是我隨便說的。我本來想說你們大隊長的名字，但我又不知道你們大隊長高姓大名。」蕭有才覺得這個江湖術士實在靈機滑頭，難怪鄉下人都信他的話。他當時就心生一計，要好好的說服這個傢伙，這也是做民眾工作該留心的地方。他就跟他解釋了一番國家內憂外患的形勢，和鄉下老百姓幾千年受過的苦難，怎樣才能夠翻身，翻了身又有什麼好處。最後又勸他道：「你是讀過書認得字的，將來人人覺悟，就沒人相信你這一套神符了，你現在就該打定主意，做個好人，不要跟人民作對，不要欺騙他們無知才對呀！」劉半仙聽了蕭有才這番話，心裏頗不高興。他心想：古往今來的皇帝，沒有一個是禁止巫卜星相的。職業自由，你管得了我？我的一道神符，不會比那些黃六醫生亂開藥方更壞。但他不敢說出來。

游擊隊員一片好心，江湖術士滿腹狐疑，兩個人談到後來都提不起勁，蕭有才就起身告辭，臨別還對劉半仙道：「我會常常過來探望你。你日後如有什麼困難，不妨對我說，我也會盡心幫你的忙。」

劉半仙送走了蕭有才，回來躺在床上抽一口旱烟，想想蕭有才這個人一表人才，挾一支短槍出入墟鎮，替老百姓打抱不平，來頭可不小。他既說時常有他的黨徒手下來打探我的動靜，那我今後說話非得當心不可。從此之後，劉半仙對付來光顧的鄉下人，特別小心，說話都很含糊兩可，觀音菩薩在重要關頭，就守起中立來，不敢明目張胆，欺騙人民了。他的那套「北方飛隻鳳，南方爬條虫，今年世亂米缸空，鳳凰崗外出人下龍」就常常搬出來對鄉下人說，說得鄉下人不絕點頭，但又莫明其妙。很多人都記得這幾句話，大家瞎猜一頓，一傳十，十傳百，不多久，就家知戶曉，連城裏的蕭大爺和阿婆髻山上的游擊隊都聽到了這個傳說，這一來，就引出驚險的事情來了。

## 第三回　抗苛征羣龍無首　授錦囊一佛生天

原來問卦的耕田佬是鳳凰崗東頭村的貧農，他一家五口，做了蕭大爺一世的奴隸，辛苦勞碌，終年不得一飽。這回又得到蕭大爺的信息，叫他預備清繳欠租，他實在交不出半粒谷來。附近的游擊隊員，也傳話過來，叫他們不必害怕蕭大爺武裝下鄉強收租谷，並且告訴他們如何堅壁清野，必要時上山去躲幾天，讓蕭大爺的武裝兵丁撲個空。他跟他老婆商量，到底是借高利來繳納一點對付過去呢，還是躲在山上去讓蕭大爺的兵丁燒他的房子？他走過坡頭李屋去問李二叔，李二叔道：「梁五叔，我就沒辦法交租了，你有辦法嗎？」五叔道：「蕭大爺信上不是說拉人燒屋嗎？」二叔道：「要燒屋就讓他燒好了，人可不能讓他拉去。他有槍我有刀，殺他一個夠本，殺他兩個有利，他要硬來我們不能硬去嗎？」五叔道：「我們做事不齊心，如果大家齊心就容易對付了。二叔，你領頭吧，我們跟你。」二叔有點害怕，他不敢領頭。五叔又去跟坡脚陸屋的人們商量，陸屋的大小耕田漢都磨拳擦掌，說連年兵災水災，徵粮徵兵，已經抽得大家粥也沒得吃了，那裏還有餘谷來清連年的欠租呢？蕭大爺要硬來就跟他拼命吧。但五叔一說到舉出人來領頭，大家又把舌頭縮回去，不敢響了。五叔看看不是計，他就去問劉半仙求菩薩給個主意，菩薩又叫他去鳳凰崗北邊五十里去找那個劉大步，說他是真命天子的化身，能替老百姓出主意救災救難，他回來就對坡頭坡下的人們講出這個消息，并且把劉半仙的幾句卜語「北方飛隻鳳，南方爬條虫……」一句不漏地對人們說，大家聽說是劉半仙占來的菩薩神旨，正在半信半疑，沒有兩天，西頭村張屋，何屋，董屋的人都紛紛過來傳播這個消息，不由得大家不信，再過兩天，南頭村的人來說：眞有那麼一個叫做劉大步的好漢住在五十里外的阿婆髻嶺下，果眞是粗眉大眼，儀表不凡，有人還看見他左右還有武裝的衛士保護哩。梁五叔連日聽見這個傳說，他私下決定去看個究竟。他知道鳳凰崗上的貧苦農人都是一盆散沙，大家畏首畏尾，不見棺不流淚，平時幾十張咀，有事時就躲着不出，他以前是領教得多了。他私下打定主意，如眞有一個劉大步肯領頭來抗蕭大爺，他就幹，沒有這麼一個人出來領頭呢，他就只好聽天由命了。

游擊隊員蕭有才的部隊臨時開到阿婆髻駐紮，人數并不多。長短槍合計不到二十。他們的任務是要到鳳凰崗來開展工作，先開到數十里外的阿婆髻山上紮下營，然後分頭派出隊員到鳳凰崗去調查實情，隊員之中除蕭有才一個是城裏人之外，其餘的都是附近的本地人。隊長姓胡也是本縣人，但出門多年，最近才同一個姓張的仝鄉回到鄉下來。他們之中還有一個女的，鄉下人打扮，隊員們都叫她王大姊，她是管衛生的，隊員發冷就問她要見連丸。這天她正在山上閒着無事，給胡隊長派出來負責瞭望，她看蕭有才同其餘的隊員們都先後回來了，她報告隊長，隊長就出來在樹下迎接他們，會齊了即刻就坐下來聽各人的報告。各人都把指定的任務報告清楚，同時提出各人的感想和建議。輪到蕭有才，他就報告道：「關於鳳凰崗貧雇農中農的成份和他們的一般情緒，我所查訪到的情形跟剛才何同志的報告差不多。那裏百分之八十的土地是屬於蕭大爺一個人的，這樣計算起來，蕭的土地竟佔了全縣耕地面積的五分之一，這麼一個大地主，難怪他養得起私家的兵丁了。兵丁五六十人，我所得的材料跟黃同志一樣。」胡隊長聽了大家的報告，就問道：「想想看，還有什麼補充嗎？雞零狗碎都不要緊，大家還聽到看到什麼新聞？」蕭有才想起他在觀音廟旁見過的劉半仙，覺得這個冒牌大哲學家的術士兼神棍，他就是鄉人信仰中心的觀音菩薩的代言人。他的活動情形和他對鄉人的影響很值得重視。他就作了一個關於神棍劉半仙的補充報告，連帶也把觀音誕那天的情形提到了，隊長聽了「北方飛隻鳳，南方爬條虫……」的卜語就哈哈大笑起來。笑罷他就正經說道：「蕭同志這個補充報告很有價值。我們鄉下的情形的確是如此，老百姓急難時就向菩薩求救。我們不要輕視劉半仙的信口開河胡說八道，他有時候簡直就是老百姓的精神領導人。我們要善為誘導這種力量，使不利於敵人而有利於我們。蕭同志這回能使鳳凰崗的觀音菩薩和他的發言人劉半仙守中立——大家不要笑！——這是一個不小的勝利。封建勢力還非常强大，大家還得多用點腦筋呀！說不定最近會有鄉人來這裏找劉大步，看我們同志中那位是濃眉大眼兩顴高高的？」說得大家哈哈大笑。蕭有才道：「我一路上也想到這件事來，如果劉大步在老百姓的腦中已經成了一個夢中的英雄，我們就不妨將計就計，製造一個劉大步出來，打進他們中間去開展工作，等將來有機會再說明白。至於劉半仙方面我可負責跟他經常聯絡，防止他給敵軍和大地主利用。」當下眾人就互相端看各人的像貌，只有那位沉默寡言埋頭苦幹的張同志生得粗眉大眼，大家就替他改名叫劉大步，在哄笑聲中高升他做少將司令官。隊長再如此這般，吩咐他幾點錦囊妙計。

選自黃谷柳《劉半仙遇險記》，香港：海洋書屋，一九四八

# 侶倫

## 無盡的愛

### 一

戰爭改變了整個社會的生活方式，就是平日最講究體面的人，也擺脫了自尊觀念，做起從來不曾習慣的事情：擺一個攤子，陳列着一切可能換錢的東西——衣裳、鞋子和各式各樣的傢具雜物。從災難餘生中認識了生命的可貴，身外的一切都成為不足珍惜的了；雖然大半的原因是要借此來支持給戰爭搗碎了的生計。

在這裏面，我也有一個攤子，在九龍城郵政局所在地的一塊三角草坪旁邊。那裏是這類新興行業最旺盛的市場。

我的攤子陳列的是書籍，是日軍入城之前燒剩的幾百本純然屬於文學方面的書籍。與其說要借此換一點錢來補助我準備逃出「虎口」的盤費，不如說要使我的書籍有個適宜的去處：在我離去之前，讓它們能找到如我一樣愛護它們的主人。但是結果非常失望。我天天坐在攤子旁邊，總碰不上幾個屬於我的顧客。其實在整個社會都陷於混亂狀態的日子，什麼精神食糧比得上一塊麵包的價值呢？我譏笑自己太糊塗、太不識時務。我漸漸地感到寂寞得難耐起來了。

在我下了決心把全部書籍賤價賣給一家舊書舖的前兩天，在我的右手面相隔三四個攤位的地方，又出現了一個賣書的攤子；賣的是西書。花花綠綠的封面排滿了一地。看守攤子的是一個大約二十歲左右的西洋少女。自從日軍佔領香港以後，成為交戰國的英籍或美籍的僑民都關進集中營去了，我很有理由猜想這少女是中立國的人。而她的烏黑的鬈髮和烏黑的眼珠，白皙的膚色和兩隻耳朵吊着的金色耳環，使我很自然地想起西班牙和葡萄牙。

她挨着草坪的鐵欄坐在攤子後面，微微低着頭在編結一件絨綫衫，好像要拿這工作來緩和自己對於這不慣做的行業的難為情。但是又頻頻仰起頭來思索地望着前面。前面便是寬闊的馬路，在那裏，不斷地走過一羣一羣的日本兵，牽着拖炮車的騾子，或是一羣馬隊，昂然地踏着步子慢慢地走過，八字脚拖住笨重的皮靴，混合着炮車的震動聲和單調的馬蹄聲，整天是「哐啷哐啷」的。有時便是一連串的軍車滿載着英國俘虜，飛快地疾馳過去，有時這些俘虜排成整齊的隊形，用了操演的步伐走着。他們都是被驅迫着到啟德飛機場去，作擴建機場的勞役。雖然前後都有扛了手提機關槍的日本兵監視着走，可是他們仍舊用口哨吹着動聽的進行曲……

也是個不識時務的人哩！對於這西洋少女，我這樣想着。我的中國書也沒有人翻一翻，西書還不是更糟嗎？

人就是這麼奇怪的東西，剛剛卸下了重負，偏又要去找尋新的擔子。正在為了自己的書籍能夠脱手而感到一身輕快的時候，我又禁不住為別人的書籍所誘惑。在我的攤子結束了的第二天早上，我便在那個西洋少女的書攤前面站下來。

「早安！」

意外地我聽到一個清脆聲音的招呼。也許我的儀表還有幾分顯出我是個斯文人，而她的攤子又不容易有人注意，她對我便有點禮儀上的好感。我也回答了她一個「早安！」一面，我蹲下身子去瀏覽那些書籍，大部分是文學書，第一流的和通俗的作品都有，大約是一百本左右。

「生意還好嗎？」翻着那些書，我搭訕地問。

「還需要問我嗎？你自己是知道的。」她很隨便地應了我。

「我不明白你的話。」

「想想你的攤子為什麼收起來了，你會明白。」

原來她也注意過我的攤子，我向她苦笑了一下，不知道怎樣説話的好。

「打起仗來，沒有什麼比書更不中用的了，平日儘管你花了多少錢才買到它，可是現在論斤計算賣給人家包裹花生也沒有人要。」這些帶着嘆息口氣的話語，正好打中了我的感想，這種心理上的共同點，無形中把彼此陌生的距離縮短了。通過這種距離，我開始察覺到她也不是怎樣愉快的人物。她的眉頭和容顏之間，隱約地浮泛着內心的某種憂愁。

「為什麼不學學我呢？我把全部的書賣給舊書舖去了。」

我想像她也許因為她的書賣不出去而煩惱，但是她的回答却出乎我的意料：

「你以為我是為了每天六兩四的米來做這生意的嗎？」（注）

「不，即使是這樣一個想像，對於你也是侮辱哩！」

我的客氣的口吻引起她的趣味，她看我一眼，現出一點笑容辯解地説：

「有什麼奇怪！現在，日本人迫着我們誰都得為那六兩四的糧食打算的了！」停一會兒，又接下去說：「不過，我還不至於連每天配給六兩四米的錢也沒有。」

「可是你擺這攤子是為了什麼？消遣嗎？」

她沒有回答我的話，低下頭去編結她的絨綫衫。一會兒才說：

「先生，如果你是來買書的——不，來看的也不要緊，你便看看哪一本是合意的吧。」

我知道應該住口的了。人與人之間原是有着微妙的距離，誰也沒有權利去探究旁人的心的隱秘，於是我才注意地去翻看那些書籍。從它們的整潔的封面看得出來，它們是曾經被好好地收藏的；也如其他許多東西一樣，經過一場變亂而在某種必須的情形下被拋棄出來。每本書的扉頁上還有着給鉛筆塗去了的主人的名字，塗得非常隨便和匆促，簡直可以從疏淡的筆綫下看得出原名，這是反映着它們的命運轉變的急促！奇怪的却是她承認她的賣書並非為了生活，而她的態度偏又顯出和事實不調和的感情！

「這些書都是你讀過的嗎？」

「是不是你在選擇一本書之前有先要調查內容的習慣？要不是，你是懷疑這些書不是我自己的，是從什麼地方弄來的了？」

她聰明地看出我的意思；我只好重複說一句：

「不，即使是這樣一個想像，對於你也是侮辱哩！」

她嗤地笑出來，隨即用一種謎一樣的神氣說：

「告訴你吧，不是偷來的，你放心買好了，難道我會牽累你坐監房嗎？」

這時候我已經翻出了兩本合我意的書，一本是 Rebecca，一本是《隨風而逝》，都是精裝本，後者的扉頁上，寫着的兩行字却不曾塗去——

「給我的亞莉安娜。——無盡的愛！

你的巴羅。一九四〇．聖誕節。」

兩本厚厚的書只要我五塊錢，她說她並不是靠這買賣過話，同時也看在我的確是讀書人這點分上，她不願同我議價。她自己也沒有把書翻看一下就讓我拿上手。她並且對我說，她還有些別的書，不能夠全數帶出來，只好逐日添換一下。如果我高興，不妨隨時來走走。

我致謝了她的好意。心裏却牽上一點東西，我想問，亞莉安娜可就是她的名字。可是一隻拍上我肩膊的手打斷了我的企圖。回頭一看，我發現我的朋友黃君站在後面。黃是在「日軍憲兵部」當「憲查」的。他為了一點事情要找我。我發覺這西洋少女對於套着「憲查」臂章的黃的出現，很有幾分驚異感覺。我趁勢打趣地向她說：

「放心吧，小姐，我也不會牽累你坐監房的。」

到了察覺我們原來是相識的，她才放心地再低下頭去編結她的絨綫衫，冷冷地叫着：

「Good bye！」

我給黃拉着離開她的攤子。

二

以後，當我每次經過那三角草坪的時候，總高興在這西洋少女的書攤前面停留一下。偶然也會看見幾本新添進去的書，却也沒有什麼好的作品。大家照例地搭訕幾句閑話。但是即使從最淡漠的語氣或神色中，也可以察覺到她是懷着心事的。她總是沉默的，可是意不屬地編結着絨綫衫，不時地抬起頭看看馬路，凝思地望着遠方。

她的攤子往往比別人的收得早，有些時候整天沒有看到她，有些時候在下午兩三點鐘她就走了。走過那裏，我會感到心上有點近於空虛的感覺。

「為什麼你的攤子那麼早就收起來了？我昨天下午來的時候沒有看見你。」我這樣問過她。

「我覺得沒有什麼讓我再等待下去的時候，我還在這裏呆坐做什麼呢？」

「是等待顧客嗎？」我感到她說得奇怪。

「誰知道！」她含糊地應着。

「我知道。」

「知道什麼？」她沒有想到我會那樣應她。

「還不是等待愛人嗎？」

她停下編織的手，看我一眼，又繼續活動她的竹針。我知道我的話發生了作用，而她的反應的神色也不曾責備我的唐突，我便輕輕唸出這個名字：

「亞莉安娜！」

她非常意外地看着我。

「如果我猜得不錯，那麼，你是等待巴羅先生了？」我微笑地說。

「告訴我，你怎麼會知道這些的？你使我奇怪得可怕！」她叫着，呼吸有點急促，睜大了的黑眼睛向我射着驚異的光。

我把在那本《隨風而逝》的扉頁上所看到的題字，和它所引起我的猜測告訴了她。她的眼睛的光芒黯淡了下去，驚異的神色變得沮喪，顯然是從我的解釋裏感着失望。似乎她原來所希望我根據的是別方面的情況。一方面，她在懊悔自己的疏忽，她不曾把那本書的題字擦去。

「沒有關係，」我安慰她說：「我買到那本書是很偶然的；如果是你的紀念物，我可以送回你。」

「是的，那是紀念物，可是我現在不需要，對着它會使我痛苦。我倒願意一直忘掉了它。」

「是怎麼回事呢？」我給煽動了好奇心。

她搖一搖像熟透的葡萄似的鬈髮，自語地答：

「沒有什麼。」

「可是我有點意思，容許我說一說嗎？」

「我從沒有禁止過你和我說話。」

「得了，讓我介紹自己：我叫戴克，電影公司職員，可是這已成了過去的事，不管它。目前，你我都是遭遇共同的災難，日本人把我們的生活秩序打亂了。憑着這共同的命運，加上大家的相識，不應該是朋友嗎？雖然我連你的國籍也不知道。」

「葡萄牙！」她插上口說，然後又好奇地問：「是朋友又怎麼樣？」

「朋友是可以隨便說點話的。如果這能夠使你舒服一點，我倒願意聽你說說自己。」

「說說自己？」

「即如你所說的等待和痛苦。」

似乎為我的誠意打動，她的神色嚴肅了起來，像要開口却又躊躇着。

「信賴我嗎？」我知道她對我是有所疑慮的。

「我信賴你不是日本間諜。」她帶點譏刺的神氣反應我。

「自然哩，如果是日本間諜，我早就該注意你了。」我趁勢抓住話題的樞紐。

「注意我什麼！」

「注意你做的生意不是為了生活，你懷着心事，你的行動奇怪……」

「住嘴！」她突然截止了我，眼角向旁邊一瞟：「那些傢伙來了，別望他們，拿本書裝成看的樣子吧！」

沉重的脚步聲。接着是四雙皮靴從我的背後繞過來，在攤子前面止住。四個巡邏的日本憲兵站在那裏，尋開心地看着亞莉安娜。她若無其事地低下頭去編結她的絨綫衫。三個憲兵放下槍柄蹲下來翻書，一個閑散地走開去。有一個隨手翻到一本《琵亞詞侶畫集》，看到那裏邊的色情綫條畫，兩個爭着搶看，格格地發出粗野的笑聲，立即又趕上去叫喊那已經蹀得遠了的同伴。四個傢伙聚攏了來，一面議論一面把畫集翻看一頓。末了，踱步的一個把畫集放進口袋裏，便一同拖着粗野的笑聲向前走去。

亞莉安娜的眼角憤怒地釘着這一切。她跳起來要追上去。我急忙止住她：

「算了吧，亞莉安娜，別忘了書是抵擋不住刺刀的！」

「強盜！」她的頭昂起來，把垂到耳朵的長髮攏到後面，現出一種傲岸的姿態，向日本憲兵的背影咒罵一句，便坐下來整理那被翻亂了的書。

我想趁着機會把剛才中斷了的談話繼續下去，還沒有想出一個可以連接下去的頭緒，突然有一陣哨聲尖鋭地吹起來，隨後而來的是汹湧的人聲和奔跑的脚步聲，呼喝聲。彷彿大地動起來了。我向九龍塘那邊看，是一幅騷亂景象，四個一組的日本兵提了槍從那邊跑過來，刺刀在太陽下閃着光。跑到相當距離就站下一個憲兵來，向四處吆喝着揮手。路人像給撥動的水似地湧向兩邊。印度「憲查」提了槍跑來跑去，把人們趕到行人路去。三角草坪也起了騷動，人們紛紛把攤子收起來，提了東西狼狽地跑。好像一陣狂風在迅速摧毀一切。

「戒嚴呀！整天是這一套！」

説着，亞莉安娜把編織物向書堆放下，我幫忙她把鋪在地上的印花布的四個角尖提起來，讓書籍集中一起；迅速地扎成一個包裹，然後我問：

「你的住所近嗎？」

「不要緊，我可以到街市裏歇一下，等待解除時間得了。請幫幫我的忙。」

我和她一同挽了包裹向三角草坪對過的街市走去。她反問我：

「你呢？你住在什麼地方？」

我說，我的住處很近。我請她原諒我不能夠陪伴她，我必須回去。我出來的時候鎖上了門。如果這戒嚴是為了搜查，我的門準會毀在日本兵的利斧之下，在街市的人堆裏替她找到位置放下包裹，我立刻向她告別。她抓住我的手：

「晚上有空嗎？」

「有空，怎麼樣？」

「六點鐘，在沙麗文會面。」

我答應了她，就急着步子向內街走。

三

晚上六點鐘，在沙麗文咖啡座裏，亞莉安娜已經比我先到一步。她的面前放着一包「海軍牌」香烟，她自己抽着一枝。但是她抽烟的姿態並不熟練，顯示出她是新近才學習的。我想這是和她的心境有着關係。

當我剛剛燃起了她遞給我的一枝香烟，咖啡送來了，連同我的一份。

「我知道你不會失約，所以連你的也一起叫了。可是我不知道你是否喜歡咖啡？」

「什麼我都喜歡。」我這麼應着，趁勢問她：「既然你知道我不會失約，你現在該是信賴我的吧？」

「我一直沒有懷疑過你，倒是你懷疑我。」

「但那是善意的。」我解釋着。

「所以我今晚才約你來。」

「所以我今晚才踐你的約！」

亞莉安娜笑一笑。我的不拘束的態度顯然投合了她。我高興大家的感情開展得順利，事實上我已察覺到，她今晚的態度也有了改變，至少已經沒有平日的拘謹意味，而多少有一點友誼上的熱情。這更鼓勵了我要求了解她的願望。

「約了我來，僅是為了一杯咖啡嗎？」

「在每天只有六兩四的米配給的日子，有這一杯咖啡來慶祝大家的友誼，不是應該滿足了？」

她故意開玩笑地説，提起杯來邀我一同喝了一口。抽一口烟之後，又説下去：

「我明白你的意思，你今天説過要我告訴你一點自己的事情，我起先還沒有告訴你的準備，但是在將要分別的時候，我才決定了。」

「為什麼呢？」我問。

「你不要笑我，好不好？這也許是我的迷信。從你在混亂中所給我的幫助，使我彷彿得到一種預感：覺得你也許在我別的難題上也能夠幫助我。」

「盡我的所能吧！」

我信口地答她，為的是讓她痛快地傾吐。她向座位外面下意識地看一下，低了聲音說：

「可是我還有一點不大放心你。」

「你不是說過，信賴我不是日本間諜嗎？」

「但是你有不正當的朋友！」

這話使我驚奇。末了，我才知道她所指的，是我的朋友黃——那天在她的書攤找到我而叫她吃了個虛驚的「憲查」。我向她保證，黃並不是如她所想像的壞人。

「靠得住嗎？為什麼要替日本人做警探？」

「人總得吃飯的，明白嗎？他是為了要生活呵！」我不方便告訴她：黃做「憲查」是有另一種意義的，那是別方面的特殊任務。

「你呢？難道不是一樣要吃飯嗎？」她用了懷疑的眼光望着我，像是說：你留在香港，又幹什麼呢？

我告訴她，我是準備走的，我要回內地去。我不能留在香港看日本人的殘暴……

「唉，如果我也能夠走多麼好！」她嘆息着：「可是我不能夠！」

「為了什麼，家嗎？」

「家？我沒有家了！十二月八日早上，日本飛機的炸彈落下城南道的時候，炸中了的就是我的家。我的母親和兩個弟妹還在夢中沒有醒來，生命就完結了！」傷感地低下頭去，看着她手上的烟蒂，烟蒂冒着繚繞的烟雲。

這種遭遇是無可慰藉的，我沒有說話。靜默了一會兒，我聽她繼續說下去：

「我在事變前一晚——就是星期晚，和我的未婚夫巴羅去尖沙嘴參加一個家庭跳舞會。半夜裏，一個義勇軍的緊急集合令把巴羅召囘部隊裏去，他不放心我獨自囘家，我便答應他的要求，留在那朋友的家裏過夜……

「你因此安全了？」我插進了問。

「我安全了，一個人却不安全——」她向烟雲凝了神，低低地叫出一個名字：「巴羅！」

我知道她所說的不能夠走，也許是為了巴羅。而她所痛苦的事情，也許同巴羅有着關係，此刻我的疑問只是這一個——

「巴羅在哪裏？」

「這就是我希望從你處能獲得幫助的事情：我不知道他在哪裏！」自語似地說着，微微地搖頭，一滴淚水落在她的烟火上面，烟熄了。她把烟蒂捽在咖啡杯的托盤邊。

沒有比從眼淚之中去挖掘別人的故事更殘酷的了。我要求了解她的願望，給一滴淚水溶化了；我不敢再問些什麼，趁這機會我換上另一枝香烟。

「巴羅是義勇軍的機關槍手，」亞莉安娜拿了手帕輕輕按一按眼睛，又繼續說下去，「日軍進攻香港第一天，他就離開了律師樓的職務，被派到新界去作戰，三日後他和部隊退到沙田，給日軍包圍了。他們一伙人因為掩護部隊突圍，退却不及，結果成了日軍的俘虜。在他們投降的時候，他險些送了性命……」

侍者走過來，打斷了她的敘述。他問我們要不要吃些什麼。為了延長談話時間，我再要了兩杯咖啡和一碟餅乾。

「他們被脅迫着，排成長列向日軍那邊走去了。野蠻的日本兵拿着上了刺刀的槍桿站在兩邊，並不因為義勇軍放下武器而寬恕他們。當他們舉起了兩隻手走近的時候，日本兵就舉起刺刀猛刺過去，死的傷的一個接着一個倒在地上。

巴羅自然也逃不掉同樣的待遇。但是當日本兵的刺刀刺過去的時候，他把腹部機警地縮了一下，刀尖只戳穿了他的襯衫，他故意慘叫一聲，趁勢倒了下去。日本兵以為他完了，他們還要繼續屠殺，沒有管他。直到晚上，巴羅才從同伴的屍身裏爬起來，冒險越過了日軍警戒綫，逃回英軍陣地……」

「我祝福你！」我插進一句。

侍者把咖啡和餅乾送來了。亞莉安娜燃上第二枝香烟，接着說下去：

「第四日，英軍放棄九龍，巴羅隨了軍隊撤退到香港防守，和佔領了九龍的日軍繼續作戰。直到聖誕節日香港陷落，我都沒有辦法聽到巴羅的消息。也許他是戰死了，可是我不願放棄我的希望——希望他活着。」

「你從哪裏知道這事情的呢？」

「是巴羅的朋友查里脱險回來對我說的。當日軍在北角登陸之後，查里隨解散的軍隊逃脫了性命。他秘密地告訴我他所知道的關於巴羅的一切情形，並且給我證實巴羅是在扯旗山上的防守部隊裏作戰，這部分軍隊多數成了日軍的俘虜。但是我沒有方法證明他是不是在裏邊。你對於這事有什麼想法呢？」

我的想法非常簡單。在對野蠻人的戰鬥中，一個失敗者的命運是可能想像到的；而像亞莉安娜所說的那樣的情形，巴羅也許不存在的了。但是對於一個充滿希望的人，我有什麼權利說這樣的話！

「我相信他是在集中營裏邊的，你到集中營的『外事處』去查問過沒有？」

「去過不止一次了，馬頭角和赤柱兩處都去查問過，一樣的沒有結果。」她搖搖頭表示她的失望。

「他會改換了名字嗎？」我盡可能製造足以安慰她的理由。

但是沒有用處。亞莉安娜相信巴羅不至於這樣做。因為在這一場戰爭中，葡萄牙人不是日軍正面的敵人，巴羅不會放棄這在程度上可能獲得不同待遇的便利，而承認自己是正面敵人的。實在這是幼稚的想法，不過却是巴羅不至於改名的理由。但除非他死了，該怎樣解釋這種情形呢？

「查里對我說，巴羅多半是關在馬頭角的集中營裏。我知道馬頭角的俘虜近來被派去做擴大啟德飛機場的苦工，我希望能夠看見他，却又得避免別人的注意，便搬出巴羅的和我自己的書籍，在郵政局旁邊擺個攤子，每天看着俘虜車開往飛機場去，又看着它們回頭，可是始終看不見巴羅。有些時候，我又懷疑他在赤柱那邊，我便跑到赤柱去，在集中營附近巡來巡去。有一次，一個監視哨的日本兵注意到我，把我抓去審問，我說出了事實上的苦衷作為辯護的理由，他們把我拘留了一夜，記下我的住址才釋放我。你看見我沒有擺攤子的時候，便是我到那邊去了。不過我所注意的仍舊是馬頭角集中營，所以我每天還得擺攤子，我的意思是：萬一我沒有看見他，也希望他能夠看見我。我也明白這樣做是可笑的，但是至少每天能夠拖住一個希望，這希望可以減輕我的痛苦。除了這樣，我還能夠怎樣做呢？」

亞莉安娜一口氣地說着，語氣裏充滿了激情。停下來的時候，她一連抽幾口烟。我為她那一種近於天真的痴情深深地感動着。可是除了同情，我沒有能夠給她可憐的遭遇什麼助力，我只想起了和她的事情有着關係的那個朋友——

「查里不能給你什麼幫助嗎？對於這件事情他知道得多一點。」

亞莉安娜沉下眼睛搖一搖頭，然後自語地說：

「他不會再給我什麼幫助，即使他能夠。」

「什麼緣故呢？」

「他想抓住這個機會佔有我——同我結婚。」

我不願在一件屬於個人私情的事情上表示些什麼，但是亞莉安娜却半點不隱諱自己。她一面喝着咖啡，咬着餅乾，一面告訴我關於她自己的事情。她說查理一向妒忌巴羅，因為她愛巴羅。他利用自己和巴羅之間的深厚的友情作掩護，並不因自己所處的失敗地位而中止他的追求。巴羅呢，他的義氣正如他的勇敢和堅強的性格一樣明顯，他不願因為愛情的鬥爭損傷了友情，他痛苦着。為了結束這一件糾紛和擺脱查里對她的糾纏，兩年來他們都努力作結婚的準備。他們預計在一九四一年冬天，兩人憑職業所積蓄的錢放心地組織家庭，並且也預定在聖誕節左右實現這個希望。但是想不到戰爭竟在這個時期爆發，他們的計劃和兩年來的理想，都給日本人的炮火打碎了！

在大變亂中，每個人都有自己的不幸。一切悲劇都不再新奇，不再有動人的力量。只是我們却沒有理由禁止別人不為自己的不幸哀傷。不過哀傷也沒有用處；為了要轉移亞莉安娜的感情，我只好截止了她的叙述：

「把已經成為事實的擱起來吧，亞莉安娜！你現在所需要的是什麼呢？」

「我需要知道巴羅的所在，或者，他是不是仍然存在。」

「知道會有用處嗎？他仍舊不能夠和你同在一起的。」

「但是我至少可以通一封信給他。」

「通一封信？」我覺到她說一封信時語氣的堅決。

「是的，一封信夠了！」她展開一個有含蓄的笑容。

我捉摸不着她的意思；她也似乎不願意我去了解她的意思。我只好轉過來問她：

「你想我能夠為你做些什麼呢？」

「第一件，我想知道你有沒有當義勇軍的朋友，而且也是在集中營的。第二件，如果有的話，有沒有辦法通消息。」

「讓我可以替你間接調查巴羅的踪迹？」

「對了，我的意思你明白了，有那樣的朋友嗎？我希望你有的。」

她的焦急的神情和眼光對於我是一種壓迫，好像她不容許我回答一句反面的話語。為了不使她過分失望，我這樣說：

「讓我想想辦法吧，我得向各方面打聽一下，也許間接有那樣的朋友。我願意為你盡力。」

事實上，我的朋友黃有一位在義勇軍裏當工兵的表兄關在集中營，而且是馬頭角的一個。我也知道黃由於所負特殊任務的需要，和他本身是隸屬「日本憲兵部」的「憲查」這職務的掩護，他結交了好些各方面中下階層的日本官兵，而且把關係弄得很隨便。就是憑着這樣一種他自己的「魔術」，他常常替他的表兄和家人之間傳遞一點東西。由於彼此深切的友誼關係，我知道黃一定能幫助我，為亞莉安娜盡點義務。但我不能把這事告訴她，不僅為了道義上我得為黃守秘密，同時也為了擔心她的委托不知道能否達到她希望的結果。因此我不能不把答覆說得那麼含糊。

然而亞莉安娜好像只要我答應幫助她，便是她的滿足，她的眼睛裏射出了混合着希望和喜悅的光芒，望着我說：

「謝謝你，戴，認識你是我的幸運，我相信你一定能夠幫助我的，你的態度已經讓我看出來了。」

「讓我試一試看吧！」我向她提起咖啡杯，「為大家的友誼喝一杯！」

「也為我拜托你的事情的成功！」她接上了說，隨即把咖啡一口喝完了。

咖啡店外面，有淩亂而又沉重的皮靴踏在水泥路上的聲音，慢慢地走過去。

我看看表，是七點半鐘。還有半個鐘頭是戒嚴時間。我覺得應該走了。我說我還想去找一個朋友。

亞莉安娜和我一同站立起來，稍微低了聲音：

「有什麼消息的時候，請到我的攤子找我，再約個談話的時間和地點。」

我答應了她。她已經把錢帳放在桌上，隨手拿了剩下來的半包「海軍牌」笑着塞進我的手掌裏。

「你住在哪裏？需要我送你嗎？」出了沙麗文的門口，我問她。

「用不着。我住在嘉林邊道一號，很近。See you again。」

她扭轉身子就急步走了，好像大家是非常熟悉的朋友一樣。望着她在蕭條的長街轉了個彎之後，我換了一個方向走。

我向着黃的住所走去。

## 四

一星期後，消息終於獲得了。當黃把轉托他表兄在集中營調查到的結果報告了我，我立刻跑到三角草坪去找亞莉安娜。但是沒有見到她。她的攤位換上了賣估衣的。問了附近的人，都說那個「西洋女」兩天沒有擺過攤子。我想她是往赤柱去了。我耐不住等到見面才把消息告訴她。記得她曾經提起過的地址，我便叫人送去下面的一封信：

「亞莉安娜：

我希望這消息會使你高興。經過一星期的努力調查，你托我辦的事情已經得到如下的結果：本星期內有三個曾經受傷的俘虜離開了法國醫院，被送進馬頭角的集中營。其中一個名叫安特烈·巴羅。長身材、波紋的頭髮，褐色眼睛，高鼻子，嘴角一顆黑痣。是這樣一個人嗎？

一切見面詳談。

等着你的回信。我的住址是竹園道五號四樓。

戴。」

第二天早上，我接到亞莉安娜的一封回信：

「戴：我病了，休息着。你的信使我振奮起來。我說不出我的激動和感謝！我希望知道更多一些。

今日上午十一點鐘，在沙麗文會面。

亞。」

十點半鐘，我就坐在沙麗文咖啡店的卡位裏。來早了半個鐘頭，是因為心情過度興奮，我急着要把事情告訴她，不僅為着滿足一種為別人完成一件任務時的虛榮心，同時也急着看見一個在絕望中突然發現光明的人的喜悅。

十一點鐘了，亞莉安娜沒有來。過了一刻鐘，仍舊沒有見到她。我想也許壁上的時計和我的錶都走得太快，幸而我手上的書緩和了我的煩躁，我帶着一本《隨風而逝》。

正在我凝神讀着小說的時候，馬路上突然傳來一陣騷動的人聲。我知道不是為了什麼事情要戒嚴，便是日本兵又把我們同胞的生命作着獸性的遊戲。雖然這是每天慣見的事，可是我却不能夠因為習慣而麻木了神經。我合上了書，也跟着別人跑出咖啡店的門口。

馬路上，一連串滿載着英軍俘虜的軍車向啟德飛機場那邊駛去。一個披着長髮的女孩子跑在路邊，飛快地向最後的一輛軍車追逐着，伸開兩隻手臂，一面跑一面竭力地叫喊：

「巴羅！巴羅！巴羅……」

顯然是亞莉安娜！

在那輛軍車的俘虜裏邊，有一個人跨過了車的圍欄跳了下來，在地面滾了一下，便立即爬起身子，拚命向着亞莉安娜跑。車上的兩個監押俘虜的日本兵張惶地叫着，一個迅速提起步槍來，「彭！」地放了一槍，跑着的俘虜倒了下去，可是仍然勉強爬起來再繼續跑。脚踝湧出來的鮮血在地面畫下一條直綫。軍車慢下來了，放槍的日本兵跳了來，飛步向俘虜追趕着，兩個在街上站崗的日本兵也跑着來了，馬路上全是腿的活動！

當那個俘虜和亞莉安娜互相走近了迎面一抱的時候，一根槍頭刺刀從橫邊向兩個人胸膛之間穿了過去，要把他們隔開。但是沒有能夠。兩個人擁抱得那麼緊，好像要把隔着他們的刺刀壓碎一樣。另一個站崗兵死勁地要把兩個合抱的人撕開。幾個人纏作一團。沒有一點辦法！放槍的日本兵趕到了，提起皮靴尖向俘虜的身上猛踢下去，像一隻給蒸氣鼓動着不息地活動的引擎。站崗兵感到要撕開兩個人的困難，便提起槍桿朝亞莉安娜的雙腿連續地打着。慘叫聲從那裏迸出來，兩個人終於給拉開了。放槍的把俘虜拖了開去，便迅速抓住他的衣領提起他的身子背起，死勁地朝地面摔下去，就像一個人摔着一件黏了什麼毒虫的衣服似的。

亞莉安娜在兩個日本兵的糾纏中，拼命地搖着頭髮搖着身子在掙扎，並不顧及她的衣服已經給抓破了幾個洞，露出一片一片肉體，唯一的瘋狂意志是要擺脱暴力。看見日本兵把俘虜拖着走遠了，她竭力地嘶叫着：

「巴羅！我愛你！我愛你……」

但是兩個日本兵強硬地拖了她走。俘虜給推上了軍車開走了，亞莉安娜的嘶叫也微弱下去，她沒有了氣力，她的叫喊變成了呻吟。

一輛黃色的汽車沿太子道駛過來，突然停止。車門給一隻白手套從裏邊推開，一個戴了眼鏡的小胡子日本軍官跳出來，兩隻白手套叉着腰部。抓住亞莉安娜的日本兵向他見過禮，咕嚕了幾句話。軍官向亞莉安娜注意地看了一看，她疲倦地低着頭，垂着蓬鬆而凌亂的長髮，像一隻搏鬥後的獅子。

軍官向汽車揮動一隻白手指。兩個日本兵就把亞莉安娜推進了汽車裏，他們和軍官也跟了進去，汽車隨即開走了。

我太激動了，簡直超過看一幕驚險刺激的哀情影片的感觸！因為這裏面有着我自己的一份仇恨。我不敢設想兩個悲劇主人公在給暴力拆開的那一刻間的感情。姑且拋開所有的口號和名詞，僅僅為着人類這一點真純愛，已經值得使每一個有正義感的人，在這一場消滅侵略主義的鬥爭中獻出他的生命。由於這一種混合着仇恨而自然濃烈起來的同情心，我覺得幫助這兩個人減輕痛苦是我的一種義務。在這方面，我能夠盡力的只有一件事情，也就是亞莉安娜所希望的。

從黃那裏，我知道了一個可能同集中營裏邊通的秘密方法。那是把字條搓成紙團，塞進用小刀戳破的麵包中心，然後設法使缺口密攏起來，仍舊是一個完整的麵包。在規定每周一次探問俘虜的日期，把麵包混入別的食物中送進去。但是也不是絕對可靠。它們能否過關，全看日本兵的興緻來決定：有些時候他們會把食物撕開檢查；有些時候他們會根本沒收，不給你傳遞，却照例把載送食物的籃子拋出來，散佈在鐵綫網外面的低地裏，讓成羣成隊站在外邊的俘虜家屬們狼狽地去認領自己的東西，誰也不知道自己送去了的物件是否到達接受者的手。如果在食物中被發覺藏有什麼秘密文件，那麼，接受的俘虜就得忍受一頓不能想像的酷刑。

在這樣的情形下，只有黃是有辦法的。憑着他的職務便利和同日本兵的關係，他送進去的東西檢查得較為隨便。他就利用着這一點，在需要的時候替他的表兄家人傳遞麵包。

黃答應我，願意間接替亞莉安娜服務，把信送交他的表兄轉給巴羅。

可是怎樣通知亞莉安娜呢？

自從那天亞莉安娜被推進了日本軍官的汽車裏之後，她便失踪了。我不知道她以後的遭遇怎樣，也不知道她被釋放了沒有。我試探地照她的地址叫人送去一封問候性質的短信，也沒有得到回覆。

## 五

約莫過了半個月，那是星期日上午，我因為一點事情到尖沙嘴去。彌敦道一帶的店舖幾乎完全是投機商人改設的日本風味的咖啡店，僱用了許多白俄和中立國女性作女侍：到處飄溢着柔和的音樂聲。在一間用白布寫着「松田御料理」五個字的店門外面，我為一支平日最歡喜的小夜曲所吸引，不自覺地停下步子。透過那排列了西餅麵包的玻璃窗櫥，我見到一個熟識的身形的背影，在桌子行列之間迂迴地閃動着。在她回應顧客的叫喚而轉過頭來的一瞬間，我看清楚她的面孔：亞莉安娜！

我沒有半點遲疑就踏進店裏去。坐在那裏的全是日本軍人，三個兩個一桌，粗豪地說話、狂笑。我感到局促，但是不方便退出去，便在角落裏一張小桌邊坐下，點上一枝香烟。

亞莉安娜端了托盤從廚間裏邊出來，在中央一張桌子上放下一瓶酒。這桌子圍坐着三個日本軍官。亞莉安娜開了酒瓶，把酒挨次倒進了三隻玻璃杯裏。我的手指在喚鈴上輕輕按了一下。她望過來發現了我，臉上現出一種意外感覺的表情。我還未來得及開口，她便使了一個只有我看到和了解的眼色。我只好沉默着。等她走近來的時候，我用一個陌生顧客的態度，向她要了一杯紅茶和一碟提子布丁。

在這個地方碰到亞莉安娜，是非常意外的事！我不知道這是怎樣一個突變，也想像不到她的被捕和這種生活之間是怎樣連接起來的。如果這是第一次看見她，誰也不會想到她本身是有過那麼傷心的故事，在二、三個星期之前，她曾經遭遇過那麼悲慘的刺激。因為在這裏，我們看見的是活躍的姿態和愉快的笑容，在這笑容上是擦着濃厚的面粉和唇膏，而在活躍的姿態上却散播着強烈的香水氣味。

她先去端了提子布丁放在我前面，趁着替我揩抹叉子的機會，像背誦似地低聲說：

「別逗我講話！是不是有什麼消息告訴我？給我一個表情。」

我在烟霧的遮掩中點一點頭。

「我會給你機會。」

低聲說了，她扭轉身子就離開。經過那三個日本軍官旁邊的時候，一隻白手套伸出來抓住她的臂膀。

「葛多莎，茶！」說話的神氣表現出來，這傢伙有幾分酒醉。

「好的，先生。」亞莉安娜想掙脫她的臂膀，可是白手套緊緊地拉着不放。

「別叫我先生，叫 My Dear，再說一遍。」

亞莉安娜給白手套一拉，倒在他的懷裏。她有點窘，笑着敷衍地叫了一句，掙扎起來向裏邊跑去。三個傢伙格格地大笑起來。

亞莉安娜把紅茶端出來，白手套又攔住她：

「這裏來，葛多莎！」

「這杯不是你的呵！」她想推開那隻手，却辦不到。

「什麼話！我不是向你要一杯茶嗎？」

「是的。可是這一杯是別人先要了的。」

「誰先要的？」白手套有點不高興。

「那位先生。」亞莉安娜向我指，固執地要通過白手套的阻梗。

「是你先要的嗎？」白手套掉過頭來向我問，有幾分挑釁的神氣，頭搖擺着醉態。

「是我先要的。」我點一點頭。

「可是我要先喝，醒醒酒，怎麼樣？」掉過頭去向亞莉安娜：「先給我，葛多莎，不行嗎？」

似乎因為亞莉安娜的固執而反感着，臉漲得通紅。

「為什麼不行呢？My Dear！」亞莉安娜機智地笑着，把那杯茶放在他的面前。緊張的空氣鬆弛了。白手套得意地望一望我，便和兩個同伴咕嚕着，不知道説什麼，接着是格格地笑，搖擺着身子。

我感着被侮辱了的難受，重重地抽幾口烟。

亞莉安娜第二次端茶出來了。她故意從另一邊走。白手套對面戴玳瑁眼鏡的傢伙又攔住了她：

「這裏來呀，葛多莎！」

「你向我要過茶嗎？」

「我向你要過，不是嗎？」白手套搶着說。

「我不是已經給你了？」

「可是你剛才說，那杯不是我的，那麼，這一杯當然是我的啦！放下來！我要你……」白手套命令地叫着。

亞莉安娜無可奈何地看我一眼，把那杯茶放在桌上。玳瑁眼鏡把它移到自己面前，瞧我一眼，又和同伙咕嚕着，笑着。

我感到耳根一陣熱，胸口一陣熱，胸口一陣熱，有着要跳起來的一種衝動。但是我極力自制着。我懊悔為什麼走進這個地方來。為着亞莉安娜的緣故、犧牲一點是應該的，不過這裏既然不方便講話，只要知道她的所在便有辦法，我已沒有再耽擱下去的必要。但是為了表示我不是示弱地走的，我勉強吃下了兩片布丁，然後示意地招一招手。

「帳單，亞莉……」我幾乎信口叫出一個名字。

「我叫葛多莎！」亞莉安娜急忙更正地說。

「葛多莎，我要帳單！」我重新說一遍。

「你的茶不要了嗎？立刻會來的。」

「不要了！」我加重了口氣應着，「我沒有等待的時間！」

亞莉安娜走進裏邊去。

白手套站立起來，搖搖擺擺地來到我的面前。我防備着最壞的結果，也站起來。

「我是九龍地區憲兵部隊長佐藤。你是幹什麼的？」這傢伙開口了。

「x x影片公司職員，戴克。」

「我知道你準備要走，你不滿意我們，是不是？」白手套向我伸出一隻手指。

「我沒有什麼不滿意，只是有點等着辦的事情，不許可我耽擱了。」我知道同這些沒有理性的傢伙講理是徒然的，我不能不假設一個理由。

「胡說！」這傢伙舉起手來在鼻子面前一撥，便開始他的演說：「我知道你是不高興我們吃了你的茶，這是你的愚蠢，你忘記了我們是一家人，沒有所謂你我或先後，只問需要和不需要，我們要怎樣做就怎樣做，這是我們的權力，誰也阻止不住我們。知道嗎？這是大日本皇軍吃茶的地方，一切都得聽我們——大日本皇軍的命令！」

「我知道，所以我要走了。」我極力壓抑我的憤怒，可是沒有方法把語氣放輕一些。

我聽到這傢伙的同伴和別的日本兵的騷動，他們嘰嘰咕咕地參加什麼意見。這傢伙舉起左手來，很困難地拉着右手的手套。我知道這是什麼預兆，只要我動一動，災難就會來得更快一點。我看着那白手套慢慢吐出來一隻有疤痕的手，那隻手慢慢地舉起來，我等待着……

突然——

「做什麼呢？Dear，你吃醉啦！」

這是亞莉安娜。她端了一杯紅茶來到桌邊，放下了茶，迅速地一手挽了這傢伙的左臂，向他的座位那邊拉過去。

「我要他認識日本軍人！」

他粗暴地叫着，身子像一條橡皮糖似地給亞莉安娜拖着走。

「算了吧！」她把他按倒在他的座位上，媚惑地點着他的鼻子：

「我不喜歡你這樣做。噢，你又忘記我的話了：你手背的疤痕多難看！讓我替你戴起手套來吧！不要動啦！」

空氣平靜下來了。所有的日本官兵都羨慕地看着抱住亞莉安娜的戴手套的憲兵隊長。我吐一口氣，坐下來吃我的茶。提起杯子的時候，我發覺壓在杯底的一張帳單，上面草草地寫着幾個字：

「立即離開！今晚六點鐘我去找你。」

下面疊着正式的帳單。我把字條悄悄地搓成團子，塞進口袋裏去。把錢放在帳單上面，就站立起來。

當我踏出店門的時候，我聽到一陣故意發出來的劇烈的笑聲，夾雜着亞莉安娜的。

## 六

黃昏時分，還未到約定時間，亞莉安娜就輕輕敲我的門。我的住處是一間四層樓上的後座房間，房門是獨立的。

她改穿了普通的尋常服裝，和在餐店裏的奢華樣子截然兩樣。頭上裹着黑色的通花絲巾，只露出額上一撮鬈髮和正面的半邊臉龐，添上仿如女修士一般的莊嚴意味。這顯然不是為了裝飾，而是為了另一種用意，也許是避免人家認識她。

「我來早了，不會打擾你嗎？」態度那麼隨便地說着，把一隻白色的紙匣放在桌上。

「決不，我歡迎像你這樣的來客。」我招呼她在我預先擺佈好的椅子坐下，隔着圓桌子和我的座位相對。我去倒了兩杯開水。

「好極了，我們可以先開個茶會。我想你還不曾用過晚飯吧？」說着把紙匣打開來，是一個圓形的提子布丁。「你有刀嗎？」

「我相信你也不曾用過晚飯吧？」我把小刀遞給她。

「我吃過了，而且吃得很飽。你知道，我現在不是每天吃六兩四米的人了呢！」她向我得意地笑一笑，這笑又彷彿在諷刺自己。隨即把布丁切成了一片片，把它移到我的前面。

「你自己不吃一點嗎？」我把布丁推過去。

「不，我天天能夠吃到，你却少有機會。自從打仗以後，我相信大家都難得吃到這樣好的布丁了。除了日本人。」

「但是現在我竟然吃到了，不是要使日本人妒忌嗎？至少是那位什麼佐藤隊長！」我懷了試探的用心打趣地說，一面拈了一塊布丁吃起來。

「連你也取笑了我？」亞莉安娜也隨手拈了一塊布丁。微笑地應着我：「今天要不是我，你知道你會吃到怎樣的一個大虧嗎？假如你不走，仍舊是免不了的，無理取鬧是日本人的特性，我現在非常了解他們。」

「我很知道，我非常感謝你今天為我所做的一切。請你告訴我，你究竟同那個佐藤隊長弄的什麼把戲？你怎樣會跑到那個地方去工作的？」我趁勢把這件事提起。

「說來話長，你沒有想到半個多月以來，我的生命遭遇到一些什麼，我的生活發生了多大的變化，正如我自己也沒有想到一樣。」她垂下她的長睫毛，好像追憶着什麼，慢慢地嚼着布丁。

「簡單一點說吧，我相信我在想像中已經明了你的事情的一半。」

「這就好極了，實在我也沒有很多時間。今晚是我輪班休息的一晚，但是我還得回尖沙嘴去，我提早來看你也是這個緣故。你不知道吧？我已經遷居了，這事和我生活的轉變也有關係。」

我不願說什麼話去打斷她的敘述，只是吃着布丁。她喝了一口開水，接續說下去：

「說話得回到三個星期之前去。唉！說起來我應該先請你原諒我那一次的失約。記得我是約好你十一點鐘在沙麗文會面的，當我在赴約的時候，恰巧一串載滿俘虜的軍車出發往啟德飛機場去。你知道平日我對它們已經是注意的，這一次因為事前接到你的信，說巴羅已經在集中營，我更不肯放過機會。我真想不到三個月來的希望竟像奇迹似地出現了。接着便發生了一件傷心的事情……」

「那回的事情我完全知道，不必複述了。」我插進一句，為的是省些時間。

「你怎麼知道的呢？你也是當時的一個觀眾吧？我想。」她疑惑地看着我。

我點一點頭，把我所見的經過情形告訴她，並且說，我想知道的是她進了汽車以後的事情。

「要我進汽車的那傢伙便是佐藤。」她繼續說下去：「他們把我帶回憲兵部去。佐藤把我帶進他的辦公室，半客氣半嚴厲地向我審問起來。我承認自己是白俄，因為我聽說過日本人對白俄的態度比較好一點，我的名字叫葛多莎。也許因為這樣，他叫我在一張沙發裏坐下。不過我很快就看出來這傢伙對我是不懷好意。他留意看看門關攏了沒有，又望望窗外有沒有旁人，然後由頭到脚地向我打量了一番，那種眼色顯然是不正當的。我明白他有着可以操縱的弱點，我的心便由害怕轉為鎮定。說話的時候，我隨時留意整飾我的儀態，我做得很成功，起先我還沒有什麼需要這樣做的目的，只是意識着或許在某一個時候我要利用到它。後來的事實果然證明了我那樣做是多麼聰明！你知道，這原是我們女人的一種天賦的本領，你從我今天解救了你這一回事上看，可以想像到我當時運用這種本領的成就。

「佐藤有點不由自主地把他的坐椅移到我面前來，問了我許多話。我一件一件地回答了他，但却是倔強地回答。我承認巴羅是我的未婚夫，我等待看見他的機會已經有三個多月了。」

——「你知道你那樣做是犯法的嗎？」佐藤問道。

——「我不知道，我只知道我愛他！」我這樣答。

——「嗯，你愛他。」他沉吟着：「這點我不管，你不能拿這理由來掩護你的犯法。知道嗎？你鼓動俘虜逃走，擴大地說，是藐視大日本皇軍尊嚴，這簡直是間諜行為。」

——「但是我愛他！」我固執地應他。

——「這是你自己的私事，我要管的是公事。在我的責任上說，剛才指出的任何一個罪名都可能把你殺頭的，這是皇軍的法律！」他加重了語氣恐嚇我，一面抽出身邊的長劍來輕輕撫摸着閃光的尖鋒，但是他那斜看着我胸脯的眼睛却告訴了我，他的恐嚇的話語和動作是多麼空洞！我沉默地低着頭。

——「承認你犯法了嗎？」把長劍套回劍匣裏去，他扳起我的下頷。我避開他的手，他掃興地退了回去，却用一句話來發洩他的懊惱：「說呀！」

——「如果這也算是犯法，我也甘願，因為我已經見到他了。」

——「這樣說，你是預備殺頭了？是嗎？」

——「聽你便。」我淡然地回答，支持我的勇氣的是這個思想：如果這傢伙真要執行法律，決不會說這樣多廢話來花費時間。

「聽了我的話，他立刻換了嚴肅的面孔站立起來，沉重地走了幾步，向外面叫了一聲。一個兵士推門進來。他咕嚕地吩咐了幾句話。兵士隨手帶上了門退出去。他沉思地在室內走來走去，又跑到桌子面前坐下，翻開他的文件在急促地寫些什麼。這一刻間，我開始感到惶惑，我懷疑我剛才的想法錯誤了：我摸錯了他的脾氣。我只有一個單純的念頭：聽命運的安排。

「房門外有敲門聲，佐藤應了一下。門推開，剛才那個兵士進來了，手上端了一隻托盤，在一張茶桌上放下兩杯飲料和一碟子的多士，便走出去。我的心這才寬了下來。佐藤把門關好，轉過身來向我笑着。」

——「對不起，我剛才使你受驚了吧？」

——「沒有。」我半點不露出曾經因他捉弄而虛驚過的樣子。

——「你真的不怕殺頭嗎？」他在我面前站住了問。

——「怕也沒有辦法，我已經那麼樣做出來了。」在我拿準了他不會殺我之後，我倒要轉過來捉弄他一下：故意説得無可奈何，看他要怎樣處置我。

「但是我的話給他打開了門戶，他立刻接上口。」

——「沒有辦法？嗯，辦法倒是有的，在乎你肯不肯那樣做。」他踱着步子，似乎覺到我不曾因為他的暗示引起什麼反應而失望，便又踱到我面前來：「明白我的意思嗎？放在你前面的只有兩條路：生和死！不怕死，是非常簡單的事，我一個命令夠了。要生呢，也只有我能夠幫你的忙。想想吧，你願意選擇哪一條路？」

——「不要弄錯了，隊長，要選擇的是你，不是我呀！」

——「怎麼説呢？」這傢伙給我引起興味。

——「你説過我已經有了犯法行為，那麼，照你的説法，只有執行法律，難道還有第二條路嗎？」

——「呃，」他有點窘，一件事情解脱了他：他走過去把茶桌子移過來：「這杯咖啡是我為你叫來的，糖是放過了，希望對於你還適口。這是多士。請便吧！」

「我因為在街上的時候鬧得太激動了，喉頭很是乾燥，同時咖啡的香味也的確引起我饑餓中的食慾，便毫不客氣地接了他推給我的一杯咖啡喝起來。他自己拿了一杯站着喝，一面繼續剛才的話題。」

——「你的話證明你很聰明，自然你會知道第二條路是我特別為你打開的。願不願意走，你自己決定。」

——「我不明白你的意思。」對於那麼吞吞吐吐的語氣，我有點不耐煩。

——「簡單得很，你不願死在皇軍的刀下，就只有一個方法：讓我保護你的身體，服從我！明白嗎？」

「我不表示接納或拒絕，却仍舊用我的遊戲態度和他商量。」

——「這是大日本皇軍的法律所許可的嗎？你可以讓一個女人破壞它的尊嚴嗎？」

「這傢伙借了喝咖啡來掩飾自己的狼狽，過了一會兒，他放下了杯子。」

——「這不是破壞。要那樣做的不是你，是我。根本上，日本軍人的本身就是法律！」

——「但是你為什麼要為一個女人做出這樣一條法律呢？你算是替我選擇一條路了？」

——「對了。」這傢伙高興起來：「我不願殺死你。」

——「為了什麼？」

——「因為……」說着挨近我身邊：「把你這樣一個美麗的頭殺下來真是一種罪過！」

「他隨即伸手撫摩我的頸項，又摸上我的臉。自尊心鼓起我的勇氣，我立刻推開他的手站起來看着他。」

——「你要怎樣呢，隊長？這也是你的法律嗎？」

「我走開了幾步。他展開一種邪意的獰笑望着我的身體，慢步地迫近了來，點點頭。」

——「應該由我問你，小姐，你要怎樣呢？嗯，你的生命拿在我手上，甚至你的未婚夫巴羅……」

「聽到巴羅的名字，我的心跳一跳，我記起了巴羅的存在。但是我沒有因為顧慮到巴羅的安全而軟弱下去，倒是一點責任心更加鼓勵了我反抗的意志，我極力掙扎已經給他兩隻手挾住了的身子。但是沒有用處，我感到我的氣力漸漸消失，神志漸漸模糊，最後是失去知覺……」

亞莉安娜停了口，好像很難為情再說下去，我鼓勵她：

「繼續講下去吧，我已經明白你所遭遇的是什麼。」

「到了我清醒起來的時候，」她喝一口開水，接着說：「我已在另一間狹小的房子裏，躺在一條靠壁釘着的板床上面，我的衣裳歪歪斜斜的，身體上感到一種奇異的疲倦和痛苦。我才知道碰到了什麼事情：佐藤是利用一杯咖啡來達到了他的詭計。那一刻間，羞耻和憤恨使我想到自殺。可是沒有一件讓我償願的東西，我只有哭了。

「大約半個鐘頭以後，我再被帶到佐藤的辦公室裏去。我一個人坐在那裏哭。五分鐘左右，佐藤推門進來了。一見到他，我幾乎要撲過去，就是用指尖掐死他，用牙齒咬死他也好。可是理智克制了我，並不是怕死——你知道自從蒙了羞辱的那個時候起，死對於我已經不是大事了，我只是要死得好些，有計劃些，或者說有意義些。我留着生命還有用處。只要巴羅能夠了解我原諒我，我還有活下去做點事情的價值。想到這一點，我的心反而平靜了，我的思想立刻變了。

「但是我不願意讓佐藤看出這一點，我得維持原來的尊嚴。我仍舊低了頭哭着。佐藤站在我的面前，用了自鳴得意的語氣問話。」

——「怎樣呢，葛多莎？接受我的提議了吧？」

「我沒有回答他，聽着他接下去說的話。」

——「我希望你明白我的好意，我已經替你決定了你該走的路，把你從死罪裏解脫出來。」

「我咬緊牙根忍受了這個卑鄙的侮辱，不說一句話。他又說下去了。」

——「事實上，我此刻不需要你表示什麼意見，我有着支配你的權力。不過我不願意對你施用這種權力，這是不適宜於像你這樣聰明而又美麗的人的。我需要的是你心底裏了解我的好意，這會使大家親切些。」

「也許看見我始終不開口。他便在語氣中加上恐嚇的成分。」

——「也許你還想考慮一下，可是我不妨告訴你，戰爭不會短時間結束的，也就是說，你的未婚夫決不會很快恢復自由。即使有那麼一天，他是否還生存？天知道！在變亂時代還存着同一個俘虜結婚的痴想，不是做夢？」

「我半點也不表示感動，他急了。」

——「怎樣？我全部意思只是一句話：服從我，我滿足你的一切！」說了，他粗野地抓住我的臂膀：「表示意見，葛多莎，如果你不歡喜開口就用一個動作：點頭或是搖頭！」

「可是我並沒有照他的話做，這使他更焦急。他突然抱緊了我，一張獰笑的臉迫近了我。」

——「你的沉默是表示你默認了我的提議了，對嗎？」

「我忍耐不住了，掉過了頭叫出一個字。」

——「不！」

「這個意外的反應有如迎頭一棒，這傢伙立刻鬆下了抓住我的手，向我的臉狠狠地打了一巴掌，暴躁地跳起來，跑到桌邊把喚鈴拚命地打了幾下。一個兵士走進來，他急躁地吩咐了幾句話。於是我給那個兵士帶了出去，不是去殺頭，而是回到剛才關着我的房間。

「我不知道我的倔強態度會招來怎樣的結果，但是從轉變了的思想生出來的『一切置諸度外』這種決定，却使我的心一直保持着平靜。我在玩味着一種報復的快意：想到一個殘暴得沒有人性的傢伙，對一個女人竟會卑屈到這麼個樣子，真是可憐又是可笑的事！不過我並沒有忘記那一個巴掌，它印在我臉上的痛楚加深了懷在我心底的仇恨！

「我在那個狹小的房間裏關了兩夜，受盡精神上的痛苦。在遠處和附近的房間裏，整夜傳出來各式各樣的慘叫，裏邊夾雜着鐵器聲，水管的注射聲，狗的狂吼聲。那是一些中國人在忍受着種種不同方法的酷刑。這簡直是地獄！一個健康正常的人在那裏聽上半夜也會發狂的。我沒有方法再忍受下去，這便縮短了我向佐藤就範的時間。實在，我也覺得給他報復得相當夠了。」

「兩天中，佐藤沒有再傳你去問過一次嗎？」我截住了她的話問。

「沒有，除了一日兩次，一個日本兵給我送飲食之外，沒有人來打擾我。到了第三日早上，佐藤親自到我的囚室裏來了。好像兩人之間不曾有過什麼似的，一見面就笑着問話。

——「怎樣？住得還舒服吧？」

——「謝謝。」我有計劃地開口了：「請告訴我，是不是我就在這個地方關上一輩子？」

——「嗯，這就關係着你的決定。不過，如果我猜得不錯，你這一問已經證明你是厭倦了這裏的生活，對吧？」

——「厭倦又怎樣？」我想試探他怎樣處置我。就算再要關起來，我也要求換一個地方了。

——「這是最好的事。」這傢伙得意了：「我知道你經過兩天的考慮以後，你會了解我的好意的。所以我已經替你安排了一個新的環境：一份適宜的職業，一所漂亮的住屋。」

「我把態度裝得非常平淡，沒有一點驚異或好奇的神色，聽他繼續說下去。」

——「你是應該有一份職業的，不是嗎？我呢，每天有喝點酒的習慣，也只有喝酒的時間我有些空閑。我介紹你到尖沙嘴一間日本人開設的酒巴去工作，是因為每天能夠看見你。此外，為着你早晚來去的便利，我替你在酒巴附近的地方找到一所樓房，設備十分完善，租錢是不需你付的。而酒巴的薪金，每個月你可以拿二百元軍票。如果你高興，我立刻同你到那兩個地方去走走。我的汽車就在外邊。」

「聽了這一番話，我不再考慮。我知道除此沒有方法恢復自由。我於是從一直坐在那裏的板床上站立起來。」

亞莉安娜說到這裏停止，又補充地作個結束：

「我就這樣離開了日本憲兵部，也就是這樣改變了生活。」

## 七

「我屈服了！我知道佐藤會這樣想的。你也這樣想嗎，戴？」喝了一口開水之後，亞莉安娜天真地問我。

「我不會這樣想。」我說：「可是我想知道，你拿什麼主意呢？」

「主意嗎？你不要笑我，我始終有一個信心，相信巴羅終究有一天和我結合的，雖然這希望似乎很渺茫，為着這種期待，也就是為着我和巴羅的前途，我目前不能不忍辱犧牲我生活的一部分，姑且敷衍着佐藤。你想，他既然看上了我，而我們兩個生命都握在他手中，假如我不這樣做，還不是一樣沒有寧靜的日子嗎？反正是如此，為什麼不索性順承環境更要干脆些呢？而且，我還可以借此利用他一下。」

「利用他？」我忍不住問出來。

「是的，利用他間接關照巴羅。」

「能夠做到嗎？」我感到她的想法的痴愚，但是不願意摧殘她的希望。

「為什麼不能夠！我和佐藤立過約：我服從他，他得替我關照巴羅，隨時把巴羅的消息告訴我，但是不許可我給他寫信。這點對我沒有關係，只要巴羅平安活一天，我便可以忍辱期待一天。」

「萬一他關照不來，或是他欺騙了你呢？」

「我有方法，可是請恕我不能告訴你。」她用堅決而又不可捉摸的神氣說這句話，接着，為了證明佐藤的忠實，她說他已經告訴她，巴羅腳踝的傷並不重要，他沒有進醫院，在集中營裏調治好了，現在可以照常走動。

「聽到巴羅可以照常走動，我很歡喜！我今晚要來找你，主要的還是關於他的事情。我急着想知道的，是我前時拜托你的第二件事有辦法沒有？」

「你是說通一封信給巴羅的事吧？我今天見到你的時候想對你說，便是這個。」

「怎樣？能夠做到嗎？」她的眼睛閃着希望的光。

「我有方法，可是請恕我不能告訴你。」我套了她剛才的語氣答她。

她笑一笑。

「你這人很奇怪，好像什麼都有辦法的。我尊重你，正如你尊重我一樣，我也不問你關於那方法的內容，我需要知道的是什麼時候把信交給你。」

「聽你便。」

「唉，你真好！」她高興地低叫着。「我已經寫好帶來了，我是預備萬一有方法時就交給你，可以省事些。」一面說一面解下她的頭巾，小心地鋪在桌上，像表演魔術一樣，把對折成三角形的一隻角尖慢慢掀開來，頭巾的中部就出現一塊折疊着的黑紙。她把它打開，取出夾在那裏的一張折成小方塊的薄紙來。「你看這樣子合適嗎？」

「可以了。容許我看一看嗎？」我接過時問她。

「對你也守秘密，我根本就不能拜托你幫我忙了。不過我也有個條件，請尊重我的意思：我走了之後你再看。為的是我不方便同你討論這封信的內容。」

我同意地點頭，把那封小信放進我襟頭的口袋裏。

「我應該走了。」她看了一看手錶。「但是我還有件事情想問問你：你什麼時候回中國內地去？」

我說，等待我家裏寄給我的一筆盤費，接到之後就走了。但是也不一定，香港和外間的郵滙已經斷絕，如果家裏沒法找到便人帶錢給我，我只好自己設法，行期不會超出一個月。

「可是你這樣問我是什麼意思呢？」我問她。

「我有一個念頭，你不要笑我：我也想到中國內地去。中國正在打日本，用得着我這樣的人嗎？我可以到傷兵醫院裏做看護，或是做點別的我能做的工作。」

這個意見使我感到突兀。我不明白她在目前的環境下，為什麼會生起這種念頭。但是我不方便問她，我擔心這是和她那封給巴羅的信有着關係。我只好照着她所問的回答她：她能夠去到中國內地，什麼都不成問題。

「巴羅呢，他也不成問題嗎？他可以拿槍，中國有志願兵沒有？」

「有的，對於一致對日本作戰的人中國都歡迎的。不過，我不明白你說這些話的意思。」我遏止不住我的疑問，尤其是聽到她提起巴羅，而他是關在集中營裏。

她笑起來，這笑是隱藏着什麼不可捉摸的東西，望着我說：

「我的意思便是和巴羅同去。你不要探究我的夢想所根據的是什麼，我只要從你處探問一下，到了中國內地是不是完全沒有問題的。」

「但是問題並不在於到了中國內地之後，却在於你們怎樣離得開香港。」我覺得這件事並不簡單，一切交通關口都掌握在日本人手上，雖然為着節省食糧而執行着人口強迫疏散，然而離開香港之前却要經過種種麻煩手續。在西洋人尤其是像她那樣受日本人支配的（更不要說巴羅），要想不受注意地通過一切難關，簡直是不可能的冒險。

「偷渡，行嗎？」似乎她也體會到我的想法，她低了聲音說，彷彿恐怕有什麼旁人聽到的樣子：「查里曾經秘密地對我說：西貢有抗日游擊隊，由九龍牛池灣通西貢的路沒有日本兵敢在那裏駐守，有許多偷渡的人是由那裏走的。查理想邀我一齊走，但是我沒有答應他。」

「這倒是一個方法，我祝你的夢想能夠實現。」我隨便地應她，為了要滿足她由那個心願喚起來的快意。我的心却想着別的東西。因為這件事情太嚴重了，如果像他們那樣身分的人做有計劃的逃走，就得同那邊的游擊隊在事前取得聯絡，他們逃出時才不致引起誤會，才會得到種種必需的幫助。但是這一點我沒有給她說出來，因為我根本不曾明瞭亞莉安娜這個奇怪的計劃。

「我相信我胡亂說的話會把你弄呆了，別再說那麼渺茫的事了吧！最實在的還是希望我拜托你傳遞信件的事能夠成功。」把話題歸結起來之後，她做着告辭的準備，把頭巾重再戴起來。

「我相信能夠如你的希望做到。」

「我信賴你。讓我帶着這個愉快離開是最適宜的了。」她站立起來。「我幾乎忘記告訴你我的新住址：尖沙嘴哈德遜道十號四樓。早上九點鐘之前和晚上七點鐘之後，我多半是在那裏的。但是非必要時不要去找我，尤其是在星期六晚上，那是佐藤的時間。」說到這裏，她有幾分羞赧的神氣，又接續說道：「那傢伙要我住到那裏去，實在並不是為了我工作上的便利。他在九龍城和油麻地都有情婦，是白俄。他不願她們住得太接近，免得惹起麻煩。」

「你怎麼知道？」

「是酒巴的女同事告訴我的。」

「你不妒忌嗎？」我故意開開玩笑。

「你會妒忌巴羅嗎？先生！」她巧妙地回答我，笑着，伸出右手來。她永遠是離不開巴羅的。

「什麼時候再見呢？」握着她的手時，我問她。

「再見的時候便是再見。」

帶着笑容鬆下她的手，她便扭轉身子向門口走去了。下着樓梯的時候，她頻頻回過頭來揮手。我也揮着，直到她在陰暗中消失了身影。我第一次對她發生了惜別的情緒，她給我的印象太深刻了，彷彿看了一部動人的戲劇以後，留在自己腦海裏的對一個成功演員的記憶。

回到房裏，我取出亞莉安娜交給我的一封信，懷着最大的好奇心展開來，我讀到這樣的幾行字：

「巴羅：

你是勇敢的，也是愛我的。我不能夠沒有你的保護。為着再次給我以有價值的證明，我希望你做一件一個有自尊心的男子所應該做的事——

如果你不設法逃脫出來，我將要同查理結婚了。

亞。」

的確是「一封就夠了」的信！

## 八

看了亞莉安娜寫給巴羅的信，我完全明白了她來訪我時所說的一番話的用意，明白了她有着怎樣的一個預備實行的計劃。雖然這計劃並不周全，她不曾注意到要溜出日本人的鐵掌，安全地到達中國內地之前該安排好什麼事情，而巴羅要逃出集中營又該冒多麼大的危險，然而她的不顧一切的無畏精神却叫人佩服。這不是鹵莽而是勇敢！是燃燒着的愛的火花！是生命的光和熱！仗着它，人類有多少事業由不可能變為可能，由失敗變為成功！從戰爭到和平，一切精神和物質的活動，都以它為出發、為依歸。

亞莉安娜不願意同我談起她的計劃，是恐怕我要譏笑她的痴愚和簡單，恐怕我將以無關痛癢的第三者的理智見地，來打擊她的激蕩着熱情的勇氣。却不知道即使最理智的人也會為了她那一種無畏的勇氣而感動的，他們願意為了成全它而獻出最大的努力。黃便是這裏面的一個人。

黃答應我，除了設法托他在集中營的表兄轉致那封信給巴羅，還願意替亞莉安娜負起預先聯絡西貢游擊隊的責任。只要他們能夠離開香港，游擊隊便可以給他們接應，並且護送他們去到安全地區。這件事他可能做到，而且可以立刻進行。但是在巴羅沒有逃出俘虜營之前，我們這種安排却不能告訴她，或者根本不告訴她，為了慎重的緣故，同時也為了這是應盡的義務。

事情進行得順利，在亞莉安娜來訪我之後的第一個探問俘虜日期，她的信便由黃用他的老方法送進集中營裏去，但是亞莉安娜並未要我把這事成功或失敗的結果告訴她，好像她對於一切決定做的事情都有一個必然成功的信念。因此一星期中我和她都沒有找尋見面機會。我自己又忙着自己的事情；變賣最後的幾件衣物、維持完全失去了保障的生活。同時日軍一天天加緊地搜捕所謂「危險分子」，健壯的青年人被拉去為日本傷兵輸血。到處瀰漫着恐怖。我連到外面去走動也感到很不方便。

星期一早上，我還沒有起床就給黃的敲門聲叫醒。我開了門接他進來，看見他一副緊張的面容，就忍不住急忙問他發生了什麼事情。

「不幸極了，巴羅……」他搖一搖頭，說不下去。

「怎樣了呢？」我抓緊了他的手。

「他完了！」

簡單的三個字彷如三塊石頭壓上我的心，重沉沉的。我感到昏亂。我不敢問下去，却又禁不住要問下去。

「告訴我，事情的經過怎麼樣？」

「是晨前三點鐘的事，在馬頭角，一個俘虜從一條事前挖通了的地道爬到一條水渠裏走出來，正在一塊草地上爬行着，給了望哨發覺了，喝了一聲，俘虜知道事敗，站起來拚命狂跑，巡邏兵從後面趕上去，連續打了兩槍，俘虜倒在地上不會動了。

「能證實這俘虜就是巴羅嗎？」我還存着一點希望。

「還需要怎樣證實呢？憲兵部在事發的時候就接到報告，說是義勇軍，葡萄牙人，名叫安特烈·巴羅。」

我一句話也說不出來了。黃走了之後，我一個人在房裏呆呆地踱着，好像聽到一個兄弟，一個親人的噩耗一樣，我陷入完全失了主意的茫茫然的狀態中。我不能分析梗塞着我胸中的是什麼東西，不是悲傷，不是怨恨，我只覺到一種近於窒息的痛苦！

我並不惋惜巴羅的死，死是平凡的，我所惋惜的是一個希望的幻滅，一團烈火的消泯，這才是無可比擬的損失。人世間竟有這樣不完整的戲劇嗎？我重複地問着自己。我得不到解答。眼前却湧現了亞莉安娜的影像，她傲岸地昂起頭來：「我愛他！」

「但是現在，巴羅不能再接受她的愛了！我不知道這個不幸給予她的打擊將是多麼沉重，也不敢幻想當她聽到這違背她堅定信念的消息時，會喚起怎樣一種激越的感情。她會瘋起來吧？我想。但是亞莉安娜是智慧的，有思想的，惟其是這樣，她的愛才會發展到這樣的高度，才會表現得這麼勇敢。它能夠使她上升，使她沉落，自然也能夠使她得救。當理智恢復過來，它會把她感情的奔流引向正路。她會知道怎樣珍惜它和處置它。

不過無論怎樣，把巴羅的消息告訴她，總是一個殘酷的任務，我沒有勇氣去承擔這任務，却又沒有誰能夠去承擔，因為關於俘虜的新聞是絕對不公佈的，而知道這件事的人只有黃和我，使我感到為難的，並不是該不該告訴她，而是該怎樣告訴她。要盡可能減輕她過分的刺激，也許用一封婉轉措詞的信比拙劣的言語更有效力，然而却不是好辦法。萬一我的信不幸落在佐藤或是別的日本人手上，我會招來生命的危險，因為會被指為洩露日軍的「秘密」。我該怎樣做好呢？

## 九

對於根本不曾知道自己痛苦的人，不能利用時間去緩和感情，但是時間對於我的窘困却很有幫助，幾日以後，一件很意外的事情發生了。

是巴羅遇害後的下星期一早晨，我在報紙的當地新聞版上忽然讀到一段「佐藤逝世」的消息。這消息排在並不注目的地方，標題很小，內容非常簡略，只有這樣的幾句：

「九龍地區憲兵部隊長佐藤金次郎，於昨天（星期日）下午三時，在憲兵部辦公之際，突患急病暈厥，當即送法國醫院救治，詎抵院時，即告殞命。查佐藤氏年僅三十五，服務軍職多年；奉公守法，建樹良多。此次不幸，實屬軍界一大損失。聞者莫不惋惜。」

這一段新聞並沒有喚起我什麼疑惑，最先來到的思想便是我的窘困的處境有轉機了。佐藤的死去給予亞莉安娜的快意雖然抵消不了失去巴羅的哀傷，然而總算是解脫了一個精神和肉體的束縛。我的報告縱然使她激動，總還有別方面的滿足給她支持。縱然我所憑借的東西是這麼的微薄，却也總算得有了一點東西。

但是我還未定好一個時間去找亞莉安娜。就在那個星期三的下午，黃到我的寓所來了，他因了職務關係，剛剛去參加了佐藤的葬禮囘來。他問我可曾注意到佐藤死去的消息。

「從報紙上知道了，可是怎樣死了的？」我想，他在憲兵部工作，一定知道很清楚。

「中毒。」黃肯定地說。

「報紙上不是記載他患的是急症嗎？」我感着驚奇。

「你會相信日本人的『沉默的凱旋』嗎？先生。」黃用了幽默的語調反問我。

「但是說急症是什麼意思呢？」

「是掩飾另一件工作的進行。」黃現出一副嚴肅的神氣：「這件事情並不簡單，醫院裏驗出他致命的原因是慢性中毒，受毒時間是十五小時之前。現在憲兵部主要的工作是偵查這件案子。」

「有綫索嗎？」

「可以做根據的是這一點：照各種情形觀察和推斷，沒有誰能夠做這件事，除非他的情婦，而且他的受毒時間並非辦公時間，而是他習慣同女人消磨的時間。」

「這樣說，這個根據是成立的了？」

「自然啦！目前的偵查工作是沿着這個綫索進行的。憲兵部懷疑同佐藤平日有關係的女人之中有着間諜。因為有過許多人死在這傢伙的毒手，他可能被當做暗殺的對象。我此刻要找你，便是為了這件事情。」黃停下來點一枝香烟。

「怎樣呢？」我忍耐不住了，急急問他。

「現在我們所奉的命令，第一步工作是偵查所有曾經和佐藤有過關係的白俄女人，他的情婦據說全是白俄，必要時，第二步將要把她們全數拘捕。因此我特地來告訴你，應該設法通知亞莉安娜。她不是和佐藤有關係而且自稱是白俄嗎？叫她立刻逃避或是藏匿起來。這件案子很嚴重，要是給他們捉到了……」

我焦急得不能等他說下去，抓住他的手搖着問：

「那麼，第二步驟可能在什麼時間採取呢？」

「誰知道！日本人的手段是不能捉摸的。你只有和他們的步驟爭取時間！」

黃報告了這麼一個消息之後，接受了我的致謝的握手就走了。有許多工作在等待着他。我關好門，一個人在房內踱來踱去。但是我的心不像聽到巴羅的噩耗時那樣昏亂，我要靜下心來整理一下思緒。

對了，擺在眼前的嚴重事件，使巴羅的噩耗已顯得微小，雖然對於亞莉安娜還是一個秘密。為了一個還來得及挽救的生命，什麼窘困的問題都成為不足考慮的了。怎樣對她提起巴羅的噩耗是以後的話，首先使她脫離危險却是必要的。我必須去找亞莉安娜！

我看一看錶，是三點半鐘，是亞莉安娜在酒巴的時間，不適宜去找她。我記得她說晚上七點鐘以後在寓所。但是八點鐘照例是開始戒嚴，一個鐘頭內要在九龍城和尖沙嘴之間來回走一次，是辦不到的事。這一日內我是決不能會到她了。

我差不多是用着祈禱的心情，一分鐘一分鐘地數着，度過一個黃昏和一個夜晚。

# 十

第二天早上，我很困難才擠上一輛巴士到尖沙嘴去。哈德遜道靜靜的沒有幾個行人。我找到第十號門口，向那曲折的樓梯轉上去。

在第四層樓的門板上面，釘着一張用英文寫着的住客名片：「葛多莎」。我站在那裏敲門。

「找誰？」問出來的是女人聲音。

「葛多莎。」我回答。

門板上一隻小窗的門子移開了，現出女人的半個面孔。憑那高的鼻樑和烏黑的眼珠，我立刻認出這是亞莉安娜。但是小窗迅速地關攏了，好像恐怕洩露什麼秘密似的。我忍不住叫出來：

「亞莉安娜！」

「沒有這個人！」應出來的顯是亞莉安娜自己的聲音。

「就是你啊，我來看你，我是戴。」

「我不認識你，走吧！」

我聽出這不是開玩笑。我懷疑亞莉安娜已經知道巴羅的事，也許把這不幸的責任推到我身上，因而遷怒起我來。一個人到了感情激動的時候，什麼違背理性的事情不會做出來呢？我能夠原諒她，可是我不能夠就這樣走掉。我焦急地打着門板叫她：

「開開門啊，亞莉安娜，我有話要對你說。」

「我不認識你，走吧！」仍舊是這麼一句話。

「亞莉安娜……」我低低地叫出了懇求的聲調。

「聽着，你不走，我要叫警察了！」

聽到那麼決絕的口吻，我知道要她開門是沒有希望。我想這也許是葡萄牙人的不可理解的性格。躊躇着，我無意間移轉了身子，視綫落在樓梯下面，却看到二樓門板上面的小窗子是開着的，有一雙眼睛嵌在那裏閃着。我突然感到一種惶惑，意識到我不適宜再耽擱下去，便裝作若無其事地走下樓梯。

二樓的門突然打開了，跳出兩個人來，身材不高却是很結實的漢子。一個手上握着手槍，槍口對準我的胸膛，另一個截住了我的去路。我明白什麼麻煩要發生了，便站立着，極力使自己鎮定下來。

「你上四樓找誰？」握手槍的喝問，聽聲音便知道是日本人——便衣警察。

「找姓黃的。」我故意這樣說，預備必要時把朋友黃做對象，不，做護符。

「中國人嗎？」

「是的。」

「説謊！你是找那個露西亞女人！」

截住去路的一個搶着説，不讓我有表示的機會就抓住我的臂膀，推我上樓梯去。拿手槍的跟在後面。在亞莉安娜的門口停下來。槍尖在門板上重重地打着。門拉開，現出了亞莉安娜，笑着向兩個日本人道個早安，然後客氣地問：「有什麼事情嗎？」

「講真話，這個人是來找你的嗎？」拿手槍的指住我問她。

亞莉安娜這才看着我，裝出非常陌生的神氣搖頭。

「他剛才來過，可是我不認識他。」她説。

「我是來找姓黃的，她已經對我説，沒有這個住客。」我提高了聲音給亞莉安娜一個暗示。

「是打仗之前住在這裏的嗎？我剛才忘記問你。」

亞莉安娜會意地問。我答：「對了！」她便聳一聳肩，惡意地叫着：

「到棺材裏去找他吧！我是打仗之後才搬來的。」

「你找姓黃的，幹什麼？」拿手槍的問。

「向他討債！」我胡亂造個借口。

「又是討債！」亞莉安娜生氣地叫，彷彿她是厭煩極了：「洋服債還是皮鞋債？永遠是這些人來找他？真是混蛋，搬走了却留下這些麻煩來騷擾我！」

兩個日本人一直在研究並注意着我和亞莉安娜的對話態度，似乎找不到什麼破綻。他們商量了幾句話，拿槍的要我舉起兩隻手，另一個便把我的身子搜起來。幸而我的口袋裏除了幾塊錢紙幣之外，只有一本沒有字的活頁記事冊，裏邊夾着幾張名片。

「這個名字是你嗎？」

我點一點頭。兩個人在注意地讀名片上的字，那裏印着我的職務名稱和地址。

兩個人又咕嚕了幾句話。搜身的說：

「需要的時候，我們隨時到這公司找你。」說着。把我的名片抽出一張，然後把記事冊交還我。

槍口垂下去了。兩個日本人向我揮一揮手。我便離開那裏。走下樓梯，我聽到那兩個傢伙在向亞莉安娜道歉，接着是亞莉安娜自語似的詛咒聲。緊跟着，門被重重地關上了。

## 十一

回到寓所，我從房東的手接到一個包裹。據說是我出去之後送來的，因為我鎖上了門，他便替我接了包。包裹上面除了寫上我的姓名，下款還有一個「A」字，是亞莉安娜原名的第一個字母。我連忙把它解開，是一件白絨綫編結的背心，夾着一封信——

「戴：

請不要來找我了，我已經成了被監視的人。記得嗎？我說過我不會牽累你坐監房的。

佐藤已經把巴羅不幸的消息（不要瞞我，你當然知道的）告訴我了。他要使我為這既成事實而對巴羅斷念，好讓我全心傾向他，竟毫不顧惜地把巴羅遭遇的一切淒慘的經過情形，作着快意的敘述（他諉說這不是他的責任）。我不知道世界上還有什麼東西比這缺乏人性的惡獸更可憎恨！

巴羅的死是我的罪過，但是我並不懊悔，他也不會埋怨。他為了愛而遭難，我們的心將會因此更接近些。也因為這個緣故，我的心不會因他的死而感到空虛，倒是更充實了。他死得那麼勇敢，那麼光榮。我應該因為有了他的愛而驕傲！

我自己早就有了決心：如果巴羅不幸被害，我一定把佐藤的生命做抵償。我對你說過，自從我蒙了羞辱的時候起，死對於我已經不是大事，只是我要死得好些，有計劃些、有意義些。現在我是到了這樣的日子了。我也對你說過，我有方法對付佐藤，可是我沒有把方法告訴你，現在，我可以讓你知道了。

佐藤利用一杯咖啡來毀我的身體，我也利用一杯咖啡來毀他的生命——在星期六夜裏。

我知道當日本人用盡所有的方法偵查出事實真相以後，我必然會給殺死的。然而我不害怕，也不逃避（也是無可逃避）。我的母親和弟妹死在日本人的手，我的愛人也死在日本人的手，我也不能避免地死在日本人的手。然而我的死是獲得相當代價的。當巴羅的靈魂知道，我是為了他的勇敢的愛而同樣勇敢地去接受死的時候，在上帝的寶座前，他會饒恕我忍辱背棄了他的日子的。

別了，戴，人生有聚散，而友誼却是永久的。附來的一件背心，本來是為巴羅編結的，他既然沒有穿上的機會，我把它送了給你，算是紀念你我一段短促的但是珍貴的友誼。

到中國內地去，已經成為夢話了。再會再會！

亞莉安娜。星期一晚」

信的背面還有幾個字：

「我試着設法叫人把這封信秘密送出去，如果上帝庇佑，讓它平安到達你手上，為了你的安全，請你看過後立即把它銷毀。」

看了信末的日期，是三日前寫好的。我可以推想到這封信在送出之前是經過多少設計和困難。我仔細地讀了兩遍，照着她所囑咐的做了，我劃了一根火柴……

早上去訪亞莉安娜所遭遇到的一切，都因為讀了她的信完全明白了。望着把那封信漸漸化成灰燼的火，我的心由煩亂歸於平靜。許多日子以來所感到的窘困和緊張的心情都澄清了，鬆弛了。我有着解脫什麼重負似的感覺。好像那燒毀着信的火同時也在燒毀着別的東西。從那明亮的火光之中，彷彿映照出來一個純潔的靈魂和崇高的人格！

我不敢有半點痛惜或是抑鬱的感情，這些都是不適宜的。這只是我們的時代許多平凡事件中很微小的一件，它不需要眼淚去裝點，也不需要歌唱去頌揚，它的本身便是一切。

戲劇是終於完整了！

現在，使我擔着心事的倒是我自己，我記起為日本便衣警察扣留了的一張名片，說不定當佐藤案件擴大起來的時候，那張名片很可能把我牽進了圈子，日本人最擅長的把戲，是把不成立的關係造成關係，來滿足他們殘忍的快意，我不值得做這無謂的犧牲，因此我也不能再在香港耽擱下去了。

我不再等待家裏的錢寄到，由於黃的幫忙，使我在兩日內就籌到了一筆由香港往曲江去的盤費。

第三天——五月初的一個涼快的清晨，我提了簡單的行裝起程。因為日本人要節省汽油而減少了交通車輛，巴士摒絕了攜帶行裝的乘客，我只能步行到尖沙嘴去。我要乘九廣路的火車，將要走到車站的時候，一個臨時的局部戒嚴阻礙了我的行程，我只好站在行人路上，擠在被禁止通行的路人裏邊，等待戒嚴時間過去。

馬路兩頭和別的交叉路口都站立了日本兵，槍頭上了刺刀。路人分成幾個堆子，一致他向哈德遜道口望着，道口對過的馬路中心放着一輛黑色的囚車。

空氣是緊張地寂靜着。

大約五分鐘左右，街口有幾個人出來了，一個日本憲兵帶領着一個西洋少女，她的兩隻手背在後面，手腕交叉地縛着，一條索子牽在後頭的三個憲兵手中，我感到身子的顫動，我立刻認出了亞莉安娜，我也明白她的時辰來到了。

我極力鎮定自己，為了要有個清明的神志來留下一個記憶。我看着亞莉安娜，她昂起頭來傲岸地走着，烏黑的長髮微微地飄動，兩隻圓大的耳環閃着金色的光芒，一步一步地走向囚車。我聯想起法蘭西大革命的恐怖時代，那些昂然踏上斷頭台去為自由而獻身的女英雄。

幾個日本憲兵把亞莉安娜推進了囚車，車門轟地關上了，就像一隻巨獸吞噬了一個人閉上了嘴。

囚車開始移動，在馬路上劃了個半圓，便拖了一聲怪叫迅速地開走。後面揚起一片灰塵。我呆呆地望着那蒙在灰塵裏的囚車背影，它正在寬闊的彌敦道上駛去。路是無盡的長……

我幾乎叫出心底裏的一個喊聲：

「亞莉安娜，你勝利了！」

我悄悄地脫下帽子。

（注）日寇佔領香港後的糧食配給，規定每人每日食米六兩四。

選自侶倫《無盡的愛》，香港：虹運出版社，一九四八

## 私奔

夜是從開始的時候就一點一點的靜下來的，現在是到了完全死寂的境界。整個宇宙好像在極度的疲倦中酣睡着，為那不多久就要醒來的明朝準備着充足的活動力。空氣也不像是流動的，它彷彿凝固地和黑暗緊緊的融結在一起。於是週圍就更黑暗了；四方八面的堆起來，好像伸手便能

夠摸到的一種實體的東西；但是伸出手時，却是渺茫地連手也看不見。

夜是死去了的，一個龐大的沒有邊際的東西。

在這死物上面活動着的，是兩顆跳躍着的心；像看守着敵人那樣看着這個夜的，是兩顆跳躍着的心所屬的兩個人：一對青年男女的。現在，他們在一個長時間期待的苦悶中解脫出來，用一雙手按住床面支着身子，小心地輕輕地爬起來了。

兩個人依次落到地上，不穿鞋子，脚底印在冰冷的地磚上面，一股寒氣一直沿住脚跟透上心裏，他們都覺得彷彿有一隻手把他們的心緊緊地抓住了。但是他們還得用勉強的鎮定遏抑住恐怖的情緒，開始去做一件他們所陌生的事情。他們呼吸的急促，彷彿互相聽到聲音。

沒有點燈，也沒有用一句話語，甚至什麼方式的示意，他們都知道彼此站在那裏，不致互相碰到，或是碰到什麼會作响的東西；那些東西發出响聲來，不一定就會弄糟了事體，他們害怕的是担負那驟然襲來的心理上的驚慌。他們沒有忘記前一夜的遭遇：當他把一個包袱結拉得過分用勁的時候，肘子碰倒了一隻茶杯掉到地面；頭房的燈火突然亮起來，跟着是二房東那兇婆子的詫異的探問聲；別的人也驚醒了。他們的心跳得很利害。「沒有什麼，是耗子呀！」幸而他用了這理由應付過去。可是他們的勇氣却因為這打擊而冷下去了。他們只好把計劃拖延一夜。

而今夜，他們一直沒有睡過。

現在，兇婆子的鼾聲正在有節奏地傳出來，就像一個鐘頭之前，她丈夫的烟槍發出來的聲音。這証明二房東夫婦都熟睡了。但是他們已經比前一夜更小心：白天就暗裏把應該拿出去的東西用兩隻舊皮箱塞得滿滿的。只要一隻一隻拿得出去，他們的計劃便完成了。他們不能拿出更多東西，也沒有更多的東西；值得愛惜的，都老早一件一件的離開了他們，送到一個能夠換錢的地方去；而成為生活上所必須的，是他們自己的和一個小孩子的幾件衣服。他們餓，可是不能再挨冷呵！

男的輕輕拉開了房門，把頭伸出外面去。但是什麼都看不見，一片的漆黑。房裏是寬闊的；一列板間的房子佔去了半邊地方，剩下來一條狹長的通道，却沿了牆壁到處睡滿了人；有的在木架床上，有的在帆布床上，有的在地上。幾乎連可以通過的路都沒有的。他看不見這些，可是憑習慣的記憶他知道得很清楚。他把耳朵擱在房門的邊緣靜聽着：除了挨近屋門的那一頭有人作着囈語，和四處呼應着的微弱的鼾聲，一切都死一般寂靜。

男的放心了：這是最適宜的時候！他退回房裏來，不曾意識到女的也站在背後一同探聽；於是脚跟恰好踏在她的脚趾上面。她痛，可是不敢作聲，也沒有這餘閒。一個迅速湧起來的思想把想把她的痛楚代替了：假如這一下是踏在別人的脚上呀！她想起外面是有許多縱橫排列着底脚的，一陣恐怖的預感使她忍不住挨近男的耳邊低語：

「小心一點啊。」

也不知道有沒有聽到，男的已經在床邊俯下身子，手伸到床底去，探摸那預備好了的皮箱子的把手，把皮箱子輕輕移出來，東西塞得很多，重沉沉地。他把它挽在手上，另一隻手牽住女的一隻手，把嘴湊近她的耳邊去説話，這些話輕得恍如担心把空氣碰碎：

「記住，你等一會就把安兒抱起來，免得臨時醒了鬧哭。我很快回頭來和你一同去。」

「知道了。」

她也用了同樣的輕聲回答他；語氣中却有點煩厭意味：那是怎樣多餘的複說啊！她覺得前頭有一件很嚴重的冒險事情等待着她們，好像耽延一秒鐘的時辰就會誤事：巴不得一下子就做完全它，好像自己舒服地喘一口氣。於是那給男的牽住的一隻手就本能地向他推一下，是示意給他：快些啊！

男的沒有表示什麼，拉着她的手向房門躡着脚尖跨出去。

眼前是無際的漆黑。兩個人手拉着手，像瞎子似的摸索着。男的挽着皮箱子走在前面，小心地，試探地，一步一步向前移動。女的脚步也連接着他的。神經緊張得連呼吸也感到窒息了：好像每一瞬間都可能生出什麼危險來。平安地移動一步，他們就感到呼吸也輕鬆了一些；好像難關又過去一點了。這樣子一步一步的，他們像是走着一條從來不曾走過的那麼長的小路，門終於給摸着了。

男的把從對方鬆下來的手按平了兩扇對闔的門板，讓門閂可以舒徐地移動而不致發出响聲來。女的同時把貫穿於兩邊鐵扣裏的一條橫木小心的取下來，然後把上下的兩道鐵的樞鈕輕輕移開。謝天謝地，這最終的一步可怕的工夫完全成功了。她輕輕把門拉開，讓男的挽了皮箱子跨出去。

把門小心的掩好，她感到一隻皮箱子的重壓已經從她的心上移去了一樣。她不再把那些門閂穿回去：她們還有一次的進出；而在不多久之後，他便要轉回來。她仍舊躡着脚尖，用剛才出來的走法，沿着舊路回去自己的房間。

進了房間，她好像經歷了一塲大難，一直跳動着的心，這才慢慢地平靜下來。她開始覺到一點冷，便抓了一件面衫披在身上。心裏忽然想起：街上該會更冷的罷？丈夫竟連面衫也不曾穿就去了，那樣一個不健康的身子，萬一着了涼生起病來，是多麼可慮的事情！她埋怨自己太大意，不該連一點也不醒覺到。她記起他身上穿的僅是一件襯衫和一條長褲子，便鞋也沒有穿上；手裏却挽着那麼笨重的一隻皮箱子：這樣深夜的時份走在街巷裏，如果碰到了人，該會把他看成一個什麼人呢？萬一那又是個巡警！……她混身打了個抖，她恐怖起來了。從這裏去到她們計劃中底目的地——她的母家，得走三個路口和轉進一條橫街，那些地方隨時都有站着一兩個巡警的可能。只要一碰着，事情就麻煩了。雖然他說過，他會繞了小巷走，不讓人看見；但是誰能夠保證這就沒有危險呢？譬如，巡警習慣地愛提起電筒向黑暗的小巷去照，恰巧他就給發見了；於是免不了給截住查問：皮箱子裏的是什麼東西，是誰的東西；接着還會問，這麼深夜的時候他往那裏去。

「趁早船去。」他會這樣答罷？

「趁什麼早船？」巡警照例是一步也不放鬆的，而且照例懷疑那是謊話。

「趁x x船。」他會胡亂的說一下了。

「什麼！你知道這什麼時候？」於是巡警看一看手錶：「此刻才是三點。唔，不要瞞我好了，快說出來，這皮箱子是那裏偷來的！」

「眞是趁船去的，先生。因為約好了朋友，所以提早去會他一同落船的呀！」他一定這樣解釋地辯白的罷？

可是巡警不信任他的話。「看你這個尷尬樣子還想圖賴麼？快眞實的供出來，你在那裏做的生意！」語氣來得兇了，説着還伸手去抓他的衣領。

「眞的呀！這不是偷來的，是我自己的東西！」

「不要多說，告訴你住在什麼地方，我同你去問一問看。要不是你的東西，你得提防。……」

他一定不肯這麼辦的；但是又不能夠把事實說出來作自己行動的解釋，因為那事實也是犯法的呵！他怎能夠叵來對證呢？那麼，他一定得想個別的理由脫身的，可是巡警怎樣也不肯相信，看見他不同他一道走，巡警就捏起拳頭朝丈夫的胸口……

「哇！」

她聽到叫喊，這聲音一直刺進她的耳膜，刺進她的心，她害怕得幾乎也叫出口來。她搖一搖頭，彷彿要擺脫她的幻象，她才清醒地知道：睡在床上的孩子醒來了。她連忙把他抱起來，輕聲的哄慰着。但是孩子仍舊「哇！哇！」地哭，似乎因為醒來時身邊失去母親，過份的悲哀一時不能停止。她發急起來，把他輕輕地搖着，拍着，哼着；在小小的步位內踱來踱去。但是却不曾使他靜下去。她有點不耐煩，想打他一下，可是一摸着孩子的身子是一塊薄皮裏住一副骨。她的氣又立即平了下去，心裏倒感到一點痛楚。她只好解開自己的胸鈕，掏出奶頭塞進孩子的嘴裏。奶是垂萎的，像鬆弛了的輕氣球。孩子無可奈何地吮着，嘴裏嗚嗚地嚷。她的焦急才放下，一個聲音從前頭的房子發出來了：

「王嫂呀！你的孩子究竟怎麼樣的，晚晚如是，人家不要睡的嗎？」

多麼糟，那個兇婆子給鬧醒了！接着還聽到一些人翻身的氣息，和一些稍微頓挫的鼾聲。恐怖的情緒像一道冷氣一樣透進她的心了：丈夫如果恰在這個時候轉回來，多麼糟呵！她差不多用着祈禱的心情希望不要有這麼巧合的事情。一面用鼻子微微地哼着，孩子終於靜下去了。但是那個兇婆子却沒有靜，她還是那麼惡狠狠地咕嘈着：

「眞的呀，只要房租付清了，我巴不得你們馬上搬走，住大洋樓也不干我的事；我每晚倒落得安樂睡一覺。唉！……」

顯然的是，她在夢裏也不忘記她們所欠的租錢呵！這樣一個剝削房客，靠加租發財的兇婆子！一聽到這兇婆子的聲音，便叫人想起那一副生下來就是討債樣的面相：三角形的眼，尖鼻子，為詛罵而長着的一張彎曲的唇皮；她便忍不住要憤怒起來。她想反駁一些話，那些在心裏愈積愈多的話。然而到底還是遏抑着衝動的情感。人窮有什麼話說得响亮呢？為了被催租錢，不是更刻薄的話她們都忍受下去了麼？難道這最後一夜還算事麼？於是她閉攏了嘴。

終於，到了那兇婆子的咕嚕被鼾聲代替了之後，寂靜又統治了一切。

孩子也睡着了，嘴裏還吮着奶頭。她不敢驚動他，就讓他靜靜的睡在她的手上。可怕的時辰好像過去了，她輕輕在床沿坐下去，等待另一個時辰到來。

想到另一個時辰，她又想起丈夫了。他是不是能夠平安地去到目的地呢？她記得平日到母家那邊去，來回只要二十分鐘光景，如果他在那邊放下那個皮箱子，此刻該在轉回來的路上了罷？他知道她是等得很焦急的，他一定走得很快，他知道偷偷地開了的大門一直沒有關攏，是負着多麼重大的全屋住客的安全責任！可是，他為什麼還不曾回來呢？她煩燥着，却不敢從剛才那個疑慮去設想。她相信丈夫不會那麼容易碰到危險的。他是機智的，聰明的人。——可是，機智的聰明的人在這社會也不中用呵！想到這一點，她憤恨。憤恨什麼呢？却又說不出來。她只覺得這世界太不像樣，有能力的人沒有方法去換取在生存權利上所必須的錢，沒有能力的人却到處是多餘的錢；應該有飯吃的人偏偏捱餓，應該有房子住的偏偏沒有！……她不願想下去，這樣問題使她苦惱。她提起一點精神來，靜靜地向外面聽，希望樓梯或門板有點輕微的响聲也好。但是沒有！她的煩燥更深了。該不會眞的出了什麼意外事情罷？這樣懷疑着的時候，她生起懊悔，她不該同意丈夫做這麼一件冒險的事情。但是丈夫已經失業了三個月，房子又加了租錢，不要說欠下的租錢沒有方法解決，就是日常的生活也沒有方法支持；他們除了這樣冒險幹一次就沒有別的路，除非他們準備光着身子讓那個兇婆子把他們趕出去。想到這裏，她又覺得她的懊悔是多餘的了。而且，事情已經進行着了，只要把最後一隻皮箱子拿出去，事情不是完了麼？

可是，人為什麼還不曾回來呢？

外面的時鐘打過三點半了。四點鐘，那些睡在甬道的人就有些要起來，到碼頭去工作；她們能夠進出的機會很短促了。也許不到四點鐘，那些人就要醒來。一個新的焦慮又佔有她的心。她不能夠再支持她的忍耐，她覺得時間已不容許她再等下去了。她決定鼓起最大的勇氣來，在那些人沒有醒來之前，把最後一隻皮箱子挽出去。她沒有足夠的氣力把那笨重的傢伙一直挽到她的母家，可是至少在樓梯下面等待丈夫，總比較在屋裏要好遇些。

為那忍受不住的焦慮所煎熬，她不再考慮，為的恐怕因循一下就連實行的勇氣也消失掉。於是輕輕地把奶從孩子的嘴裏抽出來，扣上胸鈕。一隻手抱着孩子，一隻手伸進床底把那皮箱子挽起來。她自信有運用兩隻手一直走到樓梯下面去的氣力。聽一聽外面沒有什麼該顧慮的聲息，她便毫不遲疑地踏出房門檻。

她慢慢地伸着腳尖，向甬道睡着的人和人中間的空隙移過去，很困難才走了三四步，她聽到有腳步聲在樓梯上响起來了。她直覺地感着一陣喜悅；可是立卽想起丈夫的腳步聲決不會這麼沉重，便本能地停下來聽一聽。誰呢？

腳步聲果然在門外停止。門板上有急激的敲打聲，沒有關攏的門給無意地推開，一道電筒的光像一把劍一樣從門縫中刺進來。

她一時間不曾意識到什麼，却本能地想轉回來，但是提不起步子。她看見一個高大的漢子走進屋裏來，把手上的電筒四處照射。

「喂，這裏有失去東西嗎？門給打開了呀！」一面叫着一面敲着門板。

甬道睡着的人們驚醒了。騷動的聲音在各處响起來。「什麼事呵！什麼事呵！」

「警署扣留了一個形迹可疑的人，挽了皮箱子的。他說是由這裏出去的。有這回事嗎？」

她完全明白了。她的心跳得像要衝出胸膛來。她什麼也沒有想，一個單純的念頭是：趕快回進房子裏去。但是拖不動腳步。她聽到兇婆子也給鬧醒了，正在急急穿着木屐要跑出來，大聲地問：

「怎麼！有賊嗎？有賊嗎？」

她茫茫然地，勉強要想拖動沉重的步子，但是全屋裏的燈火都亮了。

她呆呆的站在甬道中間。

「啊呀！走租呀！走租呀！」

耳邊滿了叫聲，她的知覺突然模糊起來，眼前一陣黑，人像折了腿子似的倒下去。

選自一九四八年十一月十五日香港《文藝生活》總第四十三期

# 周而復

## 冶河

正太路兩條賊亮的鐵軌，由東面伸展過來，一進入山西省境，便給萬山掩蓋住了，山西省邊境第一大站是漠河灘。漠河灘躲在山叢的懷裏，東邊五里地外的娘子關，好似它的褓姆，日日夜夜保衛着它，一條冶河從遙遠的山裏，像一個老太婆似的，一路絮絮叨叨流來，恰好在車站西邊繞過，匆匆忙忙向東面去。鐵軌從東西南邊橋上越過，蜿蜒沒入山裏。兩邊大鐵橋上各有一個橋頭堡壘；聳立在大鐵橋四周的，是陡峭的懸崖，在半山腰那兒，有着一溜黑黝黝的石洞，這是天然堡壘，敵人還怕不夠安全，又在山頂上建築了三個大碉堡。這些堡壘裏，白天夜晚都住着敵人，把守漠河灘車站佈置得眞個是固若金湯。東來西往的車輛，都喜歡在這兒上水添煤，有時就待上一宿，過了這一站，就沒有這樣安全的站頭了。

八月中旬的一個下晚，太陽已經落山，山谷裏泛濫着淡淡的紫籐色的光輝。

離漠河灘五里遠近的北山坡上，那兒麇集了一營的指戰員，原先是坐在綠茵茵野草上，抽着烟鍋，靜靜休息，等待上級的命令。三營佔領娘子關的消息一傳到，如一聲春雷，誰的心情也寧靜不下來，胸口卜冬卜冬的跳，張二虎的心更是跳的厲害，好像這顆心在胸膛裏待不住，要從嘴裏蹦了出來。心沒跳出來，張二虎可從人叢中蹦了出來，他鬼頭鬼腦走到一連連長屁股後頭，摘下嘴上的旱烟袋，冷不防大吼一聲。

「連長，報告：咱們和三營打勝仗比賽！」

連長嚇了一跳讓開一步，回頭一看是張二虎。張二虎的叫聲，引得全連的人都哄然大笑，連長在笑聲和人聲中點頭，他心裏也癢癢的，想打個勝仗。他答應把大夥的意見提給營長。連長去找營長。留在山坡上的戰士們都坐不住了，張二虎來回走着，一會蹲下去把鞋帶子拴緊，一會放下肩上的槍，把槍帽子摘下看看，又戴上。他簡直像個熱鍋上的螞蟻，跑來跑去，不知怎麼是好。

大家都和張二虎一樣：坐立不安，只有一個人坐山坡左側凹地那兒，文風不動，心情有如止水。在他面前是一挺歪把子輕機。這人是機槍班長閻善曉。

機槍班是屬于五團一營一連的，這次總結工作中，經過全團軍人大會通過，公選機槍班是模範班。軍分區司令部和政治部贈給機槍班以軍分區模範班的光榮稱號。這稱號像是一道彩虹，照耀着軍分區的天空。連隊裏都喊出向機槍班看齊的口號。

為什麼機槍班能夠得到這個稱號……是由於班長和政工組長領導的正確，在全班裏樹立了崇高的威信，發揮了每一個戰士的才能，全班團結得如一個人。新老戰士之間，班長組長戰士之間，有着高度的團結友愛，班長遇事都是以身作則。今年春上，青黃不接，糧食短少，分區發下糧食每人只有十二兩，不夠吃，閻善曉吃了兩碗就放下箸子，大家發覺他有意少吃，讓大家吃，全班戰士大受感動。天冷時，碰到小炕，擠不下，總是閻善曉下炕攤地舖。以後移防，房小炕狹，大家搶着要睡地下。班裏從此養成謙讓的作風：行軍時，大家爭着揹東西；到了宿營地就搶着站崗，有事絕不你推我讓。

全班朝氣蓬勃，政治情緒飽滿，軍事技術更是突飛猛進。平時學習生活緊張，雖然規定每人每天瞄六槍，特等射手瞄九槍，但大家絕不遵守，計算下來，總是超過。三二人一定下來，就練習刺殺瞄準，練習目測距離，練習使用地形地物，練習曲綫運動，練習交互掩護撤退……。休息入房所，就練習襲擊或搜索房所動作，絕不讓時間白白過去。全班十一人，軍事測驗成績平均在九十分以上，創造了四個特別射手。

政工組長洪英傑，對每個戰士出身，成份，歷史，入伍後的表現，和每一個時期的心理情緒的變化和要求都清清楚楚。領導上既然了解具體情況，當然可以掌握戰士的心理，運用積極份子力量，發揮了小組的保證作用。軍事政治結成堅強的領導方式。

機槍班成為五團的一個熔爐。誰下了機槍班，那怕是個新士，或者是個調皮搗蛋的傢伙，不消一兩個月的工夫，便把他鍊鍛得鋼鐵般的堅強。張二虎便是這個熔爐的出品。

張二虎是出名的洋相大王，調皮搗蛋，怕學習，好講拐話，吊二郎當，嘻皮笑臉，送到那班，那班不敢收留，像是一泡臭狗屎，推來推去，沒人要。一個月前下了機槍班，班長給他談了兩次話，政工作組長更是每天和他談。他一到了機槍班，就嗅出這班的味道不同，空氣緊張得很。頭兩天不買帳，還是他那股吊二郎當勁，別人學習，他在唱「一馬離了西涼界……」；吃喝別人退讓，他搶先；遇事別人搶先，他退讓。他本來想找個碴，誰碰他，就給誰鬧一通，反正此處不留爺，自有留爺處。可是找不到餂。政工組長在他來了第二天，就在班裏動員，說明張二虎是新戰士，過去當過舊社會的保安團，政治上認識差，舊社會習氣深，又是文盲，大家要幫助他。大家心裏有數，都讓他一步，幫他一手，派在張二虎身名下的事，閻善曉不是幫助他，就是代他做了，有一樣事却不放鬆：就是常常和他談話，勸他學習。

大家謙讓，張二虎心裏倒着實地難過。他覺得這班和別的班不同，他不能老跳槽，得好好幹。一個月後，逐漸變了樣子，只是還喜歡出個洋相，引起大家對他注意，博得眾人笑一通這脾氣沒改過來，剛才他對連長那種嚷動，閻善曉坐在機槍後面，心裏老是替他吊着，別又鬧出什麼岔子來。幸好後來說要求比賽，閻班長心裏這才釋然了。

薄薄雲層後面的金光已失去了強烈的光芒，淡淡的紫籐色的光輝越來越暗，天黑下來，四周山巒的輪廓溶化在暮色裏，山色和暮色慢慢模糊成一片。就從太陽落下去那邊，漫上來幾片烏雲，飄浮在湛藍的天邊。張二虎一頭高興，給這幾片烏雲遮蓋住了。他走到閻班長面前，蹲下去，指着西方說：

「班長，你看那片雲，不會下雨吧？」

閻班長是貧農出身，整日價在地裏長大的，對于天時地理，天晴下雨是有經驗的。他站起來，墊起脚光，向西方盡頭望過去：踴上來的幾片烏雲，不厚，又無根，不像有大雨的樣子，但天有不測風雲，也難說得定，他答道：

「沒準兒。」

張二虎是個粗枝大葉的人，他本來料不準會不會落雨，見班長不敢肯定，他就大胆肯定了：

「一定要下雨，——我們今天晚上要打仗呢！」

「下雨怕啥，咱們隊伍什麼都不怕，難道就怕雨？二虎，你怕嗎？」閻班長問他。

「誰說的？我二虎天不怕地不怕，下雨，下刀子也不怕！」

一陣唧唧的哨聲，把四散休息的指戰員，都集合在山坡邊的那片平地上了。閻班長揹上背包，掮起大槍，望了集合塲一眼。政工組長洪英傑連忙過去，掮起了歪把子。機槍班全體來到了集合塲。值星排長清查了一下人數，報告給連長。

連長已從營部回來，上面的命令由他帶下來了。他用着湖南口音的北方話，宣佈了今晚的作戰任務：爭取漠河灘車站，來響應娘子關的偉大勝利。他講了夜間戰鬥要注意的幾項事件之後，便是指戰員的講話，他的每一句話如一粒火種，散佈在每一個人的心上，號召大家堅決完成上級給的戰鬥任務，最後用更宏亮的聲音問大家：「今晚爭取戰爭的勝利，有把握不？」張二虎站在閻班長旁邊，他和大家同時回答：「有！」這聲音像山谷裏的雷鳴，山野裏四面八方撞回來無數的迴聲：「有！有！！有！！！」迴聲久久不停。一連的戰鬥行列，向漠河灘出發了。

順看山腰的大道，無數的脚步，有規律的一起一落。走在前衛行列裏的機槍班，浮起了人聲，這是閻班長的口音：「漠河灘這地勢可兇險，連長說車站橋頭都有堡壘，山上還有哩。你們有人去過嗎？」機槍裏沒人去過，大家都搖搖頭。洪組長接上去問：「咱們都沒去過，連級營級首長下午已經偵察過地形，去沒去過沒關係，只要勇敢堅決的幹，機槍班要起模範作用。」他說完話，把歪把子換了肩。

「那還用說，模範班不能丟臉。」這是張二虎的聲音。

「任務來了，」閻班長不放心，更進一步向大家動員，說，「咱們模範班這回不能落後吧？你們說完成戰鬥任務有沒有把握？」

班上的人異口同聲說：

「沒問題，看好吧。」

閻班長知道別人沒問題，班上就是張二虎是個弱點，怕從這上面出岔子。他拍拍二虎的肩膀，想提起他的戰鬥情緒，說：

「二虎，你到機槍班來，這是第一次打仗，大家眼睛都瞅着你，你得掙口氣，你的戰鬥經驗比別人強，祇要你好好幹，準沾！」

這幾句話說到二虎的心窩裏，他混身癢癢的，好不高興。這次沒開玩笑，一本正經地說：

「咱們不哼氣，後娘打孩子，暗裏使勁好啦！」

「對着哩，咱們就是這個勁。你的戰鬥經驗多，這次在班裏要起帶頭作用啊。」

「是呀！」張二虎想起在別的班裏，都對他另眼相看，瞧不起他，全要調他到別的班上去。閻班長却不同，將他當人看，他的短處從沒向他提過，總希望他往好裏做。這次他得幹個好樣兒的，給同志們看個眼色，張二虎并不是一輩子不成材料。他說，「班長，我聽你的命令，你要我幹啥就幹啥。」

「我給你比賽，」走在機槍班後面的連上支部書記，聽到洋相大王的話，特地提出這口號來，鞏固他的情緒，說，「看誰繳的槍多，捉的俘虜多！」

「好，比就比！」張二虎伸出大姆指，回頭向支書面前一比劃。他身渾發熱，就希望馬上來到漠河灘，打日鬼子。

下山了，山脚下是一片稠密的高粱地。隊伍進入高粱地，地裏沒路，連個抄道也沒有，幸虧前面的尖兵排長道熟，帶着大家在高粱桿子當中穿來穿去，碰得粗大的高粱葉子刷刷的響。隊伍全部進入高粱地裏，張二虎放眼四面一看，數不盡的高粱；結得飽滿的穗，而同胳臂似的大葉子，向四處伸開。走了一段，又是一段，張二虎急了，問閻班長。

「這上那兒去啊！」

閻班長拉拉他的飯包，說：

「別說話，到漠河灘去，你忘了？」

「沒忘。」張二虎粗裏粗氣說，「道沒走錯吧？」

「排長在前面帶路，他家就住在附近，沒錯兒！」

張二虎只顧講話，他走慢了兩步，猛回頭向前一看；嚇，前面隊伍不見了。他吃一驚；因為他拉距離，隊伍走錯，完成不了任務，是要受處分的。他沒吭氣，向前走着，一邊向四面尋；高粱地裏黑洞洞，向前看是一片黑，對左右兩邊望，也是一片黑，走近了，才隱隱約約看到高粱的枝葉。東也看不見，西也看不見，幸好他鎮靜，又有豐富的行軍的經驗，順着叉開的高粱，仔細聽去，前面有脚步起落的聲音，他連忙追上兩步，果然追上了。原來他拉下距離不長，不過三四步，因為天黑，看不見。跟上了隊伍，反而身上出了汗，心直跳，緊緊跟着前面戰士，一步也不敢拉了。

尖兵排走出了高粱地，閻班長抬頭一望：天上沒星星沒月亮，厚厚的烏雲遮滿了天空，一點微弱的光亮也沒有。天空變成了一口巨大無比的鍋底。閻班長想起在山坡上張二虎説的話，他心上打了個疙瘩。

在一片茫茫的黑暗裏，遠遠有一綫閃閃的亮光，閻班長心上的疙瘩消逝了，給那一線亮光緊緊抓住。這一線亮光越來越長，越來越濶，前面隊伍的步子，也跟着越來越快了。終於，隊伍走到亮光的邊緣，停下來了。

這亮光是冶河。冶河像是一個受苦人，他從重重的山脚下，經過千重難關萬重阻碍，流到漠河灘這兒，才算嘆了一口氣，可是有苦還不敢説來，嗚嗚咽咽地走着。

尖兵排到了冶河岸上，閻班長四面張望，還是黑烏烏的，什麼也瞅不眞。尖兵排長選好了渡河點，本來想一塊過去，他怕不妥當。雖然偵察員早半個時辰就到對岸去了，他仍舊覺得不夠安全。機槍班被派過去，先佔領了對岸的陣地，全連再過，萬一發生敵情，好應付。閻班長給洪組長商量一下，他在前面走，洪組長在全班後面走。閻班長連綁帶也沒有解，穿着草鞋，舉起手裏的三八大蓋槍，就往河裏走，他先探路。後面張二虎他們，相跟上來。

閻班長怕水聲大讓敵人知道，他招呼大家輕輕移動脚步，兩個腿向前邁，因為水流不急，只激起輕微的浪花，發出細碎的嘩嘩聲。走到河中間，水也不深，不過到大腿叉那兒，他在那兒站住了。他怕輕機走到那兒，別出岔子。洪組長走上來，他一把抓住他的手，叫後面的人也手牽着手走，這樣水再深下去也不在乎。他牽着洪組長的手，帶到水淺的地方走，不一會，到了對岸。他立卽把機槍衝着車站，背朝着冶河。

全連的戰士，手牽着手，平安無事渡過了冶河，向漠河灘車站走去。敵人一點也不知道。

車站的揚旗上亮着一盞小紅燈。這是車站上唯一的燈光。鐵軌上停着兩列車，一列是貨車，裝煤來的，還沒卸；一列是今天下午從陽泉開來的兵車，是從晉西敗下來的，都是歸還兵，有三百多，要送回日本去，不料到了這兒，就碰上戰事，開不出去，留在這兒。車廂裏沒有聲音，沒有亮光，車頭火爐那兒的火門也都關上了。只是車站旁邊的營房裡有點燈光，不過給四週兩人多高的工事遮着，看不見。

第一連悄悄到了車站附近，連長早看好了地形，他派機關槍班和一個步兵班担任左翼，由閻班長指揮。閻班長立時把步兵班和機槍班集合在一塊，他對大夥說明戰鬥任務，原來車站只有二百左右敵人，據偵察員的報告，今天又增加了三百多，主力在營房裏，車上還有。他們的任務是攻擊營房的左翼。閻班長說：

「我在頭裏，洪班長在後面，順序一個人一個人跟進。我帶不上去，我負責；組長督促不上去，組長負責；每個人要是跟不上去，就是犯戰場紀律！」

閻班長的眼光暗暗向步兵班一掃，旋卽說：

「你們有意見沒有？」

大家都低低說：「沒有。」

閻班長帶着兩個班，迂迴到營房正面的左側，他看後面的人都跟上來了，離營房工事八百米達的一株柳樹下面停下來，輕機隱蔽在柳樹後面，步兵分散在柳樹附近蹲着，等待命令。

在黑暗的天空下，一綫綠色的閃光亮起，攻擊訊號發出了。

營房和車廂兩處頓時響起槍聲和手榴彈聲。敵人顯然沒有準備，營房裏的敵人逃到車廂裏去；車廂裏的敵人以為營房安全，又逃進營房，這樣逃來逃去，正好暴露在火力網之下，有幾個就倒在半路上，發出「啊魯啊魯」的喊聲。後面的敵人不再跑了，有的臥在車輪下，有的躺到鐵軌上，有的睡在營房地上。

輕機槍的火力壓得營房裏的敵人抬不起頭來，營房裏的敵人還想往外逃。

——前進，把刺刀上起來，衝鋒！

連上急促的命令，傳到閻班長那兒。兩個班在機槍的掩護下，閻班長帶頭，張二虎他們緊緊跟着，避過工事裏的火力，向營房側翼衝去。營房裏的敵人，知道抵擋不住，也從裏面衝出來。張二虎一眼看見黑暗中敵人的刺刀的閃光，生怕被敵人逃掉，趕上前去，給敵人出其不意，從腰部刺進去，敵人倒了。他一心只注意了這個敵人，不料從側面又逃出一個敵人，向他胸脯刺來，他閃身躲過，却刺中了左臂。閻班長插過來，對那敵人腹部刺一刀，敵人啊魯啊魯地躺在地上了。

閻班長見張二虎掛了花，便叫他退下火線。張二虎說傷不重，搖頭不肯去，又向前面的敵人衝去。他一心記住剛倒下去的敵人的那條三八，不顧他胳臂的傷痛，伏在地上，偷偷地爬過去，很敏捷地把那條三八槍拿過來。自己原先使的那條捷克式有點不順手，準備給閻班長提意見，換這條。他心裏安排好，先把三八槍揹上再說。

敵人衝不出來，都又躲回去。藏在營房裏面，用猛烈的砲火機槍，其中還夾着擲彈筒，向閻班長反擊了。閻班長指揮大家就地伏下，向機槍火舌吐出的地方，接二連三的扔過手榴彈去。

敵我相持着。

突然，一陣閃電，照亮了營房，閻班長看見營房窻戶裏有數不清鋼盔的閃動。他想仔細望清楚，可是閃電過了，黑暗如一層厚厚的幕布，遮住了視線，只見黑越越一堆，什麼也看不清。四週響起比加農砲還大的响聲，轟隆轟隆，就好像要從頭上打下來似的，這是雷鳴。又一道閃電，天空彷彿分裂為二，無數道裂痕似的金絲交叉地閃爍着。閃光悠然逝去，隨着來的是嘩嘩的傾盆大雨，就像是冶河到了天空，傾瀉下不盡的大雨，落在車站上。

戰火在雷雨之下，低沉下來。

閻班長從頭到脚都是濕漉漉的，「看看敵人已經相當穩下來，打出來的數量超過原有的，情況起了變化，是不是應該撤出戰鬥，渡過河去？」這個念頭，像是一朵浪花，在閻班長腦海裏泛起，「但是戰鬥正在展開，敵人還沒有消滅，怎麼能過河去呢？」這一個念頭打消了先前泛起的浪花。他趁着雷雨中的戰鬥間隙，整理一下隊伍，一道閃電過處，他瞅到張二虎左胳臂下面的地上，有一灘血。他從自己的飯包里，抽出一條手巾，過去把張二虎的傷口紥好。再讓張二虎退下火線，先過河去。張二虎不肯，他要和同志們一道打下去，他說：

「想不到我到機槍班來第一戰，就碰到漢奸！」

閻班長嚇了一跳；那兒來了漢奸？問他是誰？張二虎指着天說：

「就是這個。」

「這個什麼？」

「天下雨，幫助鬼子，不是漢奸嗎？」

班上的人都咧着嘴笑了。張二虎受了傷，揹着那條槍，動作不靈活，他交給了閻班長，再三囑咐了一句：

「這條槍是我繳的，班長你記住。」

「好的。」

「以後要給我使喚。」

閻班長自己使的是三八式，見張二虎捨不得這條新繳來的槍，便遞給他四排子彈，讓他馬上就使用這條槍，閻班長把捷克式代他揹上了。

雨還是無休止地下着。

連長也考慮到撤退問題，但為了爭取戰鬥徹底勝利，下了繼續衝鋒的命令。這次衝鋒不同，由於敵人工事堅固，火力強旺，再像那樣密集衝鋒是不利的，改為班進攻，個個躍進，閻班長率領機槍班走前頭，在雷雨聲的掩護下，一個個敏捷前進，很迅速地到了營房門口，正好那兒有一堆泥土，淋了雨，很鬆動，把四面流散的泥土掀好，馬上就做成一個掩體。輕機槍瞄準營房門口，猛烈地咆哮起來。鬼子封鎖在營房裏，這一次不敢嘗試衝出來。洪組長和張二虎他們，躍進到營房門口左側，手榴彈如雨一樣的落在敵人工事裏，爆炸開來。裏面鬼子發出悽厲的叫聲。

敵人吃了虧，知道閻班長他們已逼近工事外面，敵人的火力打不到機槍班，而機槍班的手榴彈卻很容易扔進去，便接二連三出擊，以攻為守，不過時間遲了，閻班長的輕機槍火力網封鎖住了，敵人衝出來，一次，兩次，都給打回去。張二虎打得竟忘記了左胳臂的傷痛，像好人似的，很堅強地堵住敵人的去路。

雷聲消逝，雨也小了。可是剛才雨太大，也太猛，雨量過多，山上一時吸收不住，就嘩嘩淌下來，滙成無數的小河流，從各個口子，進入了冶河。冶河陡然漲了，如同一個瘦子却突然虛胖起來，不過一百米達的河面，現漲得快到兩百米達了。

冶河暴漲，歸路斷絕，這消息從偵察員的嘴里說出，立時傳遍了全連。洪組長在班里小聲說：

「同志們，環境雖然危險，但是要鎮定，上級給我們的戰鬥任務，要堅決完成。只有在最艱苦的時候，才能攷驗出我們來。只要我有信心，一定可以克服一切困難，你們有信心沒有。」大家聽到洪組長鼓動的言詞，都回說有。張二虎聽到「攷驗」這兩個字，心頭一楞。他舉起受傷的左胳臂，激昂地說：

「我們要打到底，我受傷了，也跟同志們一塊打，死了也要完成上級給我們的任務！」

閻班長抓住這幾句話，號召大家向張二虎學習。老戰士聽到張二虎的話，心裏振奮起來，什麼都忘了，只注視看營房裏的敵人。

治河從叢山裏狂奔而來，像千軍萬馬，像山崩地裂，浩浩蕩蕩地呼嘯着，流到漢河灘車站附近，地勢雖然平一點，也還是如一羣不屈服的頑童，跳跳蹦蹦地跑着，河床已限制不住他的行動，東撞西闖，吵吵鬧鬧，濤聲遮蓋了一切的槍聲。

東邊的山頭上，露出一線白光，天快亮了。

正當拂曉時分，連級首長在柳樹下商議戰鬥的部署。經過一宿的戰鬥，估計敵人傷亡了一百多，但是還有四百多敵人，超過自己的兵力有六倍。河是渡不過去，天亮之後，一連人暴露在車站平地上，是不利的。決定立卽撤到漢河灘村邊固守，繼續打擊敵人。掩護撤退的任務，落在機槍班和閻班長身上。

村裏的老鄉，已有三四年沒有見過中國軍隊。昨天一宿的槍砲聲，驚擾了居民，不能好好闔眼，家家戶戶談論隊伍打鬼子的事，記起車站上鬼子的暴行，就彷彿地他們自己在打鬼子，心裏覺得好高興。

閻班長帶着機槍班最後走進村子的時候，村口擠着許多人：老的、少的、娃娃……迷花眼笑。帶着一種渴望的神情注視着隊伍。張二虎給望得身上熱呼呼的，他想起從前當保安團的時候，村裏人一見了他們就跑，從沒見過老鄉這樣對待軍隊的。進村不到三十米達，在大街道上放着四桶熟開水，和兩大桶稀粥，水蒸氣如霧似的，一團團昇起，在稀粥前面，還有一蒲籮的餅子，上面也有熱氣，是村里剛烙的乾糧。張二虎一宿沒吃東西，肚子裏正是餓的慌，他伸手想去拏個餅子來吃，但看到閻班長走在兩桶稀粥那兒却不停留，他的手縮回來了。站在水桶後面的一個五十多歲的老頭，拏起一個餅子，望着張二虎說：

「下雨打鬼子，餓了一宿吧？同志，吃個餅子吧！」

張二虎見大家都沒吃，他也只好忍受着餓，搖搖手，沒接受，跟着閻班長走過去。隊伍在村當中大街休息，戰士們抱着槍，貼墻根坐着。有的在抽烟，有的在喝着水。連長到村邊前面去，視察了一下地形，很快就回來，把隊伍帶到村邊，指着村邊一幢獨立的磚瓦房，叫閻班長他們做工事，連長自己到鄰近的另一座獨立的磚瓦房去。

機槍班和另一個步兵班只有四把小鐽，不夠使喚，洪組長到村裏動員了十把鐽子，八把鎬來，開始進行作業了。

閻班長畫了幾個步槍眼和機槍眼的位置，讓大家挖；他自己又到房子側翼，掘戰壕。張二虎左胳臂有傷，不能挖，閻班長叫他休息，他也不肯，也要挑土。送傢俱來的老鄉，見隊伍人手不夠，掛花的同志還要做，那個站在街邊要張二虎吃餅的老頭說：

「同志，你告訴咱們怎麼做，咱們也插把手！」他說完，眼睛望着張二虎。

張二虎不知道可以不可以讓老鄉幫忙，也瞅了站在屋外的閻班長一眼。閻班長正急着人手不夠，連長命令要快點挖好，防備敵人來進攻。聽說老鄉要幫忙，自然贊成，他連聲說：「好好好」。人多做事，不到一個時辰，工事全部做好了。張二虎跳到閻班長挖好的戰壕裏，伏在掩體後面，眼睛斜視看遠遠的漢河灘的車站，得意地說：

「他媽的，鬼子你來吧，老子用手榴彈餵你，看你怕不怕！」

另一個戰士接着說：

「來吧，來一個死一個，來兩個死兩個！」

閻班長把張二虎叫了起來，問他胳臂上的傷怎麼樣，他竟像沒有這回事，一問，他才想起，不過，旋卽又搖搖頭，毫不在乎地說：「沒有什麼。」閻班長怕他傷口發炎，要他解開手巾來，用開水洗洗，他怕時間來不及，不如乾脆等回到營上再洗藥。

那個老頭把街上的稀粥和餅子挑了來，讓大家吃，起初張二虎還不敢動手，後來洪組長說：

「吃吧，大家該餓了。」

「這是老鄉——」張二虎懷疑地問，沒說下去。

「連長說過了，吃完了，由事務長去和老鄉算……」

工事做好，閻班長感到輕鬆，吃下兩個餅子，渾身的勁兒又來了，他一邊吃着，一邊關照哨兵注視車站的方向。張二虎瘸了一宿沒吭氣，夜來的疲勞和傷痛，使得他精神減少了三分。吃飽之後，增加了生氣，他不安於斯斯文文坐在那兒，閒着沒事，回想昨夜的戰鬥，他刺倒一個鬼子的情形，便又出洋相了，他裝模做樣，捏小嗓子，學着日本鬼子腔：

「日本鬼子，笨的牛的一樣，我一槍刺着他，撲通一聲，他就倒在地上的。……」

說着說着，他自己學日本鬼子，也倒在地上了，引得大家高聲狂笑起來。洪組長笑得往牆上靠，剛挖的槍眼那兒，嗦嗦的落下新的泥土來，落進他的脖子里。

「人逢喜事精神爽……」張二虎哼着京戲，從地上爬起來。

閻班長看見太陽已從東山頂上露了臉，天空是一片蔚藍。村邊的冶河，還是滾滾的奔流着，放蕩不羈地沖激着兩岸。河水還沒有下去，河床當中，不時激起一陣陣浪花。渡河是無望了。河這邊是在敵人絕對優勢兵力的威脅下，處境是很危險的。天空的烏雲早已消散，可是閻班長心上的烏雲越來越多。他聽張二虎他們談笑風生，視若無事，大家正空閒着，便提醒大家説：

「同志們，你們看河水這樣大，我們渡不過去。敵人一定要來進攻的，我們現在處境很危險，要準備頑強打擊進攻的敵人，同志們，如果消滅不了敵人，我們就會被敵人消滅。」

「班長，別長他人的志氣，滅却自己的威風，」張二虎從京戲裏學來的詞兒，這次用上了，

「咱們給鬼子拼哪！」

「對啊！」戰士們附和着。

剛才的笑聲停止了，大家的眼光轉到車站上去了。

車站上的敵人正在搬運營房外面的屍首，一具具搬進去，收拾好，車站裏連一個敵人也看不到了。敵人已知道一連已撤到村里，給一條急流隔着，沒法回去的。敵人在營房裏整理了一下隊伍，補充了彈藥，準備向村子進攻了。

張二虎看到車站上沒有敵人了，過去報告閻班長，説敵人嚇得不敢出來，躲到烏龜殼裏去了。閻班長不信，他從戰壕掩體裏抬起頭來，仔細瞅了一眼車站，果然是靜靜的，沒有一個敵

人，只有車站旁的堡壘裏，不時看到晃來晃去的敵人影子。他告訴張二虎說，剛才連長講了，敵人一定要來報復進攻的，不可疏忽，要小心注意敵人的動靜。張二虎說：

「別講這麼大的敵人，就是一個蒼蠅也從我面前飛不過去，我的眼睛看物件可眞哩，看的也遠。」

「那你當瞭望哨好了。」

「沒一個錯兒，逃走半個鬼子，算在我張二虎的帳上。」

「不是開大會，講話低聲點，別讓敵人發現了目標。」閻班長碰碰他。閻班長檢查一下身旁的機槍，又望望連長他們守着的那座房子，密密蔴蔴的槍眼正對着車站和營房。

營房裏突然探出一個腦袋來，張二虎定睛一看：又不見了。那個人彎着腰，貼堡壘的邊緣走來，一會便在堡壘下面露面了。張二虎碰碰閻班長，說：

「敵人出動了！」

「閻班長的眼光轉到堡壘那兒，眞的，一個一個鬼子從營房和車站爬出來，彎腰弓背，倏然出現，張二虎口中默默數着：一個兩個，十個，二十個，……一眨眼工夫，後面擁上來一大堆，張二虎數不清了，足有一百多個，他看着這麼多敵人，暴露在目前，多麼好的目標啊！一索子彈不打倒一二十個才怪哩。他低聲問。聲音却有點顫抖：

「班長，開火吧，多好的目標！」

閻班長看到這麼多敵人，心裏也按捺不住，想開輕機，可是上面沒有命令，不好打。他回頭去，用眼光去請示後側的排長。排長懂他眼光的意思，排長告訴大家別開槍，等到百把米達的時候再動手。閻班長是執行命令的模範班長，他不再問。但張二虎却沉不住氣，他望到那麼多的敵人，眼睛都變紅了，上級不叫打，心裏眞有點不服。要是從前，管他媽的，先打了再說，打死了敵人，還不說張二虎一聲好？他的手緊扣着板機，有點忍不住了。

閻班長看到他食指在動，怕他誤了大事。耐心地告訴他：「不要急，敵人正向我們這過來，越近越好打，敵人跑不了的。」

鬼子個個躍進，彎着腰，端着槍，執着擲彈筒，試探地前進着。村邊悄悄的，村裏的老鄉也都躲藏起來，鴉雀無聲，敵人慢慢接近，離村邊不過一百米左右的時候，轟然一聲，機槍，步槍，手榴彈同時叫了起來，最前面的鬼子倒下，永遠爬不起來了。在強烈的火力壓制下，敵人不可能接近村邊，連村外那片開濶地，也站不住，很快地縮回去了，像是一個巨大的烏龜，剛伸出頭來！迎頭一棒，就打得縮回硬壳里去。

約摸過了三四個鐘頭，敵人又進攻了。這一次改變了進攻的方法，他先用大砲機槍轟炸一連的村邊陣地，然後在大砲和重機槍的掩護之下，一百多敵人，分三方面包圍上來，像是冶河的怒潮似的，席捲而來。閻班長他們，起先是讓敵人優勢的火力壓得抬不起頭來，等到抬起頭來，敵人已經接近村邊了。班裏的輕機打得機筒都紅了，張二虎三八大蓋也彷彿失去了效用，這麼多的敵人，一時竟不知打什麼目標好，他想這一下可完了蛋哪。他沒有法，只顧向人叢中放去。班長却不動聲色，他把身上的手榴彈全放在戰壕掩體旁邊，也叫別人準備好，手榴彈如雨一樣的落在敵人隊伍裏，敵人却毫不在乎，跨過倒下的鬼子向村邊逼近來了。

閻班長看手榴彈頂不住敵人的強攻，便叫大家上刺刀，準備和敵人肉搏。可是敵人那麼多，又這樣逼近，上刺刀既來不及也頂不了事啊。閻班長也只知道是到了成仁的時候，不過盡人事罷了。張二虎舉起槍來和敵人拼。正在陣地將要動搖的時候，敵人的屁股後驀地響起了機槍聲，像炒豆似的，嗶嗶剝剝地叫着。在機槍聲中還夾有訇訇的迫擊砲聲，這突然到來的救兵打散了敵人進攻的隊形，紛紛後退。閻班長他們更加有了信心，射擊潰敗下去的敵人。

張二虎奇怪什麼地方來了救兵，河水還是那麼大呀，誰也過不去，誰也過不來。他抬頭仔細端詳：原來是河對面山上打過來的，團的主力集中了十多挺機槍和迫擊砲，來支援隔斷在河這邊的一連。

敵人吃了這場意外的大虧，自然不甘心。下午三時左右，從陽泉來了增援部隊，另外還附有大砲和鐵甲車。大砲就安置在車站上，四門大砲同時向村邊兩座房子和工事轟擊，不消一個時辰，不但兩座房子打得稀爛，工事平毀，連村頭所有的房子都打塌了，所有一連的指戰員，都暴露在外邊了，閻班長和張二虎他們，伏在倒塌房屋的磚瓦上，堅守着這個完全破壞了的陣地上。

鐵甲車如一個大爬虫，向村邊駛來。鐵甲車後面是步兵。鐵甲車裏的機槍向四面掃射。陣地毀了，房子倒了，沒有一點可以固守的地方。河對面山上的機槍，對着這龐然大物的鐵甲車的進來，已失去阻止的力量。鐵甲車吐吐地駛近，快到村邊了。

全連的命運，到了千鈞一髮的當兒。機警的連長下了決心：衝過河去。他高聲號召大家：

「誓不屈服，勇敢地衝過河去！」

為了讓大家安全渡過河去！連長叫閻班長帶着機槍班退到村西邊一座房子去吸引敵人的注意和火力，連的主力好迂迴出村渡河。一會兒，閻班長佔據了那座指定房子，機槍馬上就叫開了。敵人的砲位移轉了目標，開始向村西房子打來。

冶河像是煑沸了的水，洶湧地翻騰着。

連長帶着連的主力到了河邊，第一批派兩班強壯的戰士，他們都是會游水的，帶着一班傷員，在急流裏前進着。會遊水的戰士們，掩護着傷員，已經到了河中間，可是河水太深，水已經漫到脖子那兒，脚却踏不到底，傷員們心裏也沒有底兒了，有點兒發慌，勉力和波濤搏鬥，一步一個危險。水流阻急，浪頭又高，傷員們終于抵擋不住，哎喲一聲，這一班傷員都給浪頭吞沒了。會遊水的戰士們想去救，可是，那兒來的及，一霎眼的工夫，便流走了，在兩丈遠近的河面露出幾個頭來，旋卽又看不見了。

健壯的戰士勉力到了對岸，可是渾身鬆得像一團棉花，一點兒氣力也沒有了。

敵人進攻了一陣村西邊的房子，見抵抗的火力不強，發覺主力轉移了。敵人抽出一部分兵力，三班機槍封鎖住河面，子彈雨點似的，帶着一種威脅的金屬的噓噓聲，落在洶湧的急流上。

連長政指他們，看着主力正在渡河，他們顧不得彈雨的攻擊，一個勁往前走，一邊對大家說：

「快走啊，堅決地衝過河去！」

他的話沒講完，一粒子彈打中他的左肩胛骨，差點把他打倒在河裏，幸好那河水不深，才齊腰，他搖搖擺擺地站穩了。他旁邊的一個戰士，要過來扶他，他連忙搖首，急着說：

「別管我，你快走！」

那個戰士也中了一槍，打在胸部，給浪頭一沖，仰面倒下水去，一會就看不見了，只看見一片殷紅的鮮血浮在水面流去。

子彈落處，河面的鮮紅的血越來越多，把一條冶河都快染紅了。身體弱的，傷重的，都給浪濤吞噬了。連長他們到了對岸的時候，沒有一個不掛花的。

敵人的子彈還在封鎖着河面，可是火力削弱下來，有一挺機槍掉過槍口，對着村西邊的那座房子了，閻班長在屋子裏穩住戰士的心，他們對機槍的火力並不在乎，慢慢堅持下來。敵人見機槍不成，便調過大砲，向房子轟去，一座孤立的房子，那裏經得住幾砲，這房子不久便嘩啦啦倒塌哪。閻班長他們被埋在泥土裏，幸好沒有受傷，等他們輕輕從泥土裏爬出來，敵人已經四面緊緊包圍，嘰哩哇啦地叫着，要捉活的了。

閻班長見敵人團團包圍上來，他便帶頭從敵人薄弱那面衝出來，洪組長和張二虎他們緊緊跟着往外衝。跳出敵人的包圍圈，閻班長掉過頭來，叫洪組長他們快到河邊去，他拏着輕機向敵人打了一索子，且戰且走。

敵人見他們衝出包圍圈，四面敵人合攏追趕，跑快的敵人快追上他們，張二虎端着槍要給敵人拚刺刀，給洪組長拉走了，怕他體力吃不消。閻班長的機槍阻止了追趕敵人前進，他打一索子，便退幾步，漸漸退到了河邊，洪組長帶着張二虎已經下了水。洪組長本來想帶着大家過河，閻班長看敵人蜂擁上來，如果過河，到了河中間，那一定一個個讓敵人打死。他叫大家快掉過頭來。背水為陣，身子伏在水裏，分散開來，頭伏在岸上，向追擊的敵人射擊。

這樣，敵人沒法前進，大砲也失去集中的目標，只好在岸上遠遠地射擊。天慢慢暗下來，敵人的火力也跟着疎了。十倍以上的優勢敵人，對着這頑強的機槍班，却沒有辦法。火力大的時候，他們躲在水裏；火力小了，他們又射擊一陣。黑暗帶來了安全，閻班長帶着一班人在水裏轉移，悄悄到了下游河面寬闊的漏口，手牽手地渡過去，張二虎舉着受傷的胳臂，報復地望了車站一眼，氣呼呼地說：

「呸！老子走了，你敢來嗎？哼，準備好手榴彈等着你！」

機槍班安全地到了對岸。

一九四八、四、六日。香港。

選自一九四八年十一月十五日香港《文藝生活》總第四十三期
及一九四八年十二月廿五日香港《文藝生活》總第四十四期

# 秦牧

## 情書

「寫什麼呢？」縣城城隍廟側的寫字先生「臥雲居士」側着頭問，他已經架起銅邊眼鏡，在信紙上面寫起「亞榮夫君愛鑒」六個字，現在正等候顧客寫字攤對面坐着的鄉下婦人陳述這信應寫的內容。「臥雲居士」業務範圍很廣，除了寫信，還兼營「詳解靈籤」，「擇日看命」，「買賣契約」，「婚喪禮帖」。……他，人并沒有名字，所表現的悠閒，現在縮處在這鬧市的一角擺攤子，滿嘴黃牙，自然，這是鴉片煙膏的業蹟，從銅邊眼鏡裏他射出一種看透一切，對一切感到淡漠的眼神，他挺直身體靠在破籐椅裡，捻着鬍髭，一面等着那婦人開腔，一面煩燥地在心裡想道：「這筆生意又是難做的了。」

榮嫂挑菜進城賣，賣完了！就下了決心私自寄一封信給丈夫，她現在把籮筐扁擔都放在牆角，低頭想着要說的話，那個盤着頭巾，老實，結巴嘴，上顎掉了兩個牙齒的丈夫的影子在她腦裡清晰地出現了，她嘆一口氣，說道：「先生，你就這樣寫吧！說自從你跑開以後家中大小都還平安，就是記掛着你，你來信說，對婆婆要孝順，我又不是沒分寸的人，叫做她年紀老，愛多說話，我就讓她，不過老實講一句哪，亞榮亞榮，你亞媽眞是有時沒理講，好像前天吧！我在炒菜，她一踏進廚房就罵我『敗家精』，說我一燒燒四條柴，出力抽去兩條，你想想，兩條柴怎麼架得起來？隔壁二嬸送糕來，雖說他家二叔過世了！但也已過了百日做了百日忌，給小孩吃一件，她又罵了半天，不過量大福大，我也不去頂她就是了！阿婆腿生瘡，舂了幾次扁柏給她貼，現在好點了！就是老毛病，老是發昏，榕樹脚的二先生說是血虛。大仔肚子多毛病，三天兩天拉爛屎，說是濕熱，現在瘦一點了！我已經托人寫了張紅紙條貼到榕樹上，契給榕樹爺。」說着，看見臥雲居士并沒有寫半個字，衹把筆在拇指甲上按着，察看那鷄狼毫的毫毛，她畏怯地說了一聲：「先生，就這樣寫吧！我不會講哪。」臥雲居士打了一個呵欠，就寫道：「一日不見，如隔三秋，家中大小平安，阿媽大兒雖有小病，而幸托天之佑，已漸告痊，賤妾自知孝順婆婆，夫君可釋錦念。」寫後，畢剝一聲彈了一下指甲，翹一翹下巴道：「怎樣啦？」

榮嫂在他寫時呆呆望着他的筆桿，神往於丈夫現在的行踪，二個月前那一個黑夜，丈夫背個包袱到香港去了！香港是怎樣一個地方？在她腦子裡這是個花花世界，男男女女都愛裝扮，這似乎是個發光的有香味的城市，亞榮就住在街尾一間棧房歇脚……，禁不住臥雲居士一問，她定一定神道：「這樣說吧！日子艱難自然艱難，不過下田的事，你不在，我也可以担當得起，現在佃李家的那一畝七，就菠菜，芥菜和黃蘿蔔，衹是李家想賣田，要來吊佃，你走後，鄉公所又要錢又要米，本來吃是夠吃！就是這點艱難，那隻豬，現在也有四十斤了！將來賣了還地租，或者也夠的，三月三日大家插秧，我想兩塊田有一塊還是種禾好，我要叫隔壁的七嬸來幫手。現在就是衹掛你，唉，也不知道你在外頭怎樣了？人出去三個月，就衹接到一封信，你說心焦不心焦，我說啦，阿榮阿榮，什麼錢都可以省，這寄信的錢省不得，家裡老的老，小的小，一家都牽腸掛肚。」說到這兒，不禁眼眶一熱，立刻用藍布衫的下幅揩着眼睛，又清了一下鼻涕，甩到地面去，心想現在他可不知道怎樣了？是穿得整整齊齊坐在人家舖子裡當夥計呢，還是在做小買賣？他做的湯圓是好吃的，但香港人也愛吃湯圓麼？敢情是變了心？敢情是病了？她眼睛微紅，吞一吞口水，繼續道：「就是牽掛他，叫他在外要小心，『一條虫有一片葉』，一個人祇要不懶，飯總有得你吃，不過也不要太拖磨了！出外人，有錢就寄幾個回來，誰家不想要幾個錢，現在雖說我一個人辛辛苦苦，一餐乾一餐濕有得吃，若然外頭有幾個錢回來幫補，屋頂可以修修，免得下雨天時就像個水潭一樣，唉，就不知道你在外頭怎樣，婆婆托人寫信要你回來，你可千萬別聽她，她老人家，就祇想見兒子，那會思前想後，她給你的信說鄉下現在已經平靖了！那裏平靖呀！又在抽丁，這一次抽得更兇，老二，坤兄，廉叔都拉去了！」頓了一頓想起丈夫也許會因為她規勸他不要回來而懷疑，有一陣極淺的紅暈泛上她黧黃的面頰，她說：「一家團圓，有說有笑的，誰不想呀！叫做這種年情，沒辦法，鄉下大家都在說，龍脈走了！天變地變，就希望眞是變得成，到時你平平安安回來，我們燒豬還神。」臥雲居士仍在捻着鬍髭，他想起了悅來棧新到了一批煙膏，是正式的雲土，他又想着他妻子究竟一天買菜瞞着他儲蓄了多少錢，并不很注意這位顧客的囉嗦，聽到這兒，却不禁輕輕點頭，趿起鞋拖，頓頓脚，又振筆疾書一大段話，在他看來，祇不過是簡單的幾句罷了：「耕事賤妾自知打理，在外小心為要，有錢望多寄家用，現下鄉中不靖，是信夫君仍宜在外奮鬥。」寫完了，又向榮嫂道：「講話講簡單點，這不是兩口子在房裡聊大，是信呀！告訴他兩地平安，有錢寄回來家，鄉下家裏有什麼事，一便一，二便二，說一聲，就得了，明白嗎？」

「我們鄉下人不會講話」，榮嫂歉然地破涕一笑，想起寫字先生指點的話，就沉吟道：「你和他說鄉下就是整天派丁派糧，觀音山出了老虎，自從他出了門以後一連咬死過兩個人，我們割山草現在不敢走得那麼深入啦，有人說，這是上天放下來收拾人的，有人說，四鄉男人走得多了，沒人打獵，虎就來了！山草割得少倒沒無謂，就是那些兵呀，一過境住到你的堂屋裏來，看見灶頭沒山草，椅子也破來燒，那隻三脚椅，本來請木匠亞錦兄配隻脚就好用的，好死不死，給那些保安隊劈去當柴火燒，三更半夜，你又怎敢出房來瞧一瞧呢？那條狗也給紅燒了！他們一來，我把猪都拖在床底下呀，一言難盡就是了！你先生對他說，千萬不可回來，鄉下不成世界啦！」臥雲居士一面聽，一面用手摩挲他桌上的龜壳，點點頭，這次不再寫什麼了，衹在已寫好的「現下鄉中不靖，夫君仍宜在外奮鬥」，幾個字旁邊畫上圓圈，榮嫂當他動筆時，心內有一個念頭在起伏着，就不知道好說還是不說好，最後終於嘆了一口氣，沮喪地道：「你和他說，他在外頭不可聽信人言呀，也不知道外頭的人把那事說成怎樣了。」臥雲居士的眼睛不禁一亮，微笑問道：「什麼事啦？」榮嫂簡直用哭泣的聲音回答道：「鄉公所那個死鬼隊丁老麼咯，斬頭鬼，棺材鬼，亞榮出香港不夠二十日，我從田裏做完活路，走過官路，好死不死的，他走出來拉我一把，死不要臉講些不三不四的話，我喊了起來，有人趕來他才走開，當時我不喊就好啦，事情就不會傳開。」她的面上有一陣潮熱，又嘆息道：「好難講的，你不喊，沒有人來，他又怎肯走開呢？人是清清白白的，但是名聲不好聽啦！我婆婆去向鄉長交涉了幾回，要燒爆仗，賠金花紅綢，但是人家的嘴天生是横的，他説：「混帳混帳，又沒出事情，陪什麼金花紅綢。」我們婦人家怎夠他説呀！這事情就這樣壓死了！在鄉下現在倒沒人講什麼閒話，就是他在外頭，不知道聽人家講成怎樣了。也不知道是不是為了這件事！他來了一封信就沒有第二封，明明去了足三個月呀，去時是十一月二十六，現在三月都開初了！先生，你對他説，我不是壞女人，我進了他謝家的門，就不會玷辱他謝家的神主牌。叫他在外頭好好的照料自己，不好吃生冷，烟嘜，一枝兩枝無所謂，也不可食得太多，一個月喝幾次涼茶，街上沒有涼茶，就買些麥冬，藕節，金銀花來熬水飲，很容易，滾幾滾也就行了！現在就企望他在外頭身子好，萬一他有個三長二短，這個家就不像個家啦！」説到這兒，喉嚨像給什麼東西塞住，又淌下淚來了！臥雲居士嘆息道：「別哭咯，香港地，不知道多舒服，你牽掛他做什麼？還有麼？」榮嫂搖搖頭表示沒有了！臥雲居士就咳了一聲，寫下最後的幾句：「賤妾素知自愛，鄉中強徒雖思非禮，惟賤妾矢志堅貞，邪難敵正，但蜚短流長，夫君萬勿聽信流言，在外一切珍重為要。兩地平安。」最後，側起頭問她姓什麼，榮嫂囁嚅道：「姓王」，他就寫下「妻王氏斂衽」幾個字。

最後問地址寫信封，榮嫂從腰兜裏掏出一個紙團來，裡面包着一封破壞的信，臥雲居士勉強辨察字跡，發覺那上面寫的是香港一條巷的「翠香茶居」留交，並沒有什麼直接通訊處。

榮嫂放下錢，拿了信，揣在懷裡，一路問着人家「先生，郵政局在那裏」，挑着空籮筐擠在墟期的人叢中，感到滿懷溫暖。

＊　＊　＊

這封信到了香港的「翠香茶樓」，連同其他許多信擺在櫃台後的架子上，一直放了十多天，仍然沒有人來取，最後終於有一個咕哩模樣的人在來喝茶時領去了！那咕哩，當天雖然賺了幾個錢，但因為夜裏在騎樓下舖四張報紙睡覺時着了涼，早上又是給大皮靴踢醒的，所以神情有點陰鬱，但當看到信時，也有一絲笑意浮上瘦臉上去了。

選自一九四九年四月十五日香港《文藝生活》總第四十七期

司馬文森

## 南洋淘金記（節錄）

### 第一章　苦難多唐山難過　淘金去遠渡南洋

專走廈門和菲島之間的「四三馬」號輪船離開廈門時，正是一九二八年中秋過後第四天。這一水，搭客特別擠擁，據客棧老板說，半年來從沒有看見這樣熱鬧過。光是統艙就儎了近五百個客，其他如三等艙頭二等艙客，還不曾計算在內。熟識這一帶航情的人，雖然都知道，每年在過完舊曆年或在秋收過後出洋的人就特別多，洋船的擠擁是一點不足怪的，不過今年搭船到菲島去的，卻比往年為多，為什麼會有這現象，似乎大家都在說：今年日子比前年難過得多了。

正如漁船出海一樣，在閩南一帶，壯丁出洋也有它的一定季節。新年鬧過了，吃了元宵酒，或在秋收農忙過後，準備出洋的年青人，便積極的準備起來了！他們先要把成疊的銀元，交到「大字館」經紀人手中，換了一張「大字」，做上兩套新「西裝」，便提起包袱，一村過一村，一鎮過一鎮，隨時和一些不認識的同伴結合着，朝那繁華的出納口岸——廈門走去。他們在那兒會見自己「大字館」的經紀人，他又把大家安置在一些簡陋不通氣的客棧內，然後領你到鼓浪嶼美國領事館裏去種痘。驗過痘後，便沒有什麼事了，成天的出去遊街，專等出洋的輪船。不久，船到了，你依照手續走上船，成了那輪船的客人。水手們在甲板上望着這一批忙亂的人，他們只要把你望上兩眼，就知道那個是「新客」那個又是「舊客」了。這一批人，被當地商家當做好主顧。被「大字館」經紀，客棧頭家當做豬仔。被殖民地政府目為可憐虫。而自己以為是掘金客。到底有多少年了，沒有人去替它作過正式統計，但是誰都知道自從有了華僑這個名稱，就有過不少慘痛故事，最先據說華僑的祖先們用木船漂過重洋，發現這荒漠島嶼，就如魯賓遜一樣，刻苦去經營聚集了財富，一下子土人攻擊來了，房子被焚毀，人也被殺了！可是，他們不氣餒，一批一批的去了，且一年比一年的增多。多少人一去不回來！然而，又有多少人搬了財富回來！這是一種公開巨大的賭博。父親把年青兒子作了賭注，妻子迫着自己丈夫。儘管有多少可怖的傳說，在騙取人們的眼淚，而那熱中掘金夢的人們却不為所動。有一個故事說：一個年青男子過了番，發了財，和土女結了婚。然而，他畢竟是中國人，他想家，家中還有老年父母和年青妻子。可是那土女不許他回國，他經過苦求，恐嚇，她才勉強答應了他，然而和他訂了九十九天內回去的約。她背地給他一種草茶吃，給他放了「貢頭」，又給了他足夠來回的路費，便分手了。然而，他是太粗心大意了，過了一百天還不知道回去，而伏在心裏的毒便發了，他吐着白沫死去。年青的妻子們，只想自己男人出去掘金，并不被這個可怖故事嚇怕，她說：我的男人不是那一號人。另一個故事說：一個水土不服的「新客」，在船上染了熱病，大家都認為還有救，然而，外國船長命令了水手把他裝在布袋內，投進海中。他永遠回不了家了，同他的親愛土地告別了！做父母的說：這雖然是很危險的，可是沒關係，他們的兒子健康得很，神靈會保佑。有多少這類傳說，在贏得這華僑故居人們的眼淚，可是青年們還被公開鼓勵着「過番」去，這是多年來流傳着的傳統，也是唐山光景過的實在太壞了。

壯丁大批大批的出去了，唐山的生產力迅速的降了下來，沒有人耕種，田地荒蕪了。那些老弱，那些婦孺，成了枯塘中的魚，而僑滙就像水，沒有這些水，塘裏就乾枯了，魚也養不活了。相反的，源源不斷的水源，灌進了這南中國的水塘，不但使魚們活躍，也使沿海無數城市，成了驚人的繁華和富麗。七層八層大樓矗立在鷺江埠頭，傲視着遼闊的海景；從溫州，從興化來的建築工人，日夜不停的為成條街成條街新興的建築物忙碌着，三年前還是個小漁村，三年後，它就成了一個有電燈自來水設備的小城市了。每當有人指着那傲視鷺江埠頭的大樓問：「是誰人建築的？」不論那一個都說得出他的名字，是那一個永寗伯蓋的：「你還不知道他嗎？卅年前，他在小呂宋還是一個牛車伕哩。」父親帶了他年青的兒子從鄉下進城，少不了也要帶過那些新建築的富豪街道，並且還帶着教訓口氣對他說：「要努力，要勤奮，人家林天丁，祖宗也是種田的，現在，你看成條街房子都是他的了。」而那曾是小漁村現在成了近代化城市的所有權又是誰的呢？是一個永春人，金山阿伯的。人們這樣數着。無數穿着絲綢的「番客嬸」滿口鑲着金牙，雙手戴滿金戒，拖着「呂宋拖」，點綴了這個豪華城市。她們傲慢的跨着步，穿插在各大公司洋行舖內。有些人差不多就成了名人，成條街，不，成個城市的人都知道她。比如一個肥婆，她的丈夫在商洋開洋行，兒子是一家錢莊經理，而最少的女兒，已經進了大學了。她走到什麼地方，什麼地方就有人出來對她阿諂，奉承，謙虛之至的請她隨便照顧一下自己生意，而更多的人則在談論她。「你看那個肥婆，二十年前還在我們這兒挑糞，現在發達起來了，樣子就和皇后一樣尊貴。」這種公開的誘惑，多年來差不多已成為社會行為了。做父母的，一個小錢一個小錢的積蓄着，為的是想積成較大的一筆款子，買了張「大字」把兒子送過番，當小孩剛學會開口説話，他所受的第一課家庭教育是：「你大了做什麼？」「大了過番發財！」「對，這孩子有出息。」初初結過婚的女人，並不怕別離苦，當她們完成了婚禮後的第一件大事，是問丈夫什麼時候出洋去發財。有多少現成故事在教訓這些人，有人會告訴你，某某婦人，在結婚三天後，她把丈夫送走，守了二十三年活寡，滿以為他死了，再不能見面了，可是他有一天突然回來了，把成箱成箱的金銀珠寶交給她，她把它買了田建了屋成為全城中第一個富戶。有人又會告訴你，某一個童養媳，從十二歲起，一直守着那過番的未婚丈夫，直到四十五歲才正式結婚，然而他們仍像一對年青夫婦一樣恩愛，像一個富貴人家過着豪華日子。富有宗教意味的森嚴的苦行規約，在教育着這兒的人們，大家似乎都在，都該為一種共同要求而生存，那種要求就是——沉住氣，苦等，苦鬥，運氣到了，好日子是你的！現在，這個十四歲的，叫做何章平的少年家，也成了「四三馬」號的「新客」了。正如全船成千搭客中，約佔過半的「新客」們一樣，也充滿了單純信心，幻想和一個美麗的夢！在他們一家五個兄弟中，老大和老二都是在這七八年前，先先後後抱了和他一樣目的，懷了信心夢想漂洋而去。

大哥出洋時，也只有他現在這樣年紀，二哥也是在差不多這樣年紀時候被帶着過去的，可是在兩年前南洋突然起了經濟恐慌大風暴，許多店舖都關門倒閉，大哥失業了，先在一個朋地方「弄邦」等工做，後來他又搬進一個叫華僑體育社裏去住，心煩氣悶，加上住在體育社裏的人十個人之中難得找到一兩個好人，他們天天借債賭博，那個賭贏了，那個就請客，叫女人來玩。半年後，他染了一身梅毒回家了。二哥在一家出入口莊做管倉員，月薪二十五元，但他十分勤慎，不亂花錢，一有空就去上夜學，讀英文，每個月寄回家的錢却很少，當那做父親的對落魄回家的大兒子，和越來越不「顧家」的二兒子表示失望以後，便把希望放在這個「老三」身上。他想老三讀完了小學，智識高點，把他放出去，不至於就學上老大。因此，他就給尚在菲島的老二寫信，表示家鄉處境的艱難，老三的志願，以及請求老二從旁協助等等，老二接到信，果然就表示同意了，他回信說：「三弟要來，我沒有意見，我這兒也很窮，不能給他寄路費，假如家裏可以設法，人到了，我再想辦法。」做父親的拿了老二的信來問章平，章平說：「我聽爸爸的主意。」父親一聽就把牌攤出來了，他說：「我的主意已經打定了，明天我帶你去看大字吧。」

第二天，他們一早起身便到清濛鄉一個僑眷家裏去「看」大字了。那「大字」是陳四哥「做」來的，十幾年前他也是花了錢買「大字」過去，不久，他發達了，開了間什貨舖，便報到移民局去，請求他們發給他四份「大字」，以便把他家裏四個孩子接過來繼承父業。照規矩，他的請求在銀紙攻勢下很快就被批准了。他把這四張「大字」寄回家，交他女人找買戶，當何家父子在介紹人帶領下到了陳四哥家，陳四嬸就出來見他們，這個滿口鑲金牙的女人，拿話來考了這個十四歲粗野的少年家一會就滿意了，她對那做父親的說：「你這老三聰明，將來包管要發大財。」父親却買好的說：「這個全看四嬸的栽培了。」四嬸笑着，露出滿口金牙，說：「我有一個十二歲女兒，現在正讀緊小學，將來我們可以結一門親。」章平面紅着，他父親却樂開了，他回過頭說：

「還不趕快謝謝四嬸，她老人家要把女嫁給你呢。」章平面紅着，還是對四嬸謝過了，四嬸說：「我看人看的頂準，的確是你將來會有大出息。」接着他們便開門見山的談起那張「大字」的價錢來了。四嬸一歲討價二十元，十四歲是二百八十元。父親一邊搖着頭，一邊說：「這樣高價錢我出不起。」四嬸一聽這話可叫起來了，她說：「二十元還嫌貴，上個月我才賣出一張，每歲廿五元；而且，而且我還要和你結親。」父親笑着說：「說結親的話，就更不該討這樣價錢了。」四嬸問：「那你能出多少？」父親答道：「最多最多二百二。」說着，他就起身把那介紹人請上來打圓場。第二天，四嬸帶着她那做女學生的女兒到何家來，章平一聽消息就躲開了。等到她們在他家裏吃完麵乾鷄蛋出來，在門口碰到他，并說：「從今天起你就是我的第三個兒子了。」他才知道那張「大字」已經成交了，他也已正式取得「番客」身份了。晚上，父親告訴他：他出到二百五十元，四嬸才肯把大字留下。雖說用不着一次把大字錢交清，一筆出口路費却還是相當可觀的。還有，做父親的說：「你年輕經歷少，我不放心你一人過去。」為了找同路過去的人，又使這個四十多歲，做小買賣的小商人費了一番心思了。後來，却是那個做母親的，從天賜女人口中打聽到一個消息，說他也在這個月內過去，他們才算把這個難題解決了。

說起他們的隔壁鄰居天賜叔來，也還有段歷史，這個好好人，從南洋回家來，一轉眼間半年又到了。這是說，照他自己定下的規矩，他又得離家出洋了。天賜叔是個老資格的「舊客」，廿三歲過番的，今年是四十二了。他總是每隔五年回來一次，住了半年就又回去了。在這個華僑故鄉中，平均每十個壯丁裏面總有五六個做了「番客」。自然，在這些「番客」中，遭遇有幸也有不幸的。有的很發了點錢財回來，有的却長期在南洋窮途落魄。天賜叔不屬前者，而是屬於不幸者中的一份子。在他「過番」的十八九年中，有一大半時在失業落魄中過。年青時，他正如一個普通華僑所遇到的一樣，被迫加入一個叫尚義社的黑社團，那時他心內難過，後來却和他發生了很密切關係，成為他旅居生活中不可少的助力。當他有職業時，他繳納了相當可觀的社費，一到失業他就搬進尚義社去白住白吃了。在這十八九年中，他有職業和失業時間差不多，因而並不特別失算。然而，他並沒染他們的惡習，有一次尚義社和陽春社發生了衝突，約定在王賓街交手，他當時住在社內，也被動員看去了。可是，他對那領隊的說，他除了掛賬之外，什麼都不會，領隊也知道他是老實人，便分配他去做個「看風」的角色。當雙方人馬在你死我活的交手時，他却安閒的坐在街頭一家「菜仔店」，監視暗探警察前來干涉。以後每有交手事件，就派他做這一類角色了。在南洋時間，天賜叔每月總有多少錢寄回家的，也苦心的在那兒積蓄，可是他失業時間多，負了不少債，五年期間一到，手頭也就沒有多少了。不過，他照例是要回家一趟，住上半年，把帶來的錢用完了，才又回到南洋去。這個四十多歲的老好人，對什麼事似乎都看成無所謂，馬馬虎虎得過且過。有人說：就是因為這樣，他才會落魄一生。尚義社的弟兄們批評他說：「這個會社多他一個和少他一個都沒什麼相干。」和他同過事的人說：「只要有四兩酒兩顆花生他就滿足了。」一天賜叔在華僑社會中是寂寞的。

同樣，在家裏，天賜嬸也是寂寞的。她做了「番客嬸」，也設法去鑲上幾個有點標記性的金牙，然而，她沒有得到一個「番客嬸」應得的榮譽，人家在這兒看不起她，正如在南洋人家看不起天賜叔一樣。人家做番客的在過節時，要設宴請客，三五桌酒席的請。她天賜嬸，不請客，連敬神的禮物也怕給人家瞧上一眼，她只會冷冷的說：「人家頭家，開着舖子的。我們是什麼樣人，好同人家比！」和人家也少有來往，她說：「你闊你的，我窮我的。」天賜叔五年一歸，並未改變她的孤立地位，倒是她常常找他發氣，直指着他鼻子罵：「你也算男子漢大丈夫呀！」天賜叔每遇到這種情形，就悄悄的走開了。她辛苦的守了五年活寡，可是當他回到家不曾度過半年，就又把他趕回去了：「看人家過普渡，我們什麼時候也請台戲來唱唱，出口氣。」天賜叔只有苦笑着，可是一對着燒酒時，他又把這一點氣也忘了。當這個家境并不比天賜叔好過多少的何家人，把他們的決定透露了出去，天賜叔就自己找上門來了。他滿口應承道：「我們自己人無所謂。要是第二個人，我可要考慮，帶個新客出門，就教牛學拖犂，又耐心又費神。」在餞別宴上，天賜叔意外的感到興奮，利用自己已有了幾分酒意，就大胆的把自己多年來心思，全部傾吐出來，他說：「別的我不敢担保，帶人過去這樣小事，你們放心好了，我吳天賜雖然無用，却就不曾做過對不起人的事。人家看不起我，我不願和他們爭，可是，人家看得起我，委託我的事，我一定要做到！」第二天，他更覺得有去向親戚朋友告別一番的必要了，十幾年來，這還是第一次，當他向大家告別時，又特別加上一句：「何家託我帶他那個老三過去，大家是自己人嗎，有什麼所謂。」這消息，不久就在全鎮傳開了，他們把這個「不中用」男子，居然第一次被人看上，也帶新客出洋，認為是件大新聞哩。至於天賜嬸，也為了這件事興奮了好些時候。她私下對人家說：「天賜這一次眞的要走運了，人家姓何的千不找萬不找，就偏找到他。」同時，她好像也覺得鎮上的人，對她似乎客氣得多了，平時她到粮食舗買東西，總是先交錢後付貨。人家怕她賒賬。這一次人家當頭家的，親自對她說：「天賜嬸錢不夠，沒有關係，下一次付得了。」天賜叔離家以前一夜，她特地給他殺了隻鷄，打四兩酒，上床時又低聲對他說：「這一次得好好的做人了，我問過菩薩，你的運氣就在這兩年。」經過了這樣一打氣，天賜叔似乎也把這些年來萎靡不振的精神振奮起來，連日又見喜鵲在他天井上叫着，心想：「這一次眞的要走運了！」在到廈門去的長途公共汽車上，他一直快活的哼着南曲，又不時對章平說：「一個人做事要成功，要失敗，全看運氣，我不是不想好好做人，可是運氣壞，有什麼辦法！」接着，他又偷偷附在他耳朵邊問：「你信菩薩嗎？」章平奇異的望着他，沒有表示什麼意見。「我女人問過菩薩，」他接着說。「要走運就在這兩年。」他得意的笑起來了。一會又看見他閉下眼，在座位上搖搖擺擺的，手喉音重新哼起南曲來了，車不時要停下，也有新客上來，他對大家似乎很熟，不時有人在車上對他招呼，他又偷偷對章平說道：「你看見那人在招呼我？一個菜仔店頭家，一個華僑社會大人物！」一會又說：「你看見那個在對我點頭嗎，一個頭手賬房。」而當他把章平介紹給人家時往往又要加上這麼一句：「人家誠懇委託我，說是：天賜叔，你是個老實負責的人，我只有把孩子交給你才放心。還有什麼好說的，這是人家對我的好意！」

他們在廈門，投宿在一家同鎮人開的客棧，那客棧代客辦出口手續，買船票，旅費只要有人担保，只付一半就可以了，其餘一半掛在賬上，由客棧派人分期上南洋去收，不過却要加上相當高的利息。因此同鄉人雖嫌他利息開的太高，却也樂于住到他那兒去。當他們把各種手續都辦完了，天賜叔才帶上這個初次出門的少年家，作一番廈門風光觀禮。他帶他去玩中山公園有名的「迷魂陣」，帶他上南普陀，最後，又把他帶上烏巷一個私娼家裏去。一個快四十歲女人，滿面水粉，一見他面，就把手指直點上他額頭說：「你心好狠呀，一走就是半年，連信也不給我一個。」天賜叔面紅着連忙對她丟眼色，一面招架着說：「君子動口不動手。」那女人冷笑了一聲說：「君子幾個錢一斤？」接着，她又走向章平那邊去，問道：「這個是你什麼人？」天賜叔道：「一個同鄉托帶到菲島去的。」那女人見章平面紅紅的坐在那兒煞像個大姑娘，便用手來逗他：「喂，孩子你叫什麼名字？」章平垂下頭，面孔更紅了，她又說：「到我這兒來不許面紅的，等會我叫個姑娘同你頑頑。」天賜叔連忙干涉道：「不要作孽！」那女人道：「那你為什麼又帶他到這兒來，你不知道我這兒是什麼地方嗎。」說着，就把他拉出去了，天賜叔回過頭來，對章平說道：「你放心坐坐，我一會兒就來。」并沒有什麼姑娘兒來麻煩這個鄉下孩子，天賜叔也很快回來了。當他們走在路上時，天賜叔就對章平說：「出門就比不得在家時，到了社會，什麼人都要應付，這就叫做做人嗎。」他見章平沒有什麼反應，又自言自語道：「這個女人，不壞，不能用一般眼光看她。我第一次出門做新客，給朋友硬拉着來，也在這間房子認得她，那時，她只有十多歲。以後，我每來一次就去見她一次，十多年來，她嫁了不止六七個丈夫，結果還是在老地方住着，過這種生活。」他自己感慨的嘆着，搖了搖頭，說：「運氣嗎，有人一輩子倒運的。」最後，他有點不大好意思的要求章平替他守下這個秘密：「要是給老婆知道了，事情可要鬧大了。」章平答應了他，絕對不對什麼人說起，他才放心的說：「現在，我們可以回去了！」

## 第二章　見面禮打踢罵關　弱國人血淚暗吞

「四三馬」號洋輪從廈門開出，只走了三對時就到了海外樂園的菲島了。船開到港口時已是深夜時分，全統艙人都正在呼嚧呼嚧睡的正熟。忽聽得一陣汽笛嗚嗚叫，跟着船就停止前進了。有人正疑訝間，問是出了什麼事，從艙面上已有人聲傳下來，說是已到了岷埠港口了。於是正在睡眠中的旅客，特別是那些「新客」，一聽見到了就都紛紛從床位上跳起來，飛上甲板上，因而使這三天三夜被熱悶壓得喘不過氣來的統艙也洋溢着生氣。章平正和普通一個「新客」一樣，被這個消息鼓舞着，他不經天賜叔的同意，就和大家一齊擁上甲板去。當他走到艙面一看，「四三馬」果然在一個城市的港外停着。時間已有一時多，海面是一片寧靜，一里外的海岸上，在耀眼的燈光下看的十分清楚，反光的柏油路面，兩旁的熱帶樹，倉庫和巨大的建築物，無一不是清清楚楚的。「新客」們對這個陌生的城市，討論的十分緊張熱烈，有人說：已經到了，這就是岷埠港灣。有的說，還沒有到，還得走一對時才到。然而，更被人關心的却是到達後的上岸手續。「舊客」在這時因而也就身價百倍了，他們被圍着問長問短的，而他們也似乎提高身價愛理不理了。有這麼一個叫臭泉的「舊客」，看樣子還只有十四五歲的孩子，却被一羣比他大七八歲的「新客」圍困着，十分謙恭的請教一些問題。他得意的噴着煙圈說：「總之一句話，凡事要忍耐，不要同那些花旗鬼頂硬，要是他們打你的耳光，你就裝笑面。他用足踢你的屁股，你還得回過頭去對他說聲謝謝。只要他們不討厭你，就不會找你麻煩了。」有人對這話表示不平了，他問：「為什麼要打人家耳光？」臭泉冷笑一聲說：「為什麼嗎，你去問問花旗好了，你到人家地方來，有什麼好說呢，人家高興打你就打你，沒有什麼為什麼的。」他滿足地抽了一口煙，又說：「別以為船到了就完事，難關還沒有到哩，別的都用不着怕，怕的就是見「水口王」的那一關。」有人問：「什麼叫水口王？」臭泉架子十足的說道：「水口王你也不知道！」用卑視神情望望大家後又說：「他像閻羅王一樣可怕，他可以把你打下「水厝」，又可以把你遣配回家，使你永遠不能回來。」這時有人提到驗疫的事；他的目光就在人叢中搜索起來，發現一個年青的女客，也偷偷夾在人羣中聽他說話，就故意放開嗓子說道：「驗疫這件事，對我們男客倒沒有什麼，最多不是打打耳光，踢踢屁股，不過，他們對付女客，可就……」說着，他就把那女客望了望。她面紅的掉向海上去，一個老頭兒也正好從艙內上來，在艙面上開口叫：「紅絹，紅絹。」那女客答道：「文伯，我在這兒。」這個叫紅絹的年青少婦，住的也是統艙，三對時來，她成了全艙人注目的目標，她似乎有滿肚子冤屈，神情憂鬱。時常嘆氣流淚，也是不大和人家來往說話，大家倒是時常聽見那個叫文伯的老頭在勸她，凡事不要太認眞，得看開且看開，人既然變了，也沒有辦法，只求有個好的安排。她一聽這話就滴下眼淚來，說：「文伯你叫我怎樣看開呢，五六年來，我沒有說過一句話，這還不看開嗎？那夭壽短命不該變心變得這樣快，結了婚不到三個月，就走了，一下就是六七年不回家，音信也是時斷時續的，我還以為他失業落魄。想不到他倒是發了財，開起舖子來，討番婆，把結髮妻忘了，這怎不叫我……」於是又是一把鼻涕，一把眼淚了。「不能再哭了，」那個叫文伯的掉頭四顧勸道。「等會把眼睛哭紅了，查疫的來就麻煩。」紅絹繼續訴苦道：「伯伯嬸嬸叫我寫封信給他，慢慢等他回心轉意，我現在還會這樣傻嗎？已守了六七年了，還守他一輩子不成？我當然不肯，我把田賣掉屋也押出去了，自己買了大字過來，他們批評我不該自作主意，要去也得先寫封信去我才不會這樣傻，叫他知道了好同那番鬼婆設計害我。」文伯同情的點着頭，却還說：「不要把小萍想的那樣壞，他還是一個好青年。」紅絹氣憤道：「好青年，哼，好青年會把結婚三個月的結髮妻丟掉，自己又在外面討女人。」文伯道：「其實他也有困難，在山頂時，我就常常勸他，可是他怎樣告訴我：我可不能一輩子替人當牛馬下去，我要做事，我要發財。她年紀比你大，前夫又留下兩個兒女，那兒比得你上。他也是不是看中她的人品。小萍一天喝的爛醉，他來看我，一進門就哭起來說：「我對不起紅絹，可是文伯你叫我怎辦好呢，我需要獨立經營，地方我熟，人事我有，差的就是一點資本，而她資本充足得很。」紅絹睜大眼睛發恨道：「就為了幾個錢他把自己賣給那臭女人！」說着，她又傷心的哭起來了。「他忘了夫妻情義。」文伯道：「這又不止他一個，過了番，在山頂做小買賣的青年，那個不討個番婆。既到了這一個地方，就不能把事情看得那樣認眞。」紅絹却叫道：「我可不行，我們見面後，一定要和他弄個一清二楚，要我還是要她，打死人我也不怕！」文伯道：「話可不能這樣說，你得替小萍處境想一想。」紅絹道：「他又為什麼不替我想想呢？」文伯答不出來了，搖搖頭，嘆了口氣：「唉！」文伯這時就對紅絹說道：「你怎的又上來了？」紅絹答道：「艙裏熱得很，我看見大家喊船到了，跟他們上來看看。文伯，你說，船眞的到了？」文伯眯着老花眼，對岸上張望了半天，才說：「眞的到了，下去吧。我們得把你的大字再對一對，免得明天問起話來出毛病。」說着他們就走下艙了。章平在艙上蕩了大半天，也覺得無味，船到了，現在還只半夜，要過下半夜還有好長的一段時間，還得下去休息，把精神養好，好對付第二天的難關。於是他也從艙面上下來了。當他下了艙，天賜叔已經醒了，正用烟斗在抽烟，問他上那兒去？章平說船已經到了，上去看看。天賜叔從口袋裏拿隻古老的大金錶看看，說：「是一時半到的，我來的幾次，都是在這個時候到。」接着他又說：「大字呢？」章平答道：「還放在箱裏。」天賜叔道：「拿出來，我們再念一次。」章平從箱子裏小心的把大字拿出來，天賜叔遂戴起老花眼鏡，對着那極為微弱的燈光，一行一行的問下去了，他先對着大字問道：「你叫什麼名字？」章平便說了在大字上冒充的是另一個人名字：「我叫陳福。」天賜叔道：「父親叫什麼名字？」章平答道：「叫陳四哥。」天賜叔道：「母親叫什麼名字？」章平答道：「叫陳劉氏。」天賜叔道：「你有幾個兄弟？」章平答道：「四個。」天賜叔道：「他們現在做什麼？」章平答道：「兩個過來了一個在家裏。」天賜叔道：「你是第幾個？」章平答道：「第三個。」天賜叔道：「今年幾歲？」章平答道：「十三歲。」天賜叔道：「幾月幾時生的？」章平答道：「三月十六日子時生的。」天賜叔道：「為什麼要到菲島來？」章平答道：「來向父親學做生意。」只問到這兒，天賜叔就把大字合上，交還給他，取下老花眼鏡，認為這次的練習比上幾次都好。他說：「對答時，要鎮定，不能慌張，給他們查不到毛病就沒有什麼了。要是過於慌忙，答錯了，以後麻煩就多了。」其實，這也是些舊話，沿途章平已不止聽過他一次了。天賜叔又道：「現在好好的休息，要把精神養好，不要把眼睛睡紅了，送水厝不是玩的。」說罷他便一個人上艙面去。這時從艙面上，已經有許多人下來了，「新客」大都在忙着對大字，「舊客」又復泰然的回到床位上去了。紅絹和文伯也剛把大字對好，她說：「文伯，我心亂得很。」文伯答道：「還有什麼事？」紅娟道：「我怕那短命夭壽不肯見我，我要來，沒有給他信，婆婆又不同意，現在把他在外面做的許多壞事又都看透了，他怎不生氣！」文伯道：「已經來了，還想這些做什麼。」紅娟道：「看他這幾年來的樣子，什麼都做得出。」文伯道：「最多不是把你再送回唐山。」紅娟道：「這次我死都不肯離開他。」文伯道：「這時最好不去想它，等上岸再設法。」就在這時，却有人在低低的吹起口琴，是一個憂鬱感傷的調子，吹它的是一個穿白色學生制服的人。同艙的人都叫他做「大學生」，他的名字叫王彬。

天剛一亮，統倉內就混亂起來了，有的在忙着換新衣服，有的在打行李，不一會大家就都在傳說着：「水口王來了。」於是大家一哄就都上了艙面。在艙面一個中國水手，拿了一面鑼在敲着，報說醫官已經來了，大家準備驗疫。鑼聲傳過之後，齊集在艙面上的幾百個統艙客，就奔走相告亂成一片。差不多同時，一個穿白制服的由花旗和土人混合組成的隊伍出現了，有幾個土人警察拿着鞭子，下馬威似的把幾個叫鬧得最兇的人打了幾鞭，把人聲也壓下去。於是乎，另一個頭目似的人出來下命令了，先是大家都聽不懂，你望着我，我望着你，到了另一個人把話譯成福建話，大家才恍然大悟，多事的就怪聲怪氣的叫：「排隊，要操兵了！」有的人聽見了笑，有的便你推我擠的爭着位子站隊，有的完全不知道該怎麼站，於是乎又鬧成一團。那拿鞭子的人，又生起氣來，用洋話罵了些猪，狗，猴子等難聽的話之後，鞭子又在人頭上呼呼的响起來。給打着的人，有的就跪倒在甲板上，雙手抱頭。有的只顧從人叢中擠。有的便咒罵起自己人來：「媽的，不識好歹，在外國人面前丟面好看！」「注意秩序，不要丟盡中國人的面子！」一時叫叫喊喊，等到鞭子再也不在人頭上飛舞，秩序也就好起來了。而那打人的人，還是一樣神氣得很的樣子，响着鞭子走來走去。

天賜叔把章平拉過一邊，低低對他說：「沒有關係，打過就沒事，初來時我們也曾挨過打的！」在他們後面紅娟面色蒼白的對文伯說道：「是不是他們每一次都是這樣打人哩」。文伯低聲的嘆了口氣道：「有什麼辦法，只怪我們中國是個弱國，弱國無外交，怎不叫人欺侮。」在他旁邊那穿着學生制服的王彬却生氣罵道：「他們自己正不也是一樣亡國奴，有什麼神氣！」文伯一聽他的話，十分吃驚，連忙對他丟了眼色，低聲說：「他們有許多人聽得懂中國話的。」王彬道：「聽懂又怎麼樣！」這時驗疫已經開始了，穿白制服的人，分成兩組，第一組一個一個的把人家眼皮扒開，用一根小銅匙插進眼睛裏去，讓眼核突出，又用一根什麼，在眼膜上刮着刮着，說是驗沙眼，有的吃不消的叫起來，或動了動表示畏縮的，他就刮的更加用力，以至於流出血來，沒事的淚水直淌的過去了，有事的只要那醫官做做手勢，那拿鞭子打人的便過來把他拖出去，推進一個小房間去。跟着來了第二組人，檢驗口腔之後，一個輪着一個，給叫進一個白帆篷內去了。在帳篷口，有一個人，凡是進帳篷去的人，就分一只小玻璃盃給他，「新客」們到這時，完全莫明其妙，只好看「舊客」眼色，舊客們看見那玻璃盃子神色也變了。有人低低在問：「做什麼？」那人答：「驗大便。」紅絹一聽見這話，面孔忽而通紅起來，她對文伯問道：「怎樣驗法？」文伯含糊的說：「忍耐一點，在人家地方。」在帳篷內，男性的花旗醫生和他的助手，已等在那兒了，凡進來的人一定要先向他們鞠了一個躬，敬了個禮後，他便命令你脫褲子，俯身下地，讓屁股高高蹺起，等那助手用一種厭惡心情拿一根玻璃管子朝屁眼用力一插，一會抽出來了，再把那管子裏的穢物注進玻璃盃去。之後，他用力把你的屁股一拍，或是用足一踢，高聲「OK！」你便要一手捧好玻璃盃子，一手抓住褲頭，蹣跚的走出帳篷，又是排隊，等到另一個醫生面前去給檢驗大便。

章平他們走出帳篷已經有一個時候了，還不見紅絹出來，於是在隊中議論便起了，有的說：「檢驗女客大概要用雙重手續」。另一個却憤慨的說：「我早說過，即使斷種絕代，也千萬也不要叫自己女人過番。」離開他們幾個位子，臭泉却對他旁邊一個「新客」用幸災樂禍的口氣，說了一個故事，他說：兩年前，他做了「新客」來菲島，和他同來的，有一個十八歲女人，她是來找丈夫的。當她受了和現在相同的檢查時，不知怎的，花旗醫官忽然覺得她有傳染病，要受特別檢查，他們就把她叫到一個小房間去，只讓她同醫官兩人在一起，關緊着門在作「檢查」。半小時候，檢查完了，准許上岸了。但當她離開那小房間，走向「水王口」那兒去驗大字時，忽然看見她的丈夫在碼頭上對她招手，同時又聽見一些人在冷言冷語的譏笑她被外國人……她當時面色就變了，禁不住放聲大哭，在人家不注意時縱身下海……。正說着紅絹已走出來了，眼睛哭得紅紅的，一把抓住文伯，低聲說道：「文伯，早知道這樣，我死也不會來。」那臭泉住了嘴，大有深意的對他旁邊的人碰了一下，好像是說：「你看，我的話沒錯吧？」接着又向紅絹那邊作了個怪面，却沒注意到王彬正在監視着他，他用憤怒的神情直望着他，好像說：「你再這樣無禮，老子揍你！」當他們的眼睛接觸在一起時，他有點吃驚，却又裝做不在乎的樣子，却故意對他旁邊的人說了句什麼，逗的那個人笑了起來，他始又滿足的向王彬望着，帶着「我說她你又怎樣」的挑戰神情。王彬也故意在地上吐了口水，並且大聲的罵道：「下流！」那臭泉這一下認為太沒光彩了，便應聲問道：「你罵那個？」王彬也不示弱：「我罵你！」臭泉道：「你為什麼罵我？」王彬氣不過也直指着他罵：「你下流！」吵聲逐漸的大了起來，叫那花旗頭目聽見了，他大聲叫了聲什麼，便有一個帶鞭子的土警向他們衝了過來。當那帶鞭子的土警衝到他們兩個人面前，大家都替他們捏一把汗，可是，王彬却一點不在乎。那土警用他可笑的中國話問：「你吵什——麼！」王彬却出人意外的說起花旗話來了，只見他嘴巴動着，雙手左右擺動，理直氣壯的說了些什麼。說的那帶鞭子的土警，也笑起來了，他收了鞭子，客客氣氣的把他帶到前面去。「什麼事？」有人不明白那土警把他從隊伍拉出的意思，却立卽有人代他回答道：「警察說他花旗話說得好，不用排隊，可先上去了。」這可使大家齊聲發出嘆息來了，這怪自己父母沒幾個錢，不然能進洋學堂學幾句洋話，在這個地方用多威風。可是，臭泉却說：「這有什麼了不起，他說的話音不準。」馬上就有人頂上他說：「你音準剛剛為什麼不說？」臭泉不意給人家一駁紅起臉來，却還強辯着：「會聽的人，不一定要會說。」這可叫大家哄聲笑了。

「驗疫」過後，引港船就把「四三馬」號領進內港靠上碼頭，碼頭上老早已等着許多人，他們有些是搭客的老親人，有些是「大字館」派來接客的職員，有些是看熱鬧來來的。齊集在甲板上的已經有不少人在對岸上揚手招呼了，天賜叔對章平說：「你眼睛好點，看看你二哥來接船沒有。」章平果然就用力去碼頭人堆中搜索，來的人雖多，却沒有他二哥的面孔，他失望了，天賜叔說：「沒有關係，一定是忙了或者大字館沒有去通知他。」就在這時，有一個中年男子，手中拿了一叠照片，到處在叫着人，一會叫叫這個，沒人答應了，就換第二張，叫第二個人，一直到他在叫：「陳福，那個是陳福？」天賜叔才用力把他碰了一下說：「他在叫你為什麼不答應？」章平道：「我不認得他。」天賜叔道：「他是大字館的人，快答應——追上他！」那個人早已換上另一張照片叫第二個人了。天賜叔就丢開了他，向那個人擠過去，大聲叫道：「陳福在這兒。」可是他的聲音，被另一個人壓下去了，那個人在叫：「王彬，王彬，那個叫王彬的？」文伯和紅絹也上來了，他們十分注意那些叫着人名過去的人們。一批一批叫人的人都過去了可是沒有叫紅絹的，她焦急的問道：「我怎樣辦呢？等會你一個人要先走？」文伯也說：「奇怪，為什麼大字館的人還不來？」有了好一會時間，天賜叔才一頭大汗的把那中年男子帶回來，那男子對着章平的照片，一邊大聲大氣的說：「你叫陳福？好得很，你爸陳四哥不能來接你，叫我來接你。」又低聲附近他說：「我是大字館裏的，等會問話，不要慌，不用怕。」接着，他又放大聲浪說：「他在店裏很忙，很忙。」接着，用手拍了拍章平的肩膊，便又叫着另一個什麼人的名字走開了。天賜叔道：「有他來我放心了，等會我要先上岸去。」章平有點吃驚，他說：「我呢？」天賜叔用安慰口氣說：「你是新客，新客照例要等舊客下完了才下。」這話使他感到悲哀，當緊急關頭來了，靠山却要先走。但也沒有辦法。

選自司馬文森《南洋淘金記》，香港：大眾圖書公司，一九四九

# 茅盾

## 鍛鍊

一

三叉路口突然擠住了。八成新的一輛「奧斯汀」，困在人力車和塌車的一羣內，司機先生拚命揿喇叭，歪戴着鴨舌帽的腦袋從車窗裏伸出來，睜圓了的一對眼睛望着後面，嘴裏嚷着：「喂，喂，你這赤老……眼睛瞎了麼？」「奧斯汀」本來自南而北，現在它想「打倒車」，折而向西。緊挨着「奧斯汀」的屁股的，是兩架人力車，蘇子培坐着左首的一架，羅求知在他的右邊。一架塌車滿堆着衣包，箱籠，不成套的家具，鍋子，水桶，瓦罐，甚至舊式的藍花瓷便壺，——堆的那麼高，顯然是一個小康之家的全部財產，像一座小山；這「小山」的尖頂是一隻網籃，搖搖欲墜，威脅着那高貴的「奧斯汀」。司機先生的大發脾氣，一半為了他的「奧斯汀」竟也不能不和人力車之類同樣受擠，一半也是為了那網籃。但是，他的喝罵，在這紛亂囂鬧的場合，發揮不出預想的威力。滿頭滿臉油汗的兩個塌車夫不慌不忙地揩着汗，他們差不多就站在司機先生的鼻子跟前，可是連正眼也沒朝他看一眼。

塌車遮斷了視綫，蘇子培看不見他的朋友陳克明教授。他望一下旁邊的羅求知，隨口問道：「看見陳先生麼？」這位漂亮的年青人端坐在車上，兩眼瞅着天空的白雲，正在出神，猛聽得蘇子培的聲音，就很有禮貌的把他那可愛的紅得發亮的嘴唇微微扭動一下。蘇子培當然聽不清他的回答是什麼，事實上羅求知不但沒有聽清他這位姨丈的問話，他根本就沒有作答。

抓住了羅求知整個心神的，還是他那姨妹從昨天下午起所遭遇到的「不愉快事件」。這一句表面上頗為「得體」，但實在使得受者啼笑皆非的外交詞令，一小時前從某某司令部某某處的王科長嘴裏出來以後，就給羅求知一個很不尋常的印象。去年學生愛國運動中他得到的經驗：官方的詞令愈好聽，行動就愈惡毒。他很同意陳克明教授的看法：這五個大字，「不愉快事件」，暗示着蘇小姐辛佳的案件內容複雜，也許凶多吉少。

蘇小姐昨晚沒有回家。今天早上，蘇子培從傷兵醫院回來，接到蘇小姐的同學嚴潔修的電話來找她，這才着了慌。上海戰爭爆發後，公共租界每晚十一點就戒嚴；蘇小姐趕不及回來，而在嚴公館借宿的事，也有過不止一次了。昨晚她既不在嚴公館，到哪兒去了呢？蘇夫人擔心的，是女兒屢次說起要和什麼慰勞隊上前綫去看看，也許昨晚上她竟偷偷地這麼做了，而且遇到了危險。但蘇子培却聯想到別的一些可怕的事。他安慰了夫人幾句，便找到了陳克明研究對付的辦法。他們兩個，後來又加上羅求知，奔波了大半天，到一打以上的機關都問過了，終於是某某司令部的「優待室」承認有這個人。

三十多分鐘的不得要領的談話中，他們却聽到王科長稱之為「不愉快事件」至少有七八次。

羅求知從第一次聽到這五個字起，就在研究那可能的最好與最壞的涵義。現在，他端坐在車上，視而不見，聽而不聞，也還在吟味這五個字。

蘇子培却不把這五個字看得怎樣神秘而重要。不得要領的三十多分鐘引起的憤懣之心，現在也漸漸平下去了。甚至他要求和女兒見一面而也被「有禮貌」地拒絕，現在他也無暇計較了。此時他唯一的願望是立刻到家，立刻把蘇小姐的衣服，被窩，牙刷，牙膏，面巾等等，送去「優待室」，——這是三十多分鐘談話後所得的唯一結果。

然而，眞不湊巧，偏偏在這三叉路口擠住了。

紛亂和嚷罵的潮頭此時略見低落。反正大家都不能動，吵也沒有用啊。「奧斯汀」的那位司機先生也不再狂揿他那隻喇叭。剎那間，這擠住了的三叉路口幾乎可以說是異常肅靜。遠處來的砲聲也隱隱然聽得清了。白雲悠然浮動。路角高樓上有一面「星條旗」死洋洋地縮成一堆。三叉路的行人道上站着許多人，都望着路北，一邊望，一邊在交頭接耳議論。一個巡捕來了，他幫同原有的巡捕，攔住了從西面來的一羣難民，這都是些挑擔子，背包裹，扶老携幼的鄉下人，他們來自上海附近的鄉村，昨夜敵人的炮火把他們的家燬了。另外一個巡捕揮着棍子，催促那北面的車輛趕快走。這是卡車，人力車，乃至牛頭車，混合的破破爛爛的一羣。當這一羣過來的時候，人叢中突然又起來了嘈雜的驚呼聲。「血啊」！這二字像一支尖針，直刺入蘇子培的神經。這時一架人力車正從那「奧斯汀」旁邊緩緩而過，像一束枯萎的花覆在車上的，是看不見面部的一個緋色旗袍的少婦，旗袍上一大灘血漬，還沒有乾。蘇子培正在驚駭，又看見緊跟在那架人力車後面的，却是一部卡車，車上橫七豎八，男，女，老，小，長袍短褂的，赤脚草鞋的，約莫有十來個；蘇子培那有經驗的醫生的眼睛僅那麼一瞥，就知道這一車的都已經斷了氣了。

這時候，「奧斯汀」動了，「奧斯汀」旁邊的那座小山似的塌車也動了，蘇子培坐的人力車自然也跟着在動了；可是蘇子培都不覺得。他的眼望住了那繼續魚貫而來的載着受傷者的各式車子；他屏息默數受傷者的數目，然而使他驚駭萬分的，却不是傷者數目之多而是其中婦女和小孩子特別多，並且他們十分之八九顯然都是受人踐踏而致傷，也有被車輪輾傷的。

蘇子培惘然望着，心頭沉甸甸地越來越難過；眼前的景象漸漸模糊了，終於成為漆黑一團。他下意識地舉手向眼上一按，撲索索地隨手掉下了幾滴眼淚。

「子培，這是怎麼一回事？」

蘇子培定神一看，陳克明教授的車子已經在他旁邊，後面是羅求知。原來他們離開那紛亂可怖的三叉路口已經相當遠了。

蘇子培搖了搖頭，隨口答一句「誰知道呢」，眉頭便皺起來了。他忽然有了不祥的預感。一會兒以後，那掛在春明里口的「蘇子培醫寓」的搪瓷牌子已經望得見了。蘇子培扭轉身，對後面車上的羅求知說道：

「阿求，回頭姨媽問起辛佳的情形，還是揀她喜歡的話騙騙她罷。」

「嗯，可是我們要給辛妹送衣服去呢，姨媽見了問這是幹什麼，可怎麼回答？」

「不要讓她看見啊。我叫阿金悄悄地收拾，不讓她看見。」

蘇子培說着又朝陳克明看了一眼。陳克明點着頭微笑。他知道蘇太太疼愛這女兒，並且蘇太太也受不得刺激，她的心臟不太健康。

他們在一對黑油的鐵門前下了車，羅求知搶前一步，去按電鈴。開門的正是女僕阿金，老當差根寶却躲躲閃閃縮在後邊。

阿金滿臉驚慌，劈面就叫道：「啊喲，老爺，大小姐沒回來麼？太太又打壞了，打傷了……」她覺得老根寶在後面拉她的衣襟，就把話頭縮住，側着身子讓蘇子培他們進去。

蘇子培他們三人都呆住了。

老根寶吞吞吐吐說：「嚴仲平嚴老爺來的電話。……太太是開了午飯出去的。……嚴老爺說，已經送太太進了醫院……」

「哎！」蘇子培只喊了這一聲，就跑進大門去了。

進了大門是一個小院子，正面兩間，一間是蘇子培的診病室，一間是客廳（也作為病人候診室用的），這兩間的向着院子的門兒通常都關閉，另走右首的通客廳的側門。今天不知為什麼，客廳的向着院子的半截玻璃門開得直挺挺的，然而蘇子培好像沒有看見，依然繞道走側門；在側門前的台階上，他還絆了一跤。

陳克明和羅求知進了客廳，便聽得蘇子培在後面樓梯頭打電話，「喂，喂，」的呼聲有些發抖。這不幸的襲擊太突然了，陳克明也覺得心裏亂糟糟。羅求知一會兒走出客廳去聽蘇子培打電話，一會兒又走回來，站在窗前仰頭遙望。

端進茶來的時候，阿金便成了質詢的對象。

阿金不像剛才那樣慌慌張張了，但她也不知道這不幸事件的前因後果。她只說：「嚴老爺自己也差一點兒吃着了炸彈。太太運氣好，剛剛碰到了嚴老爺。」

羅求知鬆一口氣，似乎放了心了，他很有把握似的對陳克明說：「蘇太太呢，大概沒事，」語氣一頓，忽然轉換了話題，而且兩眼灼灼帶有試探的意思，「可是，辛佳，有點兒麻煩罷。」

「哦。」陳克明漫應着，不置可否。半天來，他對於這位年青人的太熱心於蘇辛佳小姐的事，早已感到不耐了；這位漂亮的年青人在兩小時中出了十幾個主意，都叫人聽了作嘔。

然而羅求知不因陳克明之冷淡而失却勇氣，他鄭重地湊近陳克明身邊，低聲又說：「不過，也許很快就可以解決，關鍵在辛佳的態度。那個王科長私下裏跟我說……」

「哦！」陳克明突然揚聲，便把羅求知的話打斷了。陳克明不耐煩地站了起來，自顧自走向窗前，心裏却又想起剛才他們在那邊跟王科長辦交涉的時候，羅求知的表現簡直有點兒卑鄙。

羅求知也覺得沒趣，還想替自己辯白，可是這當兒，蘇子培進來了。他頹喪地在沙發裏一坐，不發一言。整個客廳只有蘇子培喘息的聲音。

「怎樣？」陳克明打破了沉寂，轉過身來打量着蘇子培的神色。

「仲平不在家。問過幾家醫院，都說沒有。」蘇子培苦着臉，有氣沒力地回答。歇了一口氣，忽然興奮起來。「大世界門前馬路上掉下了兩顆炸彈。死傷可不少。還是自己的飛機呢，出了毛病，闖下這場大禍。荒謬絕倫！」

「啊，出了毛病！」羅求知搶着說，「什麼毛病？炸了自己地方，眞是笑話。可到底是什麼毛病呢？人出了毛病還是飛機？」

蘇子培無心議論這件「笑話」，他轉眼看着陳克明，嘆了口氣道：

「現在只有等候仲平再來電話了。倒是辛兒的衣服被蓋，得早點兒送去。」

一聽這話，羅求知馬上自告奮勇，他站起來就一連喚「阿金」，却又自言自語道：「不，她不知道需要些什麼，還得我去收拾。」說着他就離開了客廳。

蘇子培又對陳克明說：

「嚴伯謙今天上午從南京來了。剛才我找仲平，是他接的電話，辛佳的事，我想托他去設法。」

陳克明沉吟半響，然後搖了搖頭。

「他也無能無力麼？」

「不是無能為力，怕的是他不肯！」

「為什麼他不肯呢，這又不是什麼了不起的大事情。」

「可是伯謙這人就把這些事情看得比什麼都嚴重！他的三弟季眞，去年在北平出了那件事，別人都出來說話營救，他却一聲不哼。」

「現在比去年該不同了罷？」

「啊，不同？」陳克明淡淡一笑，親熱地拍着蘇子培的肩膀，「你看有哪些不同？要是當眞不同了，辛佳為什麼要住優待室，而且你要見一面也不許可？」

「可是我以為伯謙本人或許有點不同。」

「未必。」陳克明又沉吟半晌然後說了這兩個字，但是也許為了不忍叫蘇子培太失望，他又轉口道：「不妨托他，且看他怎樣表示。」

蘇子培又歎口氣，焦灼地繞着室內的小圓桌走。邊走，邊說：「剛才那一會兒，克明，我眞有家破人亡之感。當然，這年頭兒，家破人亡的多了，加上我蘇子培，算得什麼？不過，萬一太太有了不測，到底為什麼呢？辛兒要是不能出來，那又是為了什麼呢？」他站定了，冷冷地笑了笑，「克明，我們今天還要去奔走營救，看人家的嘴臉，越想越不服氣！克明，我眞想置之不理，看他們敢把辛兒怎樣？看他們壞到怎樣一步田地！」

陳克明凝神聽着，知道蘇子培今天受的刺激實在太多又太重了，應該讓他安靜；他不和蘇子培多說，只點着頭道：「對，置之不理。」笑了一笑又加着說：「你不理，我來理。我還你一個辛佳就是。」

他這話還沒說完，蘇子培突然想起羅求知和阿金收拾蘇小姐的衣物不知道收拾得怎樣了，便轉身走到客廳門前，可巧羅求知開門進來了，阿金跟在後邊，捧着一個小小的衣包。

蘇子培從阿金手裏取過衣包來打開一看，就生氣地問道：

「怎麼只帶了一牀毛毯？絨綫衣也只有一件！該把她的駝絨袍子也帶去呀！」

「羅少爺說天氣也還暖和，這也就夠了。」阿金回答。

「不夠！」蘇子培又把那幾件衣服翻了一遍，「西北風一起，這怎麼夠？」

「姨夫是想得悲觀一點，」羅求知趕忙陪笑解釋，「不會拖得那麼久吧。」

蘇子培搖着頭，把衣服往阿金身上一推。

羅求知躊躇了一下，然後走近蘇子培身邊，小聲說：「本來，辛妹今天就可以出來的，可是她不肯寫……」

「寫什麼？」蘇子培詫異地睜大了眼。

「剛才在那邊，王科長私下裏對我說過」，羅求知的聲音更低了，還偷偷地朝那邊坐在窗前的陳克明望了一眼，「只要辛妹寫一張悔過書……。」

「什麼！」蘇子培突然大聲喝着，臉也青了。「悔什麼過？辛佳有什麼過要悔啊？去年今天，愛國有罪，現在平津也丟了，敵機遍炸全國各大城市，上海也打了幾天了，政府明令全國抗戰，還說地無分南北，人無分老幼，為什麼辛佳幹一點抗戰工作就了犯罪呢？那麼，我在傷兵醫院看病也算是犯了罪了！」

蘇子培生這樣大的氣，是從來沒有的。阿金和羅求知都望着他發怔。陳克明也覺得意外，他走過來挽住了蘇子培的手，拉他去沙發坐下。蘇子培怒氣未消，嘴唇有點發抖。「悔過？」他大聲斥罵，「有過該悔的，是他們，不是辛佳！侵犯了人身自由，還想侮辱人的靈魂，野獸也沒有這樣兇惡下作的！」

「他們該悔的過，才多得很呢！」蘇子培繼續說，「禍國殃民，過去的暫且不談，光談現在，光談我親眼目睹的；他們辦的是什麼傷兵醫院……」

蘇子培突然頓住，同時站了起來。他聽得院子裏有人連聲叫着「蘇老伯，蘇老伯，」這聲音是耳熟的。接着就進來一位皮膚曬成健美色的女郎，身材不高不低，一對大眼睛，機警中帶點天真，使人感到可親而又使人覺得不可侮。

她一進門就覺出了客廳裏的嚴重氣氛，臉上的笑容馬上一斂，但立即又笑了笑說道：「我來給蘇老伯報個好消息，蘇伯母沒事，不過小腿上有一點擦傷。」

這位女郎就是嚴仲平的大女兒潔修，蘇小姐的同學；蘇小姐近來在嚴公館借宿就是和潔修共榻的。

當下嚴潔修就被包圍了。各人都搶着問她，連阿金也不例外。陳克明拍着潔修的肩膀說：「你來得剛好。」羅求知平時有點怕她，也恨她，但現在也親熱地叫她。羅求知心裏高興的，與其說是潔修帶來的好消息，倒不如說因為潔修這一來，給他解了圍了。

蘇子培抓住了潔修的手，激動得聲音有點發抖，好像潔修就是辛佳。蘇子培一連串問了好些話，最後的一問是：蘇太太進的醫院是哪一家？

「那我也不知道，」嚴潔修笑着回答，眼光却溜着阿金抱着的那一包衣物。「反正蘇伯母就要回家來了。父親打電話告訴我，蘇伯母不願意住醫院，她想家。可不是，家就是醫院，再好的醫生也趕不上蘇老伯。你們這兒的電話也許是壞了，父親打了兩次都沒接上。」她一邊說，一邊盯住了阿金手裏的東西看，終於忍不住走過去翻開那包袱，發現了是蘇小姐的衣服，就着急的問道：「這是幹麼？」

蘇子培正要回答，嚴小姐却又望住了陳克明說：「辛佳姊還沒出來麼？陳先生，你說這是不是『誤會』？季貞叔下午打電話找黨部質問，好，他們賴得精光！那不是又來耍一套『自行失蹤』了！」

「現在算是有一個地方承認了，」蘇子培歎口氣說。

「也准許送東西進去了。」羅求知接着說。

「好！就是這一包罷？我給你們送去！」嚴潔修一邊說，一邊便伸手去拿阿金懷裏的東西。「蘇老伯，讓我送去，包您妥當！您告訴我地方。」

蘇子培還在猶豫，陳克明却已把地址告訴了嚴潔修。羅求知不以為然，可是也不好說什麼。嚴潔修搶過了那小小的包袱，說聲「再會」，就一溜煙走了。

這一切，都來的那麼快，蘇子培想攔也攔不及。他埋怨陳克明道：「潔修雖然能幹，到底是個女孩子；那些地方，不去為宜。」

陳克明不答，只是微笑。

忽然一連串的汽車喇叭聲直叫到大門外戛然而止。

陳克明拍着蘇子培的肩膀說：「子培，太太回來了。這是仲平的車子！我認識它那喇叭的聲音。」

接着便又聽見了嚴潔修的朗朗的笑聲。

蘇子培和陳克明剛走下客廳的台階，看見嚴潔修已經跳到院子裏，就像在自己家裏一樣，高聲喚着：「阿金！阿金！來扶太太。我們兩個人就行！」

然而，已到了發「福」年代的蘇太太，況又傷足，兩個人是扶她不動的，加上了子培和羅求知，這才把她抬到客廳裏來了。

蘇太太的臉色灰白，精神倒還不差。靠在長沙發上，她慘然微笑道：「差一點兒就不能和你們見面了！」轉臉又看看背窗而坐的嚴仲平，「這一回，全仗嚴先生！」然後好像想起了什麼，眼光向四面搜索，提高了嗓子叫：「辛兒呢？」

蘇子培一怔，還沒開口，不料站在旁邊的嚴小姐拍着她手裏的衣包說：「我正要去看她。」

蘇太太的眼睛異樣地一睜，一伸手就拉住了潔修。陳克明忙說：「辛佳還在嚴公館。」但是蘇太太已經猜到一些什麼，她掙扎着要站起來，聲音顫抖，怒喊道：「不要騙我！」忽然她身子一歪，就倒在沙發上了，臉色更灰白，眼睛也閉上了。這一下，大家都着了慌。嚴小姐後悔自己說錯了話，急得要哭。蘇子培却很鎮靜，他抓住了太太的手，按了一會脈息，慢慢抬頭對大家說：

「不要緊，一會兒就好。」

嚴小姐看見沒有出亂子，便悄悄地走了。

二

「優待室」是狹長的一小間，有一對窗；窗外是不滿方丈的小院子，——這在蘇辛佳的家鄉是稱為「天井」的，辛佳剛進來時看見這「斗方」，院子四面都是幾丈高的風火牆，活像一口「井」，便悟到「天井」二字狀物之妙，曾經有好半晌回憶着暑期前的學校生活，那時候，她還是一位不問外事，埋頭讀書的「好學生」。

如果說蘇小姐還有這樣悠閒的心情，那是因為「事件」縱然「不愉快」，她却有「新奇」之感，特別因為她自問光明磊落，理直自然氣壯。蘇小姐是在天快黑的時候被「請」進此間的，到現在，也快滿二十四小時了。

時間對於人們心情所起的作用，蘇小姐這一回算是得到了體驗。自從失去自由約莫三十小時之前，蘇小姐的情緒有過三次的變換。最初的五六小時，她像一頭激怒的獅子。在一個什麼「長」的辦公室內，她曾經被反覆盤問，那時她的回答，就沒有一句不是帶刺的。後來被移到會客室模樣的一間房，人家對待她的方式也有了改變。輪流來和她「說話」的人總有七八個之多，似乎唯恐冷落了她似的。然而蘇小姐的反感更甚，對於每一個走近她而且企圖從她身上刺探些什麼的傢伙，她都一律報以惡聲。這樣忿忿的情緒一直持續到被「請」進這「優待室」。那時候，她的心境突然恬靜了。理解到自己這「事件」不可能迅速解決，而必須作「長期抵抗」的準備，她對於這「狹長的籠」說不出有什麼反感。心理上的堅毅和鎮定，反使她對這掮着好聽名義的囚室發生了興趣。她對於那一榻一椅的簡陋設備，感到整齊和樸素，對於那小得出奇的「天井」覺得好玩，甚至推敲到「天井」兩字命名之確切與典雅，而最後，對於那顯然是新裝不久的窗上的木柵也認為並不難堪。只有當臨睡的時候，她的手指，後來是肌膚，碰到那條薄棉被，頗有潮而且膩的感覺，又且總還有些不慣的異樣氣味，這才使她的「興趣」受一挫折；自有記憶以來，她從沒用過別人的被窩，而況也許是任何人都用過的被窩。但一會兒以後，她又泰然處之，而且馬上睡着了。

情緒轉換的第三階段是從上午開始的。更確切地說，發端於所謂早餐。那時候大約有九點鐘了，她正靠在那膩得得的薄棉被上回憶夜來所得的夢，忽然端進來了早餐。她覺得她是被打擾了，就不高興。早餐也是「優待」餐，沒有可供指摘之處。最初她不願吃，昨晚上她是拒絕了他們特地弄來的雞絲麵的，可是後來終於吃了一點。這以後，她就坐立不安起來，好像那早餐裏下得有一種毒藥，其名為「不安」。她一會兒站在窗前，把臉嵌進窗上那木柵，朝那「斗方」天井發呆；一會兒她在這「狹長的籠」中走來走去，剛坐上那唯一的接過腿的木椅，便又霍地站了起來想到那三尺寬的牀上（這是病院裏擺在三等病房那一類的貨色）橫一橫，可是身體剛接觸那所謂牀，她又寧願把臉嵌進窗上的木柵，看一看那小「天井」牆脚的綠苔。

她想：能夠睡一覺也好。可是那薄棉被的膩得得的程度以及它那附帶的怪氣味，好像跟着時間的積纍而增加了強烈。她把這薄棉被遠遠拋在屋角，然而膩得得和那怪氣味早已留在牀上了，說不定牀本身也具備這兩個特點。

她想：能夠有一本書，——即使最無聊的書，有一張報紙——即使是陳年舊報紙，那也好罷。然而這種不可能的想望只有加深她的焦躁。

她也企圖讓自己沉入往事的回憶。可是剛起了個頭，便又中斷，好像回憶這東西，根本就不曾帶進這「優待室」。

她試試哼幾支歌曲，然而一支還沒有哼完，她感覺到自己的聲音怪不自然，越聽越覺得自己的汗毛都豎了起來。

她想罵，沒有對手。想笑，笑不出。想哭，不甘。最後，猛然發現：這是由於「寂寞」之故。她的忽起忽坐，這也不好，那也不對，都是在和「寂寞」鬥爭。

然而既經發見以後，她倒停止鬥爭了。蘇小姐短短十九年的生命中，一向過的是花團錦簇的生活。雖然也曾在親人的病榻前流過眼淚，也曾在女伴中受過委屈，在母親懷裏撒過嬌，也曾為了一門功課的沒有考上甲等而閉門賭氣，而最近一年來又曾為了追逐她的男性太多而感到困惑與厭煩，但生活的「全席」中還有「寂寞」這一色，她確是不知道的。和「寂寞」鬥爭，她沒有一點經驗。

現在，有如發見了新的敵人而尚未摸清它的性格因而不可冒昧挑戰，蘇小姐略為能夠安靜一下了。她能夠冷靜地思索了。她比較昨天和今天，發現一個基本的不同。昨天她在那個什麼「長」的辦公室時固然被反覆盤問，後來在那會客室模樣的房裏整整五小時也不斷有人來「糾纏」，用恐嚇，用哄騙，攀同鄉，講世誼，紅面孔，黑面孔，鼻尖上搽一撮白粉的小丑面孔，色色俱全，周而不絕，簡直是「車輪戰」，然而今天則不同。今天送過早餐與午餐，但送飯的與其說他是活人，毋寧說他是一個影子。今天是光光的四壁和一榻一椅在和蘇小姐打「啞仗」。

昨天蘇小姐討厭那些周而不絕在她跟前出現的各式面孔；昨天她感覺得這是對她的一種侮辱，——好像她是火星裏掉下來的一個怪物，而他們這些負有使命的「專家」輪流來加以「賞識」

或「鑑定」。現在，蘇小姐倒盼望他們來了。他們如果來了，蘇小姐準備把他們當作地獄最下層的惡鬼，也來一次「賞識」或「鑑定」，——至少，她要罵時也有個對象。

有所「期待」，是消除「寂寞」的一種武器，即使還不是最有效的武器。蘇小姐從午後三時左右就應用了這一武器。她期待着，她留心着門上的可能最輕微的響聲。……

小「天井」裏的天漸漸暗下去了，房裏漸漸不辨皂白了。橫坐在接過腿的木椅上的蘇小姐，曲着左臂靠在椅背，把半個臉埋在肘彎裏，心中空蕩蕩地，若有思慮，若無思慮。忽然，頭頂上那盞電燈亮了，蘇小姐身子微微一震，而和電燈發亮差不多同時，房門上來了嚓的一聲。蘇小姐霍地跳起身來，轉臉急看，房門開了，一個人影一閃；蘇小姐全身都抖起來了，腳步不自覺地往後一挫，然後，驀地她叫了一聲，就飛也似的撲向那進來的人。

「哎，——是你！」

不給那人開口的機會，蘇小姐兩臂一落，就把那電燙過的飛機頭壓在自己胸口，一連串地叫着：「潔修，潔修，我的潔修！」一邊叫，一邊不自覺地淌着眼淚。

待到嚴潔修從蘇小姐的擁抱中掙出頭來，她倆半走半拖地已經到了牀的那一邊。蘇小姐立刻把那張接過腿的木椅子貢獻給她的朋友，按她坐下了，自己却跨開雙腿騎立在潔修膝前，兩手捧住了她的面孔，眼裏還在掉淚，嘴裏却吃吃地笑個不休。

兩個人對笑着，對看着，許久許久。

終於是嚴潔修先開口：「辛佳，你嚇了我一跳，你好像在做戲。」

蘇小姐一連在潔修的臉上額上吻着，然後說：

「你不知道這一天我愍的多麼難受啊！」

「他們打你？」

「沒有。」

「罵你？」

「也沒有。倒是我痛痛快快罵了他們一頓呢！」

潔修笑了：「剛才我也給了他們一頓罵。」

「你罵的是哪一個？貓兒臉的？」

「好像不是。」

「是頭目呢，還是蟹脚？」

「我不知道他們是什麼。他們不讓我進來，又要討名片，又要我的地址；我就罵他們了。」

「他們也要我開姓名，履歷，地址；我都不開。我罵他們是根據哪一條法律？我又不是犯人！」

潔修又笑了：「可是我跟你不一樣。我罵他們不生眼睛，連我嚴小姐也不認識，還當什麼差！」

「啊！」蘇小姐忍不住笑了。「潔修，你有一手。」

「還有呢！我罵開了門，就要人。」

蘇小姐睜大了眼睛，一時解不來這句話。

「就是要人。要保釋蘇辛佳！我問他們：簡任官成麼？要是不成，找個把特任官也很便當。」

蘇小姐換了站立的姿勢，把半個屁股挨在嚴潔修的膝頭，左臂挽住了潔修的腰。

「他們望住我半天，這才說，科長走了，他們不能作主。我要他們找科長，有一個傢伙搶出來說，即使科長來了，他也不能作主。」

「對啦，」蘇小姐輕輕歎口氣，「有一個貓兒臉的，也許他能作主。」

「我可不管貓兒狗兒的，我一股勁兒逼着鬧。」

「可是，潔修，如果他們當眞向你要簡任官呢？」

「當然我有準備啊，」潔修頑皮地笑了，「我的大伯今天剛到來了，他就是個簡任官兒。」

「你和大伯說了沒有呢？」

「還沒有。可是我有辦法。我會拉祖母出來，用祖母的大帽子去壓他的。」

「要是簡任官不成呢？你有特任官沒有？」

「現在還談不到。辛——你別忙，聽我說呀。我鬧了一陣，看看那些傢伙眞是作不來主，我就改變方針，我要看人。好，那些傢伙又該挨罵了。我罵他們：你們這班飯桶！剛才嚴中委——辛，你看我一下子就把我的大伯封了一個『中委』——剛才嚴中委給你們科長打過電話了，難道科長沒有交代給你們？好，科長公館的電話呢？我親自跟他講去。」

「電話終於沒有打罷？」蘇小姐趕緊插嘴問。

「沒有。」潔修笑了笑，「可是，我這一頓罵，又把你的門也罵開了。」說着，她就在蘇小姐臉上親了一口。

「啊，好潔修！」蘇小姐突然跳起來，又抱住了潔修，「眞有一手！我的妹妹！」

「辛——別忙！」嚴小姐脫出了蘇小姐的擁抱，却反手去勾住了蘇小姐的頸子，「你看！這是什麼？」

蘇小姐一看，這才發見嚴小姐脚邊還有一個小小的包袱。她伸手就去拾。可是潔修一把搶了去，一跳到了牀前，解開包袱的一角把東西一件一件掏出來，一邊掏，一邊唱：「這是穿的，這是蓋的，這是換洗的，這又是穿的，這是用的！」

潔修唱一聲，蘇小姐就笑一陣。突然她搶過那羊毛毯來，向自己胸前一抱，歎口氣道：「啊喲，我的好毯子，你來的眞好啊！」

蘇小姐又去檢看那些用的，一面檢，一面問道：「潔修，有沒有帶一面鏡子來呢？」

「恐怕沒有。」

蘇小姐有點失望，轉身面對着潔修說：「修——你給我看看，我臉上有沒有什麼疤疤斑斑的？」

「啊喲，糟糕！」潔修故意裝出吃驚的樣子，「這是怎麼的？可惜！」

蘇小姐着急起來，拉住了潔修一叠聲追問：「到底有些什麼？紅的呢還是紫的？——昨晚上半睡半醒的，老覺得有什麼小東西在滿身爬，今兒早上，兩邊臉兒老覺得緊綳綳癢些些，哎，果然……修，到底有些什麼？你怎麼不作聲啊？」

潔修忍住了笑，手摸着蘇小姐的面頰，老是嘖嘖地說着「可惜，可惜」，却不回答。忽然又吃驚地叫道：「辛——呀，脱下衣服，讓我看看。」

「不用看。身上沒有。」蘇小姐還是很着急。「趕快告訴我，臉上有些什麼？」

「不，」潔修有點忍不住要笑了，「讓我看看你的胸脯。」說着就強制地要解蘇小姐的鈕扣了。蘇小姐這時也有點覺得潔修又來淘氣了，掙脱了身，滿面生嗔道：「人家着急，你開玩笑，不要你看！」

「那麼，要不要我告訴你臉上是怎樣的呢？」潔修終於噴出笑來了。

「隨你的便！」蘇小姐説着就別轉了臉。

看見蘇小姐當眞生了氣了，潔修這才説眞話道：「沒有。辛——臉上光光的，白白的，什麼都沒有。」

蘇小姐背着臉不作聲。

「你不信麼？」潔修把蘇小姐的面孔扳過來對着自己，「好，明兒給你帶一面鏡子來，要是有什麼不對，我賠還你一張俊俏的瓜子臉。」

蘇小姐勉強笑了一笑，仍舊不作聲。

潔修放開手，轉身到牀前又去掏那包袱，突然雙手一舉，捧着一個牛皮紙包在空中揮着，高興地叫道：「辛——你猜，這是什麼？」看見蘇小姐還是愛理不愛理的，就只好把紙包塞在蘇小姐的手裏，同時又用了歌唱的調子説：「這是——這是吃的！」

蘇小姐打開那紙包，就快活地笑出聲來。這裏有糖菓，牛肉乾，陳皮梅，全是她喜歡的零食。她揀取一顆巧克力，剝去錫紙，伸手就向潔修嘴裏一塞，一面又自言自語道：「啊，媽媽眞想得周到啊！」

「這不是伯母給你準備的。」潔修一面嚼着巧克力，一面說，「這是我買來慰勞你的。」她把「慰勞」兩字特別說的用力。

蘇小姐望着潔修做了個鬼臉，似乎說：別吹，你又來哄人了。

「你不信麼？」潔修認眞地說，「伯母今天在大世界受了傷，我們還沒敢告訴她你被捕了呢！」

「什麼？」蘇小姐吃驚地跳起來，糖菓撒了一地。「修，你這話是眞的？媽媽到大世界幹麼？大世界收容了難民了，難道媽媽去做慰勞工作？而且怎麼會受了傷啊，沒有的事！」

「說來話長，總而言之，不相干，腿上擦傷了一點。」

潔修說時，態度非常正經，蘇小姐不能不相信了，但她一面拾糖菓，一面還想問詳情。這當兒，房門一響，又開了，一個穿西服的中年人昂然而入，這人的臉正是一面貓兒臉。

蘇小姐看得清楚，就扯了潔修一把，自己却板起面孔，把背脊朝着那貓臉人的方向。

貓臉人在兩位小姐跟前站住了，微微的笑着。

潔修挨着蘇小姐也在牀上坐了，却指着那張接過腿的木椅子對貓臉人說：「請！有什麼事呢？坐下來好說啊！」

貓臉人却不坐。潔修那種老練而又大模大樣的口氣，似乎很出他的意外。他一雙眼骨碌碌地釘住了潔修看，好半晌，這才淡淡地一笑問道：「你是嚴小姐罷？」

潔修點了下頭。

「令尊就是國華機器製造廠的總經理仲平先生？」

潔修又點了一下頭。

「蘇小姐是您的同學？」

潔修第三次點頭，心裏想道：這可轉到題上來了，看他有些什麼說的。

「而且你們兩位又都是加入了『民先』（注）的？」

潔修猛不防貓臉人有這一句，微微一怔，可是，蘇小姐已經搶着囘答道：「昨天不是已經對你說過了，我們不知道什麼『民先』或者國先！」

「陳克明教授呢？」貓臉人又問，眼光釘住了兩位小姐。「不認識罷？」

「不！」蘇小姐剛吐出這一字，潔修就偷偷地揑了她一把，蘇小姐便把下面兩個字縮住了。潔修却接着高聲說：

「怎麼不認識！陳教授是家嚴的朋友，也是家伯父的朋友。」

貓臉人笑了笑：「哦，嚴小姐，令尊我也相識。我們是老世交了，可以無話不談。」

潔修不理答，却反問道：「你尊姓？」

「我姓胡。我是胡秘書。」

「那麼，胡秘書，蘇小姐做錯了什麼，你們逮捕她？」

「這不是逮捕，」貓臉人一笑，這笑叫人看了像看見毒蛇吐信一樣，「逮捕了會有這樣的『自由』麼？這是請蘇小姐來談談，可惜她始終不瞭解。」

「可是，胡秘書，請您注意，蘇小姐在這兒已經超過二十四小時了！」

「如果她不把話說清楚，恐怕還得多委屈她幾天。」貓臉人冷冷地回答。

「我沒有話可說，隨你們的便罷！」蘇小姐毫不示弱。

「政府天天叫人民守法，可是，無緣無故把人家扣留起來，這就是政府的守法麼？」潔修搶着說。

「當然不是無緣無故，」貓臉人突然把臉色一沉。「不用我說，蘇小姐自己心裏就明白。政府為的是愛護青年，不忍就拿法律來制裁，所以請蘇小姐來談談。可惜蘇小姐昨天一進來就沒有說過一句坦白的話。」

「怎麼叫做不坦白？」蘇小姐銳聲叫。「你們說我做抗戰工作有背景，有作用，你們可又拿不出證據來。嘿！我這才知道：誰要是不肯胡亂承認你們所說的話，你們就加他一個罪名：不坦白！」

「胡秘書，我可以坦白告訴你，」潔修又搶着說，而且頑皮地笑着，「我們做抗戰工作，是有背景的，也有作用……」

「哈哈！」貓臉人似乎猜到潔修下邊的話一定是挖苦他的，就高聲一笑趕快把它打斷，「喂，嚴小姐，你是聰明人，會說話，不過今天我不是來和你們開辯論會，——」

「是來審問我們的？」嚴小姐又頑皮地插一句。

「倒也不是。」貓臉人笑了笑，態度突然變得溫和可親起來，「今天我以私人資格和你們談談。嚴小姐，我和令尊，令伯父，都相識。蘇小姐，你是蘇醫生子培先生的令嬡，我們也知道。你們兩位，聰明，能幹，熱心，純潔，政府愛護之唯恐不及。你們自願拋棄了安逸享樂的生活，來做抗戰工作，政府正是求之不得。政府領導抗戰，青年幹部只嫌太少，不嫌其多。在政府領導之下，你們要做什麼工作就可以做什麼工作；你們的前程遠大。」

貓臉人把「前程」二字說的特別響，然後，話頭一轉，態度也轉而為嚴厲：

「政府決心抗戰，也有決心領導一切抗戰工作；服從政府領導，才是眞心擁護抗戰。不服從政府領導，別有企圖的團體，政府一定要加以制裁。蘇小姐，你熱心做抗戰工作，可是你參加的那個團體，就是別有企圖的！」

貓臉人這套官腔，兩位小姐聽得正不耐煩，不料他最後一句又釘到老題目上來了，兩位都微微一怔，還沒開口，貓臉人却又接着說：

「政府愛護青年不遺餘力，可是對於誤入歧途的青年們，政府也不能不負糾正之責！政府的苦心，你們也得瞭解。好了，你們考慮考慮罷！」

說完，貓臉人轉身就走了。

好像被逼着看完一個丑角的表演，兩位小姐都鬆了一口氣。嚴潔修突然抱住了蘇小姐，放聲狂笑。蘇小姐也笑着，揀一顆糖菓放在嘴裏，自言自語道：「什麼領導，領導就是包而不辦！」

嚴小姐還在笑，直到又有一個人走了進來。那人鄭重地把兩張紙交給了蘇小姐，很有禮貌地說道：「請兩位小姐填一填這份表格。這是胡秘書交下來的。」

嚴潔修搶過那表格來一看，抬頭要喚那人，可是那人已經走了。嚴潔修生氣地把那表格撕得粉碎。

「撕它幹麼？」蘇小姐說，拾起那些碎片，「到底也看一看又是什麼玩意兒呀！」

「用不着！這是一個官辦的團體，要我們進去受領導的。可是這團體的領導人一雙手上，却塗滿了血！一二八運動的同學們的血！」

嚴潔修説着就站了起來，定睛朝蘇小姐看了一會兒，突然説：「辛——我該回去了，明天再來！」

蘇小姐沉默地送嚴小姐到房門口，又沉默地走回牀前，惘然看着嚴小姐帶來的衣服，羊毛毯，糖菓，溫柔地撫摸着每一件東西，然後又拾起那撕碎的表格來。剛把那碎片拼起了一半，猛聽得房門外有人爭吵，聲音像是潔修。接着，房門砰的一聲打開了，進來的果然是潔修，臉上怒氣還沒有消散。

「怎麼？」蘇小姐小步跑到潔修身邊，就拉住了她的手。

潔修不作聲，半晌，這才笑了起來，抱住了蘇小姐道：「想想，捨不得你，又回來了。」

「還開玩笑呢！你——你也被扣留了，是麼？」

「這不是扣留，」潔修忽然學着貓臉人的口音，「扣留了會有這樣的『自由』麼？」驀地她大笑一聲，然後用自己的口音很快地接着說：「守衛不讓我走。說，進來了這裏的人沒有字條就不能出去。我找貓兒臉，可是他躲起來了。又是給我來耍老法門：沒有人作主。好，不能走我就不走！想想你一個人冷清清的，我也捨不得走！」

「不能這樣就干休，」蘇小姐異常憤激，「憑什麼又扣留了你呢？我們倆一同去鬧去！」

「何必呢！」潔修笑嘻嘻勸住了蘇小姐，「我倆談談笑笑不好麼？值得生氣！」她拉着蘇小姐在牀上坐下，又說：「我已經給家裏打了電話，是媽媽接的。一會兒，爸爸會自己來接我們出去。」

不大敢相信，却又不得不姑且這樣相信，蘇小姐點了一下頭，溫柔地偎在潔修的身上。好半晌，兩個都沒有開口。房裏靜得很，蘇小姐聽得兩顆心的跳動，一起一落，和諧而又勻整。房外似乎有人走動，悉悉索索，像是老鼠在商量偷東西。遠遠的傳來了呻吟的聲音，漸漸轉為慘呼，忽然又低沉下去了，接着是一片陰森徹骨的寂靜。

「啊，忘記了給你看一封信，」潔修忽然小聲說：「趙克久你記得麼？——一二九運動，上海各大學同學上南京請願救國的時候，同學們自己開火車的那一組中就有他的一份，那時候他也『失』過『蹤』。你看他現在做的多麼美滿的夢！」

蘇小姐看過了信，默然半晌，這才嘆口氣道：「鄉下消息太不靈通。趙克久光看報紙，還以為我們這裏當眞是一聲抗戰，就萬象更新，人人有了救國的自由，巴不得立刻趕來和我們一起工作。他如果來了，也許可以和我們一起；可不是工作，而是又到監牢裏重溫他的舊夢罷哩！」

遠處那呻吟的聲音又隱約聽得見了。這一次是忽高忽低，時斷時續，好像是一個受盡折磨的生命，雖已僅存一息，還不肯向暴力低頭，而呻吟就是他的反抗。

「眞不知道昨晚上你怎樣挨過來的，」潔修自言自語低聲說，「現在我和你是兩個，可是我已經覺得難受。」

蘇小姐却不說話，她輕輕地抱住了潔修，把自己的面頰溫柔地貼着潔修的面頰。兩顆心都跳得急促些了，渾然成為一個聲音。

三

蘇太太從樓下客廳移到樓上臥室的時候，便有點昏昏欲睡的神態。

兩三分鐘以前，她還是像一個健康人似的「鬧」着要去探視她的女兒辛佳。嚴潔修那句不小心的話，曾經給蘇子培他們招來了不小的麻煩。那時候，蘇太太因為驟然一驚，刺激太強，昏了過去，但是一會兒她的意識回復過來了，便追問着辛佳的下落。她的神經異常緊張，額角爆起了青筋，睜大着眼睛，一疊聲叫道：「你們不用騙我，不用騙我！……還騙我幹麼？我早已知道，辛佳是——」她的呼吸急促，說不下去了，而且眼淚也到了眼眶邊。

究竟蘇太太猜想辛佳是怎樣了呢？她猜想辛佳是瞞着他們到前線去慰勞而中了流彈——或者炸彈。她這猜想，自從早上發現了昨夜辛佳並沒有在嚴公館過宿，就在她腦子裏生了根了。她之所以等不及蘇子培回來就獨自出去，也就是要到什麼慰勞總會去探聽確實的消息，却不料消息沒有探到，她自己却差一點兒送了性命。

明白了蘇太太焦急的原因了，蘇子培他們就極力否認辛佳曾到前綫。但也說不出辛佳這整整一天在幹些什麼。他們隨口編造些故事，編的也不大高明，當然騙不了蘇太太。甚至嚴仲平也覺得子培和克明的話閃閃爍爍，十分可疑；嚴仲平也還不知道辛佳的「不愉快事件」。

僵持了兩三分鐘，陳克明覺得還是老實告訴她好些，就直捷了當說：「大嫂，信不信由你，辛佳是被捕了，我和子培去看了她剛囘來。」

陳克明的話還沒完，蘇太太就兩眼發直，口角抽搐，似乎想說話而又說不出。蘇子培心裏抱怨着陳克明不該再給蘇太太這樣一個刺激，嚴仲平也吃驚地拉了陳克明一把，想問他詳細情形，可是蘇太太開口了，她顫聲叫道：「還是騙我！辛佳為什麼會被捕？誰捕了她？……我知道她已經死了，連屍首也找不到了……你們捏造她被一捕，想叫我斷了念……」

「當眞是被捕了，」蘇子培拉住太太的手，低聲說；音調之誠懇而淒涼，叫人聽了落淚。「可是在裏邊也還受優待。不然，嚴小姐怎麼能送衣服去？」

蘇太太不作聲，睜大着眼睛，釘住了蘇子培看。似乎她已經相信了，陳克明和嚴仲平都鬆了口氣。但是蘇太太忽然又要求馬上去「探監」。顯然她還是不大相信，特別不信所謂「也還受優待」。她說的話不多，聲音也越來越低了，可是堅持她的要求，反覆說着同一句話：「我馬上去看看！」有時只說着兩個字——「去呀！」弄得蘇子培束手無策。

陳克明却估量着蘇太太已經理智些了，便引述了自己的親身經驗以及他的許多學生的經驗，反覆證明被捕而又受「優待」確是事實。他並且大胆預言：嚴伯謙明天去一保，辛佳一定就出來。

蘇太太似信非信的看着陳克明，又看看嚴仲平，歎一口氣，不再說話。

她終於不再堅持她的要求了。也許是陳克明已經說服了她，但事實上，受了傷流過血的她在極度興奮以後終於支持不下去了。她此時最大的需要是休息。蘇子培趁這機會，就把她移到樓上。

然而，到了臥室，躺在牀上了，她仍然不能安息。小腿上的彈片傷正痛，半條腿的肌肉都像在抽搐。她合上眼，一些可怖的幻像便紛至沓來。一會兒是在曠野上看見那麼大一顆炸彈從天而降，無數的人應聲倒地，其中就有她的女兒辛佳，而她自己則抱住了自己的傷腿一跳一跳想把辛佳從死人堆中拉出來；一會兒又看見辛佳躺在陰暗的監牢裏，糟蹋得不像個人樣，而一條狼狗還在咬她……

她輾轉呻吟，不時唸着兩個字，——聽來似乎就是「辛佳」。

蘇子培看這情形，便決定首先應使太太獲得數小時的安眠。他留下羅求知和阿金看護着病人，自己便到醫室裏忙着準備針藥。

這時候，樓下客廳內，陳克明和嚴仲平正在柔和的燈光下輕輕談着蘇小姐的「不愉快事件」。但在短短十來分鐘內，嚴公館來了兩次電話，催促仲平回去。第二次的電話是總工程師周為新親自出馬，這位頗有點兒脾氣的「專家」在電話裏只說了這麼三句話：「伯謙有飯局，我也不能久候，趕快來！」

仲平料想又是廠裏的事待他去作決定，答應了陳克明蘇小姐的事情他一定設法幫忙，連向主人告辭也來不及，就匆匆走了。

到了家，仲平便進自己的書房。伯謙却不在，總工程師周為新臂彎裏掛着大衣，手裏拿着帽子，站在那皮墊的長沙發前面看牆頭的字畫；顯然他是等的很不耐煩了。

「伯謙呢？」

「換衣服去了，」周為新說着，就用他那捏着帽子的手朝樓上指一下；接着他把臂彎裏的大衣往沙發上一扔，三言兩語就像他所使喚的機器一樣快速而準確，說明了那立待嚴仲平解決的問題。

事情是這樣的：國華機器製造廠的拆卸工作，已經進行了三天了，本賴周為新和其他員工們的努力，這三天的工作抵得人家的七天；性急而又好勝心頗強的周為新便要趁早弄好了遷移這些機件往內地去的交通工具。然而姓周的在火裏，人家却在水裏。不但交通工具茫無頭緒，甚至起運機器的一應必要手續，例如逢關過卡免驗的特許證，沿途通過各部隊防區所必不可少的通行證，也都連影子也望不見呢！廠裏的總庶務蔡永良兩天內跑遍了辦理這些手續的有關機關十多個，可是甲推乙，乙推丙，丙又推丁，……這樣一直推下去，最後一個圈子打回來，還是推到了甲，那時候，甲又說最近命令有變更，他那裏根本不管了。

「今天聽說伯謙來了，」周為新結束了他的報告，「找特地來找他想辦法，可是他不置可否，說要和你談了再作決定。」

嚴仲平點點頭。兩人又隨便說了幾句工廠拆卸的情形，嚴伯謙也進來了。這位「心廣體胖」的簡任官不慌不忙點着了一枝雪茄，仰臉噴出一口煙，這才開口道：

「周工程師迫不及待的要找好交通工具，要辦妥一切起運的手續，其實是何必那麼急呢！周工程師是：只知其一，未知其二。……」

雪茄又叼在嘴角了，嚴仲平和周為新都望着這位簡任官，等待他說下去，可是嚴伯謙雙手挽在背後，挺出一個大肚子，眼望着壁爐架上一軸仇十洲的仕女畫，忽然伸手拿下雪茄，帶噴煙帶說：「噯，仲平，這一軸仇十洲，看來看去到底是假的。」

這一句「冷門」，爆的眞正叫人啼笑皆非。周為新本來已經被那接連兩下官派十足的「周工程師」的稱呼引起了不小的反感，這時候便忍不住冷笑了一聲。便是深知乃兄為人的仲平也覺得這樣的「好整以暇」未免過了點份。他先輕輕咳了一聲，用意顯在提醒伯謙，接着就問：

「那麼，依你看，該怎麼辦呢？」

「該怎麼辦？趁早轉讓出去啊！」伯謙說着踱了一步，但隨即如有所悟，淡淡一笑，又說，「哦！你問的是那一樁麼？哦——」他在仲平和周為新面前站定，胖胖的臉上的長眉毛挺了一下，拉長了調子說：「目今當務之急，倒是要在安全地帶找定一所房子。」

「先要找房子？」仲平隨口順一句，却又對周為新看了一眼，似乎說，「原來是這麼一回事。」

「可不是！廠在南市，敵機天天去轟炸，南市不安全，所以廠得搬走；然而，搬出的機器總不能老擱在露天，總得有房子來安頓，而且這所房子最好是可以改作廠房，將來必要時就可以開工。」

「這不是今天能夠解決的問題，」周為新說，「在遷廠程序中，這是第三步。現在我們連第二步還沒有眉目呢，先得解決第二步。」

「第三步當然也得事先籌劃，」嚴仲平覺得周為新的語氣太尖銳了，便來作一個緩和。「找廠址，找房子，我已經托了叔芬妹，妹夫在漢口有工廠，人頭地面都熟。我還托了大華的總經理羅任甫，他五天前到漢口去了，前天志新妹夫來過一個電報，說的是：各事都有門路，不日定見分曉。」

「什麼？漢口？」伯謙那胖臉上的細鼻子一皺，雙手拍了一下。「仲平，我不是講漢口！到漢口去準備廠址，可說是迂闊不通時務。」

「那麼，重慶怎樣？」周為新似乎也熬出一點耐性來了，他把手裏的帽子放在沙發的背脊上。

「當然也不是重慶！」現在倒是嚴伯謙表示着不耐煩起來。「就在上海兩租界。」又用力重複一句：「兩租界的安全地帶。」

周為新皺着眉頭，又把帽子拿在手裏了。

嚴伯謙的意思現在仲平和周為新都已經弄明白了。嚴伯謙這主張，倒也未見「新奇」。三四天前，「上海工廠聯合遷移委員會」議決了遷移各廠到內地的具體辦法，當時大家並無異議，但後來人言藉藉，都說有些意存觀望的廠家想出了一條「將計就計」的對策：先向政府領了津貼，把他們在南市、閘北、楊樹浦，各該危險地帶的機器、原料，乃至成品、半成品，都遷到兩租界，找房子保藏起來，然後再「看風行船」。那時候，嚴仲平也和其他工業界進步人士指責過這種意圖，認為這是破壞了政府的「工業動員計劃」。

「那是不妥的，」仲平說，「我不能以今日之我反對昨日之我。」

「什麼今日昨日，」伯謙看了仲平一眼，冷冷地回駁，「也得看看明日。也得估量事實。啊，周工程師，拆卸工作能夠如期完成麼？」

「這個，我有把握，我負責！」

「對，你負責，你有把握。」嚴伯謙又淡淡地一笑，踱了一步，仰起他那胖臉，又問道：「然而，周工程師，你有沒有把握說，在你自定的限期以前，蘇州河這條水路不會發生阻礙？」

周為新的忍耐差不多到了頂點了，特別是嚴伯謙的官僚態度損傷了他的自尊心，他也傲慢地回答道：

「蘇州河如果不通了，那就改變路綫。」

「哦，改變路綫！」嚴伯謙沉吟一下，態度倒客氣些了。「但是，交通工具永遠是不夠的，何時可有，誰也不敢擔保。如果交通工具還沒弄好，第二條路綫可又斷了，那時候又怎麼辦？」

「因此我們不能浪費時間。」周為新捺住了火性回答。「交通工具無論如何得趕快設法。現在交通工具已經歸政府統制了，政府不能不負責。」

嚴伯謙不以為然地搖着頭，却不作聲。

「可是，」仲平突然問，「上海的戰事究竟能支持多久呢？」

「這又是誰也不敢負責回答的！」伯謙大聲說，兩手一攤。「然而，外交上有個消息，——」他機密地把眼睛一睞，「也許急轉直下，來個驚人的變化。那時候，柳暗花明又一村了，今天的一些計劃自然都成了陳蹟。」

「是不是英美法三國要聯合採取強硬的措置了？」仲平急忙追問。

伯謙笑而不答，踱了一步，看一看手裏的雪茄，擦一根火柴再把它點着，慢慢噴出一口青烟，然後把他那肥大的屁股埋進了壁爐的沙發裏，一板三眼地發起議論來了：

「抗戰抗戰，人人會喊，然而喊是喊了，却不想想這樣一件大事，頭緒紛繁。我們自己只顧喊的高興，外國人却替我們捏一把冷汗。現代戰爭是立體戰爭，現代戰爭是比賽工業，比賽技術；我們有什麼跟人家比賽？……」猛吸了一口雪茄，肥腦袋一挸，語氣便一轉，「不過，既然打開了，事成騎虎，只有幹！然而，知彼知己，也應當明白蠻打決不是辦法。一句話，軍事所以濟外交之窮，然而大砲炸彈的聲音也未始不能掩護外交，偷渡陳倉，開一瓶新新鮮鮮東亞釀造的香檳啊！」

這一番微妙的話，可難為了周為新的「工程」頭腦，然而嚴仲平頻頻頷首，顯然是多少領略了其中的奥妙的。

「儘說一些廢話，我可不能奉陪了。」周為新肚子裏這樣想，拿起大衣便又搭在臂彎裏了。

然而嚴伯謙又把話頭轉到本題上：

「所以，仲平，遷廠云云，亦復如此。我們自己喊得高興，外國人也在替我們捏一把冷汗。路遠迢迢幾千里，敵機到處轟炸，沿途如何能保安全？」

仲平不作聲，却點着頭。

「即使幸而運到了，是一個廠呀，總不能隨便往那裏一塞。水陸交通，原料供應，是不是都方便？動力夠不夠？那一樣不能不先盤算盤算？」

仲平連連點頭，看了周為新一眼。

「再說，現代戰爭消耗之大，中國這一點工業生產夠打幾天？我說一句老實話，沒有外援，這仗是打不下去的，然而有了外援時，我們這點破碎支離的工業真不值一笑！」

仲平嘆了口氣，但是仍然點頭。

「要是打不下去了，那時你把你擱淺在崎嶇蜀道的廠怎麼辦？要是有了外援了，那時你這廠恐怕也沒有人來領教了。」

仲平默然，手摸着下巴，又輕輕歎了口氣。

周為新再也忍不住了，霍地站了起來，大聲說：

「那麼，政府明令遷移工業，豈不是失策了麼？」

「這又不然！」伯謙立即回答，態度異常莊嚴。「政府遷移工業，自有通盤的籌劃。而我們現在是就事論事，兩者不能混為一談。如果是國防上確有需要的工業，那麼，政府化了津貼，而我們冒險出力，兩面都有交代。如果不然的話，還不如為國庫節省一點公帑，而我們相機應變，豈不依然公私兩全？」

「嗯，公私兩全，……」仲平點頭，又向周為新看了一眼。

「得了，得了，」周為新忽然笑起來，但臉色很難看。「那麼，從今天起，拆卸的工作就擱起來罷？工人們在轟炸之下冒險工作，也不是好玩的！」

仲平沉吟未答，伯謙却冷冷地笑道：

「拆卸工作還得繼續。先保全了機器，而後可以相機應變。」

「要是不打算遷到內地去呢，何必……」

「遷不遷還得看那時的情形，」仲平趕快搶着來解釋，「此刻不能就決定啊！也許那時路都斷了，也許交通工具依然成問題，也許大局有了變化。為新兄，你就負責拆卸好了，以後如何，我們再從長計議罷。」

周為新睜大了眼朝仲平和伯謙看了好一會，然後點一下頭，只說了聲「好罷」，就大踏步走了。

仲平照例送周為新到書房外的走廊上，就轉身回來。伯謙繞着那書房正中的紅木方桌，在踱方步，忽然笑了笑說：「周為新這人，虧你容忍到現在。不聽使喚。」

仲平也苦笑一下，却問道：

「你所謂柳暗花明，偷渡陳倉，究竟是怎麼一回事呀？」

「事出有因，然而還沒有到明朗化的階段。」伯謙微笑着回答，仍在踱步。

「是不是三國出面調停呢？」

「這也是其中之一端。在這方面，拉攏策動者，也大有人在。」

「其中之一端？」仲平有點驚異了。「難道還不止一端麼？」

「當然還有呀！」伯謙站定了，神秘地睒着眼，聲音低一些了。「一面在打，一面仍有往來。」

「哦！」仲平忍不住叫了聲，臉色頗不自然。

伯謙却面不改色，慢吞吞地又說道：「直接的固然有，可是值得注意的，不在直接，而在直接之外還有間接。」

「有人牽綫麼？那又是誰呢？」

伯謙笑而不答。

「是不是『茄門』方面的？」

「有此一說。」伯謙依然閃爍其詞，又踱了一步，忽然把嗓子提高了，「所以，你們嚷着遷廠，而且見諸事實，那就未免性急了一點。」

仲平點頭。兩兄弟都繞着那紅木方桌踱起方步來了。半晌的沉默。然後是仲平自言自語地說：

「周為新，脾氣是倔強一點，可是有經驗，有能力，誠實，刻苦，負責。」

「儘管他有經驗，有能力，誠實，刻苦，負責，然而不聽使喚總是最大的缺點！」

伯謙這樣下了斷語，抬頭看牆上那一架古色古香的大掛鐘，忽然記起他還有一個飯局，時間早已到了。他走到壁爐架前，向沙發裏一坐，伸手按着電鈴，正想喚當差的備車，仲平夫人却悄悄地進來了。這位夫人，論年紀已近中年，論姿容性情則尚屬少艾，一向是未見其人，先聞其聲的，現在竟悄然掩入，而且眉尖微蹙，似乎有幾分憤怒，也有幾分憂悒，她小步跑到仲平身邊。低低了幾句，仲平的臉色突然就變了。

「豈有此理！」仲平轉臉向着伯謙說，「潔修去探望蘇子培的小姐，給她送衣服去，可就被他們扣留了。」

「什麼？誰扣留了潔修？蘇子培的女兒又是怎麼一囘事？」伯謙說着就站了起來。

「蘇小姐是昨天下午，」仲平夫人囘答，「在傷兵醫院演說，就被帶了去的，今天下午，季眞弟還在到處打聽，總沒打聽到蘇小姐的下落，可不知道潔修怎麼會打聽到了，一個人就給送東西去。」

仲平怒氣沖沖地走到他那純鋼的寫字臺邊，奮然拿起了電話筒，但是另一隻手剛放到鍵盤上，突然又縮了囘去同時拍的一聲電話筒也放下了，他轉身去拉着伯謙道：「我們馬上走一趟，保她們出來！」

「何必那麼着急呢，」伯謙不慌不忙，胖臉上毫無表情，一邊勸着仲平，一邊吩咐那站在書房門外等候命令的當差高福準備車子，囘過頭去，又皮笑肉不笑地對仲平夫人說：「潔修這孩子也太愛管閒事了。可是不用着急。今晚上那飯局，席間大概也有黨部方面的人，問明白了情形，總不會沒有辦法的。」

十多分鐘以後，嚴伯謙在「今天天氣——哈哈」的笑聲中，和一羣高貴的人士周旋着；這一羣中，黨、政、軍、買辦、金融、實業、「社會名流」，各色俱全。入席之前，嚴伯謙和黨政軍各有關人士，少不得有一番交頭接耳；但也許因為人多不便，潔修的事，嚴伯謙竟一字不提。而在入席以後，觥籌交錯之際，酒多話多，從社會瑣聞談到國家大事的當兒，嚴伯謙帶着五分酒意，發表了兩次卓見。一次是論到民眾運動之不可不有統一的「領導」，歸結到「上海是民氣最為蓬勃的地方，然而民眾團體的成份也最為龐雜，因而統一領導，尤宜加強。」又一次他竟沉痛地呼籲工業界人士應當犧牲小我，擁護政府的「工業總動員計劃」，他竟不客氣地指責那些意存觀望、「將計就計」的廠家，為破壞政府的工業「遷建」國策，因而也就破壞了抗戰大業，論罪應與漢奸同科。

他這番慷慨激昂的議論，配合他那道貌岸然的尊容，確實贏得了幾下掌聲。接着是乾杯，賓主盡歡，雍容而退。

（注）「民先」是一九三五年北平學生「一二一九」運動後組織起來的，全名為「民族解放先鋒隊」

選自一九四八年九月九日至九月二十一日香港《文匯報》

## 驚蟄

唧唧哼哼的聲音，很有點兒抑揚頓楚，在微風中飄盪。草莽水泉的居住者知道這又是豪豬先生在發牢騷了。

方圓十里之內，善於蹤跳的兔子，歌唱家的百靈，健步如飛的黃羊，水泉旁邊的雄辯家癩哈蟆，地下工作者的蚯蚓，全都熟悉豪豬先生這種習慣性的呻吟。吞聲暗泣者，它的痛苦更甚於號咷大哭，豪豬先生的呻吟會比吞聲暗泣更能引起聽者的同情，頗有哲人風度的啄木鳥曾經品評豪豬的「呻吟」道：這委宛哀怨的聲調本質，非私非公，而又亦私亦公，癩哈蟆更加以引伸，以為豪豬先生既有個人的悲哀，同時也抱有大眾的義憤，故而時時作此淒涼的呻吟。然而就是豪豬先生本人說來，這些品題全不中肯。

豪豬先生一向最是心氣平和；「中間路綫」是他處世的方針。當月白風清之夜，林畔水湄飄盪着他那似哭似訴的悲音，遠遠聽到了，總以為此時的豪豬先生即使不是淚痕滿臉，一定就是愁眉苦眼的了，可是不然；豪豬先生此時踱着方步，悠然自得，他那一身的骨針蘇蘇輕響，猶如穿了絲質長裙的貴婦人，輕盈小步走過曲折的迴廊。豪豬先生慣常以呻吟為娛樂。

不過，今天他這娛樂工作來得早一點了。水塘那邊的小山坳啣着半輪夕陽，紡織娘們的夜班也沒開始。微微的風，淡淡的晚霞，天氣實在太好，豪豬先生踱着方步，嘴裏哼哼唧唧，唱他那套隨口腔，眼睛不住地東張西望，看有沒有什麼東西可供一飽。忽然，背後有個聲音叫着：「豪公那裏去呀？」

豪豬先生蹣跚地轉身一看，原來是慣放煙幕的黃鼠狼。

「隨便散步散步，」豪豬先生像揑住了鼻子似的帶着濃重的鼻音回答。「您，看呀。天氣多麼好啊！」

「哦，散步散步。論理呢，豪公，您當眞應當多運動。您看，貴體是越來越發福了！」

黃鼠狼這一頓恭維，雖然未必完全出於至誠，可也沒有惡意，不料豪豬先生驟聽之下，立卽把臉一沉，凜凜然抗議道：

「黃狼兄，您這話，太那個！出之於左派而猶可，出之於您老兄，咳，眞是太那個！」

「呀，那麼兄弟失言了，該死該死。豪公，您清減了幾分了！」

「對！萬方皆瘦，余何能獨肥。」

「不過，也不可過於尅苦，營養總得顧到。天下蒼生，都在仰您的公正而持平的議論。」

「啊喲，您不提這些倒也罷了，您這一提，叫我想想就灰心！」

「哦哦，豪公，您又想起了左派反對您中間路線來了；其實何必介介。大丈夫光明磊落，您是主張嚴正，出處分明，怕什麼！」黃鼠狼脅肩笑着，一時忘其所以，靠前一步，打算說幾句體己話，可是話未出口，猛然慘叫一聲，便跳開去了。

豪豬先生也嚇了一跳，遲疑地四顧，同時，屁股後面他那根狼牙棒也豎了起來，準備應付萬一了；不過，倒底他是留學過新大陸，腦筋轉動得相當快，他馬上悟到，這是自己身上的骨針刺痛了這位朋友，於是就抱歉一笑道：

「黃狼兄，莫怪莫怪，咱們還是保持一個相當的距離罷。」

黃鼠狼揉着碰痛的地方，有點啼笑皆非，只好搭訕地開着玩笑：

「豪公，兄弟有一句話老是想請教，——您和尊夫人擁抱時候，究竟是快樂多於痛苦呢，還是痛苦多於快樂？」

「哎哎，這是上帝給我們開的玩笑」，豪豬先生苦着臉回答，「所以，兄弟最近主張，夫婦之分，重於夫婦之合。」

「哦——可是，豪公，有一件正經事，要問問您的高見，」黃鼠狼小心地和豪豬先生保持着一個相當的距離，重新又提起那中斷的話題，「您看過共產黨的『五一』號召麼？你的觀察怎樣？」

豪豬先生怔了一下，決不定該怎樣回答。但是黃鼠狼那一雙賊眼又死死釘住他，想不開口是不行的，他只好板起面孔，莊嚴地說：「我還沒研究過那些口號，不能發表意見。不過，第五條，又提到召開政治協商會議了，似乎跟我從來的主張——中間階層或中間派的改良的政治路線——有點接近起來了，哈哈！」

現在豪豬先生又是一邊哼着他那隨口腔，一邊在一叢矮樹中間踱方步了，表面上他還是那樣悠然自得，然而哼着哼着，却禁不住悲從中來。他仔細看那些矮樹，竟沒新發的嫩枝可供咀嚼。「哎，難怪我近來瘦了，萬事不堪回首！」這樣自言自語着，豪豬先生猛又想起黃鼠狼問他對於「五一」號召的意見來了，他忍不住煩躁得連肚子餓也暫時忘掉。

豪豬先生在兩年前，幻想着一個「和平，榮華」的境界。當時他的推想是這樣的：大局和平了，他個人就有榮華可享。在豪先生的字典上，「和平」二字的註釋跟普通字典頗不相同。「和平者，政治方式解決問題之謂也；何謂政治方式解決問題？卽在左右相持之時，自由主義的中間份子有舉足輕重之勢，因而身價百倍之謂也。」——這是豪豬先生個人字典上「和平」二字的簡明註解，也是他個人「事業」美滿的遠景。但不幸遠景終於只是幻景。于是為了使得幻景復為遠景，一年來他不斷鼓吹「中間階層的改良的政治路線」，念念不忘「政協時代」的再現。

正因為豪豬先生抱有了這樣的「政」見，所以他看到了「五一」號召內有召開新的政治協商會議這一條而大感煩擾。

豪豬先生的聰明也看得到舊政協不同於新政協。但是豪豬先生的勇敢也使他依然抱有一種希望。這又加強了他的煩惱。

那邊水塘附近傳來了嘈雜的聲音，其中就有黃鼠狼的叫喝。豪豬先生猜想起來，這是黃鼠狼他們在乘涼擺龍門陣了。他猛然福至心靈，一連串的計劃就漸漸成形。

「新政協能不能開成呢？」他自己問自己。

馬上他又自己回答：「或遲或早，總能開成功罷。」

「那麼，新政協能不能召致『和平』呢？」——他自己又問。這裏的「和平」兩字當然仍舊適用他個人字典的註解。

「恐怕適得其反，這結果是南北朝，長期戰爭。」他搖着頭回答了自己，同時他的眼前便幻出了堆山塞海似的滔滔而來的「美援」，大炮，飛機，坦克……在這些東西面前，不但他自己承認自己渺小如微塵，他甚至武斷誰也無可奈何。然而他又自己下一轉語道：「如果新政協定出一個溫和的政綱來，那麼分亦可以變成合，而『和平』還是有希望的。」

「怎樣才可以達到溫和目標呢？」——他被自己的願望所興奮了。進一步再問自己。

「這個，當然要看我們自由主義者的努力如何了！」他微笑地自己回答。於是他彷彿看見一大堆的人掛着各式各樣的社團，黨派的牌子，手裏拿着一本小書，叫做「自由主義者的信念」。

豪豬先生忍不住獨自笑了起來，並且覺得自己胸前也掛着一塊什麼牌子，而黃鼠狼之流一大夥跟在他後面。他微笑着朝着那水塘走去。

有些紡織娘們已經開始了夜班工作。金鈴子的合唱班亦在試練歌喉。一段枯木旁邊，兩個縱隊的螞蟻，一來一往，緊張萬分，在搬運建築材料和糧食。豪豬先生昂然闊步。走過那段枯木的時候，忽然心血來潮，便站住了，瞪圓着他那寸光的豬眼，對螞蟻們大聲喊道：

「喂喂，可敬可愛的勞工神聖的朋友們！國家大事你們關不關心？老牌民主國家的憲章你們讀過了沒有？……哦，我可以宣誓，你們的利益我是最擁護的，你們忙於工作，沒有工夫去開會罷，那麼，委托本人做你們的全權代表就得啦」！

然而螞蟻們只顧搬運東西，理也沒有理他。

豪豬先生也生了氣了，掉轉頭做出悲憫的神氣，喟然嘆道：「泥水木匠腳夫之流，到底政治水準不夠，你有什麼辦法？」

忽然有一個聲音接着說道：「你自討沒趣呀！你這樣渾身的紳士功架，一口知識份子的符咒，怎麼怨得他們不理你？」

豪豬先生一聽就更加生氣了，心裏斷定了這又是左派份子在搗他的蛋，急急忙忙抬頭細看，只見前面一棵小樹上却停着一只烏鴉，側着腦袋還擺出了十足揶揄的樣子。豪豬先生倒抽了一口冷氣，苦笑着叫道：

「哦，原來是烏鴉仁兄。哎，這……這就是老兄的不是了，何苦來打趣我呢！在政治上，您老兄表面上的做法儘管大不相同，可是骨子裏我們還不是一條路上的人麼，您不該噪我的脾。」

「就算是噪了你的脾子，又怎樣呢？」

豪豬先生一聽對方的口氣來得硬，連忙陪笑道：「我那裏敢對老兄怎樣，不過，徒然讓咱們的共同敵人當作笑話講，於您老兄這邊也沒有什麼好處。」

烏鴉似乎滿意了，刮刮地叫着，便飛上它的老巢——那古墓去了。豪豬先生眼怔怔望着，說不出滿肚子委曲，但他也只能暗地裏罵幾聲：「你這不要臉的，今天還搬出來你從前偷來的幾句左傾詞頭兒來打趣老子麼！你仗着誰的勢？別太神氣，日子也不會長久的！」

現在，已經看得見那水塘旁邊的一棵柳樹了。豪豬先生站住了側耳靜聽，有一個吱吱的聲音叫得很上勁；但這聲音太難聽了，連豪豬先生也覺得心裡有點作嘔。他猜想這是一只老鼠，便忍不住鼻子裏哼了一下，他是向來看不起老鼠的，然而又是向來有幾分怕老鼠。他放輕了腳步。慢慢地踅近那棵老柳樹，定睛一看，柳樹下稀稀落落有幾個金背甲虫，裝着洗耳恭聽的樣子，蝴蝶姑娘停在葵花的大葉子上，兩片彩色的大翅慢慢地忽張忽合，似乎也頗躊躇滿志；柳樹根上却蹲着黃鼠狼，在打瞌睡。

並沒有老鼠。然而那吱吱的聲音很分明，現在豪豬先生聽得更加準確，這是從半空來的。他向柳樹上搜索，終於看見了，忍不「呸」了一聲：原來是這寶貝傢伙！

倒掛在柳枝上的蝙蝠大發議論正到了淋漓盡致的當兒，猛然被豪豬先生那一聲「呸」，攔腰打斷了。乘這機會，豪豬先生就大搖大擺踱到柳樹下一站，用他濃重的鼻音也開始發表他的高見。

按照紳士們的「君子協定」，豪豬先生這一手顯然是違法的。蝙蝠大爺立卽抗議。然而不幸，他那吱吱的聲音雖然尖銳刺耳，終于不敵豪豬先生的唔唔之聲旣粗而且又闊。抗議的仍然抗議，演說的自顧演說，這樣鬧了幾分鐘，忽然由於豪豬先生的一個大聲的噴嚏，把這場糾紛解決。

使得豪豬先生打這重要的噴嚏的，却是上個金袍紅冕的大蒼蠅。這一位尊貴的紳士老早就爬在豪豬先生的鼻孔邊沿，欣賞那長而滑膩的大隧（道）；漸漸地又拿出他蒼蠅們所有的勇氣爬進那大隧道去探險，——這就是豪豬先生不得不打噴嚏的原因了。當下那霹靂似的一聲，眞把所有在場的貴客都嚇得目怔口呆。便是豪豬先生自己也因為大家的驚惶而驚惶起來，以至他也弄不明白這樣可怕的巨聲是那裏來的。

一匹癩哈蟆輕輕地從葵花的根下跳了出來，很有把握似的宣告道：「這一定是原子彈！朋友們，這是第三次世界大戰爆發了！而且一顆原子彈如果不是掉在海參威，那一定是掉在檀香山，總而言之，離我們這地方都不會太遠。」

大家都將信將疑，沒了主意。黃鼠狼早已驚醒了，正為的一個好夢沒有做完而十分懊惱，現在聽說原子彈來了，便忍心忘記了夢裏那一頭肥鷄，慌慌張張叫道：「各位，不可不預先準備。我有頭等保險的防空洞，可以借給各位。租費很公道，十元的基數按照今天的生活指數八十萬倍計算，每位進去一小時實收八百萬法幣，一小時以上不足一小時也按一小時計，不過，為了優待起見，我給一個九扣。」

這話剛完，那邊的蝴蝶姑娘便曳開舞步，細聲細氣說道：

「喂，黃狼大哥，你講公道就得徹底呀，各人的身體有小有大，像我這樣輕靈的身材，好不好和豪豬先生比呢？你就打一個一折八扣，也還是天字第一號的好買賣呢！」

老沒有開口的幾個金背甲虫聽了蝴蝶姑娘這番議論，也趕快連連點頭。

黃鼠狼還沒囘答，嗡嗡之聲忽然來了。又是癩哈蟆先聽到，只喊聲「飛機！」，便撲通一聲跳下了水塘去了。黃鼠狼轉身想走，蝙蝠大爺却是胸有成竹，他輕輕一撲就爬在黃鼠狼的背上。豪豬先生這囘也着了慌，急得團團轉。但在這當兒，蝴蝶姑娘又細聲細氣喚道：

「不要慌張。這不是飛機，這是我們的蒼蠅先生！」

同時，那嗡嗡之聲確也變成了說話：「你們這些膿包，一點勇氣也沒有。剛才是豪豬先生打一個噴嚏，你們就鬧什麼原子彈，現在又亂嚷什麼轟炸機；你們要看看轟炸機麼？我就在這裏！」

大家定睛細看，果然，豪豬先生的鼻尖上，那位紅冕金袍的蒼蠅紳士神氣十足地坐着。他手裏還拿着一根不知道是什麼材料的棍子，指指點點，多麼威武。

「好了，現在大家可以安心了，」蒼蠅又說，「還是談正事罷。我提議，今天就……」

「你閉着你的鳥嘴！」黃鼠狼跳起來指着蒼蠅就破口大罵，「你是從糞缸裏爬出來的，一身臭氣，滾你的罷！」

「啊啊，怎麼說，這是造謠！」蒼蠅漲得滿面通紅，嘶聲自辯着，「各位都知道，蒼蠅是追求光明的，一生追求光明，在玻璃窗上撞破了腦袋也有所不顧……」

「不要詭辯，」黃鼠狼又打斷了對方的話，「你是落過糞缸的，賴不掉。」

「對呀，剛才你還偷偷地到糞缸去過，我親眼看見的！」癩蛤蟆這時又從水裡跳出來，挺身作證。

「你們簡直是挾嫌報復！」蒼蠅的聲音有點抖了。「癩哈蟆，剛才我批評了你，現在你就來造我的謠，你這手段也太不高明了！」他轉臉又向着蝴蝶姑娘和金背甲虫們訴説道：「各位都看見的，黃鼠狼想利用癩蛤蟆的胡説八道，賺一筆錢，發一注防空財，是我不該點破了他，這就是我的罪狀麼？至於黃鼠狼他自己，誰不知道他在農村裏無惡不作，鷄媽媽的一羣可愛的兒女不是都遭了黃鼠狼的毒手麼？」

蒼蠅的話還沒完，黃鼠狼大吼一聲，騰身便撲那蒼蠅；但是，這怎麼成呢？反而碰在豪豬先生的骨針上，痛的狂叫。那蝙蝠却是陰謀家，先前他們爭吵的時候他不作聲，這時便鼓起雙翼，來捉那蒼蠅，嚇得蝴蝶姑娘趕快逃走。

正在亂作一團，豪豬先生把身後的狼牙棒一擺，大聲喝道：「都是自家人，鬧什麼！」可是黃鼠狼已經拿出他的看家本領來了。一陣臭屁，大家散場。

現在豪豬先生孤另另地又在水塘邊踱方步了。剛才那一幕活劇，使他痛心，然而他還沒灰心。他相信他的計畫是好的，毛病出在事先沒有佈置，而且黃鼠狼之流又都是打手和草包。

「應當找些知識份子，」豪豬先生想，「比方那些金鈴子，就可以組織一個歌詠社，那些蟋蟀呀，蚱蜢呀，當然是體育團體的份子了。對呀對呀，就這麼辦罷。」

想到高興處，豪豬先生不覺哼起他那老調子來了。但這一次，那呻吟的聲音居然並不怎樣淒涼。豪豬先生自己聽着也覺得不對勁。他竭力想恢復他那慣有的頗能動人的悲天憫人的調子，然而不知怎的，屢試都不太像。

「怎麼？我的拏手本領也會逃走？」豪豬先生一邊呻吟，一邊在心裏發愁。他覺得他這一項的損失會影響到他的「組織」什麼體育團體和歌詠社，于是他又感到前途渺茫起來了。

選自一九四八年六月三十日香港《小說月刊》第一卷第一期

# 作者簡介

## 羅拔高

原名盧夢殊，曾於一九二六至二八年主編上海電影雜誌《銀星》，著有影劇論集《星火》。在港曾任《華僑日報》採訪主任，代表香港報界到日本東京參加「大東亞新聞工作會議」，後來轉任《星島日報》總編輯。據戴望舒所記，盧氏為廣東人，因喜吃「蘿蔔糕」，友人以此戲稱，盧氏自此以「羅拔高」為筆名。小説最初於《華僑日報》副刊〈僑樂村〉發表，一九四四年九月由作者結集出版，附葉靈鳳序、戴望舒跋，在日據時期獲「香港佔領地總督部報道部」許可發行。

## 疑雲生

生平資料不詳。一九四三年在香港發表文言短篇小説於《大眾周報》。

## 黃藥眠（1903-1987）

原名黃訪，詩人、文學評論家。祖籍廣東梅縣，廣東高等師範學校畢業。一九二七年在上海參加創造社，一九二八年參加中國共產黨。一九二九年赴莫斯科共產國際東方部工作，一九三三年回國，不久被捕入獄。一九三七年被保釋出獄，一九四一年來港工作。一九四二年返回內地，一九四四年加入中國民主同盟。一九四六年再度來港，參與創辦達德學院，出任文哲系系主任。一九四六年，在港出版小說集《暗影》。一九四九年到北京參加全國第一次文代會，後來出任全國人大代表和北京師範大學教授。著有詩集、散文集、論文集及譯作多種。

## 戴望舒（1905-1950）

本名戴朝宷，詩人、翻譯家。祖籍江蘇南京，生於浙江杭州，一九二三年入讀上海大學中國文學系，一九二五年進入震旦大學法文特別班，一九三二年至一九三五年間留學法國。一九二六年與施蟄存、杜衡創辦《瓔珞》旬刊，同年加入共產主義青年團。一九二八年，劉吶鷗創第一線書店，印行文學刊物《無軌列車》，邀請戴望舒與施蟄存參加編輯。一九三六年與馮至、卞之琳等創辦《新詩》雜誌。一九三八年來港，擔任《星島日報》副刊「星座」主編。一九三九年中華全國文藝界抗敵協會成立文協香港分會，當選幹事。日據時期曾被日軍逮捕，保釋出獄後，任大同圖書印務局編輯。一九四四年以後，和葉靈鳳主編《華僑日報》副刊「文藝周刊」及《香島日報》副刊「日曜文藝」。一九四五年，出任《新生日報》副刊「新語」主編。一九四六年返滬教書，一九四八年再度來港，一九四九年三月北返，赴華北聯合大學工作，後調任新聞總署國際新聞局法文科主任。著有詩集《我的記憶》、《望舒草》、《望舒詩稿》、《災難的歲月》以及譯作多種。

## 葉靈鳳（1905-1975）

本名葉蘊璞，另有筆名任訶、佐木華、柿堂、雨品巫、秋生、秋朗、亞靈、南村、秦靜聞、葉林豐、燕樓、鳳軒、霜崖、臨風、曇華、靈鳳、L.F. 等。原籍江蘇南京。上海美術專門學校肄業。一九二五年加入「創造社」，開始寫作，期間與周全平合編《洪水》半月刊。一九二六年組織文學團體「幻社」，與潘漢年合編《幻洲》半月刊。一九三〇年加入「中國左翼作家聯盟」。一九三七年參加《救亡日報》工作，後隨該報遷到廣州。一九三八年廣州失陷，轉到香港定居，此後歷任香港《立報．言林》，《星島日報》的「星座」、「香港史地」、「藝苑」等副刊編輯，並參與《大同雜誌》、《大眾週報》、《新東亞》、《萬人週刊》等刊物的編務。三〇年代於上海出版有小說集《女媧氏之遺孽》、《時代姑娘》。一九四〇年在香港出版散文集《忘憂草》。

## 陳殘雲（1914-2002）

本名陳福才，另有筆名方遠、準風月客等。原籍廣東廣州。一九三〇年輟學，來香港當店員，對新文學發生興趣。一九三三年，第一篇作品發表於香港《大光報》。一九三五年回廣州就讀於廣州大學，與黃寧嬰、陳蘆荻等合辦《今日詩歌》、《詩場》、《廣州詩壇》。一九三九年在香港參與「中華全國文藝界抗敵協會香港分會」活動，與黃寧嬰合作復刊《中國詩壇》。抗戰期間在粵北、桂林工作。一九四一年赴新加坡任教師，未到任，太平洋戰爭爆發，輾轉返國。一九四五年回廣州，與司馬文森合編《文藝生活》。一九四六年，《文藝生活》被封，轉而來港出版，並任教於香島中學。其後任職南國影業公司編導室，著有電影劇本《珠江淚》，積極參與香港文藝活動。一九五〇年初返回內地。一九三〇、四〇年代在香港發表的作品見於《大公報》、《大光報》、《立報》、《南華日報》、《星島日報》、《華商報》、《華僑日報》、《文藝陣地》雜誌等。

## 黃天石（1899-1983）

本名黃鍾傑，又名黃炎，筆名傑克、黃衫客。原籍安徽，出生於廣東番禺，一九一七年於《新中國報》工作，後歷任《大同報》及《民權報》總編輯。一九二〇年秋因粵報禁轉至香港《大光報》任總編輯，與黃冷觀於一九二一年合編《雙聲》小說雙月刊，其中有天石的作品〈碎蕊〉一篇，被認為是香港第一篇白話小說。此外亦替《華字日報》及《循環日報》社論撰稿。一九二三年到雲南任唐繼堯幕僚，一九二六年獲唐氏保送日本留學，一九二七年回港任《大光報》總編輯。一九三一至一九三五年間，黃天石為《大光報》撰寫言情小說，並採用「傑克」為筆名，成名作為《癡兒女》，《紅巾誤》則最為膾炙人口。抗日期間曾在桂林和重慶從事抗日宣傳及文化工作。一九四五年回港繼續撰寫政論及小說，直至六十年代，其小說風行一時產量豐富，其中包括《名女人別傳》、《紅衣女》、《桃花雲》、《改造太太》、《合歡草》、《一片飛花》、《一曲秋心》、《大亨小傳》等。

## 黃谷柳（1908-1977）

原名黃顯襄，筆名黃襄、丁冬、冬青等。一九〇八年生於越南，一九二七年來港，入新聞學社修讀新聞學，後進《循環日報》任校對，開始文學創作，在《循環日報》發表第一篇小說〈換票〉。一九三七年隨軍回國參加抗日工作。一九四六年舉家重回香港，居於九龍城。代表作《蝦球傳》於一九四七年十月至一九四八年十二月在夏衍主編的《華商報》副刊發表，由三個既有關聯又能獨立成篇的小說組成，分別為《春風秋雨》、《白雲珠海》和《山長水遠》，一九四八年，由新民主出版社在香港出版第一部和第二部單行本，一九四九年出版第三部單行本。一九四九年六月，黃谷柳回國參軍，後定居國內，先後擔任廣州南方書店《文藝小叢書》編輯、《南方日報》記者、中國作家協會理事等。

## 侶倫（1911-1988）

本名李林風，小說家。祖籍廣東惠陽橫崗，生於香港。一九二七年到廣州參與北伐，一九二八年在香港「文壇第一燕」《伴侶》雜誌發表小說，一九二九年在香港與謝晨光組織島上社，出版《島上》雜誌。一九三〇年上海《北新》半月刊舉辦「新近作家特號」徵文，憑小說〈伏爾加船夫曲〉入選。一九三一年任香港體育協進會書記，並在《南華日報》擔任編輯工作，曾主編文藝副刊「新地」和「勁草」。一九三五年與易椿年、張任濤等合編《時代風景》，一九三六年與劉火子、李育中、杜格靈等組織「香港文藝協會」。一九三八年任職於香港南洋影片公司，曾擔任編劇及宣傳工作，編撰多種電影劇本。一九五五年創辦采風通訊社。香港淪陷期間流亡廣東，戰後返港。著述甚豐，早年代表作為一九三七年出版的《黑麗拉》、一九四二年的中篇小說《無盡的愛》，另有長篇小說代表作《窮巷》。

## 周而復（1914-2004）

原名周祖式，原籍安徽旌德，生於南京。一九三三年考入上海光華大學英文系，後創作詩和小說，合編《文學叢報》和《小說家》月刊。一九三八年大學畢業後在延安、重慶等地作文藝和編輯工作。一九四六年任新華社特派員赴華北、東北等地採訪。同年往香港，主編《北方文叢》、編輯《小說》月刊。一九四九年後任上海市委統戰部副部長、文化部副部長等職。創作成就主要在長篇小說，代表作包括《白求恩大夫》、《上海的早晨》四部曲。另有小說集《春荒》、《高原短曲》、《山谷裡的春天》，中篇小說《西流水的孩子們》，長篇小說《燕宿崖》，及以抗日為題村的六部系列長篇《長城萬里圖》，散文報告集《諾爾曼·白求恩斷片》、《晉察冀行》，詩集《夜行集》，散文集《殲滅》、《北望樓雜文》、《懷念集》，評論集《新的起點》、《文學的探索》等。

## 秦牧（1919-1992）

本名林覺夫，散文家。祖籍廣東澄海，生於香港，輾轉在新加坡、澄海、汕頭、香港等地接受教育。中日戰爭期間，主要在粵桂兩省工作、生活。一九四四年在重慶參加中國民主同盟，一九四六至一九四九年間來港工作，曾在《大公報》、《文匯報》、《華商報》、《人間世》、《文藝生活》等報刊上發表作品。一九四九年返穗，一九六三年加入中國共產黨，歷任廣東省文教廳廳長、中國作家協會廣東分會副主席、廣東省文聯副主席、中華書局廣州編輯部主任、《羊城晚報》副總編輯、暨南大學中國文學系主任等職。著述甚豐，包括散文、雜文、童話、小說、文藝論著。

## 司馬文森（1916-1968）

本名何應泉，小說家。原籍福建泉州，一九三三年加入中國共產黨，擔任泉州特區黨委會委員，主編地下刊物《農民報》，同時開始發表作品。一九三四年到上海，加入中國左翼作家聯盟。中日戰爭期間，隨《救亡日報》撤至桂林，創辦《文藝生活》；桂林失守後，留守當地從事武裝鬥爭。一九四六年一月，在廣州復辦《文藝生活》，不久移居香港，任香港文委委員。一九四七年出任達德學院文學教授和香港協常務理事。一九五一年一月被香港政府逮捕並遞解出境。返穗後，任中共華南分局文委委員、中南文聯常委、《作品》月刊主編。一九五五年起，先後擔任駐印尼和法國大使館文化參贊和對外文委三司司長。著作甚豐，主要作品為小說《南洋淘金記》、《風雨桐江》。

## 茅盾（1896-1981）

本名沈德鴻，字雁冰。原籍浙江嘉興。一九二一年參與創立「文學研究會」，把《小說月報》改為新文學發表重要園地。同年加入中國共產黨，成為最早的批黨員。一九二七年開始使用筆名「茅盾」。一九三〇年加入「中國左翼作家聯盟」。抗戰期間獲選為「中華全國文藝界抗敵協會」理事。一九三八年二月底到香港，任《立報．言林》及《文藝陣地》主編，發表作品，積極參與文藝活動，如擔任「中華業餘學校」的「文藝科」講師，在「中華藝術協進會」舉辦的「怎樣紀念魯迅」座談會上發表演講。一九三八年底離港往新疆，在新疆學院任教。一九四一年三月中旬第二次來港，獲選為「中華全國文藝界抗敵協會香港分會」理事，任《大眾生活》雜誌編輯委員，主編綜合性文藝期刊《筆談》，在上述刊物及《華商報．燈塔》、《青年知識》雜誌、《時代文學》雜誌、《時代批評》雜誌等發表作品，數量龐大。一九四二年一月回到內地。一九四七年十二月至一九四九年一月，第三度較長期居於香港，除主編《文匯報．文藝周刊》、《小說》月刊外，也參與了大量文學、政治活動，並發表了數量可觀的作品。

《香港文學大系一九一九—一九四九》編輯委員會鳴謝
以下人士及單位，資助本計劃之研究及編纂經費：

李律仁先生

・

香港藝術發展局

香港藝術發展局
Hong Kong Arts Development Council

藝發局邀約計劃
香港藝術發展局全力支持藝術表達自由，
本計劃內容並不反映本局意見。

・

香港教育學院　中國文學文化研究中心

The Hong Kong Institute of Education
香港教育學院

中國文學文化研究中心